다시
물어도, *Ask Again,* ———*Yes*
예스

yes 다시 물어도, 예스

Ask Again, ——— *Yes*

메리 베스 킨 장편소설 — 조은아 옮김

황금시간

오언과 이메트에게 바친다.

1973년 7월

키가 크고 호리호리한 프랜시스 글리슨이 하늘색 경찰복 차림으로 햇빛을 피해 41번 관할구의 땅딸막한 석조건물 그늘에 들어섰다. 프랜시스는 브라이언 스탠호프라는 신참을 기다리면서, 167번가 근처에 있는 건물 4층 비상 사다리에 누군가가 널어놓은 팬티스타킹의 미동 없는 가냘픈 두 다리와 우아하게 구부러진 발뒤꿈치를 유심히 쳐다보았다. 어젯밤 건물 하나가 또 불에 탔다. 이제 그곳에는 41번 관할구의 다른 수많은 건물처럼 앙상한 뼈대와 까맣게 그을린 내부 계단만 남아 있을 것이다. 본격적인 더위가 찾아온 6월의 어느 날, 동네 아이들은 매트리스를 끌어다 놓은 지붕과 비상 사다리에서 건물이 불타는 모습을 지켜보았다. 한 블록 떨어진 곳에서는 사람들이 소방관들에게 소화전을 하나만 열어놔달라고 부탁하고 있었다. 프랜시스는 발밑이 뜨거워서 펄쩍펄쩍 뛰어다니는 그들의 모습을 상상할 수 있었다.

　그는 손목시계를 확인하고 경찰서 정문을 돌아보며 브라이언이 어디에 있는지 궁금해했다.

오전 10시도 되지 않았는데 벌써 31도였다. 얼굴이 떨어져 나갈 듯한 겨울과 늪처럼 끈적이고 질척대는 여름은 위대한 미국의 충격적인 현실이었다. "나약한 인간들처럼 덥다고 징징대지 좀 마라." 그날 아침 팻시 삼촌이 말했다. 하지만 하루 종일 시원한 술집에서 맥주를 따르는 삼촌과 달리 프랜시스는 순찰을 돌아야 했다. 15분만 걸어도 겨드랑이가 다 젖었다.

"브라이언이 어디에 있는지 알아?" 프랜시스가 순찰을 나서는 신참 둘에게 물었다.

"사물함이 말썽인 것 같던데." 한 사람이 대답했다.

잠시 후 브라이언 스탠호프가 경찰서 계단을 껑충껑충 뛰어 내려왔다. 두 사람은 경찰학교에서 처음 만났고 41번 관할구에서 우연히 재회했다. 전술 수업을 함께 들은 지 일주일쯤 지났을 때 브라이언이 강의실을 나서다 프랜시스에게 먼저 말을 걸었다. "아일랜드 출신이죠? 들어온 지 얼마 안 됐나 봐요."

프랜시스는 서부 골웨이 출신이라고 말했다. 비행기를 타고 왔다는 얘기는 굳이 하지 않았다.

"그럴 줄 알았어요. 내 여자 친구도 더블린에서 왔어요. 이참에 뭐 좀 물어봅시다."

프랜시스에게 더블린은 뉴욕만큼 멀었지만 어차피 미국 놈에게는 매한가지일 거라는 생각이 들었다.

프랜시스는 생각보다 더 개인적인 질문이 들어올 경우를 염두에 두었다. 미국에 와서 가장 먼저 알게 된 사실 중 하나가 여기 사람들은 무엇이든 떠오르는 대로 거리낌 없이 질문한다는 것이었다. 어디에 사는지, 누구와 사는지, 집세는 얼마인지, 지난주에는 뭘 했는지. 베이 리지에 있는 마트 계산대에 식료품을 올려놓는 것조차 창피한 프랜시스에게는 조금 부담스러운 일이었다. "좋은 밤 보내세요." 지난번에 계산대 직원이 버드와이저 여섯 병과 감자칩 두 봉지, 데오도런트를 보며 말했다.

브라이언은 여자 친구가 아일랜드 사람들과 어울리지 않는다고 했다. 겨우 열여덟 살인 그녀는 혈혈단신으로 미국에 왔다. 아일랜드 사람들이 도처에 있기 때문에 마음만 먹으면 함께 살 또래를 얼마든지 찾을 수 있었지만, 그녀는 몬테피오레 병원에서 간호사 수련을 받으며 기숙사에서 유색인 동료와 함께 살았다. 아일랜드 사람들은 원래 그런가? 브라이언이 예전에 만났던 러시아 여자는 러시아 사람들하고만 어울렸었다.

"나도 아일랜드 사람이에요." 브라이언이 말했다. "오래전 일이지만."

그것은 프랜시스가 미국에 와서 알게 된 또 다른 사실이었다. 모두가 아주 오래전에는 아일랜드 사람이었다.

"사람들과 거리를 두는 건 똑똑하다는 증거일 수도 있어요." 프랜시스가 정색하며 말했다. 브라이언은 잠시 후에야 무슨 말인지 알아들었다.

수료식 날 린제이 시장이 연단에 섰다. 프랜시스는 세 번째 줄에 앉아, TV에서 나오는 사람을 직접 보니 정말 이상하다고 생각했다. 그는 뉴욕에서 태어나 젖먹이일 때 아일랜드로 갔다가 열아홉 살 생일 직전에 10달러와 시민권을 가지고 미국으로 돌아왔다. JFK 공항에 마중 나온 팻시 삼촌이 더플 백을 받아 차 뒷좌석에 던지며 말했다. "고향에 온 걸 환영한다." 사람들이 바글거리는 이 낯선 곳이 고향이라니 얼떨떨했다. 첫날부터 팻시는 베이 리지의 3번가와 80번가의 교차로 근처에 있는 자신의 술집으로 프랜시스를 데려가 하루 종일 일을 시켰다. 아일랜드 국화인 토끼풀 액자가 출입문에 걸려 있었다. 그는 맥주를 주문한 여자 손님에게 긴 칵테일 잔을 내밀었다. "이게 뭐예요?" 그녀가 물었다. "맥주 반 잔만 주는 거예요?" 바에 앉아 있는 남자들 앞에는 맥주잔이 놓여 있었다.

그가 맥주잔을 보여주며 물었다. "여기에 드릴까요? 가득이요?" 그제야 그가 술집도, 미국도 처음이라는 사실을 알아차린 그녀는 몸을 한껏 내밀어 그의 얼굴을 감싸고 이마에 흘러내린 머리카락을 쓸어주며 말했다. "바로 그거야, 자기."

프랜시스가 뉴욕에 온 지 1년쯤 지난 어느 날, 젊은 경찰관 두 명이 술집으로 들어왔다. 그들은 가게 안을 돌며 손님들에게 몽타주 속 인물을 아는지 물어봤다. 그리고 팻시와 프랜시스에게 가서 농담을 주고받았다. 그들이 자리에서 일어나려고 하자 프랜시스는 캐묻기 좋아하는 미국인들의 습성을 똑같이 발휘하여 경찰이 되는 것이 얼마나 어려운지, 급여가 얼마인지 물었다. 그들은 잠시 알 수 없는 표정을 지었다. 2월이라 프랜시스는 팻시의 낡은 꽈배기 무늬 스웨터를 입고 있었다. 빳빳한 재킷을 걸치고 모자를 반듯하게 쓴 경찰들 옆에 서니 자신이 추레하게 느껴졌다. 둘 중에 키가 작은 경찰관이 잠시 뜸을 들이다 입을 열었다. 그는 원래 플러싱가에 있는 사촌의 세차장에서 일했다. 모든 것이 자동이었지만 물세례를 피할 수는 없었고 겨울이면 온몸이 꽁꽁 언 채로 하루를 마감해야 했다. 너무 고생스러웠다. 그는 경찰이 되고 나서 여자에게 말 걸기가 훨씬 수월해졌다고 말했다.

옆에 있던 젊은 경찰관이 살짝 불쾌한 표정을 지었다. 그는 아버지의 뒤를 이어 경찰이 되었다. 삼촌 둘과 할아버지도 경찰이었다. 그야말로 타고난 경찰이었다.

프랜시스는 그해 겨우내 동네나 지하철에서 마주치거나 거리에서 바리케이드를 옮기거나 TV에 나오는 경찰들을 유심히 살펴보며 진로를 고민했다. 그리고 지구대에 가서 시험과목과 일정, 과정에 대해 물어봤다. 그가 경찰이 되겠다고 하자 팻시 삼촌은 좋은 생각이라며 20년만 근무하면 연금을 받을 수 있을 거라고 말했다. 삼촌은 '20년'이 별거냐는 듯 찰나에 지나갈 것처럼 말했지만 프랜시스에게는 일생보다 긴 시간이었다. 큰 변을 당하지 않는다면 20년 후에 다른 일을 할 수도 있었다. 그는 자신의 삶이 스무 개의 조각으로 쪼개지는 것을 보면서 앞으로 몇 개의 조각을 얻게 될지 궁금해했다. 삼촌은 아직 젊다는 게 가장 큰 재산이라며 그 나이에 그런 생각을 하지 못한 것을 아쉬워했다.

경찰학교 수료 후 프랜시스는 동기들과 몇 개 조로 나뉘어 현장 실습을 나갔다. 그와 브라이언을 비롯한 서른 명의 수료생들은 브라운스빌과 브롱크스에 차례로 파견되어 실제 업무를 경험했다. 프랜시스는 당시 스물두 살이었고 브라이언도 스물한 살에 불과했다. 프랜시스는 브라이언을 잘 알지 못했지만 북적거리는 방 건너편에 낯익은 얼굴이 보이면 안심이 되었다. 여기저기서 주워 들었던 그런 일들은 아직은 일어나지 않았다. 하지만 경찰서 건물부터가 경찰학교에 지원하기로 결심했을 때 상상했던 것과 영 딴판이었다. 외부도 형편없었지만―군데군데 부서지고 벗겨진 채 새똥과 가시철사를 뒤집어쓰고 있었다―내부는 더 심각했다. 얼룩이 지거나 끈적거리거나 칠이 벗겨져 성한 곳이 하나도 없었다. 집합실의 라디에이터는 반으로 부서져 있었고 그사이로 물이 떨어져 누군가가 낡은 냄비를 받쳐놓았다. 천장에서는 석고가 비처럼 쏟아져 책상과 머리, 서류 위로 내려앉았다. 게다가 수용인원이 두세 명인 유치장에 죄수를 서른 명이나 밀어 넣었다. 신참들은 노련한 파트너가 아닌 동기들과 짝을 지어 순찰을 나갔다. "맹인이 맹인을 안내하는 꼴이군." 러셀 경사가 농담을 하며 잠시 동안만 그럴 거라고 약속했다. "멍청한 짓은 하지 마라."

프랜시스와 브라이언은 검게 그을린 건물을 지나 북쪽으로 향했다. 멀리서 또다시 화재경보음이 들려왔다. 두 사람 모두 순찰 구역의 경계를 지도상으로만 알았지 직접 본 적은 없었다. 순찰차는 경력순으로 배정되었고, 8~16시 순찰은 주로 신참들의 몫이었다. 버스를 타고 가장 먼 곳까지 나가서 걸어올 수도 있었지만, 브라이언은 경찰복 차림으로 버스 뒷문에 올라탈 때마다 모두가 자신을 훑어보며 평가하는 것 같다면서 그럴 때 느껴지는 폭발적인 긴장감이 싫다고 말했다.

"그럼 그냥 걷자." 프랜시스가 제안했다.

등줄기를 따라 땀이 비 오듯 흘러내렸다. 그들은 각자 진압봉, 수갑, 무전기, 화기, 탄약, 손전등, 장갑, 연필, 수첩, 열쇠 꾸러미를 가지고 한 블록 한 블록 나아갔다. 그들은 돌무더기와 불타버린 차량만 남아 있는 몇몇 블록을 지나며 잔해 속에 움직임이 있는지 확인했다. 한 소녀가 건물 벽에 테니스공을 던지며 놀고 있었다. 브라이언이 길을 가로막고 있는 목발 한 쌍을 걷어찼다. 일부만 남은 건물 벽면은 그라피티로 뒤덮여 있었다. 몇 번이고 덧그린 형형색색의 원과 곡선은 움직임과 생명력을 의미했고, 회색 배경과 대비되어 지독할 정도로 밝아 보였다.

프랜시스는 8~16시 순찰은 거저먹기라는 것을 알고 있었다. 영장이 집행되지 않는 한 점심때까지 조용할 확률이 높았다. 그들은 남부대로로 방향을 틀면서 사막을 건너는 여행자처럼 드디어 건너편으로 간다는 사실에 감사했다. 골목은 유령도시처럼 비어 있었지만 대로는 달리는 차량과 갖가지 색상의 정장을 판매하는 양복점, 주류 판매점, 카드숍, 이발소, 술집으로 북적였다. 멀리서 순찰차가 인사를 건네듯 헤드라이트를 비추고 지나갔다.

"아내가 임신 중이야." 브라이언이 정적을 깨고 말했다. "추수감사절 즈음에 낳을 것 같아."

"아일랜드에서 왔다던?" 프랜시스가 물었다. "그 여자랑 결혼한 거야?" 그는 기억을 떠올리려고 애썼다. 브라이언이 경찰학교에서 그녀에 대해 얘기했을 때 이미 약혼한 상태였나? 계산해보니 예정일이 11월이면 불과 4개월 후였다.

"응." 브라이언이 대답했다. "2주 전에." 두 사람은 시청에서 결혼식을 올리고 신문에 나온 12번가의 프렌치 레스토랑에서 저녁 식사를 했다. 브라이언은 메뉴를 읽지 못해서 손가락으로 가리켜야 했고, 앤은 준비한 드레스가 너무 꽉 조여서 막판에 갈아입어야 했다.

"앤은 아이를 낳자마자 신부 앞에서 결혼식을 올리고 싶어 해. 그런데 아내의 배를 보고도 결혼식을 허락해주는 교구가 없어. 앤은 아기의 세례식 날이나 되어야 결혼을 축복해줄 신부를 찾을 수 있을 것 같대."

"어쨌든 결혼한 건 맞잖아." 프랜시스가 이렇게 말하며 다정한 축하 인사를 건넸다. 그는 잠시 임신 날짜를 계산해본 것을 들키지 않았기를 바랐다. 그는 정말 그런 것을 신경 쓰지 않았다. 옛 습관일 뿐이고 미국에 살면서 점점 잃을 것이다. 여기 사람들은 반팔에 반바지를 입고 미사를 보러 간다. 얼마 전에는 택시를 모는 여자와 속바지만 입고 타임스퀘어를 돌아다니는 사람들도 보았다.

"한번 볼래?" 브라이언이 모자를 벗으며 물었다. 목이 길고 가는 금발 미녀의 사진이 안감에 꽂혀 있었다. 그 옆에 성 미카엘의 기도 카드, 그리고 앳된 브라이언과 낯선 소년의 사진이 있었다.

"그건 누구야?" 프랜시스가 물었다.

"내 동생 조지야. 셰이 스타디움에서 찍었어."

모자 안에 사진을 넣을 생각은 못했지만 프랜시스도 성 미카엘의 기도 카드를 지갑에 넣어 가지고 다녔다. 그는 경찰학교 수료식 날 레나 테오발도에게 청혼하고 승낙을 받았다. 머지않아 그도 사람들에게 임신 소식을 전하게 될 것이다. 레나는 반은 폴란드, 반은 이탈리아 사람이다. 가끔 그녀가 가방에서 뭔가를 찾거나 손가락 관절로 칼날을 움직이며 사과 껍질을 벗기는 모습을 보다가, 그녀를 만나지 못했을 수도 있다고 생각하면 몸서리가 쳐질 만큼 두려워졌다. 내가 미국에 오지 않았다면? 그녀의 부모님이 미국에 오지 않았다면? 미국이 아닌 곳에서 폴란드 사람과 이탈리아 사람이 만나 레나 같은 아이를 낳을 수 있었을까? 그날 아침 그녀가 가족이 사용할 파티룸을 예약하려고 삼촌의 술집에 들렀을 때 내가 없었다면? 그녀는 여동생이 곧 대학에 간다며 전액 장학금을 받을 정도로 똑똑하다고 말했다.

"너도 고등학교를 졸업하면 그럴 수 있을 거야." 프랜시스가 이렇게 말하자 그녀는 웃으며 고등학교는 작년에 졸업했고 대학은 선택지에 없지만 좋아하는 일을 하고 있으니 괜찮다고 말했다. 그녀는 심한 곱슬머리였고 끈 없는 상의 위로 구릿빛 어깨를 드러내고 있었다. 그녀는 5번가에 있는 제너럴 모터스의 데이터 처리 부서에서 일했다. 파오 슈와츠(150년이 넘는 역사를 자랑하는 뉴욕의 유명 장난감 가게-옮긴이)가 있는 건물이었다. 그는 미국에 온 지 불과 몇 개월밖에 안 되어서 파오 슈와츠가 뭔지도 몰랐다.

"사람들이 계속 시내에서 살 거냐고 물어보더라." 브라이언이 말했다. "지금 살고 있는 퀸스 집이 너무 좁기는 해."

프랜시스는 어깨를 으쓱했다. 뉴욕 외곽에 대해 아는 것이 전혀 없었지만 평생 아파트에서 살 것 같지는 않았다. 그는 땅과 정원, 숨 쉴 공간을 떠올렸다. 일단 결혼식부터 올리고 레나의 부모님과 함께 살면서 돈을 모아볼 생각이었다.

"길럼이라는 동네 들어봤어?" 브라이언이 물었다.

"아니."

"나도 처음 들었어. 제프라고 알아? 경사인 것 같던데? 그 사람 말로는 여기서 북쪽으로 겨우 30킬로미터 거리인 데다 경찰들도 많이 산대. 〈브래디 번치〉(단란한 가정을 상징하는 미국 시트콤-옮긴이)처럼 집마다 넓은 잔디밭이 있고 아이들이 자전거로 신문 배달을 한다더라고."

"이름이 뭐라고?" 프랜시스가 물었다.

"길럼." 브라이언이 말했다.

"길럼." 프랜시스가 되뇌었다.

다음 블록에서 브라이언이 목이 마르다며 맥주 한 잔 정도는 괜찮지 않겠느냐고 말했다. 프랜시스는 그의 제안을 못 들은 척했다. 실제로 경찰들은 브라운스빌을 순찰하다 가끔 야외가 아닌 순찰차 안에서 술을 마셨다. 하지만 프랜시스는 겁이 나서가 아니라 이제 막 순찰을 시작했기 때문에 둘 중 한 사람에게라도 문제가 생기면 곤란하다고 판단했다.

"아이스크림을 넣은 탄산음료 한 잔 정도는 괜찮을 거야." 프랜시스가 말했다.

두 사람은 가게를 찾아 들어갔다. 문이 닫히지 않도록 벽돌 두 장을 받쳐두었는데도 문을 열자마자 실내에 갇혀 있던 열기가 훅하고 밀려 나왔다. 누렇게 변한 종이 모자를 쓰고 나비넥타이를 비뚤게 맨 할아버지가 카운터 뒤에 앉아 있었다. 그가 두 경찰관을 앞뒤로 살펴보는 동안 까맣고 통통한 파리 한 마리가 그의 머리를 향해 정신없이 달려들었다.

"탄산음료는 시원해요? 우유는 신선해요?" 브라이언이 물었다. 그의 목소리와 넓은 어깨가 정적을 채웠다. 프랜시스는 신발을 내려다보다가 고개를 들고 금이 가서 테이프로 고정해놓은 판유리를 쳐다보았다. 그는 훌륭하고 명예로운 일이라고 혼잣말을 했다. 시 예산이 삭감되어 1973년도 수료생은 없을 거라는 소문도 있었지만 그와 동기들은 무사히 교육과정을 마쳤다.

그때 무전기가 찌지직거리며 켜졌다. 아침마다 무전기로 가벼운 농담을 주고받지만 이번에는 달랐다. 프랜시스가 볼륨을 높였다. 남부대로 801번지에 있는 식료품점에서 총성이 울렸으며 강도 사건이 의심된다는 내용이었다. 가게 출입문을 쳐다보니 803번지였다. 카운터 뒤에 있던 노인이 벽 뒤를 가리키며 말했다. "저기에 도미니카 사람들이 있어." 그의 말이 허공으로 떠올라 그곳을 맴돌았다.

"여기는 총성이 들리지 않았다, 거기는 들렸는가?" 프랜시스가 물었다. 무전 요원이 그의 질문을 반복했다. 목구멍에서 사타구니까지 소름이 쫙 끼쳤지만 그는 출입문으로 이동하면서 무전기를 더듬었다.

프랜시스가 앞장서고 브라이언이 그 뒤를 바짝 쫓아갔다. 두 신참은 식료품점 문 앞에 도착하여 허리춤에 있는 권총집을 열었다. "기다려야 하지 않을까?" 브라이언이 물었지만 프랜시스는 공중전화와 철창으로 막아놓은 환풍기를 지나 앞으로 계속 나아갔다. 그리고 가게 안으로 성큼 들어서며 소리쳤다. "경찰이다!" 손님이나 강도의 흔적이 전혀 보이지 않았다.

"프랜시스." 브라이언이 금전등록기 너머로 고개를 끄덕였다. 담뱃갑에 피가 흩뿌려져 있었다. 누군가의 심장이 힘차게 뛰고 있었음을 보여주는 혈흔이었다. 빨간색보다는 보라색에 가까운 혈흔이 물로 얼룩진 천장과 녹슨 환풍구에까지 튀어 있었다. 프랜시스는 금전등록기 너머의 바닥을 재빨리 훑어본 뒤 소름 끼치게 조용한 복도를 따라 걸어갔고, 잠시 후 창백한 얼굴로 청소 도구함 앞에 모로 널브러져 있는 남자를 발견했다. 그의 옆으로 엄청난 양의 혈액이 흘러나오고 있었다. 브라이언이 무전을 하는 동안, 프랜시스는 남자의 턱 아래에 움푹 팬 곳을 검지와 중지로 눌렀다. 곧이어 남자의 팔을 곧게 펴고 손목에도 검지와 중지를 갖다 댔다.

"여기서 이러고 있기에는 너무 더워." 브라이언이 시신을 향해 얼굴을 찌푸리며 말했다. 그리고 옆에 있는 냉장고에서 맥주를 꺼내더니 선반 끄트머리에 내려쳐 뚜껑을 열고 단숨에 들이켰다. 프랜시스는 브라이언이 말해준 동네에서 이슬이 맺혀 시원한 잔디밭을 맨발로 걷는 상상을 했다. 인생이 어디로 흘러갈지는 예상할 수 없다. 그가 경찰학교에 들어가기로 마음먹고 팻시 삼촌에게 말했듯 뭔가를 정말 좋아하는지 확인해볼 방법은 없다. 조금씩 계속해서 시도하다 보면 어느새 뭔가가 되어 있을 뿐이다. 그 역시 어느 날 눈을 떠보니 대서양 너머의 늪지에 와 있었고, 그다음에는 미국, 아니 전 세계에서 가장 유명한 도시에 있는 가장 악랄한 동네의 경찰이 되어 있었다.

죽은 남자의 얼굴이 잿빛으로 변하는 동안, 프랜시스는 물에 빠진 사람처럼 목을 길게 내밀고 턱을 한껏 들어 올린 그의 모습을 보면서 얼마나 필사적이었을지 생각했다. 시신을 본 것은 이번이 두 번째였다. 첫 번째는 지난 4월 뉴욕항에 떠오른 시신이었는데 사람처럼 보이지 않아서인지 실감이 나지 않았다. 그를 데려간 경위가 속이 안 좋으면 보트 옆으로 가서 토하라고 했지만 프랜시스는 괜찮다고 말했다. 그는 몸은 한낱 그릇에 불과하며 영혼이야말로 자아의 등불이라는 그리스도교 형제 수도회의 이야기를 떠올렸다. 첫 번째 시신은 이미 오래전에 영혼과 분리되어 갑판으로 끌어올려졌을 때는 물을 흠뻑 머금은 고깃덩이에 불과했지만, 두 번째 시신은 바로 눈앞에서 영혼과 조금씩 분리되고 있었다. 아일랜드였다면 그의 영혼이 날아갈 수 있도록 창문을 열었겠지만, 사우스 브롱크스에서 풀려나온 영혼들은 사방의 벽을 두드리다가 더위에 시들고 지쳐서 모든 걸 체념하고 나서야 자유로워질 것이다.

"문 좀 열어줄래?" 프랜시스가 말했다. "숨을 못 쉬겠어."

그때 알 수 없는 소리가 들려왔다. 프랜시스는 그 자리에 얼어붙은 채 천천히 권총으로 손을 가져갔다.

브라이언이 휘둥그레진 눈으로 그를 쳐다보았다. 또다시 그 소리가 들렸다. 누군가가 리놀륨 바닥을 속삭이듯 살금살금 걷고 있었다. 그들은 서로를 엿들었다. 한 사람이 미동도 없이 바닥에 누워 있는 동안 나머지 세 사람의 심장은 각자의 우리 안에서 요동쳤다. "손들고 앞으로 나와." 프랜시스가 소리치자 한 남자가 두 사람 앞에 모습을 드러냈다. 하얀 내의와 하얀 반바지에 하얀 운동화를 신고 냉장고와 벽 사이의 비좁은 공간에 숨어 있던 멀대 같은 10대였다.

한 시간 후 프랜시스는 소년의 손을 쥐고 다섯 손가락 하나하나를 잉크에 굴려 두꺼운 종이에 찍었다. 곧이어 네 손가락과 엄지손가락을 따로 찍었다. 처음에는 왼손, 그다음은 오른손 그리고 다시 왼손. 각각 관할지역, 주, 연방을 위한 세 장의 서류였다. 첫 번째 서류를 작성하고 나니 나름의 리듬이 생겨서 고대 무용을 하듯 그의 손을 꽉 잡고 굴린 후에 풀어주기를 반복했다. 프랜시스는 따뜻하지만 메마른 소년의 손에서 어떠한 긴장감도 감지하지 못했다. 브라이언은 벌써 보고서를 작성하고 있었다. 식료품점 주인은 앰뷸런스가 도착하기 전에 사망했고, 여기에 그 살인범이 있었다. 두 손은 어린아이처럼 부드러웠고 손톱은 깨끗하게 잘 손질되어 있었다. 그의 손은 맥없이 고분고분했다. 세 번째 카드를 작성할 때쯤에는 알아서 돕기까지 했다.

서류작업을 모두 끝내고 나니 선배들이 첫 체포 후에는 회식을 하는 것이 관례라고 말했다. 범인을 체포한 사람은 프랜시스였지만 선배들은 브라이언도 데려갔고, 그럴 때마다 그는 다른 얘기를 했다. 그 애가 걸어 나와서 위협했다느니, 온 사방에서 피가 떨어지고 있었다느니, 프랜시스가 범인을 쓰러뜨려 제압하는 동안 자기는 출구를 막고 있었다느니.

"네 파트너 말이야." 한 선배가 프랜시스에게 말했다. "아주 창의적이야."

브라이언과 프랜시스는 서로를 바라보았다. 우리가 파트너라고?

"서장님 지시가 있을 때까지는 둘이 파트너야." 선배가 말했다.

주방장이 접시에 높이 쌓아 올린 버거를 가져다주며 가게에서 내는 거라고 말했다.

"벌써 집에 가?" 잠시 후 브라이언이 프랜시스에게 말했다.

"그래, 너도 가야지. 임신한 아내도 있는데 얼른 들어가." 프랜시스가 말했다.

"그래서 나와 있는 거잖아." 한 사람이 농담을 던졌다.

지하철을 타고 베이 리지까지 돌아가는 데 한 시간 15분이 걸렸다. 프랜시스는 집에 도착하자마자 사각팬티를 벗고 팻시 삼촌이 거실에 놓아준 침대로 기어들어갔다. 누군가가 소년의 어머니에게 전화했고, 다른 누군가가 소년을 유치장으로 데려갔다. 프랜시스는 소년이 목이 마르다고 해서 자판기에서 탄산음료를 뽑아주었다. 그는 음료를 벌컥벌컥 마시고 거기에 수돗물을 채워달라고 요청했다. 프랜시스는 빈 캔을 화장실로 가져가 물을 채웠다. "바보 같은 짓이야." 사복을 입은 경찰이 말했다. 그는 아직 직원들의 이름을 다 외우지 못했다. 누가 알겠는가? 식료품점 주인이 소년에게 뭔가 나쁜 짓을 했을지도 모른다. 그래서 마땅한 벌을 받았을지도 모른다.

팻시는 아직 귀가 전이었다. 프랜시스는 레나에게 전화를 걸면서 어머니를 거칠 필요 없이 그녀가 바로 받아주기를 간절히 바랐다.

"오늘 무슨 일 있었어?" 그녀가 잠시 대화를 나누다 물었다. "보통 이렇게 늦게 전화하지 않잖아." 프랜시스는 시계를 쳐다보고 자정이 다 되어간다는 걸 확인했다. 서류작업을 마치고 맥주를 마셨더니 생각보다 늦어졌다.

"미안. 그만 가서 자."

침묵이 길어진다는 생각이 들 때쯤 그녀가 입을 열었다.

"무서웠어?" 그녀가 물었다. "나한테는 말해줘야지."

"아니." 그가 말했다. 무서웠던 건 아니었다. 적어도 그가 아는 두려움은 느끼지 않았다.

"그러면 왜 그러는데?"

"모르겠어."

"너무 담아두지 마, 프랜시스." 그녀가 그의 생각을 읽기라도 한 것처럼 말했다. "우리에게는 계획이 있잖아, 당신과 나 말이야."

Contents

두 사람

재회

그럼

Ask Again, _____ Yes

01

길럼은 적막하지만 꽤 괜찮은 동네였다. 레나 테오발도가 받은 첫인상은 그랬다. 휴가를 보낸다면 하루 이틀은 너무 좋아도 사흘째부터는 떠날 날만을 고대할 그런 곳이었다. 사과나무와 단풍나무, 현관 테라스가 있는 너와집, 옥수수밭, 낙농장, 자기 집이 6백 평 잔디밭 위에 있다는 사실을 까맣게 잊은 듯 길거리에서 스틱볼을 하는 아이들까지 상당히 비현실적이었다. 뒤늦게 안 사실이지만 아이들이 하던 스틱볼, 사방치기, 캔 차기는 그들의 부모가 그곳에서 자라면서 했던 놀이였다. 동네 남자들은 공동주택이 다닥다닥 붙어 있던 시절 아버지에게 배운 대로 아들을 길 한가운데로 데려가 공 던지는 법을 가르쳤다. 그녀가 그 여정에 동행한 이유는 어차피 할 일이 없기도 했고, 그날 베이 리지에 머물렀다면 아들이 베트남에서 실종된 이후 정신을 놓은 버나드 부인에게 음식을 가져다주라는 어머니의 심부름을 해야 했을 것이기 때문이다.

레나는 사촌 캐롤리나의 드레스를 6일 후에 입을 수 있도록 수선하여 침실 문 뒤의 고리에 걸어두었다. 웨딩슈즈와 베일도 준비했다. 기다리는 것 말고는 딱히 할 일이 없었던 그녀는 직장 동료에게 전해 들은 동네를 잠깐 둘러보고 오자는 프랜시스의 제안을 흔쾌히 받아들였다. 아름다운 가을날에 몇 시간 교외 나들이를 다녀오는 것도 좋을 것 같았다. 두 사람이 공공도서관 벤치에 앉아 점심으로 싸온 샌드위치를 먹고 보온병에 담아온 차를 마시는 동안 도서관에 들어간 사람은 단 한 명뿐이었다. 북행 열차가 역으로 들어오고 세 사람이 내렸다. 광장 건너편에는 델리와 유모차가 세워진 싸구려 잡화점이 나란히 있었다. 프랜시스는 장인의 닷선을 몰았다. 처남 카롤의 〈레드 제플린 IV〉 카피본이 테이프 데크에 꽂혀 있었다. 레나는 운전면허가 없었을뿐더러 운전을 하려는 생각조차 하지 않았다. 평생 배울 일이 없을 거라고 생각했다.

"와보니까 어때?" 프랜시스가 한결 익숙한 팰리세이드 파크웨이로 들어서며 물었다. 레나는 창문을 내리고 담배에 불을 붙였다.

"예쁘네." 그녀가 말했다. "조용하고." 그녀는 신발을 벗고 두 발을 대시보드 위에 올렸다. 그녀는 결혼식 전후로 일주일씩 2주간 쉬기로 했고, 토요일이었던 그날은 3년 만에 맞이한 가장 긴 휴가의 첫날이었다.

"열차 봤어? 미드타운으로 가는 버스도 있어." 그가 말했다. 그녀는 그 말을 별 의미 없는 정보의 조각으로 치부했다가 정강이를 걸어차이듯 그가 거기서 살고 싶어 한다는 것을 깨달았다. 물론 그는 그렇게 말하지 않았다. 그저 동료가 알려준 장소를 차로 둘러보며 확인하고 싶다고 했다. 그래서 결혼식과 관련된 대화에서 잠시 벗어나고 싶은 줄로만 알았다. 이탈리아와 폴란드에서 친척들이 와 있었고, 그녀의 부모님이 사는 아파트는 음식과 사람들로 매시간 북적였다. 아일랜드에서는 아무도 오지 않았지만 시카고로 이민 온 프랜시스의 친척들이 아일랜드 도자기를 보냈다. 그는 어차피 신부를 위한 날이라며 상관없다고 말했다. 그날 그녀는 그가 품고 있던 계획에 대해 알게 되었다. 그러나 너무 얼토당토않은 얘기라 그가 먼저 언급할 때까지는 재차 거론하지 않기로 결심했다.

몇 주 후 결혼식이 완전히 끝나고 하객들도 모두 돌아가고 나서 레나가 새로운 성과 반지를 가지고 직장으로 복귀했을 무렵 프랜시스가 부모님의 아파트에서 그만 나가자고 말했다. 처제 나투시아가 책을 가지고 거실로 나오면 비좁은 공간을 모두 까치발로 다녀야 했다. 카롤은 신혼부부에게 침실을 뺏겨서인지 늘 기분이 좋지 않아 보였다. 프랜시스 역시 혼자 있을 만한 공간을 갖지 못했다. 그 집에 있으면 늘 뭔가를 돕거나 해야 할 것만 같았다. 결혼 선물이 구석에 쌓여 있다 보니 장모는 크리스털 제품이 깨질까봐 항상 모두에게 주의를 주었다. 레나는 여섯 식구가―누가 들르느냐에 따라 더 많아지기도 했다―식탁에 둘러앉아 저녁 먹는 것을 좋아했다. 처음으로 그녀는 결혼해도 될 만큼 그를 잘 알고 있는지 궁금해졌다.

"그런데 어디로?" 그녀가 말했다.

두 사람은 스태튼섬을 구경하고 베이 리지를 둘러보았다. 요크빌, 모닝사이드 하이츠, 빌리지의 엘리베이터 없는 건물에도 가봤다. 그들은 다른 사람들의 물건, 선반에 진열된 사진, 폴리에스테르 꽃장식으로 가득한 주택가를 걸었다. 그럴 때마다 레나는 길럼으로 가는 길이 고속도로 출구처럼 다가오는 것을 볼 수 있었다. 축의금에다 월급도 대부분 저축해둬서 계약금은 충분했다.

1974년 1월의 어느 토요일 아침, 자정 순찰과 초과 근무를 마치고 베이 리지로 돌아온 프랜시스가 레나에게 우리가 살 집을 찾았다며 코트를 입으라고 말했다.

"난 안 갈 거야." 커피를 쳐다보던 그녀가 돌처럼 굳은 표정으로 그를 올려다보며 말했다. 안젤로 테오발도는 맞은편에서 십자말풀이를 하고 있었고, 고시아 테오발도는 달걀 두 개를 프라이팬 위에 깨뜨리던 참이었다. 190센티미터에 가까운 장신으로 근무복을 입고 서 있는 프랜시스의 얼굴이 벌겋게 달아올랐다.

"네 남편이다." 안젤로가 카펫에 장난감을 어질러놓고 치우는 것을 잊은 아이를 나무라듯 딸에게 말했다.

"당신은 조용히 해요." 고시아가 그에게 입을 다물라고 손짓을 하며 말했다. "우린 힌치네서 먹으마." 그녀는 이렇게 말하고 가스레인지 불을 껐다.

"그냥 가서 보기만 하자. 당신이 원하지 않는 건 아무것도 할 필요 없어."

"어, 그래." 레나가 말했다.

한 시간 20분 뒤, 레나는 보조석 창문에 이마를 맞댄 채 그들이 살게 될 집을 바라보았다. 외부 안내판에 '판매 중'이라는 글자가 선명히 적혀 있었다. 6월에 폈을 수국이 서리 맞은 막대 뭉치처럼 보였다. 집주인이 거주 중이고 진입로에 포드가 세워져 있어서 프랜시스는 시동을 그대로 켜두었다.

"저건 뭐지? 바위인가?" 수십만 년 전에 대자연이 만들어놓은 듯한 커다란 바위 다섯 개가 집 뒤편을 향해 작은 것부터 차례로 줄지어 서 있었고, 가장 큰 것이 150센티미터 정도였다.

"볼더야." 프랜시스가 말했다. "이 지역 곳곳에 있어. 중개인 말로
는, 건축업자들이 천연 담장으로 쓰려고 일부를 남겨놓은 거래. 저
걸 보면 아일랜드가 떠올라."

레나는 뭔가를 말하려는 듯 그를 쳐다보았다. 그래서 나를 여기로
데려왔구나. 그는 부동산중개인을 만났고 마음의 결정을 내렸다. 제
퍼슨가와 그 주변에 있는 워싱턴가, 애덤스가, 매디슨가, 먼로가의
집들이 가까이 모여 있는 것을 두고 프랜시스는 이 집들이 1920년대
에 지어져 오래된 데다 당시 마을에 있던 무두질 공장까지 모두 걸
어서 출근했기 때문이라고 설명했다. 그는 레나가 현관 테라스가 있
는 그 집을 좋아할 거라고 생각했다.

"난 누구랑 얘기하지?" 그녀가 물었다.

"이웃들이랑 하면 되지." 그가 말했다. "여기서 만날 사람들 말이
야. 당신은 누구보다 친구를 빨리 만들잖아. 함께 일하는 여자 동료
들도 있고. 버스정류장이 바로 블록 끝에 있으니까 원치 않으면 운
전은 배우지 않아도 돼." 그는 그녀의 운전기사가 되겠다며 우스갯
소리를 했다.

그는 근무 중에 목격한 일들을 중화하기 위해 숲과 고요함이 필요
하다는 것을 레나에게 설명하기가 힘들었다. 자신과 관할구역 사이
의 물리적인 장벽이라고 할 수 있는 다리를 건널 때면 하나의 삶에
서 나와 또 다른 삶으로 들어가는 것 같았다. 경찰관 글리슨은 저기
에, 프랜시스 글리슨은 여기에 존재할 수 있도록 머릿속에 모든 것
을 정리해두었다. 경찰학교에서 한참 선배였던 일부 교육관들은 30
년 동안 근무하면서 무기를 꺼낸 적이 한 번도 없었다고 주장했지

만, 프랜시스는 반년도 안 되는 기간 동안 수차례 무기를 꺼내야 했다. 최근에는 브루크너 고속도로 인근에서 벌어진 대치 상황에서 30세 남성이 선배 경사가 쏜 총에 가슴을 맞아 현장에서 즉사했다. 하지만 사람들은 모두 소문난 마약중독자에 무장까지 하고 있었으니 잘 죽인 거라고 말했다. 경사도 전혀 신경 쓰지 않는 것 같았다. 프랜시스는 다른 사람들처럼 고개를 끄덕였고 순찰을 마친 뒤에 술을 마시러 나갔다. 하지만 이튿날 누군가는 한사코 대기실을 떠나지 않으려는 남자의 어머니와 아이들 엄마에게 무슨 일이 있었는지 설명해야 했고, 난처해하는 사람은 프랜시스 자신뿐인 것 같았다. 그 역시 누군가의 아들이었고, 아버지였다. 늘 마약중독자이기만 했던 건 아니었다. 프랜시스는 커피포트 옆에 서서 유가족이 빌어먹을 집으로 돌아가기를 바랐다. 죽은 남자가 보잘것없는 22구경 권총을 섣불리 휘둘렀던 순간뿐 아니라 그의 나머지 삶 전체가 눈앞에 보이는 것만 같았기 때문이다.

프랜시스는 일이 바쁜 것 말고는 괜찮다고만 할 뿐 그 일에 대해서는 일언반구 하지 않았다. 하지만 레나는 그가 뭔가를 숨기고 있다는 것을 감지하고 그 집을 다시 한번 쳐다봤다. 그리고 현관 발치에 한 줄로 심어놓은 환한 꽃들을 상상했다. 손님용 침실도 마련할 수 있었다. 사실 길럼에서 버스를 타면 베이 리지에서 지하철을 타는 것보다 더 빨리 맨해튼 미드타운에 도착할 수 있었다.

두 사람은 이삿짐 트럭을 빌려 뉴욕 북부의 길럼으로 이사했고, 그로부터 몇 주 후인 1974년 4월에 레나는 극장 옆의 작은 동네 진료실에서 임신 9주 차라는 사실을 알게 되었다. 의사는 버스를 향해 뛸 수 있는 날도 얼마 남지 않았다고 말했다. 이제 그녀가 할 수 있는 일은 편안한 마음으로 잘 챙겨 먹고 너무 오래 서 있지 않는 것뿐이었다. 레나는 프랜시스와 집 주변을 둘러보며 토마토를 심을 곳을 찾다가 임신 사실을 전했다. 프랜시스는 그 자리에 멈춰 서서 몹시 당혹스러워했다.

"어떻게 된 일인지 알잖아, 안 그래?" 그녀가 사뭇 진지한 표정으로 물었다.

"일단 어디에 좀 앉자." 프랜시스는 토마토 모종을 내려놓고 레나의 어깨를 감싸 안아 테라스로 데려갔다. 전 집주인이 남겨둔 녹슨 연철의자 두 개를 내다 버리지 않아 다행이었다. 그는 그대로 서 있다가 맞은편에 앉더니 다시 일어섰다.

"11월까지는 여기서 지내야겠지?" 레나가 물었다.

어머니가 포트 어소리티 버스터미널에서 달려드는 인파에 떠밀려 넘어질 수도 있다며 들볶는 통에 그녀는 임신 25주 차에 직장을 그만두었다. 마지막으로 타자기 커버를 덮던 날, 동료 여직원들이 구내식당에서 파티를 열고 선물 포장용 리본으로 장식한 신생아 모자를 씌워주었다.

레나는 하루 종일 집에서 그 어느 때보다 더 많은 자유 시간을 보냈고, 오른쪽 옆집 할머니가 방광암으로 세상을 떠나고 나서야 그 집에 노부부가 살았다는 사실을 알게 되었다. 불과 2주 후에 할아버지도 심각한 뇌졸중으로 세상을 떠났다. 한동안 빈집에는 변화의 기미가 보이지 않았고, 레나는 그 집을 모두의 기억에서 잊힌 가족 구성원처럼 여겼다. 노부부가 우편함에 달아놓은 풍경은 여전히 딸랑거리며 소리를 냈고, 쓰레기통 위에 놓인 작업용 장갑은 마치 누군가가 돌아와 사용해주기를 기다리는 듯했다. 어느덧 잔디밭 가장자리가 무성해지고, 비에 젖어 불어난 빛바랜 신문들이 진입로 상단에 쌓이기 시작했다. 어느 날 레나는 방치되어 있던 옆집에 가서 신문 더미를 치웠다. 어쩌다 한 번 부동산중개인이 커플을 데리고 진입로를 올라왔지만 달라지는 것은 없었다. 어느 순간 레나는 TV를 켜지 않으면 말을 하거나 사람 목소리를 듣지 않고도 하루를 보낼 수 있다는 것을 깨달았다.

결혼 1주년으로부터 한 달이 지난 1974년 11월에 내털리 글리슨이 태어났다. 레나의 어머니가 산후조리를 돕는다고 딸네 집을 방문했지만, 제 손으로 찻물도 끓이지 못하는 남편 걱정에 일주일밖에 있지 못했다. 게다가 도움이라고 해봤자 하루 종일 침대에 기대어 아기를 어르는 것이 다였다. "내가 네 할머니란다, 꼬마야. 만나서 반갑다."

"날씨가 어떻든 매일 아기를 데리고 나가서 한 시간씩 동네를 돌아라." 고시아가 딸에게 충고했다. 내털리는 모직 담요에 싸인 채 유모차 안에 잠들어 있었다. "가로수와 매끈한 보행로를 둘러보렴. 이웃에게 손을 흔들어주면서 네가 얼마나 운 좋은 여자인지, 저 녀석이 얼마나 운 좋은 아이인지 생각해야 해. 서랍장이 벌써 옷으로 한가득이잖니. 프랜시스는 좋은 남자야. 몇 번이고 되새기거라. 그리고 이 가게 저 가게에 들러서 통성명을 하고 최근에 이사 왔다는 걸 알려라. 새로 온 아기는 누구나 좋아하니까."

레나가 울기 시작했다. 버스가 도착하자 그녀는 유모차를 인도에 버려둔 채 아이를 안고 엄마를 따라 버스에 올라 영영 떠나버리고 싶은 강렬한 충동을 느꼈다.

"네가 태어났을 때 나는 널 셰플린 부인에게 맡겨놓고 떠나는 상상을 하곤 했어. 셰플린 부인 기억나니? 우유를 사 올 동안 너를 봐달라고 부탁하고 다시는 돌아오지 않을 생각이었지."

"뭐라고요? 정말이에요?" 눈물이 순식간에 말라버렸다. 너무 뜻밖이라 웃음이 났다. 정신없이 웃다 보니 어느새 다시 울고 있었다.

얼마 후 1975년 현충일이 있었던 주 금요일, 레나는 2층 흔들의자에 앉아 내털리에게 젖을 먹이며 창밖을 내다보다가 이삿짐 트럭이 멈춰 서는 것을 보았다. 그녀는 얼마 전 임신 2개월이라는 사실을 알게 되었고, 의사는 아일랜드 남편이 아일랜드 쌍둥이를 갖게 해준 거나 다름없다며 농담을 했다. 그러고 보니 부동산중개인의 광고판이 몇 주 전부터 보이지 않았다. 프랜시스가 드디어 옆집이 팔렸다고 말했던 것도 기억났다. 최근에는 너무 피곤해서 한 가지 생각을 이어가기가 힘들었다.

그녀는 내털리를 팔꿈치 안쪽에 끼고 부리나케 계단을 내려가 현관으로 나갔다. "안녕하세요!" 그녀가 새 이웃을 향해 소리쳤다. 나중에 그녀는 프랜시스에게 그 만남에 대해 이야기하면서, 괜히 촌스러운 말을 해서 나쁜 인상을 남길까봐 두려웠다고 말했다. 내털리는 배가 덜 찼는지 작은 주먹을 빨았다.

예쁜 아일릿 선드레스를 입은 금발 여성이 양손에 전등을 하나씩 들고 진입로를 올라가고 있었다.

"그 집을 사셨나봐요." 레나가 새된 목소리로 말했다. "저는 레나라고 해요. 저희는 작년에 이사 왔어요. 잘 오셨어요! 뭐 좀 도와드릴까요?"

"저는 앤이에요." 새 이웃의 대답에서 아일랜드 억양이 희미하게 묻어났다. "저기는 남편 브라이언이고요." 그녀가 정중한 미소를 지었다. "아기는 몇 살이에요?"

"6개월이요." 레나가 말했다. 그해 처음으로 따뜻했던 날, 내털리를 보며 감탄하고 아이가 잡을 수 있도록 손가락을 내밀어줄 새로운 인물이 등장한 것이다. 오만가지 질문이 떠올랐다. 어디서 이사 왔는지, 결혼한 지는 얼마나 됐는지, 왜 길럼을 선택했는지, 남편과 어떻게 만났는지, 어떤 음악을 좋아하는지, 아일랜드의 어느 지역 출신인지, 이삿짐을 풀어놓고 부부가 함께 한잔하러 올 생각이 있는지.

앤에게는 무척 아름다운 외모 외에도 뭔가 다른 것이 있었다. 예전에 레나가 승진에서 미끄러졌을 때 직장 상사 이든 씨는 실적 때문이 아니라 다른 여직원의 존재감이 더 컸을 뿐이라고 설명했다. 승진한 사람은 고객들을 맞이하는 업무를 맡을 예정이었다. 레나는 그 말이 무슨 뜻인지도 모르면서 바보처럼 보이기 싫어서 짐짓 이해하는 척 자리로 돌아갔다. 아마 지나치게 브루클린스러운 억양 때문이었을 것이다. 점심을 먹은 후에 책상에서 머리매무새를 고치는 습관 때문이었을 수도 있다. 한 번은 어금니 사이에 셀러리가 끼었는데 혀로는 도저히 뺄 수 없어서 입 안에 손가락을 넣어 손톱으로 슬슬 달래어 빼낸 적도 있었다. 레나는 새 이웃도 그 존재감이라는 것을 가지고 있는지, 그건 선천적으로 타고나는 것이어서 절대로 배울 수 없는 건지 궁금했다.

앤이 배에 손바닥을 얹고 어깨 너머로 남편을 흘긋 돌아보더니 목소리를 낮추어 말했다. "몇 달 후면 친구가 생길 거예요."

"정말 잘됐네요!" 레나가 말했다.

바로 그때 두 사람 뒤에서 잔디밭을 가로지르던 브라이언 스탠호프가 아내의 말을 듣더니 뭔가에 발을 헛디딘 듯 비틀거렸다. 그는 그들에게 다가와 인사를 건네는 대신 황급히 트럭으로 돌아가 이삿짐을 마저 내렸다. 레나가 피곤하거나 메스껍지 않은지 묻자 앤은 모든 게 정상이라고 답했다. 레나는 임산부마다 다르겠지만 크래커를 침대맡에 두면 유용할 수 있다, 허기를 그냥 넘겼다가는 하루 종일 울렁거릴 수 있다고 조언해주었다. 앤은 남편이 신경 쓰이는지 듣는 둥 마는 둥 고개를 끄덕였다. 사실 레나도 다른 사람의 말에 그다지 귀 기울이지 않았었다. 모두 직접 겪어봐야 안다.

마침내 브라이언이 두 사람에게 다가왔다. "저는 프랜시스와 함께 일하고 있습니다." 그가 말했다. "아니, 일했었죠. 41구역에 있었던 몇 주 전까지는요."

"그럴 리가요." 레나가 말했다. "정말 엄청난 우연이네요!"

"꼭 그렇지만은 않아요." 브라이언이 활짝 웃으며 말했다. "이 집에 대해 말해준 게 그 친구거든요. 얘기 못 들으셨어요?"

나중에 그녀는 귀가한 프랜시스에게 친구네 가족이 이사 온다는 걸 왜 말하지 않았냐고 물었다. 미리 알았다면 음식을 마련해서 환영 파티를 해줄 수도 있었다. 그가 얘기했다고 주장하자 그녀는 옆집이 팔렸다고만 했지, 친구에게 팔렸다고 말하지는 않았다고 받아쳤다.

"글쎄, 친구라고 할 것까지는 없는데." 프랜시스가 말했다.

"그 사람이랑 일도 하고 밥도 먹었잖아. 경찰학교 때부터 알던 사이고 한동안 파트너이지 않았어? 그러면 친구지." 레나가 말했다.

"미안." 프랜시스가 말했다. "잊고 있었어. 전근 가고 몇 주 못 봤거든." 그는 레나를 가슴팍으로 끌어당겼다. "부인은 언제 보았어? 두 사람이 아이를 잃었다고 얘기했던가? 사산된 것 같아. 아마 2년 전이었을 거야."

숨이 턱 막혔다. 레나는 2층 아기침대에 잠든 내털리의 따뜻한 배가 오르락내리락하는 모습을 떠올렸다. "끔찍하다." 그녀는 자신의 조언을 잠자코 듣고 있던 앤을 떠올리며 몸서리쳤다.

레나는 이웃의 배를 예의주시했지만 매번 헐렁한 옷을─근무 날에는 특대형 간호사용 수술복, 쉬는 날에는 페전트 블라우스와 바닥에 쓸릴 정도로 긴 치마─입는 바람에 배가 얼마나 불렀는지 확인할 수 없었다. 아침에 앤이 열쇠를 들고 서둘러 차로 향하는 모습을 볼 때면 다른 여자가 누리는 자유가 부러워 소소한 질투심이 타올랐다. 가끔 밖에 있는 앤을 발견하고 우편함 쪽으로 나가서 대화를 나누려고 하면 그녀는 대개 가벼운 손 인사만 건네고 집으로 들어가버렸다. 앤의 차가 진입로에 세워져 있는 걸 확인하고 현관문을 두드려봐도 아무런 대답이 없었다. 토요일 밤이면 아무 때고 상관없으니 날짜를 정해서 저녁을 먹으러 오라는 내용의 쪽지를 우편함에 넣어두어도 아무런 반응이 없었다.

프랜시스는 그들이 쪽지를 받지 못했거나 우편배달원이 가져갔을 수도 있다고 말했다. "브라이언에게 물어봐줄 수 있어?" 레나가 물었다.

"내 말 좀 들어봐." 프랜시스가 말했다. "걱정할 것 없어. 친구를 너무 가깝게 사귀는 걸 싫어하는 사람들도 있는 거야. 난 알겠는데, 당신은 모르겠어?"

"나도 다 알아." 레나는 이렇게 말하고 내털리를 품에 안은 채 침실로 올라가 침대 끝에 앉았다.

여름이 지나간 어느 토요일, 레나는 프랜시스가 마당에서 갈퀴질을 하던 브라이언과 두 집의 진입로 사이에 있는 길고 좁다란 잔디밭 위에서 대화하는 것을 발견했다. 프랜시스는 너무 심하게 웃느라 몸을 살짝 구부리고 숨을 골라야 했다. 레나는 건강한 여자아이 사라를 출산했지만, 내털리가 틈만 나면 두 발로 아슬아슬하게 서서 계단으로 걸어가는 통에 아기가 쉴 때 같이 쉴 수 없었다. 스탠호프 부부가 이사 오고 꼬박 아홉 달이 지났으니 아무리 임신 초기였어도 그쯤이면 아기가 태어났어야 했다. 하지만 레나는 옆집에서 위기를 감지한 적이 없었고, 그 집은 잃어버린 아이가 가져왔을 슬픔 같은 것을 감추고 있었다. 어느 날, 식료품점에 다녀온 레나는 뒷좌석에서 울고 있는 두 아이를 내버려둔 채 열린 트렁크 앞에 서서 집으로 옮겨야 할 십여 개의 쇼핑백을 바라보고 있었다. 그러다 무심코 고개를 들었는데 앤이 현관 테라스 끝에서 자신을 쳐다보고 있었다. 운전을 배우기는 했지만 영 자신이 없었다. 프랜시스 없이 다녀올 수 있는 곳은 식료품점뿐이었다. 자신이 무심결에 저지른 실수를 앤이 봤을까봐 두려웠다.

"안녕하세요!" 레나가 큰소리로 외쳤지만 앤은 돌아서서 집으로 들어갔다.

사라의 첫돌이 가까워졌을 때쯤 앤의 배가 불러오고 있는 것처럼 보였다. 레나는 프랜시스에게 다음에 브라이언을 만나면 물어보라고 졸랐다.

"그만 좀 해." 프랜시스가 말했다. "말하고 싶으면 하겠지."

그리고 마침내 그날이 오고야 말았다. 레나가 남편의 셔츠 단추를 꿰매고 있을 때였다. 프랜시스가 주방에 들어오더니 싱크대에서 손을 씻고는 등을 돌린 채, 당신 말대로 스탠호프 부부가 정말 아이를 가졌다고 말했다. 누가 남자 아니랄까봐 자세한 내용은 하나도 듣지 못했지만, 온종일 차를 진입로에 세워두고 출근하지 않는 걸로 봐서 예정일이 임박한 것 같았다. 적당한 때를 기다리던 레나는 어느 날 사라를 놀이울에 넣고 내털리에게 TV를 켜준 후 낡은 유아용 그네를 접어서 들고 눈가루가 흩뿌려진 진입로를 가로질러 스탠호프 부부의 현관으로 터벅터벅 걸어갔다. 앤은 레나의 행동에 당황한 듯했고, 그녀를 집 안으로 초대하지는 않았지만 그네를 펼치는 방법과 끈을 사용하는 방법을 알려달라고 요청했다. 신이 난 레나가 그 자리에서 장갑을 벗고 그네를 펼치는 방법과 천을 떼어 세탁한 후 다시 프레임에 씌워 고정하는 방법을 알려주었다. 대화를 나누던 중에 얇은 모직 카디건을 걸친 앤이 다음 주에 출산할 예정이라고 말했고, 레나도 셋째를 임신했다고 털어놓았다. 아직 어머니에게도 말하지 않은 사실이었다. 레나는 자신의 출산 예정일을 계산해보고 스탠호프 부부에게 6개월간 그네를 빌려줬다가 돌려받으면 되겠다고 생각했다. 어차피 제조사에서 표기한 사용제한 연령도 6개월이었다. 서로 물건을 공유하고 도움을 주고받을 수 있을 것 같았다. 앤은 당분간 복직에 대한 결정을 미뤄두고 집에서 아기를 돌볼 예정이었다. 그녀는 고해성사를 하듯 자신의 일이 좋다고 말했고, 레나는 마음의

문이 열리는 것을 느끼며 집에서 아이를 돌보는 것이 보기보다 힘들다고 맞장구를 쳐주었다.

"뭐든 필요한 게 있으면, 때가 됐는데 브라이언이 집에 없다든지 하면 저를 찾아오세요." 레나는 진입로를 가로질러 집으로 돌아가면서 생각했다. 첫 단추부터 잘못 끼웠어. 아이를 잃었으니 애가 둘이나 있는 나를 마주하기가 힘들었겠지. 무의식중에 기분을 상하게 했을지도 몰라. 하지만 어차피 모두 지난 일인걸.

일주일도 채 지나지 않아 피터가 4.3킬로그램으로 태어났다.

"끔찍하더라." 브라이언이 프랜시스에게 말했다.

"내가 알기로는 원래 다 그래." 프랜시스가 말했다. 그러고는 말을 이었다. "너는 못 봤던가? 그때……."

"아니, 아니야. 이번이랑은 전혀 달랐어. 너도 알다시피 그때는 다들 예상했던 일이었으니까."

"그런 뜻이 아니라……."

"완전히 달랐어. 괜찮아."

앤은 퇴원 후 아들을 무릎에 올려놓고 직접 차를 몰아 집으로 돌아왔다. 아이를 안고 집으로 걸어가는데 두툼한 파란색 담요의 귀퉁이가 2월의 매서운 바람에 펄럭였다. 레나는 내털리와 사라가 그림을 그리고 '집에 온 걸 환영해요'라고 삐뚤빼뚤 적은 종이를 스탠호프 부부의 현관 앞에 펼쳐놓고 양귀비씨를 넣어 구운 빵으로 눌러두었다.

이튿날 아침, 프랜시스는 찻주전자를 끓이고 레나는 오트밀을 담고 있는데 초인종이 울렸다. 밤새 집이 바람에 덜컹거리더니 아침뉴스에서 카운티 전역의 나뭇가지들이 꺾여 떨어졌다는 소식을 전했다. 프랜시스는 그와 관련해서 누군가가 도움을 청하거나 단선, 도로 폐쇄 같은 문제를 알리기 위해 초인종을 누른 거라고 생각했다. 현관문을 열었더니 웬걸, 발목까지 내려오는 아름다운 낙타털 코트를 입고 단추를 목까지 채운 앤 스탠호프가 유아용 그네를 들고 서 있었다. 선홍색 립스틱을 발랐지만 눈 밑의 다크서클이 눈에 더 띄었다. "여기요." 그녀가 그네를 내밀며 말했다.

"별일 없죠?" 레나가 남편의 어깨 너머로 물었다. "아기는 괜찮아요?"

"제 아이는 제가 돌볼 수 있어요." 앤이 말했다. "남편에게 먹일 빵도 직접 구울 수 있고요."

레나의 눈이 휘둥그레졌다. "당연하죠!" 그녀가 마침내 말문을 열었다. "난 그저 처음에 힘든 걸 아니까……."

"하나도 안 힘들어요. 우리 애는 완벽하거든요. 괜찮다고요."

프랜시스가 두 사람의 대화에 재빨리 끼어들어 말했다. "네, 고맙습니다." 그네를 받아들고 문을 닫으려는데 레나가 그를 멈춰 세웠다.

"잠깐. 잠깐만 기다려봐. 오해가 있는 것 같은데, 그네는 그냥 가져가세요." 그녀가 말했다. "아기를 거기에 넣어두면 낮잠을 잘 거예요. 정말이에요. 저희는 쓰지도 않아요."

"내 말 못 들었어요?" 앤이 말했다. "필요 없다고요. 아들에게 필요한 건 내가 다 사줄 수 있어요."

"잘 알겠습니다." 프랜시스는 이렇게 말하고 문을 닫은 후 접힌 그네를 소파에 던졌다. 그네가 쿠션에 부딪혔다가 바닥에 덜커덕하고 떨어졌다. 그는 나무 수저를 들고 입을 벌린 채 거실 한가운데에 서 있는 레나에게 어깨를 으쓱하며 말했다. "스탠호프가 안됐어. 괜찮은 친구거든."

"도대체 내가 뭘 잘못한 거야?" 레나가 물었다.

"그런 거 아니야." 프랜시스가 차와 신문이 있는 주방으로 돌아가며 말했다. "뭔가 잘못돼서 그래." 그리고 옆머리를 가볍게 톡톡 두드렸다. "더는 신경 쓰지 마."

여섯 달 후 늦지처럼 습한 8월에 케이트가 태어났다. 살갗이 닿기만 해도 둘 다 땀투성이가 되어서 아이가 미끄러졌기 때문에 젖을 먹일 수가 없었다. 레나는 하루 이틀 만에 모유 수유를 포기했고, 한밤중에 귀가한 프랜시스가 문 옆에 소지품을 그대로 내려놓고 케이트에게 그날의 첫 우유병을 물렸다. 레나도 그 틈에 잠시 쉬었다. 아빠가 딸에게 우유를 먹이며 서로를 바라보는 모습이 너무 다정해서 세 아이 모두에게 우유를 먹였으면 싶었다. "우리 귀한 딸." 프랜시스는 우유를 다 먹이고 나면 이렇게 말하고 어깨로 안아 올려 트림을 시켰다.

여섯 달 후 케이트가 맨몸으로 엎드려서 머리 무게를 지탱하는 법을 배우는 동안 피터는 시리얼과 사과주스를 먹었다. 훗날 두 아이는 자신들의 뇌가 언제 처음 서로의 존재를 인식했는지 궁금해했다. 피터는 열린 창문을 통해 케이트의 울음소리를 들었을까? 현관 난간에 서는 법을 배우는 동안, 인도에서 언니들이 끌어주는 수레를 타던 케이트를 보면서 저 애가 누군지 궁금해했을까?

케이트는 가장 오래된 기억에 관한 질문을 받을 때마다 빨간색 공을 들고 옆 마당을 뛰어다니던 피터라는 이름의 소년을 떠올렸다.

02

눈은 길럼을 비껴갈 예정이었다. 허드슨강을 가로질러 웨스트 체스터 카운티로 선회했다가 코네티컷을 지나 바다로 빠져나가야 했다. 하지만 뒤뱅 선생님이 담임을 맡고 있는 6학년 아이들은 사회학 교과서를 펼치라는 말을 듣는 순간에도 모두 무겁고 매서운 공기 속에서 눈보라가 다가오는 냄새를 맡고 있었다. 1989년이 되고 벌써 두 달이 지났는데도 피터는 공책에 '1988'이라고 적었다. 교사 휴게실의 라디오에서 뉴스가 나지막이 흘러나왔다. 눈보라가 허드슨강 서쪽으로 경로를 바꾸면서 주말 적설량이 23센티미터였던 인근 도시에 30센티미터가 더 내릴 것이라는 내용이었다. "눈이다!" 제시카 디엔젤리스가 책상에서 벌떡 일어나 교사 전용 주차장과 마주보고 있는 창문을 가리키며 말했다. 뒤뱅 선생님이 아이들의 주의를 환기하기 위해 교실 조명을 빠르게 켰다 껐다. 그러고는 이내 그곳으로 간 이유를 잊어버린 듯 어두운 교실에 우두커니 서서 학생들의 머리 너머에 있는 하늘을 쳐다보았다.

교내방송이 불쑥 켜지더니 마거릿 수녀의 숨소리가 마이크를 통해 들려왔다. "폭풍이 오고 있어서 오늘 수업은 정오까지만 하겠습니다. 부모님들께는 연락드렸습니다. 버스를 타는 어린이들은 11시 55분부터 줄을 서주세요."

눈보라가 학교에서의 일과를 망가뜨리는 바람에 아이들은 아직 손도 대지 않은 도시락을 선반에서 꺼내와 가방에 넣고 1시 15분에 할 예정이었던 단어 공부를 10시에 시작했다. 평소 가만히 앉아 있는 것을 힘들어하던 케이트는 마치 청력을 잃어버린 것 같았다. 피터는 두 줄이나 떨어진 자리에서도 극도의 부산함을 느낄 수 있었다. 뒤뱅 선생님이 칠판을 두드리며 허락할 때까지 미동도 하지 말라고 얘기했지만, 케이트는 파일과 대리석 무늬 공책을 가방에 마구 쑤셔 넣고 창밖을 더 잘 보기 위해 몸을 비틀었다. 그리고 리사 고든에게 집 뒷마당에 스케이트장을 만들고 싶다고 말했다. 리사 고든은 선생님 앞에서 케이트와 엮이기 싫은지 그 애를 무시하려고 애썼다. 하지만 케이트는 아랑곳하지 않고 아빠의 아이디어라고 설명했다.

"캐슬―린 글리―슨!" 뒤뱅 선생님이 케이트의 이름을 네 부분으로 나누어 부르는 식으로 네 번을 꾸짖었다. 그러나 평소처럼 복도로 내보내는 대신 애원하는 듯한 눈빛으로 시계를 가리켰다. 정확히 11시 55분에 케이트와 피터는 버스를 타는 아이들과 함께 복도를 따라 걸었다. 사슴가죽으로 만든 남색 구두를 신은 케이트는 책가방을 흔들면서 금방이라도 전력 질주를 할 것처럼 발끝으로 걸었다. 그리고 밖으로 나와 까만 얼음조각 위를 미끄러지듯 지나면서 두 팔을 만화처럼 휘둘렀다.

아이들이 스쿨버스 통로를 따라 비상구 자리로 달려가는 동안, 피터는 케이트를 바짝 뒤쫓았다. 케이트가 늘 앉는 자리에 멈춰 서자 피터는 유치원 때부터 그랬던 것처럼 안쪽으로 미끄러져 들어가 창가에 앉았다. 그리고 평소처럼 책가방을 바닥에 던지고 비닐이 씌워진 앞좌석의 뒷면에 무릎이 꽉 낄 때까지 미끄러져 내려갔다. 케이트는 반 아이들 모두를 바라보면서 얘기하기 위해 무릎을 꿇은 채 돌아앉았다.

"너 아침에 존한테 이겼더라." 케이트가 옆자리에 앉으며 말했다. "걔 화났어?" 매일 아침 남자애들은 월볼을 하면서 놀았고, 여자애들은 모여서 그 모습을 지켜보았다. 연초에 케이트가 남자애들 옆에 나란히 서자 그중 한 명이 뭐 하는 거냐고 물었다. 케이트는 세상에서 가장 빤한 일이라는 듯, 놀이에 참여하는 것이 자신에게는 완벽히 정상적인 일이라는 듯한 표정으로 주위를 둘러보았다. 사실 성 바르톨롬메오중학교에서 월볼을 하는 여자애는 한 명도 없었다. 케이트는 빠른 몸놀림으로 몇 분은 살아남았지만, 힘센 남자애들의 표적이 되어 공을 놓치고 또 놓쳤다. 결국 순식간에 삼진아웃을 당했고 벽돌 담장에 손바닥을 대고 서서 남자애들이 돌아가며 엉덩이를 향해 던지는 공을 맞아야 했다. 존 딜스가 도움닫기 후 공을 너무 가까이에서 던지는 바람에 피터는 놀라 움찔했고 케이트는 한 손으로 맞은 부위를 움켜잡았다.

"쓰레기 같은 자식." 피터가 낄낄대며 원래 자리로 돌아가는 존에게 말했다. 구경하던 여자애들은 케이트와 남자애들을 곁눈질할 뿐 누구의 편도 들지 못했다. 피터는 자기 차례가 되자 뒷다리를 간신히 스칠 정도로 살짝 공을 던졌고 남자애들은 다시 제대로 던지라고 재촉했다. "그건 바보 같은 규칙이야." 피터가 이렇게 말하며 다시

던지기를 거부하자 이상하게도 케이트가 불같이 화를 냈다. "왜 제대로 던지지 않았어?" 나중에 케이트는 듣는 사람이 없는지 확인하기 위해 좌우를 살핀 후에 씩씩대며 물었다. 피터는 다칠까봐 걱정되었다고 더듬더듬 말했다. 케이트는 그날 내내 피터에게 말을 걸지 않았다.

"있잖아, 케이트." 피터가 말을 꺼냈다. 뒤뱅 선생님이 칠판에 숙제를 적고 있을 때 문득 그날 아침에 있었던 일이 떠올랐다. 새벽에 엄마가 방에 들어와 뭔가를 찾으려는 듯 책장을 뒤지더니 아침 식사시간 내내 잔뜩 흥분해 있었다. 피터는 물어봤자 소용없다는 것을 잘 알고 있었다. 몇 시간 후 반 아이들이 몸을 구부리고 뒤뱅 선생님이 칠판에 적고 있는 것을 베껴 쓰고 있는 동안, 피터는 그 전주에 저녁을 먹고 나서 엄마에게 받은 모형선을 마지막으로 본 게 언제인지 생각해보았다. 생일은 아직 아니었고, 크리스마스도 막 지나간 뒤였다. 엄마는 프랜시스 드레이크 경의 골든 하인드를 똑같이 복제한 모형선을 주면서 진짜 배처럼 항해할 수 있다고 자랑스럽게 말했다. 돛과 돛대, 긴 함수, 타축, 방향타에 이르기까지 모든 것이 그 위대한 함선과 정확히 일치했다. 아빠가 가격을 물었지만 엄마는 못 들은 척했다. 아빠는 택배상자를 살피고 배송과 상품에 관한 정보를 찾아보았다. 무겁고 단단한 것으로 봐서 분명 장난감은 아니었다. 그렇다면 뭘까?

"내가 저번에 보여줬던 모형선 알지?" 피터가 물었다. "우리가 그걸 밖에 뒀었나?"

"몰라." 케이트가 말했다. "왜? 없어졌어?"

"응, 엄마가 아침에 찾는 것 같더라고."

케이트가 무릎을 꿇은 채 털썩 주저앉았다. "바위 옆에서 가지고 놀았잖아. 아, 그리고 물에 띄웠어. 그날 아니야?" 쌓인 눈 더미가 햇빛에 녹으면서 케이트네 진입로 꼭대기에서 도로로 좁은 물줄기가 흘렀고, 그 위에 반짝거리는 목선을 올려놨었다.

"그 후에도 가지고 있었던 것 같아."

케이트는 몸을 돌리고 커다란 적갈색 눈동자로 피터를 차분히 쳐다보았다. 파도로 일렁이던 물이 유리처럼 잔잔해지는 모습을 지켜보는 것 같았다. 유치원 때인가 1학년 때, 둘은 서로의 손을 하릴없이 가져가 손가락 관절을 우두둑하고 꺾거나 손가락의 폭과 길이를 비교하거나 주먹 쥔 손을 맞잡고 엄지 싸움을 했다. 그때도 피터는 케이트의 온전한 관심을 받으며 안정감을 느꼈다. 하지만 엄지 싸움을 할 나이는 이미 지났다. 케이트가 얼굴로 흘러내린 머리카락을 쓸어 넘겨 귀에 걸었다. 다른 아이들이 버스 뒷자리에서 케이트를 부르고 있었다. "혼날 것 같아?"

"아니, 괜찮을 거야." 피터는 이렇게 말하고 손가락 관절에 앉은 딱지의 가장자리를 손톱으로 들쑤셨다.

"그래도 찾아보는 게 좋겠다." 케이트가 말했다.

피터가 어깨를 으쓱하며 말했다. "그래."

수년간 피터가 부모님에 관한 문제를 꺼낼 때마다 케이트는 피터를 세심히 살폈고 평소답지 않게 조용했다. 둘이 바위 옆에 앉아 있었을 때였다. 케이트는 검은색 양모 타이즈를 머리에 뒤집어쓰고는 양 갈래로 묶은 머리처럼 허리까지 늘어뜨렸다. 그때 딱 한 번 케이트는 피터의 엄마가 다른 엄마들과 다르게 느껴지는 점들을 넌지시 일러주었다. 그날 두 아이는 피터의 엄마가 차를 몰고 와서 진입로에 세우고 좌우를 살피거나 누군가에게 인사를 건네지 않은 채 황급히 집으로 들어가는 모습을 지켜보았다. 케이트의 엄마는 밖에서 잡초를 뽑고 있었고, 말도나도 씨는 우편함 기둥을 칠하고 있었다. 두 집 아래에 사는 오하라 씨는 묘목을 심을 구덩이를 파면서 나중에 구덩이를 메우는 일을 도와줄 아이들을 주변에서 불러 모아두었다.

"너희 엄마는 왜 그러셔?" 그날 케이트가 물었다. 커다란 나무들이 작은 마당에 그늘을 드리웠다. 나뭇가지 사이로 햇살이 비치고 매미들의 합창이 점점 더 커지는 것으로 봐서 곧 아이들이 모두 집으로 돌아갈 시간이었다. 피터는 엄마가 집으로 돌아오기 전에 오하라 씨가 도움을 요청해주기를 바랐다.

"우리 엄마가 왜 그러냐니?" 피터가 잠시 후에 되물었다. 2학년인 두 아이는 얼마 전에 첫 번째 성찬식을 치렀다. 피터는 기도하듯 두 손을 벌리고 가장 큰 두 개의 볼더 사이에 길쭉이 자란 풀 위로 몸을 구부리더니 — 글리슨 씨가 저주를 퍼부으며 잔디 깎는 기계를 틈새로 넣어보려고 애썼지만 불가능했다 — 손바닥을 모아 메뚜기를 잡았다. 그리고 케이트가 메뚜기를 더 가까이에서 볼 수 있도록 양쪽 엄지로 날개를 잡아 얼굴로 가져다주자 손목으로 따뜻한 숨결이 느껴졌다. 여름 내내 메뚜기를 잡으려다 막 포기하던 참이었는데 바로 옆에 앉아 있는 걸 발견한 것이다.

"원래 좀 그래, 알잖아."

사실 피터는 진짜 답을 알지 못했다. 케이트도 마찬가지였다. 그래서 둘은 그 문제를 그냥 흘려보냈다.

버스가 부르릉거리며 센트럴 애비뉴와 워싱턴, 메디슨, 제퍼슨가를 거쳐 버크우스의 소나무를 지나자 피터네 집 진입로가 보였다.

"애들이랑 전쟁놀이하려고." 케이트가 피터에게 몸을 기대어 창밖을 내다보며 말했다. 아이들 중 절반이 점심 도시락에서 간식거리를 꺼냈다. 버스에서 감자칩과 과일주스 냄새가 났다. "두 팀으로 나눠서 20분 동안 탄알을 만든 후에 전쟁을 시작할 거야."

버스가 덜컹거리자 아이들이 상하좌우로 흔들렸다. 그는 나뭇가지와 하늘 그리고 적갈색 자동차를 보았다. 옆에 있던 케이트도 그 차를 발견했다.

"너도 물어볼 거지?" 케이트가 말했다. "허락해줄지도 몰라."

"응." 피터가 말했다.

그들은 쿵쾅거리며 버스 계단을 내려왔다. "이따 볼 수 있으면 보자." 피터가 가방을 둘러메며 말했다. 구름이 햇빛을 받아 빛나고 있었다. 케이트가 뭔가를 잊은 듯 잠시 그 자리에 서 있다가 현관 계단을 뛰어올라 집으로 들어갔다.

피터는 어두운 부엌에서 닭다리를 잔뜩 쌓아놓고 노란 껍질을 벗기는 엄마를 발견했다. 셔츠 소매가 계속 날고기에 스쳤다. "너 이거할 수 있지?" 앤이 돌아앉은 채로 말했다. 오후 12시 20분이었다. 저녁을 먹으려면 여섯 시간은 더 기다려야 했다. 그녀는 평소 머리를 틀어 올리고 요리를 했는데, 오늘은 얼굴 주변으로 머리카락이 지저분하게 흘러 내려와 있었다. 피터는 엄마의 어깨를 바라보며 다음 행동을 예측해보려고 노력했다. 일단 가방을 내려놓고 외투 지퍼를 내렸다. 전날 저녁에 아빠가 직장에서 있었던 일에 대해 장황하게 늘어놓으면서 아무것도 먹지 않는 엄마를 곁눈질했었다. 브라이언은 술 한 잔을 따르고 유리잔 바닥에 깔린 얼음조각을 흔들어 달가 닥 소리를 냈다. 앤은 뭔가가 몹시 고통스러운 듯 피터와 브라이언 이 있는 쪽을 똑바로 쳐다보지 못하고 몸을 잔뜩 움츠린 채 눈을 감 았다. 그들은 그저 식탁에 앉아 그날 있었던 일들에 대해 이야기하 고 있었을 뿐이었다.

"엄마가 몸이 좋지 않은가 보다." 앤이 몸을 누이러 위층에 올라 가자 브라이언이 말했다. 그는 그녀가 자리에서 일어난 것도 모르는 것 같더니 그녀가 사라지자마자 술 한 잔을 더 따르고 구운 감자를 갈라 김이 나는 흰 속살에 버터 한 조각을 떨어뜨렸다. "엄마는 하루 종일 서 있잖아. 너도 알지? 사무직하고는 달라." 그가 소금을 향해 손을 뻗었다.

"아빠도 하루 종일 서 있잖아요."

"음, 하루 종일은 아니야." 브라이언이 말했다. "그리고 엄마는 여 자잖아. 여자들은……, 나도 모르겠다."

피터는 엄마의 행동이 르네 오틀러가 조례 중간에 화장실을 갈 수 있었던 이유와 관련이 있는지 궁금했다. 케이트는 버스에서 아무 말 도 하지 않았다. 그러더니 단둘이 볼더에 갔을 때 남자애들한테는 비밀이라면서 르네가 전날 운동장에서 그걸 시작해서 보건선생님 에게 생리대 사용법을 배웠다고 말해주었다. 케이트는 르네가 여자 애들 중에 처음일 거라고 했다. "난 아마 제일 마지막에 할 거야." 케 이트는 티셔츠를 뒤로 바짝 당기고 가슴을 내려다보면서 찡그린 얼 굴로 덧붙였다.

피터는 "생리대"라는 말에 충격을 받아 얼굴이 화끈거렸다. 케이 트가 흥미롭다는 듯 고개를 기울였다. "너 생리 알지?"

"당연하죠. 이렇게요?" 피터가 미끈거리는 닭 껍질의 끄트머리를 잡아당기며 말했다. 부엌이 너무 어두워서 엄마가 식탁 위에 준비해 놓은 달걀물 그릇과 피라미드처럼 쌓은 빵가루 그릇을 구분하기 어려웠다. 그녀가 2층 침실로 올라가는 동안, 피터는 그녀가 저녁을 만들던 리듬을 이어가려고 노력했다. 피터는 엄마가 하던 대로 베이킹 팬에 오일을 바르고 빵가루를 묻힌 닭다리를 나란히 올려놓았다. 밖에서 아이들이 모여드는 소리가 들렸다. 피터는 손을 씻고 가스레인지에 불을 붙인 후에 부드럽게 타다닥거리는 소리를 들으며 뒷문에 서서 빨간색과 파란색이 섞인 줄무늬 재킷을 입은 래리 맥브린이 케이트네 뒷마당 지름길을 쿵쾅대며 지나가는 것을 보았다. 말도나도 가족, 케이트의 언니들, 딜스 가족, 공립학교에 다니는 프랭켈 씨네 쌍둥이도 모두 나와 있는 것 같았다.

피터는 배를 찾자마자 2층으로 가지고 올라가 엄마에게 보여주며 잃어버리지 않았다는 것을 확인시켰다. 엄마가 잔뜩 신이 나서 준 선물이었다. 두 사람은 동봉된 보증서를 함께 읽고 도서관에 가서 프랜시스 드레이크 경이나 목공이나 조선술에 대해 찾아보기로 했었다. 그날 밤 앤은 우유를 마시러 내려온 피터를 대여섯 살 때처럼 잡아당기더니 배 가격이 6백 달러이고 배송료 75달러가 추가되었다고 속삭였다. 그리고 말하고 싶어서 죽을 뻔했으면서 마치 실수로 말한 것처럼 눈을 동그랗게 떴다. 피터는 아빠에게 절대 말하지 말아야겠다고 다짐했다. 앤은 환자가 병원에 두고 간 카탈로그에서 그 배를 보고 피터에게 사주기로 결심했다. 아들이 생기면 그런 배를 가지고 놀 거라고 상상해왔기 때문이었다. 그녀는 런던에서 만들어진 배라며 피터가 그 의미를 알아들을 거라고 생각하는 듯 기쁨과 장난기가 가득한 눈으로 설명을 이어갔다. 그녀는 오래전 영국에서 2년 가까이 살았고, 거기에는 사랑스러운 것들이 많았다. 그런데 어쩌다 뉴욕에 오게 되었을까? 그녀는 그 이유를 기억하지 못했다. 직업 때문이었을까? 사람들이 영국보다는 뉴욕이 나을 거라고 얘기해서? 그녀는 그때 일을 피터에게 전부 말해주었다. 수다를 떨고 싶을 때 가장 즐겨 말하던 주제였다. 피터는 그 얘기를 들을 때마다 불안했다. 하나의 삶을 떠나 또 다른 삶을 살게 된 것은 앤의 관점에서 분명 비극이었다. 그녀는 숲에서 갈림길을 만났고 평생 후회할 길을 선택했다. 그래도 피터가 태어나 자신의 얘기를 들어주고 머리를 감고 조금만 차려입어도 다른 엄마들보다 더 예쁘다고 여겨줘서 정말 기뻤다. "뭐, 아무튼." 앤이 힘없이 웃으며 말했다. 그녀는 피터가 그 배를 좋아한다는 사실이 무척 기뻤다. 피터의 취향과 지적인 능력을 가늠해볼 수 있었기 때문이다. 그리고 월요일 아침, 앤이 평소와 달리 스쿨버스가 도착하기 전에 먼저 출근한 날이었다. 피터는 케이트에게 보여주려고 배를 가지고 나갔다가 그만 그걸 잃어버리고 말았다.

배를 구경하는 것도 재밌었지만 며칠이 지나니 뭔가를 더 해보고 싶어졌다. 피터는 앤이 장담한 것처럼 배가 물에 뜬다는 것을 확인하고 나서, 눈이 녹아 세차게 흘러내리는 물에 배를 흘려보냈다가 선체 옆면을 긁고 말았다. 장갑을 벗고 엄지손가락으로 문질러봐도 거울처럼 빛나는 목재에 긁힌 자국이 선명했다. 케이트가 바비인형을 태워보자고 했지만, 피터는 더 긁힐까봐 배를 안전한 곳에 올려놓았다. 그런데 거기가 어디였더라?

앤이 방에 있을 때 집 안에 흐르는 정적은 도서관처럼 조용한 장소에서 느낄 수 있는 평화로운 고요함과 달랐다. 피터에게 그것은 폭탄의 버튼을 누르거나 뇌관을 제거하기 전에 잠시 숨을 참는 시간과 더 비슷했다. 그럴 때마다 심장이 뛰고 피가 혈관을 타고 흐르는 것을 느낄 수 있었다.

브라이언은 앤이 직장이나 가게에 갔다고 여기면서 사는 것 같았다. 그는 그녀가 식사를 건너뛰기 시작했고, 치아가 치석 때문에 칙칙해지고 두꺼워졌고, 자세가 달라졌다는 것을 알아차리지 못하는 것 같았다. 그녀가 3~5일 동안 침실에서 꼼짝을 하지 않는데도 그는 태연히 싱크대 앞에 서서 시리얼을 먹고 〈포스트〉 지의 헤드라인을 큰소리로 읽었다. 분말커피가 떨어진 것을 발견했을 때에도 피터에게 "커피가 떨어졌다"고 말하고 마치 아내가 잠깐 외출이라도 한 것처럼 전화기 옆에 놓인 수첩에 적어두는 것이 전부였다. 피터가 1, 2학년이었을 때 브라이언은 가끔 출근 전에 앤에게 뭐라고 말하고는 아이가 들어가지 못하도록 침실 문을 닫아놓았다. "버스가 오는지 잘 봐야 한다, 아들." 그가 이렇게 말하고 나가면, 피터는 겨울 외투를 입고 가방을 양쪽 어깨에 야무지게 멘 채로 테이블 위에 걸린 시계를 주시했다. 그러다 시침이 8에 가까워지고 분침이 9와 10 사이에 들어가면 밖에 나가서 버스를 기다렸다.

그리고 3학년인가 4학년 때쯤 피터는 아빠가 침실에 있는 엄마에게 더 이상 말을 건네지 않는다는 것을 깨달았다. 그는 가끔 출근하기 전에 계단을 흘깃 올려다보았다. 그리고 인사를 하고 나갔다가 뭔가를 잊은 듯 다시 돌아오고는 했다. 피터는 문득 엄마가 며칠씩 방에서 두문불출하는 기간을 아빠가 좋아하는 것 같다는 생각이 들었다. 그럴 때면 아빠는 더 밝고 느긋해 보였다. 퇴근 후에는 소파에 앉아 커피 테이블에 술잔을 내려놓았다. 어느 밤 브라이언이 자신의 서른여섯 번째 생일이라고 말했을 때, 피터는 아빠가 종일 누구에게도 축하인사를 받지 못했을 것 같아 기분이 안 좋았지만 아빠는 아무렇지 않아 보였다. 그는 피터가 토스트 와플을 저녁으로 먹어도 신경 쓰지 않았고, 밤새 TV 농구 경기를 보았다. 피터는 엄마가 일주일째 내려오지 않는다는 사실보다 새벽 3시까지 치지직거리는 TV 소리에 더 속상했고, 아침이면 알람소리를 듣지 못해 버스를 놓친 줄 알고 겁에 질려 허둥지둥 일어났다. 피터는 가끔 베개를 가지고 복도에 나가 욕실로 들어간 엄마를 기다렸다. 엄마는 개수대 위로 몸을 숙이고 라임만 한 수도꼭지에 입을 댄 채 한참 동안 찬물을 마시다 방으로 돌아갔다.

"엄마." 피터가 욕실에서 나오는 앤을 불렀다. 그녀는 한밤중에 복도에 누워 있는 아이를 보고도 전혀 놀란 기색 없이 그 자리에 멈춰서서 머리를 쓰다듬어주었다. 그는 2주 후에 참석할 생일파티를 상기시키며 선물 사는 것과 가계도 그리는 숙제를 도와달라고 요청했다. 그리고 관심을 끌기 위해 아침과 점심에 포도젤리 샌드위치를 먹었다고 말했다. 그러나 그녀는 그의 목소리가 거슬리는 듯 눈을 감고 마치 동굴 같은 침실로 다시 도망쳤다.

그리고 며칠 후 밖으로 나올 준비가 되면 그녀는 피터가 가장 좋아하는 엄마의 모습으로 나타났다. 피터는 엄마가 피곤해서 쉰 거라고 생각했다. 그녀는 흐릿한 형체만 언뜻언뜻 비추다 며칠 후에 갑자기 베이컨과 달걀, 팬케이크 냄새로 그를 깨우곤 했다. 그녀는 그를 상냥하게 맞이하고 아침 먹는 모습을 지켜보며 뒷문으로 담배 연기를 내뿜었다. 그녀는 차분하고 조용했다. 마치 끔찍한 일을 겪고 나서 건너편에 도착하여 안도하는 사람처럼.

피터는 닭고기를 오븐에 넣고 엄마가 병에 걸렸을 수도 있다고 생각하면서 식품 저장고에서 곁들일 만한 음식을 찾았다. 줄기콩 같은 게 엄마를 행복하게 만들어줄 수도 있다. 독감에 걸렸을지도 모른다. 피터가 안방 문 앞에 가서 저녁이 다 됐다고 말했다. 걱정할 필요 없었다. 나중에 피터가 식사를 가져다주든, 앤이 내려오든, 그녀가 원하는 대로 하면 되었다. 피터가 냄비를 꺼내는데 현관문 열리는 소리가 들렸다. "앤?" 브라이언이 그녀를 부르며 부엌에 갔다가 피터를 발견하고 실망한 듯 말했다. "아."

"학교가 일찍 끝났어요."

"엄마는?"

"쉬고 계세요." 피터가 말했다. "이제 이걸……." 그가 줄기콩 캔을 집어 들었다.

"그건 나중에 하자, 아들. 저녁 먹기 전에 1분이면 될 거야."

피터가 캔을 내려놓았다. 냄비는 나중을 위해 가스레인지 위에 그대로 두었다. "그럼 잠깐 나가서 놀아도 돼요? 애들이……."

"아빠도 봤어. 가서 재밌게 놀아."

"닭고기는……."

"아빠가 알아서 할게."

전쟁의 첫 포탄이 발사되기 직전이었다. 두 팀은 말도나도 씨의 넓고 평평한 옆마당에 모여 있었다. 케이트가 피터를 가장 먼저 발견했다. "피터는 우리가 데려간다!" 케이트가 외치자 모두가 고개를 돌려 피터를 쳐다보았다. "그건 찾았어?" 케이트가 피터에게 물었다. 아이들은 경계선을 긋고 한 팀은 숲 뒤에서, 다른 한 팀은 말도나도 씨의 캐딜락 뒤에서 싸우기로 했다.

"아직." 피터가 말했다.

상대편에서 날아온 눈 뭉치가 캐딜락의 앞쪽 휠 캡에 부딪쳐 박살이 났다. 피터와 케이트의 팀이 즉시 반격에 나섰다. 손과 볼은 시린데 외투 안의 몸은 점점 더 따뜻해졌다. 케이트가 눈 뭉치를 최대한 많이 모으는 동안, 피터는 그 옆에 쭈그려 앉아 그보다 더 빠른 속도로 눈 뭉치를 집어던졌다. 콧물이 흐르고 뺨이 얼얼했다. 배, 엄마 그리고 아빠에게 부탁한 닭다리는 금세 잊어버렸다. 케이트는 너무 심하게 웃다가 눈구덩이에 꼬꾸라졌다.

어느새 눈 뭉치가 다 떨어졌다. 반은 눈 뭉치를 만들고 반은 계속 싸우다 공격을 당해 묘지에 드러누워야 했다. 잠시 후 내털리가 말했다. "재미없어. 난 들어갈래." 내털리가 벌떡 일어나 전장을 가로지르며 아무렇지 않게 시신들을 피해 가자 게임이 중단되면서 전쟁터는 마당으로, 병사들은 아이들로 돌아갔다. 아이들은 하나씩 참호에서 빠져나와 집으로 향했다. 눈이 본격적으로 내리기 시작했다.

"너는 안 들어가?" 사라가 현관 쪽으로 가면서 케이트에게 물었다. 글리슨 가의 세 자매는 생김새가 제각각이다. 케이트와 내털리가 닮기는 했지만, 내털리는 흑발이고 케이트보다 10센티미터는 더 크다. 사라와 케이트는 금발인 것 말고는 닮은 구석이 하나도 없다. 대신 셋 다 엄마처럼 말할 때 손을 많이 사용한다. "잠깐만." 케이트가 말했다.

"들어갈 거야?" 아이들이 모두 떠나자 케이트가 피터에게 물었다.

"그래야겠지." 피터가 대답했다.

"엄마가 핫초코를 만들어놨어. 보온병에 담아서 바위에 가져가자."

"안 그러는 게 좋겠어."

"그래." 케이트가 이렇게 말하고 피터네 집을 쳐다보았다. 2층 창문에서 앤이 그들을 내려다보고 있었다. "너희 엄마다." 케이트가 어색하게 손을 흔들며 말했다. 그리고 그녀에게 인사할 기회를 주려는 듯 손을 내리고 잠시 기다렸다. "우리 엄마라고?" 피터가 돌아서서 손으로 햇빛을 가리며 창문을 올려다보았다.

"저거 네 방 아니야? 네 방 창문이지?" 케이트가 물었다.

젖은 장갑과 모자, 목도리, 부츠를 벗고 방으로 뛰어 올라가보니 배가 산산조각 나 있었다. 작은 돛과 아래 활대, 망대처럼 교체가 용이하도록 만들어진 부품들은 원래도 쉽게 떨어졌지만, 선체까지 전부 박살 난 상태였다. 광택제로 윤을 낸 목재가 벌어진 틈으로 가공되지 않은 내부를 보고 있자니 저속하고 적나라한 뭔가를 보는 것 같아서 피터는 시선을 돌리고 말았다.

"차고에 있더라." 그녀가 차분하게 말했다. "쓰레기통 뚜껑 위에 있었어."

"맞아요." 피터가 깜짝 놀라 대답했다. 아찔하고 혼란스러웠다. "제가 거기에 뒀어요." 그제야 선명히 떠올랐다. 모퉁이를 도는 스쿨버스의 낮은 엔진소리를 듣고 집에 돌아올 때까지 안전한 곳에 두려고 배를 가지고 차고로 달려갔었다.

"미끄러져서 떨어지면 어쩌려고 거기에 둔 거야? 망가질 수도 있는데 왜?"

"배를 가지고 놀다가 케이트에게 보여주고 싶었어요. 왜냐하면 좋았으니까요. 선물이 정말 마음에 들었어요, 엄마. 그러다 버스 소리가 들려서 거기에 놔둔 거예요." 이불 위에 흩뿌려진 잔해를 바라보니 머릿속에 굉음이 울렸다. 앤이 손끝으로 관자놀이를 누르며 일어섰다.

"그 애한테는 왜 보여주고 싶었니? 왜 밖으로 가지고 나간 거야?"

"모르겠어요. 그냥 보여주고 싶었어요."

"넌 이번 일로 교훈을 얻게 될 거야." 그녀가 다가와 피터의 입을 후려쳤다. "이러면 배울 수 있겠지."

피터가 뒤로 밀려나며 휘청거렸다. 처음에는 얼굴이 얼얼하더니 잠시 후에는 왼쪽 뺨이 수천 개의 바늘에 찔린 것처럼 따가웠다. 피터는 피가 나는지 확인하려고 혀로 입가를 더듬었다. 그리고 뺨을 움켜쥔 채로 책과 태양계 포스터를 둘러보았다. 도대체 뭘 배우라는 걸까? 정말 알고 싶었다. 빨대로 숨 쉬는 것 같은 느낌이었다.

"하지만 엄마가 망가뜨렸잖아요." 피터가 말했다. "처음 찾았을 때는 멀쩡했는데 엄마가 박살 낸 거라고요." 피터는 거친 목소리로 말했다. 머릿속 압력이 너무 커져서 뭔가 폭발할까봐 무서웠다. "엄청 비싼 거라면서요. 내가 거기에 뒀을 때는 멀쩡했어요." 피터는 갑자기 미칠 듯한 분노를 느꼈다. 침대로 뛰어가 이불과 베개를 거칠게 잡아당기자 한데 모여 있던 조각들이 사방으로 날아갔다. 피터는 책상에 쌓여 있던 책 더미를 넘어뜨리고 선반에 놓여 있던 매직펜 바구니를 집어 던졌다. 그리고 창턱으로 가서 유치원에 다닐 때 앤에게 받은 스노볼을 집어 들었다. 산타가 썰매를 타고 엠파이어스테이트 빌딩 위를 날고 있었다. 피터는 그것을 머리 위로 들어 올렸다.

브라이언이 TV 리모컨을 쥔 채로 계단을 뛰어 올라와 방에 들어왔다.

"무슨 일이야?" 그가 부서진 배를 보며 말했다. "맙소사."

앤이 가운을 여몄다. "쟤한테 물어봐. 멋진 물건들을 어떤 식으로 다뤘는지 물어보라고." 그리고 피터에게 다가가 그를 거칠게 밀쳤다. "물어봐." 또다시 밀쳤다. "물어보라고."

"그만해, 앤." 브라이언이 그녀를 떼어내며 말했다. "그만." 그는 돌아서서 머리 뒤로 깍지를 끼고 잠시 창문 앞에 서 있었다. 그리고 돌아서서 말했다. "좋아, 피터." 그가 옷장 서랍을 열기 시작했다. 그리고 속옷과 내의, 트레이닝복을 꺼내 피터의 품에 안겨주며 전부 가방에 넣으라고 말했다.

앤이 그 모습을 지켜보다 따져 물었다. "뭐 하는 거야?"

"당신이 이렇게 만든 거야." 브라이언이 차분하게 말했다. "당신이 그런 식으로 행동해서 이렇게 된 거라고."

앤이 브라이언과 그를 따라 계단을 내려가는 피터를 향해 악을 썼지만, 브라이언이 현관문을 닫자 아무 소리도 들리지 않았다.

차가 예열되기를 기다리는 동안, 퇴장으로 인한 극적 효과가 잦아들고 피터를 숨 막히게 했던 아드레날린 분비도 느려졌다. 뺨은 여전히 따가웠지만 아까보다는 나았다. 피터는 망연자실한 엄마를 홀로 두고 나온 것이 마음에 걸렸다. 엄마나 자신이 뭔가를 놓쳐서 오해가 생긴 거라는 생각이 들었다.

브라이언이 옆에서 히터를 전부 전면유리 방향으로 바꿔놓았다. 피터는 아빠가 사사로운 내적 갈등에 사로잡혀 있다는 것을 어렴풋이 느낄 수 있었다. 브라이언이 손바닥으로 핸들을 세게 두 번 내리쳤다. 어느새 거리와 우편함에 눈이 수북이 쌓였고, 아이들이 말도 나도 씨네 옆마당에 남긴 전투의 상흔도 흔적 없이 사라졌다. 차가 진입로에서 빠져나오다 우편함 쪽으로 한 번 미끄러졌지만 도로로 무사히 나와 제퍼슨가를 천천히 달렸다. 브라이언은 정신없이 눈을 쓸어내리는 와이퍼 사이로 몸을 한껏 내밀어 시야를 확보했다. 그들은 메디슨가와 센트럴 애비뉴를 지났다. 제설차가 그들을 향해 전조등을 비추며 지나가고 그 뒤를 소금 살포 트럭이 쫓아갔다. 저 멀리 오버룩 드라이브 지역과 가파른 언덕이 바리케이드로 가로막혀 있었다. 차들이 빨간색 신호등을 보고 멈추다 미끄러질까봐 신호등이 전부 노란색 점멸등으로 바뀌어 있었다. 가방을 너무 세게 잡고 있었더니 피터의 손에 쥐가 나기 시작했다.

브라이언은 센트럴 애비뉴 중앙에 차를 세웠다. 그들은 흑백사진 같은 거리의 완벽한 정적에 둘러싸였다. 주차된 차량, 방치된 놀이터, 센트럴 애비뉴에 내려앉은 으스스한 침묵. 여름이 되면 금요일마다 재즈 4중주가 울려 퍼지던 그곳에 적막만이 가득했다. 와이퍼가 전면유리를 두드렸다.

"제길." 브라이언이 말했다.

"바깥 상황이 심각한데요." 피터가 말했다.

"그러네."

"우리는 어디로 가는 거예요?"

브라이언이 두 눈을 비볐다.

"잠시 생각을 좀 해봐야겠다, 아들."

멀리서 파란색 차가 그들을 향해 다가왔다. 바로 옆에까지 와서야 피터는 그것이 프랜시스 아저씨의 차라는 것을 알아보았다. 두 사람이 창문을 내리자 눈보라가 마치 기다렸다는 듯 차 안으로 휘몰아쳤다.

"도로가 엉망이야!" 프랜시스가 소리쳤다. "괜찮아?"

"괜찮아! 우리는 괜찮아!" 브라이언이 대답했다. 그것은 자신감 있고 권위적인 경찰관의 목소리였다.

"옆에 있는 건 피터야? 어디 가는 중인데?"

"비디오 가게에 가려고!" 브라이언이 말했다. "상황을 보아하니 차 안에 갇힐 것 같아."

"전부 폐쇄됐어." 프랜시스가 말했다. "파크웨이도 마찬가지야." 피터는 잠시 프랜시스 아저씨가 차에서 내려 그들과 동행할 거라고 생각했다.

"그러면 너무 늦을 거야! 너무 오래 기다렸어!" 브라이언이 나중에 놀림당할 만한 짓을 하다가 걸린 사람처럼 얼빠진 표정으로 외쳤다. 그의 얼굴을 사정없이 후려치는 눈은 따뜻한 피부에 닿아 금세 물방울로 변했다.

"천천히 가!" 프랜시스가 눈보라 속에서 소리쳤다.

"그럴게!" 브라이언이 큰소리로 답했다.

창문을 올리니 차 안이 훨씬 조용해졌다. 눈보라가 휘파람 소리를 냈고, 이따금 돌풍이 불면 온 사방에서 눈이 내리는 것처럼 보였다. 그들은 길 한복판에 가만히 서 있었다.

한동안 잠자코 있던 브라이언이 모퉁이에 있는 자동차 정비소를 가리켰다. "저기 평평한 지붕 보이지?" 그가 물었다. "가게 주인이 벌써 그 위로 올라갔을 거야. 나라면 아침이 되기 전에 전부 쓸어낼 거야."

"이런 날씨에 올라가면 위험하지 않을까요?" 피터가 물었다.

"당연히 위험하지. 하지만 지붕이 무너지지 않기를 바란다면 그렇게 해야 해." 브라이언은 어깨를 으쓱하고 두 손을 핸들의 10시와 2시 방향에 올려놓았다.

피터는 빌딩을 하나씩 살펴보며 평평한 지붕을 확인했다. 파이스온 피자, 네일 페티시, 헤즈유원 미용실. 전부 닫혀 있었다.

"친구들을 집에 부를 수가 없어요." 피터가 아빠를 쳐다보지 않고 말했다. "절대로 못 데려가요. 엄마가 괜찮아 보일 때에도 마찬가지예요."

"그래, 알아."

"왜 그런 거예요?"

"너희 엄마는 그냥……, 모르겠다. 엄마는 예민해서 쉽게 흥분하는 거야. 하지만 어떤 애들은 있잖아? 너보다 상황이 훨씬 더 안 좋아. 아빠가 목격한 어떤 일들은 네가 알고 싶지도 않을 거야."

"하지만……."

"내 말 들어봐. 너는 그래도 나은 거야. 아빠는 네 나이 때 뭘 했는지 아니? 일했어. 신문배달을 했지. 우리 엄마는 뭐 했느냐고? 하루종일 술을 마셨어. 너는 아직 어려서 무슨 말인지 이해할 수 없을지도 몰라. 엄마는 커피, 오렌지주스, 온갖 것들에 술을 넣었어. 네 나이 때 나는 이웃이나 식료품점의 전화를 받았어. '브라이언, 이리 와서 엄마 좀 데려가. 인사불성이야.' 그러면 엄마는 내게 입을 맞추며 말했어. '정말 미안하구나, 아가.' 그러고 나면 엄마가 죄책감을 덜기 위해 숙제를 도와주는 척하는 걸 지켜봐야 했어."

"하지만 할머니가 아빠랑 아빠 친구들을 폴로 경기에 데려갔다고 했잖아요. 친구들 티켓까지 전부 사줬다면서요."

과거를 회상하는 브라이언의 표정이 조금 누그러졌다. 잠시 후 그가 고개를 끄덕였다. "맞아. 내가 그런 얘기도 했었니? 그래, 나랑 네 삼촌이랑 그 건물에 살던 애들을 데려갔었지. 한번은, 내가 이 얘기도 했던가? 제럴드라는 친구가 낙제했을 때 시험지에 대신 서명을 해주기도 했어. 오늘처럼 눈이 오던 날이었고, 제럴드는 집으로 돌아가는 내내 시험지를 들고 있었어. 눈에 젖고 구겨진 시험지 위에 커다란 F가 빨간색으로 적혀 있었어. 제럴드는 부모님한테 서명을 받아야 한다는 생각에 잔뜩 겁을 먹고 일단 우리 집에 와서 전략을 짰어. 엄마도 분명히 들었을 거야. 한 번 훑어보게 시험지를 줘보라고 했거든. 그러더니 제럴드네 엄마인 척 시험지 맨 위에 큰 글씨로 대담하게 서명을 하고 말했어. '너무 걱정하지 마.' 그리고 돈을 주면서 밖에 나가서 초코바를 사 먹으라고 했지. 다행히 선생님도 의심하지 않았어."

"아빠 친구들은 할머니를 좋아했겠네요."

"사랑했지. 너도 할머니를 만날 수 있었으면 좋았을 텐데."

브라이언은 비상등을 켜고 아주 천천히 집으로 돌아갔다.

03

케이트와 피터가 8학년이던 1990년의 마지막 날, 앤 스탠호프는 푸드 킹의 카운터에서 번호표를 받았다. 통이 좁은 롱코트를 입은 그녀는 아름다워 보였다. 추운 날씨에도 모자 없이 타탄 플래드(스코틀랜드의 전통 격자무늬 직물-옮긴이) 스카프만 두르고 있었다. 시내의 발전문병원에서 일하는 위샘 부인이 차례를 기다리면서 앤의 구두를 유심히 바라보았다. 굽 높이가 10센티미터 이상인 데다 진흙과 소금으로 뒤덮인 거리를 걷기에는 너무 고상했다. 처음에는 휴가를 내지 못해서 근무 중에 나왔을 거라고 생각했다가 그녀가 간호사라는 것을 기억해내고는 파티에 가려는 것일 수 있겠다는 결론을 내렸다. 앤은 카운터에서 번호표를 받은 뒤 누구와도 인사를 나누지 않고 다른 사람들처럼 옆에 멀찌감치 서서 머리망을 한 카운터 직원이 자신의 숫자를 불러주기를 기다렸다. "43번 손님!" 직원이 외쳤다. "44번 손님!" 길럼에 사는 각양각색의 주민들이 한 사람씩 긴 유리 진열대 앞으로 나가서 두툼하게 썬 훈제 햄 1파운드나 프로볼로네(이탈리아

남부 캄파니아 지방의 특산 치즈-옮긴이) 0.5파운드를 주문했다. 그날 가게는 손님들로 북적였다. 남은 크리스마스 음식을 처리하고 새해를 상쾌하게 맞이하려는 사람들이었다. 앤은 51번이 적힌 번호표를 쥐고 있었다.

45번, 46번, 47번. 대학교 1학년인 조니 머피는 방학을 맞아 집으로 돌아와서 어머니 심부름으로 푸드 킹에 들렀다가 고교 시절 야구팀 감독을 만났다. 그가 카운터 앞을 막고 서서 감독에게 따뜻한 인사를 건네자 누군가가 그를 잘나가는 투수라고 부르며 자리를 좀 비켜달라고 농담을 했다. 그는 고등학교 3학년 때 온 동네가 지켜보는 가운데 부유하고 시설 좋은 이웃 동네 야구팀들을 줄줄이 꺾고 장학생으로 대학에 갔다. 48번은 아내가 써준 쪽지를 잊어버리고 우물쭈물하다 런던 브로일(소의 옆구리살이나 우둔살을 얇게 썰어 구운 요리-옮긴이)과 독일식 감자 샐러드 1파운드를 주문했다. 49번과 50번은 카운터 양쪽 끝으로 동시에 불려갔다. 한낮이 되자 가게 안이 정신없이 바빠졌고, 매니저가 일을 거들면서 번호가 빠르게 넘어갔다.

앤은 함께 기다리던 사람들이 모두 주문을 끝냈거나 주문을 하고 있는 것 같다고 생각했다. 그녀보다 늦게 온 사람들도―옆과 뒤로 모여드는 존재를 느꼈을 뿐 설명할 수는 없었다―고기와 치즈와 샐러드를 사서 나가고 어느새 그녀 혼자만 남았다. 카운터 직원들이 너무 바쁘다 보니 52번에서 60번까지 순식간에 넘어갔다. 카운터에서 61번을 불렀다. 주변에 있던 사람들이 앞으로 걸어 나가는 모습을 보니 손끝까지 조급함이 밀려들었다. 오랜만이지만 익숙한 느낌이었다. 심장과 맥박과 약간의 분노가 하나의 리듬으로 합쳐져 더 강해지고 빨라졌다. 가만히 있는 시간이 길어질수록 주변을 더 많이 살피고 의식하게 됐다. 주변시가 모든 것의 가장자리를 자극하고 왜곡했고, 그래서 뭔가를 보려고 휙 돌아서면 시야에서 사라져버렸다. 몸 안에서는 모든 것이 빨라지는 반면 몸 밖에서는 모든 것이—사람들이 상자와 봉지를 집어서 카트에 담는 것 같은 움직임이—느려졌다. 우유 상자의 이음매에 물방울이 모여 맺혀 있었다. 한 노인이 복잡하게 얽혀 있는 정맥으로 인해 푸르스름하게 보이는 코를 비비려고 하자 콧구멍 안에 있는 미세한 털들이 보였다. 한 가닥 한 가닥이 어떤 체모보다 내밀했다. 멀리서 자동문이 삐걱대며 열리자 차가운 공기가 복도를 따라 불어와 코트 깃 아래로 미끄러져 들어왔다. 주변 사람들은 그녀를 빠뜨린 것에 대해 신경 쓰지 않았다. 한 발 물러서보니 그들이 이해하려고 노력할 가치도 없는 사소하고 개인적인 이유로 자신을 배제했다는 사실이 선명하게 보였다. 이런 순간에는 신경이 극도로 날카로워지고 모든 것에 집중할 수 있어서 그전에 간과했던 세부 사항들도 눈에 띄게 명확해졌다. 그들은 히죽거리고 고개를 끄덕이며 신호를 주고받았다. 모두가 합심해서 51번을 건너뛰기로 결정한 것이다.

앤은 유사시에 상황을 제대로 파악하고 자신을 지키기 위해 구두를 벗었다. 그리고 매끄러운 연속동작으로 허리를 숙이고 바닥에 놓인 구두를 낚아채어 바구니에 던지고 나서 목에 감고 있던 스카프를 풀었다.

"잠깐만요!" 앤은 방금 정답을 알아낸 초등학생처럼 손을 들고 외쳤다. 그리고 카운터로 걸어 나갔다.

"괜찮으세요?" 옆에 서 있던 여자가 물었다. "신발을 벗으시면 안 돼요."

"왜 안 되는데요?" 앤이 돌아서서 그 여자를 빤히 쳐다보며 따져 물었다. 고무 같은 입술은 신뢰가 가지 않았고, 표정에 묻어나는 나태함은 역겨웠다. 그러다 앤은 그녀가 성 바르톨롬메오의 성체 분배자라는 것을 알아차렸다. 전에는 이렇게 불쾌한 인간인지를 알지 못했다는 사실이 놀라웠다. 그 여자는 불결한 손가락으로 그리스도의 몸인 성체를 집었고, 앤은 그것을 입에 넣었다. 위가 부풀어 오르고 목구멍으로 뭔가가 기어오르는 느낌이었다. 앤은 주먹으로 꽉 오므린 입을 막고 토하지 않으려 애썼다.

"그만!" 역한 느낌이 가시자 앤이 소리쳤다. 해산물 코너부터 수입산 치즈 코너까지 모두가 대화를 멈추고 그녀를 쳐다봤다. 앤은 번호표를 들고 앞으로 나섰다. "내 차례예요." 그녀는 어딘가 애처로운 자신의 목소리가 울고 있는 것처럼 들릴까봐 더 크고 확실하게 반복해서 말했다. 몇 걸음 만에 카운터 앞에 서니 양쪽 종아리 아래에서는 경련이 일어나고 맨발에서는 리놀륨 바닥의 냉기가 느껴졌다. 그 순간 그녀는 자신이 뭘 원했고 왜 거기에 있는지 잊어버린 채 주변 사람들 모두가 자신을 상대로 음모를 꾸미고 있다고만 생각했다.

"어디서 감히." 그녀가 파스타 샐러드 앞에 서 있는 노년의 남성에게 말했다. 그리고 덧붙였다. "그만 쳐다봐요."

"정말 미안합니다." 남자가 옆으로 비켜서며 말했다. "먼저 가세요."

"쳐다보지 말라고요." 그녀가 다시 한번 말했다.

"안 봅니다. 그런 적 없어요. 그러니 소리 지르지 말아요, 아가씨." 그는 그녀를 부드럽게 달래며 어디로 튈지 모르는 상황을 최대한 차분하고 수월한 방향으로 끌고 가려고 애썼다. "정말 미안합니다. 착

오가 있었던 모양인데 먼저 가세요."

"그만 쳐다봐요." 앤은 그와 다른 사람들을 향해 다시 한번 소리쳤다. 카운터에 머리망을 한 여직원이 두 명 있었는데, 키 큰 여성이 단호한 말투로 목소리를 낮춰달라고 부탁하는 동안 다른 여성은 매니저를 불렀다. 앤은 원을 그리며 천천히 돌아서서 주변에 있는 사물과 사람을 둘러보더니 통밀과 참깨를 맷돌에 갈아 만든 담백한 크래커를 피라미드 모양으로 쌓아놓은 곳에 가서 그것을 엉덩이로 밀어버렸다. 크래커 피라미드가 무너지자 그녀는 두 팔로 몸을 감싸고 눈을 질끈 감았다. 십여 명 정도였던 사람들이 어느새 두 배 이상으로 늘어나 있었다. 어느 누구도 쉽사리 말문을 열지 못했다. "그만 좀 쳐다봐요." 그녀가 평범한 목소리로 말했다. 그리고 두 귀를 막고 울부짖기 시작했다.

누군가가 확성기로 다시 한번 매니저를 호출했다.

피터는 차에서 100대 히트곡을 들으며 엄마를 기다리다가 멀리서 들려오는 사이렌 소리에 계기판 시계를 쳐다보았다. 사이렌 소리가 더 커질 수 없을 정도로 커지더니 슈퍼마켓 앞에서 조금 더 커지고는 일순간 잠잠해졌다. 피터는 사이드미러를 흘깃 쳐다보고 나서 몸을 돌려 뒤창 쪽을 바라보았다. 구급대원들이 몰려든 사람들을 향해 물러서라고 손짓하고 있었다. 경찰차 한 대가 앰뷸런스 뒤에 섰다. 곧이어 두 번째 경찰차가 남부지역에서 달려왔다. 예전에 피터가 푸드 킹에 갔을 때 어떤 남자가 심장마비를 일으킨 적이 있었다. 그는 어깨를 붙잡고 있었고, 그가 들고 있던 3.8리터짜리 우유 통에서 우유가 콸콸 쏟아져 나오고 있었다. 브라이언이 다음 상황을 볼 수 없도록 피터를 밀어냈기 때문에 쓰러지는 것은 보지 못했다. 그때 일을 돌이켜 생각해보니 왜 여태껏 그에 대해 생각해보지 않았는지 궁금해졌다. 죽음은 어른들이나 걱정할 일이었지만, 마지막 순간을 푸드 킹에서 맞이하고 싶지는 않았다. 피터는 두 번째 곡인 재닛 잭슨의 노래를 들으며 자리에 털썩 주저앉았다. 디제이가 자정이 되기 전에 100곡을 전부 틀어주겠다고 약속했지만 그건 불가능한 일이었다. 그러다 문득 운전석 창가를 올려다보니 크리스 스미스의 할아버지가 서 있었다. 피터는 스미스 씨가 주먹을 돌리는 것을 보고 창문을 내렸다.

"너 피터 맞지? 내가 누군지 아니? 우리 손자가 너랑 같은 반이야. 저기, 엄마가 몸이 좀 안 좋으시단다. 저분들이 병원에 데려갈 테니 걱정은 안 해도 돼. 내가 집에 데려다줄까? 널 발견해서 다행이다."

피터가 스미스 씨를 쳐다보며 잠시 눈을 깜빡거리다 차 열쇠를 꽂아둔 채 밖으로 뛰쳐나왔다. "무슨 일이에요?" 피터가 물었다. 가게 앞에 모여든 사람들이 조금 전과 다르게 보였다. 피터는 가게를 향해 빠르게 걷다가 누군가가 들것에 실려 나오는 것을 보고 달리기 시작했다.

"엄마?" 피터가 군중 뒤에서 외쳤다. 피터의 목소리를 들은 앤이 몸부림치는 바람에 구급대원 하나가 휘청거렸다. "피터!" 앤이 새된 목소리로 다급히 외쳤고, 피터는 거기 모인 사람들이 전부 자기를 쳐다보는 것만 같았다. 사람들이 피터가 지나갈 수 있도록 물러섰다. "빨리!" 앤이 소리쳤지만, 피터는 그것이 무슨 뜻인지 몰랐다. 한 구급대원이 앤의 신발과 스카프를 들고 있었다. 앤의 손가락 끝이 푸르스름하니 차가워 보였고, 가르마도 차에서 내렸을 때와 달라져 있었다. 피터는 구급대원들이 엄마를 강제로 들것에 태웠는지, 엄마가 그들과 싸웠는지 궁금했다. 앤은 코트를 담요처럼 덮고 있었다. "빨리!" 앤이 광기 어린 시선을 피터에게 고정한 채로 한 번 더 외쳤지만, 피터는 뭘 해야 할지 몰라 그 자리에 얼어붙고 말았다. 피터를 쳐다보던 사람들도 고개를 돌렸다. 코트가 살짝 벗겨지면서 엄마의 손이 묶여 있는 것이 보였다. 발목도 마찬가지였다. 피터는 몸을 떨기 시작했다. 구급대원들이 앤을 앰뷸런스 뒤로 들어 올리는 동안 경찰관이 피터를 포함한 모두에게 돌아가라고 손짓했다.

"피터! 빨리!" 앤이 비명을 질렀다.

피터는 앞을 막고 있는 경찰관을 쳐다보며 속삭였다. "저예요, 제가 피터예요. 같이 가도 돼요?"

"피터." 스미스 씨가 곁에 다가와 말했다. "우리 집에 가서 아빠한테 전화를 해보는 게 어떠니? 할머니가 샌드위치를 만들어줄 거야." 하지만 크리스가 이 일을 알게 되면 반 아이들에게 떠벌릴 것이다. 모두에게 알려질 거라는 생각에 피터의 어깨가 심하게 떨렸다. 스미스 씨가 안아주었지만 상황은 더 악화되었다.

경찰관이 물었다. "네가 저분 아들이니?" 그가 자신을 덜리 경관이라고 소개했다.

"네." 피터가 말했다.

덜리 경관이 이름과 주소를 물었다. 피터가 대답하지 않자 스미스 씨가 피터의 이름을 대신 말해주고 제퍼슨가에 산다고 알려주었다. 그렇다, 피터는 엄마와 함께 살았다. 아빠도 같이 살기는 했다. 그들은 브라이언에 대해 이야기를 나누었다. 덜리 경관이 앰뷸런스로 들어가더니 몇 분 후에 다시 돌아왔다. 서두르는 사람은 없어 보였다.

"엄마가 심장마비에 걸린 거예요?" 피터가 덜리 경관에게 물었다.

"아니." 덜리 경관이 대답했다. 그의 반응으로는 그보다 나은 일인지 나쁜 일인지 알 수 없었다.

"아빠는 어느 서에 계시니?" 덜리 경관이 물었지만 피터는 대답하지 못했다. 분명히 뇌 어딘가에 있을 텐데 기억나지 않았다.

"경찰이신 건 맞지?"

피터가 고개를 끄덕였다.

그들은 브라이언과 연락이 닿을 때까지 피터를 스미스 씨 집에서 보호하기로 했다.

"잠깐만요." 피터가 스미스 씨에게서 빠져나와 앰뷸런스의 닫힌 문을 쳐다보며 말했다. "엄마랑 같이 갈래요." 하지만 앰뷸런스는 이미 길가에서 멀어지고 있었다.

"엄마는 괜찮아, 피터. 괜찮으실 거야."

"그러면 그냥 집에 내려주시면 안 돼요?" 앰뷸런스가 미들타운 로드의 교차로를 지나기 전에 멈춰 서서 다른 차량을 향해 경고성 사이렌을 두 번 울렸다. "아빠가 곧 오실 거예요."

"정말 그러고 싶니?"

"네."

짧은 거리를 가는 동안 스미스 씨가 말했다. 생각해보면 지금이 1년 중에 가장 피곤한 시기다, 물론 온 가족이 모여서 축하하는 행복한 시기지만 부담감을 느끼는 사람들도 있다, 그리고 무엇보다 돈을 얼마나 많이 쓰는지 보라고 했다. "게다가 여자들한테는 또 다른 문제가 있어." 그가 덧붙였다. "저녁 식사를 어떻게 대접할지 늘 고민해야 하거든. 그릇 하나를 꺼내면 거기에 어울리는 다른 그릇과 숟가락이 필요해. 예전에는 생강쿠키를 만들고 선물 하나를 받으면 그만이었지만 요즘은 다르잖니." 그는 그걸로 다 설명된다는 듯 피터를 쳐다보았다. 피터는 아빠와 둘이 크리스마스트리를 만들었다고 말하고 싶었다. 학교 바자회에서 판매할 쿠키도 직접 구웠다. 포장지에 적힌 조리법을 따라 했더니 맛있는 쿠키가 만들어졌고, 다른 엄마들처럼 그것을 신발 상자에 넣었다. 집에 돌아온 엄마는 포일이나 왁스종이를 상자에 대지 않았다고 잔소리를 했다. 신발 상자에서 굴러다니던 쿠키를 누가 먹고 싶겠니? 마치 쿠키를 공중화장실에 보관한 것처럼 말했다. 모든 재료가 헛되이 낭비되었다. 그녀는 남은 버터와 황설탕을 다 써버린 것을 확인하고 냉장고 문과 캐비닛 문을 세게 닫아버렸다. 그러다 베이킹 팬과 그릇을 씻어서 조리대 위에 말려둔 것을 보더니 투명한 손에 입을 한 대 맞은 것처럼 고함을 멈추었다. 그녀는 손가락으로 조리대를 쓱 훑어서 깨끗한지 확인했다. 그리고 신발 상자 앞에 서서 맨 위에 있는 쿠키를 하나 집어 들었다. 그는 그 모습을 지켜보며 마냥 기다렸다. 마침내 그녀가 이렇게 맛있는 쿠키를 하나에 25센트씩 받고 팔기에는 너무 아깝다며 엄청난 맛이라고 나지막이 말했다.

"이건 놔뒀다가 우리가 먹자." 그녀가 말했다. "내일 베이커리에 가서 학교에서 팔 쿠키를 좀 사 올게."

"가게에서 무슨 일이 있었어요?" 차가 모퉁이를 돌아 제퍼슨가로 들어설 때 피터가 스미스 씨에게 물었다. "누가 엄마한테 뭐라고 했어요? 무례하게 군 거예요?"

"모르겠다." 스미스 씨가 말했다. "난 정말 몰라."

"엄마는 그냥 예민한 거예요." 피터가 말했다.

그들은 제퍼슨가를 지나다 길가로 쓰레기통을 끌고 가는 프랜시스를 발견했다. 그는 고개를 들고 스미스 씨의 차가 피터네 진입로에 서서히 멈추는 것을 지켜보았다. "저 사람이 프랜시스 글리슨이니?" 스미스 씨가 운전대에 몸을 기대며 물었다. 안도하는 듯한 목소리였다.

두 사람이 진입로 끝에서 대화를 나누는 동안 피터는 바위 밑에서 열쇠를 꺼내어 집에 들어갔다. 물을 따라서 침실로 올라간 후에도 그들의 대화는 계속되었다. 피터는 창문을 등지고 서서 물을 단숨에 들이켜고 40까지 센 후에 뒤를 돌아보았다. 그들은 여전히 거기에 있었다. 다만 피터에게 대화 내용을 들키고 싶지 않은 듯 돌아서 있었다.

그녀의 핸드백에 총이 들어 있었다. 구급대원들이 앰뷸런스 안에서 그녀의 물건을 살펴보다 찾아냈다. 그녀는 그것을 꺼내지도, 언급하지도 않았다. 어깨에서 느껴지는 비밀스러운 묵직함과 지갑을 꺼내려고 핸드백을 뒤질 때 느껴지는 차갑고 단단한 감촉을 원할 뿐이었다. 그것을 사용할 계획은 세우지 않았다. 상상조차 하지 못했다. 그냥 가지고 다니는 물건이었다. 사람들을 놀라게 할 물건이었다. 하지만 그것이 그 안에 있고 어디에 사용하는 물건인지가 기억날 때면 그녀 자신도 깜짝 놀랐다. 구급대원은 핸드백에 불이라도 붙은 것처럼 그것을 통째로 경찰에게 넘겼다. "남편이 경찰입니까?" 경찰이 다섯 발짜리 권총을 마치 뭔가에 오염된 물건처럼 멀찍감치 들고 물었다. "지구대 소속입니까, 시경 소속입니까?" 그는 탄창을 열어보고 깜짝 놀랐다. "맙소사." 총을 기울이자 총알 다섯 개가 손바닥으로 깔끔하게 미끄러져 나왔다. 앤은 답변을 거부했다. 그녀는 가게 안에서 울부짖는 것을 멈춘 후로 말을 할 수 없었다. 말하는 것에 관심이 가지 않았다. 아주 오래전에는 말하는 것이 습관이었는데 지금은 말하고 싶은 욕구가 느껴지지 않았다. 어차피 아무리 떠들어봤자 서로를 이해할 수 없기 때문에 말하는 것 자체가 무의미했다. 구급대원이 커다란 노란색 알약과 흰색 알약이 굴러다니는 작은 플라스틱 컵을 가져와 머리를 받치고 알약 하나를 혀에 올려주었지만, 그녀는 그것을 도로 뱉어버렸다.

"앤, 왜 이걸 가방에 넣었죠?" 그녀는 그들이 멍청하다고 생각했다. 보면 볼수록 가관이었다. 그들은 뉘앙스를 알아챌 만큼 똑똑하지 않았고, 자신과 다른 사고방식을 이해하지 못했다. "남편분이 이걸 집에 두고 나갔습니까?" 그들은 브라이언이 근무 중일 거라고 추측했지만 그렇지 않았다. 그는 푸드 킹에서 1.6킬로미터도 떨어지지 않은 차고에서 정비공이 쉐보레의 수명을 최소 6개월은 더 연장해주기를 바라고 있었다. 브라이언은 비번일 때마다 가족실에 있는 책장 맨 위에 총을 보관했다. 그렇다, 그는 총을 늘 소지해야 했지만 그러지 않았다. 길럼에 있는데 총이 뭐 하러 필요하겠는가? 이 일이 아니었다면 앤은 총을 책장에 돌려놨을 것이고, 브라이언은 그것이 사라졌었다는 사실조차 알지 못했을 것이다.

그들은 병원 복도의 형광등 불빛 아래에서 이송용 들것에 묶여 있던 앤을 침상으로 옮겼다. 복도를 지나는 사람은 누구나 그 상황을 볼 수 있었다. 누군가가 그녀의 몸을 굴려서 뒤집었고 또 다른 누군가가 바지를 끌어 내려 맨 엉덩이가 다 드러났다. 앤이 웃기 시작했다. 그들이 가만히 있으라고 하자 그녀는 신경 쓰지 않는다는 듯 엉덩이를 살짝 흔들었다. 누군가가 주삿바늘을 찔러넣었고 앤은 자신이 흐느끼고 있다는 것을 깨달았다. 웃음을 언제 멈추었는지 기억나지 않았다. 그녀는 그들이 보지 못하도록 매트리스 쪽으로 고개를 돌렸다. 침구를 갈거나 다른 데로 옮겨질 때까지 눈물 젖은 시트는 축축한 채로 남아 있을 것이다. 누군가가 맨발에 두툼한 양말을 신겨주었다.

그들이 자리를 비웠을 때 앤은 2~3분 정도 남았다고 판단했다. 그보다 더 짧을 수도 있었다. 그들이 무엇을 주사했는지에 달려 있었다. 경찰은 간호사실 주변을 서성였고 담당의는 다른 환자를 보고 있었다. 앤은 남은 힘을 짜내어 침상에서 일어났다. 손목과 발목에 납덩이를 붙여놓은 것 같았다. 가슴도 납으로 만든 닻에 묶여 있는 것 같았다. 그녀는 물속을 달리려고 애쓰는 아이처럼 복도를 따라 걸었다. 오른쪽, 왼쪽, 하나, 둘. 열심히 걸었지만 어디로도 갈 수 없었다. 어린 시절 킬리니 해변에서 수영을 할 때면 바닷속 돌멩이들이 파도 아래에서 맞부딪치면서 봉투에 담긴 뼛조각처럼 달가닥거렸다. 다이빙을 하려면 물속에서 두들겨 맞는 것쯤은 감수해야 했다. 입을 계속 벌리고 있으니 입술이 말랐다. 그녀는 한 발 한 발 내디디며 복도 끝에 다다랐고 여닫이문으로 빠져나갔다. 신발과 코트, 핸드백은 그들이 가지고 있었지만, 신발은 집에 많았고 코트도 한 벌 더 있었다. 로비에 도착한 그녀는 안내 데스크에 손을 얹고 잠시 숨을 골랐다. 안내원은 그녀가 거기에 있다는 것조차 알아차리지 못했다. 밖으로 나가니 택시 한 대가 서 있었다. 앤은 마지막 힘을 짜내어 차문을 열고 뒷좌석에 맥없이 주저앉았다. 여태 앉아본 곳 중에 가장 안락하고 부드럽고 따뜻했다. 운전기사는 기다렸다는 듯 백미러로 그녀와 눈을 마주쳤다. 앤은 알았다. 푸드 킹 이후로 모든 것이 변했고 이제 세상은 그녀의 환심을 사기 위해 스스로 무너져 내리고 있었다.

"제퍼슨가 1711번지 길럼이요." 앤은 어린아이에게 하듯 천천히 말했다. 두 번 말하기는 힘들 것 같았다. 그리고 눈을 감은 채 잠들었다.

앤이 그다음 마주한 것은 프랜시스의 얼굴이었다. 브라이언과 달리 그의 턱은 수염이 자라 까칠했다. 그는 정말 괜찮은 외모를 가지고 있었다. 브라이언만큼 미남은 아니지만 충분히 훌륭했고 신뢰를 주었다. 머리는 아일랜드 사람답게 큼직한 양배추 같았다. 프랜시스는 앤을 꼭 붙잡고 있었다. 그녀는 골웨이의 파도 소리도 더블린과 마찬가지로 봉투에 담긴 뼛조각 소리처럼 들리는지 묻고 싶었다. 아주 초창기에 한 번 프랜시스는 그녀에게 아일랜드에 대해 말하려고 했었다. 그즈음 몇 년 동안 레나는 아이들에게 젖을 먹이느라 가슴과 배 사이가 늘 축축하게 젖어 있었다. 앤은 더 친절할 걸 그랬다고 생각했다. 프랜시스가 앤을 번쩍 들어 올려서 익숙한 듯 문턱을 넘더니 곧장 2층으로 올라가 침대에 눕혔다. 앤은 만약 그가 자신을 덮치려고 하면 싸울 힘이 없으니 일단 내버려뒀다가 나중에 처리해야겠다고 생각했다. 지갑에 택시비가 있다고 말하고 싶었지만 입이 움직이지 않았다. 지갑도 없었다. 발이 너무 차가웠다.

피터는 엄마와 힘을 합쳐 방법을 생각해내면 아빠에게 비밀로 할 수 있을 거라고 생각했다. 뭘 하라고 시키지 않았는데도 피터는 그럴 만한 시간이 있다고 생각했다. 아빠는 엄마가 2층에서 자고 있는 것을 이상하게 여기지 않을 게 분명했다. 하지만 피터의 예상과 달리 프랜시스 아저씨는 엄마를 2층에 데려다주고도 집에 가지 않았다. "엄마는 쉬고 계셔." 프랜시스는 이렇게 말하고 잠깐 자기 집에 가 있겠느냐고 물었다. 케이트는 없었지만 내털리나 사라와 함께 영화를 보면 되었다. 피터가 거절하자 프랜시스는 현관 계단에 털썩 주저앉아 브라이언을 기다렸다. 피터는 문득 차 시동을 껐는지 궁금해졌다. 엄마 차가 아직도 푸드 킹 주차장에서 1990년의 100대 히트곡을 한 곡씩 흥얼거리며 공회전을 하고 있을 수도 있었다. 그때 푸드 킹에서 질문을 퍼붓던 덜리 경관이 나타났다. 그는 앤이 병원에서 사라진 것을 알고는 곧장 제퍼슨가 1711번지로 달려왔다. 말도나도 씨는 해가 다 졌는데도 굳이 밖에서 크리스마스 조명을 철거하며 감청색 제복을 입은 덜리 경관을 유심히 쳐다보았다.

덜리 경관과 프랜시스가 잔디 위에서 대화를 나누는 동안, 피터는 귀가한 아빠가 그들에게 어떤 말을 듣고 집으로 뛰어 들어오는 것을 창가에 서서 지켜보았다. 브라이언은 바로 책장으로 달려가 책장의 윗부분을 더듬었다. 스미스 씨가 브라이언에게 전화해 피터가 괜찮은지 물었다. 전후 사정을 들은 스미스 부인이 곧 어두워질 텐데 감당하기 힘든 일을 겪은 아이를 혼자 내버려두고 오면 어떡하느냐며 스미스 씨를 나무랐기 때문이었다. "진정하시고," 브라이언은 전화기 선을 길게 늘어뜨려 프랜시스와 덜리 경관에게서 최대한 멀리 떨어진 후에 말했다. "처음부터 다시 말씀해주시겠어요?"

그 후 몇 시간 동안 어른들은 피터가 이해하기 힘든 대화를 주고

받았다. 피터는 어두운 계단에 앉아 대화를 엿듣다가 아빠에게 들켜 방으로 쫓겨 갔지만 2분도 안 되어 돌아왔다. 프랜시스 아저씨와 아빠는 신참 시절에 몇 년간 같은 관할구에서 근무했다가 최근 맨해튼 컬럼비아대학교 근처에 있는 26번 관할구에서 다시 만났다. 피터는 그제야 떠올렸다. 프랜시스 아저씨와 엄마는 사용하는 억양이 달랐지만, 두 음절을 하나로 섞어서 '브라이언'을 '브라인'처럼 발음했다.

"브라이언." 프랜시스가 말했다. "누구도 자네가 곤란해지는 걸 바라지 않아." 덜리 경관이 표정으로 그의 말이 사실이라고 확인해 주었다. 브라이언이 목소리를 높였다. "난 집에 있었어! 비번이었다고!" 프랜시스는 브라이언이 집에 없었다고 지적했다. 사실 브라이언은 센티널에 있는 자동차 정비소에 있었고, 그래서 궁지에 몰리고 말았다. 프랜시스가 분노하며 넌더리를 냈고, 피터는 처음으로 그의 계급이 아빠보다 높은지 궁금해졌다. 그는 계급체계를 기억해보려고 애썼다. 아빠는 순찰 경찰관이고 프랜시스 아저씨는 경위였다.

"잘 생각해봐, 브라이언." 프랜시스가 말했다. "기억해내야 해." 그가 손가락으로 자신의 옆머리를 찌르며 말했다. 피터는 난간 사이로 희미하게 비치는 아빠의 얼굴을 보았다.

언젠가 뒤뱅 선생님이 다른 아이들 앞에서 침착해야 한다고 말했을 때 피터는 얼굴이 화끈거리고 울음이 터질까봐 두려웠다. 그는 아빠가 울지 않기를 간절히 바랐지만, 무릎만 보이고 얼굴이 보이지 않았다. 그들은 꽤 오랫동안 침묵했다. 그러다 별안간 뭔가를 결정한 것 같더니 덜리 경관이 아빠의 것으로 보이는 총을 건넸고, 아빠는 그것을 청바지의 허리춤에 밀어 넣었다.

엄마는 잠을 자고 또 잤다.

1991년이 되었다. 겨울방학이 끝나고 학교로 돌아가는 첫날 피터는 손수 훌륭한 아침상을 차렸다. 점심 도시락도 준비하고 양치질을 한 후에 시리얼 그릇을 씻는데 엄마가 아래층으로 내려왔다. 그녀는 말없이 부엌 창문을 열고 눈을 감은 채 휘몰아치는 찬바람을 맞았다. 그리고 잠시 후 말했다. "넌 정말 그 사람과 똑같아."

"누구랑 똑같아요? 아빠요?" 피터가 말했다. 피터는 그것이 칭찬이 아니라는 것을 알았다.

"아빠랑 똑같다고요?" 그녀는 피터를 쳐다보지도 않고 그의 표정을 과장하여 흉내 냈고, 누군가를 웃기려는 듯 멍청하고 어수룩한 표정을 지었다. "아빠랑 똑같다고요? 아아아아빠랑?" 피터는 침착하게 문 옆에 걸린 가방을 꺼내어 둘러맸다. 불현듯 외로움이 밀려왔다. 깨지기 쉬운 것들이 가득해서 아무도 만지지 않는 어두운 도자기 찬장, 소파 옆에 있는 모조 식물, 비뚤어진 블라인드까지 집 안에 있는 모든 것이 외롭게 느껴졌다. 적막감을 견디기가 힘들어 귓가에 박수라도 치고 싶었다. 밖에서 셔틀버스 경적이 울렸다.

"다녀오겠습니다." 피터가 말했다.

앤은 마치 파리를 잡는 것처럼 손을 흔들었다.

"너희 엄마한테 무슨 일 있었어?" 버스에 올라타 자리에 앉자 케이트가 물었다.

"아니." 피터가 말했다.

"엄마 아빠가 그렇게 말한 것 같아서." 학교 아이들, 심지어 크리스 스미스도 별다른 말을 하지 않았다. 케이트에게는 말해도 상관없었지만 뭐라고 말해야 할지 몰랐다. 엄마가 약을 먹기 시작했다. 처음 있는 일이었다. 새해 첫날 주방 싱크대에 커다란 갈색 병 두 개가 등장했다. 엄마는 각각의 병에서 알약을 하나씩 꺼내어 커다란 컵에 담긴 물과 함께 먹었다. 그러고 나서 잠시 싱크대에 기대어 신음하는 것 같았다. 가끔 아빠가 약병을 들고 불빛에 비춰보면서 몇 개인지 세어보려는 듯 병 안의 내용물을 살짝 흔들었다. "엄마 어디 아파요?" 어느 날 저녁 피터가 물었다.

"누구? 엄마?" 아빠가 물었다. 그리고 아무 대답도 하지 않았다.

피터가 학교로 돌아간 그 주에 앤도 직장으로 돌아갔다. 크리스마스에 남은 휴가를 내고 정확히 2주 동안 그 모든 일이 일어났다. 누구도 푸드 킹이나 앰뷸런스 또는 프랜시스가 그녀를 안아 집 안으로 옮긴 일에 대해 언급하지 않았다. 그러나 몇 주 후 피터는 뭔가 새로운 움직임과 분위기를 감지했고 방향을 재설정해야 했다. 아침을 먹고 학교에 가고 숙제를 하고 친구들과 노는 것은 평소와 비슷했다. 그러나 일요일 미사를 마치고 다른 가족들이 앞에서 이야기를 나눌 때 피터네 가족은 옆문으로 조용히 빠져나왔다. 이제 그들은 다른 동네에 있는 가게에서 더 비싼 식료품을 샀고, 앤은 그곳을 떠나기 전에 항상 차 옆에 서서 축 처진 입으로 영수증을 살펴보았다. 그것뿐만이 아니었다. 해가 바뀌고 나서 세 식구의 대화는 늘 겉돌기만 했다.

앤은 전보다 나아진 것 같았다. 갈색 병이 바닥날 때쯤 알약이 가득 채워진 새 갈색 병 두 개가 나타났다. 그녀는 밸런타인데이 저녁에 하트 모양 초콜릿을 피터와 브라이언의 접시에 놓아두었다. 어느 저녁에는 직장에서 들은 농담이라며 외과의 세 명이 술집에 간 이야기를 해서 브라이언을 미소 짓게 했다. 하지만 브라이언은 늘 뭔가를 말하려다 마지막 순간에 마음을 바꾸는 것처럼 보였고, 앤도 그것을 알아차렸다. 브라이언이 유난히 과묵한 밤이면 앤은 식탁에서 벌떡 일어나 미처 비우지 못한 그의 접시에 음식을 채워주었다. 그리고 냉장고에 가서 술에 넣을 얼음을 꺼냈다. 전에는 그런 적이 없었다. "내가 할게." 앤이 접시를 치우려는 브라이언에게 말했고, 브라이언은 뒷정리를 맡겨둔 채 소파로 물러났다. 나중에 피터가 숙제를 끝내고 잠자기 전에 인사를 하기 위해 내려왔다가 거실 양 끝에 앉아 있는 두 사람을 보았다. 아빠는 TV를 응시하고 있었고 엄마는 잡지를 획획 넘기며 그를 곁눈질하고 있었다.

그러던 어느 아침 피터는 등교 준비를 하고 앤은 출근 준비를 하고 있을 때였다. 피터가 건조기에 깨끗한 양말이 있는지 보려고 아래층으로 뛰어 내려가다 계단 아래에서 미끌거리는 안내책자를 밟고 넘어질 뻔했다. 사우스 캐롤라이나에 있는 골프장에 관한 책자였다. 아빠가 골프를 쳤는지는 확실하지 않지만, 골프를 배우기 위해 골프채를 산 적이 있다는 것은 알고 있었다. 피터가 충분히 크면 구경시켜주기로 약속했었다. 안내책자 표지에 있는 남자는 골프공을 치고 나서 그것이 날아가는 것을 보며 웃고 있었다. 책자 안에는 데이트를 하는 듯한 남녀의 사진과 함께 제품번호와 가격이 적혀 있었다. 원룸 또는 침실이 하나, 둘 혹은 세 개인 숙소를 시즌별 또는 1년 단위로 임대해준다는 내용도 있었다. 거의 매번 우편물을 꺼내 오면서도 그런 것은 처음 보았다. 피터는 혹시 중요한 우편물일까봐 테이블 위에 올려놓고 양말을 찾아 침실로 돌아왔다. 옷을 다 입고 창문 앞에 서서 아빠가 3월에 갑자기 들이닥친 눈보라로 인해 눈 속에 파묻힌 차를 삽으로 파내는 것을 지켜보았다. 아빠가 삽을 거꾸로 들고 손잡이 끝으로 얼어붙은 전면유리를 두드리자 얼음이 여러 갈래로 쪼개졌다. 브라이언은 장갑을 벗고 얼음조각을 하나하나 뜯어내어 진입로에 털었다. 그리고 이따금 한 번씩 손바닥으로 해를 가리고 제퍼슨가를 내다보았다.

아빠는 여기에 있는 것을 원치 않는다, 떠나고 싶어 한다는 생각이 피터의 머릿속에 사뿐히 내려앉았다. 그 사실을 깨닫고 나니 그동안 잘 이해되지 않던 것들이 전부 이해되었다.

아빠가 바깥에 있는 매트에 발을 구르며 부츠에 묻은 눈을 털어내는 소리가 들렸다. 곧이어 아빠가 현관문을 열고 들어오자 바닥에 있는 바람막이 고무가 끼익하고 소리를 냈다. 잠시 후 피터가 아침을 먹으러 아래층으로 내려갔을 때 안내책자는 보이지 않았다.

몇 주가 지났지만 아무 일도 일어나지 않았다. 봄과 함께 야구 시즌이 시작되었다. 브라이언은 피터에게 경기를 보러 가기에 아주 좋은 계절이라고 말했다. 그는 홈경기 일정을 펼쳐놓고 날짜를 정했다. 글리슨 가족의 옆마당에 튤립 싹이 돋아났다. 날이 점점 따뜻해지면서 피터와 케이트는 매일 교복 스웨터를 허리춤에 묶고 버스에서 내렸다. 그들은 졸업식 예행연습을 시작했다. 케이트는 존 딜스와 짝을 이뤄 행진했다. 여자보다 남자가 더 많다 보니 피터는 두 번째로 키가 큰 남자애와 걸어야 했다. 고등학교에 입학하면 시간은 더 빠르게 흐를 것이다. 운전면허, 취업, 대학, 자유. 상황이 이 정도로만 유지되어도 괜찮을 것이다. 그리고 몇 주 동안은 정말 그랬다.

04

바위 근처의 어느 지점에 제대로 자리 잡으면, 말도나도 씨네 측백나무 사이로 엄마 차가 제퍼슨가로 들어오는 모습을 미리 볼 수 있었다. 피터는 자신의 이마에 만개한 여드름을 케이트가 의식하고 있는 것을 알고 있었다. 그날 아침 피터는 뉴욕 메츠 모자를 쓰고 등교해서 두 번째 수업 종이 울리고 나서야 벗었다. 그리고 하교할 시간이 되자 책가방에서 모자를 꺼내어 무릎에 올려놓고 버스 줄을 설때 바로 쓰려고 준비했다. 케이트는 주말에 열린 소프트볼 경기에서 3루를 향해 슬라이딩을 하다 심하게 넘어졌고, 그 바람에 두 다리에 딱지가 앉았다. 케이트는 딱지의 거친 질감을 부드러운 피부와 비교하려는 듯 그것을 계속 만지작거렸다. 피터는 최면에 걸린 사람처럼 케이트의 움직임을 따라 했다. 케이트는 최근에 피터의 다리가 자기 다리보다 얼마나 두껍고 튼튼한지 얘기했다.

"저기." 어느 오후 케이트가 피터의 곁에 바짝 다가와 말했다. 둘은 반바지에 운동화를 신고 길가에 앉아 다른 아이들이 지나가기를 기다리고 있었다. "있잖아." 케이트의 맨살이 스치자 피터는 화들짝 놀라며 몸을 피했다. 그 뒤로 케이트는 말없이 앉아 있었다. 그러다 피터가 "조이 말도나도가 차 샀다는 얘기 들었어?"라며 말을 걸자 얼굴을 붉혔다.

5월의 어느 늦은 오후, 그들의 가방은 교과서와 불과 몇 주 앞으로 다가온 8학년 졸업식에 관한 안내문으로 가득찼다. 피터는 무슨 일이든 가볍게 받아들이자고 다짐했지만, 자신과 케이트 사이에서 벌어지고 있는 이상한 일이 마음을 무겁게 짓눌렀다. 션 바넷이 남자애들한테 자신이 케이트를 좋아하고 있고, 케이트도 자신을 좋아하는 게 분명하다고 말했다. 션은 그 말을 하면서 피터를 쳐다보지도 않았다. "뭐라고?" 피터가 말했다. 왜 그렇게 화가 나는지 알 수 없었다. "왜?" 션이 말했다. "너희, 사촌이나 뭐 그런 거 아니었어?"

"아니. 사촌은 절대 아니야."

"그럼 걔랑 키스라도 했냐?"

스틱볼을 하려고 주차장에 모인 8학년 남자애들이 전부 고개를 돌려 피터를 뚫어져라 쳐다보며 대답을 기다렸다. "왜 걔도 널 좋아한다고 생각하는데?" 피터는 얼뜨기처럼 이렇게 묻고 나서 자신이 케이트에 대해 어떤 주장을 해도 먹히지 않겠다고 생각했다.

"그냥 알아." 션이 말했다.

"어떻게 알아?" 피터가 물었다. "내가 보기에는 아니야." 그는 케이트와 특별한 사이인 것처럼 말하면서 자기만큼 케이트를 잘 아는 사람이 없다는 것을 모두에게 상기시키려고 했다. 그리고 정말 그랬다면 케이트가 분명히 말해줬을 것이다.

케이트는 여자애들이 주변에 없는 상태에서 남자애들이 하는 말을 가장 신뢰했다. 하지만 괜히 말을 꺼냈다가 케이트가 션을 좋아하게 될까봐 피터는 그 이야기를 따로 꺼내지 않았다. 대신 피터는 한쪽 눈을 말도나도 씨네 측백나무에 고정한 채로 가장 작은 바위에서 가장 큰 바위로 옮겨가면서, 반 남자애들이 스틱볼을 할 때 로라 푸마갈리에게 쉬운 공을 줘서 몬시뇰(가톨릭 고위 성직자에 대한 경칭―옮긴이) 레페토의 검은색 메르세데스까지―휴교 기간에 교내에 출입할 수 있는 유일한 차였다―날려 보낼 수 있게 해주기로 약속한 일을 털어놓았다. 로라의 홈런은 로라가 베이스를 돌 때 교복 셔츠 안에서 흔들리는 가슴을 볼 수 있는 기회를 의미했다.

케이트는 잔디 위에 큰 대자로 누워서 역사나 대학 수준의 대수학 수업 때처럼 심각한 표정으로 고개를 끄덕였다. 소소한 시기심이 살짝 스쳤지만, 한순간의 반짝거림이었을 뿐 남자애들의 교활한 의기투합에 대한 감탄으로 곧장 넘어갔다. 케이트는 전적으로 동의한다는 듯 고개를 끄덕였다.

"걔한테 말 안 할 거지? 피터가 말했다.

"당연하지." 케이트가 모욕적이라는 듯 말했다. 그리고 갑자기 일어서서 중간 바위로 걸어가더니 양발에 스프링을 단 것처럼 펄쩍 뛰어올라 완벽한 착지를 선보였다. 그러고는 피터를 내려다보며 감명을 받았는지 확인했다. 피터는 아무렇지 않은 척 어깨를 으쓱했지만 새어 나오는 웃음을 막지 못했다. 케이트가 그의 배를 쿡쿡 찌르며 말했다. "잘했다고 말해." 케이트는 5학년 때 로라네 엄마가 로라를 데리고 브래지어를 사러 갔던 일을 얘기했다. 그러면서 피터와 함께 가장 큰 볼더로 뛰어오르다 미끄러져서 단단한 바위 끝에 턱을 부딪쳤다.

피터가 케이트의 옆으로 뛰어내렸다. "케이트! 괜찮아?" 피터가 얼굴을 어루만지며 말했다.

"이가 부러진 것 같아." 케이트가 말했다. 피터는 케이트의 머리카락을 잡고 엄지로 아랫입술을 누르면서 입을 벌려보라고 신호를 보냈다. 그리고 손가락으로 치아의 가장자리를 만져보았다. 케이트는 그의 손가락 끝에서 짠맛을 느꼈다. 피터는 자신을 유심히 들여다보며 모자챙 아래에 가려진 눈을 찾고 있는 케이트의 모습을 언뜻 보았다.

"피가 엄청 많이 나." 피터가 케이트에게 물리기라도 한 것처럼 재빨리 손을 빼며 말했다. 케이트는 일어나서 몸을 숙이고 피를 뱉었다. 그러고는 팔뚝으로 입을 닦고 피를 조금 더 뱉었다.

"이런, 젠장. 피터." 케이트가 막 치과에서 충치 치료를 받은 사람처럼 걸걸하고 답답한 목소리로 말했다. 피터는 케이트가 고갯짓으로 가리키는 자기 집 뒷문을 돌아보았다. 엄마가 눈을 가늘게 뜨고 마당을 쳐다보고 있었다.

피터가 허둥대며 일어섰다. 앤이 생각할 겨를도 없이 곧장 마당을 가로질러 그들 옆으로 다가왔다. 앤은 아까 있었던 일뿐 아니라 그들이 무슨 생각을 하고 있고 머리와 가슴에서 무엇이 시작되고 있는지를 모조리 간파한 듯했다.

"케이트는 그냥……."

"들어와." 앤이 피터에게 말했다.

"하지만 나는 단지……."

"어서."

"잠깐만요." 케이트가 말했다. 피터는 엄마의 분노가 커지고 있는 것을 알면서도 케이트를 돌아보았다.

"피터는 저를 도와준 것뿐이에요." 케이트가 천천히 일어서며 앤에게 말했다. "얘기하다가 넘어져서 턱을 부딪쳤어요. 피가 나잖아요." 케이트는 피터가 가지 못하게 팔을 잡았다.

피터는 케이트가 입을 다물기를 바랐다. 그래서 최대한 신중하게 고개를 저었지만 케이트는 그것을 보고도 아랑곳하지 않았다.

"아줌마 간호사시죠?" 케이트가 묻고는, 몸을 숙이고 피를 더 뱉어냈다. 의도가 너무 명확해서 그냥 걱정해줘서 고맙다고 말하는 편이 나았을지도 모른다.

앤이 빠른 걸음으로 케이트에게 바짝 다가갔다. 피터는 움찔했고 케이트는 물러섰다. 하지만 케이트를 때리지 않았기 때문에 피터는 잠시나마 엄마가 도와줄 거라고 생각했다. 화가 났어도 일단 케이트가 괜찮은지 확인할 줄 알았다. 하지만 앤은 출혈 부위를 찾는 데에는 전혀 관심이 없었고, 비밀이라도 속삭이려는 듯 케이트의 귓가로 다가갔다. 케이트는 앤의 시선이 자신의 머리카락을 훑은 뒤 몸을 거쳐 파란색 신발끈을 묶은 흰색 운동화로 내려가는 것을 지켜보았다.

"너는 네가 아주 똑똑하다고 생각하는구나." 앤이 마침내 입을 열었다. 며칠 전 아침, 앤은 평소처럼 갈색 병에서 알약 두 개를 꺼냈지만 그것을 삼키는 대신 빈 달걀껍질 안에 넣었다. 그 안에 있던 달걀은 작은 프라이팬에 깨뜨려 넣고 빈 껍질만 상자에 도로 갖다놓았다. 그리고 달걀이 온전해 보이게끔 껍질을 끼워 맞추고는 쓰레기통에 버렸다.

"그래도 되는 거예요?" 피터가 물었다.

"뭘 말이니?" 앤이 부엌을 가로질러와 그의 뺨에 손을 얹으며 말했다. 처음에는 어루만지는 것 같더니 손아귀 힘이 점점 세져서 뒤로 물러나야 했다.

"뭐라고요?" 케이트가 말했다.

"너는 네가 아주 똑똑하다고 생각하는 것 같아, 안 그래?"

케이트는 무슨 말인지 통역해주기를 바라는 듯 피터를 쳐다보았다.

케이트네 집 마당 쪽에서 방충망이 끼익하고 열렸다가 찰싹하고 닫혔다. 레나가 서둘러 밖으로 나왔다. "무슨 일이야?" 그녀가 걱정과 사랑과 질책이 한데 얽힌 목소리로 물었다.

피터는 레나가 상황을 너무 빠르게 파악하는 것 같아 당혹스러웠다. 그동안 말을 하지 않았을 뿐 엄마가 어떤 사람인지를 모두 정확히 알고 있었다.

"집에 들어가 있어." 레나가 케이트에게 말했다.

"우리는 아무 짓도 안 했는데 왜 혼나야 해요?"

"집으로 좀 들어가라고."

"이건 진짜 말도 안 돼요." 케이트가 이렇게 말하자 레나가 케이트를 홱 잡아채 뺨을 때렸다.

"엄마!" 케이트가 휘청거리며 애써 울음을 참고 말했다.

"맙소사, 아줌마, 케이트는 이미 다쳤다고요."

"넌 입 다물어." 앤이 말했다.

피터는 언젠가 케이트와 함께 그들을 떠날 거라고 생각했다. 처음이 아니었다. 둘이 살면 그들의 말을 들을 필요가 없을 것이다.

피터가 부엌 의자에 앉기를 거부하고 등받이를 붙잡고 서 있는 동안 앤은 집 안을 서성거렸다. 그러다 마침내 그것이 그들의 본모습이라고 말했다. 이웃 앞에서 아이를 때리는 쓰레기.

피터는 당장 할 수 있는 말들을 떠올렸다. 그리고 작년 한 해 동안 자신이 얼마나 자랐는지 생각했다. 아빠만큼 키가 자랐고, 부엌에 있는 캐비닛을 전부 부숴버릴 수 있었으며, 필요하다면 뒷문으로 나가 엄마를 때려눕힌 후에 케이트를 데리고 무작정 버스를 탈 수도 있었다. 주변에서 흔히 벌어지는 일이었다. 그는 이미 열네 살이었고 여름이면 케이트도 열네 살이 될 것이었다.

"이제 거기는 못 갈 줄 알아." 앤이 불쑥 끼어들어 말했다.

"어딜 못 가요?"

"학교 말이야. 케이트 글리슨 같은 쓰레기들이 너를 꼼짝 못 하게 만들잖아."

"알았어요! 그럴게요! 어차피 케이트도 안 갈 거예요. 3주 후면 졸업이니까."

"아니, 다시는 못 간다는 말이야. 내일은 물론이고 졸업식도 안 돼. 무슨 일이 있어도 절대 안 돼."

피터가 엄마를 노려보았다. "그게 무슨 말이에요?"

"이제야 알아듣는구나."

"아빠한테 전화할 거예요."

"아니, 안 돼." 앤이 다급히 부엌을 가로질러 수화기를 잡아챘다. 늦은 오후의 햇살이 식탁 위로 네모나게 비쳐들었다. 피터는 다리와 손가락 끝에서 그 열기를 느꼈다.

"알았어요, 엄마." 피터가 두 손을 들었다. "저는 돌아가지 않는다고 쳐요. 그런데 엄마는 모두에게 미움받는 게 신경 쓰이지 않아요?"

"방으로 가."

"싫어요."

앤이 반대편에서 전화기를 집어던졌지만 피터는 그것을 피했다. 너무 화가 나서 날개가 돋아 날아가버릴 것 같았다.

"방으로 가."

"싫어요."

앤은 서빙 스푼, 나무수저, 거품기, 주걱, 그리고 고기를 부드럽게 만드는 데 사용하는 묵직한 주철 망치를 보관하는 서랍을 열더니 주철 망치를 머리 위로 쳐들고 피터에게 달려들었다. 피터가 엄마의 손목을 붙잡아 저지했다.

"그만해요." 피터가 말했다. "그만."

앤이 손을 놓자 망치가 바닥에 쿵하고 떨어졌다. 그녀는 뭔가를 찾으려는 것처럼, 뭔가 중요한 것을 받지 못한 것처럼 주위를 두리번거렸다. 피터가 의자를 하나씩 식탁 밑으로 깔끔하게 밀어 넣었다.

"그 애를 다시는 못 볼 줄 알아." 앤이 말했다.

"안 볼 거예요." 피터는 그렇게 말하고 밖으로 나갔다.

브라이언은 늘 앤의 말에 동의함으로써 상황을 진정시키려고 했다. "알았어, 앤." 그는 이렇게 말하고 공허한 표정으로 정면을 응시했다. 그 상황에서 벗어날 수 있다면, 그녀에게서 벗어날 수 있다면 무슨 일이든 했다. TV를 보거나 차고로 사라지거나 단골 술집에서 몇 시간을 보냈다. "당신 말이 맞아." 그는 이렇게 말하고 해리성 둔

주 상태인 사람처럼 아무 일도 없었다는 듯 돌아다녔다. 말을 하더라도 기름값이나 최근 몇 년간 사슴 개체수가 실제로 폭증한 건지, 아니면 그냥 그렇게 보이는 건지, 그런 이야기들을 했다.

하지만 작년 추수감사절은 예외였다. 브라이언의 남동생이자 피터의 삼촌인 조지 스탠호프가 웬일로 아내 브렌다와 함께 서니사이드에서 길럼까지 찾아왔다. 열 살 차이가 나는 형제는 닮은 구석이 하나도 없었다. 브라이언은 금발에 호리호리한 체형이었고, 조지는 하루 종일 철 기둥을 날라서인지 떡 벌어진 가슴과 두꺼운 팔뚝을 가지고 있었다. 키도 작고 까무잡잡한 데다 벨트 밖으로 배도 살짝 나와 있었다. 그의 아내는 피터와 비슷한 또래로 보였다. 그녀는 조합 사무실에서 일하며 보험금 청구와 재해보상 관련 업무를 처리했다. 피터는 삼촌과 만난 적이 몇 번 없었다. 브롱크스에 저녁을 먹으러 가서 한 번 봤고, 어느 여름 목요일에 아빠 손에 이끌려 장례식장에 가서 한 번 봤다. 저녁 식사 자리에서 조지는 새 야구카드 한 팩을 막 발견한 척하면서 피터에게 관심이 있느냐고 무심하게 물어봤다. 장례식에서는 어른들이 전부 묘지 주차장에 모여 있는 동안 20달러를 접어서 피터의 셔츠 주머니에 넣어주었다. 피터는 그때 겨우 예닐곱 살이어서 돈을 어떻게 해야 할지 몰랐다. "여기 있기 싫은 거 알아." 조지가 속삭였다. 또 한 번은 학교에서 돌아왔을 때 조지가 아빠를 도와 나무 그루터기를 뽑고 있었다. 집에서 자신을 기다리고 있던 유명 인사를 만난 기분이었다. 세 사람은 뒷문 계단에서 피자를 먹었다. 피터는 조지가 더 오래 머물기를, 거기서 하룻밤을 자고 이튿날 아침밥도 함께 먹을 수 있기를 바라고 바랐지만 왠지 엄마가 돌아오기 전에 떠날 것 같았다.

피터는 추수감사절에 조지와 브렌다가 올 거라는 아빠의 얘기를 듣고 계획이 바뀔 경우를 대비해 흥분을 조심스레 억눌렀다. 추수감사절이나 크리스마스만 되면 케이트네 집과 말도나도 씨네 집 앞에는 여러 대의 차량이 멈춰 섰지만 피터네 집 앞은 텅텅 비어 있었다. 피터는 조지가 케이트네 손님들처럼 빵 상자를 가득 안고 들어오는 모습을 상상했다. 그리고 마침내 조지가 나타났다. 그는 아내를 소개하기 전에 피터의 어깨를 어루만졌고, 피터는 몇 번 보지 못한 삼촌이 부쩍 가깝게 느껴졌다.

"잘 지냈어?" 조지가 물었다. "키가 제법 컸네? 아빠가 신발에 비료라도 넣어주는 거야?"

한동안은 모든 것이 순조로웠다. 어른들은 선거와 가엾은 마이클 두카키스 그리고 그의 아내 키티가 정말 대학에서 깃발을 태웠는지, 아니면 부시 측 사람들이 지어낸 얘기인지에 대해 논의했다. 그사이 피터는 잠시 진입로에 나가서 조지가 가져다준 스카이 콩콩을 살펴보았다. 케이트가 침실 창문에서 큰 소리로 인사했고 피터는 손을 흔들었다. 그리고 다시 집 안으로 들어갔는데 분위기가 완전히 바뀌어 있었다. 겨우 15분 만에 앤이 브렌다에게 강한 반감을 갖게 된 듯했다. 그녀는 브렌다가 무슨 말을 할 때마다 입을 삐쭉거렸고, 조지도 그것을 알고 있었다. 피터는 두 사람이 결혼식을 올리지 않은 것이 왜 문제인지 알 수 없었다.

결국 조지가 먼저 목소리를 높였다. "그만하세요." 그가 충분히 참았다는 듯 손을 들며 앤에게 말했다. 앤도 목소리를 높이더니 몇 분간 소리를 지르다 벽장에 가서 청소기를 꺼냈다. 그리고 그것을 머리 위로 들어 올려 모두를 향해 휘둘렀고 브렌다가 비명을 질렀다.

다친 사람은 없었지만 물컵 세 개와 커틀러리 몇 개, 으깬 감자 한 접시가 날아갔다. 전부 마룻바닥에 떨어져 카펫까지 미끄러졌다. 아빠가 엄마에게 한 번도 들어본 적 없는 고함을 질렀고, 엄마는 청소기를 든 채로 눈을 질끈 감았다. 피터는 벽에 닿을 때까지 한 발짝 한 발짝 뒤로 물러나며 상황을 지켜보았다. 결국 엄마는 2층으로 올라가 집 전체가 흔들릴 만큼 침실 문을 세게 닫았고, 남은 네 사람은 엉망이 된 주변과 서로를 쳐다보았다.

"맙소사, 브라이언." 조지가 말했다. "도대체 뭐 때문에 저렇게 미친 듯이 화를 내는 거야? 내가 뭘 잘못했어?"

"비이성적인 사람을 이성적으로 이해하기는 힘들어." 브라이언이 조용히 말했다. 그는 동생이 강요한 것도 아닌데 그 상황에 대해 해명하면서 자신이 통제하거나 이해할 수 없는 일이 일어나고 있고 빠른 시일 내에 뭔가 조치를 취해야 한다는 사실을 인정했다.

"내가 뭐랬어?" 조지가 물었다. "15년 전에 뭐라고 했냐고?"

"조지." 브라이언이 피터를 흘깃 쳐다보며 말했다.

그러나 조지는 그 일을 그냥 내버려두거나 다른 어른들처럼 화목함을 가장하는 대신 돌아서서 피터를 쳐다보았다. "너는 애어른이잖아, 안 그래?"

누가 먼저 웃기 시작했더라? 아마 조지였을 것이다. 조지는 아빠가 캐비닛에서 꺼내 온 병을 받아들고 그 안에 든 것을 컵에 조금 따라서 피터에게 건넸다. 아빠는 딱히 반대하지 않았다. 엄마도 아래층으로 내려올 기미가 없었다.

"괜찮니, 아가?" 잠시 후 브렌다가 피터에게 물었다. 형제의 목소리가 갈수록 더 커졌다. 브라이언이 어릴 때 이야기를 하면서 주먹으로 식탁을 내리쳤고, 피터에게는 낯선 사람의 이야기처럼 들렸다.

"네, 괜찮아요. 왜요?" 피터가 왜 그런 걸 묻는지 모르겠다는 듯 경쾌하게 말했다. 첫 모금이 타들어가듯 목구멍을 거쳐 위장으로 내려갔다. 날숨이 더 뜨겁게 느껴졌다. 그는 조지와 아빠처럼 남은 술을 한입에 털어 넣었다.

"그래, 터프가이라는 거지. 알았어."

으깬 감자와 유리 조각이 바닥과 카펫에 흩어져 있었다. 피터는 으깬 감자를 그릇에 담아 부엌 쓰레기통에 버렸다. 유리 조각은 누군가가 밟아서 다치지 않도록 한곳에 모아서 싱크대에 쌓아두었다. 그리고 주위를 둘러보며 모두 신발을 신고 있는지 확인했다. 그러나 더 치우다가 뭔가를 망칠 것 같아서 난장판을 외면해버렸다. 피터는 아빠가 고함을 지르거나 식탁을 내리치는 것을 처음 보았다. 그 일이 자신을 행복하게 할지 두렵게 할지는 알 수 없었다. 조지가 엉성한 의자를 뒤로 젖혀 두 다리로만 지지했다. 그들은 난장판이 된 식당을 그대로 놔둔 채 부엌으로 자리를 옮겼다. 조지가 또다시 피터에게 술을 눈곱만큼 따라주었고 브라이언은 그것을 보고도 말리지 않았다.

"저는 그냥……." 피터가 키친타월 한 뭉치를 움켜쥐고 음식이 쏟아진 곳을 향해 돌아서며 말했다. 브렌다가 물에 적신 스펀지를 가지고 따라갔다.

케이트는 엄마가 거즈처럼 얇은 주방용 천으로 만들어준 얼음주머니를 물고 조금 전에 일어난 일을 이해해보려고 애썼다. 치아는 괜찮았지만 혀를 너무 세게 물어서 두 곳이 보라색으로 부풀어 올랐고 머리를 움직일 때마다 피가 조금씩 새어 나왔다. 하나하나 살펴봤을 때는 별것 아닌 것 같았는데 합쳐보니 제법 타격이 컸다. 넌 네가 아주 똑똑한 줄 아는구나. 앤이 말했다. 케이트는 그녀의 말이 사실이라 그렇게 괴로운 건 아닐지 궁금했다. 자신의 비밀을 파헤치고 거기에 손가락을 쑤셔 넣어 가장 수치스러운 부분이 드러날 때까지 휘젓는 것 같았다.

겨우 1분 정도 이어진 언쟁이 어느새 꿈처럼 아득하게 느껴졌다. 케이트는 앤 아줌마가 어른으로서 자신이 볼 수 없는 뭔가를 봤을지도 모른다고, 자식 사랑에 눈이 먼 엄마는 볼 수 없는 뭔가를 자신에게서 봤을지도 모른다고 생각했다. 케이트는 몇 주 전 아침을 떠올렸다. 그날은 사복 입는 날이라 1달러만 내면 누구든 사립학교 애들처럼 청바지와 운동화 차림으로 등교할 수 있었고, 그렇게 모인 돈은 남자애들의 새 농구복을 사는 데 쓰였다. 그날 아침 케이트는 광대뼈에 분홍색 파우더를 바르면서 남자애들이 알아보는 상황을 상상해보았다. 그날은 사제를 보좌하는 부제와 갤러거 부인이 한 달에 한 번 성교육 수업을 하러 오는 날이기도 했다. 두 사람에게는 9명의 자녀가—막내가 사라와 같은 반이었다—있었다. 그들이 함께 있는 모습을 보거나, 부제가 남자애들을 복도로 데리고 나오기 전에 교실 앞에서 예복을 정돈하는 모습을 볼 때마다, 케이트는 소화전에 다리가 달린 것처럼 생긴 작고 건장한 여자와 키 크고 깡마른 대머리 남자가 아홉 남매를 얻기 위해 그걸 했을 거라는 생각을 멈출 수가 없었다.

늦은 밤, 가족이 모두 잠들고 혀의 욱신거림도 덜해졌을 때 알 수 없는 불빛이 침실 벽을 비췄다. 창문 맞은편 벽의 가운데를 비추던 동그란 불빛은 케이트에게 발각되자마자 사라졌다가 이내 돌아왔다. 그리고 다시 사라졌다. 불빛이 다시 돌아왔을 때 케이트는 창문으로 갔다. 저기, 광활한 밤 너머에 피터가 있었다. 피터는 침실 창문 앞에 서서 손전등으로 자신을 비추었다가 손에 든 뭔가를 비추었다. 이어서 방충망을 올리고 종이비행기 같은 것을 어둠 속으로 날렸다. 피터는 그것을 비추려고 애썼지만 환한 흰색 종이와 동그란 불빛이 서로 쫓고 엇갈리기를 반복하며 그 밤의 완벽한 정적에 대비되는 극적이고 광적인 뭔가를 만들었다. 비행기가 케이트네 잔디 위에 내려앉았다. 피터가 그것을 찾아 가만히 비춘 후에 다시 케이트를 비추었고 케이트는 고개를 끄덕이며 손을 흔들었다. 케이트는 그것이 자신을 위한 것임을 알고 있었다.

05

셔틀버스가 길럼의 거리를 느릿느릿 지났다. 피터를 만날 생각을 하니 케이트는 목요일 아침부터 하루 종일 따뜻한 돌을 감싸 쥔 기분이었다. 종이비행기가 이슬에 흠뻑 젖었지만 연필로 적은 메시지는 지워지지 않았다. 케이트는 가족이 우연히 창밖을 내다보다 호랑가시나무 덩굴 옆에서 종이비행기를 발견할까봐 아침 식사 전에 뒷문으로 달려 나갔다.

"벌써 나갔다 왔니?" 레나가 젖은 풀잎을 맨발에 붙이고 들어오는 케이트에게 물었다.

"책을 밖에 두고 온 것 같아서요." 케이트가 대답했다. 레나는 아직 모닝커피를 마시기 전이라 게슴츠레한 눈으로 발을 끌며 느릿느릿 걸었다.

쪽지에는 할 말이 있는데 학교는 못 갈 것 같으니 자정에 울타리 옆에서 만나자고, 다친 입이 괜찮기를 바란다고 적혀 있었다.

아침 식사 시간에 내털리와 사라는 무슨 일이 있었는지 알고 싶어

했다. 그들은 전날 오후에 육상 시합이 있어서 늦게 귀가했고 과제도 해야 했다. 그들은 단서를 하나하나 끼워 맞춰보았다. 케이트는 저녁 식사를 거부한 채 방에 틀어박혀 있었고 엄마는 아빠와 단둘이 부엌에서 대화를 나눴다.

"정말 대박이었어." 케이트가 낮은 목소리로 이야기를 시작했다.

"그래?" 내털리가 과일 그릇에서 사과를 꺼내며 말했다.

"내가 바위에서 떨어지면서 혀를 깨물었거든. 온 사방이 피투성이였어. 그때 앤 아줌마가 나와서 엄청 화를 내더니, 나더러 내가 똑똑하다고 생각하느냐고 묻는 거야. 그리고 엄마가 나와서 나를 엄청 세게 때렸고……." 케이트는 그들의 멍한 시선을 느꼈다. 그 일을 설명하기가 어려웠다. 그 모든 충돌을 하나의 흥미로운 문장으로 요약할 수가 없었다.

"너랑 피터는 뭔데?" 내털리가 물었다. "너네 사귀니?"

"아니야!" 케이트는 마치 빛 덩어리가 흉골 아래에 모이는 것 같은 느낌을 받았다.

케이트는 아직 성 바르톨롬메오에 다녔고 내털리와 사라는 각각 길럼고등학교 2, 3학년이었다. 이 단순한 사실은 케이트의 이야기가 그들의 이야기만큼 흥미로울 수 없다는 것을 의미했다. 고등학교 전까지의 이야기는 들어볼 가치가 없다고 여겨졌다.

사라가 그릇 쪽으로 몸을 숙여 케이트에게 다가갔다. "내털리는 데미안 리드랑 사귄다."

"사라!" 내털리가 말했다.

"얘는 말 안 할 거야." 사라가 말했다.

"아." 케이트가 자신의 이야기가 밀려나는 것을 느끼며 말했다. 케이트는 데미안 리드가 누군지 몰랐다.

사라가 말을 이어갔다. "혹시 임신하면 차를 빌려 타고 텍사스에 가서 임신중절 수술을 받고 나서 엄마, 아빠한테는 시합이 있었다고 말할 거래."

"사라!" 내털리가 아까보다 더 감정을 실어서 말했다. "너 죽는다."

"왜 텍사스야?" 케이트가 물었다.

내털리가 한숨을 쉬었다. "꼭 텍사스일 필요는 없어. 멀기만 하면 돼."

"누가 같이 가야 하지 않을까?" 그들이 내숭을 기대하고 있었다면 케이트의 답이 실망스러웠을 것이다.

"사라가 같이 갈 거야." 내털리가 확인을 받으려는 듯 사라를 쳐다보며 말했다. 그리고 케이트를 돌아보았다. "너도 가고 싶으면 가도 돼. 지금은 아니고 몇 년 안에. 그런 일이 일어나기를 기대하는 건 아니야."

케이트는 그녀의 말에 대해 곰곰이 생각해보았다.

"그리고 둘 다 뭐 필요한 게 있으면 학교로 찾아와." 내털리가 이렇게 대화를 마무리했다. 그녀는 가을에 시러큐스로 갈 예정이었다.

레나가 들어와 점심 도시락에 필요한 재료와 빵 상자를 냉장고에서 꺼내기 시작했다. "뭘 저렇게 속닥거리는지." 그녀는 빵 여섯 조각과 검은 자두 세 개, 스내플 세 병을 꺼내며 말했다. 그리고 참치샐러드 통을 열었다. "얼른 버스 탈 준비해. 오늘 아침에는 태워다줄 기분이 아니니까."

오코너 선생님이 출석을 부르다 고개를 들고 피터를 두 번 더 부른 후에 다음으로 넘어갔다. 체육관에서 스키아보네 선생님은 피터가 주장을 할 차례라고 말했다가 아이들을 둘러보고는 다른 남학생을 지명했다. 케이트는 피터의 부재가 언급될 때마다 마치 그의 형체가 곁에 있는 것처럼 기쁨과 두려움이 자신을 거세게 관통하는 느낌을 받았다. 케이트는 불과 24시간 전에 그의 손길이 닿았던 턱을 그날 내내 하릴없이 만졌다.

"피터는 어디 있어?" 몇몇 아이들이 집으로 돌아가는 버스 안에서 물었다.

"몸이 안 좋은가봐." 케이트는 미소를 삼키며 말했다.

케이트는 버스에서 내려서 피터네 집을 쳐다보았지만 혹시 누군가에게 들킬까봐 너무 오래 보지 않으려고 조심했다. 앤 아줌마의 차가 진입로에 서 있었다. 현관문은 닫혀 있었다. 엄마가 우편물을 한 아름 들고 현관에 서서 스쿨버스 기사를 향해 손을 흔들었다.

"피터는 오늘 학교에 안 갔니?" 케이트가 집에 들어가자마자 레나가 물었다.

"네." 케이트가 어깨를 으쓱했다.

"흠." 레나가 말했다.

케이트는 주의를 끌지 않기를 바라며 숙제와 저녁 식사, 설거지까지 모든 일을 고분고분하게 마쳤다. "몸은 괜찮아? 혀 좀 보자." 케이트가 올라가서 책을 읽다 자겠다고 하자 레나가 말했다. 케이트는 입을 크게 벌리고 혀를 최대한 길게 내밀었다.

"괜찮아 보이네." 레나가 케이트의 머리카락을 쓸어 넘기며 말했다. 그리고 케이트가 어릴 때 종종 그랬던 것처럼 이마를 맞댔다. "친구 일 때문에 속상하니?"

"그게 무슨 말이에요?"

"걔는 이제 너랑 못 놀 거야, 케이트."

"우리는 노는 게 아니에요, 엄마. 맙소사. 나도 조금 있으면 열네 살이라고요."

"그래, 너희가 뭘 하든 개네 엄마가 못 하게 할 거야. 그러니 너도 가까이하지 마, 알았지? 피터는 좋은 애지만 개네 가족은 문제가 있어."

그날 밤, 케이트는 누비이불 위에 누워 시간이 지나가기만을 기다렸다. 케이트가 태어난 후로 내털리와 사라는 침실을 같이 썼고, 케이트의 밤낮이 바뀌면서 그 후로도 계속 그렇게 방을 썼다. 케이트는 그날 밤 처음으로, 이 상황이 무슨 의미인지, 미리 정해진 운명에 의해 혼자 방을 쓰게 되어서 몇 년이 지나 한밤중에 이렇게 피터를 만나러 몰래 빠져나갈 수 있게 된 건지 궁금해졌다.

아빠는 그날 오후 4시부터 자정까지 근무였기 때문에 적어도 새벽 1시까지는 들어오지 않을 예정이었다. 10시쯤 언니들이 복도를 지나가는 소리에 신경이 곤두서기 시작했고, 11시에 엄마가 TV를 끄자 쇼 프로그램의 웃음소리가 뚝 끊기면서 온 집 안에 정적이 내려앉았다. 15미터도 채 안 되는 거리에서 피터도 어둠 속에 누워 자정이 되기를 기다리고 있을 것이다. 케이트는 침실 벽이 무너져 내려서 곧장 서로의 곁으로 가는 상상을 했다. 유년이 곧 끝나더라도 아무도 나와 피터에게 이래라저래라 할 수 없을 테니 괜찮다. 언젠가 우리는 레스토랑에 앉아 저녁 식사를 주문하고 그날 있었던 일에 대해 아무렇지 않게 떠들 것이다. 때로 성년이 까마득히 멀게 느껴졌지만, 그날 밤 11시 58분이 되어 파자마 위에 카디건을 걸쳤을 때는 아주 가깝게 느껴졌다. 어른이 될 준비가 된 것 같았다. 케이트는 발끝으로 살금살금 계단을 내려가 뒷문 손잡이를 밀고 밖으로 나갔다. 옆마당으로 달려가 보니 피터가 벌써 기다리고 있었다.

"가자." 피터가 케이트의 손을 잡고 속삭였다. 그들은 나란히 제퍼슨 가를 따라 북쪽으로 달리다가―케이트의 카디건이 펄럭였고 피터의 운동화 끈은 풀렸다―매디슨가로 방향을 틀어 어느 빈집으로 들어갔다. 앞마당에 매매 표지판이 삐딱하게 서 있었다. 그들은 뒷마당에 있는 낡은 그네 세트로 갔다. 그곳은 티그 부부와 내털리보다 나이가 많은 자녀들이 살던 집이었다. 부부가 막내를 대학에 보내고 남부로 이사 간 후로 줄곧 비어 있었다. 그들은 녹슨 사다리를 타고 그네 세트 위로 올라갔다. 피터가 빈 음료수 캔들을 옆으로 치웠고, 케이트는 다친 혀에서 맥박이 고동치는 것을 느꼈다.

"오줌 마렵다." 케이트가 말했다.

"긴장해서 그래." 피터가 말했다. 손 너비와 특이한 입 모양, 파란 눈까지 그의 모든 것이 남자답게 보였다. 그들은 어렸을 때부터 몸을 비교했었다. 케이트는 문득 그의 몸이 자신보다 훨씬 더 커지기 위해 얼마나 열심히 일했을지 생각했다. 세포가 두 배 빠른 속도로 증식하고 근육은 더 길고 강하게 자랐을 것이다. 둘이 서 있으면 케이트의 정수리가 피터의 턱 밑에 닿았다.

"넌 안 그래?" 케이트가 물었다. 케이트는 뭘 해야 할지 알 수 없었다. 어디에 눈을 둬야 할까? 피터가 바짝 다가와 손을 잡더니 손가락으로 손목에 원을 그리다 반대편 손목도 잡았다. 피터의 두 손이 케이트의 팔꿈치로 옮겨갔고, 케이트는 두 팔을 그의 팔뚝 위에 편안히 없었다. 마치 동시에 뛰어내릴 준비를 하는 것처럼 보였다. 침묵이 길어지자 무슨 말이든 해야 할 것 같은 마음조차 지나가버렸다. 피터는 뉴욕 메츠 티셔츠를 입고 있었다. 2년 동안 적어도 일주일에 두 번은 입었는데, 이제는 양어깨가 살짝 당길 정도로 작았다.

"그런 것 같아." 피터가 대답했다.

케이트는 대화를 하면서, 피터가 지금의 상황이라든지 실재를 마치 확인이라도 하려는 듯 자신을 붙잡고 있다는 사실 외에 뭔가 다른 게 있구나 하고 느꼈다.

"너희 부모님 주무시는 거 확실해?" 케이트가 물었다. "12시 반 전에는 돌아가는 게 좋을 것 같아."

"케이트." 피터가 이름을 부르고는 살짝 다가와 어릴 때처럼 케이트의 손가락을 들여다보며 자신의 손가락과 비교했다. 그러다 몸을 숙여 손가락 마디에 입을 맞췄다. 그리고 손을 돌려 손바닥에도 입을 맞췄다. 그 따뜻한 입맞춤을 받기 위해 지금껏 살아온 기분이었다. 그의 티셔츠 이음매에 연필 지우개만 한 구멍 두 개가 보였다. 피터가 다가와 케이트의 입술에 키스했다.

그들은 숨을 쉬기 위해 잠시 떨어졌다. 케이트는 떨고 있었지만 마음은 더 진정되는 느낌이었다. 케이트는 손등으로 입을 닦고 나서 피터의 서운한 듯한 표정을 알아차렸다.

"아, 미안." 케이트가 웃었다. 차량 한 대가 전조등 불빛으로 가로수를 비추며 먼로가를 지나갔다. 그리고 센트럴 애비뉴로 꺾어 들어갔다.

"우리 아빠는 떠날 거야." 피터가 말했다. "삼촌이랑 퀸스에서 살거래."

"너희 이사 가?"

"아빠만."

"정말? 그 얘기는 언제 들었는데?"

"어제 저녁 먹고 나서. 우리 엄마는, 알다시피 너랑 내가 밖에 있는 걸 보고 길길이 날뛰었어. 그러다 근무 중이던 아빠에게 전화했고, 아빠가 돌아오고 나서는 모르겠어. 엄마가 뭔가 잔뜩 얘기했는데 그 때 결정한 것 같아."

"아저씨가 같이 가자고 했는데 네가 싫다고 한 거야, 아니면 아예 물어보지도 않은 거야?"

피터가 널빤지에서 솟아오른 나뭇조각을 집어 들었다. "아빠보다 는 엄마랑 있는 게 더 나을 것 같아."

"엄마는 뭐라고 하셔?"

그가 다른 나뭇조각을 집어 들었다.

"저기, 피터? 아빠한테 너도 데려가라고 말하고 싶지는 않아? 나야 네가 보고 싶겠지만……."

"그런데 있잖아, 내가 떠나면 엄마가 안 괜찮을 것 같아. 무슨 말인지 알지?"

"하지만." 케이트는 어떻게 말해야 할지 고민했지만 어릴 때보다 더 나은 표현을 찾지 못했다. "너희 엄마는 도대체 왜 그러셔? 오해 가 있었을 수 있으니까 그냥 우리가……."

피터가 고개를 저었다. 그리고 지난겨울 푸드 킹에서 있었던 일을 말해주었다. 그제야 케이트는 피터네 집 쓰레기통에 에버굿 식료품 점 봉투가 들어 있었던 까닭을 이해할 수 있었다. 에버굿에서는 밀 봉된 견과류와 건포도를 팔지 않아서 손님이 직접 퍼 가야 했다. 5개월이 다 되어가도록 학교에 소문이 퍼지지 않은 것은 피터의 말처럼 큰일이 아니었기 때문일 수도 있지만, 반대로 너무 큰일이어서 어른들이 아이들 앞에서 입단속을 했기 때문일 수도 있었다.

"피터……."

"그냥 한동안 상황이 달라질 수 있다는 걸 알려주고 싶었어." 그리고 피터는 더 길게 키스했다. 그는 케이트를 꽉 움켜잡았다가 흉곽과 허리 사이를 더듬었다. 케이트는 두 손을 피터의 어깨에 가볍게 얹었다가 그 주위를 힘껏 어루만졌다. 어제 오후에 피터가 케이트의 안위를 확인했다는 것만으로도 그렇게 길길이 날뛰었는데, 오늘 밤 피터의 방에 들렀다가 그가 없는 것을 확인하면 앤 아줌마는 어떤 반응을 보일까? 케이트가 뒤로 물러났다.

"나한테는 뭐든 말해도 돼. 아무에게도 말하지 않을게."

"알아." 피터가 쪼그려 앉았다. "어렸을 때는 안 그랬는데 지금은, 나도 모르겠어. 너한테 모든 걸 털어놓고 싶기도 하고, 가끔 집안 분위기가 좋지 않을 때는 네가 했던 재미있는 말을 생각해. 네가 가족과 함께 있는 모습도. 네가 이웃이 아니라 가족이었다면 내 인생이 어땠을지 생각해보기도 했지만, 얼마 전에 그러고 싶지 않다는 걸 깨달았어. 그러면 나중에 너랑 결혼할 수 없으니까."

"결혼!" 케이트가 애써 목소리를 낮추고 웃음을 터뜨렸다.

"진심이야."

옆집 현관에 불이 켜지자 그들은 화들짝 놀라 떨어져 앉았다. "이제 돌아가는 게 좋겠어." 피터가 속삭였다. 피터가 미끄럼틀을 타고 내려오는 동안 케이트는 사다리로 내려갔다. 그들은 보행로로 전력질주했고, 케이트는 매매 표지판을 툭 치고 지나갔다. 매디슨가를 달리다 제퍼슨가 초입으로 꺾어 들어갔을 때 피터가 갑자기 멈춰 서더니 케이트를 들어 빙글빙글 돌렸다. 그들은 어지러움에 휘청거리다 다시 달리기 시작했다. 그리고 집이 가까워지자 네이글 씨네 집에 있는 회양목의 그림자 아래에 잠시 쭈그리고 앉았다.

"어제 일은 미안해." 피터가 말했다. 케이트는 고르지 않은 달빛 속에서 그의 얼굴을 바라보며 어른이 된 모습을 언뜻언뜻 떠올렸다. 케이트가 손을 뻗어 피터의 목을 잡았고, 피터는 눈을 감았다.

"괜찮아." 아무것도 문제가 되지 않았다. 피터가 했던 말과 키스, 서로를 알고 지내 온 평생의 세월이 두 사람을 하나로 묶고 있었다. 그들은 한 쌍의 여우처럼 회양목 그림자에서 말없이 튀어나와 각자의 집으로 향했다.

레나가 저녁 식사 후에 정원 호스로 물이 조금씩 새어 나오게 해놓은 것을 기억하지 못했다면 그들은 혼나지 않았을 것이다. 그랬다면 최근에 심어놓은 수국도 익사했을 것이다. 그녀는 꿈을 꾸다가 물을 틀어놓은 것을 떠올리고 화들짝 깨어났다. 그래서 주방으로 갔다가 뒷문이 살짝 열려 있는 것을 발견했다. 그녀는 그쪽을 빤히 쳐다보다 재빨리 거실을 살피며 프랜시스가 집에 왔는지 확인하고 뒷문을 잠갔는지 되짚어보았다. 그리고 슬리퍼 바람에 밖으로 나가 차가운 밤공기를 맞으며 물을 잠갔다. 바닥이 흠뻑 젖어 있었다. 그녀는 주방으로 돌아가 손잡이의 작은 잠금장치를 만지작거렸다. 위층으로 올라가 케이트의 방을 확인했을 때는 자신이 옳았다는 생각에 기분이 살짝 좋아지기까지 했다.

"어디 갔었니?" 잠시 후 레나가 호랑가시나무 덩굴을 빙 둘러서 뒷문으로 살금살금 기어 오던 케이트에게 물었다. 그녀는 뒷문 계단에 앉아있었다. 케이트는 헉하고 놀라며 가슴에 손을 얹었다.

"엄마!"

"엄마가 묻잖아. 어디 갔었어?"

처음에는 엄마의 목소리가 너무 차분해서 그렇게 혼나지 않을 수도 있겠다고 생각했다. 그녀 뒤로 피터의 그림자가 잔디밭을 가로질러 자기 집 뒷문으로 향했다.

"잠깐만." 레나가 새하얀 침실용 슬리퍼를 신은 채 질척거리는 잔디밭을 성큼성큼 걸어가며 외쳤다. "잠깐만 기다려봐." 그녀가 피터를 그대로 지나쳐서 피터네 집 뒷문을 두드렸다.

"뭐 하는 거예요? 엄마! 기다려 봐요. 제발." 케이트가 어린아이처럼 레나의 소매를 잡아당기며 말했다. "엄마는 이해 못 해요. 왜 군이 알리려는 거예요?" 1층 불이 켜지고, 곧이어 주방 불도 켜졌다. 케이트는 피터를 쳐다보며 거들어주기를 바랐지만 그는 그저 한숨만 쉴 뿐이었다.

"저기요." 브라이언이 뒷문을 열자 레나가 말했다. 불빛이 그들을 한데 비췄다. 그녀는 가운을 단단히 여몄다. "아내분께 아드님도 천사는 아니라고 말해주세요. 저 녀석이 몰래 나가자고 꼬드겼다고요." 그녀가 주머니 속에서 종이비행기를 꺼냈다. 차 한 대가 케이트네 집 진입로로 들어오더니 문이 쾅 하고 닫히는 소리가 들렸다. 곧이어 프랜시스가 진입로를 올라와 현관문 앞에서 열쇠를 찾느라 더듬거렸다. 그리고 집으로 들어가 거실 불을 켜자마자 활짝 열려 있는 뒷문으로 나왔다.

"무슨 일이야?" 프랜시스가 다가와 물었지만, 케이트는 아빠가 이미 모든 상황을 파악했다는 것을 알 수 있었다.

"케이트가 말해줄 거야." 레나는 케이트 팔꿈치의 여린 부위를 꽉 잡고 집으로 끌고 가면서 말했다. 브라이언이 뒷문을 잡아주자 피터가 고개를 숙인 채 집으로 들어갔다.

"아야." 케이트가 엄마의 손아귀에서 벗어나려고 애쓰며 말했다.

"이게 아프니?" 레나가 그녀를 더 세게 잡으며 물었다.

수년간 옆집에 살면서 피터네 가족이 고함을 치는 일은 한 번도 없었다. 프랜시스네는 남녀가 다투는 소리와 피터의 목소리가 들리자 귀를 닫아버렸다. 케이트는 가족의 관심이 자신에게서 조금 멀어지는 것을 느꼈다. 사라가 2층에서 내려왔다. "옆집에 무슨 일이 있나봐요."

그녀는 케이트를 보며 말했다. "어떡해." 그리고 소파에 털썩 주저앉아 주위를 둘러보며 다음에 벌어질 일에 대해 노골적인 관심을 드러냈다.

"아저씨가 떠날 거래요." 그들에 대한 관심이 끊길까봐 케이트는 될 대로 되라는 식으로 내뱉었다. "브라이언 아저씨 말이에요. 남동생네로 이사할 거래요. 피터가 말해줬어요."

"너랑은 상관없는 일이야, 케이트." 프랜시스가 주먹으로 테이블을 내리치며 소리를 지르는 바람에 레나가 깜짝 놀랐다. "제발 새 친구 좀 만들어라. 저 사람들은 멀리하라고." 프랜시스는 그게 자기 잘못이라는 것을 알았다. 소리를 지르는 그 순간에도 알고 있었다. 앤 스탠호프를 처음 만났을 때부터 느낌이 좋지 않았지만 아무런 조치를 취하지 않았다. 브라이언이 좋았기 때문이다. 어린애들이니까 별 문제 없을 거라고 생각했다. 하지만 아이들은 누구든 놀이 상대만 있으면 되는 것 아닌가? 케이트가 눈치채지 못하게 피터를 다른 아이와 바꿔치기할 기회가 분명히 있었을 것이다. 내털리와 사라가 늘 붙어 다녔으니, 케이트가 학교 친구들을 집으로 초대하게끔 됐어야 했다. 레나에 따르면 케이트의 학교 친구들 몇 명은 실제로 그렇게 했다. 걸어가기에는 꽤 먼 곳에 사는 친구를 초대하는 것이 너무 미국식으로 보였어도 그렇게 했어야 했다. 말도나도 씨네 집에도 더 자주 놀러 가도록 격려했어야 했다. 수잔나는 살짝 어수룩했고, 그 애 오빠는 늘 뭔가를 꾸미는 듯했지만 부모는 평범했다. 하지만 레나는 늘 케이트와 피터가 서로를 찾는 모습이 귀엽다고 했다. 그녀는 주방 창문으로 마당을 내다보며 쉴 새 없이 재잘거리는 두 아이를 지켜보았다. 그녀는 좋은 친구를 사귀는 것이 중요하지만, 그 관계도 언젠가는 끝날 거라고 말했다. 둘 중에 하나가 싫증이 나면 다른 친구를 찾을 수밖에 없다.

"당신이 어떻게 알아?" 푸드 킹 사건 이후에도 두 아이가 멀어질 기미를 보이지 않자 프랜시스가 물었다. 새해에 벌어진 극적인 사건 이후 브라이언은 프랜시스를 눈에 띄게 차갑게 대했고 노골적인 적대감을 드러내기도 했다. 어떤 사람들은 자신의 잘못을 깨달으면 오히려 더 뻔뻔해진다.

"그걸 사춘기라고 하는 거야." 레나가 말했다. "인생이라고도 하지."

얇은 잠옷을 걸친 케이트가 너무 가냘프게 보였다. 유치원 때처럼 작고 마른 채로 키만 큰 것 같았다. 프랜시스는 역시 내 딸이라고 생각했다. 편애하지 않으려고 늘 조심했지만, 언니들이 집 안에서 손톱에 매니큐어를 칠하는 동안 날씨와 상관없이 뒷마당을 정신없이 뛰어다니는 케이트의 모습을 보면 가슴이 벅차오르고는 했다. 토요일 아침에 철물점에 가면 무엇을 수리하라거나 설치하라는 아내의 지시를 받은 동료 경찰들과 한참을 같이 있어야 한다는 것을 알면서도 매번 동행해주는 유일한 사람이 케이트였다. 그들은 모두 반소매 셔츠 안에 비번용 무기를 소지한 채로 격자무늬 반바지에 검은색 정장 양말을 종아리 중간까지 올려 신고, 뭘 어떻게 해야 하는지도 모르면서 못과 나사, 드릴용 날을 종류별로 면밀히 살폈다. 길럼으로 이사 오기 전에는 도시에 살면서 문제가 해결될 때까지 관리인에게 조르기만 하던 사람들이었다. 아일랜드에서 자랐다고 해서 다를 것은 없었다. 프랜시스가 살았던 곳의 사람들은 삼나무 데크에 전혀 관심이 없었다. "아빠는 뭐에 관심이 있었는데요?" 언젠가 케이트가 그에게 물었다. "테라스?" 그가 대답하며 웃었다. 케이트는 기저귀를 막 뗐을 때 점호를 한답시고 동물 인형을 계단에 모아놓기도 했다.

손바닥으로 코를 대충 닦다가 레나에게 지적을 당하기는 하지만 케이트도 이제 열세 살이었다.

"잘 들어, 케이트. 굳이 밖에서 찾지 않아도 세상에는 골치 아픈 일들이 많아."

레나는 케이트가 할 수 없는 것들에 대해 요목조목 일러주었다. 일단 중요한 졸업식 파티가 다가오고 있지 않은가? 뭐, 그건 예외로 할 수 있었다. 전화와 TV 시청은 금지였다. 케이트는 능글맞게 웃으며 팔짱을 꼈다. 어차피 전화는 사용하지 않았고, TV도 거의 보지 않았다.

"하교 후에 외출 금지야." 프랜시스가 덧붙이자 케이트의 심장이 덜컥 내려앉았다. 능글맞던 웃음이 잠시 주춤했다. "버스도 안 돼. 엄마나 내가 태워다줄 거야."

내털리가 두 눈을 비비며 나타났다. "도대체 무슨 일이에요?" 내털리가 이렇게 묻고 엄마와 아빠를 차례대로 쳐다본 후에 실눈으로 현관을 보았다. "쟤 피터예요? 저기서 뭐 하는 거예요?" 케이트가 벌떡 일어나 돌아섰다. 피터가 불 꺼진 어두운 현관 아래에서 문을 두드릴지 말지 망설이는 듯한 모습으로 서 있었다. 그러다 모두가 자신을 쳐다보자 마지못해 항복하는 것처럼 두 손을 들었다.

프랜시스가 문을 열고 물었다. "이번에는 또 무슨 일이니?" 그의 시선이 피터를 거쳐 어둠을 향했다.

레나가 말했다. "오늘 밤은 이걸로 충분한 것 같구나."

피터가 고개를 끄덕이며 수긍했다. 그가 마른침을 삼키자 목젖이 가느다란 목을 오르내렸다. 피터는 몹시 긴장한 듯 다시 한번 마른침을 삼키고 자신의 집을 흘깃 돌아보더니 금방이라도 물에 뛰어들 것처럼 숨을 들이마시며 집 안으로 들어왔다. "경찰 좀 불러주시겠어요?" 그가 케이트에게 시선을 고정한 채로 물었다. 그리고 대답을 기다리는 대신 케이트네 가족을 그대로 지나쳐 거실과 식당을 지나 벽걸이 전화기가 있는 부엌으로 갔다. 모두가 잠시 그 자리에 얼어붙은 채로, 받침대에서 수화기를 들 때 나는 텅 빈 플라스틱 소리를 들었다.

레나가 무슨 말을 하려고 했지만 프랜시스가 손을 들어 저지했다. "대체 무슨 일이야?" 프랜시스가 따져 물으며 피터를 따라 부엌으로 들어갔다.

피터가 프랜시스를 똑바로 쳐다보면서 전화기에 대고 말했다. "네, 안녕하세요. 제퍼슨가 1711번지로 사람 좀 보내주실래요? 네, 서둘러주세요. 엄마가 아빠 총을 가지고 있어요."

레나는 찰싹 소리가 날 정도로 세게 입을 막았고 사라와 내털리는 창문으로 내달렸으며 케이트는 피터만 바라보았다. 프랜시스는 고개를 저었다. 불가능한 일이다. 저 아이가 오해한 것이다. 목격자들이 엉터리 증언을 하는 것도 그런 이유에서다. 예전에 엄마가 아빠의 총을 가져간 적이 있기 때문에 또 그랬을 거라고 생각하는 것이다. 프랜시스와 브라이언은 길럼의 어른들에게 그랬던 것처럼 아이들에게도 한 가지 사실쯤은 숨길 수 있을 거라고 생각했지만, 아이들은 다 알고 있었다. 그들은 너무 많은 것을 보고 듣고 알았다.

"내가 가보마." 프랜시스가 말했다.

"잠깐만요." 피터가 말했다. "잠깐만 기다려보세요." 케이트는 피터가 살짝 굽은 파란색 수화기를 간절히 붙잡고서 극적인 상황을 최소화하고, 케이트네 전화를 사용하면서도 그들을 이번 일에 연루시키지 않으려 방법을 찾고 있는 것을 알았다. 그녀는 피터가 하고 싶은 말을 정확히 표현하려고 애쓰는 모습을 보면서 문득 브라이언 아저씨를 많이 닮았다고 생각했다. 두 사람은 같은 방식으로 중심을 유지하면서 문제를 가볍게 받아들이는 것 같았다.

그러나 피터의 몫은 거기까지였다. 프랜시스가 순식간에 레나의 옆을 지나 피터네 빛바랜 현관 매트 위에 섰다. 그리고 처음 보는 자세로 양다리를 벌리고 현관문을 두드렸다. "브라이언!" 그가 소리쳤다. "앤!" 그리고 손잡이를 돌려보았다. 다시 문을 두드렸다. 그는 지난 1월에 브라이언에게 총을 보관하는 데 사용할 자물쇠를 주었다. 새해 첫날이라 철물점이 문을 닫았지만, 프랜시스의 창고에 포장도 뜯지 않은 여분의 번호자물쇠가 있었다. 브라이언과 함께 창고 문을 열자 오래된 풀과 휘발유 냄새가 코를 찔렀다. 그는 번호자물쇠를 단번에 찾았고, 브라이언이 포장을 뜯는 모습을 지켜보았다. 그리고 창고 문을 닫으면서 비밀번호를 아무 데나 적어놓지 말라고 당부했다. 브라이언이 그 정도로 멍청하지는 않다는 듯 그를 쳐다봤다. 프랜시스는 어깨를 으쓱하다 갑작스러운 분노에 휩싸였다. 장전된 총을 잃어버린 머저리라고 욕하고 싶어 미칠 것 같았다.

피터의 말이 사실일 리 없었다. 그녀가 위험했을 수는 있다. 하지만 푸드 킹 사건 이후 브라이언에게 자물쇠를 주고 총을 보관하게 한 지 벌써 5개월째였다. 프랜시스는 어떻게 해야 할지 생각하면서 마치 피터가 본 총이 자신의 총인 것처럼 몸을 숙이고 종아리를 더듬었다. 그리고 권총집을 열었다가 다시 닫았다. 그것은 절대 불가능한 일이었다. 그는 미국으로 오기 직전에 고향에서 있었던 일을 떠올렸다. 윗길에 살던 가족이 3년 간격으로 아이 둘을 잃었다. 한 아이가 우물에 빠져 죽고 3년 후에 다른 아이가 비슷한 사고로 비슷한 나이에 죽었다. "신께서 아이들을 사랑하셔서 그래요." 부엌에서 어머니가 비통해하며 아버지에게 속삭였다. "누구에게나 일어날 수 있는 일이잖아요?" 거의 30년이 흐른 지금, 프랜시스는 그 장면으로 다시 돌아가고 싶었다. 엄마와 아빠를 되살려서라도 아니라고 말하고 싶었다. 이제 와 생각해보면 동의할 수 없는 말이었다. 그것은 누구에게나 일어날 수 있는 일이 아니었다.

"프랜시스!" 레나가 마당 건너편에서 소리쳤다. 말도나도 씨네 집에 불이 켜졌다. 네이글 가족도 잠에서 깨어났다. 피터는 911 전화상담원이 지시한 대로 전화를 끊지 않고 케이트를 바라보면서 밖에서 무슨 일이 일어나고 있는지 전해주기를 기다렸다. 그러다 별일 없을 테니 전화를 이만 끊어야겠다고 생각했다. 불안한 마음에 괜히 과잉 반응을 했다가 상황이 악화될 것 같았다. 브라이언은 주말에 떠날 예정이었다. 피터는 잠시 동안만이라는 아빠의 말을 듣고 나서 앞으로 어떤 일이 있어도 그에게 전화하지 않고 어떤 터무니없는 말을 해도 신경 쓰지 않고 자신이 원하는 대로 살겠다고 결심했다. 그래서 창문 밖으로 종이비행기를 날렸다. 걸려도 상관없다고 생각했다. 전화상담원이 수화기 너머에서 무슨 일인지, 총이 어떤 종류인지, 장전이 되어 있는지 물었지만 피터는 대답하지 않았다. "그냥 빨리 출동하라고 해주세요." 그가 말했다. "최대한 빨리요."

집 안에서 발소리가 들렸다. "나가요!" 앤이 마치 오후 3시인 것 같은 쾌활한 목소리로 외쳤다. 프랜시스는 레나를 향해 손을 흔들며 괜찮다는 신호를 보냈다.

앤이 현관문을 열더니 비틀거리며 몇 걸음 물러섰다. 프랜시스는 가장 먼저 그녀가 빈손인지를 확인했다. 그녀는 페이즐리 무늬 잠옷을 입고 있었는데 가느다란 다리 위로 작고 화려한 눈물방울 패턴이 느슨하게 매달려 있었다. 프랜시스는 그녀의 고통스러운 모습을 보면서 피터가 헷갈린 게 아닌지, 브라이언이 더 이상 참지 못하고 가장 익숙한 것에 손을 뻗은 게 아닌지 잠시 고민했다.

"다치셨어요?" 그는 이렇게 묻고 나서 주저하며 한 걸음을 내디뎠다. 앤이 천천히 무릎을 구부리고 주저앉았다. 프랜시스는 주변을 둘러보며 계단과 현관문 뒤 그늘진 곳까지 빠르게 살폈다. 멀리서 사이렌이 울렸다.

"브라이언은 어디 있어요?" 그가 집 안으로 몇 걸음 더 들어갔다.

"모든 게 제 탓이에요." 앤이 말했다. 프랜시스가 흘깃 봤더니 정말 미안해하는 표정이었다. 그녀의 얼굴은 잿빛이었고 몹시 지치고 상심한 것처럼 보였다. 그때 그녀가 옆에 있는 소파 쿠션 밑으로 손을 집어넣더니, 프랜시스의 예상보다 더 빨리 총을 꺼내어 그를 겨누고 발사했다.

퀸스

Ask Again, _____ Yes

06

조지의 아파트에서는 종이접시에 밥을 먹었다. 피터는 몇 달에 한 번씩 삼촌을 따라 롱 아일랜드 시티의 도매업자들을 찾아가 그가 매일 입는 6개들이 흰색 내의와 조리대에 늘 두 개의 탑처럼 쌓아놓는 튼튼한 고급 종이접시 2천 개를 구입했다. 그들은 식탁이 없어서 TV 앞 소파에 앉아 브렌다가 부모님 집으로 돌아가면서 두고 간 은식기를 무릎에 올려놓고 저녁을 먹었다. 싱크대 바닥은 항상 포크와 나이프, 숟가락으로 어질러져 있었다. 조리대는 브렌다가 욕실에 두고 간 페이스크림을 비롯해 면도크림, 에프터셰이브, 여드름 크림, 구강 세정제, 지저분한 물웅덩이와 함께 남겨진 칫솔들로 점점 더 복잡해졌다. 피터는 샤워 후에 가끔 크림 통을 열고 냄새를 들이마시고는 했다. 오이와 섬유유연제 향이 났다. 그래서인지 밝은 은색 병뚜껑에는 먼지가 앉지 않았다. 피터는 아빠와 삼촌도 그렇게 하는지 궁금했다.

그 일이 일어난 후 브라이언은 단순한 업무만 보다가 사건이 종결

되자마자 교통과로 전출되었다. 집은 라커웨이에서 온 젊은 부부에게 금방 팔렸고 접시와 리넨 제품, 식품 보관 용기, 우산꽂이와 거기에 꽂혀 있던 우산 세 개, 피터의 자전거와 나무블록까지 집 안에 있던 가구들은 부동산중개인이 중고품 거래업자를 불러 처분했다. 그렇게 처분한 돈은 마치 여닫이문을 오가듯 들어오는 족족 법무비와 의료비로 나갔다. 브라이언이 무심코 이 얘기를 꺼내자, 엄마가 카운티 교도소에 구금되고 기소를 당해 긴 재판과 합의를 거쳐 주립병원에 입원하는 동안에도 동요 없이 냉철하기만 했던 피터도 몹시 당황한 눈치였다. 내가 아빠랑 퀸스에 있는 삼촌네 소파에 앉아 〈제퍼디〉 퀴즈쇼를 보는 동안, 낯선 사람들이 길럼 집을 돌아다니면서 스티커 컬렉션을 들여다보고 삐걱거리는 책상 의자에 시험 삼아 앉아보다니! 브라이언은 이 사실을 받아들이는 피터의 모습을 지켜보았다. 두 사람은 이제 키가 엇비슷했다. 손 너비도 같았다. 브라이언은 새빨갛게 달아오르는 피터의 얼굴을 보고 시선을 돌렸다. 가끔 그가 아직 어리다는 사실을 너무 쉽게 잊었다.

"내 물건들은 어떡해요?" 피터가 물었다. "노트 같이 돈이 안 되는 물건들 말이에요."

"다시 가져올 거야, 피터. 걱정하지 마. 아주머니가 그런 물건들을 한쪽에 치워놓았을 테니 나중에 전부 가져오자."

"테이프는요?"

"그것도 따로 챙겨놓으라고 할게."

"옷장 신발 상자에 있는데, 알려줬어요?"

"아니, 오늘 얘기할게. 전화할 거야."

"제 책도요." 그는 《호빗》이라는 소설의 아름다운 양장본을 가지

고 있었는데, 속표지 맞은편과 마지막 페이지가 두툼한 황금색 종이
로 되어 있었다. 6학년 때 불조심 포스터 공모전에서 상품으로 받고
나서 아끼느라 한 번도 펼쳐보지 못했다. 내용이 너무 궁금할 때는
도서관 사본을 가져와 펼쳐놓고 하루 종일 베개 위에 엎드려 읽었
다. 케이트는 2등을 하고《빨간 머리 앤》을 받았다.

"그래, 책도 전부 가져오자."

"언제요?"

"그건 모르겠다, 아들. 이른 시일 내에 가보자."

피터는 고개를 끄덕이고 냅킨으로 쓴 키친타월 위에 포크를 조심
스럽게 올려놓았다. 그리고 TV 뒤에 널브러져 있던 재킷을 꺼내 들
고 집을 나섰다. 그는 오후에 종종 아래층 델리 뒤편으로 내려가서
비디오게임기 두 개로 〈오리사냥〉이나 〈팩맨〉을 했다. 퀸스대로의
국수집 앞에 앉아 머리 위로 덜커덕거리며 지나가는 7호선을 구경
하는 것도 좋아했다.

"내가 뭘 잘못 말했나?" 피터가 나가자 브라이언이 소파 쿠션에
깊숙이 기대며 물었다.

"그냥 볼 일이 있어서 나간 거야." 조지가 말했다. "정말 그 집에
가볼 거야? 아까 그랬잖아."

"당연하지. 못 갈 게 뭐 있어?"

조지가 어깨를 으쓱하며 닫힌 문을 흘깃 보고는 다시 TV로 시선
을 돌렸다.

브라이언은 마누라 간수도 못 하는 무능한 등신을 잘랐어야 한다
고 생각하는 사람들이 있다는 것을 알고 있었다. 하지만 범죄를 저

지른 사람은 그가 아닌 앤이었다. 그는 목격자이면서 피해자이기도 했다. 브라이언은 프랜시스의 얼굴이 더 나아졌다는 소식을 전해 들었다. 정상적이진 않아도 못 쳐다볼 정도는 아닌 것 같았다. 이제 그는 먹고 말하고 걸을 수 있었다. 그들은 처음부터 그가 살아날 거라고 믿었다. 첫 12시간을 넘겼을 때 희망이 생겼고, 24시간을 넘겼을 때 그가 어느 누구의 예상보다도 더 강한 사람이라는 것이 확실해졌다. 하지만 그 후에는? 살아남는다고 해도 뭘 할 수 있을까? 사건이 일어난 후부터 형사소송이 마무리되기 직전까지 몇 개월 동안 쌓인 서류더미 속에서 브라이언은 이런 내용을 읽었다. 사건 당일 밤 의료진이 프랜시스를 수술실로 데려갈 때 한 간호사가 레나 글리슨에게 그가 이미 한 차례 수혈을 받았는데 필요하면 또 수혈을 해야 할지 물었다. 레나는 잠시 후에야 질문의 의도를 파악하고 그래야 한다면 너희 피라도 사용하라며 마지막 한 방울까지 짜내서 살려내라고 사납게 쏘아붙였다. 그 후로 그녀는 단 10분의 면회를 위해 일곱 시간이고 여덟 시간이고 문밖에서 기다렸다. 다음 날에도 그다음 날에도 밤낮으로 그곳을 지키며 프랜시스가 북부에 있는 재활병원으로 옮겨질 때까지 석달을 머물렀다. 몇몇 간호사들은 그녀의 고집스러움과 자신들의 행동 하나하나를 의심스러워하는 태도를 성가시게 여겼지만, 나머지는 그녀가 프랜시스를 살린 거라고 말했다. 프랜시스는 강한 사람이고 운도 좋았지만 그것만으로는 충분하지 않았다.

브라이언은 한 뼘 두께의 서류더미를 뒤적이며 레나에 대한 세부 사항을 몇 번이고 반복해서 읽었다. 직장에서 전해 들은 바에 따르면, 그녀는 프랜시스가 기력을 회복하자마자 북부의 재활병원에서 그를 데리고 나와 길럼의 호수로 갔다. 그런 다음 벤치 옆에 휠체어를 고정하고 챙이 넓은 밀짚모자와 무릎담요를 챙겨준 후에 태양을 바라보며 이런저런 얘기를 했다. 뒤에서 실루엣만 보면 나들이를 나온 평범한 커플처럼 보였을 것이다. 아침 산책을 나온 사람들이 지나가면서 인사를 건네고 그의 안부를 물었다. 레나는 프랜시스를 대화에 끌어들이려는 듯 폭발한 껍질 같은 얼굴을 태연히 바라보며, 마치 그가 "날씨가 참 좋네요" 같은 말을 덧붙일 만큼 멀쩡한 사람인 양 미소를 지었다. 프랜시스는 짧은 거리를 혼자 걸을 수 있을 만큼 회복한 뒤부터 그녀의 부축을 받아 미사에 참석했다. 지금은 부축없이 호수 한 바퀴를 걸을 수 있다고 했다. 브라이언이 마지막으로 봤을 때는 혼자 법정을 가로질러 걸어왔었다. 머리는 아주 짧았고 왼쪽 눈에 안대를 하고 있었으며 피부는 벗겨진 채로 팽팽하게 당겨져 있었다. 그리고 한쪽 얼굴이 턱의 방해를 받지 않고 목까지 흘러내려와 있었다.

어리석게도 브라이언은 프랜시스가 안정을 찾으면 모든 것이 해결될지도 모른다고 생각했다. 그가 깨어나면 자신의 잘못도 일부 인정할 줄 알았다. 어쨌든 그는 자신의 영향력을 이용해 ― 모두가 그를 알았고 모두가 그를 좋아했다 ― 푸드 킹 사건을 개인적인 문제로 일단락 지어버렸다. 왜 그랬을까? 그때 앤이 적절한 처분을 받도록 내버려뒀어야 했다. 그녀가 입원하도록 내버려뒀어야 했다. 한 달정도 입원했다면 더 나아져서 돌아왔을 것이다.

브라이언은 1년이 넘도록 맨해튼 옆에 있는 퀸스버러교에서 하루 종일 교통정리를 했다. "응, 괜찮았어." 피터나 조지가 그날 하루가 어땠는지 물어볼 때마다 그는 늘 이렇게 대답했다. 아니면 "빌어먹을 비만 빼면 괜찮았어"라고 했다. 빌어먹을 추위나 빌어먹을 더위일 때도 있었다. 그는 늘 유쾌하게 말하려고 애썼다. 전 세계의 거의 모든 사람이 비와 추위와 더위에 대해 불평하듯 그냥 별 뜻 없이 하는 말이었다. 피터는 퀸스에서 지내면서(그는 퀸스로 이사했다고 하지 않고 퀸스에서 지내고 있다고만 했다) 날씨를 더 많이 의식하게 되었다. 버스를 기다리고 지하철까지 걷고 손바닥을 파고드는 무거운 쇼핑백을 들고 식료품점에서 집까지 걸어가면서 훨씬 더 많은 시간을 밖에서 보냈기 때문이다. 어느 날, 브라이언은 평소처럼 시내로 가는 Q32 버스를 탔지만 자신이 지내는 2번가에서 내리지 않고 다른 승객들과 함께 흔들거리며 3번가, 렉싱턴 애비뉴, 파크 애비뉴를 질주했다. 그러다 32번가에서 내려 핫도그를 사 먹고 나서 다시 버스를 타고 서니사이드로 돌아갔다. 그리고 낡은 마룻바닥에 비쳐드는 노란 불빛 아래에 누웠다. 그는 자신이 무슨 생각을 하고 있는지도 몰랐다. 이튿날 그는 일정이 얽혀버린 척했다. 그리고 연금기금 담당자에게 전화해서 자신의 등급과 자격을 재차 확인했다. 아직 젊은 나이라 20년을 채우는 것이 더 나았지만, 다시 1년 내내 59번가에서 매연을 맡을 생각을 하니 내면의 뭔가가 쓰러져 죽어가는 느낌이었다. 그렇게 몇 주가 지난 어느 날, 브라이언은 피터는 물론 접이식 소파를 내준 동생과도 상의하지 않고 경찰관 배지를 반납했다. 금요일까지 기다리려고 했지만 하루도 견디기 힘들어 목요일에 그만두었다. 그는 버스를 타고 서니사이드로 돌아간 뒤에 자신의 차를 몰고 (주차 명당이라 토요일까지 거기에 두는 것이 좋았지만) 셰이 스타디움에 가서 3루 라인의 외야석이 훤히 보이는 우측 필드게이트에 하릴없이 앉아 있었다.

그날 밤 브라이언은 TV 앞에 서서 숙제를 하는 피터에게 아주 신나는 일이 있었다고 말했다. 피터는 아빠를 올려다보며 너무 야위었다고 생각했다. 바지가 너무 헐렁해서 벨트를 조여 매니 더 말라보였다. 그가 초조함을 감추려는 듯 다급히 미소를 지었고, 그의 환한 미소 뒤에 있는 조증 성향이 피터를 긴장시켰다. 그는 수많은 청중 앞에서 연설을 하듯 목청을 가다듬었다. 앤이 프랜시스를 쏜 그날 밤 이후 처음으로 그의 두 눈이 기쁨으로 반짝거렸다.

조지와 피터가 서로를 흘깃 쳐다보았다. 그들은 브라이언이 남부에서 살고 싶어 한다는 것을 알고 있었다. 브라이언이 설명을 시작했다. 사람들과 몇 번 통화를 했는데 사우스 캐롤라이나에 괜찮은 콘도가 있다더라. 보안요원 자리를 소개해줄 사람도 알고 있다, 뉴욕에서 근무하다 은퇴한 경찰이라 믿을 만하다, 연금도 나오고 아래 지역에 살면 생활비가 덜 들 것이다, 대충 이런 내용이었다. 브라이언이 원한다면 피터는 기꺼이 따라갈 생각이었다.

피터는 삼촌도 자기만큼 놀랐다는 것을 알 수 있었다. 피터는 이제 열다섯 살이었고, 쪽지 시험을 대비해 티콘데로가 요새 점령에 관한 내용을 읽고 있었다. 더치 킬스 남자고등학교 1학년에 입학했지만 아직 실감이 나지 않았다. 성 바르톨롬메오에서 과학을 가르쳤던 쿼크 선생님을 시내에서 만나 따라 갔더니 한 무리의 사람들이 있었고, 그들이 자신을 평가하고 있다는 걸 피터는 알았다. 여름만 되면 선생님들이 어디론가 숨어버리는 것 같더니 무더운 7월 말 통근버스에서 쿼크 선생님이 내렸다. "나를 따라오렴, 피터." 그는 순순히 따라갔다. 어른들끼리 대화를 나누는 동안, 그는 헬멧 머리에 두꺼운 스타킹을 신은 쿼크 선생님을 길럼이 아닌 도심에서 보는 것이 얼마나 이상한 일인지 생각했다. 그러다 케이트에게 얼른 말해주고 싶다는 생각이 들었다. 케이트를 생각하면 늘 주먹이 날아올 것 같은 기분이 들면서 배가 뒤틀렸다. 그해 여름 아빠는 매일같이 변호사나 의사들을 만나느라 정신없이 바빴기 때문에 삼촌이 대신 그를 필요한 곳에 데려다주고 쿼크 선생님에게 전화번호와 주소, 마감 일정을 전달받았다. 더치 킬스에 합격했을 때 쿼크 선생님에게 감사해야 한다고 말해준 것도 삼촌이었다. "그게 뭔데요?" 피터가 물었다. 그곳이 특수목적고등학교이고 수업료가 없다는 것을 제외하면 사립학교와 비슷하며 뉴욕에 있는 공립학교와 사립학교를 통틀어 가장 좋은 학교 중 하나라는 설명을 듣기는 했지만, 그는 무슨 말인지 잘 이해하지 못했다. 한 가지 분명한 사실은 한동안 퀸스에 살면서 그 학교를 다녀야 한다는 것이었다. 그는 고등학교라고 하면 여전히 자연석으로 만든 길럼고등학교의 외관만 떠올렸다.

그게 1년 전의 일이었다. 그 후로 학교에서 친구를 몇 명 사귀었고, 엄마에 관한 것이나 길럼에서 일었던 일은 아무도 몰랐다. 그는 주말이나 방과 후에도 친구들을 만나지 않았다. 그들은 여기저기에 몰려다니며 서로의 집이나 공원에서 어울렸다. 그리고 방과 후나 연습 후에 있었던 일들을 피터에게 이야기했다. 크로스컨트리 팀원들은 센트럴파크 산책로에서 개 여러 마리를 산책시키던 사람이 목줄이 얽히는 바람에 이리저리 끌려다녔다는 얘기를 몇 주 내내 계속했다. 로한은 그 남자처럼 깡충깡충 뛰다가 비틀거렸고, 드류와 매트는 개들처럼 울부짖고 낑낑거렸다. "너도 웃었을 거야, 피터." 그는 친구들이 자신을 따돌리지 않고 좋아해주는 것만으로도 충분했다. 친구들처럼 서로의 집에 가서 그들의 침실을 보고 그들의 형제자매와 함께 간식을 먹는 것은 너무 부담스러웠다. 친구들은 그가 주말마다 다른 일을 하거나 가족이 있는 '시골'로 돌아간다고 생각하는 것 같았다. 입학하고 몇 주 동안 그는 아이들이 퍼붓는 질문을 피했었다. 그러다 주말마다 여자 친구를 만나러 고향에 간다고, 자신이 버스를 타고 가거나 여자 친구가 여기로 온다고 말해버렸다. 그들은 그녀가 어떻게 생겼는지 물었다. 정말 궁금해서라기보다 사실인지 확인하기 위한 질문이었다. 그는 사실대로 이야기했다. 등 중간까지 내려오는 짙은 금발과 옅은 갈색 눈동자에 보통 키라고 말이다.

"가슴은 크냐?" 케빈이라는 남자애가 이렇게 묻자 허벅지 뒤쪽을 스트레칭하던 아이들이 모두 웃음을 터뜨렸다. 피터도 활짝 웃었지만, 차가운 뭔가가 자신을 관통하는 듯한 느낌에 순간적으로 너무 겁이 나서 울음을 터뜨릴 뻔했다.

피터는 2학년 가을에 크로스컨트리팀에서 두 번째로 빠른 선수가 되었고, 배리 딜런이 졸업한 후에는 가장 빠른 선수가 되었다. 코치는 그의 종목을 겨울에는 1천5백 미터에서 1천2백 미터로, 봄에는 8백 미터로 바꾸고 싶어 했다. 그리고 여름 내내 배리 딜런도 열다섯 살 때 그렇게 빨리 뛰지 못했다면서 정말 열심히 하면 시에서 가장 뛰어난 중거리 선수가 될 거라고 격려했다. 피터는 케이트에게 경기 일정만 보내도 자신이 뭘 물어보려고 하는지 눈치챌 거라고 생각했다. 다른 이메일 계정으로 보내면 그녀의 가족도 신경 쓰지 않을 것 같았다. 그렇게 해서 퀸스로 올 방법을 찾으면 그녀를 만날 수 있을 것이다. 그는 그날 밤 케이트네 전화로 911에 신고한 이후로 그녀를 보지 못했다.

어떤 선택을 하든 브라이언은 이미 경찰을 은퇴하고 노스 캐롤라이나인가 사우스 캐롤라이나에 있는—계속 헷갈렸다—콘도를 빌리기로 계약했다. 떠날지 말지에 대한 고민이 있었어도 이미 머릿속에서 다 정리했을 것이다. 그는 피터에게 같이 가자고 말하면서도 그냥 남아주기를 바랐다. 지금까지의 인연이 있으니 예의상 물어보는 것 같았다. 피터가 남는 것을 조지가 불편해하더라도 브라이언이 보기에 그건 피터와 조지, 둘이서 해결할 문제였다.

"엄마는 어떻게 만나려고요?"

"어떻게 만날 거냐니?" 브라이언은 답이 뻔하지 않느냐는 듯 되물었다. 그는 생각의 덤불 안에 감춰진 뭔가를 찾으려는 듯 머리를 긁적였다. "남부의 평균기온은 여기보다 12도 높대. 내가 알아본 동네에는 거주민을 위한 수영장과 헬스장도 있어."

"헬스장도 있대." 조지가 그의 말을 따라 하고는 피터를 돌아보며 말했다. "오고 싶으면 언제든지 와, 인마." 조지는 수십 미터 높이에 있는 폭 10센티미터의 철재 빔 위에 버티고 서서 장시간 일했다. 오랜 세월 주변을 살피며 위험 요소를 확인하다 보니 위험을 감지하는 육감이 자연스레 발달했다. "원하면 언제든 웨스트 체스터에 태워다 줄게."

"저는 그냥 여기 있을게요." 피터가 말했다. "한동안은 상황이 돌아가는 걸 지켜보는 게 좋겠어요." 그리고 아빠를 유심히 쳐다보았다.

"좋아!" 브라이언이 말했다. "괜찮은 생각이야."

30분 후 조지는 대로를 향해 두 블록을 걸어가 국수집 입구 계단에 앉아 있는 피터를 찾아냈다. "네가 여기에 남는다니 기쁘구나. 너랑 나, 둘이서 잘 지내보자." 그리고 묵직한 손을 피터의 머리에 얹었다. "괜찮니?"

"저요? 네, 괜찮아요."

"골프는 잘 모르지만, 아무튼 저 아래는 나랑 안 맞아. 너도 마찬가지일 거야. 그리고 넌 좋은 학교를 다니잖니. 그 학교에 들어가고 싶어서 안달인 애들이 많은 거 알지? 게다가 거기서 크로스컨트리든 뭐든 기가 막히게 해내고 있잖아."

"솔직히 말해주셔서 감사해요, 삼촌. 기분이 나아졌어요."

조지가 웃음을 터뜨리며 시내행 버스정류장으로 고개를 돌렸다. "넌 현명한 녀석이야. 남쪽에는 그런 놈들이 없는 것 같아."

브라이언은 몇 주 후 시즌 최대 규모의 크로스컨트리 대회가 열리는 날에 떠났다. 피터는 집에 돌아와 아빠가 짐을 싸고 정리하는 모습을 볼 때마다 기분이 좋지 않았다. 어느 날은 새 더플 백이 보였다. 또 어느 날은 밝은색 골프셔츠 한 무더기를 쇼핑몰 봉투에 쏟아 넣고 있었다. 그것 때문에 화가 난 것은 아니다. 그저 건물 현관 계단 앞에 앉아 콜라를 마시면서 퇴근 후 서둘러 귀가하거나 개를 산책시키는 사람들을 지켜보는 것이 더 좋았을 뿐이다. 어느 날 오후 브라이언이 통화를 하는 동안, 피터는 거리로 나가 한 여성이 스테이션 웨건을 단 세 번 만에 평행으로 주차하는 것을 지켜보았다. 앞뒤 공간이 겨우 5센티미터 정도였다. 박수를 쳐주고 싶었다. 잠시 후 같은 학교에 다니지만 육상선수도 아니고 같은 반도 아닌 남자애가 걸어왔고 피터는 "헤이" 하고 가벼운 인사를 건넨 뒤 시선을 돌렸다.

아침이 밝자 브라이언은 가방 두 개를 차 뒷좌석에 던져 넣고 문을 세게 닫았다. "조지에게 돈을 좀 줬어." 그가 피터와 함께 거리를 걸으며 말했다. "그러니 그 부분에 대해서는 걱정하지 마." 피터는 그 부분에 대해 걱정하지 않았다. 출발을 알리는 총성이 울리기 전에 베이글을 충분히 소화할 수 있을지가 걱정이었다. 그러다 그 베이글도 조지가 사 왔다는 생각이 들었다. 철공(鐵工)이 얼마나 버는지 모르지만 가끔이라도 생활비를 보태야 할 것 같았다.

"몸조심하세요." 피터가 말했다. 그날 아침 일찍 브라이언이 나가기 전에 조지도 똑같이 말했다. 갑자기 감정이 북받쳐 올랐다. 팀 승합차를 타기 전에 스트레칭도 하고 화장실도 가야 했다. 하지만 그는 길가에 서서 사과 향이 나는 시원한 아침을 헛되이 흘려보내고 있었다.

"말 잘 듣고." 브라이언이 말했다. "곧 만나자, 알았지?"

"네, 알아요. 저번에도 말했잖아요."

브라이언이 좁은 주차공간을 빠져나와 우드사이드 애비뉴로 향하다 우측으로 꺾어 들어갈 때까지 피터는 그저 가만히 서 있었다. 신호등이 다시 빨간색으로 바뀌기도 전에 차 한 대가 달려와 빈자리를 차지했다.

두 시간 후 피터는 팀원들과 잔뜩 긴장한 상태로 밴 코틀랜드 공원에 도착했지만 겨우 1천6백 미터를 달리고 포기했다. 평소처럼 힘차게 출발하여 앞으로 치고 나갔지만 선두그룹이 숲으로 향하는 사이에 홀로 뒤처졌다. 숨쉬기가 힘들고 허벅지가 무겁게 느껴졌다. 2군 선수들이 그를 추월하기 시작했다. 그는 속도를 늦추면서 다른 선수들이 지나갈 수 있도록 길가로 빠져나왔다. "쥐났어?" 코치가 달려와 무슨 일인지 확인했다. 피터답지 않았다. 경기를 마치고 퀸스로 돌아가는 승합차 안에서 코치가 그를 앞자리로 불렀다. "괜찮니?" 그가 물었다. "무슨 일이야?"

피터가 어깨를 으쓱했다. "몸이 좀 안 좋은 것 같아요."

"아버지한테 전화해줄까?"

"아니요, 제가 나중에 말할게요. 데리러 오시면 얘기할 거예요." 피터는 가슴이 짓눌리고 호흡이 가빠지는 것을 느꼈다. 스트레칭도 소용이 없었다. 그는 창문을 내리고 눈을 감은 채 세찬 바람을 맞았다. "창문 닫아!" 팀원 하나가 뒷자리에서 소리 질렀고, 피터는 그의 말대로 했다. 잠시 후 승합차가 체육관 입구 옆에 도착했고, 피터는 운동 가방을 들고 묘지 옆에 서서 버스를 기다렸다.

그는 거의 매주 일요일에 엄마를 만나러 갔다. 원래 브라이언이 데려다줬는데 몇 달 후부터는 기차를 타기 시작했다. 혼자 가는 게 좋았다. 7호선을 타고 그랜드 센트럴역으로 가서 메트로 노스로 갈아타고 70분을 달리면 허드슨역에 도착했다. 그는 사람들이 말을 걸까봐 워크맨을 들으며 창밖으로 스쳐 지나가는 웨스트 체스터의 마을들을 바라보았다. 이 마을에서 저 마을로 너무 빠르게 달리다 보니 모든 것이 한데 섞여 보이다가 시야가 트이고 농지가 펼쳐지면 멀리서 돌담이 형체를 갖춰갔다. 풍경이 농가에서 말 방목장으로, 포장도로에서 성긴 자갈길과 단단하게 다져진 흙길로 바뀌었다. 기차가 지나가는 마을 가운데 길럼을 연상시키는 곳은 없었지만 자꾸 길럼과 비교하게 되었다. 이따금 소도 한 마리씩 보였다. 기차에서 내리면 2차선 도로를 따라 병원까지 3킬로미터 넘게 걸었다. 한 번은 비가 와서 기차역에서 택시를 탔다. 택시 기사가 누구를 만나러 가느냐고 물어서 사실대로 대답했고, 잠시 후 그녀가 병원 입구에 차를 세우더니 너무 미안하지만 차량배치 담당자에게 이미 보고한 데다 자신의 상황도 그다지 좋지 않아서 택시비 5달러를 받을 수밖에 없다고 말했다.

몇 달간 엄마를 전혀 만나지 못한 시기가 있었다. 변호사와 의사들 모두 상황이 안정될 때까지 피터와 앤을 만나게 해서는 안 된다고 해서 브라이언만 브롱크스에 있는 병원에 몇 번 찾아갔다. 그는 앤이 피터를 보면 그나마 유지하던 평정심도 잃을 거라며 그런 위험을 감수할 수 없다고 했다. 그것은 앤의 운명에 관여하는 모든 남자가 내린 결정이었고, 피터는 엄마가 자신을 만나러 오지 않는 아들을 어떻게 생각할지 걱정스러웠다. 재판이 끝나고 얼마 지나지 않은 어느 밤 그녀는 웨스트 체스터에 있는 주립병원으로 이송되었고, 브라이언은 오랜만에 퀸스를 찾아와 피터의 정수리에 손을 얹으며 엄마가 곧 돌아올 거라고 말했다.

그리고 말했다. "내 말은……."

"엄마가 절 보고 싶어 하지 않는다는 거죠?"

"엄마는 자기가 뭘 원하는지 몰라, 피터. 그러니까 내 말은……, 나도 무슨 말을 하는 건지 모르겠다."

피터는 아빠의 말을 곰곰이 생각해보았다. 여태껏 하나의 창으로만 세상을 바라보다 이제 반대편에 있는 또 다른 창으로 세상을 바라보는 느낌이었다. "제가 가면 만나줄 거예요. 저는 알아요."

"그래, 아들." 브라이언이 말했다. "다음에 한번 시도해보자."

피터의 말이 옳았다. 앤은 가족실에서 브라이언과 함께 자신을 기다리고 있는 피터를 보고도 돌아서지 않았다. 그녀는 환한 꽃무늬가 그려진 헐렁한 원피스와 검은색 카디건에 슬리퍼 차림이었다. 피곤해 보였고 체중도 많이 불어 있었다. 그녀에게서 스프 냄새 같은 것이 났다.

"약 때문이야." 나중에 브라이언이 말했다. "그래서 살이 찐 거야. 피부나 체모 색깔도 바뀐대. 그래서 엄마가 약을 싫어하는 것도 있어. 독한 물질이라 하루걸러 한 번씩 혈액을 채취해서 독성을 확인해야 하거든." 앤은 아무런 질문도 하지 않았다. 그래서 피터가 먼저 새 학교와 서니사이드에 대해 말했다. 그녀는 몇 분간 멍하니 딴 곳만 응시하다가 손가락을 입에 갖다 대고 쉿 하는 소리를 냈다. 브라이언이 손목시계를 확인하고 웃으며 차가 막힐 테니 그만 가봐야겠다고 말했다. 그는 순조로운 퇴장을 위해 한껏 미소를 지어 보였다. "지난주에 에반스 박사님이 말한 작업실에 한번 가봐." 그가 아내에게 말했다. "재밌을 거야! 앤, 피터가 와서 좋지 않아? 당신을 무척 보고 싶어 했어."

"당장 나가." 앤이 말했다. "그날 당신을 만난 걸 후회해." 그녀는 카디건으로 몸을 단단히 감쌌다. 위엄 있고 부드러운 몸짓 속의 뭔가가 피터를 안심시키며 그가 알던 엄마가 아직 거기 어딘가에 있다고 확인시켜주었다.

브라이언이 별일 아니라는 듯 피터와 자신을 향해, 그리고 2미터 정도 떨어진 곳에 앉아 있는 간호사를 향해 미소를 지었다.

"하지만 너는." 앤이 눈시울을 붉히며 말하고 잠시 숨을 가다듬었다. "너." 그녀가 두 손으로 피터의 어깨를 세게 밀치며 말했다. "다시는 여기 오지 마."

"가셔야 할 시간이에요." 간호사가 뒤에서 다가와 그녀를 복도로 안내하며 말했다. "오늘은 여기까지만 할게요."

"바보가 또 있네." 앤이 말했다.

브라이언이 병원을 찾는 횟수가 점점 줄어들었다. 그는 일을 해야 한다고 했다. 그게 아니면 피터가 학교에 가 있는 동안 병원에 다녀왔다고 우겼다. 피터에게 혼자 가보고 싶으면 기차를 타는 게 가장 쉬울 거라고 말해준 사람도 그였다. 조지는 예전처럼 술을 마시지 않았다. 그는 잡화점에서 버드와이저를 낱개로 사 와서 메츠 경기를 볼 때만 두 병씩 마셨고, 위스키가 마시고 싶을 때는 브라이언에게 단골 술집인 배너에 가자고 말했다. 피터는 이런 얘기를 전부 아빠에게서 들었다. "너도 알다시피 녀석이 다 망쳐놓은 거야." 이사를 나가고 몇 주 후에는 이런 얘기를 했다. "브렌다 말이야." 그는 술에 대한 통제력을 잃으면 어떤 일이 일어날 수 있는지 알려주고 싶어 했다. 그것 때문에 조지가 아내에게 버림받고 셰이 스타디움이나 고향집 같은 술집에 가서 야구 경기를 보는 것조차 두려워하는 거라고 했다.

"녀석이 안됐어." 브라이언이 덧붙였다.

그러는 아빠는 어떤데요? 피터는 묻고 싶었다. 조지가 그 정도의 패배자라면, 그런 동생의 접이식 소파에서 자는 형은 뭐라고 해야 할까? 이제 그는 일요일마다 피터를 병원에 태워다주는 대신 배너에 가서 바텐더와 노닥거렸다.

병원 측은 미성년자인 피터가 혼자 오는 것을 달가워하지 않았지만, 접수처 직원이 뒤에 있는 제록스 기계로 뭔가를 하더니 결국에는 들여보내주었다. 피터는 일요일에 근무하는 간호사 몇 명의 이름과 얼굴을 익혔다. 가끔 병실 유리창을 잠깐 들여다보는 것만 허용

될 때가 있는데, 그럴 때 엄마는 보통 완충제로 도배된 방 안에 앉아 있었다. 그런 모습을 피터에게 처음 보여준 간호사는 자신이 무슨 짓을 했는지 깨닫고 후회와 걱정에 휩싸이는 것 같더니 방문객이 접근할 수 없는 간호사용 냉장고에서 탄산음료를 꺼내주었다. "너 키가 엄청 크구나." 그녀가 이렇게 말하며 물었다. "몇 살이야? 3학년?" 그가 1학년이라고 대답하자 그녀의 안색이 창백해졌다. 한번은 엄마의 이마에 찰과상이 보였다. 피터는 평소에 가능한 한 주의를 끌지 않으려고 노력했지만 그 상처가 어떻게 생겼는지 걱정되어서 견딜 수가 없었다. 그는 몸을 떨면서 데스크로 걸어가 무슨 일이 있었는지, 왜 가족에게 연락하지 않았는지 물었다. 부쩍 어른이 된 기분이었다. "분명히 누군가가 아버지에게 말씀드렸을 텐데." 살이라는 이름의 간호사가 말했다. 그러더니 뭔가를 모의하는 듯한 표정으로 몸을 숙이고 말했다. "피터, 아마도 엄마가 직접 그러셨을 거야."

한번은 병원에 갔다가 엄마의 머리카락이 잘려 있는 것을 보았다. 또 한번은 그녀가 방에서 나오기를 거부하는 바람에 괜찮으니 다음 주에 만나자는 쪽지를 남기고 기차역까지 3킬로미터가 넘는 거리를 다시 걸어가야 했다. 가끔 그녀는 발을 질질 끌며 복도를 걸어와 아무 말 없이 맞은편에 앉아 있기만 했다.

아빠가 사우스 캐롤라이나인지 노스 캐롤라이나인지에 있는 콘도로 떠나고 하루가 지난 일요일, 피터는 엄마에게 속상한 소식을 전하러 갔다. 그는 그 얘기를 불쑥 꺼내기보다는 엄마가 물어볼 때까지 기다리기로 했다. 그녀가 머리를 곱게 빗고 기다리고 있었다. 어쩐 일인지 평소보다 단정하고 깔끔하고 부기도 좀 빠져 보였다.

"아빠가 떠났구나." 그가 자리에 앉기도 전에 앤이 말했다.

"네, 그런 것 같아요." 피터가 말했다. "어떻게 아셨어요?"

"여기 왔었어. 처음에는 뭘 하려는 건지 몰랐는데 결국에는 알아냈지. 너는 아직 조지랑 사니?" 그녀의 의식은 수정처럼 맑고 명료했다. 일련의 조정을 거쳐 진짜 엄마가 돌아온 것 같았다.

"네."

"학교는 다니니? 성적은 좋고?"

"네."

"좋아. 피터, 내 말 잘 들어. 넌 괜찮을 거야. 엄마가 여기서 나갈 거거든. 병원에서 곧 내보내줄 거야. 그러면 너랑 가게를 열어볼까 해. 뉴욕 말고 시카고나 런던 같은 데서. 구하기 힘든 물건을 살 수 있는 전문점 같은 거. 집을 구할 때까지는 공영주택에서 살아야겠지. 가게를 하다 보면 수준 높은 손님들도 많이 만날 거야. 조지가 너한테 잘해주면, 잘해주니? 투자자로 받아줄 수도 있어."

피터는 뭐라고 해야 할지 몰라서 아무 말도 하지 않았다. 몇 초가 흘렀다. 그녀가 보드게임이 쌓여 있는 책장 옆으로 갔다.

"그런데 금방 나오기는 힘들 것 같아요, 엄마." 피터가 마침내 입을 열었다. 지금 그가 해야 할 일은 진실을 말하는 것이었다. 엄마의 계획이 걱정스럽고 비정상적인 것 같다, 나는 전문점을 같이 할 생각이 없고 그게 무슨 뜻인지도 모르겠다, 이런 식으로 설명하기보다는 곧바로 진실을 말하는 것이 나았다. 간호사들과 행정실 직원들이 자기 집 거실 같은 편안함을 느낄 수 있도록 2인용 소파와 안락의자로 꾸며놓은 가족면회실을 수시로 드나들었다.

앤이 두 팔로 자신의 몸을 감싸 안더니 거미줄이라도 발견한 듯 눈을 가늘게 뜨고 천장 구석을 쳐다보았다.

"그 여자애랑 얘기는 해봤니?" 잠시 후 그녀가 물었다.

"누구요?" 피터가 짐짓 모르는 척 물었다가 이내 대답했다. "아니요."

"그 애 아빠는? 다 나았어?"

"모르겠어요. 집에 계신다는 건 알아요. 아빠랑 삼촌이 말하는 걸 들었어요. 이제 일은 안 하시는 것 같아요. 저도 잘 몰라요."

앤은 한동안 침묵했다.

"난 그런 애들 잘 알아. 내 동생이 그랬거든. 걔네들이 일을 벌이는 걸 보면 무슨 마법 같다니까. 하지만 넌 강한 아이야, 피터. 그리고 똑똑해. 그러니 머리를 좀 써. 걔를 떠올려봐. 모든 면에서 평범하잖아. 이젠 너도 알지? 흔한 여자애야. 아무것도 아니라고."

피터는 케이트를 변호하지 못한 것은 비겁한 짓이 아니라며 자신을 달랬다. 그런다고 무슨 소용이 있는가? 그 순간 어떤 일로 괴로울 때마다 자신을 지그시 바라보던 케이트의 눈빛이 떠올랐다. 뭐가 그렇게 신이 나는지 머리카락을 귀 뒤로 넘기고 또 넘기던 모습도 떠올랐다. 케이트는 이제 나를 미워할 것이다.

"엄마한테 동생이 있는지 몰랐어요."

"집중하고 있는 거니? 따라 해봐. 나는 강하다, 나는 똑똑하다."

"엄마 동생은 지금 어디 있어요? 이름이 뭐예요?" 엄마가 아일랜드 출신이고 거기에 가족이 있다는 것을 알았지만, 가족에 관한 얘기는 한 번도 듣지 못했다.

"내 말 듣고 있니?" 그녀가 날카롭게 물었다. 간호사가 그들을 흘깃 쳐다보더니 이쪽으로 걸어오기 시작했다.

"나는 강하다. 나는 똑똑하다." 피터가 속삭였다. 앤은 만족스러운 표정을 지은 뒤에 간식 코너에 가서 물 한 잔과 구운 지 한참 된 설탕에 절인 체리 조각을 얹은 쿠키를 가져오라고 시켰다.

"자, 이제." 앤이 자리로 돌아온 피터에게 말했다. "어제 경기에 대해 말해주렴." 그들에게 다가오던 간호사도 제자리로 돌아갔다.

엄마가 자신의 경기를 계속 확인하고 있을 줄 몰랐다. 운동부에 소속되어 있다는 사실을 기억한다는 것 자체가 놀라웠다. 피터는 당시를 떠올렸다. 시합을 포기하고 한쪽 팔로 나무 기둥을 감싸 안고 있는데 짐 베르톨리니의 가늘고 파리한 다리가 너무 가까이 지나가서 허벅지에 돋은 닭살까지 보였다. 더치 킬스는 강력한 우승 후보였지만 3위에 그쳤다.

"좋았어요. 괜찮았어요. 잘한 것 같아요."

"알겠니?" 앤이 말했다. "넌 강하고 똑똑해. 내가 말했잖아."

그날 오후 피터는 퀸스로 돌아가 현관문을 열었다가 완전히 뒤바뀐 내부를 마주했다. 조지는 자신의 왕국을 살피듯 방 한가운데에서 있었다. 아직 완성되지 않은 작은 식탁에 의자 두 개가 마주 보고 있었다. 소파는 반대편 벽으로, TV는 구석으로 옮겨졌다. 안락의자와 거대한 스테레오는 아예 사라지고 없었다. 실내가 두 배는 넓어 보였다. 피터가 옷장으로 쓰던 플라스틱 통이 있던 자리에는 작은 고리버들 서랍장이 놓여 있었다. 냄비 속 미트소스가 가스레인지 위에서 지글지글 끓고 있었다.

가슴이 벅차올라 무슨 말을 꺼내기가 겁났다. 피터는 가방을 툭 내려놓고 주먹을 꽉 말아 쥔 채 숨을 참았다.

"좋지? 멋지지 않냐?" 조지는 피터에게 다가가다 힘들어하는 모습을 보고는 그를 꽉 끌어안고 번쩍 들어 올려서 웃음이 새어 나올 때까지 흔들었다.

"맙소사." 조지가 냅킨을 건네며 말했다. "이것 봐, 내가 냅킨도 사 왔어."

조지가 분주히 저녁을 준비하더니 파스타 두 접시와 진저에일 두 병을 가져왔다. 그들은 식탁에 마주 앉았다. 무릎이 맞닿을 정도로 좁아서 의자를 살짝 틀어야 했다. 조지는 뉴욕 메츠, 루스벨트 때의 건설 정책, 몇 년 전에 만났던 여자, 이번 겨울이 얼마나 추울지에 대해 마구 지껄였다. 피터는 그의 수다가 멈추지 않기를 바랐다.

"아무 말도 안 하는구나." 식사를 마치고 접시를 정리하려는데 조지가 말했다. "눈치채지 못했겠지."

"뭘요?" 피터가 놀라서 물었다.

"진정해, 임마." 조지가 부드럽게 말했다. "이걸 눈치채지 못했다 는 뜻이었어."

조지가 찬장을 열자 그 안에 하얀 도자기 접시 여섯 개가 환히 빛 나고 있었다.

07

프랜시스가 4층 복도를 쉬지 않고 한 바퀴 돌아올 수 있게 되자 의사들이 퇴원을 허락했다. 그는 자신의 뇌를 단단한 왕관에 박힌 섬세한 보석 세트처럼 여기게 되었다. 뇌는 모든 것을 통제하기 때문에 반드시 보호해야 했다. 전에도 알고 있었지만 이제는 정말 실감했다. 사람들이 머리와 가슴에서 온다고 말하는 생각과 기분은 사실 뼈나 힘줄만큼 물리적인 과정을 통해 만들어진다. 프랜시스는 상담을 해주던 신경외과의에게 사고력을 관장하는 부위에 손을 댔다는 얘기를 듣고 그런 후에도 어떻게 식기세척기를 비우고 수표책을 정산하고 빨래를 할 수 있는지 궁금해졌다. 좋은 소식은 뇌가 일부 손상되었지만 총알이 반구를 지나가지 않았다는 것이었다. 그와 레나는 좋은 소식은 늘 좋은 소식으로 불리지만 나쁜 소식은 다른 이름으로 불린다는 사실을 금방 깨달았다.

총알은 왼쪽 턱 뒤로 들어가 왼쪽 눈으로 나오면서 안와의 내벽과 외벽 대부분을 파괴했다. 이제 그는 안구와 눈썹뼈의 해부도를 집에서 푸드 킹 가는 길처럼 손쉽게 그릴 수 있었다. 의사들이 사진과 3D 모델을 보여주며 다음 치료과정을 설명해주었고, 그는 그들의 말과 생소한 국소해부학을 이해하려다가 얼굴을 만지작거리는 습관을 갖게 되었다. 통증이 스스로 지도를 그리는 날도 있었다. 시뻘겋게 달아오른 면도날이 피부밑에서 움직이는 것처럼 날카로운 통증이 코에서 귀로 뻗어갔다.

치료사들은 모든 행동을 일련의 작은 동작들로 쪼개보라고 말했다. 오른쪽 무릎을 구부리고 몸을 앞으로 내밀고 오른발을 내딛고 왼쪽 팔을 흔들고 휴식한다. 걷기, 침대에서 돌아눕기, 전화기를 귀까지 들어 올리기. 모든 움직임이 그의 취약한 안면 구조를 거쳐 전기신호를 보냈다. 의료진이 다른 부위의 피부를 떼어내 뺨에 팽팽하게 붙여놓은 뒤에는 늦은 오후마다 거뭇하게 올라오던 수염이 자라지 않았다. 프랜시스는 의료진의 설명을 철망과 속건성 회반죽, 사포, 페인트를 가지고 집에 있는 석고보드를 보수했던 경험에 비추어 이해할 수밖에 없었다. 이식한 광대뼈에 포도상구균이 감염됐을 때는 그것을 제거하고 새로 이식해야 했다. 그의 오른쪽 몸은 대개 교정이 필요 없는 왼쪽 몸을 흉내 냈지만, 몸이 너무 말을 듣지 않아서 걸음걸이가 제각각인 날에는 잠시 뇌 반구를 연결하는 작은 도개교를 들어 올려서 차량 통행을 막아버리는 상상을 했다. 간호사들이 그를 살펴보려고 노란 불빛을 지나 침상으로 다가올 때면 주변에 있던 알 수 없는 형체와 무늬들이 마치 들키는 게 두렵기라도 하다는 듯 서로 뒤엉켜 넘어지며 사라졌다. 오후에는 아일랜드 전통 목조선인 커럭의 형상이 침대 맞은편 벽에 나타나 몇 분씩 매달려 있었고, 고개를 돌렸다가 천천히 돌아보면 온데간데없이 사라졌다. 때로는 인간의 형상들이 4층 병실 창밖에 서 있기도 했다. 그들은 까만 모자를 썼고 대부분 돌아서 있어서 카드놀이를 하는 것처럼 보였다. 한번은 몸을 숙이고 발목까지 흘러내린 슬리퍼 양말을 기분 좋게 끌어올리다가 얼굴의 이음매로 피가 한꺼번에 쏠리는 바람에 극심한 고통으로 그만 기절하고 말았다. 차가운 리놀륨 바닥 위에서 정신을 차려보니 간호사가 후각신경이 심하게 손상되었기 때문에 후자극제는 소용없을 거라고 말했다. 처음 듣는 얘기였다. 그제야 거의 매일 저녁 기름지고 육즙이 풍부한 식사가 제공되는데도 아무런 맛을 느끼지 못하는 이유를 알게 되었다. 유일하게 느끼는 차이는 음식의 질감뿐이었다. 가끔 아무런 이유 없이 모닥불 냄새가 방 안에 퍼지기도 했다.

프랜시스는 자신이 경험하고 인식한 것 중에 극히 일부만을 의사들과 레나에게 말했다. 그의 왼쪽 눈은 완전히 망가졌고 오른쪽 눈은 통제를 벗어나 존재하지 않는 것들을 보았다. 사실 의료진은 이미 알고 있었다. 뭐 하러 자세한 의미까지 설명하겠는가? 그들은 그저 운이 좋았다고 말했다. 총알이 뇌간과 시상의 주요 부위를 피해 갔기 때문이다. 손상 부위를 제거한 뒤에도 금방 말할 수 있었다는 것은 언어를 인지하고 발화하는 능력이 손상되지 않았음을 의미했다. 그들은 처음에 두개골의 일부를 제거했다가 부종이 가라앉은 뒤에 다시 끼워 넣었다. 그러나 세균에 감염되어 또 제거했고, 치료 후에 다시 끼워 넣었다. 한때 끔찍하다고 생각했던 일이 실현되는 것 같았다. 동네 여자애들이 풀밭에서 민들레를 뽑으며 이런 노래를 부르고는 했다. "엄마가 아기를 낳았는데 머리만 쏙 빠져버렸네." 그러면서 조그만 엄지손가락으로 민들레꽃을 줄기에서 뚝 떼어냈다.

어느 정도 치료를 마칠 때까지는 의안을 넣을 수 없었기 때문에 의료진은 압박 안대를 맞춰주면서 그렇게 하면 오른쪽 눈이 더 건강해져서 왼쪽 눈의 역할도 해줄 거라고 말했다. 하지만 막상 자신의 얼굴을 보니 과연 그것을 쳐다봐야 하는 가족과 친구들에게도 다행스러운 일일지 궁금했다.

병실 화장실에는 거울이 없었다. 밤에 불을 켜면 창문에 얼굴이 비치기는 했지만 형광등 불빛 때문에 너무 환하게 보였다. 그는 레나가 침상에 나란히 앉아 가방에서 손거울을 꺼냈을 때 자신의 얼굴을 처음으로 자세히 보았다. 점토로 거칠게 빚어놓은 머리 모형 같았다. 이마 끝에서 턱까지는 찌그러진 자동차 펜더나 얇고 오목한 그릇처럼 보였다. 변색된 피부는 파란색과 노란색, 회색으로 가득했다. 물론 예전에는 그보다 훨씬 더 심각했고, 다시 평범한 사람으로 보이기 위해 조금씩 고쳐가며 먼 길을 걸어왔다는 것을 그도 알고 있었다. 레나가 다정하게 말했다. "그렇게 흉하지 않지? 요샌 못 고치는 게 없다니까." 어떤 일이 있어도 좀처럼 우는 모습을 보이지 않던 그녀가 눈물을 흘리며 말했다. "뭐라고 말 좀 해봐." 하지만 프랜시스는 차마 말을 잇지 못했다. 자신이 잘생겼다고 생각한 적도 없고 외모에 그다지 관심도 없었지만, 전에는 적어도 거울에 비친 자신을 알아볼 수는 있었다.

퇴원을 일주일 앞두고 치료사가 그를 계단통으로 데려가 열 계단을 올라가보게 했다. 걸음을 내딛을 때마다 얼굴에서 통증이 느껴졌다. 레나가 팔꿈치를 잡아주는 동안, 치료사는 혹시 넘어질까봐 등 뒤에 바짝 붙어서 두 팔을 뻗고 단단히 버티고 서 있었다. 사회복지사는 그 모습을 지켜보면서 집에 대해 몇 가지 질문을 했다. 현관 계단이 몇 개인지, 집 안에 계단과 난간이 얼마나 있는지, 집 안에 있는 문이 안으로 열리는지, 바깥으로 열리는지. 이전에 이미 한 번 주고받았던 내용이었다. 그는 계단 꼭대기까지 올라갔고, 잠시 쉬면서 난간을 꽉 붙잡고 한 곳을 쳐다보며 어지럼증을 피하려고 노력했다. 레나는 병원에 있는 것이 안전하다며 더 오래 머물기를 바랐다. 병원은 필요한 모든 시설을 갖추고 있었다. 일단 병실에 걸어서 들어갈 수 있는 샤워장이 있었다. 그리고 의료진이 항상 체온을 재고 진통제와 항생제의 투여량과 효과를 지속적으로 모니터링했다. 무엇 하나 소홀히 넘어가지 않았다. 초반에 두개골 부종이 완전히 가라앉기 전이라 감각이 너무 무뎌서 요로감염이 악화하는 것을 느끼지 못한 적이 있었다. 그때 한 간호사가 도뇨관에서 극소량의 혈액을 발견하여 감염 사실을 알아낼 수 있었다.

"집에 있었으면 어쩔 뻔했어?" 레나가 물었다.

"이것도 보험처리가 될까?" 그가 말을 할 수 있게 되면서 거의 처음 꺼냈던 말이었다. "전부 다?"

그는 분주한 레나를 보다가, 레나가 그런 것에 대해 전혀 모를뿐더러 신경 쓰지도 않는다는 것을 알게 되었다. 병원비는 그가 회복한 뒤에야 걱정할 수 있는 문제였다.

프랜시스는 3주 동안 재활병원에서 지내다 완전히 퇴원했다. 간호사와 물리치료사, 작업치료사, 언어치료사가 매일 집으로 찾아왔지만 방문 시간이 모두 제각각이다 보니 그를 2층 침실이나 욕실로 데려가는 것은 대개 레나의 몫이었다. 1층에 욕실이 없었기 때문에 레나는 10년간 염원했던 리모델링을 이제야 할 수 있겠다며 농담을 했다. 2층으로 가려면 그의 팔을 어깨에 두르고 허리를 감싸 안은 뒤 한 번에 한 계단씩 올라가야 했다. 샤워도 문제였다. 욕조가 너무 높아서 그녀의 도움 없이는 들어갈 수가 없었다. 그녀는 치료사가 가르쳐준 대로 그를 단단히 붙잡고 몸을 구부려 얼굴로 맨가슴을 받친 뒤에 오른쪽 무릎과 왼쪽 무릎을 하나씩 들어 올렸다. 물줄기는 가슴 아래를 향해야 했다. 수압이 얼굴에 조금이라도 세게 가해지면 비명을 멈출 수 없을 만큼 고통스러웠기 때문이다. 마지막으로 먹은 진통제의 약효가 너무 빨리 떨어질 때는 더욱 그랬다. 레나는 너무 걱정스러운 나머지 몇 주 동안은 위아래 속옷만 입은 채로 욕조에 같이 들어가 씻는 것을 도와주었다. "옷이 젖잖아." 그가 말했다.

"괜찮아." 그녀가 말했다.

"그건 왜 입고 있는 거야?"

"모르겠어." 그녀가 말했다.

몇 주 후 그녀는 욕조에 함께 들어가서 그가 혼자 씻도록 내버려두었다. 그는 왠지 더 벌거벗은 느낌이었다. 잠시 후 그녀는 변기 뚜껑에 앉아 그를 지켜보기 시작했다. 그리고 얼마 후부터 그녀는 안심이 되었는지 그가 혼자 집 안을 돌아다니게 내버려두거나 볼일을 보러 밖에 나갔다. 주로 식료품점에 갔고 약국이나 은행에도 들렀다. 그녀는 그중 한곳에 줄을 서서 코트 안으로 땀을 흘리며 그에게 빨리 돌아가야 할 것 같은 조바심을 느꼈고, 그러다 앞으로 다른 곳에 갈 수 있을지 궁금해졌다. 차를 몰고 단골 미용실을 지날 때는 지난 생의 유물을 보는 듯했다.

아이들은 그를 쳐다보기 힘들어했다. 내털리와 사라는 그를 똑바로 쳐다보지 않고도 말할 수 있는 방법을 찾았다. 그들의 시선은 한

곳에 안착하거나 집중하지 않고 그의 주변을 스치듯 날아다녔다. 케이트는 언니들보다 용감했다. 그녀는 창백하고 엄숙한 얼굴로 붕대를 감지 않은 한쪽 눈뿐만 아니라 다른 상처 부위도 보겠다는 듯 그의 정수리와 옆얼굴, 목을 천천히 훑어보았다. 그들은 오랫동안 병문안을 갈 때마다 매번 같은 상황을 연출했다. 내털리와 사라가 레나를 빼닮은 단호한 쾌활함으로 학교나 이웃에 관한 얘기로 침묵을 확실하게 채우는 동안, 케이트는 언니들의 말은 하나도 듣지 않고 아빠를 유심히 살펴보았다.

퇴원 얘기가 막 나오기 시작했을 무렵, 사라가 학예회 오디션에 대해 얘기하고 있는데 케이트가 난데없이 끼어들었다. "각도를 따져보면 아빠가 어디에 있었는지 알 수 있을 거예요."

"뭐라고?" 레나가 물었다.

케이트가 자리에서 일어나더니 프랜시스에게 바짝 다가가 쭈그리고 앉아서 턱 뒤에 있는 사입구를 들여다보았다. "머리를 오른쪽으로 돌리면서 왼쪽 머리가 노출된 게 확실해요. 아빠는 피하려고 했을 거예요. 앤 아줌마는 아마도……." 케이트가 작은 병실의 반대편으로 걸어가 TV 밑에 섰다.

"이쯤 있었을 거고요."

"맙소사, 케이트." 내털리가 말했다. 사라는 초조해 보였다.

"왜?" 케이트가 말했다. "그 일에 대해 얘기하면 안 돼? 난 왜 그래야 하는지 모르겠어."

정적이 흘렀다.

"브라이언 아저씨는 어디 있었어요? 그 얘기는 아무도 안 했잖아요."

"그만해, 케이트." 레나가 말했다.

모두가 프랜시스를 쳐다보았다.

"괜찮아." 그가 말했다. 그걸 안다고 기분이 나아질까? 그는 궁금했다. 케이트는 어떤 이야기든 대충 받아들이는 법이 없었다. 아빠가 총에 맞았고 앤 아줌마는 체포되었다. 그렇다면 그사이에 무슨일이 있었을까? 케이트는 첫날부터 궁금했다. 그다음에 앤이 무엇을 했는지, 출혈을 막으려고 시도했는지, 브라이언은 어디에 있었는지, 앤은 지금 어디에 있는지. 부부는 아이들을 보호하기 위해 변호사들과 수사과정을 멀리하게 하고 신문도 감췄지만, 어쩌면 잘못된대응이었는지도 모른다.

"그래, 그쯤이었어." 그날 저녁 프랜시스가 말했다. "거기서 한 걸음 내외야." 그는 그 이야기의 일부를 인정하고 확인하는 것만으로도 케이트를 안정시키는 데 도움이 될 수 있다는 것을 깨달았다. 케이트는 한결 차분해 보였다. 케이트는 사라의 얘기를 마저 듣고 다른 식구들과 함께 TV를 보았다.

피터네 집으로 이사 온 가족이 계약 전에 그 사건에 대해 얼마나알고 있었는지는 모르지만, 아무튼 이사를 오고 나서 그들은 집을나서기만 하면 온 사방에서 그 얘기를 들었다. 케이트는 그 집에 사는 데이나라는 열 살짜리 여자애가 피터의 행방을 알지도 모른다는생각에 그 애와 어울리기 시작했다. 케이트는 매일 오후 데이나와함께 분필로 보행로에 그림을 그리며 놀았다. 데이나는 따분한 흰색과 마음에 안 드는 녹색을 케이트에게 떠넘겼다. 그리고 케이트가말풍선 안에 이름을 쓰는 걸 보더니 자기 이름도 써달라며 '데이나'

라는 글자가 진입로 전체를 덮을 때까지 몇 번이고 졸랐다. 케이트는 데이나와 충분히 친해진 뒤에 그 집에 살던 남자애를 만난 적이 있는지, 전 주인에게 열쇠를 넘겨받을 때 그 애도 있었는지 물었다.

"아니." 데이나가 말했다. 그리고 덧붙였다. "그런데 걔 물건을 찾은 것 같아."

"무슨 물건?" 케이트가 따지듯 물었다.

"야구카드랑 군인이랑 경주용 차량 온갖 게 다 있어. 대부분 쓸모없는 물건들이야. 커다란 신발 상자에 들어 있더라."

"그건 어디 있는데?"

"내 방 옷장 안에."

케이트가 피터의 창문을 가리켰다. "저게 네 방이야?"

데이나가 고개를 끄덕였다.

"그 상자 좀 볼 수 있어?"

데이나가 어깨를 으쓱했다. "당연하지."

데이나를 따라 현관으로 올라가는데 앤 아줌마가 집 안에 있는 것만 같아 마음이 초조해졌다. 데이나가 방충망을 열고 들어가 운동화를 벗어 던졌다. 케이트는 벽에 일렬로 걸려 있는 커다란 흑백 사진들과 뒷면에 단추가 두 줄로 깔끔하게 꿰매어진 가죽 소파를 힐끗 쳐다보았다. 집 안에서 바닐라 향이 났고, 데이나의 엄마가 주방에서 키친타월로 손을 닦으며 현관 쪽을 슬쩍 내다보았다. "어, 안녕. 케이트 맞지? 들어오렴."

케이트는 매트에 달라붙은 것처럼 현관 앞에 우두커니 서 있었다. 2층에 올라가고 싶지 않았다. 한 걸음도 내디디고 싶지 않았다.

"데이나가 피터의 물건을 가지고 있다고 해서요."

"그래? 여기 살던 남자애?" 데이나의 엄마가 묻자 데이나가 케이트를 째려보았다.

"그냥 잡동사니가 들어 있는 상자예요." 데이나가 말했다.

"제가 맡아두려고요." 케이트가 말했다.

"아니, 안 돼." 데이나가 깜짝 놀라며 말했다. "그건 내 거야. 내 방에 있던 거니까."

"그건 피터 거야." 케이트가 말했다. "너도 알잖아." 케이트는 몸을 숙이고 작은 소녀의 얼굴에 바짝 다가갔다. "어서 내놔."

"데이나, 아가, 상자를 가져오렴." 데이나의 엄마가 말했다.

"그런 게 어디 있어!" 데이나가 소리쳤다.

"데이나!"

데이나가 쿵쿵거리며 2층으로 올라가자 데이나의 엄마가 케이트를 돌아보았다. "네가 그 집 아들과 친했다는 거 알고 있어."

케이트는 애써 태연한 척했다.

"가여워라." 그녀가 안쓰러운 눈빛으로 쳐다보더니 조금 더 대화를 하자며 케이트를 집 안으로 초대했다. 케이트가 대답을 하지 않자 그녀가 가볍게 웃으며 말했다. "중개인은 별다른 얘기를 해주지 않았어. 가정사 때문에 황급히 떠났다고만 했지." 새 이웃은 피터네 가족에 대해 아는 것이 별로 없었다. 더 있어봤자 건질 게 없었다.

"여기." 데이나가 돌아선 케이트에게 상자를 휙 내밀었다.

"데이나, 제발." 데이나의 엄마가 말했다. "예의를 갖춰야지."

케이트는 상자를 팔 아래에 단단히 끼워 넣고 몸을 숙이며 말했다. "너 진짜 짜증 나는 거 알아?" 그러고는 현관문을 박차고 나갔다.

프랜시스가 꾸준히 물리치료를 받으면 언젠가는 회복할 거라고 모두 확신하게 되었고, 세 딸은 학교로 돌아가 한 학년을 마무리했다. 케이트는 그때 학교에서 누군가와 대화한 기억이 없었다. 뒤처진 진도를 보충했는지, 선생님들이 그냥 내버려뒀는지 기억나지 않았다. 졸업식은 어렴풋이 기억났다. 그해 내털리도 고등학교를 졸업했다. 하지만 사진 찍거나 케이크를 사올 생각은 하지 못했다. 합동 졸업파티에 대해 얘기한 적도 있지만 그런 일은 일어나지 않았다.

내털리가 고등학교를 졸업하던 날, 레나는 프랜시스를 병원에 홀로 남겨두고 졸업식에 참석한 뒤 아이들을 데리고 나가 저녁을 먹었다. 하지만 케이트가 중학교를 졸업하는 이튿날 아침에는 키스와 축하 인사만 남기고 병원으로 향했다. 이모와 삼촌이 찾아와 레나의 자리를 채워주었지만 도회적인 복장에다 다른 학부모들과 어울리지 못하는 모습 때문에 유난히 눈에 띄었다. 미셸 수녀가 콧노래를 흥얼거리며 케이트의 갈색 머리핀 대신 입에 물고 있던 흰색 머리핀으로 사각모를 고정하고 세심히 정리해주었다. 그해에는 졸업생 대표가 호명되지 않았다. 6학년부터 줄곧 1등을 도맡아 한 피터가 졸업을 겨우 한 달 남기고 자취를 감춰버리는 초유의 사태가 벌어져 모두 어찌할 바를 몰랐다. 졸업식 날 아침까지 배스커 선생님은 혹시 피터가 나타날까봐 연사를 바꾸지 않았고, 케이트는 그가 정말 나타날지 궁금해하며 졸업식을 지켜보았다. 그러나 피터는 끝내 모습을 드러내지 않았고 빈센트 오그레디가 그를 대신해 간단한 연설을 하게 되었다. 빈센트는 성적은 평범했지만 복사(사제의 미사 집전을 돕는 소년-옮긴이)와 보이스카우트로 활동했고 크리스마스 뮤지컬에서 솔로를 맡았으며 선생님들에게 사랑받는 학생이었다. 선생님이나 교직원들도 글리슨 가족과 스탠호프 가족을 위해 기도하자고 했을 뿐 그 사건에 대해 별다른 언급을 하지 않았는데, 오히려 연단에 오른 빈센트가 너무 많은 얘기를 했다. 그는 인생에 주어지는 여러 장의 카드에 대처하는 방법을 배우는 것이 곧 성장이고 우리 모두는 신을 안내자로, 성 바르톨롬메오를 토대로 삼아 앞으로 나아갈 것이며 신이 삶에 선사하는 선물을 누릴 거라고 말했다. 멜리사 로마노가 비스듬히 기대어 속삭였다. "너 괜찮아?" 그제야 케이트는 아직도 엄마가 껍질을 까서 먹기 좋게 썰어준 오렌지를 샌드위치 도시락에 싸 오는 빈센트 오그레디 따위에게 조언을 들어야 한다는 것이 얼마나 화나는 일인지 깨달았다.

그해 여름 기록적인 더위가 찾아왔다. 내털리는 아이스크림 가게에서 일자리를 얻었고, 사라는 옆 블록 아이들을 돌보는 아르바이트를 했다. 그리고 늦은 오후부터 잠들기 전까지 집에만 있었다. 그들은 늘 꿈꿨던 것처럼 제멋대로 날뛰거나 친구들을 전부 초대해 파티를 여는 대신 저녁을 간단히 차려 먹고 소파에서 TV를 보다 잠이 들었고, 레나가 병원에서 돌아와 아이들을 침실로 올려보냈다.

내털리가 대학으로 떠나던 토요일, 말도나도 씨가 길 건너에서 스테이션 웨건을 몰고 케이트네 진입로로 후진해 들어와 트렁크에 짐을 실었다. 그는 그 주 주말에 프랜시스가 재활병원으로 옮겨간다는 얘기를 듣고 주말 내내 한가하다며 내털리를 시러큐스까지 태워주기로 했다. 내털리는 말도나도 씨네 아이들이 따라오지 않는다는 것을 알고 네 시간 동안 단둘이 차 안에 있으면 너무 어색할 것 같아 사라와 케이트에게 함께 가달라고 부탁했다. 하지만 짐이 너무 많아서 케이트는 내털리와 말도나도 씨 사이에 앉아야 했고 사라는 침구와 수건, 베개를 넣은 쓰레기봉투 밑에 파묻혀야 했다. 돌아올 때가 되어서야 케이트와 사라는 말도나도 씨로부터 '쉬'하고 싶지 않느냐는 질문을 계속 들으면서 내털리 없이 똑같은 여정을 한 번 더 반복해야 한다는 사실을 깨달았다. 돌아오는 길, 출발하고 얼마 안 되어 케이트는 말도나도 씨가 한 번만 더 쉬하고 싶지 않느냐고 물어보거나 아주 잠깐이라도 사라와 눈이 마주치면 웃음을 참지 못할 거라고 생각했다. 말도나도 씨는 마지막 휴게소에 차를 세우고 맥도널드를 사다 주면서 밖에서 먹으라고 하고 자신은 주차장 뒤에 있는 잔디밭에서 맨손체조를 했다. 사라는 체조가 끝나기를 점잖게 기다렸고 케이트는 체조 동작을 직접 만들었는지, 젊을 때 운동선수였는지, 좋아하는 비디오가 있는지, 아내도 운동을 하는지, 함께 운동하는 것을 좋아하는지 등의 질문을 마구 퍼부었다.

그러다 질문거리가 떨어지자 케이트가 말했다. "아빠가 빨리 집에 오셨으면 좋겠다." 그러자 사라가 너무 무례하게 굴지 말라는 듯 케이트를 쏘아보았다.

그해 10월 프랜시스가 집으로 돌아오고 치료사들이 줄지어 방문했다. 사라와 케이트는 그들을 방해할까봐 하루 종일 자리를 피해주려고 애썼지만, 가끔 주방에서 간식을 만들다 대화를 엿듣기도 했다. "크게 한 번." 치료사가 격려하며 말했다. "좋아요, 다시 크게 한 번." 아빠가 심호흡을 하거나 천장으로 손을 뻗거나 발가락을 잡으려고 애쓰는 걸 알면서도, 케이트는 치료사의 꽉 끼는 운동복 바지와 작은 두 주먹을 불끈 쥔 것처럼 생긴 엉덩이를 조금은 놀려야 할 것 같았다. 하지만 이제 재미있는 것들은 모르는 척해야 했다.

이런 일들을 겪는 동안 케이트는 피터가 언젠가 전화를 할지도 모른다고 생각했다. 언니들이 그에 대해 일절 언급하지 않다 보니 왠지 자신도 그의 이름을 입에 올리면 안 될 것 같았다. 혹시라도 그의 전화를 가족이 받았다가 무슨 일이라도 생길까봐 자신이 받으려고 노력했다. 가끔 전화기로 달려들다가 사라와 내털리가 눈빛을 주고받는 모습을 포착하기도 했다. 생일에는 우편함 걸쇠를 열면서 왠지 모를 기대감에 떨리기도 했다. 하지만 그 안에는 할인마트 전단지와 성 바르톨롬메오에서 보낸 우편물뿐이었다.

케이트는 늘 피터를 그리워했다. 그를 만날 거라는 기대감조차 그리웠다. 그가 현관에서 나오는 모습을 발견할 때마다 온몸으로 퍼지던 설렘이 그리웠다. 케이트는 녹색 후드티에 달린 지퍼를 만지작거리며 퀸스를 거니는 그의 모습을 상상했다. 브라이언이 떠날 계획을 세울 때 가려던 곳이 퀸스였기 때문에 틀림없이 거기에 있을 거라고 생각했다. 하지만 지도 속에 있는 퀸스는 너무 넓었고, 정확히 어느 동네인지 듣지 못했다. 가만히 생각해보면 브루클린이라고 했던 것 같기도 하고, 브롱크스라고 했던 것 같기도 했다. 삼촌 집에는 가지 않았을 것 같아서 다른 곳에 있는 모습을 상상하기도 했다. 패터슨에 친척이 있다고 했던가? 그녀는 생전 가본 적 없는 패터슨을 억지로 떠올리며 상상 속 배경에 피터가 어울리는지 그려보았다. 정답을 발견하면 바로 알 수 있을 거라고 확신했다. 그러면 몸과 마음이 고요해져 다시 책을 읽을 수 있을 것이다. 아침에 일어나면 의식을 하기도 전에 온몸의 감각이 저절로 창밖을 향했다. 데이나네 가족이 이사 오기 전에 한번은 피터네 쓰레기통이 길가로 끌려가면서 긁히는 소리가 들렸다. 침대에서 뛰어내려 창문을 내다보았지만 아무것도 없었고, 그 소리도 들리지 않았다. 전화를 받았는데 피터가 아니면 어딘가에서 다이얼패드에 손가락을 얹고 있지만 번호를 누르지 못하는 거라고 확신했다.

케이트는 가끔 엄마나 언니들이 내다볼까봐 책을 들고 바위로 갔다. 한 번은 세 번째와 네 번째로 큰 바위 사이로 봉투 모서리가 보였다. 거친 바위틈으로 몇 차례 손을 집어넣었다가 손가락 관절 부위가 찢어졌다. 머리를 써서 가느다란 막대기로 꺼집어내 보니 봉투가 아니라 접힌 영수증이었다. 5월에 콜라와 풍선껌을 구매한 내역이 찍혀 있었다.

어느 저녁, 내털리는 학교에 가고, 사라는 책을 읽고, 아빠는 오랜만에 자기 침대에서 잠을 자고 있을 때 케이트와 나란히 소파에 앉아 있던 엄마가 말했다. "너 친구가 보고 싶구나."

미처 손 쓸 틈도 없이 눈물이 터져 나왔다. 추수감사절이 한 주 앞으로 다가왔고, 피터를 못 본 지 6개월째였다. 아빠가 집으로 돌아와서 너무 좋았지만 상상했던 것과는 달랐다. 가끔 아빠를 보면 마음속에 있는 것들을 생각나는 대로 모조리 털어놓고 싶어졌다. 그래서 다가가다가 문득 이유 없이 슬퍼졌다. 어쨌든 아빠는 살아남았고, 손수 간식을 만들고 어깨를 긁고 신문을 읽었다. 하지만 그의 얼굴은 알아보기 힘들 만큼 변해 있었다.

"저 때문이죠? 저랑 피터 때문에 그런 거죠?"

"오, 아가, 아니란다."

"하지만 우리가 몰래 빠져나가서 그렇게 된 거잖아요. 앤 아줌마는 저를 진짜 미워했어요. 피터가 저를 좋아하는 걸 못마땅해했거든요."

"그건 너희가 8학년이라 그래. 백 년쯤 지나면 내가 8학년 때 무슨 짓을 했는지 말해줄게." 두 사람은 한동안 침묵했다. 그러다 레나가 먼저 입을 열었다. "하지만 앤이 너를 싫어한 건 사실이야. 그 여자가 법정에서 뭐라고 했는지 너도 알아야 할 것 같다. 너희 아빠는 반대했지만 나는 말해야겠어."

"뭐라고 했는데요?"

"그렇다고 했어."

"네?"

레나가 케이트의 머리를 쓰다듬어 한데 모았다가 다시 어깨에 늘어뜨렸다. "너는 참 예쁜 아이야, 알지?"

케이트가 어깨를 으쓱했다.

"그리고 똑똑하지. 그리고……, 모르겠다. '강인하다'는 말은 썩 어울리지 않지만, 아무튼 너는 나보다 아빠를 더 많이 닮았어."

케이트의 내면에 있는 뭔가가 잠시 흔들렸다. 아빠도 '강인'했지만 아직 앞날이 그려지지는 않았다. 다들 이 시기가 끝나기만을 기다리고 있었지만, 그를 지켜보며 주머니에서 손을 빼고 걸으라고 잔소리해야 하는 날이 언제까지 계속될지는 알 수 없었다.

레나가 케이트를 바싹 끌어당기며 말했다. "네가 아들 옆에 있었으면 너를 죽였을 거라고 했어. 아빠를 쏜 건, 아빠가 죽으면 우리는 이사를 가야 할 테고, 그러면 네가 피터 곁에 있지 못할 것 같아서였다더라."

레나는 자신의 말을 충분히 이해하도록 잠시 기다렸다. "네가 죄책감을 느끼기 전에 나머지 얘기도 해줄게. 앤은 네이글 씨네 가족이 더 나은 색상을 선택했다는 걸 보여주려고 자기네와 비슷한 파란색 계열로 집을 칠했다고 했어. 또 몬시뇰 레페토가 미사에서 자꾸 자기를 지목해서 신물이 난다고 했어. 사람들이 챌린저호 폭발을 자기 탓으로 돌리는 것도 넌더리 난다고 하더라. 어렸을 때 여동생이 뭔가를 망치려고 해서 사이가 멀어졌다는 둥, 어떤 동료가 음모를 꾸며서 해고를 당했다는 둥, 말도 안 되는 얘기들을 지껄였지."

몇 분 동안 누구도 말을 하지 않았다.

"너무 많은 사람과 불만에 대해 얘기하다 보니 네 얘기는 어느 정도 희석되는 듯했어. 하지만 결국에는 네 얘기로 돌아갔고, 아들을 뺏으려고 음모를 꾸민다면서 너에 대해 지겹도록 지껄였어. 너무 광적이어서 농담처럼 느껴질 정도였다니까. 챌린저호 폭발이라니, 맙소사."

케이트는 피터와 손을 잡고 제퍼슨가를 달렸던 일을 떠올렸다.

"중요한 건 그 여자가 아프다는 거야."

케이트는 고개를 끄덕였지만 완전히 이해하지는 못했다.

"내가 하고 싶은 말은, 그 일은 누구의 잘못도 아니라는 거야. 생각해보면 그 여자 잘못도 아니야. 그래서 이번 주에 합의했어. 앤이 교도소에 수감되는 대신 병원에 장기간 입원해야 한다는 데 모두가 동의했지. 아빠도 엄마를 위해 동의해줬어. 그러지 않으면 끝나지 않았을 거야. 더는 그 사람들을 보고 싶지 않고 얘기하고 싶지도 않아. 네 아빠가 너무 가여울 뿐이야. 상상이 되니, 만약에······."

"피터는 어디 있는지 아세요?" 케이트가 물었다.

"아가······."

"그냥 알고 싶어서 그래요. 연락은 절대 안 할게요."

"엄마도 몰라. 정말이야."

"다른 사람은요?"

"뭐, 당연히 아는 사람이 있겠지. 그쪽 변호사들은 알 거야. 앤을 치료한 의사들이나 담당 사회복지사도 알 테고. 브라이언도 아직 일을 나가는 것 같더라."

케이트는 엄마를 바라보며 질문을 이어갈 수 있게 해주기를 바랐다. 잠시 후 레나가 천천히 고개를 저었다. "잊어버려." 그녀는 심정을 이해한다는 듯 다정하게 말했다.

"하지만 아직 뉴욕에 있을 거예요." 케이트가 말했다. "앤 아줌마도 여기 있으니까."

레나의 표정이 돌처럼 굳어졌다. "케이트, 엄마는 피터가 태어난 날부터 그 애를 지켜봤어. 피터가 좋은 아이라는 건 알아. 그걸 모르는 사람은 없을 거야. 하지만 너는 그 애를 잊어야 해. 한때는 친구였지만 지금은 떠나고 없잖니. 당장은 믿기 힘들겠지만 언젠가 피터만큼 사랑하는 친구가 생길 거야. 너처럼 어린 여자애가 감당하기에는 너무 벅찬 일이야. 너는 앞으로 살아갈 날이 훨씬 더 많아."

케이트는 아무 말도 하지 않았다.

"아빠를 위해서야, 케이트. 괜한 문제는 일으키지 말아주렴, 알았지?"

전화벨이 울렸다. 내털리였다. 오후 9시 이후에는 장거리 전화요금이 저렴하다.

"알겠니?"

"알았어요."

08

케이트는 정말 말썽을 일으키지 않았다. 가끔은 자신이 얼마나 완벽하고 충실하게 약속을 지키고 있는지에 대해 더 인정받아야 한다고 느꼈다. 적어도 엄마가 말한 그런 문제는 일으키지 않았다.

그녀는 애쓰지 않고 쉽게 친구를 사귀었기 때문에 그렇지 않은 사람들이 있을 수 있다는 것을 이해하지 못했다. 진짜 웃긴 얘기 하나면 충분했다. 처음에는 성 바르톨롬메오 출신 여자애들끼리 뭉쳐 다니다가 시간이 지나면서 공립학교 아이들 속에 다 같이 섞여 축구를 하러 나갔다. 케이트는 신입생 팀이 있는데도 불구하고 신입생 2군 팀을 만들었다. 경기가 있는 날이면 유니폼을 입고 학교에 가서 여자애들 일곱 명과 함께 점심을 먹고 상급반 수업을 들었다. 그녀는 수업 시간에 뭔가를 얘기하고 싶으면 손을 들었는데, 비언 선생님이 부모님과 상담을 하면서 손드는 여학생을 만나서 기쁘다고 말하기 전까지는 주목받을 만한 일이라고 생각하지 못했다. 케이트와 친구들은 12월에 다 같이 연말 파티에 가기로 하고 마리 할러데이의 집에서 사전준비를 하기로 했다. "정말 재밌겠다." 레나가 케이트를 태워다주면서 여러 번 말했다. 메이시스 백화점 가방 안에 정성껏 갠 드레스가 들어있었다. 케이트는 자세히 설명할수록 더 행복해하는 엄마를 보면서 이야기를 지어내기 시작했다.

"친구들이랑 액세서리를 교환할 거예요." 케이트가 말했다.

"지니가 준비할 때 들을 믹스테이프를 만들었대요."

"마리가 애들한테 화장을 해줄 거예요."

"화장?" 조수석에 있던 프랜시스가 물었다. "너희 허락은 받았니?" 얼마 전에 턱 재건 수술을 받아서 프랜시스의 얼굴은 절반이 붕대로 감겨 있었다. 그는 통증 완화를 위해 약을 먹었지만 의사들에게서 약효가 금방 떨어져도 과용하지 말라는 주의를 받았다. 목소리가 잘 들리지 않았지만 놀리는 말투였다. 그는 엄마만큼 흐뭇해했다.

"케이트." 레나가 말했다. "우리는 네가 너무 자랑스럽다."

피터 없는 오후가 길고 무의미하게 느껴졌지만 언제부터인가 케이트는 학교, 축구, 과제, TV, 침대로 이어지는 일상을 반복했다. 교내신문 편집자인 사라가 마감으로 바쁠 때는 집에 혼자 걸어갔다. 고등학교에 입학하면서부터 하늘은 유난히 크고 공허해 보였고 길럼은 고만고만한 동네 사이에 끼어 있는 조그만 동네로 보였다. 케이트는 동네 너머로 가보면 어떨지, 갈망이 다 채워질 때까지 다음 동네, 그다음 동네로 걸어가면 어떨지 간절히 알고 싶어졌다. 그녀는 가끔 영화에서 카메라가 점점 물러나는 장면처럼 길럼에서 시작해 뉴욕, 미국, 북아메리카, 그리고 지구 전체가 반짝이는 수많은 불빛 속에서 작은 점이 되어 사라지는 모습을 상상했다.

가끔 케이트는 피터와 함께 걸으면서 느꼈던 그의 모습과 체취를 떠올리려고 애썼다. 금요일이면 수업을 마치고 친구와 수다를 떨며 제퍼슨가를 따라 집으로 갔다. 친구는 케이트네 집에서 레나가 준비해놓은 쿠키와 탄산음료를 게걸스럽게 먹으면서 엄마가 데리러 올 때까지 계속 수다를 떨었다. 그리고 케이트네 잔디밭을 껑충껑충 달려가면서 월요일에 만나자고 소리쳤다. "재미있었니?" 레나가 케이트를 보며 물으면 케이트는 재미있었다며 엄마를 안심시켰다. 하지만 땅거미 지는 잔디밭을 향해 손을 흔들며 친구에게 잘 가라고 소리치는 동안 그녀는 완전히 지쳐 있었고 이제야 벗어났다는 안도감을 느꼈다.

케이트는 1학년을 마치고 월요일부터 금요일까지 캠프 지도자 일을 했다. 항상 늦잠을 자다 보니 밤새 입고 잔 티셔츠 안에 브래지어만 챙겨 입고 양치질을 한 뒤에 사과나 바나나를 집어 들고 캠프가 열리는 센트럴 애비뉴 필드까지 열 블록을 전력 질주했다. 간혹 아이들이 캄캄해질 때까지 캠프장에 머무르는 날에는 야간 근무도 자원했다. 늦은 밤까지 긴 하루를 보내고 집에 들어가면 엄마는 "바쁘게 사는 게 좋지!"라고 말했고, 아빠는 주방을 돌아다니는 딸의 모습을 지켜보았다. 여름이 끝나가던 어느 날, 캠프 친구이자 같은 축구팀 소속이라 집에 자주 놀러 오던 에이미가 다른 친구들 앞에서 케이트와 친자매나 마찬가지라며 그녀를 향해 환한 미소를 지었다. 케이트는 급수대에서 물통을 채우다 가슴이 쿵 하고 내려앉았다. 기침을 하다 고개를 들어보니 모두가 자신을 쳐다보며 무슨 말을 하기를 기다리고 있었다. 얼굴이 화끈거렸다.

"하지만 너는 언니들이 있잖아." 마침내 케이트가 입을 열었다. 이 말밖에는 아무것도 생각나지 않았다.

"말이 그렇다는 거잖아, 케이트." 에이미가 눈을 굴리며 말했다. 다른 아이들은 당혹스러워하며 시선을 피했다.

"그래, 나도 알아. 내 말은 너한테는 언니가 둘이나 있잖아. 나도 그렇고. 그런 거랑은 다르다는 거야."

에이미의 표정이 어두워지더니 분노가 스쳤다. "너 오늘 왜 그래?"

나중에 케이트는 무슨 얘기를 하는지 정확히 듣지 못해서 오해했다고 해명해야 했다. "너는 제일 친한 친구들 중에 하나야." 케이트는 에이미를 안심시켰다. "우리 언니들은 너와 달리 엄청 짜증 나게 군다는 뜻이었어." 에이미가 정말 그렇다며 맞장구를 쳤고, 케이트는 집으로 돌아가는 내내 에이미의 큰 언니가 켈리인지 칼리인지 기억해내려고 애썼다.

2학년 가을에는 흥미로운 사건 두 가지가 동시에 일어났다. 그녀는 2군 축구팀을 만들었고 에디 말릭이 자기를 좋아한다는 소문을 들었다. 그 소식에 여자애들은 흥분했다. 3학년이고 미남인 데다 잘생긴 형이 둘이나 있다는 얘기를 들으니 왠지 에디가 더 멋져 보였다. 케이트가 그를 받아줘야 할지 말지는 논쟁할 가치도 없었다. 처음에 케이트는 3학년인 사라와 이름을 헷갈린 거라고 생각했다. 외모는 달랐지만, 모르는 사람들도 그들의 걸음걸이만 보면 자매라는 것을 알아챘기 때문이다. 얼마 후 에디가 말한 사람이 사라가 아니라 케이트라는 소식이 전해졌다. 여자애들은 매일 점심시간마다 식당 테이블에 머리를 맞대고 앉아 에디가 조 커밍스에게 케이트 글리슨이 예쁘다고 말했다거나 케이트를 아주 훌륭한 축구선수로 생각한다거나 데이트 신청을 하려고 한다는 등 자신이 전해 들은 내용을 상세히 보고했다.

"넌 어떻게 할 거야?" 그렇게 몇 주가 지난 어느 날, 친구들이 물었다.

"아무것도." 케이트가 말했다. "상황을 지켜봐야겠지."

에디는 스물다섯 살처럼 보이는 열여덟 살이었다. 그가 괜찮은 사람이라는 것 정도는 알고 있었지만, 길럼고등학교의 수많은 여학생 가운데 왜 하필이면 말 한 번 섞어본 적 없는 자신을 지목했는지 이해할 수 없었다. 사라도 그런 상황에 어리둥절해하는 것 같았다. 그녀는 케이트에게 그를 몇 번 만나본 결과 그렇게 똑똑하거나 멍청하지는 않은 것 같다고 말했다. 그는 아주 평범했다. 웃기지도 진지하지도 않았다. 잠시 신문반에서 활동하다 그만두었고, 졸업앨범반에 가입했다가 그만두었다는 얘기도 있었다. 사라는 여자애들이 그를 좋아했다고 인정했다. 하지만 그것은 그의 머리카락이 갈색인 것처럼 그에 관한 또 다른 사실일 뿐이었다.

어느 날 케이트는 팀 동료들과 연습을 마치고 나오다가 자신을 기다리고 있는 에디를 발견했다. 동료들이 뒤로 빠지면서 얼른 가보라고 재촉했지만, 케이트는 못 본 척 학교 뒤편으로 돌아가 여학생 라커룸을 통해 밖으로 빠져나갔다. 이튿날 아침 케이트는 사물함 옆에서 기다리는 에디와 마주쳤고, 그 모든 순간이 예전에 봤던 어떤 영화와 너무 흡사하게 느껴졌다.

"안녕." 그가 말했다.

"안녕." 그녀가 말했다.

그리고 점심시간쯤 두 사람이 사귄다는 소문이 전교에 퍼졌다.

에디는 차가 없었지만 데이트를 할 때 보통 엄마 차를 빌려왔다. 두 사람은 학교 친구들과 몇 번 영화를 보러 갔다. 상영시간 내내 어두운 뒷좌석에서 키스를 하며 서로를 더듬었기 때문에 어떤 영화를 봤는지는 중요하지 않았다. 애인이 없는 아이들은 그들을 향해 팝콘을 던졌다. 한번은 에디가 지갑을 가져오지 않아서 케이트를 태우자마자 다시 집으로 돌아가야 했다. 그녀는 밖에서 기다리려고 했지만 그가 말도 안 된다는 듯 쳐다보며 집으로 들어오라고 우겼다. "안녕하세요." 그녀가 주방으로 내려오는 말릭 부인을 보고 치마 단을 밑으로 잡아당기면서 말했다. "만나뵙게 돼서 반갑습니다. 저는 그냥……."

"편히 앉으렴." 말릭 부인이 말했다. "배고프지 않니? 너 프랜시스 글리슨의 딸이지?" 케이트는 고개를 끄덕였다. 말릭 부인은 불과 1년 반 전에 제퍼슨가에서 벌어진 일에 대해 속속들이 알고 있는 것 같았다. 그제야 에디도 그 일을 알고 있는지 궁금해졌다.

대부분의 경기 일정이 겹치는데도 그는 짬이 날 때마다 친구들을 데리고 케이트의 홈경기를 보러 와서 팀원들을 행복하게 했다. 어느 밤 그는 길럼 디너에서 저녁을 먹고 곧장 케이트를 집으로 데려다주는 대신 우체국 뒤에 있는 으슥한 곳으로 가서 그녀의 손을 자기 바지 안에 밀어 넣었다. 그리고 자신의 시범대로 손을 움직이는 그녀에게 속삭였다. "넌 너무 진지해." 보름달이 환하게 빛나는 밤, 그녀는 달빛 아래에서 그가 얼마나 잘생겼고 자신을 얼마나 좋아하는지를 확인했다. 하지만 가끔 그렇게 몇 시간을 같이 있다가 헤어지면 더 외로워졌다. 그가 손을 뻗어 머리끈을 잡아당기자 머리카락이 흘러내렸다. 그는 눈을 감고 숨을 들이마셨다.

그들은 딱 한 번 싸웠다. 진짜로 싸운 것은 아니고 몇 시간 동안 극도의 긴장 상태를 이어갔다. 그들은 파이스 온 피자에 있었고 머리 위에서 자이언츠 경기가 요란하게 중계되고 있었다. 에디는 빨대로 빈 컵을 계속 빨았다. 그는 컵에 든 얼음을 달가닥거리면서 그녀를 쳐다보다가 뜬금없이 피터와 8학년 말에 일어났던 사건에 대해 물었다. "너는 작년에 처음 학교에 들어왔을 때부터 유명 인사였어. 네가 사라와 내털리의 동생이고 너희 아버지가 총에 맞았다는 걸 모두 알고 있었거든. 걔가 너한테 정말 푹 빠졌었나 보다?" 에디가 팔꿈치를 테이블에 올려놓았다. "걔 엄마가 그렇게 미칠 정도면?"

케이트는 뭔가가 치밀어 오르는 것을 느꼈다. 그런 질문을 하고 그 일에 대해 아는 척을 한다는 게 설명할 수 없을 만큼 화가 났다.

그녀는 먹던 것을 내려놓고 접시를 옆으로 치웠다.

"학교에서 별 얘기를 다 들었지만 너한테 직접 물어봐야겠다고 생각했어."

"너희가 상관할 일이 아니야."

에디가 능글맞게 웃었다. "뭐, 그야 그렇지. 하지만 네가 사귀던 남자친구의 엄마가 너희 아빠를 쐈잖아. 그런 일은 쉽게 잊지 않아, 케이트. 너희 아빠 얼굴이 어떻게 됐는지 좀 봐. 뒷말이 없을 거라고 생각해?"

"우리 아빠에 대해 함부로 말하지 마." 그녀가 테이블에서 일어나며 말했다.

"무슨 말을 하든 내 마음이야." 그는 등을 기대고 앉아 팔짱을 꼈다. "왜 그러는 거야?"

"그리고 걔는 내 남자친구가 아니었어."

케이트는 피자가게를 나왔다. 그리고 센트럴 애비뉴로 꺾어 들어가 고개를 숙인 채 잰걸음으로 댄스 스튜디오와 담뱃가게, 소방서를 지나갔다.

에디가 그녀에게로 달려왔다. "그래, 알았어, 미안해. 신문에서 걔가 네 남자친구라고 그랬단 말이야."

그 사건이 신문에 났을 거라고는 전혀 생각하지 못했다. 케이트의 걸음이 빨라졌다. 엄마가 신문이 집에 오는 것을 막았거나 감췄을 것이다.

"걔는 제일 친한 친구였어."

"그럼⋯⋯."

"집에 가고 싶어."

"케이트, 잠깐만."

"난 걸어갈게. 먼저 가."

하지만 에디는 그럴 수 없었다. 여자를 데리고 나갔을 때는 그녀가 집에 들어가는 것까지 확인하라고 배웠기 때문이다. 그래서 그는 제퍼슨가에 도착할 때까지 몇 걸음 뒤에서 그녀를 따라갔다. 그런 후에 엄마 차를 가지러 시내로 돌아갔다.

집으로 돌아간 케이트는 사라에게 에디와 다시는 말하지 않을 거라고 했다. 엄마에게는 몸이 안 좋아서 일찍 자러 간다고 했다. 잠시 후 전화벨이 울리더니 엄마가 사라에게 동생이 깨어 있는지 확인해 보라고 했다. 케이트는 눈을 감고 이불을 머리끝까지 뒤집어쓴 채로 잠든 척했다. 이튿날 아침, 케이트는 부모님과 함께 일요 미사를 보러 갈 준비를 했다. 사라가 전날 밤에 미사를 다녀왔다고 했지만, 케이트는 언니가 그 시간에 잡화점에서 립스틱을 구경했다는 것을 알고 있었다. 현관문을 열자 매트 위에 에디가 보낸 국화 화분과 쪽지가 놓여 있었다. "누가 보낸 거지?" 아빠가 묻자 엄마가 팔꿈치로 그를 쿡 찔렀다. "존 말릭네 아들? 케이트보다 나이가 많지 않나?"

"화분은 어떻게 해요?" 케이트가 물었다.

"언제 저녁 식사에 초대하렴." 레나가 말했다.

"오, 그거 아주 좋겠네요." 사라가 말했다.

두 사람은 곧 화해했다. 그것이 가장 쉬운 방법이었기 때문이다. 폴 벤자민이 사라에게 연말 파티에 함께 가자고 요청했다. 케이트는 사라 커플과 한 테이블에 앉고 싶었지만 사라는 생각하기도 싫은 듯했다. 큰 테이블에 둘씩 나눠 앉는 것이 최선이었다. 댄스타임이 되자 사라는 담배를 피우러 나갔고, 케이트는 선생님들과 인솔자들이 지켜보는 무대에서 에디의 키스를 받았다. 에디는 그녀를 바짝 끌어당기고 보디스(드레스의 상체 부분-옮긴이)의 단단한 구조물을 꽉 움켜잡았다. 디스코 볼 불빛이 그의 얼굴과 빌려 입은 하얀 턱시도 셔츠, 그리고 그의 엄마가 케이트의 엄마에게 전화해서 드레스 색상을 물어보고 선택한 보라색 허리띠를 비추었다. 턱시도 재킷을 테이블에 벗어두고 나왔는데도 셔츠 뒤가 땀으로 흥건했다. 에디는 계속 뭘 마시겠냐고 물었고 케이트는 그가 긴장했다는 사실을 깨달았다. 그 순간 진실한 애정이 솟구쳤다. 댄스타임이 끝난 뒤 그는 같은 테이블에 있던 친구들을 먼저 내보냈다. 사라는 폴과 함께 체육관 밖으로 나가면서 별일 없는지 확인하려는 듯 어깨너머로 동생을 쳐다보았다. 케이트는 그녀에게 손을 흔들어주었다.

주차장에서 에디가 형이 사는 곳을 구경하겠느냐고 물었고, 케이트는 순순히 응했다. 그의 형은 대학을 졸업하고 차고를 직접 개조하여 자신만의 공간으로 사용하면서 매일 아침 시내로 통근했다. 그들을 학교에서 불과 두 블록 떨어져 있는 에디의 집까지 걸어가기로 했다. 케이트가 멍청한 구두 때문에 발이 아프다고 불평하자 그가 그녀를 업으며 외쳤다. "이랴." 그는 보행로를 질주했고, 그녀는 드레스를 바닥에 끌며 그의 엉덩이를 찰싹찰싹 때렸다.

집에 도착했을 때 그의 형은 없었고 케이트는 즉시 어떤 상황인지 파악했다. "형은 일요일까지 보스턴에 있을 거야." 에디가 무심코 말했다. "대학 친구들을 만나러 갔어." 안채는 깜깜했다. 그녀는 딸 가진 부모들만 자식을 기다리는 건지, 아니면 자신의 부모님만 유별나게 그러는 건지 궁금했다. 에디가 드레스 지퍼를 내리자 그녀는 생각했다. '좋아, 괜찮을 거야.' 그녀는 미리 준비해놓은 듯한 접이식 소파로 따라가면서 약간의 두려움을 느꼈다. 그녀는 새 속옷을 입고 배에 향수도 뿌렸다. 그렇게까지 준비를 해놓고 너무 놀란 척을 할 수는 없었다. "조심해라." 에디가 그녀를 데리러 왔을 때 엄마가 말했다. 낯선 차의 앞좌석에 또 다른 3학년 커플이 앉아 있었다. 엄마는 급히 말하려던 뭔가를 잊어버린 듯 케이트를 쳐다보았고, 이제 시간이 얼마 없었다. 케이트는 그곳에서 벌어지는 일에 대해 신경 쓰거나 반대하지는 않았지만 집이었다면 정말 행복했겠다고 생각했다. 에디가 일어나 앉아 완전히 집중한 얼굴로 형의 것으로 보이는 콘돔을 뜯는 동안, 그녀는 꿀을 넣은 따뜻한 차와 쿠키를 한가득 안고 소파에 나란히 앉은 사라, 밤 9시만 되면 전화를 걸어 식구들이 뭘 하고 있는지 물어보는 내털리를 생각했다. 그들은 잠시 스피커폰으로 바꿔서 집 안에서 나는 소리를 들려주고는 했다.

잠시 후 에디가 팔꿈치로 몸을 떠받친 채로 그녀를 살펴보며 아픈지 물었다. 그녀가 그렇다고 하자 얼마나 아픈지 물었다. 좋기도 해? 케이트는 그렇지 않지만 그렇다고 했다. 그는 학교 뒤에서 남자애들과 술을 마셨는데도 너무 멀쩡해 보였다.

"사랑해, 케이트." 그가 말했다.

"장난치지 마, 에디. 그만해." 그녀는 형제가 시트를 어떻게 할지 궁금했다. 여기에 세탁기나 건조기가 있을까, 아니면 에디가 몰래 집으로 가지고 들어갈까?

"진심이야." 그가 말했다. "진심이 아니면 사랑한다고 말하지 마. 하지만 너도 날 사랑하는 거 알아."

케이트가 일어나 그에게 키스했다.

케이트는 그날 일을 누구에게도 말하지 않았다. 사라와 내털리뿐 아니라 점심을 같이 먹는 친구들에게도 말하지 않았다. 사람들이 생각하는 것만큼 그렇게 중요한 일은 아닌 것 같았다. 일상에서 흔히 일어나는 일들과 다를 게 없었다. 가장 큰 변화는 에디가 집에 항상 들른다는 것과 미리 전화하지 않는다는 것이다. 초인종이 울리기 전에 유리창으로 그의 실루엣만 비쳐도 피곤해졌고, 어디에든 숨을 수 있도록 5분 전에 미리 알려주기를 바랐다. 크리스마스에 그는 귀걸이를 선물로 주었다. 그녀가 선물 상자를 열어보고 아직 귀를 뚫지 않았다는 말을 불쑥 내뱉지 않은 것만으로도 정말 다행이었다. 그가 선물을 줄 수도 있다는 얘기를 사라와 내털리에게서 듣고 축구에 관한 책도 미리 준비해두었다. 그가 가장 좋아하는 스포츠이기도 하고 서점 복도 끝에 진열되어 있는 것이 마침 눈에 띄었다.

"걔 좋아하니?" 어느 밤 프랜시스가 물었다. 마실 것과 리모컨을 양손에 들고 안락의자에 앉아 있는 아빠의 모습을 보니 잠시지만 막 퇴근하고 들어온 사람 같았다. 케이트는 얼마 전 부모님이 몇 달 후 복직하는 것에 대해 이야기하는 것을 우연히 엿들었다. 경찰서에서 아빠를 위해 사무직 자리를 마련해놓은 것 같았고, 그는 그것을 내근이라고 불렀다. 하지만 의안을 넣더라도 시력이 문제였다. 그는 연금을 받을 것이다. 근무시간 외에 부상을 당한 데다 장애등급을 최대한 높게 받으면 연금을 더 많이 탈 수 있었다. 가끔 남자 두세 명이 프랜시스를 만나러 왔는데, 차에서 내려 주위를 둘러보는 모습만 봐도 경찰이라는 것을 금방 알 수 있었다. 프랜시스가 TV를 음소거하고 몸을 돌려 케이트를 쳐다보았다.

"네, 괜찮은 사람이에요." 케이트가 말했다.

거실에 정적이 흘렀다. 레나는 부엌에서 빵에 넣을 바나나를 으깨며 녹화해둔 드라마를 보고 있었다.

"케이트." 프랜시스가 질책과 의문이 뒤섞인 한마디를 내뱉었다.

할머니가 돌아가셨다. 기침으로 시작된 독감이 폐렴으로 악화되었다. 그해 가을 실험실 파트너가 폐렴에 걸렸다가 일주일 만에 학교로 돌아왔기 때문에, 케이트는 할머니가 남은 음식을 랩에 싸서 차곡차곡 쌓아놓은 냉장고가 있는 작은 부엌으로 돌아가지 못할 거라고는 생각도 못 했다. 레나는 베이 리지에 가서 하룻밤을 묵으면서 유품 정리를 도우며 할아버지를 어떻게 할지 고민했다. 장례를 준비하고 그와 관련된 결정을 내리는 동안, 케이트의 부모님은 전과 달리 돈에 대해 직설적이고 솔직하게 얘기했다. 케이트는 처음으로 마호가니 관을 살 돈이 충분하지 않을까봐 걱정했다. 그들은 장례

음식을 준비하는 데 얼마나 들지, 차가운 샌드위치로 충분할지, 아니면 따뜻한 음식을 준비해야 할지, 바를 제대로 갖춰야 할지, 아니면 맥주와 와인만으로 충분할지에 대해 논의했다. 아버지가 창피해하지 않았으면 좋겠다는 레나의 말에 프랜시스가 한숨을 쉬었다. 카롤이 바텐더 일을 해서 번 돈으로 얼마나 보태줄 수 있을까? 나투시아는? "이제는 더 놀랄 일도 없겠어." 프랜시스가 식탁에 앉아 몇 번이고 계산해보면서 레나에게 말했다. 그러나 예상치 못한 일을 어떻게 막을 수 있겠는가? 케이트는 궁금했다. 발이 자라서 신발이 맞지 않는다고 했을 때 엄마가 지었던 표정이 떠올랐다.

케이트가 피터를 생각할 때와 생각하지 않을 때를 그래프로 그렸다면 경야(가까운 친척과 지인들이 초상집에서 함께 밤을 지새우는 일-옮긴이)와 장례를 치른 그 주는 7일 내내 정점이었을 것이다. 베이 리지는 뉴욕이라는 큰 도시의 일부에 불과했지만, 그녀는 피터가 장례미사를 보러 성당에 나타나는 모습을 끊임없이 상상했다. 신도석에서 돌아보면 성수대 뒤에 서 있을 것만 같았다. 그러나 장례식 날이되어 막상 돌아보니 성당 뒤쪽은 텅텅 비어 있었고 앞쪽은 엄마와외숙모, 외삼촌의 어릴 적 친구들이 대부분이었다. 장례식을 마치고케이트와 사라는 할머니 집에서 이틀 밤을 보내며 할아버지 곁을 지켰고, 레나와 나투시아는 할머니의 작은 부엌 식탁에서 서류 작업을마무리했다. 그녀는 혼자 있을 때마다―하루는 저녁으로 에그 크림을 먹으러 식당에 걸어갔고 다음 날에는 바닷가에 가서 다리와 새들을 봤다―그와 재회할 날을 그려보았다. 구름 덮인 어느 평범한 날그가 그녀의 곁을 지나쳐 갔다가 되돌아와 말할 것이다. "케이트?"

집으로 돌아갔을 때 에디가 현관에서 케이트를 기다리고 있었다. 그의 가족은 장례식장에 꽃을 보내줬다. 그는 엄마가 만들어준 가지 롤라티니를 들고서 레나를 끌어안았다. "안녕, 에디." 사라가 이렇게 말하고 곧장 현관문으로 갔다.

"내가 안 가서 화났어?" 다른 식구들이 충분히 멀어지자 그가 물었다. "난 가고 싶었는데 엄마가 차를 써야 했어. 버스랑 지하철을 타고 갔으면 몇 시간은 걸렸을 거야."

"어딜 간다는 거야?" 케이트가 물었다.

"장례식 말이야."

"아니, 당연히 화 안 났지. 어차피 나도 가족들이랑 있느라 정신없었어."

"다행이다." 그가 숨을 내쉬었다. "그거 알아? 나 홀리 크로스 대기자 명단에 들었어." 그가 주머니에서 편지를 꺼냈다. "누가 알아, 내가 합격할지. 어쩌면 너도 거기에 갈 수 있을 거야." 그가 그녀의 손을 잡고 차를 세워둔 곳으로 부드럽게 끌어당겼다. 그녀를 태워서 형의 집으로 가려는 것이 분명했다. 잭은 주말마다 집을 비우는 것 같았다.

"그래, 누가 알겠어." 케이트가 대답했다. 몇 주 만에 시원한 안도의 물결이 자신을 씻어 내리는 기분이었다. 몇 달 후에 그가 매사추세츠로 떠나고 나서 방학과 휴일 동안 연락을 끊으면 그대로 헤어질 수 있을 것 같았다.

"케이트." 방충망만 닫아놓은 현관에서 아빠의 목소리가 들려왔다. 케이트가 얼굴을 붉혔다. 그가 언제부터 거기에 서 있었는지 궁금했다. "엄마가 찾는다."

에디가 깜짝 놀라며 그녀의 손을 놓았다.

"가볼게." 케이트는 이렇게 말하고 아빠를 지나 곧장 집 안으로 들어갔다.

프랜시스가 그 자리에 우두커니 서 있자 에디도 어찌할 바를 몰라 가만히 서 있었다.

"정말 좋은 애예요." 에디가 마침내 입을 열었다. "케이트 말이에요. 저희는 그냥 얘기를 좀 하려고……."

"최고지." 프랜시스는 이렇게 말하고 뭔가를 기다리는 듯 그 자리에 서서 그를 쳐다보았다. "더할 나위 없는 애라고."

데이나가 자전거를 타고 지나가면서 벨을 울렸다.

"저 애는 많은 일을 겪었어." 프랜시스가 말했다. "그렇게 보이지 않겠지만 여전히 극복해나가는 중이야."

"네, 알아요." 에디가 살짝 조바심을 내며 말했다. 하고많은 사람들 중에 굳이 에디에게 할 말은 아니었다.

09

조지와 피터는 집 전화를 받지 않았다. 돈을 빌려달라는 사람들뿐이고 정말 급하면 직장으로 찾아올 것이라고 조지가 말했기 때문이다. 앤은 한 번도 전화하지 않았지만, 병원 사회복지사가 몇 달에 한 번씩 슬리퍼나 스웨터, 특정한 종류의 비누가 필요하다는—병원 비누를 사용하면 발진이 생겼다—메시지를 남겼다. 그들은 타지로 이사간 브라이언 대신 조지가 피터의 보호자 역할을 하고 있다는 사실을 더치 킬스에 알리기 위한 공식 서류를 작성하지 않았다. 그래서 부모의 서명이 필요할 때는 조지가 브라이언의 이름으로 서명했다. 조지가 어느 현장에 나가 있든 바로 연락할 수 있도록 학교 사무국장에게 현장사무소와 영업소 번호를 모두 알려주었다. 그들은 자동응답기를 일주일에 한 번 정도 들어보고 상대방이 말을 다 끝내기도 전에 메시지를 삭제했다. "어쩌고저쩌고." 조지가 응답기에 대고 투덜대며 서서는 도저히 못 듣겠다는 듯 전화기 옆에 있는 벽에 기댔다. 아주 가끔 브라이언이 메시지를 남겼다. 통화 음질이 좋지 않은 지역에서 전화하는 것처럼 응답기에 대고 못 가서 미안하다며 조만간 들르겠다고 고래고래 소리를 질렀다. 조지는 형의 메시지를 끝까지 재생한 뒤 무표정한 얼굴로 피터에게 다시 들을지, 아니면 저장할지 물었다. 피터가 지워도 괜찮다고 하면 조지가 삭제 버튼을 눌렀다. 메시지가 녹음된 시간은 늘 그가 학교에 있는 동안이었다. 그는 학교 가는 날에 집 전화를 받지 못한다는 것을 기억하지 못하는 아빠가 무심하다고 생각했다.

브라이언이 떠나고 1년쯤 지났을 때 자동응답기 테이프가 망가졌다. 어느 저녁 테이프가 엄청나게 빨리 되감기더니 툭 하고 부러지면서 스풀에서 튀어나왔다. "빌어먹을." 조지는 전부 뒤얽혀 엉망이 된 테이프를 쓰레기통에 집어던지며 말했다. 그는 며칠에 한 번씩 새 테이프를 사러 가야 한다고 말만 하고 정말 사 오지는 않았다. "연락 올 사람도 없잖아?" 그는 이렇게 말하고는 어깨를 으쓱했다.

3학년 가을, 대규모 초청 경기가 열릴 때마다 벨 코치는 대학 스카우터들을 가리켰다. 그들은 대부분 선수 출신의 깡마른 남자들이었고, 카키색 바지와 흰색 셔츠에 운동화를 신고 스톱워치와 노트를 들고서 군중과 조금 떨어진 곳에 서 있었다.

"헛바람을 넣으려는 게 아니야." 벨 코치가 한 경기를 마치고 말했다. "이번 시즌 성적이 아주 좋으니까 저 사람들도 널 알아볼 거야." 하지만 아무도 접근하지 않았고, 피터는 코치가 그들의 의중을 잘못 짚은 거라고 생각했다. 이듬해 봄에 피터는 8백 미터에서 개인 기록을 달성하며 바비 오보뇨를—그의 아버지는 올림픽 중거리 선수였고 바비는 그해 그 지역에서 가장 빠른 기록을 세웠다—이겼고, 얼마 지나지 않아 펜실베이니아에 있는 상위 리그 대학의 감독에게서 자필 편지를 받았다. 일주일 후에는 다른 코치가 편지와 더불어 대학에서 찾고자 하는 것과 운동과 학업에서 성취하고 싶은 것에 대해 묻는 설문지를 보냈다. 그리고 다시 일주일 후 편지를 보냈던 펜실베이니아의 코치가 예선전에서 자신을 소개하고 그의 경기에 깊은 인상을 받았다며 대학에 대해 생각해봤는지 물었다.

"부모님은 오셨니?" 코치가 피터의 어깨 너머에 있는 관중석을 흘긋 쳐다보며 물었다. 다른 아이들의 부모들이 멍하고 허기진 표정으로 서서 기껏해야 30초면 끝날 경기를 하루 종일 기다렸다.

"오늘은 못 오셨어요." 피터가 말했다. "하지만 대학에 관해서는 얘기하고 있어요." 바로 그 주에 진로상담사가 지원 전략을 짤 수 있도록 원하는 직업을 목록으로 만들어 오라고 했다. 그녀의 두 손이 복도에 전시된 안내책자 주위를 작은 새처럼 날아다니며 여기부터 저기까지 한 무더기를 꺼내어 안겨주었다.

시즌이 끝나고 여름이 오자마자 전화가 오기 시작했다. 첫 번째는 벨 코치였다. 그는 집에 스무 번은 전화를 했다며 나는 네 개인 자동응답기가 아니니 빌어먹을 자동응답기 좀 고치라고 말했다. 그해 여름 조지는 열일곱 살인 피터를 열여덟 살로 속여서 철공 견습생으로 넣어주었다. 피터는 7월 중순부터 연습을 시작할 거라는 코치의 말에 참가하려고 노력하겠지만 그 주에 어떤 작업을 하느냐에 따라 달라질 거라고 대답했다. 그는 시급 9달러 20센트를 받았는데 아르바이트를 하는 친구들과 비교했을 때 월등히 많은 액수였다. 그는 그 돈을 전부 조지에게 주기로 결심했다. 코치의 침묵이 길게 느껴졌다.

"좋아, 네 근무 시간에 맞춰서 연습 일정을 짜주마." 그가 마침내 말했다. "하지만 피터, 부탁할게. 절대 다치면 안 돼. 네가 지금 상황을 제대로 이해하고 있는지 모르겠다."

"어떤 상황인데요?" 피터가 물었다.

"너는 굉장히 좋은 대학에 가게 될 거야. 기대감을 높이고 싶지 않지만 이번 프로그램에 큰돈이 걸려 있어. 이것만 잘하면 시립대 등록금 정도만 낼 수도 있어."

"시립대는 얼만데요?"

"몰라. 3천 달러 정도?"

피터는 3천 달러를 9달러 20센트로 나눠보았다.

"맙소사. 사립대는요?"

"진로상담사가 이런 얘기 안 했니?"

"칼카라 선생님은 아빠만 찾아요." 그가 말했다. 벌써 여러 번 했던 얘기고 코치가 어느 정도 눈치를 챈 것 같아 말을 이어갔다. "올해는 삼촌이 학부모 상담에 가서 모두 삼촌이 아빠인 줄 알아요. 삼촌도 딱히 부인하지 않았고요. 감독님들이 질문서를 보내면 가족사항은 그냥 비워둬요. 뭘 적어야 할지 모르겠어요."

"그건 내가 알아서 하마." 코치가 말했다. "그런데 아버지는 어디 계시니? 어머니는…… 대화가 어려우신 거 알아. 하지만 아버지는 전에 봤던 것 같은데?"

"아마 1학년 때일 거예요."

"많이 바쁘시니?"

"한동안 다른 곳에 계실 거예요. 스카우터들도 삼촌이랑 얘기해야 해요."

현장에서는 그의 8백 미터 기록이나 훈련 일정에 대해 아무도 관심을 갖지 않았다. 그저 철재기둥 반대편 끝에 올라타라, 비켜라, 이걸 잡아라, 저걸 받쳐라, 커피 타 와라, 델리로 뛰어가서 김빠진 게토레이나 사 와라 하고 소리칠 뿐이었다. 그리고 너는 너무 말라서 강풍에 날아갈 수 있으니 너무 높이 올라가지 말라고 주의를 주었다. 그들은 너처럼 비쩍 마른 남자를 좋아하는 여자애들도 있느냐고 물었고, 누군가가 피터가 남학교에 다닌다는 사실을 상기시키면 그걸 가지고 야단법석을 떨었다. 현장에는 피터보다 겨우 한 살 위인데 풀타임으로 일하는 남자애들이 두 명 있었다. 그중 하나는 조지처럼 턱수염과 떡 벌어진 가슴을 가지고 있었다. 피터는 한 살 차이라는 것이 도무지 믿기지 않아 그를 몰래 훔쳐보고는 했다. 열여덟 살인 그들은 고등학교를 중퇴하고 가족(아빠와 삼촌)의 주선으로 일을 시작했다. 그들은 피터보다 두 배나 더 많이 벌었고 각자 중요한 뭔가를 위해 저축을 하고 있었다. 그들은 점심시간에 피터에게 대학에서 뭘 얻을 수 있다고 생각하는지, 대학만 가면 대저택에 살 수 있을 거라고 생각하는지 물었다. 그리고 피터가 무슨 대답을 하든 한심하다는 듯 서로를 쳐다보았다. 그들은 대학을 졸업해도 당장 자신들이 매년 벌어들이는 액수는 꿈도 못 꿀 거라며 하루 종일 사무실에 앉아 있어야 하는 데다 학업을 마치는 스물두 살까지 진짜 돈벌이는 기대할 수도 없다고 주장했다. "시간 낭비지." 그들은 이렇게 말하고 치킨 파마산 샌드위치를 게걸스럽게 먹으면서 저녁 계획을 세웠다. 그들은 각자 진지하게 만나는 여자 친구도 있었다. 몇 주 후 피터는 그들의 말이 정말 맞는지 곱씹기 시작했다.

동료들은 그가 조지의 조카라는 것을 알고 있었고 까칠해도 공정한 조지를 좋아했다. 그들이 퇴근 후에 조지를 밖으로 꾀어내려 했지만 그는 늘 거절했다. 그는 피터에게 더 이상 바에 갈 시간이 없다고 했다. 그리고 브렌다가 떠난 뒤에 뭔가를 깨달아서는 아니라고 덧붙였다.

"대학에 가는 건 바보 같은 짓일지도 몰라요." 어느 오후에 피터가 현장을 빠져나가기 위해 조지의 차에 올라타면서 말했다. "졸업하고 풀타임으로 일하다가 집을 구해서 나가면 삼촌을 귀찮게 하지 않을 수 있잖아요. 지미 말로는……."

조지가 현장을 미처 빠져나가기도 전에 급브레이크를 밟았고, 피터는 대시보드에 내동댕이쳐졌다. "지미 맥그리는 계산기로 2 더하기 2도 할 줄 몰라, 피터."

"저는 괜찮아 보이던데요. 쉐보레 카마로를 살 수 있을 만큼 돈을 모았다고 했어요."

조지가 그를 빤히 쳐다보았다. "그게 다 무슨 소용이야. 너도 카마로가 갖고 싶니?"

피터는 잠시 생각해보고 차에 별로 관심 없다는 것에 동의했다. 하지만 그건 차에 대해 생각해본 적이 없어서일 수도 있었다.

"그건 그렇다 치고, 존은 스태튼섬에 봐둔 집을 살 돈을 거의 다 모았대요. 여자 친구에게 청혼할 거라고 했어요."

조지가 한숨을 쉬었다. "존 살바토레는 대학에 가야 했어. 아직 늦지 않았으니 그랬으면 좋겠어. 그런 애들한테는 언제든 일자리를 줄 수 있어. 하지만 피터, 내가 널 여기에 데려온 걸 후회하게 만들지 마. 어쩌면 내가 네 나이 때 그랬던 것처럼 코니 아일랜드에서 퍼넬 케이크(반죽을 깔때기에 넣고 짜내어 튀기는 디저트-옮긴이)나 만들었어야 했나 보다."

조지가 다시 운전을 시작했다. "오해하지는 마. 이것도 훌륭한 직업이야. 조합도 괜찮고. 내가 만든 건물이 완성되어가는 걸 지켜보고 나중에 스카이라인에서 그 건물을 찾아내서 그걸 세우는 데 한몫했다고 생각하는 것도 의미 있지. 대학을 졸업한 후에도 이 일이 하고 싶다면 도와줄게."

"다시 돌아올 거면 대학을 뭐 하러 가요?"

"중요한 건 네가 거기서 교육을 받는다는 거야. 다른 사람들이 세상을 어떻게 바라보고 어떤 식으로 사고하는지를 살짝 맛보는 거지. 우리가 직업이라고 생각해본 적 없는 일을 하는 사람들도 만날 수 있을 거야. 내가 며칠 전에 뭘 봤는지 아니? 텔레비전 쇼에서 나오는 소리를 만드는 사람들에 관한 프로그램이었어. 문이 세게 닫히거나 뭔가가 쏟아지거나 어떤 남자가 다른 남자에게 주먹을 날리는 소리를 실감 나게 만드는 사람들이 있다는 거 알아?"

피터는 삼촌의 단호한 반응에 할 말을 잃고 조용히 듣기만 했다.

"게다가 너는 걔들이랑 달라, 피터. 걔들은 네가 자기들이랑 똑같은 줄 아는데 아니야. 나이가 비슷한 거 빼고는 지미 맥그리랑은 공통점이 전혀 없어. 하지만 존 살바토레는……." 조지가 잠시 말끝을 흐렸다. "내 자식이었으면 학교에 보냈을 거야."

"삼촌은 왜 대학에 안 갔어요?"

"난 멍청이였으니까."

"그렇지 않아요."

"그래, 아주 멍청한 건 아니었을 수 있어. 하지만 그렇게 될 수 있는 여러 조건에 부합했지. 아니면 정말 멍청했거나."

"저는 아빠를 닮은 걸까요?"

조지가 웃었다. "아빠가 네 나이였을 때는 지금과 달랐어. 넌 엄마를 닮았을 거야. 잘 모르지만 그렇게 어린 나이에 여기 와서 간호학교도 다니고 그랬던 걸 보면 꽤 똑똑했던 것 같아. 몬테피오레 병원에서 환자들을 많이 봤던 것 같긴 한데 아빠한테 물어보는 게 더 정확할 거야."

애기를 듣다 보니 사고가 확장되어 길럼의 이미지들을 끌어오기 시작했다. 가끔 피터는 조지의 접이식 소파에 누워 예전 침실이 얼마나 크고 파랬는지, 서랍장 위 선반에 책과 카드와 모형 장난감이 정말 있었는지와 같은 세세한 기억을 떠올려보았다. 그는 방문을 닫고 자신만의 공간에서 오롯이 혼자가 되는 느낌을 떠올려보았다. 지금은 조지가 밤에 볼링을 치러 가거나 '친구와 함께' 영화를 보러 갈 때만 혼자 있을 수 있었다. 피터는 길럼 집이 얼마나 적막했었는지 떠올렸다. 고요보다 더 깊은 적막이었다. 조지는 피터에게 혼자만의 시간을 주기 위해 매일 밤 10시쯤 침실로 들어가 뉴스를 봤다. 그럴 때면 피터는 케이트를 매일 만날 수 있고 아무 때고 침실 창문을 내다보면 그녀를 볼 수 있다는 것이 어떤 느낌인지 떠올려보려고 애썼다. 그녀의 뺨은 추위나 달리기 때문에 늘 홍조를 띠고 있었다. 그는 1, 2학년 때부터 틈만 나면 케이트를 생각했다. 눈을 감고 마음속으로 메시지를 보냈다. 육상대회에 나갈 때마다 다른 학교 여학생들을 훑어보며 비슷한 사람을 찾아봤지만 번번이 실패했다. 한동안은 전화기를 볼 때마다 전화를 해볼까 생각도 했지만 할 말도 없었고 혹시라도 자신을 미워할까봐 두려웠다. 하지만 시간이 지나면서 케이트 생각을 덜 하게 되었다. 최근 그녀에 대한 생각이 스쳤을 때는 그동안 그녀도 다른 사람들처럼 변했을 테니 다시 만나더라도 예전만큼 좋지 않을 수도 있다고 생각했다. 이제는 케이트도 낯선 사람이나 마찬가지라고 생각하니 두려움에 온몸이 떨렸다.

"제가 태어나기 전에 저희 부모님은 어땠어요?"

조지가 고개를 저었다. "나도 몰라. 어차피 다 고릿적 얘기니까. 네가 태어나기 2년쯤 전에 아이 하나가 사산됐어. 가끔 그 일을 잊곤 해. 당시에 나도 병원에 있었어. 형수는 의사의 권유로 이미 죽은 아이를 낳아야 했어. 그게 산모의 건강에 더 좋다고 그랬던 것 같아. 형수도 간호사였기 때문에 동의했지. 형수가 아기를 안고 있던 모습이 기억나. 하지만 너희 아빠는, 어림도 없었지. 병실 근처에도 가지 않았어. 나한테 전화해서 같이 기다리자고 하더니 출산이 끝나자마자 술을 마시자며 데리고 나갔어. 그 나이에 내가 뭘 알았겠니? 나는 야구 연습을 하다 병원에 갔을 거야. 내가 기억하는 건 그 정도야. 할머니는 아직도 그 일에 대해서 모르셔. 너희 엄마를 그렇게 좋아하지는 않으셨거든. 아무튼 형은 부츠에 작은 술병을 넣어 가지고 다녔어. 형은 형수가 죽은 아이를 얼마나 안고 싶어 하는지 이해하지 못했고, 형수는 형이 그걸 얼마나 피하고 싶어 하는지 이해하지 못했어. 나는 너무 어려서 그 후에도 오랫동안 그런 부분에 대해 생각하지 못했고, 그때 내가 겨우……." 조지가 나이를 역순으로 계산했다. "열네 살이었지, 아마? 맙소사, 지금 너보다 어렸어. 그때는 형이 한참이나 어른처럼 느껴졌었는데. 우리는 술병을 홀짝거리면서 그걸 숨기거나 하지도 않았어. 어른이 된 것 같았지."

차 안에 잠시 침묵이 흐르고 나서 그가 덧붙였다. "아이가 죽으면서 모든 게 악화한 건 사실이지만 그전에도 둘 사이는 좋지 않았어."

저 앞에 신호등이 보였다.

"아기에 대해 몰랐니?" 조지가 피터를 힐긋 쳐다보며 물었다. 그 사이 신호등이 노란색에 이어 빨간색으로 바뀌었다.

"네." 피터가 말했다. 그는 어릴 때 사진을 떠올리며 자신이 죽은 모습을 상상했다. 피부가 잿빛으로 변하면서 차가워졌다.

"그래서 결혼한 거예요?" 피터가 물었다.

"그 일이 아니었어도 결혼했을 거야. 지금 돌이켜보면 둘 다 제정신이 아니었거든."

고등학교를 다니면서 경기 일정과 과제 때문에 갈수록 더 힘들어졌지만 피터는 적어도 한 달에 두 번은 엄마를 만나러 가려고 노력했다. 그는 엄마를 만나도 함께 일하는 철공들이나 자신에게 연락하는 스카우터들 등 자신에 대해 어떤 얘기도 하지 않았다. 일종의 가수면 상태를 유도하는 새로운 약물 치료를 시작하면서 엄마는 어떤 말에도 관심을 보이지 않았다. 일요일 오후에 피터가 헤드폰을 목에 걸고 책가방을 걸친 채 복도로 걸어오는 모습을 보며 짜증을 내는 것이 전부였다.

"여기 왜 왔어?" 여름이 막바지에 다다른 어느 일요일에 앤이 물었다. 노동절 주말이었다. 피터는 가족면회실 의자에 앉아 열기를 뿜어내고 있었다. 그해 여름 그는 탄탄한 구릿빛 몸을 갖게 되었다. 현장에서 뭔가를 들어 올리는 일이 몸을 변화시킨 것 같았다. 황금빛 태양이 길게 자란 머리카락에 입을 맞추었다. 앤은 그와 똑같은 의자에 앉아 카디건으로 어깨를 단단히 감싸고 기둥을 휘감은 덩굴식물처럼 다리를 무릎과 발목에서 두 번 꼬았다. 돌아오는 화요일이면 피터는 3학년이 되었다. 그가 보드게임 중에서 질문지 상자를 꺼내왔지만 앤은 게임을 거부했다. 질문을 살펴보는 것만 좋아하지 직접 게임으로 하는 것은 좋아하지 않았다. 그녀는 실눈으로 면회실 구석만 쳐다보다 고개를 아예 돌려버렸다. "할 일 없니? 바쁘지 않아? 여기에 왜 왔냐고 물었잖아. 왜 대답 안 해?" 피터는 엄마가 자신을 사랑한다고 혼자 되뇌었다. 엄마는 가끔 두려울 때 그런 식으로 행동했다.

"보고 싶어서 왔죠."

앤은 돌아앉아 의자 쿠션에 뺨을 갖다 댔다. 그가 아니면 누가 보러 오겠는가? 한두 시간 짬을 내어 만나러 올 만큼 마음 써주는 사람이 세상에 단 한 명도 없다면 어떤 기분일까? 그는 엄마가 흥미를 느낄지도 모른다는 생각에 50분 동안 그곳에 앉아 질문지를 큰소리로 읽고 몇 초 후 카드를 뒤집어 답을 읽었다. 집에 돌아갈 시간이 되자 그녀는 창가에 서서 작별인사를 거부했다. "저 이제 가요." 그는 이렇게 말하고 반응을 기다렸다. 그는 그녀가 그런 식으로 행동해도 개의치 않았다. 두 손을 어떻게 해야 할지, 또 뭐라고 해야 할지 몰라 당혹스러웠다는 표현이 더 정확했다. 그는 그녀의 그런 행동이 자신과 무관하다는 것을 알고 있었지만, 그런 상황을 예상하지 못한 날에는 종종 그녀를 향한 동정심을 거두어 자신을 감쌌다. 이 모든 것이 반드시 겪어야 하는 일시적인 일처럼 느껴지다가도 가끔은 앞으로도 계속 이런 식일 것 같아 막막해졌다. 영영 오지 않을 변화를 기다리며 조용히 할 일이나 하면서 착한 아이로 살아야 할 것 같았다.

그날 오후 밖으로 나가려는데 병원 신분증을 패용한 여자가 그를 멈춰 세우더니 원무과장이라고 소개하면서 아빠가 데리러 오실 거냐고 물었다. 그가 기차를 탈 거라고 말하자 그녀는 병원장이 뭔가를 최대한 빨리 상의하고 싶어 한다는 메시지를 아빠에게 전해줄 수 있는지 물었다.

"통화를 해보려고 했는데……."

"네. 당연하죠. 제가 말씀드릴게요." 피터가 말했다. 마지막 대화가 언제였는지도 잘 기억나지 않았다. 조지가 창문에 에어컨을 달기 전이니까 여름이 시작되기 전이었다.

그날 밤 조지가 피자를 사러 나갔을 때 피터는 전화기와 가까운 서랍에서 작은 전화번호부를 꺼내 삼촌이 표시해둔 페이지들을 살펴보다 아빠의 이름과 사우스 캐롤라이나의 지역번호인 843이 포함된 전화번호를 발견했다. 전화를 걸었지만 신호음만 들렸다. 그는 전화를 끊었다가 다시 걸고 또 걸었다. 극심한 공포가 밀려들더니 곧이어 분노가 치밀어 올랐다. 그는 수화기를 받침대에 내려놓았다가 또다시 집어 들고 전화를 걸었다.

"무슨 일이야?" 기름 묻은 봉투 두 개를 들고 집으로 돌아온 조지가 물었다. 피터는 계속해서 수화기를 내려놨다 다시 집어 들었다.

"피터, 뭐 하는 거야?"

"아빠한테 해야 할 말이 있어요." 피터가 말했다. 아무리 이를 꽉 물어도 눈물이 멈추지 않자 그는 모든 분노를 자신에게로 돌렸다. "이 망할 놈의 응답기를 고쳐야 해요, 삼촌." 피터가 울어서 걸걸해진 목소리로 말했다. "아빠가 계속 전화했을 거예요. 저를 걱정했을 거라고요."

조지가 고개를 끄덕이며 봉투를 조리대 위에 내려놓았다. "맞아. 삼촌이 내일 고칠게, 알았지? 네 말이 맞아. 미안하다. 내가 너무 오래 미뤘어."

그리고 이튿날 아침 피터는 전화기와 응답기가 전부 분리되어 쓰레기통에 버려져 있는 것을 발견했다. 그는 등교 첫날을 위해 그 전주에 사놓은 바지와 버튼다운 셔츠를 꺼내 입고 책가방을 맸다. 조지에게 돈을 주고 싶었지만 그는 한사코 거절하면서 돈이 부족하면 얘기하겠다고 약속했다. 조지는 벌써 나가고 없었다. 피터는 학교에 가서 3학년을 담당할 선생님들을 만나고 새 사물함과 필요한 교과서도 받았다. 하지만 병원에서 아빠를 찾는 이유가 궁금해서 수업에 집중하기 힘들었다. 훈련 시간에는 코치가 몇 명이 토할 때까지 인터벌 달리기를 시켰다. 쉬는 동안 1학년생 두 명이 얼굴을 붉히며 다가와 봄에 열렸던 대회에서 그의 경기를 봤다고 말했다.

그날 오후 늦게 집에 들어가니 전화기가 있었던 자리에 새 전화기가 놓여 있었다. 최신 무선전화기가 새 차처럼 반짝거렸다. 조지는 음성메시지가 전화기 내부에 저장되기 때문에 테이프는 필요 없다고 설명해주었다. 그는 피터가 집에 올 때까지 기다렸다가 기억하기 쉬운 비밀번호를 직접 설정하게 했다. 피터는 그날의 긴장감이 서서히 빠져나가는 것을 느꼈다.

"저기." 조지가 머리를 긁적이고 한 발에서 다른 발로 체중을 옮기면서 말했다. "너희 아빠 말이야. 이사 갔어. 지금은 조지아에 있을 거야. 얼마 전에 통화를 하고 나서 새 번호를 받으면 너한테 말해줘야겠다고 생각했는데, 그 이후로 연락을 받지 못했어. 그 번호로는 연락이 안 될 거야."

"하지만 의사들이 아빠한테 연락해야 한댔어요. 무슨 얘기를 해야 한다고요."

"그래, 알아. 그래서 오늘 병원에 전화해봤더니 엄마를 북부에 있는 다른 병원으로 옮긴다는 얘기를 하려고 했대. 수용 공간이 부족한가봐."

"북부 어디요?"

"올버니."

"거기는 얼마나 먼데요?"

"두 시간 정도 걸려."

"기차도 다녀요?"

"그럴 거야. 하지만 네가 운전면허를 따서 내 차를 몰고 가면……."

"언제 옮긴대요?"

조지는 달래주려는 듯 피터에게 다가갔지만 어디를 어떻게 토닥여야 할지 몰라 우물쭈물했다.

"오늘 옮길 거야."

피터는 그 말이 자신을 돌풍처럼 휘감고 지나가는 것을 느꼈다. "엄마는 어제 알았어요. 자기가 옮겨질 거라는 걸 알았다고요."

"글쎄." 조지가 말했다.

피터가 계속 고개를 끄덕이다 몸이 떨리기 시작하자 스스로를 꽉 감싸 안았다.

"아빠가 이사한 걸 진즉에 말해줄 걸 그랬다. 그랬으면……."

"아빠는 신경 안 써요." 그렇게 말하고 나니 정말 그런 것 같았다. "다시 안 봐도 상관없어요."

조지가 고개를 끄덕이며 수긍했다. "그래, 이제 이해했어. 너희 아빠는 이기적인 행동을 한 거야. 나름의 사정이 있었겠지만 오로지 자신만을 위한 선택을 했어. 나 역시 이기적이었어. 너도 언젠가 이기적인 행동을 하게 될 거야. 하지만 너희 아빠는 너를 사랑해, 피터. 나는 알아. 네가 어렸을 때 형은 그렇게 자주 만나지도 않는 내게 전화해서 네가 얼마나 재미있는 행동을 했는지, 네가 얼마나 똑똑한지 얘기하고는 했어."

"아빠는 왜 엄마를 도와주지 않았어요? 아빠는 엄마한테 문제가 있다는 걸 알고 있었어요." 피터는 접이식 소파, 바닥에 잔뜩 쌓인 교과서, 옷장으로 사용하는 작은 건조대를 가리키며 말했다. "이 모든 걸 피할 수 있다는 걸 알고 있었다고요."

"글쎄, 무슨 일이 일어날지 알았다면 분명 조치를 취했을 거야. 하지만 형은 몰랐어. 너도 몰랐고, 심지어 너희 엄마도 몰랐지."

"아빠는 엄마가 총을 가져가는 걸 막을 수 있었어요. 푸드 킹 사건 이후로 아빠는 그걸 안 쓰는 냉장고 위에 있는 작은 캐비닛에 숨기기 시작했어요. 원래 총알은 다른 곳에 숨겼었는데 언제부터인가 그것도 그만뒀어요. 저처럼 엄마도 금방 알아차렸을 거예요. 그날 밤 몇 시간을 다투고 나서 아빠는 엄마가 캐비닛 쪽으로 의자를 밀고 가는 걸 봤어요. 그런데 어떻게 했는지 아세요? 그냥 돌아서서 2층으로 올라갔어요. 엄마가 뭘 할 거라고 생각했을까요? 아빠가 무책임하게 엄마를 총이 있는 부엌에 혼자 내버려두는 걸 보고 케이트네 집에 가서 911에 전화한 거예요. 집 전화를 쓰려면 엄마 옆을 지나가야 했기 때문에 어쩔 수 없었어요. 프랜시스 아저씨가 우리 집에 갈 거라고는 전혀 생각하지 못했어요."

누구에게도 하지 못한 얘기를 조지에게 털어놓으니 길럼 집이 생생하게 떠올랐다. 거실 구석에 있던 낡고 흐릿한 램프와 무더기로 쌓여 있던 보드게임, 침실 옷장 바닥에 나란히 놓여 있던 신발이 하나하나 기억났다. 뒷마당에서 케이트가 지켜보는 가운데 이 바위에서 저 바위로 뛰어 다녔던 것도 기억나고, 매디슨가의 버려진 그네 세트 위에서 무릎을 맞대고 앉아 그녀의 머리카락을 만졌을 때 느껴지던 온기도 생각났다.

"난 네가 경찰에 아빠는 밤새 2층에 있느라 엄마가 총을 가져간 걸 전혀 몰랐다고 말한 줄 알았어."

"그렇게 말했어요, 맞아요."

"아빠가 그러라고 시켰니?"

"아니요. 그냥 그렇게 해야 할 것 같았어요."

길에서 차량 도난 방지용 경보음이 울리더니 2초 후에 또다시 울렸다. 조지가 몸을 숙여 창문을 세게 닫았다.

"실은 말이야, 피터. 어른들도 애들처럼 자기가 무슨 짓을 하고 있는지 잘 몰라."

그해 10월, 강력한 훈련프로그램을 갖춘 학교 네 곳에서 피터의 방문을 공식적으로 요청했다. 교육 수준도 높은 좋은 학교들이었다. 벨 코치는 이번 방문을 통해 학교의 시설과 프로그램을 확인하고 감독들과 솔직한 대화를 나눌 수 있을 거라고 설명했다. 하지만 피터는 대학에서 뭘 확인해야 할지 몰라 일정 내내 유치원생처럼 벨 코치만 졸졸 따라다녔다. 벨 코치가 코치진 앞에서 물어보기 힘든 질문을 편하게 할 수 있도록 선수들끼리만 있을 수 있는 자리를 마련해줬지만, 피터는 어른들이 저만큼 멀리 떨어져 있는데도 무슨 말을 해야 할지 몰라 망설였다.

"등록금은 얼마나 될까요?" 피터는 학교를 방문하고 돌아올 때마다 물었다. 벨 코치도 잘 모르는지 상황을 지켜봐야겠지만 등록금의 절반 정도는 지원받을 수 있을 거라고 했다. 겨우 절반이요? 피터는 이렇게 말하고 싶었지만 자신은 운이 좋은 편이라는 것을 알고 있었기 때문에 입을 다물었다.

핼러윈 직후에 3부 리그에 속한 뉴저지의 작은 대학에서 연락이 왔다. 체육특기자 장학금도 없는 학교였다. 하지만 그 학교의 코치는 피터의 SAT 점수와 AP 과목 이수 현황, 학급 석차뿐 아니라 1천 5백 미터, 8백 미터, 4백 미터 기록까지 꿰고 있었다. 그 학교는 성적과 형편에 따라 등록금뿐 아니라 방값과 식비를 충당할 수 있는 지원금과 장학금을 제공했다. 게다가 코치는 그가 용돈을 벌 수 있도록 타 지역 대회에 참가할 때 시간 조율이 가능하고 학업과 병행할 수 있는 괜찮은 일자리를 마련해주겠다고 말했다. 그는 부모의 도움을 받고 있지 않았기 때문에 더 많은 지원을 받을 수 있었다. 그가 할 일은 엄청난 양의 서류를 작성하는 것뿐이었다.

엘리어트대학은 학업적인 측면에서 최상위권이 아니었고, 당시 그는 이미 다트머스대학을 염두에 두고 몇 달째 그 학교의 안내책자를 역사책 안에 넣어 가지고 다녔다. 그는 여러 과목 중에 우여곡절이 있는 길고 흥미로운 이야기가 담긴 역사를 가장 좋아했고, 다른 학생들이 시험 직전까지 벼락치기를 하고 있을 때 안내책자를 펼쳐놓고 사진을 구경했다. 칼카라 선생님은 다트머스대학도 불가능하지 않다고 장담하며, 벨 코치가 그쪽 코치와 벌써 상의를 했고 부분 성적장학금과 형편에 따른 지원금을 받을 수 있는 자격도 충분하다고 말했다. 전액지원은 아니지만 나머지 금액은 학자금 대출로 충당하면 되었다. 피터가 엘리어트대학에 대해 말하자 칼카라 선생님은 실망한 기색을 드러냈다.

"다트머스에 새 총장이 들어왔대." 얼마 후 칼카라 선생님이 말했다. "경쟁력을 강화하려고 노력한다니까 너 같은 아이들에게 지원을 아끼지 않을 거야."

빚 없이 학교를 다닐 수 있는 기회를 제안하는 학교는 한 곳뿐이었다. 몇 주가 지났는데도 그가 아무런 반응을 보이지 않자 엘리어트대학은 생활비까지 지원하겠다고 나섰다.

어느 밤 피터가 이런 상황을 조지에게 설명했다. "뭐라고?" 조지가 이렇게 말하며 나이프와 포크를 내려놓았다. 조지는 데이트 상대와 7시 15분 영화를 보러 가기 위해 퇴근하자마자 집으로 돌아와 샤워를 하고 델리에서 사온 라자냐를 데웠다. 피터는 집에 혼자 있을 시간을 기다리고 있었다. 조지가 셔츠 단추를 채우며 멋진 여자라고 말했다. 하지만 응급구조사라서 화요일과 수요일 밤에만 만날 수 있었다. 피터는 그가 샤워를 하고 옷을 입는 동안 주변을 기웃거리며 뭔가를 말하려고 했지만, 조지는 너무 서두르느라 정신이 없는 상태였다. 마침내 식탁에 마주앉았을 때 피터가 다시 한번 말을 꺼낸 거였다.

"누가 전액장학금을 제안했다는 얘기를 이제야 하는 거야?"

피터가 어깨를 으쓱했다. "정말 죄송한데 하루만 쉴 수 있어요? 어른이 함께 왔으면 하더라고요. 벨 코치님이 갈 수도 있지만 3부 리그 학교라 눈치 보일 것 같아서요. 저는 학교에서 준비해주는 기숙사에서 육상팀 선수랑 자면 돼요. 제가 여름에 번 돈을 드릴 테니 삼촌은 호텔에서 주무세요."

"피터, 호텔 숙박비는 내가 알아서 할게. 맙소사, 넌 걱정이 너무 많아. 알고 있니? 그러니까 네가 그렇게 잘한다는 거지? 네 경기를 한번 봤어야 했나 보다. SAT는 언제 본 거야?"

이틀 후 더치 킬스의 학생들이 교실로 떠밀려 들어가는 동안 피터는 조지의 15년 된 포드 피에스타를 타고 뉴저지로 출발했다. 고속도로를 달리는 내내 오일이 샜다. 조지는 이번에 장만한 새 옷을 입고, 맥도널드에 가서는 냅킨을 깃에다 밀어 넣고 무릎에도 펼쳐놓으며 유난을 떨었다. 피터가 등교할 때 입는 칼라셔츠를 입자 대학생처럼 보이도록 그 위에 스웨터를 입으면 안 되냐고 묻기도 했다. 두 시간 반 후 그들은 숲이 우거진 긴 도로에 접어들었고 그 끝에 엘리어트대학 입구가 표시된 철문이 있었다.

조지와 피터가 주차장을 지나 입학처로 들어가니 젊은 여직원이 그들을 안으로 안내해주고 과일과 쿠키를 내왔다. "고마워요, 아가씨." 조지가 말했다. 그녀가 중요한 입학 조건들에 대해 설명해주었는데, 그중 일부는 AP 점수 덕에 무사통과했다. 피터가 미안한 듯 조지를 힐끔 쳐다보았지만 웬걸, 그는 그녀의 설명에 완전히 빠져들어 조금도 지루해하지 않았다. 여직원이 설명을 마치고 중거리 코치가 기다리고 있는 육상트랙으로 그들을 안내했다.

"조지 스탠호프입니다." 조지가 이렇게 말하며 악수를 청하고 곧장 뒤로 물러났다. "보셔서 알겠지만 제가 육상에 대해 잘 몰라서요." 코치가 두 사람을 사무실로 데려가려 했지만 조지는 손을 내저었다. "저는 주변을 둘러볼게요." 그가 말했다. "두 분이 들어가세요. 피터, 내일 보자." 조지는 두 사람이 멀어지는 동안 축구팀 명판을 읽었다. 그러다 그들이 체육관으로 사라지자마자 경비원에게 다가가 이런저런 대화를 하면서 몇 가지 질문을 했다. 여기 아이들이 대체로 괜찮아 보입니까? 평범한 집안 아이들도 있습니까, 아니면 전부 부잣집 아이들입니까? 경비원은 괴짜가 많기는 해도 대부분 충분히 괜찮은 아이들이라고 말했다. 그리고 개인적으로는 모든 대학이 적정한 임금을 준다며 자랑하지만 다 거기서 거기기 때문에 기회가 되면 바다가 가까운 톰스 리버에서 일자리를 구할 거라고 말했다.

"어땠어?" 이튿날 아침 조지가 차에 올라타는 피터에게 물었다. 조지는 조금 일찍 경기장에 차를 세워놓고 피터가 그보다 조금 더 성숙해 보이는 아이들과 같이 원을 그리고 서서 스트레칭하는 모습을 지켜보았다. 그들은 11월의 차가운 공기 속에서 재잘거리며 땀에 젖은 옷을 벗고 가방에 있는 새 옷으로 갈아입었다. 피터는 석고처럼 하얬지만 셔츠를 입고 있을 때보다 더 다부져 보였다. 마침내 피터가 둥글게 선 무리에서 빠져나와 운동복 바지와 낡은 터틀넥, 잘 익은 사과처럼 붉어진 뺨까지 평소와 똑같은 모습으로 조지의 차를 향해 달려왔다. 조지는 새삼 그의 고교 시절이 즐거웠는지 궁금했다. 모든 것이 너무 빨리 지나가버렸다. 피터는 늦게 들어오거나 술에 취해 들어오거나 여자애를 데려온 적이 한 번도 없었다. 요즘 애들은 담배도 안 피우나? 땡땡이는 안 치나? 피터는 접시를 쓰고 나면 늘 씻어놓았고, 화장실 휴지가 떨어지면 가게에 가서 사 왔다. 가끔 더러운 옷이 가득 쌓여 참기 힘든 악취를 풍길 때까지 내버려두었지만, 예전에 한 번 그걸 가지고 놀렸다가 너무 당황스러워해서 굉장히 미안했던 적이 있었다. 그날 피터는 오래전부터 벼르던 일이라면서 끈 달린 세탁물 자루와 책을 가지고 빨래방에 갔다. 처음 그 집에 들어왔을 때는 빨래에 대해 아무것도 몰랐지만 조지와 빨래

방에서 만난 여자들에게 배워서 이제는 1950년대 가정주부처럼 능숙하게 세제를 넣고 헹구고 다림질하고 갤 수 있었다. 조지는 피터가 아직도 자신을 그 집의 손님처럼 느끼는지, 아니면 주인처럼 느끼는지 궁금했다. 그는 포스터나 사진을 붙여도 되냐고 물어본 적도 없었다. 혹시 모르니 먼저 괜찮다고 말해줄 걸 그랬다는 생각이 들었다.

"재미있었어요." 피터가 뒷좌석에 가방을 던지며 말했다. 그는 2학년 선수들과 함께 방을 썼는데, 이전에 방문했던 학교들과 마찬가지로 학생들이 자신을 위해 살짝 연기를 한다는 인상을 받았다. 한동안 그들은 작년에 모두 취해서 머리를 빡빡 밀었던 일에 대해 얘기했다. 그리고 피터에게 최고 기록과 지역 예선에서 몇 위를 했는지 물었다. 그들은 그의 기록을 듣고 잠잠해졌다. 그러다 한 학생이 도대체 왜 엘리어트에서 뛰려고 하는 거냐고 물었다.

"그런데." 피터는 차량 행렬로 들어서는 조지에게 말했다. "전 뉴욕에 있어야 할 것 같아요. 하룻밤은 재미있지만, 대학에 가기 전에 1, 2년 정도 쉴까 생각 중이에요. 재정적인 문제도 해결하고요."

벨 코치와 칼카라 선생님을 비롯해 아직 누구에게도 말하지 않았지만 그는 1, 2년 정도 철공들과 함께 일하면서 저축하면 대출을 많이 받지 않고도 명문대에 진학할 수 있을 거라고 생각했다.

조지는 오랫동안 아무 말도 하지 않았다. 피터가 엄마 때문에 그런 결정을 내린 건 아닌지 궁금했다. 북부로 옮겨간 후로 그는 엄마를 만나지 못했다. 앤은 그를 만나고 싶어 하지 않았다. 그녀가 그런 뜻을 공식적으로 밝히고 아들의 이름을 방문자 목록에 넣는 것을 거부했다는 사실을 피터는 모르고 있었다. 사실 그녀는 방문자 목록에 누구도 포함시키지 않았다. 조지는 그 사실을 지금 당장 피터에게 말해야 할지, 아니면 그가 방문계획을 세울 때까지 기다려야 할지 고민이었다. 그러고 나서 병원에 가지 말라고 설득해야 할지, 아니면 병원에 데려가서 거부당할 때 옆에 있어줄지도 고민이었다. 수도권 정신의학센터는 더 엄격한 프로토콜을 가지고 웨스트 체스터 병원보다 훨씬 더 감옥처럼 운영되었다. 엄마를 만나지는 못해도 같은 주에 사는 것만으로 위안을 얻을 수 있다. 삼촌이 외로울까봐 걱정하는 건 아닌지 궁금했다. 조지는 피터의 입장에서 그의 결정을 이해해보려고 애썼다. 피터와 같은 경험을 했던 아이에게는 한곳에 머무는 것이 더 중요할 수도 있다. 누가 알겠는가? 열여덟 살 소년이라면 오직 앞만 볼 뿐 결코 돌아보지 않는다. 그러다 형을 떠올리자 몸 안에 분노가 자리 잡았다. 그는 브라이언이 이 정도로 이기적일 수 있는 사람이라는 증거를 찾기 위해 지난 몇 년의 기억을 더듬어보았다. 아이가 아빠를 가장 많이 필요로 할 시기에 그는 골프장 사진을 보고는 훌쩍 떠나버렸다.

그들 뒤로 뉴저지 중부의 옥수수밭과 복숭아 과수원이 펼쳐졌다. 피터는 어차피 답을 기대하지 않았다는 듯 주먹에 턱을 괴고 창밖을 응시했다.

지방도로를 지나 공원도로에 진입했을 무렵 조지가 말했다. "피터, 나는 네 아빠가 아니야. 나도 알아. 하지만 내 짧은 소견으로, 이런 기회를 잡지 않는다면 너는 정말 멍청한 거야." 조지는 대학에 대해 걱정하기 시작했고, 일단 3학년 말까지는 아무것도 결정 나지 않을 거라고 믿었다. 이제 겨우 가을이었다. 그는 최선을 다해 돕겠다고 말해주고 싶었지만 퇴직수당을 담당하는 조합 회계사에게 슬쩍 조언을 구해보니 현실적으로 줄 수 있는 도움은 대출서류에 공동 서명을 하는 것뿐이었다. 조지는 자신의 신용등급으로는 그것도 불가능할 거라는 사실을 알고 있었다. 그는 수년 전에 했어야 할 일들을 최근에 조금씩 하면서 신용등급을 회복해왔다. 진즉에 그랬으면 브렌다도 떠나지 않았을 것이다. 하지만 피터를 돕기에는 역부족이었다.

피터는 두 뺨으로 피가 쏠리는 것을 느꼈다.

"네?"

"너 다른 사람들이 말하는 것처럼 똑똑한 녀석이냐? 아니면 멍청한 놈이냐?"

"진심으로 물어보시는 거예요?"

"어느 쪽이야?"

"똑똑한 쪽일걸요?"

"그래, 맞아. 이제 신께서 주신 좋은 머리를 좀 굴려봐."

10

파티를 하기로 결정한 사람은 프랜시스였다. 일주일 만에 추위가 가시고 더위가 시작되자 그들은 매년 그랬던 것처럼 계절 변화가 얼마나 심해졌는지에 대해 이야기했다. 그가 파티를 열기로 결심한 날 그들은 바깥 공기가 들어오게끔 창문을 열어놓고 잠을 잤다. 케이트는 월요일에 맨투맨을 입고 학교에 갔고 금요일에는 신발 끈만큼 좁은 끈이 달린 얇은 상의를 입었다. 프랜시스는 케이트에게 셔츠 안에 입는 옷이냐고 물으면서 자꾸만 브래지어라는 단어를 떠올렸고, 케이트는 재미있어하며 활짝 웃었다.

"이건 탱크톱이에요, 아빠." 그녀가 말했다. "괜찮아요."

"그것만 입으면 안 될 것 같은데." 프랜시스의 말에도 그녀는 여전히 웃기만 했다. 내털리와 사라 때는 너무 바빠서 이런 것들을 알아차리지 못했다. 여닫이문 저편에 있는 삶에서는 달리고 달리고 또 달리기만 했었다. 샤워하고 면도하고 커피 한 잔 마시고 꽉 막힌 도로를 지나 서류를 작성하고, 이 회의에서 저 회의로 옮겨 다니고 주

차할 곳을 찾고 전화로 언쟁을 하고, 차를 몰고 범인을 찾거나 체포하러 나갔다가 차를 몰고 커피포트로 돌아오는 일상을 끝없이 반복했다. 지금의 삶은 대체로 고요했다. 아침이면 새가 퍼덕거리며 날아가고 쓰레기차가 덜커덩거리며 동네를 돌고 핼러윈 전에 심어놓은 튤립 구근의 초록색 잎사귀가 단단한 땅을 밀고 나와 한 줄로 늘어섰다.

명목상으로는 케이트의 졸업을 기념하는 파티였지만, 사실 그것은 레나를 위한 제안이었다. "당신이?" 레나가 말했다. "프랜시스 글리슨이 파티를 제안하는 거야?" 그녀는 마치 달에서 걷자는 말을 듣기라도 한 것처럼 깜짝 놀랐고, 그는 그동안 자신이 생각보다 더 까칠하게 굴었던 것은 아닌지 돌아보았다. 그는 세 딸의 친구들과 제퍼슨가에 사는 사람들, 성 바르톨롬메오를 통해 알게 된 사람들, 그리고 케이트가 3학년에 올라가면서부터 레나가 풀타임으로 일하는 작은 지역 보험 회사 사람들까지 전부 초대하자고 말했다. 날씨가 너무 걱정되면 천막을 치면 되었다. 집이 미어터지도록 많은 사람을 초대하는 것만으로도 충분히 재미있을 것이다. 케이트를 대학에 보내면 좋든 싫든 새로운 시대를 맞이하게 될 것이다. 프랜시스는 이번 파티를 통해 최근 몇 년 동안 사람들이 나눠준 음식과 도움과 기원에 깊은 감사 인사를 전할 거라고 말했다.

레나가 습관적으로 그를 살피며 말했다. "감사 인사야 수시로 했지." 그녀는 전처럼 자주 괜찮은지 묻지는 않았지만 말 끝에 늘 여운이 남아 있었다. "파티는 너무 좋지만 당신 정말 괜찮겠어? 돈이 많이 들 텐데."

"괜찮아. 전부 초대하자."

그들은 사고 후 2년째 잠자리를 하지 않았다. 사실은 그가 다치기 2년 전부터 그랬다. 집에 있는 시간이 길어지면서 그는 이런 일이 주간 토크쇼에서 비극의 소재로 쓰인다는 것을 알게 되었다. 하지만 얘기를 꺼낼 방법을 찾을 수 없었다. 저녁을 먹거나 뉴스를 보던 중에 무심코 내뱉었다가는 상황이 더 악화할 것이다. 어쨌든 그 얘기를 꺼낼 적절한 시기는 이미 지났다. 한번은 그가 의자에서 일어나 소파로 가서 그녀가 읽고 있던 책을 뺏었다. 예전에는 그것만으로도 충분했었다. 하지만 그녀는 당황하며 그를 올려다보았다. 그리고 책을 돌려달라는 듯 손을 내밀며 물었다. "괜찮아?" 그는 말없이 책을 돌려주었다. 2년은 한 번에 돌아보기에는 당황스러울 만큼 긴 시간이었지만, 하루가 지나가고 한 주가 지나가고 또 한 달이 지나가고, 그렇게 시간이 쌓이면서 그들도 그런 일상에 익숙해졌다. 그는 이런 것들에 집착하던 사람이 아니었다. 이전에는 섹스에 빠져서 며칠씩 할 때도 있었다. 일주일 내내 하지 않을 때도 있었지만 늘 서로에게 돌아갈 방법을 찾았기 때문에 문제가 되지 않았다. 마지막은 그날 아침이었다. 두 사람은 침실에 있었고 딸들은 학교에 가고 없었다. 프랜시스는 침대 가장자리에 앉아 있었고 레나는 발밑에 앉아 있었다. 2년 전만 해도 몸을 숙일 때마다 어지러워서 양말 신는 것도 혼자 하지 못했다. 의사들은 뇌의 일부가 회복되지 않아서라기보다 약 때문일 거라고 했다. 그녀가 균형을 잡기 위해 그의 허벅지에 손을 올려놓았고, 그는 그녀를 일으켜 세워 가까이 끌어당겼다. 그리고 한 손은 따뜻한 목에, 다른 한 손은 치마와 스웨터 사이로 드러난 피부에 갖다 댔다. 맨살이 닿아 있는 시간이 길어질수록 과거의 삶이 더 많이 떠올라서 잠시나마 그때로 돌아갈 수 있을 것 같았다. 그는 그녀가 향수를 느끼도록 내버려두고 있다는 걸 알았지만 신경 쓰지 않았다. 그녀는 예전처럼 그에게 키스하거나 그의 얼굴을 만지지 않았다. 그저 치마 밑으로 손을 넣어 속옷을 내리고 신중하고 조심스럽게 앞으로 기어가 무릎 위에 앉았다. 그는 겁내지 말라고 말했지만 자신을 보살피고 걱정하는 것에 너무 익숙해진 그녀를 보면서 딸들이 어릴 때 바닥을 치워주고 계단을 쫓아다니며 하루를 보내던 모습을 떠올렸다.

그는 사고 이후로 그녀의 벗은 몸을 보지 못했다. 그녀는 욕실에서 옷을 갈아입기 시작했다. 선선했던 몇 달 동안은 격자무늬 잠옷으로 온몸을 꽁꽁 싸매고 깨끗이 씻은 얼굴로 침대에 누웠다. 여름에는 무릎까지 내려오는 티셔츠를 입었다. 그리고 전보다 더 사려 깊어져서 그가 잠들 것 같으면 독서용 조명을 찾지도 않았다.

그때 그 한 번이 마지막이었다. 그가 절정에 이르자 그녀가 몸을 숙여 이마를 맞댔다. 그녀는 계속하라고 재촉하지 않았고, 그는 그것이 오직 자신만을 위한 행위였음을 깨달았다. "레나, 내 사랑." 그가 울고 있는 그녀의 손을 잡으려 했지만 그녀는 곧장 일어나 속옷을 입고 욕실로 들어갔다. 그리고 몇 분 동안 물을 틀어놓고 있다가 아래층으로 내려갔다.

그 후로 그는 둘 사이에 뭔가가 다시 확 타오르기를 기다렸고, 가끔 그녀가 부엌 라디오에서 흘러나오는 음악에 맞춰 엉덩이를 까닥거리거나 누군가와 통화하면서 전화선을 손가락으로 꼬는 모습을 보고 있으면 가슴에서 갈망이 꽃처럼 만개했다. 모두가 그를 행운아라고 불렀고 그 역시 그들이 틀리지 않았음을 알고 있었다. 그녀는 총성이 울린 순간부터 그를 보살펴왔고 그의 곁을 한시도 떠나지 않았다. 처음 몇 주 동안 그가 걷지 못할 때도 혈전이 생길까봐 항상 팔다리를 주물러주었다. 그녀는 밥을 먹여주고 체온을 따뜻하게 유지해주고 입술에 바셀린을 발라주고 링거와 상처 부위를 확인하고, 간호사나 의사의 말이 마음에 들지 않으면 다른 의료진을 불러달라고 요청했다. "당신은 괜찮을 거야." 그녀는 몇 번이고 반복해서 말했고, 그 덕에 그는 단 한 번도 회복을 의심하지 않을 수 있었다. 하지만 두 사람은 환자와 보호자의 역할에 너무 익숙해져 있었다. 그전처럼 그가 계단을 오르내릴 때마다 사색이 되지는 않았지만 그녀는 그를 세 딸이나 대출금과 비슷한 걱정거리로 여겼다.

일상을 되찾기까지 꼬박 4년이 걸렸다. 그제야 그는 한쪽 눈을 실명하고 얼굴 근육 일부가 마비된 채로 출발점 근처에 도달했다. 한쪽 몸이 다른 쪽 몸보다 더 빨리 피로해졌다. 지극히 평범한 코감기도 늘 감염병처럼 느껴졌다. 그런 와중에도 그는 예전에 했던 잡다한 일들을 하기 시작했다. 잔디를 깎고 나무와 관목을 다듬고 죽은 곁가지를 연석에 끌어다 놓았다. 땀 흘려 일하다 보면 이마에 흐르는 땀방울이 왼쪽 얼굴과 오른쪽 얼굴에서 완전히 다르게 느껴졌다. 눈이 오면 눈을 치우고 봄과 가을에는 잔디 씨를 뿌렸으며 몇 년 전부터 새던 지하실 파이프도 납땜을 해서 고쳤다. 그가 크리스마스 조명을 달려고 지붕에 올라가자, 레나는 사다리를 붙잡고 거기에 올라가면 안 된다, 그렇게 중요한 일이 아니다, 어지러우면 어떻게 하느냐, 당장 내려오면 좋겠다며 계속 잔소리를 해댔다. 그러나 그는 아무 문제 없이 모든 일을 해냈다.

하지만 두 사람은 여전히 서로에게 돌아갈 수 있는 길을 찾지 못했다. 퇴원 후 그녀는 잠결에 그에게 굴러가거나 예전처럼 그의 가슴에 슬며시 손을 얹지 않았다. 그런 생각에 너무 깊이 빠져 있을 때면 그는 어린아이가 된 것 같았다. "안아줘!" 케이트가 어릴 때 레나에게 이렇게 소리친 적이 있었다. 어느 집의 저먼 셰퍼드가 목줄도 없이 주변에 있는 아이들을 쫓아다니며 입마개가 씌워진 입으로 발뒤꿈치를 물려고 안간힘을 쓰고 있었다. 겁에 질린 케이트가 집 안으로 뛰어 들어왔다. "안아줘!" 케이트가 작은 두 팔을 벌리며 말했고, 레나는 웃으며 아이를 꽉 안아주었다.

가끔 어떤 일이 일어나는지 보려고 경계선을 넘어보기도 했지만 상황은 더 어려워지기만 했다. 며칠 전 그는 어둠 속에서 베개 밖으로 늘어뜨려져 있는 그녀의 머리카락을 손끝으로 속삭이듯 가볍게 더듬었다. 그녀가 움직이지만 않았어도 더 과감한 뭔가를 시도했을지 모른다. "미안." 그녀가 이렇게 말하더니 등을 돌리고 머리카락을 휙 넘겼다. 그리고 어깨 너머로 물었다. "괜찮아?"

얼마 후 케이트가 떠나면 집은 다시 부부만의 공간이 될 것이다. 믿기 힘들 만큼 순식간에 일어난 일이었다. 20년 동안 다른 이웃들처럼 증축을 해볼까 고민도 했지만 그럴 필요가 없어졌다. 퇴근하고 집에 오면 종종 딸들에게 마커 펜이나 시험지, 운동복, 책가방을 치우라고 소리를 지르고는 했는데 어느 날 주위를 둘러보니 책가방이 보이지 않았다. 레나도 집에 없었다. 그녀는 9시부터 5시까지 보험회사에서 일했고 귀가해서는 곧장 부엌으로 들어가 뭔가를 썰고 끓이며 저녁을 준비했다. 젊을 때는 이렇게 매일 혼자 집에 있는 날이 올 거라고는 상상하지도 못했다. 그는 날이 갈수록 아일랜드에 대해 더 많이 생각했고, 아버지가 일하지 않던 날이 하루라도 있었는지 기억해보려고 애썼다. 그는 TV를 벗 삼아 틀어놓고는 했는데, 어느 날 채널을 넘기다 호텔 방처럼 보이는 곳에서 남녀가 키스하는 장면을 보았다. 곧이어 남자가 여자의 옷을 벗기기 시작했고, 그녀를 돌려세워 침대 위로 밀어 넘어뜨리더니 뒤에서 달려들었다. 프랜시스는 포르노를 좋아하지 않았는데 그것은 케이블 방송이라 좀 달랐다. 암시만 있을 뿐 뭔가를 적나라하게 보여주지는 않았다. 그는 그 채널을 보면서 바지 안에 손을 집어넣고 절정에 이를 때까지 자신을 만졌다. 그러한 행동은 몇 달 동안 이어졌고 열네 살 때를 떠올리게 했다. 그때는 집 안이 너무 북적여서 혼자 있을 만한 공간이 없었기 때문에 아무도 모르게 먼 들판으로 나가서 웅크리고 앉아 바지에 손을 집어넣고는 했다.

그는 매일 진통제를 먹었고, 의사가 한 알로는 효과가 아주 미미할 거라고 말했을 때부터는 두 알을 먹었다. 가끔은 아침에 두 알을 먹고 오후에 두 알을 더 먹었다. 그의 신경중추에서는 고요함과 평화로움 외에 어떤 것도 느껴지지 않았다. 항우울제도 먹었는데, 진통제만큼 효과가 없어서 조금 당황했지만 의사는 원래 그런 거라고 했다.

가끔 부엌 싱크대 앞에 서서 창밖을 바라보다가 예초기가 윙윙거리고 찰싹거리는 소리를 들으면 바위 너머로 브라이언의 머리가 움직일 것만 같았다. 그리고 그때 기억이 떠올라 깜짝 놀랐다. 그는 평소 앤을 어떻게 생각했는지 떠올려보았다. 대개는 그녀와 거리를 두고 싶었다. 그 외에는 별생각이 없었다. 그녀는 이상한 사람이었고, 그게 다였다. 한동안은 마주쳐야 했지만 언젠가 아이들이 떠나면 무시할 수 있는 사람이었다. 그는 그녀를 누구보다 친절히 대했다. 지금도 마찬가지였다. 가끔 상상력이 멋대로 뻗어나가 그 집 현관에 자기 대신 케이트를 데려다 놓았다. 만약 그녀가 케이트를 죽였다면 어땠을까?

그는 그녀가 다른 병원으로 옮겨졌다는 것을 알고 있었다. 그녀를 감옥에서 꺼내주기로 합의한 것은 너그러운 행동이었고, 그는 가끔 그 너그러움이 더 큰 보상으로 돌아오는 것을 느꼈다. 그가 복수심에 불타는 사람이었다면 징역형을 주장했을 것이다. 하지만 그는 미친 사람들이 감옥에 갇히면 어떤 일이 일어나는지 알고 있었다. 그는 변호사의 전화를 받았을 때 그녀가 중간 거주시설 같은 말도 안 되는 곳으로 풀려났다고 할까봐 걱정했지만, 처음 병원보다 좋지 않은 다른 병원으로 옮겨 갔다는 말에 기분이 좋아졌다. 그는 그런 자신의 감정을 들여다보며 그것이 자신에게 어떤 의미인지 생각해보았다. 레나도 앤이 근처에 있는 것도 아닌데 어디에 있는지가 왜 그렇게 중요한지 수차례 물었었다. 그는 고민 끝에 자신은 앤의 불운을 빌어도 괜찮다는 결론을 내렸다. 지금쯤이면 그는 경감이나 그보다 높은 자리에 올랐을 것이다. 모든 일이 순리대로 흘러갔다면 아내가 일과를 마치고 돌아온 그를 지난 4년간 보지 못한 눈빛으로 바라봤을 것이다. 그를 찾아온 동료들이 한 번 경찰은 영원한 경찰이라고 말했지만, 그렇게 말할수록 자꾸 거짓말처럼 들렸다.

음료수, 맥주, 칩, 소스, 버거용 소고기, 샐러드용 마카로니, 구이용 가스를 준비하다 보니 한때 꿈꿨던 길럼에서의 삶이 떠올랐다. 레나는 문을 활짝 열어놓고 모두를 파티에 초대하는 자신의 모습을 그려보았다. 음악이 흐르고 와인 병의 코르크 마개를 뽑는다. 아이들이 집 주변을 뛰어다니는 동안 그녀는 친구, 이웃들과 함께 야외에 앉아 있다. 그녀는 언젠가 열두 명은 앉아야 할 것 같아서 보조 상판이 두 개 더 달린 확장형 식탁을 골랐다. 식당을 넘어 거실까지 이어지는 크기였다. 하지만 다락에서 보조 상판을 가지고 내려와 보니 식탁과 색이 살짝 달랐다. 연결용 못이 여전히 비닐에 덮여 있었다. 상판이 너무 무거워 혼자 옮길 수 없어서 프랜시스를 불러 반대편을 들어달라고 부탁했다. 그가 발을 끌면서 뒷걸음질을 치다가 잠시 비틀거리자 그녀가 다급히 외쳤다. "발을 똑바로 들어야지!" 그리고 자리를 바꾸자고 고집을 부렸다.

졸업식은 토요일이었다. 케이트는 무대에 올라 과학상을 받고 교장선생님과 악수를 해야 했다. 내털리는 그 전주에 시러큐스대학을 졸업했고 사라는 뉴욕주립대 소속인 빙햄턴대학에 다니고 있었다. 프랜시스의 연금과 레나의 급여에다 대출을 조금 받으면 케이트의 첫해 등록금은 충분히 낼 수 있었다. 레나는 케이트도 사라처럼 주립대에 갈 거라고 생각했다. 어느 밤 프랜시스가 뉴욕대학교에서 온 안내책자와 봉투를 발견하고 케이트에게 물었다. "여기에 가고 싶니?" 케이트는 자러 가기 전에 시리얼을 먹고 있었고 레나는 2층에 있었다. 프랜시스는 9번 관할구와 브라이언 스탠호프를 비롯한 모든 사람을 떠올렸다. 어떤 생각이 들쥐처럼 뇌를 관통하여 사라졌다. 케이트가 어깨를 으쓱했고, 그는 케이트가 원하는 것을 말하지 않는 아이가 된 것 같아 마음이 조금 아팠다.

"학교를 마음대로 고를 수 있다면 어디로 할래?" 그는 그녀의 대답을 듣기로 마음먹었다.

"비밀로 할 수 없는 거죠?"

"그냥 상상만 해보는 거야, 케이트. 어디로 할래?"

마침내 그녀가 손에 든 봉투를 향해 고갯짓을 했다.

"들어갈 수는 있는 거니?" 그가 물었다.

"그럴 거예요."

"그럼 일단 지원하고 상황을 지켜보자."

파티는 3시에 시작되었고 대부분의 손님이 정시에 도착했다. 어떤 손님들은 초인종을 누른 후에 옆으로 돌아 들어왔고, 어떤 손님들은 꽃과 와인, 쿠키와 파이를 담은 접시를 들고 스테레오 소리를 따라 곧장 옆마당으로 성큼성큼 걸어왔다. 프랜시스는 조심스러운 인사를 받으며 그들이 자신과 대화할 때 선행이라도 베푼 것처럼 우쭐해하는 건 아닐지 궁금했다. 사람들은 대부분 그의 짝짝이 눈동자를 쳐다보기 힘들어했다. 그들은 완벽히 일치하는 두 눈으로 그의 두 눈을 빠르게 오가면서 어느 쪽을 쳐다볼지 결정했다. 프랜시스는 사람들이 케이트에게 선물을 건네는 것을 보면서 죄책감을 느꼈다. 지금껏 그렇게 도와줬는데 선물까지 사 올 거라고는 미처 생각하지 못했다. 하지만 케이트는 모든 선물을 기쁘게 받았고, 그는 테라스를 가로지르는 그녀를 보면서 선물을 받을 때마다 비밀창고에 넣어두던 어릴 적 모습을 떠올렸다. 여자애들은 그녀와 포옹을 하며 인사를 나눴고 남자애들은 그들을 느슨하게 둘러싼 채 수줍어하며 주변을 서성거렸다.

그는 4시쯤 불을 피우고 그릴에 버거와 핫도그, 호일에 싼 통옥수수를 나란히 올려놓았다. 그사이 맥주를 네 병이나 비우고 아이스박스를 다시 채워놓았다. 여자들은 대부분 애피타이저 테이블 주위에 모여 있었고 남자들 몇 명이 그와 함께 있어주었다. 레나는 여자들을 이끌고 2층으로 올라가 침실 옷장을 보여주면서 어떻게 해야 할지 조언을 구했다. 그녀는 주인 노릇이 무척 즐거운 듯 들뜬 여자아이처럼 말했다. 미리 만들어놓은 마가리타가 한 시간 만에 동이 나자 그녀는 술병을 모두 꺼내와 라임 한 무더기와 섞어버렸다. 사람들이 쉴 새 없이 먹고 마시는 동안 새로운 손님들이 속속들이 도착했고, 프랜시스는 계속해서 그릴에 음식을 구웠다. 그날 졸업식 파티가 여러 곳에서 열리고 있었기 때문에 몇몇 손님들은 이집 저집으로 옮겨 다녔다. 길럼 전체가 하나의 거대한 파티장처럼 느껴졌다.

한 여자가 프랜시스에게 다가와 버거를 치즈 없이 구워달라고 부탁했다. 그리고 버거를 기다리는 동안 어떻게 지내는지, 아직도 안와벽 주위에 날카로운 통증을 느끼는지 물었다. 그가 고개를 휙 돌리자 그녀가 미소를 지으며 그의 팔을 살포시 잡았다. "기억 못 하실 거예요. 제가 브록스턴에서 일을 막 시작했을 때 오셨거든요. 같은 층은 아니었지만 딸들이 같은 학교를 다녀서 한 번 보러 갔었어요."

"기억나요. 당연히 기억나죠."

그녀가 웃었다. "아닐걸요. 굉장히 정중하시네요. 그때 면회 오시는 분들이 많았잖아요. 경찰들이 줄줄이 드나들었던 기억이 나요. 몇몇 젊은 간호사들은 그중에 싱글이 있을까봐 립스틱을 바르곤 했어요. 떠나실 때 무척 아쉬워하더라고요."

"아, 그때 알았더라면 참 좋았겠네요."

프랜시스는 그녀를 다시 한번 쳐다보았다. 적갈색 머리를 길게 늘어뜨리고 아담한 체격에 꽃무늬 원피스를 입고 있었다.

"고등학생 딸이 있어요? 굉장히 어려 보이시는데." 그가 이렇게 말하고 얼굴을 붉혔다. 추파를 던지려던 것은 아니었다. 하지만 그녀는 정말 동안이었다.

"어제까지는 그랬죠. 케이시라는 아이인데, 혹시 아세요? 그 애는……." 그녀가 고개를 돌려 딸을 찾았다. "뭐, 여기 어딘가에 있겠죠."

그가 버거를 접시에 얹어주자 그녀가 또 한 번 팔을 꽉 잡았다. 그녀의 손길이 닿은 피부에서 떨림이 느껴졌다. "건강한 모습으로 만나니 반갑네요." 그녀는 이렇게 말하고 창고 옆에서 대화를 나누고 있는 여자들 틈으로 사라졌다.

프랜시스는 땅거미가 질 무렵에 그릴을 껐고 어두워진 뒤에야 엉덩이를 붙일 수 있었다. 한밤중에도 여전히 많은 사람이 뒷마당에 모여들었다. 다우드라는 지역경찰이 어떤 사건에 대해 말하고 있는데, 케이트가 프랜시스의 등 뒤로 다가와 누가 철쭉 옆에서 토하고 있다고 속삭였다. 여자애들한테 항상 조심하고 친구들을 지켜보라고 말하기는 했지만 불가피한 일이었다. 아이스박스를 거기에 놔둬도 괜찮을 줄 알았는데 더 전략적인 장소를 골랐어야 했다. 레나는 자기가 열여덟 살이었을 때는 음주가 합법이었다면서 법이 엉망이었다고 말했고, 심지어 프랜시스는 그 나이에 혼자 미국으로 건너왔다. 파티에 참석한 십 대들 대부분은 부모님과 함께 왔다.

프랜시스는 양해를 구하고 마당을 가로지르며 집 안으로 들어갔던 레나를 찾아보았다. 그는 부엌 창문을 지나면서 오스카 말도나도가 한 무리의 남자들과 식탁에 둘러앉아 패를 돌리고 있는 것을 보았다. 누가 카드를 찾아온 모양이었다. 어찌 된 일인지 안에 있었던 나무 의자 몇 개는 밖에 나와 있고 밖에 있었던 긴 의자는 부엌 한가운데에 놓여 있었다. 케이트가 다급한 표정으로 그를 앞질렀다. 모퉁이를 돌자 예상과 다르게 상당히 외지고 어두운 공간이 나타났다. 케이트가 걸음을 멈춘 관목에 도착하자 파티장이 아주 멀게 느껴졌다.

"얼마나 마신 거야?" 프랜시스가 케이트에게 물었다.

"모르겠어요. 방금 이쪽으로 돌아 들어오는 걸 보고 따라온 거예요."

눈을 가늘게 뜨고 어둠을 응시하니 머리카락을 늘어뜨린 채 엎드려 있는 형체가 보였다. "알았다. 내가 처리하마." 술이 확 깨는 느낌이었다. "아 참, 케이트? 이제 술은 그만들 마셔라. 부모님과 동행하지 않은 스물다섯 살 이하는 내 확인을 거쳐야만 이 집을 나갈 수 있어, 알겠니?"

"알았어요." 케이트가 이렇게 대답하고 그를 힐끔 쳐다보더니 달려갔다.

프랜시스는 한쪽 무릎을 꿇고 엎드려 있던 여자의 머리카락을 한 손에 모아 쥐었다. 그녀가 잠시 헛구역질을 했다. 우렁찬 소리와 극적인 상황에 비해 나오는 것은 거의 없었다.

"이제 됐다. 됐어요." 그가 등을 두드리며 말했다. "가서 좀 씻어요." 그는 그녀의 팔뚝을 꽉 붙잡고 일으켜 세웠다. "어!" 그가 그녀를 알아보고 말했다.

"너무 창피하네요." 그녀가 몸을 앞뒤로 흔들며 말했다. 맨발인 데다 원피스 한쪽이 팔꿈치까지 내려와 있었다. 그녀가 잠시 그의 가슴에 기대어 눈을 감았다. 숨소리가 안정적으로 변하더니 어느새 잠이 들었다. 머리카락에서 차 향이 났고, 골격은 레나보다 작았다. 그는 조심스럽게 그녀를 밀어냈다.

"죄송한데, 성함이 뭐라고 하셨죠? 아까 물어본다는 걸 깜박했네요."

그녀가 알 수 없는 말을 중얼거리며 그의 두 팔을 어루만지더니 어깨를 꽉 붙잡았다.

"이런, 가엾어라! 조앤 카바나잖아." 레나가 프랜시스를 찾으러 다니다가 옆마당에서 그가 부축해 나오는 사람을 알아보고 말했다. 그녀가 카드 게임에 열을 올리고 있는 남자들 틈을 비집고 들어가 물과 아스피린 두 알을 가져다주었고, 프랜시스는 그것을 한 번에 한 알씩 조앤의 입안에 떨어뜨렸다. 레나도 몸이 좋지 않은지 그에게 혼자 처리할 수 있는지 두 번이나 묻고 나서 위층으로 올라가 옷과 샌들도 벗지 못한 채로 침대에 누웠다. 다행히 조앤의 딸은 대여섯 명의 아이들과 다른 파티에 가고 없었다.

"그 사람은 괜찮아요?" 케이트가 물었다. 프랜시스는 그녀가 다른 아이들을 모두 보내고 혼자 남았다는 것을 깨달았다. 사라는 위층에 있었다. 내털리는 어디로 사라졌는지 알 수 없었지만 그 애는 이제 대학을 졸업한 어엿한 성인이었다.

"술을 너무 많이 마셨어요." 케이트가 말했다.

조앤 카바나가 과음을 했다는 것은 너무 명백한 사실이었고, 조심스러우면서도 단호한 케이트의 말투에서 실망감이 묻어났다. 그녀는 여태껏 과음은 애들이나 하는 짓이라고 생각했던 것 같았다.

"뭔가 나쁜 걸 먹었을 수도 있어요. 누가 알겠어요?"

케이트가 뭔가를 결심하듯 그 여자를 한참 쳐다보았다.

"여기서 자고 가면 되지 않아요? 저대로 집에 보내지는 않으실 거죠?"

"그래, 그야 그렇지만 자기 집에서 깨고 싶을 수도 있잖아." 하지만 문제가 또 있었다. "케이시네 집이 어딘지 아니?"

케이트가 고개를 저었다. "놀이터 옆에 있는 블록 중에 하나일걸요?" 그녀는 친구 엄마가 듣고 있지 않은지 확인하려는 듯 그녀를 내려다보았다. "아줌마랑 케이시랑 둘만 사는 것 같아요. 확실하지는 않은데, 걔네 아빠는 이제 같이 살지 않는 것 같아요."

프랜시스는 추울까봐 덮어준 비치타월을 어깨에 두르고 웅크린 채 잠든 낯선 여자를 가만히 바라보았다. 그녀는 입을 벌리고 조용히 코를 골았다. "아빠가 알아서 할게, 케이트. 알겠지? 그만 올라가서 자렴." 밖에 얼마나 오래 있었던 걸까? 자신도 모르는 사이에 손님들이 하나둘 떠나서 이제는 아무도 남지 않았다. 부엌은 가스레인지 위에 있는 불빛을 제외하고 캄캄했다. 프랜시스는 집 안으로 들어가 소파와 안락의자에 있던 담요를 챙기고 뮤직비디오가 요란하게 흘러나오는 TV를 껐다. 그리고 다시 밖으로 나와 안락의자 두 개를 맞붙이고 하나는 발 받침대로 사용했다. 그는 조앤에게 담요를 덮어주고 남은 담요를 덮었다.

그는 현관 불빛 아래에서 솟구쳤다가 급강하하는 나방 떼를 응시하며 취기를 느꼈다. 그는 술에 취했고 너무 피곤했다. 브룩스턴에서 조앤을 만났을 때를 기억해보려고 애썼지만 너무 피곤해서 다음 날 시도해보기로 했다.

푸르스름한 새벽 한기에 잠에서 깼을 때 그녀가 담요 끝자락에서 그를 쳐다보고 있었다. 의자 사이에 얼룩진 냅킨과 부서진 감자칩이 널려 있었다. "당황스럽네요." 그녀가 작은 목소리로 말했다. 아직 동트기 전이었다. 프랜시스는 목이 언 것처럼 뻐근하고 입안은 설태가 낀 것처럼 까끌까끌했다. 그녀가 자리에서 일어나 그가 의자 뒤로 덮어준 담요를 단정히 걸쳤다. "이만 가볼게요." 그녀가 속삭였다. "집까지 걸어가려고요. 안에 들어가세요."

그녀는 잠시 주위를 둘러보더니 신발을 찾아 엄지와 검지에 걸었다. 그리고 옆을 지나가는데 그가 그녀의 빈손을 꽉 움켜쥐었다. 그는 몸을 비틀고 앉아 두 손을 그녀의 엉덩이로 가져갔다가 잘록한 허리로 옮겨 갔다. 아주 잠깐이었지만 그는 그녀가 자신에게 다가오는 것을 느꼈다. 그 순간 손바닥 아래에서 그녀의 근육이 팽팽해졌다. 그날 아침은 금방이라도 깨질 것처럼 아슬아슬해서 질문을 한 번 던지면 그다음 질문으로 끊임없이 이어질 것 같았다.

"이만 가볼게요." 그녀는 이렇게 말하고 사라졌다.

11

피터가 짐을 싸는 동안 조지는 농구를 하러 스킬먼에 갔다. 원래는 도와주려고 했지만 그날 아침 소파 앞에 나란히 서서 피터의 옷가지를 정리하다가 두 사람이 할 일이 아니라는 것을 깨달았다. 8월 초, 조지는 피터와 함께 롱아일랜드에 있는 시어스에 가서 목욕 수건과 기숙사 침대에 깔아놓을 긴 시트를 샀다. 파란색과 빨간색이 섞인 격자무늬 시트였다. 조지가 더 필요한 것이 있는지 물었다. 피터는 소형 냉장고와 13인치 텔레비전을 가져가는 아이들도 있다는 것을 알고 있었지만 아무 말도 하지 않았다. 세끼를 다 준다는데 뭐가 더 필요하겠는가? 그들은 집으로 돌아오는 길에 단골 식당에 들렀다. 조지가 목청을 가다듬더니 네가 혼자 세상으로 나아가기 전에 아빠 대신 몇 가지를 알려줘야겠다고 말했다. 피터는 섹스에 대해 얘기할까봐 가슴이 철렁했다. 다 아는 얘기를 굳이 조지에게 듣고 싶지는 않았다. 예전에 심한 코감기로 훈련에 빠진 적이 있었다. 피터는 두 시간 일찍 귀가해서 조지가 없을 거라고 생각했다. 그때 침실에서 부스럭대는 소리와 작고 빠른 말소리가 들려왔다. 피터는 열쇠를 쥔 채 잠시 얼어붙었다가 밖으로 나갔다. 그리고 맨해튼의 스카이라인을 향해 퀸스 대로를 걸었다. 그렇게 한참을 걷다가 영화관에서 돌아섰다. 다시 집으로 돌아왔을 때에는 아무도 없었고 조지의 침실 문은 활짝 열려 있었다.

예상과 달리 조지는 대학에 가면 술을 아주 많이 마실 텐데 다른 아이들은 괜찮을지 몰라도 너는 안 된다고 말했다. "내 말은, 여기저기서 맥주 몇 병 마시는 건 괜찮지만, 너도 그 유전자를 가지고 있을 수 있으니 조심해야 해. 사람마다 다르기는 한데, 네가 스탠호프 집안사람들을 닮았다면 분명히 있을 거야."

조지는 몇 년째 유전자에 대해 얘기해왔다. 하지만 그가 말하는 것이 정말 염색체를 구성하는 염기서열 같은 유전자인지, 아니면 자기 합리화가 필요한 사람들에 의해 날조된 개념인지는 알 수 없었다.

"아빠도 문제가 있었어요? 그런 쪽으로 말이에요."

조지가 입을 떡 벌린 채 그를 쳐다보았다. "그럼, 당연하지."

"저는 전혀 몰랐어요."

"그야 뭐." 조지가 말했다. "넌 어린애였으니까."

"아니요, 알고 있었을 거예요. 모르는 척했을 뿐이지."

"그래."

피터는 무릎에 펼쳐놓았던 냅킨을 접힌 자국대로 다시 접었다. 그리고 화장실에 가서 거울에 비치는 자신을 외면한 채 손을 씻고 자리로 돌아와서는 조지가 배고프지 않느냐고 물어볼까봐 버거 3분의 2를 억지로 먹었다.

피터는 바퀴 달린 여행 가방에 운동복과 내의 대신 무거운 책을 채워 넣었고, 조지는 기가 막힌 아이디어라고 말했다. 옷은 낡은 운동 가방에 채워 넣었다. 고등학교를 다니면서는 교복만 입었기 때문에 옷가지라고는 청바지 한 벌과 스웨터 몇 벌, 카키색 반바지 두 벌 뿐이었다. 그는 운동복을 살펴보면서 겨드랑이가 누렇게 변한 것들은 전부 크고 두툼한 가방에 넣어 길가에 있는 쓰레기통에 갖다버렸다. 4년이나 지냈던 공간은 문을 닫듯 그에 대한 기억을 밀어내며 그의 존재를 비워내고 있었다.

피터는 여름 내내 이곳저곳에서 열린 반 친구들의 졸업식 파티에 별다른 이유도 없이 참석했다. 파티에는 친구들과 어울리지 않아 보이는 이모뻘 여성들과 괴짜 이웃들이 다들 저마다의 기대를 가지고 모여들었다. 피터는 활짝 웃으며 단체사진을 찍었지만 사진이 현상되어 마지못해하는 표정을 확인하면 다시는 그들을 보고 싶지 않을 것 같았다. 어느 파티에서는 헨리 핀리의 부모님이 버드와이저라며 맥주를 가득 채운 맥주 통을 가져다주었는데, 나중에 알고 보니 전부 무알콜 맥주였고 어른들은 취한 척했던 아이들을 놀려댔다. 그 파티에서 친구 로한이 피터에게 여자 친구를 아직 만나는지 물었다.

"가끔 한번씩." 피터가 말했다. "자주는 아니야."

"하지만 넌 그 애를 아직 좋아하잖아." 로한이 말했다. "그래서 히긴스에서 온 여자애들하고 어울리지 않은 거고."

그게 그것 때문이라고? 피터는 자문했다.

그는 신입생 오리엔테이션 일주일 전에 시작되는 크로스컨트리 훈련에 참가한다는 사실을 엘리어트대학에 보고해야 했다. 졸업식 날 그는 혹시나 아빠나 엄마와 병원 관계자들이 찾아왔을까봐 수시로 체육관 뒤를 돌아보았다. 석 달 후 여행 가방과 더플 백을 조지의 차에 싣던 날에도 저 멀리서 부모님이 잰걸음으로 다가올 것만 같았다. 그는 작별인사를 할 기회를 놓칠까봐 노심초사했다. 가끔은 그들을 평생 못 볼 것 같은 기분이 들었다. 피터가 떠나기 전날, 조지는 피터와 시내에 있는 이탈리안 레스토랑에서 저녁을 먹으며 오래전에 알았던 한 남자에 관한 이야기를 해주었다. 마땅히 해야 할 일을 하지 못했고 적절한 때를 기다리다 보니 나서기가 더 어려워졌지만, 그렇다고 해서 그럴 마음이 없었던 것은 아니다, 뭐 그런 내용이었다.

피터는 비유라는 것을 깨닫고 애써 경청하려던 마음을 접었다.

"괜찮아요, 삼촌." 피터가 말했다. "무슨 말을 하려는 건지 알아요."

이튿날 오후, 조지는 기숙사 방을 확인하고 캠퍼스 주변을 잠시 돌아본 뒤 피터에게 봉투 하나를 건네며 이만 가봐야겠다고 말했다.

피터가 삼촌의 어깨를 툭툭 치고 악수를 청하며 말했다. "어, 그동안 감사했어요." 가슴이 아파왔다.

"헤이, 피터." 조지가 이렇게 말하더니 피터를 끌어당겨 꽉 껴안았다. "너무 걱정하지 마, 알았지? 넌 항상 근심걱정이 많아 보여. 다 잘될 거야, 알았지? 추수감사절에 보자. 시간 금방 간다."

몇 시간 후 피터는 반바지 주머니에 쑤셔 넣은 봉투를 기억해냈다. 그 안에 빳빳한 1백 달러짜리 지폐 다섯 장이 들어 있었다.

훈련은 벨 코치 밑에서 하던 것과 별반 다르지 않았고, 얼마 지나지 않아 피터는 자신이 팀 내 최고 선수라는 것을 알아차렸다. 그는 여자애들과—코치는 여자팀을 이렇게 불렀다—연습하는 데 익숙하지 않았다. 준비운동이 끝나면 남녀 선수들이 마주칠 일은 많지 않았다. 그는 자신의 이름이 피터 스탠호프이고 퀸스 출신이며 지난해 봄에 열린 대회에서 8백 미터를 가장 빨리 달렸다는 것만 알려져 있다는 사실이 너무 좋았다. 아니, 여자 친구는 없어. 아니, 전공도 아직 몰라. 부모님은? 맞아, 몇 년 전에 헤어지셨어. 엄마는 올버니에서 살고 계셔. 응, 시간이 날 때마다 만나러 가.

훈련 셋째 날, 4학년 여자선수가 여름방학 때 길럼과 맞닿아 있는 리버사이드의 고향집으로 돌아가 지냈던 것에 대해 얘기했다. 계산해보니 사건이 일어났을 때 그녀는 리버사이드고등학교 3학년이었다. 그는 코치가 이름을 부를 때 그녀가 쳐다볼까봐 그 주 내내 반대편에서 고개를 숙인 채 스트레칭을 했다. 하지만 그녀는 그의 얼굴이나 이름을 알아보지 못하는 것 같았다. 어깨에 걸쳐져 있던 걱정이라는 무거운 망토가 점점 가벼워졌고, 어느 순간 그는 어깨를 움츠려 그것을 바닥에 떨어뜨렸다. 그는 아주 조금씩 새로운 생각이 싹트고 자신이 설 수 있는 공간이 넓게 펼쳐지는 것을 보면서 전율을 느꼈다.

금요일은 신입생들이 기숙사에 입주하는 날이었고, 피터는 룸메이트에게 침대와 옷장을 먼저 골랐지만 바꿔도 상관없다는 쪽지를 남기기로 했다. 첫 번째 쪽지는 너무 형식적이어서 찢어버렸다. 두 번째 쪽지는 너무 퉁명스러운 느낌이었다. 그래서 세 번째 쪽지에 느낌표 몇 개를 덧붙였는데 몇 분 뒤 안뜰을 지나다 문득 그것 때문에 자신을 게이로 오해할까봐 걱정이 되었다. 그는 일주일 전부터 가까이 놓여 있는 두 침대를 보면서 다른 사람과 그렇게 비좁은 곳에서 살아본 적이 없다는—조지의 집에서조차—사실에 대해 생각하지 않으려고 애썼다. 그는 자신이 정상적인 습관을 가지고 있는지, 너무 깔끔하거나 더러운 건 아닌지, 너무 조용하거나 시끄러운 건 아닌지, 가짜 사생활을 보장해주기 위해 룸메이트를 모르는 척해야 할지, 아니면 매번 아는 척을 하면서 가벼운 대화를 이어가려고 노력해야 할지 판단할 수 없었다. 남자 둘이 세 평 남짓한 공간에서 잠자고 공부하고 어울리는 것이 가능할까? 핼러윈쯤이면 이야깃거리가 다 떨어지지 않을까? 그는 자신이 신중한 성격 탓에 늘 무리를 겉돌았다는 것을 오래 전부터 알고 있었다. 남자선수들은 훈련이 끝나면 샤워를 하고 속옷 바람으로 돌아다니면서 서로의 은밀한 부위를 놀리고 함께 밥을 먹으러 가거나 비디오 게임을 했다.

그날 밤, 하루 종일 이어지던 부모자식 간의 애틋한 작별인사가 마무리되고 얼마 지나지 않아 늦여름 폭풍이 나뭇가지를 부러뜨리고 건물 옆에서 송전선을 뜯어냈다. 기숙사 전기가 나가자 코네티컷 출신의 건장한 룸메이트 앤드류가 피터에게 처음으로 말을 건넸다. "너 지금 뭐 들어? 힙합? 메탈? 설마 컨트리 음악은 아니겠지." 그러면서 엄마가 왜 양초나 손전등을 싸주지 않았는지 이해할 수 없다며 계속 구시렁거렸다. 그래서 피터는 그를 데리고 휴게실에 갔다. 그날 들어온 다른 신입생들도 나와 있었다. 피터는 어둠 속에서 물건 찾기 놀이를 하자고 제안했다가 오랜만에 케이트를 떠올렸다. 그녀도 그 놀이를 정말 좋아했었다. 그 순간 그녀가 어디에 있는지 궁금해졌다. 첫 수업에 들어갔는데 노트를 펼쳐놓고 앉아 있는 그녀를 발견한다면 어떤 말이나 행동을 해야 할지 상상해보았다. 내가 케이트를 알아볼 수 있을까? 케이트는 나를 보고 반가워할까, 아니면 그

일과 내 오랜 침묵을 탓할까?

오리엔테이션에 참석한 피터와 신입생들은 단합을 위해 진부한 게임으로 즐거움을 강요한다며 투덜거렸다. 그는 신입생 세 명과 한 팀을 이루어 신뢰 게임을 했는데, 리더가 규칙을 설명하자마자 금발인 여자애가 말 그대로 그의 품으로 쓰러졌다.

"바닥에 떨어질 뻔했잖아!" 그녀가 말했다.

"준비할 시간이 없었어." 그가 방어적으로 말했다.

나중에 다른 남자들이 말했다. "야, 너한테 끼 부리는 거잖아."

오리엔테이션이 끝나고 남은 일은 책 구입과 수강신청뿐이었다. 어느 아침 피터는 본관 서점에 가려고 횡단보도를 건너다 전면창 상부에 '41번가 터미널'이라는 표시등을 밝힌 버스가 지나가는 것을 보고 그 자리에 멈춰 섰다. 그는 버스를 한참 쳐다보다가 차량 한 대가 자신이 횡단보도를 건너기를 기다리고 있다는 것을 깨닫고 다시 걸음을 뗐다.

이튿날, 그 버스가 9시 몇 분 전에 서점 밖에 있는 널찍한 골목으로 들어왔다. 길을 헤매던 생각이 서서히 형태를 갖추기 시작했다. 상급생들이 떼지어 나타나 안뜰의 야외 테이블과 잔디밭을 점령했다. 개강 전날 피터는 버스 계단에 올라가 목적지가 맨해튼인 것을 확인했다. 운전기사가 고속버스라고 알려주었다. 뉴저지에 있는 다른 대학과 공원 두 곳을 들렀다가 고속도로를 달려 포트 어소리티 버스터미널까지 가는 버스였다. 피터는 뒷주머니에 지갑이 있는지 확인하고 버스에 올라탔다. 그는 책이나 잡지를 가져오지 않았다. 룸메이트나 코치나 사감에게도 말하지 않았다. 자기 자신에게도 뭘 하는 건지 묻지 않았다.

그날은 노동절 다음날인 1995년 9월 화요일이었고 도로는 텅 비어 있었다. 그는 포트 어소리티에서 지하철을 타고 펜역으로 갔다. 그리고 곧장 전미철도여객공사 창구로 갔다. 그가 타려는 기차는 14분 후에 출발했다.

그는 오후 중반쯤 올버니에 도착했다. 렌셀러역에서 택시를 타고 병원으로 갔지만 바로 들어가지 못하고 병원 부지를 한 바퀴 돈 뒤에 벤치에 앉아 마음을 진정시켰다. 하루 종일, 일주일 내내, 그리고 여름 내내 그는 마음속에서 바람이 불 때마다 풍향계가 특정 방향을 가리키며 거칠게 흔들리는 것을 느꼈다. 그는 그날 거기서 상황을 정리하고, 4년 전 등줄기를 타고 흐르던 서늘함을 직면하고, 무슨 일이 있어도 엄마에게 사랑한다고 말하고 엄마도 자신을 사랑하는지 확인하겠다고 결심했다. 그는 마음의 준비를 하고 접수처 남자직원에게 자신이 누구이고 누구를 찾아왔는지 말했다. 그는 택시를 타고 병원에 와서 그 주변을 걷는 내내 기차역 자판기에서 뽑은 콜라를 꽉 쥐고 있었다. 지금 괜히 콜라를 땄다가 터질까봐 직원이 컴퓨터 화면을 주시하고 있는 동안 그것을 창문 아래 좁은 선반에 올려놓았다.

"첫 방문이신가요?" 남자가 이렇게 묻더니 대답을 듣지도 않고 말했다. "카메라, 녹음기, 담배 제품이랑 약물, 처방약, 인슐린 펜, 주사기 같은 의약품은 반입이 안 됩니다. 무기, 화학물질, 열쇠나 신분증 같은 개인 소지품도 안 됩니다. 테이프나 DVD, 워크맨, 헤드폰도 안 됩니다. 전동 칫솔이나 전기 면도기도 안 됩니다. 금속 식기나 카페인이 들어 있는 음료도 안 됩니다." 그러면서 피터의 콜라를 흘깃 쳐다보았다. "단색 옷이나 단색 천을 덧댄 옷은 안 됩니다. 물감, 펜, 형광펜, 가위, 뜨개질바늘, 금속 추, 자기장치도 안 됩니다."

그는 피터가 충분히 이해할 수 있도록 잠시 기다렸다가 말했다. "자, 해당되는 물건 있으세요?"

"아무것도 없어요." 피터가 말했다. 그는 뚜껑을 따지도 않은 콜라를 책상 옆에 있는 쓰레기통에 버렸고, 곧이어 둔탁한 소리가 났다. 그는 땀을 너무 많이 흘리고 있어서 팔을 들어 올렸다가 땀자국이 보일까봐 걱정했다.

"환자분 성함을 다시 말씀해주시겠어요?" 남자가 컴퓨터 화면에 가까이 다가갔다.

피터가 이름을 다시 말하자 남자가 엄지와 검지로 콧등을 집고 눈을 꽉 감더니 위층에 전화를 해야 하니까 앉아 있으라고 말했다. 그는 그것이 무엇을 의미하는지 이해하려고 애썼다.

"무슨 문제가 있나요?"

"일단 앉으세요."

앤보다 더 나이 들어 보이는 여성이 커다란 쿠키 봉지 두 개를 무릎에 올려놓고 앉아 있었다. 칫솔과 치실, 플라스틱 면도날이 든 투명한 비닐팩도 가지고 있었다. 그는 그녀가 면도날을 뺏길까봐 걱정했다. 피터는 폴로셔츠와 반바지를 입고 있었다. 그는 몇 분 동안 기다리다가 암울한 분위기의 남자화장실에 가서 종이타월로 이마와 목, 겨드랑이를 닦았다. 그리고 자리로 돌아가면서 접수처에 들러 혹시 화장실에 간 사이에 이름을 불렀는지 물었다. 그는 다른 방문객들이 이중 보안문으로 안내되어 가는 것을 지켜보면서 40분을 더 기다렸다. 흐릿한 창문을 통해 보안요원들이 그들의 가방을 불빛에 비춰보고 이리저리 살펴보다가 가끔 한번씩 물건을 꺼내어 옆으로 치워놓는 것이 보였다. 다시 접수처에 가서 물어보니 그 남자직원이 더 기다려야 한다고 했다. 벌써 늦은 오후였다. 곧 저녁 시간이었다. 저녁 시간에도 면회를 허락해줄까? 그는 온갖 소리에 귀를 기울이며 건물 어딘가에 있을 엄마의 존재를 느껴보려고 애썼다. 그녀가 내는 소리는 멀리서도 알아들을 수 있을 것 같았다. 엄마를 생각할 때면 늘 어느 방 안에 홀로 있는 모습이 떠올랐다. 수년 전 그녀는 그의 침대 끝에 앉아 수탉 한 마리가 하루 종일 울기에 너무 이상하다고 생각했는데 나중에 거의 모든 수탉이 하루 종일 운다는 사실을 알게 되었다고 말했다. 사람들이 동틀 무렵의 울음소리만 인식하는 것은 그때가 가장 고요하기 때문이다.

"하지만 엄마는 다른 울음소리도 들었잖아요." 그가 말했다. "엄마만 들은 거예요?"

"나만 들었어." 그녀가 말했다.

마침내 버저가 울리고 병원 신분증을 목에 건 남자가 퀭한 눈으로 이중문에서 나와 피터의 이름을 불렀다.

남자는 피터의 어깨에 손을 얹더니 그를 나무 화분 쪽으로 데려가서 조용히 말했다. "오늘은 엄마를 만나지 못할 것 같구나." 피터는 예상하고 있었다는 듯 힘차게 고개를 끄덕였다. 그들은 규정을 살짝 어겨서라도 두 사람을 만나게 해주려고 했지만—피터는 방문 신청과 필수 대기 기간을 거치지 않았다—앤이 그럴 수 있는 상황이 아니었다.

"못 만나는 거예요, 안 만나주는 거예요?"

"몇 주 후에 다시 시도해보렴." 남자가 말했다. "방문 날짜를 예약하면 엄마에게 미리 알려드릴 수 있어. 그래야 엄마도 준비하실 수 있을 거야."

"잘 지내기는 하는 거죠? 다른 소식은 없어요?"

"다음에 다시 와. 절차를 잘 살펴보고 방문 신청부터 해야 해. 그러면……."

하지만 피터는 그의 말을 듣지 않았다. 몇 주 후에 다시 올 생각은 없었다. 그날 아침에는 뭔가에 홀려 버스를 탔지만 앞으로 그런 일은 두 번 다시 일어나지 않을 것이다. 기숙사로 돌아가는 여정이 까마득하게 느껴졌다. 돌아가는 버스는 엘리어트대학까지 가지 않기 때문에 인근에 있는 작은 마을에 내려서 택시를 타야 했다. 그는 남자에게 감사 인사를 하고 병원 밖으로 나가 넓은 잔디밭을 서둘러 지나갔다. 그리고 도심의 스카이라인을 바라보며 주거지와 번화가, 주차장을 일직선으로 가로질렀다. 육교를 건너 어느 술집을 지나는데 사람들이 조용히 앉아 텔레비전으로 뭔가를 보고 있었다. 야구 중계였다. 공격이 막 끝난 상황이었다. 피터는 술집이 또 나타나면 들어가기로 결심했다. 그날 아침 이후로 먹은 것이라고는 기차에서 먹은 M&M 한 봉지가 전부였다. 그는 끝자리에 앉아 탄산음료와 감자튀김 한 접시를 주문했다가 돌아서는 바텐더를 다시 불러 맥주로 바꿨다. 그는 일렬로 늘어선 맥주통 손잡이를 둘러보았지만 뭐가 뭔지 몰라서 아무거나 하나 골랐다. 바텐더가 신분증을 요구하지 않자 그는 한 잔을 다 마시고 한 잔을 더 주문했다. 그리고 또 한 잔을 주문했다. 여름에 흑맥주 세 잔은 무리였지만 이왕 결심했으니 그냥 밀어붙이기로 했다. 그가 조지에게 받은 1백 달러짜리 지폐 한 장을 건네자 그제야 바텐더가 그를 유심히 쳐다보았다. 그리고 지폐를 불빛에 비춰보았다.

피터는 20분 일찍 기차역에 도착했다. 몸이 따뜻하고 편안한 걸 보니 살짝 취한 것 같았다. 취기가 이렇게 아늑하게 느껴질 줄 몰랐다.

"내가 뭘 하는지 두고 봐." 피터가 큰소리를 치더니 공중전화 부스로 가서 수화기를 집어 들고는 신호음이 일정해질 때까지 동전 몇 개를 대충 집어넣었다. 그리고 번호를 누르려다 문득 케이트에게 전화한 적도 없고 번호도 모른다는 사실을 깨달았다. 마당에 서서 창문을 올려다보면 볼 수 있는데 뭐 하러 번호를 외웠겠는가?

그래도 집 주소는 알았다. 자신의 예전 집 주소와 숫자 하나 차이였기 때문이다. 그는 신문 가판대로 가서 작은 나선형 공책과 편지 봉투 그리고 펜을 샀다. 우표는 없었지만 그가 우표를 찾는 것을 옆에서 들은 한 중년여성이 자기가 가진 우표 한 장을 25센트에 팔겠다고 제안했다.

그는 무엇을 쓸지 또는 무엇을 쓰지 말지에 대해 너무 많이 생각하고 싶지 않아서 그녀가 이해할 것 같은 단상들을 떠오르는 대로 잔뜩 휘갈겨 썼다. 그는 퀸스와 조지, 달리기, 친한 친구를 사귀면서 겪었던 어려움에 대해 적었다. 또 네가 그립고, 몇 년 전에는 텔레파시를 몇 번 보냈었고, 가끔은 네 생각을 하지 않고도 1, 2주가 지나간다고 적었다. 또 네가 나를 미워한다고 확신할 때도 있고 과거에 일어난 일을 모두 용서했다고 확신할 때도 있다고 적었다. 그는 4년 넘게 만나지 못했는데 아직도 우리가 서로를 아주 잘 안다고 느끼는 게 이상한 건지 물었다. 그리고 너를 만나고 싶다고 썼다. 그는 편지를 다 쓰고 나서 공책을 찢은 뒤에 옆면이 너덜거리는 채로 접어서 봉투에 넣고 그녀의 이름과 주소를 적었다. 역에서 두세 블록 떨어진 인도에서 파란색 우체통을 본 것이 기억났다. 출발 시간을 확인해보니 다녀올 수 있을 것 같았다. 그는 누가 시간이라도 재고 있는 듯 여닫이문으로 뛰쳐나가 밀려드는 인파를 뚫고 달렸다. 그렇게 두 블록을 전력 질주하여 길 건너편에 있는 우체통에 봉투를 넣고 3분도 채 지나지 않아 기차역 플랫폼으로 돌아왔다.

맨해튼까지 두 시간, 엘리어트대학까지 또 두 시간이 걸렸다. 기숙사로 돌아가는 내내 피터는 어두운 우체통 속의 우편물 더미 위에 놓여 있을 편지를 생각했다. 더위가 한풀 꺾인 저녁 시간인데도 불구하고 버스 에어컨이 맹렬히 돌아갔다. 그는 찢겨나간 부분을 펼쳐놓고 빈 상단을 더듬으며 자신이 적은 내용을 상기해보았다. 조금 불안했지만 그 일을 해냈다는 사실에 기뻤고 앞으로 벌어질 일이 기대되었다. 하지만 9시쯤부터는 극심한 공포를 가라앉히느라 애를 먹었다. 그 순간에는 그것이 굉장한 아이디어처럼 느껴져서 열정이 자신을 끌고 가도록 내버려두었다. 하지만 지금은 괴로울 뿐이었다. 조지의 목소리가 귓가에 울리는 것 같았다. 피터, 넌 걱정이 너무 많아.

자정이 넘어 버스에서 내린 그는 가로등 불빛이 비치는 길가에 홀로 서서 뉴저지 중부의 귀뚜라미 소리에 귀를 기울였다. 공기에서 복숭아 냄새가 나서 둘러보니 큰길을 따라 온 사방에 과수원 안내판이 세워져 있었다. 넓은 길에 늘어선 집들이 수수하면서도 단란해 보였다. 피터는 어둠 속에 점점이 흩어진 별들이 밝게 빛나는 지붕 아래에서 장난감과 책에 둘러싸여 잠든 아이들을 상상했다. 저 멀리 학교 쪽에서 누군가의 부름에 답하는 듯한 자동차 경적이 들려왔다.

그는 가로등 불빛의 둥근 가장자리를 발끝으로 건드리면서 소리를 질러 근방에 있는 사람들을 모조리 깨우고 싶은 충동을 억눌렀다. 그리고 팔짱을 꽉 낀 채 캠퍼스로 돌아가는 긴 여정을 시작했다. 그는 더 제멋대로 굴었어야 했다. 도시의 밤거리를 배회했어야 했다. 자신을 제지할 부모님도 없었고 어떤 문제에 연루되더라도 그럴 듯한 핑계를 대면 그만이었다. 뭔가를 부수고 훔치고 이웃들이 현관문을 두드릴 만큼 아주 시끄럽게 음악을 들었어야 했다. 다른 아이들처럼 마리화나를 피웠어야 했다. 로한이 가지고 있던 코카인을 해봤어야 했다. 다른 남자애들이 그걸 구경하겠다고 큐 왕립식물원에 있는 피자헛 화장실로 줄지어 들어갈 때 따라갔어야 했다. 웨이터가 음식값을 떼먹으려 한다고 오해할까봐 테이블에 남아 있지 말았어야 했다. 여자 친구도 사귀었어야 했다. 다른 애들처럼 여러 학교에서 여러 명의 여자 친구를 사귀면서 교실에서 능글맞게 자랑했어야 했다. 막무가내로 굴어서 조지가 아빠를 잡아 와 눌러앉게 하고 엄마의 변호사가 필요한 조치를 알아보게끔 했어야 했다. 그는 너무 반듯하게 살았다.

그는 길럼으로 돌아가는 통근버스에 올라타 케이트에게 갔어야 했다. 그들이 그녀를 만나지 못하게 하면 현관문을 부숴버렸어야 했다. 앞마당 잔디밭에 서서 그녀의 이름을 큰 소리로 불러보기라도 했어야 했다.

그는 비좁은 갓길에 서 있다가 전조등 불빛이 다가오는 것을 보고 나무 그림자로 들어가서 차량이 지나갈 때까지 기다렸다.

얼마 후 기숙사 방에 도착한 그는 앤드류가 잠들었을까봐 열쇠를 잠금장치에 밀어 넣고 손잡이를 아주 천천히 돌렸다.

두
사
람

Ask Again, _____ Yes

12

수도권정신병원에서 지낸 지 4년이 다 되어가던 무렵 아바시 박사가 앤의 이름을 사례평가 명단에 올렸다.

"그게 무슨 뜻이에요?" 그녀가 물었다. 목소리에서 의도하지 않은 냉정한 날카로움이 묻어났다. 아바시 박사의 피부색은 어두웠다. 인도나 파키스탄 사람 같았다. 그는 앤이 그 병원에서 2년째 지내고 있을 때 들어왔다. 그는 영국 상류층 억양과 반쯤 감긴 눈과 무표정으로 가끔 번뜩이는 말을 던져서 초반에 몇 번 앤을 놀라게 했었다. 그는 다른 의사들처럼 피곤해 보이지 않았다. 그녀는 그가 집으로 돌아가 편한 옷으로 갈아입으면 어떤 모습일지, 취미로 무엇을 즐기는지 궁금했다. 그녀는 담당 의사들에 대해 궁금해했던 적이 단 한 번도 없었다. 어떤 의사도 그녀 자신과 앞날에 대해 희망을 품게 한 적이 없었다. 초창기에 아바시 박사가 이렇게 말한 적이 있었다. "언젠가 이 시간이 지나면……." 그녀는 그 후의 말을 제대로 듣지 못했다. 누군가가 이 모든 것이 지나간 때를 언급한 적이 처음이었기 때문이다. 언젠가부터 실제 삶과 병원에서의 삶 사이에 벽이 세워졌고 그 벽은 점점 더 높아져 갔다. 그런데 그때 아바시 박사가 그녀를 돕기 위해 투석기를 가지고 나타난 것이다.

"앤의 사례와 진행 상황을 살펴보고 다음 단계로 나갈 준비가 되었는지 논의할 거라는 뜻이에요."

"다음 단계가 뭔데요?"

"더 독립적인 환경에서 필요한 지원을 받는 거예요. 사회복귀센터에서 시작하면 좋을 것 같아요."

"중간거주시설 말이군요." 앤은 격렬한 고통과 함께 몇 년 전 길럼에 중간거주시설을 개소하는 것을 막기 위해 탄원서에 서명했던 일을 기억해냈다.

"몇 가지 선택지에 대해 논의할 거예요."

"하지만 평가를 통과하지 못할 가능성이 높겠죠." 그리고 곧장 자신이 입원한 후에 사례평가 명단에 올랐던 사람들을 쭉 떠올려보았다. 그들은 여전히 매일 아침밥에 분말달걀을 뿌리고 있었다.

"그렇지 않아요. 통과해도 너무 놀라지 말라고 얘기해드리는 거예요."

"저는 통과하지 못할 거예요. 여기서 20년 넘게 산 사람들도 있다고요."

"그건 사실이에요. 하지만 저는 일부 전임자들과 다른 관점을 가지고 있고 다른 사람들의 생각도 바뀌고 있어요."

"무슨 생각이요?"

"이것에 관한 생각이요." 아바시 박사가 벽과 창문을 가리키더니 온 세상을 품으려는 듯 두 팔을 활짝 펼쳤다. "당신이 범죄를 저지른 건 맞지만 당시 정신 상태 때문에 책임을 물을 수 없다는 결론이 났잖아요. 약을 지속적으로 복용하지 않았던 데다 그나마 먹던 약도 적합하지 않았으니까요. 하지만 지금은 달라요, 앤. 당신은 아주 잘하고 있어요. 앞으로도 외래진료를 보면서 가끔 약을 조정해야 하겠지만, 유죄 판결을 받고 감옥에서 보냈을 기간보다 더 오래 있는 건 말이 안 돼요. 당신은 유력한 후보예요. 그러니 지금부터 잘 생각해보세요."

아바시 박사가 병원에 막 들어와 앤의 사례를 인계받았을 때 피터가 찾아왔다. 당시 그녀는 모든 집단치료에서 방출되어 5층으로 옮겨진 상태였다. 첫 만남에서 아바시 박사는 자신을 들여보내거나 돌려보낼 수 있는 권한이 마치 그녀에게 있는 것처럼 머뭇거리며 정중히 병실로 들어왔다.

"어려움이 있었다고 들었습니다." 그가 말했다. 노트나 클립보드는 들고 있지 않았다. 그는 뒷짐을 지고 서 있었다.

"내 아들." 앤이 갈라진 목소리로 말했다. 그녀는 그들이 자신을 지켜보고 있기 때문에 침착함을 유지해야 한다는 것을 알고 있었다. 그날 사회복지사가 병실에 들어와 아들이 아래층에 있으니 원하면 면회를 하라고 했다. 그녀는 피터의 기운이 각층을 비밀스럽게 꿈틀거리며 지나는 파이프를 따라 움직이면서 흥얼대고 반짝거리는 것을 느꼈다. 그 순간 방 안의 공기가 금빛과 은빛으로 반짝거렸다. 그녀는 자신이 피터의 존재를 미리 알아챘다고 확신했다.

그날은 도무지 만날 용기가 나지 않아서 그를 돌려보냈다. 얼마 지나지 않아 그녀는 체내 시계가 빨라지는 것을 느꼈다. 늘 나쁜 일을 예견하는 가장 핵심적인 불안이었다. 그녀는 자신의 정체가 탄로 날까봐 차분한 표정을 유지하면서 식사 때마다 음식을 억지로 밀어넣고 공용 공간에 꼿꼿이 앉아 한마디도 하지 않았다. 하지만 자신이 입을 다물수록 그들이 더 면밀히 지켜볼 거라는 사실을 알고 있었다. 계속하기에는 너무 힘든 일이었다. 그렇게 며칠이 지나고 간호사가 찾아와 그녀를 그룹으로 안내했다. 결국은 다시 그룹으로 돌아가야 했다. 거기서 모두가 사소한 것들에 대해 수다를 떠는 동안 지구가 돌아가고 전쟁의 승패가 갈리고 어른이 된 앤의 외아들이 저기 어딘가에서 엄마를 만날 수 있기를 바라고 있을 것이다. 그때 간호사의 머리 위에 반딧불이 같은 불빛이 보였다. 앤이 사람들을 때리기 시작했다. 간호사가 사람을 불러 공격을 당했다고 주장했고, 그녀의 폭행 전력이 언급되었다. 앤은 강제로 들어 올려지고 낯선 사람의 뜨거운 날숨이 귓가에 와 닿고 약물을 주입받고 방에 갇히는 것보다 환자들의 히죽거리는 표정이 더 싫었다.

다른 의사들이었다면 왜 그들이 당신을 향해 히죽거린다고 생각하느냐고 물었을 것이다. 하지만 아바시 박사는 이렇게 물었다. "히죽거리는 게 왜 그렇게 신경 쓰이세요? 당신을 자극하는 것들을 직면할 필요가 있어요."

"그러면 선생님은 그 사람들이 히죽거렸다는 데 동의하세요?"

아바시 박사는 잠시 뜸을 들이다 말했다. "인간의 본성을 고려하면 그럴 가능성이 농후하죠. 네, 동의합니다."

앤은 화요일에 평가를 통과했다는 소식을 듣고, 금요일 아침에 승합차를 타고 사라토가 카운티 외곽에 있는 어느 집으로 향했다. 피터가 병원을 마지막으로 방문한 지 2년이 넘었을 때였다. 그녀는 꼿

꼿한 자세로 운전자 뒷좌석에 앉아서 역류하는 위산을 힘겹게 삼켰다. 그녀는 누구에게도 작별인사를 하지 않았다. 식사 시간에 가까이 앉았던 여자를 제외하면 친구라고 할 만한 사람이 없었다.

"좋은 아침입니다." 운전기사는 상냥하게 인사를 건네고 백미러로 그녀를 연달아 몇 차례 곁눈질했다. 하늘은 눈부시게 푸르렀지만, 고속도로 갓길 여기저기에 있는 기름진 물웅덩이가 최근에 비가 내렸다는 것을 알려주었다. 아바시 박사는 악수를 청했고, 그녀가 손을 놔주지 않자 남은 손으로 그녀의 두 손을 감쌌다. 그는 동행하지 않았다. 새 집을 구경시켜주지도 않을 것이다.

그녀는 말타의 뒷길을 돌아가다 나무 사이로 언뜻 흰 돛이 움직이는 것을 보았다. 바다는 적어도 320킬로미터 이상 떨어져 있었다.

"저건 뭐죠?" 그녀가 눈을 가느다랗게 뜨고 물었다.

"뭐요?" 운전기사가 되물었다.

"돛처럼 보이는 거요."

"오늘 같은 날에는 새벽녘까지 보트가 다녀요."

"보트가 다닌다고요?"

"사라토가 호수가 있잖아요." 운전기사가 말했다. "병원에서 어디로 가는지 말해주지 않았어요?"

앤은 병적인 중독을 겪은 적이 없기 때문에 간호 일을 알아볼 수 있었다. 일을 빨리 구하면 어디든 자유롭게 오갈 수 있고 의무직업 교육을 받을 필요 없이 2단계로 곧장 올라갈 수 있었다. 그들은 병원에서 북쪽으로 약 50킬로미터 떨어진 에이레네 하우스에 도착했고, 운전기사가 행운을 빌어주었다. 어떤 사람들은 버팔로나 더 아래까지 가기도 했다. 앤은 중간거주시설에 대해 끔찍한 얘기를 들었다. 그곳에 가본 적이 있는 환자들은 늘 몸조심하고 물건을 잘 챙기라면서 병원보다 더 비인간적인 곳이라고 말했다. 에이레네 하우스에 도착해보니 사람들이 경고한 이유를 알 것 같았다. 3층짜리 건물은 우울해 보였고 보행로와도 너무 가까웠다. 시설 감독관인 마거릿이 앤을 다른 입소자와 함께 사용할 침실로 데려갔다. 그녀는 방문을 열자마자 바퀴벌레 떼가 사방으로 후다닥 도망칠 거라고 생각했다. 하지만 예상과 달리 방은 아담하고 간소하고 깔끔했으며 이끼 색 카펫이 바닥을 완전히 덮고 있는데도 놀랄 만큼 환했다. 마거릿은 룸메이트가 저녁 식사 때까지 들어오지 않을 테니 원한다면 방에서 재정비할 시간을 가지라고 말한 뒤 앤에게 열쇠를 건네고 밖으로 나가 문을 닫았다. 잠시 후 방에 혼자 남은 앤은 잠금장치의 버튼을 누르고 손잡이를 돌렸다. 문이 탁 하고 열렸다. 그녀는 그것을 수차례 반복했다. 버튼을 누를 때마다 짜릿했다.

　그곳에서 지낸 지 며칠 만에 그녀는 볼스턴에 있는 노인요양시설에서 일자리를 제안받았다. 말 그대로 보조업무라서 의료 행위를 할 필요도 없었다. 그녀는 유령처럼 가냘프고 구두약 색깔의 머리카락을 가진 사회복지사 낸시에게 제안을 받아들이기로 결정했다고 말했다. 그러자 낸시는 안경 너머로 그녀를 쓱 쳐다보더니 그 일을 얻은 것은 행운이라며 그 이상은 절대 기대하지 말라고 했다. 그녀는 노인들이 목욕을 하거나 옷을 입는 것을 도와주고 플라스틱 컵에 빨대를 꽂아서 갖다줄 것이다. 낸시는 에이레네 하우스 입소자들이 약물을 구할 수 있는지 알아내려고 할 테니 조심하라면서, 거래를 하려고 하면 즉시 자기나 마거릿에게 알리라고 했다. 앤은 그녀의 경고를 들으며 자신의 현재와 과거에 대해 말할 때 신중해야겠다고 다짐했다. 아무 말도 하지 않는 것이 최선이었다.

아바시 박사는 1991년 이후로 겨우 6년밖에 안 지났고 가끔 외부 활동도 했지만 그동안 변한 것들을 갑자기 마주하면 당황스러울 수 있다고 말했다. 상태가 안정적인 환자들은 1년에 두 번씩 작은 그룹으로 나뉘어 쇼핑몰이나 시장, 미용실을 방문해서 토마토를 사거나 20달러를 잔돈으로 바꿔오는 과제를 수행했다. 의사는 이런 활동에 열심히 참여했더라도 실제로 밖에 나가서 부딪쳐보면 다른 느낌일 수 있다고 경고했다.

요양시설에서 일을 시작하기 며칠 전, 앤은 6년 만에 처음으로 은행에 가서 길럼 집을 팔고 남은 돈이 거의 없다는 것을 확인했다.

"1991년 이후로 계좌를 사용하지 않으셨네요." 은행직원이 말했다. 브라이언은 오래전에 길럼 집과 그녀의 차를 팔아서 변호사 수임료와 병원비를 지불했고, 모든 일을 마무리하고 난 후에는 남은 재산을 반으로 나눠서 앤의 계좌에 넣어두었다. 그가 피터의 곁을 지켰다면 그 돈을 양육비로 가져갈 수 있었을 테지만 그러지 않았다. 그녀는 잠시 남편이 자신의 아이를 멍청한 알코올중독자 동생에게 맡긴 이유를 이해해보려고 노력했다. 심장이 있는 늑골 부위에서 세게 맞은 듯한 통증이 느껴졌다. 그래도 그들은 피터를 좋은 고등학교에 보냈고, 그녀가 에이레네 하우스에 입소했을 때 피터는 대학 과정을 일부 마친 상태였다. 앤은 피터가 대학에 지원한 사실을 알고 있었다. 뉴저지에 있는 몇몇 대학의 학자금 지원 부서에서 피터가 그녀에게 더 이상 경제적 지원을 받지 않으며 재정적 관계가 단

절되었다는 것을 증명하기 위해 온갖 서류를 요구했기 때문이다.

그 후로 앤은 피터가 장차 어떤 사람이 될지 그려보고는 했다. 다국적기업 CEO, 뇌 전문 외과의, 대학 교수는 물론 미국 대통령도 가능했다. 그녀는 조증 주기에 들어가면 사고가 점점 거창해진다는 이야기를 종종 들었기 때문에 가능성을 하나하나 객관적으로 검토해보려고 노력했다. 하지만 아무리 생각해보아도 피터가 똑똑한 아이이고 대학에 다닌다는 것은 명백한 사실이었다.

브라이언은 여전히 그녀의 남편이었지만 결혼하기 수년 전 아일랜드에 남겨두고 온 가족만큼이나 잊혀 존재감이 없었다. 그가 샤워와 면도, 바지에 벨트를 매는 등의 일상적인 일을 하면서 세상을 살아가고 있다는 사실은 앤에게 시공을 뛰어넘은 4차원의 잔물결처럼 느껴졌다. 두 사람의 결혼생활이 남긴 것은 5천2백31달러뿐이었다. 수년간 그녀는 몬테피오레로 통근하면서 금요일 오후마다 서둘러 수표를 입금하고 현관 앞을 쓸고 울타리를 곧고 보기 좋게 다듬었다. 그중 4천 달러를 인출해서 중고차를 샀다. 그녀는 계속 불평만 하고 있을 만큼 어리석지 않았다. 그 차로 출퇴근하면 버스를 기다릴 필요가 없었다. 혼자 있을 공간도 있었다. 언젠가 그녀에게 학을 뗀 변호사가 말했던 것처럼 불행을 자초한 것은 그녀 자신이었다.

에이레네 하우스의 입소 기간은 보통 1년이었지만 별도의 퇴소 요청이 없으면 계속 머물 수 있었다. 하지만 마거릿은 그녀에게 침대를 비워줘야겠다고 말했다. 그들이 앤의 파일을 살펴보고 충분히 혼자 지낼 수 있겠다고 판단했기 때문이다. 그녀는 에이레네 하우스에서 지내는 동안 우려할 만한 모습을 보이지 않았다. 매일 복용해야 하는 알약과 정제를 기분에 따라 여자 샤워실의 작은 배수구에 흘려보내기도 했었는데, 이제는 한 달에 한 번씩 주사만 맞으면 되었다. 그 후로 그녀는 심리적으로 더 안정되고 뭔가 나쁜 일이 일어날 것 같은 기분에도 덜 압도되었다.

앤은 한 번도 혼자 살아본 적이 없었다. 면담 후 방으로 돌아온 그녀는 군대식으로 깔끔하게 정리한 침대의 끄트머리에 앉아 단전에서부터 부풀어 오르는 두려움을 달래려고 애썼다. 괜찮아, 아무 문제 없어, 어차피 일어날 일이야. 괜찮아, 아무 문제 없어, 어차피 일어날 일이야. 그녀는 이 말을 50번은 되뇌었다.

그녀는 홑겹 유리창이 두 개나 있어 외풍이 심한 작은 원룸을 구했다. 수입의 60퍼센트가 임대료로 나갔지만 그녀에게는 많은 것이 필요하지 않았다. 아침은 요거트 한 개, 점심은 사과 한 개로 충분했다. 그녀는 종종 요양시설에서 음식을 가져왔다. 조리사가 오래된 빵과 유통기한이 넘었지만 멀쩡한 우유를 매번 챙겨주었다. 아무도 손대지 않은, 달콤한 시럽을 가득 넣은 과일 컵도 배식 후에는 무조건 폐기해야 했다. 담당의사의 진료실까지 걸어 다닐 수 있는 거리에 원룸을 구하느라 출퇴근 시간이 길어졌지만 앤은 남들처럼 긴 출퇴근 시간을 신경 쓰지 않았다. 요양시설을 오가는 것도 긴 하루를 채우는 방법 가운데 하나였다. 텔레비전이 있으면 좋았겠지만 분수에 넘치는 일인 것 같았다. 그녀는 더 기다리기로 했다.

올리버 박사는 아바시 박사가 아니었지만 그런대로 괜찮았고 앤에게 격려를 아끼지 않았다. 에이레네 하우스에 입소한 후 그녀는 중독 여부를 확인하기 위해 매주 채혈을 했는데, 딱 한 번 병원에서 나오다 익숙한 불안에 짓눌리는 느낌을 받았다. 무자비한 장 바이러

스로 인해 심한 탈수 증상을 겪어 심신이 허약해진 상태였다. 마거릿이 새벽 3시에 휴게실에서 그녀를 발견했다. 그녀는 TV 퀴즈 프로그램을 보면서 참가자들이 버저를 누르면 커피테이블을 내리치며 정답을 외쳤다. 그리고 마거릿에게 참가자 중 한 명이 부정행위를 하는지 자세히 보라고 명령조로 말했다. 마거릿은 앤을 방에 데려다주고 이튿날 아침이 밝자마자 방문을 두드렸다. "일어나세요." 그녀가 말했다. "옷 입어요. 선생님을 만나러 갈 거예요."

올리버 박사와 단둘이 남겨지자 그곳을 나갈 때까지 입도 뻥긋하지 말라는 목소리가 들렸다. 두 사람은 서로를 노려보았고, 올리버 박사가 먼저 증상이 안정될 때까지 며칠만 지역병원에 입원하자고 점잖게 말했다.

앤이 수갑을 채우라는 듯 손목을 내밀었다.

"아니요, 수갑은 없어요, 앤." 그가 말했다. "당신은 잘못한 게 없잖아요." 그리고 일을 계속할 수 있을 거라고, 괜찮을 거라고 말했다. 힘들었던 한 주를 비밀로 하면 안 되는 이유는 없었다. 그만큼 그녀는 잘해왔다.

그녀는 새 집의 자물쇠를 흔들다 문득 그리 멀지 않은 곳에서 피터가 대학을 졸업할 거라는 생각을 했다. 그가 조지와 함께 산다는 사실이 편치 않았지만 적어도 어디에 사는지 아는 것만으로 위안이 되었다. 그가 다른 주에 있는 대학에 가면서 더 멀어졌을 때도 어디에 있는지 알 수 있어 안심했다. 벚꽃이 사라토가의 길가를 벨벳처럼 뒤덮은 5월, 그녀는 대학을 졸업한 피터가 제멋대로 돌아가는 팽이처럼 미국과 캐나다, 멕시코를 지그재그로 거칠게 가로지르는 모습을 상상했다. 그녀는 여름방학을 맞아 고향으로 돌아온 콜게이트대, 벅넬대, 시러큐스대 학생들이 명문대생인 것을 뽐내며 거리를 활보하는 모습을 유심히 살펴보았다. 그러면서 피터도 저 청년들만큼 자랐을 거라는 사실을 받아들이려고 애썼다. 앤이 브라이언을 처음 만났을 때 그가 딱 저 나이였다.

1999년 9월, 피터가 어디에 사는지 모르는 것은 긁을 수 없는 가려움증과 같았다. 두바이나 러시아나 중국으로 갔을지도 모른다. 그녀는 최근에 많은 사업가가 개인 시간을 투자하여 외국을 다닌다는 글을 읽었다. 지구 반대편 어딘가에서 일본말을 하면서 지낼지도 모른다. 그녀는 조지에게 전화해서 궁금한 것들을 물어볼 수도 있었다.

"전화해보는 게 어때요?" 올리버 박사가 물었다.

그녀는 그건 안 될 일이라고 소리치고 싶었다. 그것만은 절대 안돼! 그 주 내내 그렇게 말했는데 올리버 박사는 한마디도 알아듣지 못한 것 같았다.

"아바시 박사님이 보고 싶네요." 그녀는 그의 질문에 대답하는 대신 이런 식으로 전문가의 질투심을 자극해보려고 했다.

그해 10월 중순, 사라토가 카운티의 주택가 현관 앞은 국화 화분과 호박등으로 축제 분위기였다. 앤은 단골 주유소에 들렀다가 대각선 방향에 있는 가게 앞 창문에서 '사립탐정, 비밀보장'이라고 적힌 안내판을 발견했다. 심령술사, 치료사, 세무대리인을 거쳐 이번에는 사립탐정이었다. 그녀는 차에 기름이 채워지는 동안 길을 건너서 가게 앞을 태연히 지나며 그 안을 휙 쳐다보았다. 잠시 후 돌아서서 그

앞을 다시 지나갔다. 세 번째로 지나가는데 한 남자가 문을 열었다. 그는 셔츠 깃에 종이 냅킨을 쑤셔 넣은 채로 코앞까지 다가왔다. 그녀는 단지 정보를 얻고 싶을 뿐이었다. 누구를 고용할 생각은 해본 적이 없었다. 그나저나 비용은 얼마나 들까? 그녀는 정보의 수준에 따라 가격이 다를지도 모른다는 생각에 주소 하나만 찾아봐달라고 말했다. 요양시설의 젊은 간호사들처럼 인터넷을 쉽게 사용할 수 있었다면 직접 알아봤을 것이다. 안 그래도 최근에 크리스틴이라는 친절하고 뚱뚱한 간호사에게 이메일 계정을 만드는 방법을 물어보려고 했었다.

앤은 조그만 남자에게 아들의 행방을 모르는 이유를 제외한 모든 것을 털어놓았다. 수표가 안전할 것 같아서 1백 달러짜리 수표를 써줬다. 원하는 정보를 얻을 때까지 현금은 지급하지 않을 것이다. 하지만 차로 돌아가 출발하자마자 바보천치 짓을 했다는 생각이 들었다. 그는 그 주에만 멍청한 여자들 1백 명에게 1백 달러씩 받아서 그 돈을 싸 짊어지고 다른 지역으로 떠날 것이다. 은행에 전화해서 현금 지급 중단을 요청할 수도 있었지만 그렇게 하지는 않았다.

그는 이틀 만에 정보를 찾아주었고 가격도 예상보다 훨씬 저렴했다. 그는 뭐든 필요하거나 알고 싶은 것이 있으면 연락하라고 말했다. 사실 그녀는 피터가 행복한지, 잘 지내고 있는지 알고 싶었다. 그가 행복하지 않다면, 잘 지내고 있지 않다면 어떻게 해야 할까? 여덟 평 남짓한 원룸에 데려와 함께 살 것인가? 이런 것들은 사립탐정이 답해줄 수 없는 질문이었다. 그녀는 그가 건넨 서류철을 집으로 가져가 침대 가운데에 올려놓고 못 본 척 저녁에 먹을 수프를 데웠다.

그녀는 할 일을 모두 마치고 나서 서류철을 열어봤다. 맨 위에 주소가 있었다. 그 아래 건물과 아파트 임대료에 관한 정보, 관리업체의 이름과 전화번호가 있었다.

그리고 건물 사진이 있었다.

그 뒤에는 피터의 사진이 있었다. 손에 뭔가를 들고 한쪽 어깨에 가방을 멘 채 걷고 있었다. 15미터 거리에서 찍은 것처럼 보이지만 훨씬 더 멀리서 당겨 찍은 사진이었다. 앤은 22년 전에 몸 밖으로 밀어낸 아이를 더 자세히 들여다보고 그의 체취를 맡기 위해 사진에 코를 바짝 갖다 댔다. 피터도 처음에는 형처럼 조용했다. 1초, 2초, 3초. 침묵이 이어지자 간호사들이 몰려들더니 얼굴을 잔뜩 찡그린 채 걱정스러울 정도로 거칠게 아이를 다뤘다. 4초, 5초, 6초. 그녀는 모든 것을 체념한 채 고개를 베개 뒤로 젖혔다. 이번 출산은 저번보다 더 잔인하게 끝날 것이다. 지난번에는 적어도 준비할 시간은 있었기 때문이다.

그런데 그 순간 아기가 등을 아치 모양으로 활짝 펴더니 울음을 터뜨렸다. 그리고 얼굴이 보랏빛으로 변할 때까지 힘차게 울었다. 간호사들이 40주 동안 살았던 뱃속의 점액질에 뒤덮여 희멀건 아기를 가슴에 올려주었다. 그녀가 손을 갖다 대자 아이의 몸이 긴장한 듯 굳었다.

"보이세요?" 분만실 간호사가 말했다. "벌써 고개를 들려고 하네요."

"강한 아이예요." 앤은 이렇게 말했다. 그리고 침대가 아니라 자신의 몸이 흐느낌으로 인해 들썩거리고 있다는 것을 깨달았다. 그녀는 떨림을 멈추기 위해 이를 꽉 물었다.

"아주 강한 아이예요." 간호사가 말했다.

쉴 때만 해도 금요일까지 기다릴 수 있을 것 같았는데 교대 한 시간 만에 그렇게 오래 기다리는 건 불가능하다는 것을 깨달았다. 그래서 그녀는 철저한 계획에 따라 아픈 척을 했다. 일단 주먹 쥔 손에 대고 몇 차례 기침을 했다. 아침 내내 주변에 있는 몇몇 학교에서 3, 4학년들이 삼삼오오 찾아와 노인들을 위한 소규모 핼러윈 퍼레이드를 했다. 아이들은 의상에 관한 질문에 답하고 사탕 주머니를 내밀었다. 그들은 사탕이 작은 유령과 해골, 마녀와 뱀파이어를 무서워하는 병든 영혼들이 아니라 간호사실에서 나온다는 것을 금방 눈치챘다. 앤은 사람들이 자기를 쳐다볼 때마다 일부러 이마를 짚었다. 그러다 결국 주의를 끄는 데 성공했고 수간호사가 그녀를 집으로 돌려보냈다. 그녀는 한달음에 원룸으로 달려가서 옷을 갈아입고 이를 닦고 곧장 고속도로를 탔다. 꼬박 세 시간 반을 달려 103번가에 있는 암스테르담이라는 노란색 벽돌 건물 앞에 도착했다. 현관문까지 계단이 여섯 개였고 외부조명은 꺼져 있었다.

어떤 모습을 기대했을까? 피터는 사진보다 더 선명한 모습으로 현관 앞에 앉아 있을지 모른다. 아니면 완벽한 순간에 완벽한 각도에서 거리를 걸어올 수도 있다. 그녀는 피터의 어깨 모양만 봐도 기분이 어떤지 알 수 있었다. 보통 남자아이들이 나이 들고 싶어 안달을 내는 9, 10세 무렵부터 피터는 갑자기 화가 나면 우는 대신 어깨가 넓어 보이도록 상체를 활짝 젖혔다. 그리고 무슨 일이 있어도 멈추거나 울지 않겠다는 의지를 보여주려는 듯 한 발 한 발 내디뎌 그녀를 겁나게 했다. 피터는 나이 들어 보이고 싶어 했지만 오히려 더 어려 보였다. 조금 더 정신을 차리고 아이가 괜찮으려고 고군분투하는 것을 알아줬어야 했는데 그러지 못했다. 어떤 날에는 작은 어깨에 손을 얹고 돌려세워 아이를 마주 보면서 말은 안 해도 엄마가 너를 사랑하고 있다는 사실을 이해시키려고 노력했다. 하지만 아이가 관심을 끌려고 얼굴을 맞대거나 침대 옆 바닥에 무릎을 꿇고 그녀의 코 밑에 더러운 손가락을 대고 숨을 쉬는지 확인할 때도 눈조차 뜨기 힘들었다. 그중에 최악은 아이의 어깨가 처지거나 감정을 다스리지 못하는 것을 보려고 일부러 상처를 줬을 때였다.

"자식을 낳은 게 후회돼." 한 번은 숙제를 하고 있던 피터에게 아무 이유 없이 그런 말을 내뱉었다. "인생에서 가장 후회되는 일이야." 브라이언이 야간 순찰을 나가고 둘만 있던 부엌에 정적이 흘렀다. 감자 두 알이 오븐 안에서 구워지고 있었고, 구운 감자껍질에서 나는 흙내음이 집 안을 가득 채웠다. 피터가 열 살인가 열한 살 때였는데 10년이 지난 지금도 깜짝 놀라 굳어지던 그의 하얗고 갸름한 얼굴이 눈에 선했다. 피터는 아무 일도 없었다는 듯 다시 숙제로 시선을 돌렸지만, 앉은 자세만 봐도 충격을 받아 조금 전과 달리 집중하는 척만 한다는 것을 알 수 있었다. 연필을 움켜쥔 손가락 끝이 하얬다. 연필 끝이 종이 위에서 갈피를 잡지 못하고 방황했다.

그녀는 아바시 박사에게 피터를 때리거나 프랜시스 글리슨의 얼굴을 쐈을 때보다 더 심각한 최악의 순간에 대해 말하기까지 오랜 시간이 걸렸다.

그 순간이 언뜻언뜻 떠오를 때마다—기억은 아무 때나 예고 없이 찾아와 주먹을 날렸다—그녀는 의사들이 말한 편집성 성격장애, 조현병, 조현성 성격장애, 경계성 성격장애, 조울증 가운데 어디에도 해당하지 않을 가능성도 있는지 궁금해졌다. 증상은 같은데 매년 진단이 바뀌고 새로운 이름이 붙었기 때문이다. 사실 어떤 면에서 그녀는 상대의 말을 순순히 따르거나 약을 복용하거나 상담을 받음으로써 모두를 속였다. 브라이언도 그녀에게 속아 결혼을 했고, 첫아이를 잃은 슬픔이 채 가시기도 전에 둘째 피터를 가졌다는 말을 들었다. 그녀는 어쩌면 자신이 그저 아주 많이 못된 사람일 수도 있겠다고 생각했다.

"제가 치울게요." 1991년 5월의 길고 끔찍했던 밤 피터가 엄마 때문에 엉망이 된 집 안을 둘러보며 말했다. 그는 벌써 열네 살이었다. 그날 밤 어떤 일이 벌어질지 누가 예상이나 했을까? 앤은 수면제를 손바닥에 올려놓고 세게 눌러서 반으로 쪼갠 뒤 하나를 먹었다. 5분만 지났어도 너무 깊이 잠들어서 레나 글리슨이 뒷문을 두드리는 소리를 듣지 못했을 것이다. 평소처럼 브라이언이 알아서 처리하고 앤에게 알리지 않았을 것이다. 하지만 그녀는 창밖으로 프랜시스와 레나와 케이트가 뒷문 계단에 서 있는 것을 보았다. 브라이언이 긴 팔로 방충망이 닫히지 않게 잡고 있었다. 그녀가 아래층으로 내려갔을 때 케이트네 가족은 보이지 않았다. 브라이언이 피터에게 그런 식으로 몰래 빠져나가면 안 된다고 말하고 있었지만 늘 그렇듯 너무 건성이고 물러 터져서 앤이 직접 나서서 피터의 얼굴을 후려쳤다.

"먼저 이건 그 뻔뻔한 여자애랑 어울린 것에 대한 벌이야." 그녀가 말했다. "그리고 이건 몰래 빠져나간 것에 대한 벌이고." 그녀가 다시 때리려고 했지만 피터는 그녀를 피하고 뺨을 부여잡은 채 구석에서 벌서는 아이처럼 벽을 향해 반쯤 돌아섰다.

그때 그녀는 브라이언의 표정을 포착했다. 그것은 혐오가 분명했다. 게다가 예전에 그가 했던 말의 의미를 그제야 확신할 수 있었다.

머리가 쪼개질 듯 아프고 상상할 수 없을 정도로 피곤했지만 그녀는 그를 향해 돌아서서 몇 주간 이어온 언쟁을 다시 시작했다. 브라이언은 잠깐 쉬면서 혼자 생각할 시간을 원했다. 그녀는 그에게 아기가 죽었다고 말했던 아침을 떠올렸다. 아직 의사를 만나기 전이었지만 그녀는 알 수 있었다. 24시간이 넘도록 아기는 미동도 하지 않았다. 무지근한 통증이 등을 가로질렀다. 샤워를 할 때도, 차를 마실 때도, 바람이 1층 창문 아래 인도에서 나는 냄새와 뒤섞여 출근 준비를 하는 방 안으로 불어올 때도—그들이 아직 시내에 살 때였다—그녀는 알고 있었다. 그래서 자신이 무엇을 알고 있고 어떻게 알았는지를 그에게 말했다. 하지만 브라이언은 시리얼을 그릇에 붓고 당신은 절대 알 수 없다며 정확한 건 의사만이 말해줄 수 있다고 말했다. 그리고 몇 시간 뒤 의사의 이야기를 들은 브라이언은 지금과 같은 눈빛으로 그녀를 쳐다보았다. 마치 네가 그 말을 입 밖으로 꺼내서 아이가 죽었다는 듯, 다 너 때문에 일어난 일이라는 듯.

나중에 알았지만 프랜시스에게 총을 쏘기 전에도 그녀는 꽤 오랫동안 상태가 좋지 않았다. 몇 달 동안 대화가 잡음에 묻혀 잘 들리지 않아서 더 크게 말하고 더 열심히 들어야 했다. 그녀는 사람들이 뭐라고 하는지 알아듣지 못했고, 자신이 뭐라고 하는지도 알지 못했다. 가끔은 자신이 한 말이 방 반대편에서 들려오는 것처럼 느껴졌다. 젖은 시멘트 속에서 헤엄치려고 하는 것처럼 몸을 움직이기가 점점 더 어려워졌다. 하지만 잡음이 잦아들고 시멘트가 마른 뒤에야 이 증상들을 자각할 수 있었다.

"다른 사람들도 대부분 그래요." 아바시 박사가 말했다. 다른 사람들도 그녀와 비슷하다는 뜻이었다. 가장 위험한 시기에 객관성을 충분히 갖추는 것은 불가능했다. 그는 그런 식으로 자신을 용서해야 한다고 말했다.

아주 드물기는 하지만 자신의 상태가 좋지 않은 것에 대해, 그 내용을 종이에 타이핑한 다음 문 밑으로 밀어 넣듯 간단하고 명확하게 인지할 때도 있었다.

"브라이언." 사건이 일어나고 얼마 지나지 않은 어느 아침에 그녀가 말했다. 타이핑한 문장처럼 모든 것이 완벽히 명료한 아침이었다. 그녀는 선명한 색과 고화질로 자신을 볼 수 있었다. 그들은 여전히 침대에 있었다. 밖에는 비가 세차게 내리고 있었고 차량이 제퍼슨가를 지나갈 때마다 빗물이 바퀴에 깔리며 채찍질 소리가 났다. 그녀는 무슨 말을 하려던 것이었을까? 자신이 상황을 힘들게 만들었다는 것을 알고 있다고? 푸드 킹에 총을 가지고 간 뒤에 약을 처방해줬던 의사를 다시 만나봐야겠다고? 하지만 무슨 말을 꺼내기도 전에 그가 움찔했다. 그녀가 그의 팔에 손을 얹고 이름을 부르자 그가 움찔하더니 눈을 감은 채 깨지 않은 척 연기를 했다. 그녀는 거짓말에는 영 재주가 없는 그의 떨리는 눈꺼풀을 바라보면서 눈을 세게 찔러서 앞을 못 보게 하고 싶다는 강렬한 욕구와 싸워야 했다.

피터는 항상 모든 걸 수습하려고 했다. 끔찍했던 그날 밤, 앤과 브라이언이 언쟁을 벌이는 동안 그는 몸을 숙여 그녀가 쓰러뜨린 조명을 일으켜 세웠다. 그리고 거실을 기어 다니며 잡지와 우편물, 우편물이 담겨 있던 작은 바구니 그리고 벽난로 선반 위에 나란히 놓여 있다가 앤의 손에 날아간 작은 모형들을 주웠다. 케이트네 집에 불이 켜져 있었다. 말도나도 씨네 집도 환했다. 앤은 제퍼슨가 사람들이 모두 밖으로 나와 어둠 속에 웅크리고 앉아서 자신들의 대화를 듣고 있는 모습을 상상했다. 그녀는 생각해낼 수 있는 모든 이름으로 브라이언을 불렀다. 그리고 피터에게도 똑같이 반복했다. 그녀는 듣기 싫었던 말들을 내뱉었다. 호모새끼. 변태. 걸레 년. 그녀도 자기가 왜 그러는지 알지 못했다. 피터는 그녀가 자신을 어떤 이름으로 부르든 무표정을 유지했다. 피터는 진심으로 하는 말이 아니라는 걸 왜 그토록 확신했을까?

그다음에 무슨 일이 일어났는지는 흐릿했다. 그녀는 자기 자신에게, 그리고 자신의 기억이 중요한 사람들에게 진정으로 솔직했는지 확인하기 위해 기억을 더 가까이 더 깊게 들여다보려고 했다. 그나마 기억나는 장면들도 누군가가 렌즈에 바셀린을 발라놓은 것처럼 상태가 좋지 않았다. 손바닥의 불룩한 부분으로 입을 막고 어금니를 꽉 물었던 것이 기억났다. 아랫입술의 부드러운 안쪽 부위에서 피맛이 났던 것도 기억났다. 경찰은 부엌 의자가 냉장고 앞에 놓여 있는 걸로 봐서 그녀가 그 위로 올라가서 캐비닛을 꺼낸 것 같다고 말했다. 그녀는 부엌에서 의자를 옮겼던 것을 기억하지 못했다. 그 위에 올라갔던 것도 기억하지 못했다. 하지만 마지막에 총을 쥐고 있던 사람이 그녀였으니 총을 꺼낸 것도 그녀였을 것이다.

"뭐가 기억납니까?" 지방검사와 변호사가 회의적인 표정으로 물었다. 그녀는 브라이언이 순찰을 다녀와 부엌으로 사라질 때마다 여자애처럼 키득대고 싶은 욕구를 느꼈다. 그는 아무 일도 없었다는 듯 맥주를 들고 부엌에서 나왔지만 그녀는 상자의 새로운 위치를 정확히 알고 있었다.

"기억나는 게 좀 있어요?" 갈색 양복을 입은 두 남자가 물었다. 한 사람이 다른 한 사람보다 그나마 좀 낫다는 것 말고는 그들에 대해 알아낼 수 있는 것이 없었다.

그녀는 브라이언이 어떤 행동을 했는지 기억했다. 비디오처럼 선명하게 그 장면을 재생하다 멈추고 되감아서 다시 재생할 수 있었다. 그녀는 총을 접시나 쟁반에 올리듯 손바닥 가운데에 올려놓았다. 그녀의 기억 속에서 그것은 다른 사람의 손처럼 보였지만 잘 생각해보면 총의 무게가 느껴졌기 때문에 자기 손이 확실했다. 그녀는 총을 겨누지 않았다. 그저 손에 들고 관찰하고 있었다. 그것은 죽어 있는 무생물이었지만 발사하는 순간 살아날 것이었다. 피터가 그 모습을 보고 두 손을 머리에 얹었고 그녀는 그의 행동이 유전암호에 새겨져 있는 건지, 아니면 평생 브라이언과 함께 살면서 배운 건지 궁금했다.

"엄마." 피터는 차분하고 대담하게 엄마를 부른 뒤 아빠를 쳐다보며 도움을 요청했다. 그러나 브라이언은 한마디도 하지 않았다. 오히려 돌아서서 위층으로 올라가버렸다. 어떤 약을 먹고 있든, 그 주를 어떻게 보냈든 이 장면은 밤낮없이 아무 때나 재생할 수 있었다. 변호사나 의사들이 그녀의 뇌에 선을 연결하여 직접 볼 수 있었으면 좋았을 것이다. 앤은 그가 정확히 무엇을 바라는지 알고 있었고, 그는 피터를 위층으로 데려가는 기본적인 예의조차 갖추지 않았다. 그래서 피터가 현관으로 뛰쳐나가 케이트네 집으로 가서 도움을 요청했던 것이다.

해 질 녘의 쌀쌀함 속에서 두 시간을 기다렸더니 더는 화장실을 참을 수가 없었다. 모퉁이에 던킨도너츠가 있었다. 만약 여기에 머피의 법칙이 적용된다면 화장실 문을 닫자마자 피터가 지나가겠지만, 그래도 어쩔 수 없었다. 앤은 긴 잠복 탓에 뻣뻣해진 몸으로 차에서 내려 모퉁이에 있는 가게로 잽싸게 들어갔다. 이어서 스몰 사이즈의 블랙커피 한 잔을 시키고 카운터 뒤에 있는 여자에게 탁구채가 달린 화장실 열쇠를 건네받았다.

앤이 화장실에 다녀온 짧은 시간 동안 작은 가게가 꽉 찼다. 카운터 앞에 순찰 경찰관이 서 있었고 그 옆에는 남학생처럼 입은—짧게 자른 검은색 가발에 빨간 베레모를 쓰고 검은 뿔테안경을 쓴—여자가 서 있었다. 그 뒤에는 쿠키처럼 입은 사람이 있었고 그 뒤에는 우유, 베이컨과 달걀, 원더우먼, 빌 클린턴과 힐러리 클린턴이 있었다. 저녁이 되자 기온이 빠르게 떨어졌다. 가게 밖에서 말괄량이 삐삐가 모자 쓴 고양이와 손을 잡고 지나갔다.

남학생 같은 소녀가 덩굴 모양으로 땋은 짙은 금발을 휘날리며 순찰 경찰관과 함께 돌아섰고, 앤은 그들이 좁은 공간을 지나갈 수 있도록 뒤로 물러섰다. 소녀가 먼저 앤의 옆을 지나가고 순찰 경찰관이 그녀의 뒤를 따랐다. 그러면서 경찰복 재킷의 거친 면이 손을 스쳤고 떨림을 느꼈다. 그녀는 탁구채를 방패처럼 들었다.

출입문에서 남자애처럼 입은 소녀가 경찰관 쪽으로 고개를 돌리더니 뭔가를 말하면서 무심코 앤을 힐끔 쳐다보았다. 그리고 천천히 돌아섰다. 경찰관이 문을 잡은 채 기다리고 있었지만 소녀는 가만히 서서 분장용 안경을 벗고 북적이는 가게 반대편에 있는 앤을 응시했다. 나뭇잎이 바깥 인도를 따라 미끄러지듯 굴러갔다. 앤은 케이트 글리슨을 떠올렸다. 그 이름이 징을 치듯 한 음절씩 머릿속에 울렸다. "하느님, 맙소사." 그녀는 큰 소리로 외치고 케이트 옆에 있는 순찰 경찰관을 뚫어져라 쳐다보았다. 1973년의 브라이언을 보는 것 같았다.

"괜찮으세요?" 빌 클린턴이 가면 아랫부분을 잡아당기며 물었다. "괜찮아요?"

앤은 고개를 끄덕이고 그를 피해 케이트와 피터를 쫓아갔다. 예상치 못한 일이었다. 두 사람은 한 시간 전에 우연히 만난 것일 수 있다. 그 모든 일이 하나의 커다란 우연일 수도 있다. 시내에서 성 바르톨롬메오 동창회가 열려서 피터를 불렀는지도 모른다. 하지만 그녀는 이 희박한 가능성 뒤에서 거대한 터빈이 움직이는 것을 느꼈다. 앤은 피터가 자신도 돌아봐주기를 기다렸다. 그가 돌아본다면 케이트와 상관없이 그동안 하고 싶었던 말을 할 것이다. 그가 받아들일 수도 있고 거부할 수도 있었지만 일단 여기까지 왔다는 것이 중요했다. 다시 만날지 말지는 오직 그의 선택이었지만 그녀는 전자이기를 바랐다. 어쨌든 가장 중요한 것은 잘 지내는지 확인하는 차원을 넘어서 대화를 나누고 어떻게든 그의 삶으로 다시 들어가는 것이었다. 그녀는 전보다 훨씬 더 좋아졌고 화해할 시간도 충분했다. 불가능한 건 아니었다. 어떤 것도 불가능하지 않았다. 꼭 그래야 한다면 케이트에게도 아빠를 다치게 한 것에 대해 사과할 것이다. 그건 사고였다. 우연히도 그는 최악의 타이밍에 현관문 앞에 서 있었다.

하지만 케이트는 기대와 달리 피터에게 아무런 신호도 주지 않고 시선을 돌려버렸다. 케이트는 피터를 따라 문밖을 나섰고 두 사람은 어둠이 내리는 밤 속으로 함께 걸어갔다.

연달아 몇 번씩 불법으로 차를 돌리며 여차여차해서 고속도로를 찾은 뒤 두 시간 내내 시속 130킬로미터로 달려서 사라토가에 거의 도착했을 때쯤 그녀는 두 가지 사실을 깨달았다. 첫째는 피터가 입고 있었던 옷이 핼러윈 의상이 아닐 수도 있다는 것이었고, 둘째는 허벅지 사이에 탁구채가 달린 더러운 화장실 열쇠가 끼어 있다는 것이었다.

13

프랜시스가 레나에게 말하지 못한 사실이 하나 있었다. 주인공 남자가 오랫동안 고통받아온 여자에게 그런 말을 하면 어두운 극장에 앉은 관객들은 이렇게 생각할 것이다. 그 나쁜 자식의 헛소리에 속지 말아요, 아가씨. 당신은 그 남자에게 과분해요.

하지만 그 말은 사실이었다. 그와 조앤 사이에 일어난 일은 레나와 아무 상관이 없었고 그에게도 아무 의미가 없었다. 그도 자신이 먼저 시작했다는 것은 인정했다. 파티가 끝나고 이튿날 아침, 그녀가 10대 아이처럼 샌들을 집어 드는 순간에 전기가 통하는 전선을 잡은 것처럼 몸이 말을 듣지 않았다. 그 후 몇 주 동안 그는 거의 쉬지 않고 그 일을 생각했다. 얼굴이 망가지고 나서 겪어본 가장 놀라운 일이었다. 그들은 너무나 명확한 무언의 메시지를 주고받았다. 하지만 그는 수개월 동안 그녀를 만나지 않았고 생각만 할 뿐 행동으로 옮기지 않았기 때문에 문제될 것이 전혀 없다고 생각했다.

그해 핼러윈 즈음 그는 카운티 임원선거에 출마하는 새로운 후보를 위해 서명한 여성들의 명단에서 조앤의 이름을 발견하고 그녀가 눈앞에 서 있는 것만 같은 흥분을 느꼈다.

그 후 크리스마스 축제에서 그녀를 보았다. 레나는 성 바르톨롬 메오를 위한 기금을 마련하기 위해 제과제빵 부스에서 일했고 부스 정리까지 도와야 해서 저녁이 늦어지겠다며 지팡이 없이 혼자 돌아다녀도 괜찮은지 두 번이나 물었다. 집을 나서면서 문에 기대어 있는 지팡이를 봤지만 몇 달 동안 현기증이 없었기 때문에 가져오지 않았다. 그는 그녀가 만약을 대비해 지팡이를 가져가라고 말하고 싶어 죽을 지경이라는 것을 알고 있었다. 날이 금방 어두워질 테고 바닥에 떨어진 나뭇잎들도 미끄러웠지만, 그녀는 그가 느끼는 감정 하나하나에 민감했기 때문에 지팡이를 가져가는 것은 물론 가져가라는 제안조차 싫어한다는 것을 금세 알아차렸다. 그는 레나가 부스에 자리를 잡자마자 거리로 나가서 댄스 아카데미 스튜디오에서 배가 볼록 나온 타이츠 차림의 꼬마들이 거리에서 춤을 추기 위해 줄지어 나오는 모습을 잠시 지켜보았다. 그는 추운 날씨 탓에 여린 피부에 닭살이 돋은 것을 보고 겉옷을 입혔어야 했다고 생각했다. 그는 시식용 칠리를 네 컵이나 먹고 인덱스 카드에 투표를 해서 박스에 집어넣었다. 그리고 건축업자의 부스에 들러 비닐사이딩(경질 PVC를 압축하여 얇은 판으로 제작한 외장재 – 옮긴이)을 판매하고 설치하는 일을 홍보하러 온 전직 경찰관과 수다를 떨었다. 41번 관할구나 26번 관할구와 관련하여 서로 알고 있는 사람들에 대해서도 얘기했다.

"사람은 좀 만나요?" 또 다른 경찰관이 망설이며 프랜시스에게 물었다. "41번 관할구에서 주기적으로 방문하는 사람들이 있지 않았어요?"

동료 세 명이 병원과 집으로 몇 차례 찾아왔었다. 그는 레나의 도움을 받아 침실이 아닌 소파에서 그들을 맞이했다. 재킷 차림의 그들은 어찌할 바를 모르고 주변을 서성거렸다.

"네, 맞아요, 정말 좋은 사람들이에요. 모두 바쁜데 말이죠, 안 그래요?"

또 다른 남자가 자녀와 대학야구, 선발 논쟁에 대해 장황하게 늘어놓았다. "딸만 있으시죠!" 그러더니 멋대로 결론을 내렸다. "이런 일로 씨름할 필요가 없어서 편하시겠어요."

프랜시스는 동의하는 척하면서 속으로 생각했다. 우리 케이트가 너희 아들들을 전부 합쳐놓은 것보다 나을 거다.

그는 산타가 화재 안전에 관한 색칠공부를 나눠주고 있던 소방서 근처에서 조앤을 발견했다. 그녀는 장갑 낀 두 손으로 음료를 들고 홀짝거리다 금세 그를 발견하고 숨을 곳을 찾으려는 듯 어깨 너머를 힐끗 돌아보았다.

그가 다가가자 그녀는 인사 대신 다짜고짜 대화를 시작했다. "저기에 절대 술 마시면 안 되는 여자가 있다고 생각하셨겠네요."

"아니에요!" 그는 이렇게 말하면서 케이트의 파티 때처럼 자신의 목소리에서 따뜻함과 즐거움이 묻어나는 것을 다시 한번 느꼈다. 그가 항상 그런 것은 아니었다.

프랜시스는 두 손을 동그랗게 모아 쥐고 입김을 불어 넣은 뒤 그녀에게 만나서 반갑다고 말했다. 그리고 그다음 말을 도무지 찾을 수가 없어서 다시 입김을 불었다.

"꽁꽁 얼었네요." 그녀가 말했다. "안으로 들어갈래요?" 마침 새로 생긴 술집 앞에서 바텐더 둘이 전기냄비에 끓인 뱅쇼를 스티로폼 컵에 담아 3달러에 팔고 있었다.

프랜시스 글리슨이 아내가 아닌 여자와 함께 술집에 앉아 있는 것을 신경 쓰는 사람은 하나도 없었다. 원래 그런 날인데다 사람들은 두 사람에게 뭔가 문제가 있다면 레나 글리슨과 1백 미터도 채 떨어지지 않은 동네 한복판에서 술을 마시지 못할 거라고 생각했다. 예상치 못한 추위 덕에 술집에 손님이 많았지만 뒤편에 의자 두 개가 기다렸다는 듯 비어 있었다.

나중에 프랜시스는 멈출 수 있었던 순간들에 대해 생각했다. 그때 거기서 오스카 말도나도를 만났더라면 좋았을 것이다. 며칠 뒤 그는 술집에서 프랜시스를 봤다면서 그곳이 어땠냐고 물었다. 혹은 조앤이 그 주 초에 남편이 드디어 이혼서류에 서명했고 그 기념으로 따뜻한 와인을 마시고 있다고 말해줬더라면 좋았을 것이다. 하지만 그녀는 그 얘기를 나중에야 했다. 애초에 레나가 헤어지기 전에 몸이 안 좋아서 미열이 날까봐 시내에 나오기 전에 아스피린을 먹었는데 효과가 없는 것 같다고 말했더라도 좋았을 것이다. 레나가 평소답지 않게 아픈 것을 축제가 시작되기 전에 알았더라면 부스 근처에서 그녀를 도왔을 것이다.

두 사람은 한 시간 반 동안 무슨 얘기를 했을까? 그들은 술집에 들어간 지 몇 분 만에 너무 더워서 외투와 목도리를 벗었고, 의자 등받이가 없어서 그것들을 무릎 위에 얹어놓았다. 레나는 등받이 없는 의자에 앉지 못하게 했다. 그러다 균형을 잃어버리면? 프랜시스는 조앤의 무릎이 자신의 무릎과 얼마나 가까이 있는지 깨달았다. 살짝 내려간 블라우스 위로 쇄골 라인이 드러났다. 그가 일에 대해 같은 질문을 반복하자 그녀가 웃음을 터뜨리며 그에게서 숨으려는 듯 고개를 푹 숙였다. 그리고 다시 고개를 들어 여태껏 무슨 생각을 했는지 다 안다는 듯 그를 쳐다보았다.

그것은 편안하면서도 놀라운 경험이었다. 그는 자신이 젊고 강하며, 레나가 수년간 과잉보호한 인물과는 전혀 상관이 없는 것처럼 느꼈다. 처음에는 조앤의 그런 솔직함이 도움이 되었다. 하지만 나중에 그는 그것 때문에 자신을 혐오하게 되었다.

"지금은 힐톱 아파트에 살아요." 그녀가 말했다. "이혼 합의가 끝날 때까지 세 들어 살려고요."

그녀가 그의 팔꿈치를 만지더니 검지로 이마를 한 번 톡 건드렸는데 너무 순식간이어서 거기서 느껴지는 맥박이 진짜인지 상상인지 분간이 되지 않았다. 그때 그녀가 겉옷과 장갑을 집어 들더니 자리에서 일어났다. 그리고 몇 걸음 걷다 돌아보고 또다시 몇 걸음 걷다 돌아보았다. 심장이 너무 크게 뛰어서 그녀에게 분명히 들렸을 것 같았다. 축제의 소음이 그들의 발걸음이 향하는 곳을 가려주었다. 12월 중순의 어스름이 일찌감치 찾아와 하늘이 오렌지색에서 멍이 든 것 같은 보라색을 거쳐 짙은 회색으로 변했다. 그녀가 출입문을 열고 로비로 들어갔고, 그들은 나란히 서서 엘리베이터가 도착할 때까지 말없이 정면만 쳐다보았다.

"지금 우리 뭐 하는 거죠?" 그가 집에 들어가자마자 물었지만 조앤은 그저 빙긋 웃기만 하고 찬장을 열어 유리잔을 꺼냈다. 뒤이어 TV를 켜고 음량을 낮추었다. 어린아이처럼 몸이 떨렸지만 이제 와서 시치미를 떼 봤자 소용없었다. 그는 손으로 눈을 가렸다. 그달에 코네티컷의 안구 예술가가 직접 그린 고가의 의안으로 바뀌는데 너무 진짜 같아서 딸들도 깜짝 놀랐었다. 레나는 아직 비용을 다 지불

하지 않았는데도 제값을 톡톡히 한다며 좋아했지만, 그는 비용을 다 지불한 뒤에 그만한 가치가 있는지 판단할 생각이었다. 자신의 얼굴을 살피는 사람들의 시선을 모르는 척하지 않아도 되어서 그런지 예전처럼 사람들과 대화하는 것이 좋아지기는 했다. 사람들은 그의 낡은 의안을 쳐다보지 않으려고 애쓰느라 눈동자를 정신없이 움직이곤 했다. 의안이 너무 불편하고 가짜 같다 보니 케이트도 차라리 안대가 더 나은 것 같다고 했었다. 지금은 안대에 너무 익숙해져서 의안을 하고 있으면 벌거벗겨진 느낌이었다.

그녀의 두 손이 그의 목을 감쌌다가 완벽한 대칭으로 어깨를 거쳐 팔로 내려갔다. 장갑을 끼었는데도 손이 차가웠다. 그는 몸을 떨며 7개월 전인 5월의 어느 이른 아침에 그랬던 것처럼 그녀의 허리를 감쌌다.

그것은 레나와 무관한 일이었고, 그는 결혼식 날만큼 레나를 사랑했다. 그것은 오직 그 자신, 그리고 그가 원하고 그리워하고 느끼고 싶었던 것과 관련된 일이었다. 그는 조앤과 무슨 일이 있었고 무슨 일이 벌어지든 레나와 함께 하는 삶과 완전히 별개로 존재할 수 있기를 바랐다. 그럴 수 없을까? 그는 조앤의 집 문턱을 넘은 지 불과 한 시간 만에 황급히 밖으로 나왔고 잠시 오리 연못에 산책을 다녀온 것처럼 축제장으로 돌아갔다. 쓰레기가 나뒹구는 축제장에서 레나가 잔뜩 겁에 질린 표정으로 그를 기다리고 있었다. 그 일이 정말 그녀와 무관한지 의심스러워졌다. 그는 좋은 경찰이자 좋은 남편이자 좋은 아빠였다. 실제로 그 모든 역할을 훌륭히 해냈고 스스로 그렇게 생각하는 것을 뻔뻔스럽다고 느끼지 않았다. 그는 책임감 있고 믿을 수 있는 좋은 사람이었기에 이웃의 현관 앞에 갔고 아무 잘못도 없이 경찰이 아닌, 좋은 남편은 더욱 아닌 낯선 현실에 내동댕이쳐졌다. 여전히 좋은 아빠일까? 그러기를 바랐지만 지난 한 시간 동안은 그러지 못했던 것 같았다.

"사람들이 소방서 근처에 빙판이 있다고 하잖아." 레나가 말했다. "누군가가 미끄러져서 넘어졌다더라고." 그녀가 질책하듯 걱정스러운 마음을 전했다.

"난 괜찮아." 그가 가방을 받아들며 말했다. 부스에 쓰려고 집에서 가져온 식탁보와 쟁반이 들어 있었다.

"사람들이 이렇게 추운 날씨에 음료수를 엎질러서 그래. 얼마나 빨리 얼어붙는지도 모르고."

그리고 덧붙였다. "괜찮아?"

"맙소사, 레나, 괜찮은지 그만 좀 물어봐. 그만하라고." 그는 실제로 느낀 감정보다 더 심하게 화를 냈다. "새로 생긴 술집에 갔다가 아는 사람들을 만났어."

"미안해." 레나가 누그러진 목소리로 말했다. 그리고 손가락 끝으로 관자놀이를 만졌다. "몸이 좀 안 좋아. 감기인 줄 알았는데 독감인가 봐."

프랜시스는 그 후 열흘 동안 조앤을 두 번 더 만났다. 두 번째로 만난 곳은 그녀의 아파트였고, 세 번째로 만난 곳은 북부에 살짝 치우친 어느 공원이었다. 레나는 보행로가 평평하지 않고 갈라진 바닥이나 나무뿌리에 걸려 넘어질 수 있다며 그를 그곳에 데려가기 싫어했다. 그가 버스를 타고 리버사이드에 있는 번화가로 나가면 조앤이 거기서 그를 태웠다. 그는 겨울이라 막아놓은 공원 화장실에서 그녀의 늘씬한 몸을 콘크리트 벽에 밀어붙였다. 그녀는 12번 국도에 있는 홀리데이 인에 가서 몇 시간 있다 오자고 제안했고 충격을 받은 듯한 그를 놀려댔다. "왜요?" 그녀가 웃었다. "돈은 제가 낼게요. 플라자 호텔도 아니잖아요."

막상 그녀가 안내데스크에서 돈을 내려고 하자 그는 몹시 당황해하며 그녀의 손을 물리치고 신용카드를 내밀었다.

"내가 운전할까요?" 나중에 차로 돌아갔을 때 그가 묻자 그녀는 망설임 없이 열쇠를 건넸다. 그는 차를 몰고 그녀의 집까지 간 뒤에 거기서부터 제퍼슨가까지 걸어갔다. 사고 후 4년 만에 운전대를 잡았다. 운전석에 앉는 것만으로도 더 젊어지고 원래 모습에 더 가까워진 느낌이었다. 조앤은 조금도 걱정하지 않는 것 같았다. 고속도로로 진입하면서 좌측을 돌아보다 잠시 방향감각을 잃었지만 다시 정면을 쳐다보니 금방 괜찮아졌다.

그가 조앤과 네 번째 만남을 약속한 날, 레나가 축제 날부터 시작된 감기 기운 탓에 결근을 하고 병원 진료를 예약한 뒤 프랜시스에게 함께 가겠느냐고 물었다. 진료실에 동행해주기를 바라서는 아니었고 그저 진료실 근처에 있는 철물점을 둘러보고 싶지 않을까 해서 물어본 것이었다. 그들은 한동안 그쪽으로 간 적이 없었다. 프랜시스는 전화할 틈이 없었기 때문에 자신이 나타나지 않으면 조앤이 알아서 상황을 눈치채주기를 바랐다.

진료 후 길럼 디너의 창가 자리에 앉았을 때 레나가 스스로 암에 걸리는 게 가능한 일일지 그에게 질문했다. 의사는 그녀의 가슴 엑스레이를 보더니 기관지염이라며, 쉬라고 했다고 말했다. "걱정이나 스트레스만으로도 암에 걸릴 수 있을까?" 그녀는 창밖의 먼 곳을 응시했다. 그리고 책에서 그런 내용을 읽었다고 덧붙였다.

프랜시스는 자신이 어떻게 반응했는지 기억하지 못했다. 하지만 그 순간을 돌이켜보면, 창밖에 태양이 떠 있고 커피에는 기름막이 떠 있고 종업원들과 손님들이 분주히 오가는 속에서, 그는 바짝 마른 작은 씨앗이 레나의 몸 안으로 떨어져 왼쪽 폐 어딘가에 내려앉는 상상을 했다. 그 씨앗은 따뜻한 중심부에서 통통하게 자라나 부드러운 조직 밖으로 싹을 틔운 뒤 그 주위를 몇 번이고 감쌌다. 그는 접시를 바라보며 이런 상상을 하다가 문득 조앤 카바나의 길고 붉은 머리카락이 하얗고 가냘픈 등과 얼마나 대조적인지 떠올렸다.

"당신은 이미 알고 있었어." 그가 입을 열었다. "알면서도 내게 말하지 않았지." 그는 그녀에게 화가 났다. 그리고 자신에게 화가 났다. 그는 그녀를 위로하고 싶었지만 오히려 팔짱을 낀 채 그 자리를 떠나버렸다. 의사가 기관지염이라는 진단을 내린 것은 맞지만 또 다른 뭔가가 발견되어서 몇 가지 검사를 추가했다.

그녀는 그 소식을 전하며 사과했고 그는 아무 말도 하지 못했다. 당연히 당신 잘못이 아니다, 우리는 잘 헤쳐나갈 수 있을 것이다, 다 괜찮아질 것이라고 말했어야 했다. 하지만 그녀가 정말 잘못한 게 아닐까? 처음 가슴에서 이상한 느낌을 받은 건 언제였을까? 의사의 말에 따르면 몇 달 전이었던 것 같았다. 그녀가 증상이 없었다고 하자 의사는 인식하지 못했을 뿐이라고 말했다. 어떤 사람들은 남들보다 자기 몸에 덜 민감하다. 그녀가 균형을 잡기 위해 벽을 짚으며 침실로 올라가다 기침을 했고, 프랜시스는 계단 밑에 서서 똑똑한 사람이 도대체 왜 그렇게 늦게 병원에 갔느냐며 그녀를 몰아세웠다.

그녀가 계단에 주저앉아 울음을 터뜨렸을 때도 선뜻 다가가거나 위로의 말을 하지 못했다.

"당신은 괜찮을 거야, 레나." 마침내 그가 계단 밑에서 그녀를 올려다보며 말했다. 그것은 명령이었다. 그는 한때 십여 명의 남자들을 지휘하던 사람이었다.

수술 전날 밤 딸들이 집으로 돌아와 입원 준비를 도왔다. "레나." 이튿날 아침 그가 속삭였다. 집 안은 여전히 고요했다. 그녀가 6시로 맞춰놓은 알람이 울리지 않아서 서둘러야 했다. "레나, 내 사랑." 그가 이렇게 말하고 그녀를 끌어당기더니 그런 식으로 행동해서 미안하다며 충격이 너무 커서 그랬다고, 당신을 잃을 일은 절대 없을 거라고 말했다. 그러자 그녀가 그의 등 뒤로 손을 뻗어 엉덩이를 움켜잡고는 알고 있다며 다 잘될 테니 두고 보라고 말했다.

딸들이 분주히 집 안을 돌아다녔다. 사라와 내털리는 병원에서 준목록을 가지고 짐 가방을 이중으로 확인했고 케이트는 엄마가 수술용 특수비누로 샤워하는 것을 도왔다. 레나가 웃으며 케이트에게 말했다. "아이고, 우리 아가." 프랜시스는 병원으로 떠나기 전에 약간의 여유 시간이 있다는 것을 깨닫고 재빨리 옷을 갈아입었다. 그리고 조용히 밖으로 나가 평소처럼 커피와 신문을 사러 델리로 걸어갔다. 익숙한 일상이 마음에 안정감을 주었다. 그는 차가운 공기로 뿜어져 나오는 날숨을 바라보며 처음으로 모든 일이 잘될 거라고 느꼈다. 얼굴도 아프고 몸도 마음대로 움직이지 못했지만 금방 지나갈 것 같았다. 의사들은 신비로운 일들을 해낼 것이고 분명히 고통스럽겠지만 그녀는 강한 사람이기 때문에 곧 괜찮아질 것이다.

중심가로 들어서자 파란 코트를 입은 조앤 카바나가 햇빛을 받아

황동색으로 빛나는 머리카락을 길게 늘어뜨리고 상처받은 사람처럼 그를 쳐다보며 다가왔다. 하지만 그녀는 그런 눈빛을 보낼 만큼 그를 오래 알지 못했고, 그 역시 창피함 외에 다른 감정을 느낄 만큼 그녀를 오래 알지는 못했다. 그는 정말 오랜만에 어머니와 아버지를 생각했다. 두 사람은 25년 전에 세상을 떠나 땅속에 묻혔다. 그들은 프랜시스가 어렸을 때 어디서 잠깐 본 것 말고는 미국에 대해 아는 것이 전혀 없었다. 그래서인지 여느 노인들처럼 언젠가 놀러 가겠다는 약속을 섣불리 하지 못했다. 차라리 거짓말을 하는 편이 나았을 때도 그러지 못했다. "곧 찾아뵐게요." 프랜시스는 시골집 문지방에서 자신을 붙잡던 부모님에게 이렇게 말했고, 어머니는 메마른 뺨으로 그의 뺨을 몇 번이고 힘껏 눌렀다.

"거참, 도대체 거길 왜 가겠다는 거냐?" 아버지가 물었다.

그리고 뉴욕시티에는 빵집이 많으니 뚱뚱해지지 않도록 신경 써야 한다고 말했다. 아버지가 건넨 유일한 조언이었다. 그들은 아들이 착하고 건전하고 분별력 있는 청년이라고 생각했기 때문에 돈이나 여자나 술이나 싸움에 대해서는 주의를 주지 않았다. 지금 천국에서 내려다보고 있다면 아들을 알아보지 못할 수도 있다. 프랜시스는 그날 오후 홀리데이 인에 다녀온 후로 조앤을 만나지 않았다. 레나가 진단을 받은 뒤로는 전화도 하지 않았다.

월요일 아침이었다. 수술은 11시로 잡혀 있었지만 레나는 9시부터 수속을 밟아야 했다. 이제 막 7시가 지났으니 아직 이른 시간이었다. 조앤의 옆으로 공사장 인부들이 요란한 소리를 내는 출입문을 정신없이 드나들었다. 그녀는 자신에게 다가오는 프랜시스에게 시선을 고정했다. 지역 경찰들이 순찰차를 주차금지 구역에 세워놓

고 커피를 사러 들어갔다. 실례합니다, 실례합니다, 좋은 아침이에
요. 그들은 지나가면서 이렇게 말했다. 그는 경찰 시절에 계단을 뛰
어오르고 도심을 따라 순찰차를 몰면서 나쁜 일을 막으러 갈 때 느
꼈던 격렬한 즐거움과 몇 분 늦게 도착했을 때 느꼈던 참담한 실망
감을 떠올렸다. 1월 말 몹시도 추웠던 그날 아침 레나는 기도문을 중
얼거렸다. 대학 1학년을 다니다 휴학을 하고 집에 온 케이트는 엄마
를 잃기에는 너무 어렸다. 프랜시스는 26번 관할구의 1052번지에
살던 때를 떠올렸다. 그는 허구한 날 싸우던 사람들을 한 번에 한 명
씩 5층 복도로 불러서 서로 사랑하는지, 만약 그렇다면 상대에게 물
건을 던져서 이웃들의 잠을 깨우는 것을 멈춰줄 수 있는지 물어보았
다. 이후 그들은 한동안 그를 러브 경위라고 불렀다.

한번은 조앤이 레나가 출근한 줄 알고 집에 전화를 했다가 그녀와
통화를 한 적이 있었다. 프랜시스는 침실 문 앞에 서서 팔뚝에 경련
이 날 정도로 주먹을 꽉 쥔 채 그들의 대화를 들었다.

"조앤 카바나네." 레나가 전화를 끊고 의문스러운 말투로 말했다.
"케이시가 애들 몇 명이랑 동창회인지 뭔지를 한다고 케이트의 주소
를 알려달라고 했대." 그리고 덧붙였다. "솔직히 좀 취한 것 같아."

프랜시스는 관심의 표시로 몇 마디를 중얼거리고 욕실로 들어갔
다. 거울에 비친 얼굴을 살펴보니 오래된 흉터가 납빛으로 변해 아
파 보였다.

"레나 일은 들었어요." 그날 아침 델리 앞에서 조앤은 말소리가 들
릴 만큼 가까워진 그에게 말했다. 그는 그녀에게서 레나의 이름을
듣는 것도 죗값의 일부라고 생각했다. 그녀가 그런 식으로 레나의
이름을 들먹거리는 것도 그의 잘못이었다.

"지금은 좀 어때요?" 그녀가 이렇게 묻더니 대답을 들을 자격이 있다는 듯 그를 쳐다보았다.

상황을 악화시키지 않으려면 어떻게 말해야 할까? 그는 아무 말도 하지 않기로 했다. 그리고 공사장 인부들과 경찰들처럼 그녀를 지나쳐 델리로 들어가서 신문을 팔 안쪽에 끼우고 커피를 받아들었다.

잠시 후, 그녀는 차를 몰고 그의 옆을 천천히 지나가면서 그를 겁쟁이, 사기꾼, 멍청이라고 불렀다. 그녀의 목소리가 잘 들리지 않는 길 건너편으로 갈 수도 있었지만 그는 그냥 계속 그 길을 따라 걸었다. 그녀의 말은 모두 사실이었다. 그녀는 그가 매디슨가로 꺾어 들어갈 때까지 뒤를 따라가며 분풀이를 했다.

사라와 내털리가 병원 대기실을 들락거렸다. 그들이 커피와 샌드위치를 가져왔지만 아무도 먹지 않았다. 그들은 긴 복도를 걸으며 다리 스트레칭을 했고, 케이트는 프랜시스 옆에 뿌리박힌 듯 서 있었다.

수술은 영영 끝나지 않을 것 같았고, 그사이 여러 의사가 대기실에 들어와 다른 가족들을 안심시켰다.

"케이트." 어릴 때처럼 프랜시스가 그녀를 품으로 끌어당기며 말했다. 케이트는 모든 것이 정상이라며 그를 안심시켰다. 의사가 미리 수술 과정과 소요 시간을 설명해줬다. 예전에 레나가 프랜시스의 수술이 의사에게 들었던 것보다 몇 시간이나 더 길어졌다고 말했었는데, 그는 당연히 기억하지 못했다. 그런데 갑자기 자신이 누웠던 수술대에 레나가 누워 있는 것을 보니 그녀가 왜 사소한 걱정을 놓지 못했는지 이해하게 되었다.

"아빠." 케이트가 말했다. "타이밍이 적절하지 않을 수 있지만 할 말이 있어요."

프랜시스는 두려움의 고통에도 불구하고 주의를 딴 데로 돌릴 수 있어 감사했다. 잠시라도 시계에서 눈을 뗄 수 있어 다행이었다. 케이트가 임신했다고 말한다면 실망하겠지만 이래라저래라 하지 않을 것이다. 학교에서 쫓겨났다면 놀라겠지만 한동안 집으로 돌아와 지내면서 자신에 대해 알아가는 것도 괜찮을 것이다. 그녀가 무슨 말을 하든 세상이 끝나는 건 아니라고 말할 것이다. 중요한 것은 레나가 건강을 되찾는 일뿐이었다.

그가 사랑스러운 딸을 유심히 바라보았다. 그녀의 머리카락이 형광등 불빛 아래서 눈부시게 빛났다.

"피터한테 편지를 받았어요." 그녀가 말했다. "집으로 왔더라고요. 엄마가 누가 보낸 건지 알면서 학교로 다시 보내줬어요. 엄마가 아빠한테도 말하라고 했는데 적절한 타이밍을 찾지 못했어요."

그가 그녀의 어깨를 감싸고 있던 팔을 거두었다. "피터 스탠호프한테 편지를 받았다." 그가 그녀의 말을 반복했다. "뭐라고 하든?"

케이트가 시선을 돌리면서 어깨를 으쓱했다. "그냥 예전에 하던 얘기들이요. 그래서 답장을 했고 지금은 가끔 이메일을 주고받아요. 그 애가 만나고 싶다고 해서 엄마한테 얘기했더니 아빠한테 먼저 말해야 한다고 했어요." 케이트가 머뭇거렸다. "그 애는 아주 잘 지내요. 전액 장학금을 받고 뉴저지에 있는 대학에 갔어요."

내내 서 있던 프랜시스가 자리에 앉았다. 사라와 내털리가 곧 돌아올 것이었다.

"엄마가 나아지면 피터를 만나고 싶어요. 저희는 아주 오랫동안 제일 가까운 친구였어요. 그냥 만나서 어떤지 보고 싶어요. 시내에서 만날 거예요. 종지부를 찍으려는 것뿐이에요. 약속해요. 아빠가 이해해주셔야 해요. 그 일이 터지고 피터가 갑자기 사라졌잖아요."

종지부. 대학에서 배운 말이 틀림없었다. 그도 저 나이 때 미국으로 건너와서 아일랜드에는 한 번도 가지 않았다. 나는 종지부를 찍었던가?

"무슨 얘기를 하려고?"

앤 스탠호프가 북부로 옮겨졌다는 이야기는 꽤 오래전에 변호사에게 들었다. 브라이언에 대한 소식은 오랫동안 동료들을 포함해 아무에게도 듣지 못했지만 연금 수표가 어딘가로 배달되었을 것이다. 피터는 케이트에게 뭘 바라는 걸까?

"아무 문제 없을 거예요." 케이트가 조심스럽게 말했다.

"날 봐라." 프랜시스가 말했다. "앤 스탠호프가 날 쏘지 않았다면 지금 어떤 모습이었을 것 같니? 경감이 됐을 거야. 그보다 높은 자리에 올라갔을 수도 있어. 그건 확실해. 그 여자는 처음부터 느낌이 좋지 않았고 그 애도 마찬가지야. 네 엄마 말대로 경찰이 와서 처리하도록 내버려뒀어야 했어. 피터를 집으로 돌려보내서 자기 집 현관에서 기다리게 해야 했다고."

"그때 피터는 겨우 열네 살이었어요. 불공평해요."

"인생은 공평하지 않아, 케이트. 그 애를 만나지 않았으면 좋겠다. 이상."

"저를 어린애 취급하지 마세요, 아빠."

이런 상황에서도 웃음이 나온다는 것이 참 어이없었다.

"오, 케이트." 그가 말했다.

레나는 수술을 무사히 마치고 화학요법과 방사선 치료도 잘 견뎠다. 프랜시스는 가족을 위해 요리를 했고 바쁜 아내를 대신해 어린 딸들에게 해줬던 것처럼 쇠약해진 그녀에게 음식을 직접 떠 먹여주었다. 그녀가 1층 소파에서 잠들면 빈 껍질처럼 가벼운 그녀를 번쩍 들어 방으로 데려갔다. 더는 어지럽지 않았다. 몸을 떨지도 않았다. 그는 매순간 그녀에게 뭐가 필요한지 생각하는 데 골몰했다. 그가 처음으로 그녀를 보조석에 태우고 운전대를 잡았을 때 그녀는 항의하듯 그를 쳐다보았지만 이내 받아들였다.

체모가 전부 빠졌다가 다시 자라기 시작하니 아기 새 같아 보였다. 그녀는 가발이나 스카프를 신경 쓰지 않았다. 추우면 딸들이 쓰던 낡은 모자를 뒤집어썼다.

어느 정도 기력을 찾은 후부터 그녀는 그의 부축을 받으며 산책을 하기 시작했고, 한 번은 걷다가 너무 지쳐서 홀로 길가에 앉아 그가 차를 가지고 돌아오기를 기다린 적도 있었다.

드디어 봄이 찾아왔다. 레나는 회복 중이었고, 두 사람은 최악의 고비를 넘겼으니 이제 회복할 일만 남았다고 확신했다. 케이트도 곧 1학년을 마칠 예정이었다.

프랜시스가 부엌에 흐르던 정적을 가르며 레나에게 말했다. "오늘 한해살이 식물을 보러 묘목장에 갈래? 이번 주말에 심으면 되잖아?"

레나는 테이블에서 차를 마시고 있었다. 주전자 주둥이에서 하얀 김이 흘러나왔다.

"프랜시스?" 레나가 말했다. "조앤 카바나랑 무슨 일 있었어? 지난 겨울에?" 그녀는 그저 궁금할 뿐이고 어떤 대답을 하든 상관없다는 듯 매우 차분하고 평화로운 표정이었다. 도리어 대답하기 힘들어하는 그를 안심시키려는 듯 엷은 미소를 지었다.

그는 조리대를 꽉 잡고 눈을 감았다. 온몸의 피가 순식간에 얼굴로 쏠렸다.

"그럴 줄 알았어." 레나가 말했다.

그가 용기를 내어 눈을 떴을 때 그녀는 손으로 입을 막고 울고 있었다.

"있잖아." 그녀가 무미건조한 목소리로 분명하게 말했다. "나라면 죽었다 깨어나도, 무슨 일이 있어도 절대 그런 짓은 하지 않았을 거야."

프랜시스는 그 말이 사실이라는 것을 알고 있었다.

한참이 지나서야 그 일이 알려진 경위를 확인할 수 있었다. 그는 그게 무슨 중요한 문제라도 되는 양 자꾸 캐내려고 하는 자신을 볼 때마다 스스로를 꾸짖었다. 아마 신용카드 때문이었을 것이다. 누군가가 두 사람을 목격했을 수 있다. 조앤을 태우고 시내를 거쳐 그녀의 집까지 차를 몰았던 것은 무모한 짓이었다.

세 딸과 레나에게 그 사실을 알린 사람은 다름 아닌 케이시 카바나였다. 그녀는 격분하여 케이트에게 전화했고, 엄마를 대신해 참견쟁이 가장이 남의 일에 참견했다가 총을 맞았다는 이유로 온 동네가 떠받드는 그 작고 완벽한 가족을 향해 분노를 표출했다.

케이트는 아빠에게 붙여진 '참견쟁이'라는 말이 웃기다고 생각했고, 케이시가 수화기에 대고 뭐라고 소리를 지르는지도 몇 초 후에야 이해할 수 있었다. 일단 참견쟁이는 쉽게 흥분하는 중장년 여성이어야 했다. 과묵한 아빠와는 어울리지 않았다. 그날 밤 그는 훈련을 받은 용감한 사람이었기 때문에 옆집에 갔던 것이고, 그것은 옳은 일이었다. 도대체 케이시가 무슨 말을 하는 거지?

케이트는 엄마에게 그 말을 전하면서도 그녀의 말을 믿지 않았다. 내털리도 정말 말도 안 되는 얘기라며 동네에 떠도는 이상한 소문에 엄마가 휘말리지 않았으면 좋겠다고 말했다. 레나는 겁먹거나 충격을 받는 대신 어느 밤에 걸려온 이상한 전화를 떠올렸다. 그날 오후 출근했다가 전기 냄비에 재료만 넣어놓고 불을 켜지 않은 것 같아서 집에 전화했지만 프랜시스는 받지 않았다. 나중에 그에게 그날 뭐 했느냐고 물었더니 아무것도 안 했다고 대답했었다.

"엄마." 사라가 말했다. "아빠를 쫓아내버려요. 참지 마세요." 내털리도 똑같이 말했다. 레나는 모든 것을 너무 쉽게 믿어버리는 세 딸에게 화가 났다. 물론 그럴 만한 이유가 있었다.

"애들아." 레나가 말했다. "이건 엄마와 아빠 사이의 일이야."

세 딸이 어머니날을 맞아 집에 왔다. 프랜시스는 딸들이 도착하기 전에 꽃을 심었다. 사라와 내털리는 그를 되도록 피했지만 케이트는 그를 계속 주시하다 늦은 오후 창고로 따라가서 그와 대면했다.

"케이시 말이 사실이에요?"

그가 거짓말을 했어도 그녀는 믿었을 것이다. 진실을 대신할 수 있는 것이라면 그 어떤 것도 믿을 준비가 되어있었다.

그는 정원용 가위를 고리에 걸고 작은 갈퀴를 원예도구 보관함에 던졌다.

"그건 아빠랑 엄마 사이의 일이야." 그가 그녀를 외면한 채 말했다.

"너무 역겨워서 토할 것 같아요." 그녀는 이렇게 말하고 그를 밀치려는 듯 다가갔다.

"어떻게 그럴 수 있어요? 엄마가 아빠를 어떻게 돌봤는지 알아요? 어떻게 그런 짓을 할 수 있어요?"

"나도 모르겠다." 그것은 사실이었다.

"모른다고요?" 그녀의 목소리가 분노로 가득했다. "몰라요?" 그녀가 재차 물었다. 그리고 집 쪽으로 돌아서서 나가려는 것 같더니 갑자기 뒤돌아섰다.

"저 피터랑 만나요. 서로의 학교를 찾아갔었어요. 그 애를 사랑해요. 그래서 마음이 좋지 않았는데 이제는 아니에요."

그녀는 그의 표정을 살폈다. "피터는 절대 그런 짓을 하지 않을 거예요. 아빠가 엄마에게 한 짓 말이에요."

프랜시스는 분노가 치솟는 것을 느꼈다. 한 번도 딸들을 때린 적이 없지만 케이트의 얼굴을 후려치고 싶어 손이 근질거렸다.

"케이트, 제발 철 좀 들래?"

"그뿐인 줄 아세요? 엄마도 알아요. 그런데 괜찮대요."

"그렇겠지."

"진짜예요. 물어보세요. 왜요? 엄마가 그 사실을 숨겨서 상처받으셨어요? 아빠한테 비밀로 해서?"

이튿날 오후, 딸들이 시내로 가는 버스에 오른 뒤 프랜시스는 레나가 쉬고 있는 케이트의 침실로 올라갔다. 그는 안에 들어가도 괜찮을지 알 수 없어서 문 앞에 어색하게 선 채로 케이트가 한 말을 전하며 정말 알고 있었는지 물었다.

"괜찮을 거야." 레나는 그를 외면한 채 케이트가 어릴 때 덮었던 누비이불의 무늬를 매만지며 말했다.

"그 애를 사랑한다던데."

"주의는 줬어. 사랑만으로 모든 걸 해결할 수는 없다고. 하지만 우리가 반대할수록 더 완강해지기만 할 거야."

프랜시스는 두려움으로 인한 전율이 온몸을 관통하는 것을 느꼈다.

"내가 그런 일을 겪었는데 어쩌면 그렇게 바보 같을 수 있지? 그 애가 도대체 왜? 내 말은 듣지 않을 테니 당신이 말해. 그날 밤 몰래 빠져나갔던 걸 가지고도 아무 말 안 했더니만."

레나가 며칠 만에 처음으로 그를 똑바로 쳐다보았다. "애를 탓하는 거야?"

"아니, 당연히 아니지."

그들은 아직 너무 어렸다. 그러다 흐지부지될 수도 있다. 레나는 케이트가 누군가를 사랑한다는 사실이 기쁠 뿐 그 대상이 피터라는 건 그다지 중요하게 여기지 않는 것 같았다. 레나는 너무 쉽게 사랑했고 모든 걸 걸었다. 어쩌면 케이트도 그런지 모른다. 레나는 사랑한다는 말도 먼저 했다. 당시에는 일반적이지 않은 일이라 프랜시스는 적잖이 놀랐었다. 그는 베이 리지를 걷다 멈춰 서서 그녀에게 입을 맞췄고 차가운 코가 서로를 스쳤다. 그녀는 사랑한다는 말을 기대하지 않았다. 그가 그것을 간직하든 소모해버리든 자신의 사랑은 그만의 것이라는 걸 알려주고 싶었을 뿐이다.

"레나." 프랜시스가 말했다. 그는 할 말을 찾지 못한 채 침대로 다가왔다. "나는……."

레나는 비집어 열 수 없는 주먹과 같았다. 그녀는 이불을 모아 목까지 끌어당기고 벽에 기대어 몸을 움츠렸다. "곧 모든 게 괜찮아질 거야, 프랜시스. 하지만 지금은 아니야."

14

피터는 4학년이 되었고 선수들은 감독이 아닌 그를 찾았다. 피터는 펜실베이니아에 있는 1부 리그 팀의 감독직을 노리느라 집중하지 못하는 감독을 대신해 어디를 얼마나 달려야 할지 알려주었다. 피터는 선수들 사이를 돌아다니며 평생 3천 미터만 뛰었던 선수들을 1천 5백 미터 주자로 바꿔주고, 마치 개인 사무실인 양 관중석에 앉아서 트랙을 내려다보며 짧지만 날카로운 회의를 했다. 그들은 대부분 다른 종목에서 두각을 나타내지 못하고 고등학교 크로스컨트리팀이나 육상팀에 들어간 아이들이었다. 달리기는 그만큼 단순한 운동이었다. 가장 힘든 장거리 달리기는 대부분 피터와 신입생 몇 명에게 맡겨졌다. 어느 날 피터는 훈련을 마치고 재미 삼아 허들을 넘고 있는 중거리 선수를 보면서 장거리 장애물 경기에 적합하겠다고 생각했다. 그는 이런 생각을 감독에게 가볍게 언급하면서 괜찮은지 봐달라고 말했다. 그의 제안은 다음 대회에 그대로 반영되었고 팀 성적도 더 좋아졌다. 경기가 끝나면 선수들은 하나같이 고개를 쳐들고 인파 속에서 피터를 찾았다.

감독은 피터에게 팀원보다 자신을 분석하는 데 더 많은 시간을 할애하라고 말했다. 틈이 날 때마다 뉴욕행 버스를 타고 여자 친구를 만나러 가는데 어떻게 성적이 좋아질 수 있겠는가?

"그리고 한 가지 더." 감독이 말했다. "땀 냄새가 너무 지독하니까 좀 식히고 가, 알았지?"

케이트는 예전과 똑같은 것 같으면서도 완전히 달랐다. 그날 밤 술집에서 처음 만났을 때 그녀는 7학년 선생님이 첫 쪽지 시험을 예고했을 때처럼 놀란 표정을 지었고, 이야기를 시작하니 함께했던 오랜 역사가 빠르게 불어나 넘실거렸다. 나중에 그녀는 약속 자리에 못 나갈 뻔했다고 고백했다. 엄마는 화학요법을 앞두고 있었고 아빠가 그들의 만남을 노골적으로 반대한 데다 그녀 자신도 너무 긴장했었기 때문이다. 그녀는 옷을 열 번 넘게 갈아입다가 결국 룸메이트에게 빌려 입었다. 맥주 500cc를 다 마셔갈 때쯤 그녀가 약속장소에 나타났고, 그는 테이블에서 일어나 그녀에게 다가가서 그녀를 끌어안았다. 둘 다 아무 말도 하지 못했다. 그는 한 시간 일찍 도착해서 주변을 배회하며 시간을 보내다가 아무 술집에 들어가서 아빠가 그랬던 것처럼 머리를 홱 젖히며 제임슨 두 잔을 연달아 들이키고 잭콕도 홀짝거렸다. 그런데도 아무런 소용이 없었다. 처음에는 거미가 피부 밑을 기어 다니는 것 같았지만 다시 거리로 나가 약속 장소로 향하는 동안 마음이 점차 안정되고 차분해지고 덜 염려스러워졌다.

"피터." 케이트가 살짝 물러나 그의 얼굴을 바라보며 말했다. "실감이 안 나." 그녀의 머리카락 끝은 보라색으로 염색되어 있었고 까

맣게 칠한 손톱은 대부분 물어 뜯겨 있었다. 길고 가느다란 손가락
은 두꺼운 은반지로 덮여 있었고 무릎까지 올라오는 워커를 신고 있
었다. 하지만 반짝이는 눈과 장난스러운 미소는 여전했다. 그는 그
녀가 말하는 동안 그녀의 입을 유심히 살펴보았다.

"편지를 보고 기뻤어." 십여 통의 편지와 이메일에서 여러 차례 했
던 말인데도 케이트는 자리에 앉자마자 처음인 것처럼 말했다. 둘
다 봄방학을 앞두고 있었다. 피터는 이미 시험을 두 과목 치렀고 그
주에 퀸스로 돌아가기 전에 리포트 두 개만 제출하면 되었다. 케이
트는 첫 번째 시험을 앞두고 있었다.

"자, 그럼." 그녀가 활짝 웃으며 물었다. "고등학교 생활은 어
땠어?"

그들은 서로에게 자주 찾아갔고 거의 매일 통화했다. 대신 길럼이
나 부모님이나 8학년 5월에 두 가족 사이에서 일어났던 일을 떠올리
게 할 만한 것에 대해서는 말을 아꼈다.

8학년 때의 기억은 서로 달랐지만 두 사람만의 익숙한 무언가로
돌아가는 기분이었다. 피터의 목에는 뱀파이어에게 물린 자국처럼
보이는 주근깨 한 쌍이 있었다. 주근깨는 똑같았지만 목은 전보다
더 두껍고 튼튼했으며 수염도 까칠하게 자라 있었다. 둘 다 길쭉하
고 호리호리한 체형이었는데, 케이트의 몸통은 허리 부분이 잘록한
반면 피터의 몸통은 오크나무처럼 곧고 단단했다. 케이트의 코와 어
깨에는 주근깨가 흩뿌려져 있었고 속살은 우유처럼 뽀얬다. 반면 늘
야외에서 티셔츠 차림으로 달리는 피터의 목과 얼굴과 팔뚝은 짙은
갈색이었다. 그녀는 그의 셔츠 안으로 까맣고 부드러운 가슴 털이

배로 이어지는 것을 보고 잠시 멈칫하며 쑥스러워했다.

어떤 건 보는 것만으로도 놀랄 만큼 감동적이었다. 소형 냉장고 안에 그의 요거트와 그녀의 오렌지주스가 나란히 놓여 있고, 그녀의 브래지어 옆에 그의 사각팬티가 널브러져 있는 모습. 언젠가 그녀는 청바지를 입다가 그의 것이라는 사실을 깨닫고 평생에 가장 큰 행복을 느꼈다.

그들은 그해 봄에 딱 한 번 말다툼을 했다. 케이트가 아빠에 대해 얘기하면서 그가 바람을 피워서 엄마에게 상처를 줬고, 그것은 그날 밤 너희 집 앞에 갔던 일과 더불어 인생 최대의 실수라고 말했다. 하지만 피터는 아무런 반응도 보이지 않았다.

"네가 죄책감을 느끼지 않았으면 좋겠어." 케이트가 이해한다는 듯 정중히 말했다.

"죄책감? 아니. 그날 밤에 너무 많은 사람이 피해를 입었다고 생각하던 중이었어. 너희 아빠, 엄마, 우리 엄마⋯⋯."

케이트가 뒤로 물러나 그를 노려보았다. "너희 엄마가 피해자라고?"

"응, 맞아." 피터가 천천히 신중하게 말했다.

"진심이야?"

"응, 당연히 진심이지."

"왜 그렇게 생각하는지 설명해봐." 케이트가 양손을 허리에 얹고 말했다.

"엄마는 누가 봐도 아픈 사람이었어, 케이트. 아직도 병원에 계실 거야. 처음부터 제대로 된 약을 먹었다면⋯⋯."

케이트가 됐다는 듯 손을 들어 보였다. "그냥 설명하지 마. 그 일에 대한 견해차는 그대로 두는 게 좋을 것 같아." 그리고 덧붙였다. "아직 병원에 계신 건 맞아. 퇴원했다면 아빠 변호사가 전화했을 거야."

"아." 피터는 갑작스러운 정보에 한 대 얻어맞은 것처럼 보였다.

"너희 엄마가 우리 아빠한테 한 짓이 있으니 신상에 변화가 생기면 당연히 알려줘야지."

"그래, 알았어. 고마워." 그가 잠시 멈췄다가 다시 입을 열었다. "그런데 꼭 그렇지만은 않은 것 같아. 엄마가 너희 아빠에 대해 특별히 나쁜 감정을 품고 있었는지를 따져보면 말이야. 너희 아빠는 그때 현관에 왔던 사람일 뿐이야. 그런 걸 왜 알려줘야 하지? 엄마가 찾아가기라도 할까봐?"

"너희 엄마는 내가 미워서 우리 아빠를 쏜 거야. 엄마가 그랬어."

"아." 피터는 너무 황당해서 웃음을 삼켜야 했다. "그렇게 간단한 문제가 아니야, 케이트."

"내가 너희 엄마를 만났으면 좋겠어? 그래서 이러는 거야? 네가 연락하지 않는다고 해서 관계를 끊은 줄 알았어."

"그 사람은 우리 엄마야."

"그래서?"

"그래, 나도 만나고 싶지는 않아." 그는 이렇게 답했다. 다시 생각해봐도 정말 그런 것 같았다. 그녀가 있던 방으로 들어가는 생각만 해도 혼돈을 자신의 삶으로 다시 끌어들이는 것처럼 느껴졌다.

"피터." 케이트가 잡생각을 떨치려는 듯 관자놀이를 짚으며 말했다. "우리가 어떻게 살았는지 알아? 병원에 있을 때 우리는 늘 아빠 뇌가 어떻게 될까봐 걱정해야 했어. 엄마는 아빠에게 음식을 잘라주고 씻겨주고 옷을 입혀줘야 했고."

"당연히 끔찍했을 거라고 생각해. 그런데 우리가 왜 싸워야 하는 거야?"

"네가 아무 말도 하지 않았잖아, 단 한마디도. 내가 뉴욕에 있는 대학을 선택한 이유도 네가 거기에 있을 거라고 생각해서였어. 그날 밤 퀸스에 대해 얘기했던 거 기억나? 너는 원하면 언제든 나를 찾을 수 있었어. 나는 늘 그곳에 있었으니까. 그런데 왜 연락 안 했어?"

"그래서 연락했잖아." 피터가 순순히 말했다.

"4년 반이 지나서야 충동적으로 휘갈겨 쓴 편지를 보냈지."

하지만 피터는 케이트에 대한 감정을 더치 킬스 육상팀의 남자애들한테 했던 것보다 더 잘 설명할 수가 없었다. 심정적으로는 이해가 되었지만 논리적으로 생각하면 앞뒤가 맞지 않았다. 그들은 브로드웨이를 걷고 있었다. 케이트가 속도를 내더니 진열창 앞에 멈춰서서 두 팔로 자신의 몸을 감쌌다. 브로드웨이 쇼콜라티에. 화요일 밤 와인 페어링. 목요일 밤 트러플 만들기 수업.

그녀의 옆얼굴이 돌처럼 굳어 있었다.

"네 말이 맞아. 첫 번째 편지에 썼던 것처럼 내가 더 빨리 연락했어야 했어. 생각은 계속 하고 있었는데 시간이 흐르면서 네가 날 미워할까봐 두려워졌어. 난 늘 네 생각뿐이었어. 왜 진작 편지를 쓰지 않았는지 모르겠지만 나는……."

"너는?"

"버거웠어. 엄마가 걱정됐고 얼마 후에 아빠가 떠났어. 그 후에는 삼촌한테 짐이 될까봐 불안했어. 미래나 과거에 대해 자꾸 생각하면 감당이 안 될 것 같아서 그냥 하루하루 닥치는 대로 살았어. 생활이 안정되면 바로 편지를 쓰려고 했는데 그러질 못했지."

그녀는 그를 외면한 채 한참을 가만히 서 있었다.

"그 얘기는 더 이상 하고 싶지 않아." 그녀가 마침내 입을 열었다.

"그래." 그가 말했다.

두 사람 모두 평범한 대학생 커플은커녕 평범한 대학생처럼 느끼지도 못했지만 그런 척 연기를 했다.

어느 늦은 밤 케이트는 담배 반 갑을 피우고 피터네 기숙사 계단에 구토를 했다. 그러고는 커플이 겪을 수 있는 심각한 일들을 모두 겪었으니 이제 가벼운 것들을 즐기는 게 어떠냐고 물었다. 피터도 그녀의 말에 동의했다. 이제는 즐길 시간이었다. 그에게 즐거움은 파티에서 맥주를 통째로 마시고 나체로 오리 연못에 뛰어드는 행위 자체라기보다 좋아하는 사람들과 그 경험에 대해 끊임없이 대화를 나누고 회상하고 묘사하고 웃을 때 느껴지는 감정이었다. 그는 늘 남의 얘기를 듣기만 할 뿐 직접 경험할 기회를 번번이 놓치는 아이였는데 대학에 가고 케이트를 만나면서 그 이야기 속으로 들어갈 수 있었다.

언젠가 취업을 하고 부모님을 다시 만나고 싶은지도 판단해야겠지만 대학을 마칠 때까지는 남들이 하는 것을 따라 하기로 했다. 중요한 걱정거리가 떠오르면―본성을 완전히 억누르는 것은 불가능했다―친구들에게 전화해서 약속을 잡았다. 케이트가 엘리어트에 찾아오면 축구 경기를 보러 가거나 자동차 트렁크를 열어놓고 그 주변에서 음식을 먹는 파티 혹은 기숙사에서 열리는 파티에 참석했다. 피터가 뉴욕대학교에 찾아갈 때면 다른 학생들과 함께 술집이나 클럽을 다녔고 성 마르코에서 저녁을 먹었다. 피터는 케이트와 함께 살면서 어디든 같이 다녔다면 고등학교 시절이 얼마나 달랐을지 생각했다. 그들은 버드라이트부터 지마, 박스 와인, 위스키, 보드카, 럼주까지 온갖 술을 마셔댔다.

"난 럼주가 싫어." 어느 밤 피터가 술잔에 럼주를 따르며 말하자 모두가 웃음을 터뜨렸다.

사람들이 그들에게 어디서 만났냐고 물어보면 한동네에서 자랐다고만 했다. 다들 그 둘을 고등학교 커플이라고 불렀고 그들도 딱히 부인하지는 않았다.

대학 생활이 익숙해지고, 포트 어소리티 버스터미널에서 지하철로 갈아타고 케이트의 기숙사까지 가는 최단 경로를 알아내고, 미래나 과거에서 벗어나 현재 삶이 정말 좋아지기 시작한 무렵 사람들은 피터에게 그다음에 뭘 할 건지, 어떤 사람이 될 건지 묻기 시작했다. 그가 전공하고 있었던 역사학과의 지도교수가 가장 먼저 그런 이야기를 꺼냈다. 그다음에는 조지가 퀸스 집에 들어와서 필요한 만큼 살아도 좋다고 말했다. 그는 여자 친구인 로잘린과 침실 두 개짜리 아파트를 얻었고 피터가 독립할 때까지 함께 지내기에 충분했다. 모퉁이만 돌면 예전에 살던 아파트가 있었다. 피터는 3학년을 마치고 여름방학에 몇 주 동안 그곳에서 지냈다. 집은 베이지 톤으로 깔끔했고 조그만 장식품과 화분이 놓여 있었다, 매일 아침 개수대를 뒤덮는 수염 말고는 조지의 흔적을 찾기 힘들었다. 어느 밤 로잘린이 피터를 따로 불러서 조지가 했던 제안을 반복하면서 그만의 생각이 아니라는 것을 알려주었다.

"넌 많은 일을 겪었잖아." 로잘린이 이렇게 말하자 당혹감이 서서

히 타올라 목에서 뺨으로 밀려왔다. 물론 조지가 그동안 있었던 일을 전부 말해줬을 것이다. 당연한 일이었다. 너무 갑작스러웠을 뿐 개의치는 않았다.

"아 참, 그리고 피터?" 로잘린이 말했다. "조지에게 생일파티를 해주려고 하는데, 네가 오면 좋을 것 같아. 조지 말로는 만나는 여자 친구가 있다면서? 네가 쑥스러워했다던데? 괜찮으면 그 친구도 데려와. 조지가 서른일곱 살이나 먹었다고 우울해하더라고. 조지가 좋아하는 태국 음식점에서 간단히 저녁을 먹을 거야."

"잠깐만요. 서른일곱이라고 하셨어요?" 재빨리 계산을 해보니 자신과 아빠가 갑자기 이사를 왔을 때 조지는 겨우 스물아홉 살이었다. 그러고 보니 조지는 아빠보다 열 살이나 어렸지만 마흔 살인 감독보다도 더 나이 들어 보였다. 생각해보니 그가 수업을 들었던 교수들도 대부분 마흔 살 이상일 텐데 모두 조지보다 어려 보였다.

"그래, 놀랍지? 그 사람도 참 많은 일을 겪었어."

피터는 역사를 전공했지만 전공은 생각했던 것만큼 진로 선택에 중요하지 않은 것 같았다. 영어를 전공한 학생이 로스쿨에 가고, 철학을 전공한 학생은 의예과에 갔다. 피터는 필수과목을 수강하지 않았기 때문에 의대 진학을 고려할 수 없었다. 금융 쪽에는 흥미가 없었고 경제학 세미나는 늘 수건으로 엉덩이를 갈기던 더치 킬스의 로커룸 분위기였다. 회계는 너무 지루했다. 또 뭐가 있을까? 아마도 교사 정도. 졸업반이었던 피터는 12월에 열린 취업설명회에 참석해 느긋하게 부스들을 구경했다. 마케팅, 광고, 컨설팅, 의료 서비스, 호텔 경영, 보험, 보육, 교정부, 교통부를 비롯해 스타벅스, 시어스, 지역

공익기업, 캠던에 있는 어드벤처 아쿠아리움 부스도 있었다. 담당직원들이 반짝이는 포스터와 캔디 그릇을 구비해놓고 미소로 사람들을 맞이했다. 일자리가 전부 뉴저지나 뉴욕에 있다 보니 마치 핀으로 고정해놓은 나비가 된 듯한 기분이었다. 탐험해보고 싶은 곳이 전국에 널려 있었다. 얼마 전 스티브 프리폰테인의 자서전을 읽고 나서는 오리건주가 궁금해졌다. 콜로라도주와 캘리포니아주도 궁금했다.

그는 엄마가 답해주지 않았던 것들을 꿈속에서 다시 물어봤다. 가끔 금메달을 자랑하는 유치원생처럼 성적표를 가져가면 엄마는 그것을 거들떠보지도 않고 차가운 리놀륨 바닥에 내던졌다. 최근에 팀 승합차를 타고 시러큐스에서 열리는 육상대회에 가다가 올버니에 정차한 적이 있었다. 다른 선수들이 식사를 하거나 화장실에 가거나 스트레칭을 하는 동안 피터는 혹시 누가 알아볼까봐 주변을 살폈다. 그리고 휴게소 로비에 가서 지도에 표시된 올버니를 드나드는 울퉁불퉁한 도로 선들을 바라보았다.

피터는 케이트에게 조지의 생일파티에 대해 말하지 않았다. 혼자서도 감당하기 힘든 일이었다. 예전에 한번 케이트와 만나서 술을 마셨다고 했더니 조지가 무척 당황한 표정으로 도대체 왜 만나서 긁어 부스럼을 만드느냐고 했었다. "그 애, 혹시 옛날 일을 가지고 물고 늘어지는 타입이니? 아니면 그 애 아빠가 그렇게 하라고 부추긴 거 아니야? 민사소송을 하려고?" 조지가 물었다. 그는 예전 아파트에서 에어컨을 손보던 중이었다. 응결된 물이 안에서 새어 나와 마루가 뒤틀려 있었다. 조지는 바닥에 등을 대고 누워서 에어컨 밑을 들여다보고 있었다.

"아니요, 그런 타입은 아니에요." 피터는 그냥 그렇게 넘겼다.

케이트는 염색한 머리카락 끝을 잘라내고 매니큐어도 지우고서 뉴욕 경찰국의 범죄학자 자리에 지원하여 면접을 봤고, 그 자리에서 합격했다. 그녀는 원래 공학이나 생화학 분야를 생각하고 있었다. 1, 2주 동안 농업 분야도 고려했지만 뉴욕에는 그런 일자리가 거의 없었다. 내털리와 사라에게 물려받은 볼품없는 갈색 정장을 입고 퀸스의 자메이카라는 지역에 있는 범죄연구소에 면접을 다녀온 뒤 그녀는 피터에게 집처럼 편안했다고 말했다. "문화충격이 있을 수 있어요." 레러 박사가 현미경과 분젠 버너 사이에 앉으라고 권하며 그녀에게 말했다. 그러나 그녀는 그 문화에서 자랐고 그들의 언어를 사용했다.

피터는 확신에 찬 그녀의 모습에 살짝 질투가 났다. 그녀가 고심했던 진로들도 같은 범주에 속했다. 그녀는 자신이 뭘 원하는지 알았고 그것을 향해 곧장 나아갔다. 반면 피터는 어느 날은 육상부 코치가 되고 싶다고 생각했다가 다음 날은 대학원에 가서 대학교수가 되어야겠다고 생각했다.

"그래서 일하기로 했어. 6월 1일부터 시작이야."

"뉴욕에서?"

"응, 연구실이 퀸스에 있어."

"벌써 결정한 거야?"

"응. 왜? 별로 기쁘지 않은 목소리네."

"아니, 기뻐. 하지만 그러려면 우리가 뉴욕에서 계속 지내야 하잖아."

"뭐, 그렇지. 생각해둔 곳이라도 있어?" 그들은 대학 이후의 삶에 대해 이야기를 나눠본 적이 없었다. 정확히 말하면 두 사람 모두 더 가까이에서 더 자주 만나기를 원할 거라고 짐작할 뿐이었다.

"모르겠어. 나는 우리가 아무도 모르는 곳에서 지낼 수도 있겠다고 생각했어."

"아." 케이트의 목소리에서 당혹감이 그대로 묻어났다. "왜 우리가 아무도 모르는 곳에서 지낼 거라고 생각한 거야?"

하지만 피터도 이유를 몰랐기 때문에 대답을 할 수가 없었다. 가끔 그는 낯선 지역을 여행하다가 랜드마크가 하나도 보이지 않는 산꼭대기에 오르는 상상을 했다. 상상만으로도 너무 짜릿했다.

두 사람은 같은 날 졸업했고 서로의 가족을 대면하는 상황을 조금 더 미룰 수 있어 안심했다. 피터의 졸업식에는 조지와 로잘린이 참석했다. 그는 졸업식 파티를 즐기러 가는 친구들과 팀원들에게 잠시 삼촌을 만났다가 합류하겠다고 말했다. 그리고 조지와 로잘린에게는 친구들과 놀러 갈 테니 둘이 오붓하게 점심을 먹으라고 말했다. 사실 그는 3킬로미터 정도 떨어진 시내 술집까지 걸어가서 오후 내내 혼자 양키스 경기를 볼 생각이었다. 가는 길에 버려진 레모네이드 가판대를 지났다. 잔디 위에 쓰러진 장난감 금전출납기 안에 1달러짜리 지폐가 들어 있었다.

그해 여름 피터는 조지와 로잘린의 아파트에서 뭘 해야 할지 고민하면서 철공들과 함께 일하기로 했다. "잠시만 있는 거예요." 그는 이 말을 첫 주에만 열두 번은 했을 것이다. 결국 로잘린이 차가운 손으로 그의 팔을 잡고 너무 걱정하지 말라며 안심시켜야 했다. 침실에서 나는 포푸리 냄새 때문에 머리가 아파서 포푸리 그릇에 수건을 덮어 비좁은 벽장에 넣었는데도 냄새가 가시질 않았다. 조지는 피터가 아무 계획 없이 졸업해서 실망했다기보다는 혼란스러운 것 같았다. 그는 매일 아침 점심 도시락을 들고 트럭으로 서둘러 달려갈 때마다 회사가 마음에 든다고 하면서도 피터가 어디에 있어야 하는지를 상기시키려는 듯 대학에서 들었던 경영학 수업에 대해 말해달라고 요청했다.

복귀 첫날, 피터는 주변을 둘러보며 예전 동료들을 찾아보았다. 그리고 며칠 뒤 그들에 대해 물었다. 질문을 받은 남자는 아직 몰랐냐는 듯 놀란 표정으로 존 살바토레는 중상을 입어서 다시는 일하지 못할 거라고 말했다. 그가 눈여겨보았던 집을 샀는지, 여자 친구와 결혼을 했는지 궁금했다. 심지어 지미 맥그리는 며칠을 함께 일하고도 알아보지 못했다. 그는 체중이 많이 불어 있었고 얼굴은 거칠고 초췌했다. 피터보다 10년은 더 나이 들어 보였다. 어느 아침 피터는 지미에게 아는 척을 하며 카마로를 사려고 저축하지 않았느냐고 물었다.

"그래, 기억나." 지미가 말했다. "반장 아들이잖아."

"아니, 아들은 아니고 조카야."

"이거 하나만 물어보자, 조카야. 넌 며칠이나 대기하다 들어왔냐? 나한테 사촌이 하나 있는데, 걔는 벌써 몇 주째 기다리고 있거든. 집에 갓 태어난 아이도 있는데 말이야. 우리 형은 하루 일하려고 한 달을 기다렸어."

피터는 조지가 시키는 대로 문 앞에 줄 서 있다가 이름을 불러서 앞으로 나갔을 뿐이었다.

"미안해." 피터는 뭐가 미안한지도 잘 모르는 채로 사과했다. 그날 그는 세전 3백 달러를 벌었다. 포푸리 냄새로 찌든 방을 벗어나려면 그 돈이 절실히 필요했다. 지미는 낄낄거렸지만 즐거워 보이지 않았다. 그의 치아는 날카로운 데다 갈색으로 벗겨져 자칼을 떠올리게 했다.

1999년 8월의 마지막 날, 조지는 오랜만에 케이트를 만났다. 그녀는 조교 일 덕에 여름 내내 무료로 기숙사에서 살았고 그날 친구들과 함께 구한 아파트로 이사할 예정이었다. 피터는 다가오는 가을부터 그녀와 함께 살고 싶었지만 아직 진로를 결정하지 못한 상황이었고, 그러다 엘리어트의 육상부원들이 암스테르담 103번지에 있는 조악한 아파트로 들어간다는 소식에 그들과 함께 살기로 했다. 케이트는 집세도 저렴하고 재미있을 테니 잘 지내보라고 했지만, 피터는 그녀가 부모님에게 맞설 용기가 없어서 그가 따로 집을 구하기를 바랐던 것은 아닌지 의심스러웠다. 몇 년 전 그녀가 홧김에 아빠에게 그와 만나고 있다고 말하기는 했지만, 그 후로 다시는 그 얘기를 거론하지 않은 것 같았다. 프랜시스는 다른 딸들에게도 말하지 않은 듯했다. 3학년 때 한번은 피터와 케이트가 뉴욕대 기숙사에서 주말을 보내고 있는데 사라가 예고도 없이 찾아왔다. "부리토 사 왔어." 케이트가 문을 열자 그녀는 이렇게 말했다. 그리고 얇은 반바지와 티셔츠 차림으로 책상에 앉아 있는 피터를 보았다. 사라가 케이트의 기숙사에서 멀지 않은 블리커가에서 일을 막 시작한 11월 초였다. "이런 젠장." 그녀는 눈에 띄게 창백해진 얼굴로 봉투를 건네고 말없이 돌아서서 그곳을 떠났다. 그리고 한 시간도 채 지나지 않아 내털리에게 전화가 왔다. 케이트는 발신자 번호를 보더니 어깨를 으쓱했다. "이 정도는 감수해야겠지." 그녀는 이렇게 말하고 전화를 받았다. 그리고 그를 방 밖으로 내보냈다. "한 시간만 나가 있을래?" 그녀가 그에게 기대어 입을 맞췄다.

다시 기숙사 방으로 돌아갔을 때 케이트는 울었으면서 괜히 태연한 척 모두 괜찮을 거라며 그를 안심시켰다. 그날 이후 언니들은 통화를 할 때마다 대화가 마무리될 때쯤 피터에 대해 물었다. 그도 대충 들어서 알고 있었지만 케이트는 그것을 늘 가볍게 넘겼다.

내털리와 사라를 그렇게 만나고 싶지는 않았지만 케이트가 원한다면 기꺼이 그들과 시간을 보낼 생각이었다. 그래도 괜찮을 것 같았다. 사실 가장 만나기 두려운 사람은 프랜시스 글리슨이었다. 하지만 케이트와 동거를 하려면 반드시 만나야 했다.

피터는 케이트가 이사 트럭을 알아보고 있는 것을 보고 조지에게 트럭을 빌리자고 제안했다. 토요일에 몇 시간 정도는 빌릴 수 있을 터였다. 조지는 피터에게 트럭을 빌려주는 것보다 운전을 맡기는 것이 더 신경 쓰였다. 피터는 4학년 때 처음 운전면허를 땄다. 학교에 작은 해치백을 두고 다니던 육상부 친구가 케이트를 만나러 갈 때 한 번씩 빌려주겠다고 했기 때문이다.

"누구? 트럭을 빌려서 누구를 도와준다고?" 조지가 물었다. 그는 로잘린에게 약속한 대로 텔레비전 위에 선반을 설치하기 위해 철물점에서 긴 오크나무 판자 두 개와 받침대 한 쌍을 사 가지고 오던 참이었다. 그는 피터에게서 케이트의 이름을 듣고 깜짝 놀랐다.

"하고많은 여자 중에 왜 하필 그 애니? 너희 학교에 예쁜 애들이 그렇게 없어?" 그가 판자를 내려놓고 그 위에 철물점 비닐봉투를 툭 던졌다. 그러고는 뜻밖의 소식을 이해하려니 고통스러운 듯 얼굴을 찌푸렸다.

"네." 피터가 짧게 대답했다.

조지는 고개를 끄덕이고 잠시 숨을 돌렸다. 그리고 부엌 싱크대로 걸어가 물 한 잔을 따라 마셨다.

"난 싫어. 그 일과 관련된 거라면 뭐든."

"알아요."

"그냥 이유 없이 골치가 아파. 무슨 말인지 알아?"

"알아요."

"이런 여자든 저런 여자든, 말 그대로 아무나 만나도 상관없어. 네가 만나지 않았으면 하는 여자가 세상에 딱 한 명 있는데 그게 바로 그 애야."

"왜 안 되는데요?" 그가 물었다. 아빠는 떠나고 엄마는 사라졌는데 누가 반대하겠는가? 케이트의 부모님이 반대할 수 있지만 그건 그녀가 처리할 일이었다. 그들과 대화할 기회가 주어진다면 마음을 바꾸도록 설득할 수 있을 것 같았다. 마음을 바꾸지 않더라도 그건 그들의 문제였다. 나와 케이트는 잘못이 없다. 엄마가 저지른 일에 대해서는 너무 미안하지만, 프랜시스 아저씨도 나를 탓할 수는 없을 것이다.

"왜냐하면……." 조지가 고심 끝에 말을 이어갔다. "수년 전에 일어난 그 모든 일이 그때 끝나지 않고 여전히 진행 중이기 때문이야."

피터는 그의 말에 동의하지 않았지만 언쟁을 하고 싶지 않았다.

그건 모두 피터와 케이트의 부모에게 일어난 일이었다. 적어도 그들은 그 모든 일의 주체였고, 그 일을 막을 수 있었던 사람들이었다. 아니면……. 그날 밤에 대해 생각하면 늘 숨이 막혔다. 만약 내가 케이트에게 몰래 나가자고 제안하지 않았더라면. 만약 우리가 들키지 않았더라면. 생각이 꼬리에 꼬리를 물고 이어졌다. 하지만 깔끔하게 쓰러지던 도미도가 마지막에 그렇게 멀리까지 미끄러질 거라고 누가 예상이나 했을까? 두 명의 10대는 확실히 아니었다. 그와 케이트는 다시 만나면서 모든 앙금을 뒤로 하고 새롭게 시작하기로 약속했다. 그들은 무엇이 그들을 여태껏 지탱해주었는지 알 만큼 나이를 먹었다. 서로의 부재가 어떤 의미인지 알 만큼 오래 떨어져 있었다.

"제가 아는 건 케이트가 아니면 안 된다는 것뿐이에요. 그 애를 사랑해요."

조지가 손목을 튕겨 수도꼭지를 틀고 유리잔에 물을 채웠다. 그리고 몇 주 동안 사막을 헤맨 사람처럼 물을 벌컥벌컥 들이켰다.

"넌 고집불통이야, 피터. 훌륭한 녀석이지만 고집이 너무 세."

"전 어린애가 아니에요." 피터는 그렇게 말하면서도 자신이 어린애처럼 느껴졌다.

"그 애를 사랑한단 말이지. 그래, 그건 강렬한 감정이지. 하지만 앞으로 일어날 일들을 생각해봐. 그다음은 어쩔 건데? 그 애랑 결혼이라도 할 거야? 애들도 낳고? 그러면 너희 엄마와 프랜시스 글리슨이 같은 손주를 갖게 될 텐데? 세례식 때 한자리에 앉으라는 거야?"

"네?" 피터가 말했다. 아이들에 대해서는 얘기해본 적이 없었다. 맙소사. 그는 언젠가 케이트와 한집에 살면서 매일 저녁 그녀가 있는 집으로 돌아가서 서로의 하루에 대해 이야기하고, 맨몸으로 침대에 누워 이불을 턱까지 끌어당긴 채 잠들고, 매일 아침 그녀의 따뜻한 체온을 느끼며 잠에서 깰 날을 꿈꿨다. 하지만 그것은 인생을 어떻게 살 것인지 결정한 뒤에야 일어날 수 있는 일이었다.

조지가 한숨을 쉬었다. "내가 운전하마." 그가 말했다. "일손이 하나 더 있으면 좋을 거야. 이참에 그 애도 만나보고, 괜찮지?"

케이트의 기숙사 앞에 도착하자 육상팀 승합차를 타고 다른 지역으로 이동할 때처럼 초조하고 온 신경이 곤두섰다. 케이트는 이삿짐을 옮기기 위해 짧게 자른 청바지에 운동화를 신고 있었다. 머리도 정수리 위로 틀어 올렸지만 땀이 등줄기를 따라 흘러내리는 것이 보였다. 날이 더워서 도착할 때까지 기다리라고 했는데 상자를 벌써 열 개 넘게 내려놓았다.

"쟤니?" 조지가 트럭을 세우며 말했다.

"잊지 마세요. 케이트는 삼촌이 오는 걸 몰라요." 피터가 말했다. 그녀는 아직 그를 발견하지 못했고 어떤 트럭을 찾아야 하는지도 모르는 것 같았다.

조지는 검은색 반바지와 배를 꽉 조이는 검은색 민소매 티셔츠에 새하얀 운동화를 신었다. 그는 거울로 치아를 확인하고 피터에게 윙크를 했다. "내 머리 어때?" 그가 물었다.

케이트가 피터와 함께 걸어오는 남자를 알아보는 듯했다. "조지!" 그들이 가까이 다가가자 그녀가 외쳤다. "이렇게 만나다니 정말 반가워요." 그녀가 말했다. 그리고 트럭을 빌려주고 여기까지 와서 도와주는 것에 대해 감사를 표했다. 조지는 그녀의 인사를 대수롭지 않게 받아들이고 평소보다 말을 아꼈다. 그녀가 이번 이사에 대해 자세히 들었는지 물었다.

조지가 피터를 흘깃 쳐다보았다. "세컨드 애비뉴에 있는 이스트 79번가, 맞지?"

"다른 얘기는 안 하던가요? 안 했어요? 잘됐네요. 그럼 출발하시죠."

두 사람은 이사할 집이 엘리베이터 없는 6층이라는 것을 말하지 않았다. "신이시여!" 조지가 계단을 올라 첫 번째 짐을 들여다 놓고 말했다. "엘리베이터 없는 12층을 구하지 그랬니?"

"괜찮을 거예요." 케이트가 말했다. "저걸 다 옮기면 허벅지가 얼마나 튼튼해질지 생각하세요."

조지가 활짝 웃었고, 피터는 아침부터 나직이 느껴지던 두려움이 차츰 사라지는 것을 느꼈다.

조지와 케이트는 계단을 오르내릴 때마다 더 가까워지는 듯했다. 케이트가 재잘거리는 목소리가 계단에 울려 퍼졌다. 그녀는 계단을 오르내리며 조지에 대해서는 물론 모니카 르윈스키, 가톨릭교회, 유로화에 대해 어떻게 생각하는지도 물어보았다. 이삿짐을 반 이상 나르고 잠시 쉬는 동안 조지는 케이트에게 자신의 몸에 새겨진 문신의 의미를 알려주었다. 그리고 로잘린에 대해 이야기하면서 데이트를 신청하기 오래전부터 짝사랑했다고 말했다.

이삿짐을 전부 옮긴 뒤 세 사람은 너무 지쳐서 아무 말도 하지 못하고 부엌 바닥에 대자로 뻗었다. 집 안 공기가 퀴퀴했다. 피터는 케이트와 서로의 삶을 방문해야 한다는 생각 자체가 벌써 싫어졌다.

"맥주 마실 분?" 케이트가 미동도 하지 않고 물었다. 조지는 트럭에 음료수가 있다며 거절했다. 피터가 자리에서 일어나 냉장고 문을 열고 잠시 차가운 공기를 만끽한 뒤 케이트의 룸메이트들이 그들을 위해 남겨둔 여섯 개들이 맥주를 꺼냈다. 그리고 맥주 한 캔을 따서 연달아 두 번 들이켰다.

"맙소사." 케이트가 말했다. "우리 것도 남겨줘."

"그래, 남겨놔." 조지가 말했다.

피터와 조지는 트럭으로 돌아가다가 경찰이 배달원 소년을 내동댕이치는 것을 보았다. 자전거 핸들에 누군가가 주문한 물건이 매달려 있었다. 경찰은 덩치가 산만 하고 팔뚝도 셔츠가 꽉 낄 정도로 두꺼웠다. "실례합니다." 조지가 그들 옆을 돌아가며 말했다. 경찰은 그가 이중주차를 해놓은 것을 보더니 원하면 얼마든지 조치를 취할 수 있다는 듯 조지를 훑어보았다.

조지는 그 자리를 떠나며, 요즘 경찰에는 예전과 다른 유형의 사람들이 유입되고 있는 게 문제라고 말했다. 물론 훌륭한 남자들이 많고—"그리고 여자들도"라고 그가 덧붙였다—차별 없이 인재를 뽑는 건 예전보다 나아졌지만, 총을 들고 다니면서 권력을 과시하는 데 급급한 젊은 경찰들이 너무 많다며, 그래서인지 예전만큼 존경을 받지 못하는 것 같다고 말했다. 공정한 세상이라면 경찰이 은행가나 의사만큼 명망 있는 직업으로 평가받아야 할 것이다. 사람들을 안전하게 지키고 절박한 순간에 의지할 수 있는 대상이 되어주는 것보다 더 중요한 일이 있을까? 아마 없을 것이다.

"내가 지난번에 뭘 봤는지 아니? 볼링 그린역에 있는 브로드웨이였던가? 서른 명쯤 되는 시립대 학생들이 시위를 하고 있었는데 어떤 여자애가 '경찰은 꺼져라'라고 적힌 팻말을 들고 있었어. 너도 봤니? 월요일에 작업 때문에 S&P 건물에 갔을 때였어. 그 백인 여자애, 아니, 그 여자는 그날 아침에 뉴케이넌에서 기차를 타고 왔을 거야. 그 여자는 경찰에 무슨 불만이 있었을까? 시내버스에서 어떤 남자가 바지를 내리면 어디에 전화하겠어?"

피터는 시위대를 보고도 관심을 두지 않았었다. 그래서 자세히 보지는 못했지만 조지의 관점은 그럴듯하면서도 완전히 엉터리인 것 같았다.

"하지만 경찰의 역사는 시위의 역사이기도 해요." 피터가 말했다. "그 사람들은 아마 주말에 베드스타이에서 경찰이 어린애를 폭행한 일에 대해 항의하고 있었을 거예요. 걔가 몇 살이었더라? 열세 살이었던가? 자칫하면 애를 죽였을 수도 있었어요."

"열세 살이었어. 하지만 그보다는 나이가 많아 보였어."

"나이가 많았으면요? 그 애는 아무 잘못도 하지 않았어요."

"피터." 조지가 그를 쳐다보았다. "나는 일부 경찰들이 인종차별이나 하는 개자식들이라는 걸 부정하려는 게 아니야. 하지만 뉴케이넌에서 온 여자애는 79번 관할구에서 어린애를 두들겨 팬 얼뜨기 하나 때문에 모든 경찰을 인종차별이나 하는 개자식들로 단정 지었어. 그런 놈은 배지나 총 근처에 얼씬도 못 하게 해야 해."

피터가 웃었다. "그건 이 도시에 사는 소수자들이라면 누구나 매일 겪는 일이지 않아요? 일부의 행동에 근거해서 집단 전체를 판단하는 거 말이에요." 사실 피터는 케이트나 얼마 후 이사 갈 초만원 아파트에 대해 생각하느라 대화에 집중하지 못했다. 남자 네 명이 조그만 욕실을 함께 써야 하는데 자신이 왜 거기에 들어가겠다고 했는지 이해할 수 없었다.

조지는 시위대 대부분이 경찰과 직접 만나거나 대화해보지 못했을 거라고 장담했다.

"위험한 것도 위험한 거지만 월급이 적다는 게 정말 큰 문제야." 조지가 말했다. "듣고 있니? 또 다른 문제는 좋은 경찰들이 교외로 나간다는 거야. 기사에서 읽었어."

"무슨 기사요?"

"경찰에 관한 기사 말이야. 여보세요? 정신 좀 차려봐. 젊은 사람들이 경찰에서 좋은 머리를 써야 한다니까."

피터는 보조석에 꼿꼿이 앉아, 내면에서 온 것 같은, 저항하기 어려운 어떤 힘을 느꼈다.

"중요한 직업이네요."

조지가 그를 힐끔 쳐다보았다. "내 말이 그 말이야."

그날 밤, 케이트가 새 집에서 깊은 잠에 빠져 있을 시간에도 피터는 쉽게 잠들지 못했다. 대학이 자신을 아주 먼 곳으로 데려갈 거라고 상상하니 부쩍 나이를 먹은 느낌이었다. 자정 무렵 그는 잠을 포기한 채 낡은 운동화에 발을 쓱 밀어 넣고 집을 빠져나가 가랑비 내리는 어둠 속으로 들어갔다.

그는 아빠의 단골 술집이었던 배너에 들어가 새로 이사 온 사람인 척했다. 그는 두 번째 잔을 비우고 바텐더에게 어떤 남자를 기억하는지 물었다. 키가 크고 곱슬머리인 경찰관인데 몇 년 전 남부로 내려가기 전까지 이 집 단골이었다고 설명했다.

"여기 손님들은 다 그래요." 바텐더가 말했다. "범위를 좀 더 좁혀 보세요."

"아, 아니에요." 피터가 손을 저으며 말했다.

한 시간 후 술잔을 내려놓고 지갑에서 지폐 몇 장을 꺼내는데 손이 떨렸다. 밖으로 나가보니 가랑비가 폭우로 바뀌어 있었고, 그는 스스로 길을 만들고 바로잡을 수 있는 익숙한 유혹을 향해 헤엄치는 자신을 느꼈다. 그는 경찰학교 신입들이 보수를 받는지, 건강보험은 즉시 적용되는지, 아니면 몇 달 후부터 적용되는지 궁금했다.

피터는 필기시험을 치자마자 케이트에게 그 소식을 전했고 합격 여부를 확인하는 즉시 알려주기로 했다. 그동안 계속 현장 일용직을 나갔고, 퇴근 후에는 매일 달리기를 하려고 노력했다. 자신이 아직 학생인 것처럼 느껴지는 데다 한 시간은 더 밖에 있을 수 있었기 때문이었다. 어느덧 가을이 지나고 크리스마스가 되었다. 저녁 뉴스는 늘 Y2K에 관한 소식으로 떠들썩했다. 1960년대 프로그래머들이 1999년 이후의 삶을 준비하지 않았기 때문에 세기가 바뀌면 모든 문서가 사라지고 지하철은 운행을 멈추고 비행기가 하늘에서 떨어질 거라고 했다. 하지만 전 세계가 자체적으로 대비할 수 있는 기간은 고작 몇 달뿐이었다.

드디어 새 천년이 도래했고 세상은 멀쩡히 돌아갔다.

그는 2월에 입학처로부터 필기시험을 통과했으니 추가서류를 제출하라는 소식을 전해 들었다. 거기에는 신원조사 동의서도 포함되었다. 조사관이 배정되어 지원서를 검토하고 기질검사, 심리검사, 구두시험, 신체검사를 진행했다. 시력, 청력, 혈압, 심장도 확인했다. 피터의 휴지기 맥박을 재던 의사는 피터가 육상선수가 아니라면 죽은 사람일 거라고 말했다.

모든 절차가 끝나고 신원을 조사한 조사관과의 정식 면접만이 남았다.

조지는 우편물 봉투를 보고 그 사실을 알게 되었다. 그는 브라이언에게 비슷한 봉투를 가져다준 게 엊그제 같다고 말했다. 그리고 피터에게 정말 확신하는지, 지원과정이 얼마나 진행되었고 정식 면접은 어떻게 치렀는지, 그리고 신원조회 후에 누구를 만나지는 않았는지 물었다.

"그건 마지막 단계라서 다음 주에 할 거예요."

"아, 알았다." 조지가 걱정스러운 표정으로 말했다.

"왜요?"

"아무것도 아니야."

조사관은 자신을 형사국의 일원이라고 소개했다. 그는 기분이 좋아 보였고 피터의 긴장을 풀어주려는 듯했다. 그날 아침 차가 고장났던 일에 대해 얘기하면서 아내가 잔소리는 심하지만 항상 옳은 말만 한다고 말했다. 그날 아침 피터는 정성스레 면도를 하고 넥타이를 매고 정장 재킷을 입었다. 다른 시험은 전부 레프락 시티에서 진행되었는데 이번 면접만 맨해튼 이스트 20번가에서 진행되었다. 피터는 사회보장카드부터 대학성적증명서까지 그들이 요구한 모든 서류를 폴더에 넣어 가지고 갔다. 가방은 너무 낡았고 서류가방도 없어서 폴더만 들고 지하철을 타는 바람에 혹시 자신도 모르는 사이에 서류가 빠져나와 날아갈까봐 아침 내내 편집증 환자처럼 확인하고 또 확인했다.

건물 안으로 들어가자 젊은 여성이 그를 면접장으로 안내한 뒤 물을 가져다주었다. 잠시 후 나이가 지긋해 보이는 조사관이 들어와 낡아빠진 나무 테이블을 사이에 두고 맞은편에 앉았다. 그리고 예상했던 질문들을 던지기 시작했다. 왜 여기에 들어오고 싶은지, 이 일을 어떻게 생각하는지. 저녁 달리기를 하면서 머릿속으로 준비했던 질문들이었다. 피터는 그가 질문표를 체크하고 있다는 것을 알면서도 마치 바비큐 파티나 야구 경기장에서 만난 사람과 담소를 나누며 친분을 쌓아가는 것처럼 질문에 답했다. 마침내 그가 부모에 대해 물었고 피터는 준비한 답을 얘기했다. 실제로도 수년간 그렇게 답해왔다. 어머니는 북부에 살고 있고 아버지는 남부에 살고 있다. 두 분은 10년 전에 헤어졌고 지금은 부모님과 왕래하지 않는다. 그가 여기까지라는 듯 빠르게 고개를 끄덕였지만, 조사관은 고개를 갸우뚱하며 몸을 앞으로 내밀었다.

"자네 아버지 말이야. 그분도 경찰이셨지?"

"네. 그렇습니다."

"19년 근무하셨군. 부상을 당하셨나? 아니면 무슨 일이 있었던 건가?" 그가 노트를 뒤적였고, 피터는 손바닥에서 맥박이 미친 듯 날뛰는 것을 느꼈다. 그가 이미 모든 것을 알고 있을 수 있지만, 형사국이 워낙 크고 변화도 많으니 놓쳤을 가능성도 있었다. 길럼에서 일어난 일은 전부 브라이언이 비번일 때 일어났다.

"개인적인 문제로 조기은퇴를 결정하셨습니다."

"그래? 무슨 문제였나?"

피터는 질문의 범위에 제한이 없을 거라는 경고를 받았었다. 그들은 심리검사에서 만나는 사람이 있는지, 그 사람이 남자인지 여자인지, 최종 파트너가 여자라면 기분이 어떨 것 같은지 물었다. 동성애자 남성이나 동성애자 여성이라면? 흑인, 히스패닉계, 아시아계라면? 그는 그런 질문들이 불법이라고 생각했다.

"저희는 그렇게 가깝지 않습니다. 아무 관계도 없습니다."

"그걸 물어본 게 아니네."

"아버지는 변화를 위해 일찍 은퇴하셨습니다. 적어도 저는 그렇게 믿고 있습니다. 솔직히 면접관님께서 직접 물어보셔야 할 것 같습니다. 아버지는 제가 열다섯 살 때 남부로 내려가셨고, 그 후로 저는 삼촌과 함께 살았습니다."

"삼촌이라면 조지 스탠호프?" 피터는 조사관의 말에 심장이 덜컥 내려앉는 것을 느꼈다.

"네."

"자네 어머니는 지금 사라토가 6번가에 살고 계시고?"

"저는 모릅니다." 피터가 말했다. 적어도 이 대답은 사실이었다.

"1991년에 이웃집에 살던 뉴욕경찰국 경위를 총으로 쏘고 살인미수 혐의로 체포됐군. 자네 어머니는 정신질환 또는 정신적 결함을 이유로 무죄를 주장했고 사건은 합의로 마무리됐어. 맞나?"

피터는 심장이 두근거려 아무 말도 하지 못했다.

"저는 그때 열네 살이었습니다. 자세한 내용은 듣지 못했습니다."

"자네 어머니가 아버지의 비번용 무기를 사용했군, 맞나?"

"네, 그런 것 같습니다."

"그런 것 같다." 조사관이 노트를 옆으로 치웠다. "자네는 필기시험에서 아주 우수한 성적을 받았어. 신체검사도 마찬가지야. 대학 성적도 훌륭하더군."

피터는 마음을 졸이며 다음 말을 기다렸다.

"하지만 심리검사에서 문제가 발견됐어. 자네의 심리검사 결과를 말하는 거야, 피터. 어머니나 아버지가 아니라 자네 말이야."

피터는 그가 자신을 시험하는 건지도 모른다고 생각했다. 심리검사는 1백 개의 질문으로 구성되어 있었고 여섯 시간 넘게 걸렸다. 그리고 집, 나무, 자기 자신을 그려보라고 요구했다. 나중에 집 현관문에 손잡이를 그리지 않은 것이 기억났다. 손잡이가 없는 문으로 어떻게 들어가지? 자화상에도 반바지와 운동복 셔츠 대신 양복과 넥타이를 그렸어야 했다고 생각했다.

"자네 아버지에 관한 기록에서도 문제가 발견됐어. 근무 중에 술을 마셨더군. 1989년 1월에 있었던 일이야."

"저는 아버지와 다릅니다. 지금은 잘 알지도 못합니다."

"삼촌한테도 전과가 있어. 경범죄이긴 하지만 주목해볼 만한 것들이야."

피터는 좁은 창문을 쳐다보며 흩어진 생각들을 모으려고 노력했다.

"저는 잘못이 없습니다. 이곳에 지원한 사람은 접니다. 저희 어머니도, 아버지도, 삼촌도 아닙니다. 그러니까 그분들의 이력이 어떻든 제 이력만 봐주십시오."

"어쩌면." 조사관이 말했다. "자네 말이 맞을지도 몰라. 상황에 따라 다르겠지만."

2주가 지나고 한 달이 지나고 6주가 지났다. 그의 이름이 합격자 명단에 추가되지 않으면 곧 시작될 경찰학교 수업에 합류할 수 없었다. 케이트는 시도 때도 없이 범죄 현장에 출동하여 바닥을 기어 다니고 블랙 라이트를 비추며 체액과 혈액을 찾아야 하는데도 즐기며 일했다.

"넌 어때?" 케이트가 물었다. 그녀는 영화관의 깜빡이는 어둠 속에서 그를 수시로 쳐다보았다. 피터는 스크린을 보고 있지 않았다. 영화를 반도 보지 못했는데 그가 그녀의 손을 잡아끌고 복도와 로비를 지나 거리의 차가운 공기 속으로 나갔다.

"우리 언제 같이 살까? 언제 결혼할 거야? 언제쯤 일주일에 이삼일 밤만 만나는 게 아니라 우리가 원했던 삶의 방식으로 살 수 있을까? 난 이렇게 지내는 게 싫어."

케이트가 웃었다. 그들은 껌 자국이 가득한 거리에서 2미터 정도 거리를 두고 서 있었다. 매표소 여직원이 유리 칸막이 뒤에 앉아 책을 읽고 있었다.

"진심이야. 넌 결혼하고 싶지 않아?"

"그러면 내 의향을 먼저 물어봤어야지."

"10년 전쯤에 물어보지 않았나?"

"아니, 그렇게 할 거라고만 했지, 물어보지는 않았잖아. 게다가 그때 난 열세 살이었어."

"그럼, 너는 그럴 의향이 있는 거야?"

"당연하지." 그녀가 말했다. "하지만 이걸 프러포즈로 생각하지는 않았으면 좋겠어." 그리고 덧붙였다. "그런데 갑자기 왜 이러는 거야?"

그는 그녀 앞을 왔다 갔다 하면서 어느 밤 경찰이 되겠다고 결심한 후 여러 단계를 거쳐 정식 면접까지 보고, 몇 주 동안 합격 소식을 기다려온 과정을 전부 털어놓았다. 진작 말하지 않은 것이 미안했지만 놀라게 해주고 싶었다. 케이트는 떨리는 몸을 꽉 감싸 안은 채 그를 바라보며 얘기를 들었다.

그러지 않았으면 그는 같은 질문을 끊임없이 반복했을 것이다. 이제는 자신이 뭘 하고 싶은지 알았고 그것을 확신했다. 경찰이 되는 데는 너무나 다양한 방법과 궤적이 있었고, 그것과 비슷한 직업은 없었다. 그와 전혀 상관없는 아주 오래전 일을 가지고 입교를 거부하는 건 말이 안 됐다. 그는 조사관에게 전화해서 두 번째 면접을 부탁해볼까 고민했다. 케이트는 어떻게 생각할까?

"심리검사에서 뭐가 문제였는지 더 자세히 얘기해주지는 않았어?"

"응. 그냥 지어낸 건지도 몰라."

케이트가 고개를 끄덕였고, 피터는 방금 전까지 자신이 전해준 모든 정보가 그녀의 뇌에서 여러 구획으로 분류되는 것이 눈에 보이는 것 같았다.

"떨어지면 너랑 이사를 갈까 생각하고 있었어. 보스턴이나, 코네티컷에 있는 하트퍼드나 스탬퍼드 같은 곳으로 말이야. 거기는 지원자들이 그렇게 많지 않을 거야. 게다가……."

"피터." 케이트가 몸을 감싸고 있던 두 팔을 풀고 그에게 다가가 말했다. 두터운 다운코트 너머로 그녀의 따스한 체온이 느껴졌다. "확실해?" 그녀가 물었다. "네가 정말 원하는 게 그거야?"

"응." 그가 말했다. 아버지보다 더 좋은 경찰이 될 것이다. 총상을 입기 전 프랜시스 글리슨을 더 본받을 것이다. 그리고 프랜시스가 궤도를 이탈하지 않았더라면 도달했을 자리에 안착할 것이다. 규정을 따르고 사람들에게 존경받으며 출세 가도를 달릴 것이다. 그런 모습이 벌써 눈앞에 선했다.

"한 가지만 알아볼게. 조금만 더 기다려줄 수 있어? 그 사람 이름이 뭐랬지? 그 조사관 말이야."

그 주 일요일 아침 일찍 케이트는 버스를 타고 길럼에 갔다. 그녀는 부모님에게 태우러 와달라고 전화하는 대신 집까지 걸어갔다. 제퍼슨가를 반쯤 지나다 걸음을 멈추고 어릴 때 살던 집을 바라보았다. 밸런타인데이에 언니들과 만든 하트 장식이 창문에 붙어 있었다. 엄마가 다락방 계단을 펼치고 오래된 장식들을 꺼내면 아빠는 사다리를 꽉 붙들고 말했다. "조심해, 레나." 그런 생각을 하다 보니 주저앉아 울고 싶어졌다. 밸런타인데이에 야간 순찰을 마치고 집으로 돌아온 아빠가 자신과 언니들에게 하트 모양 지우개를 선물로 주었던 것도 기억났다. 장미 열두 송이를 받은 엄마는 줄기 끝을 다듬고 호들갑스럽게 꽃병을 찾으면서 자기는 그런 걸 신경 쓰는 여자가 아니라며, 꽃값이 떨어지는 2월 말까지 기다려야 했다고 말했다.

케이트가 현관문을 조심스럽게 두드렸고 아무런 대답이 없자 집 옆으로 돌아가 가짜 바위 밑에 숨겨놓은 열쇠를 꺼냈다. 서리를 맞아 뻣뻣해진 잔디가 운동화에 밟혀 으스러졌다. 뒷문을 열어보니 프랜시스가 찬장을 열고 케이트에게 줄 머그잔을 꺼내고 있었다.

"네가 오는 게 보이더구나." 그가 말했다.

"엄마는 어디 있어요?"

"자고 있어." 아직 8시 전이었다. 엄마의 곱슬머리는 다시 풍성해졌지만 염색을 하지 않아 희끗희끗했다. 암은 몇 년에 걸쳐 호전되고 있었다. 그녀는 남편과 조앤 카바나 사이에 있었던 일에 대해 함구했다. 수술을 받고 1년쯤 지나서 레나의 머리가 아직 장난꾸러기 소년처럼 짧았을 때 모녀는 이탈리안 레스토랑에 가서 식사를 한 적이 있었다. 주차장에 세워둔 차로 돌아가는데 레나가 갑자기 멈춰서더니 돌아섰다. "뭘 놔두고 왔어." 그녀는 어깨너머로 그렇게 외치고 레스토랑으로 돌아갔다. 갑작스러운 상황에 웃음을 터뜨리려던 케이트는 주차장을 지나 길을 건너는 조앤 카바나를 발견했다. 조앤이 길 건너 가게에 들어가고 나서야 레나가 돌아왔다.

"엄마." 케이트가 차에 올라타자마자 말했다.

"그냥 그 여자를 보는 게 싫었어." 레나가 말했다. "왠지 창피해."

"엄마가 창피할 이유는 없어요. 저 여자가 창피해야죠."

"그래도." 그녀가 어깨를 으쓱했다.

"요새 엄마가 너희 어릴 때보다 더 늦게 자거든." 프랜시스가 말했다. 그는 늘 케이트의 마음속에 뭐가 들어 있는지 아는 것 같았다. 그녀가 가방을 문 옆에 내려놓고 머그잔을 받아들었다. 그는 말없이 우유를 따라주었다.

"갑자기 무슨 바람이 불어서 온 거야?" 그가 말했다. 그리고 신문을 4분의 1로 접었다. 그는 아침 일찍 외출복으로 갈아입고 델리에 다녀왔다. 그리고 레나에게 줄 버터롤을 납지에 싸서 조리대에 올려놓고 빈 납지를 하나 더 펼치던 참이었다.

"집에 온 지 좀 됐잖아요."

"그야 네가 바쁘니까. 일은 어때?"

그녀는 그가 이미 알고 있다는 것을 깨달았다. 어떻게 아는지는 몰라도 어쨌든 알고 있었다. 계단에서 엄마의 발소리가 나는지 확인했지만 아무 소리도 들리지 않았다. 실내 난방기가 스토브 옆 구석에서 가볍게 웅웅거렸다.

"부탁할 게 있어요." 그녀가 말했다.

"부탁?"

"피터가 경찰학교에 지원했어요."

프랜시스는 잠시 침묵했다. "피터 스탠호프 말이구나."

"네, 그 피터요."

프랜시스가 무표정한 얼굴로 그녀를 쳐다보았다.

"아무튼 아직 합격 여부를 듣지 못했는데 일반적인 경우보다 오래 걸리는 것 같아서요. 면접에서도 몇 가지 걸리는 게 있었고요."

"심리검사에서도 그랬겠지." 프랜시스가 말했다.

케이트는 온몸이 굳어지는 것 같았다.

"피터가 얘기하든?"

"네, 당연히 얘기했죠. 그냥 겁주려고 그렇게 말했을지도 몰라요."

"아니, 그건 진짜야. 사소한 일이지만 가족의 내력과 합쳐지면 문제가 되지."

"아빠가 그걸 어떻게 다 알아요?"

"거기에 친구가 하나 있거든. 그 친구가 전화로 알려주면서 내 생각을 물어보더라고."

케이트가 머그잔 너머로 그를 응시했다.

"그래서 뭐라고 하셨는데요?"

"지금 부탁하는 거니? 그 녀석에 대해 좋은 말을 해달라고?"

"네."

"왜?"

"왜냐하면 피터가 경찰이 되고 싶어 하고, 아주 좋은 경찰이 될 거니까요. 게다가 제가 사랑하는 사람이고 언젠가, 어쩌면 조만간 결혼을 할 수도 있으니까요."

프랜시스가 한숨을 쉬며 조리대에서 물러났다. "너는 네 인생을 망치고 있어." 그가 말했다.

그녀는 그와 마찬가지로 머그잔을 단정히 내려놓고 그건 자기 인생이라고 맞받아쳤다. 게다가 그가 인생을 망치는 것에 대해 훈계할 자격이 있을까? 레나의 너그러운 성품이 아니었다면 그는 지금 그녀 앞에 앉아 있지도 못했을 것이다.

프랜시스는 그 부분을 그냥 넘겨버렸다.

"그런 집에서 상처 없이 자랄 수 있을 것 같아? 지금은 보이지 않겠지만 분명 뭔가가 있을 거다. 내가 장담하마. 결혼생활은 길어. 상처란 상처는 다 시험대에 오를 거야."

"뭐, 아빠가 잘 아시겠죠, 안 그래요?" 케이트가 말했다.

프랜시스는 경고의 눈빛을 보냈다. 그녀도 물러서지 않았다.

"왜 하필 그 녀석이야?"

"사랑하니까요."

"사랑만으로는 부족해. 어림도 없지."

"저를 위한 일이에요. 피터를 위한 일이기도 하고요."

프랜시스는 어두운 미소를 지었다. "넌 네가 무슨 말을 하는지 전혀 모르고 있어."

케이트는 그 자리에 서서 아무런 반응도 하지 않으려고 애썼다. 다른 사람도 아닌 그가 감히 사랑에 대해 이야기하다니. 창턱 위에 묘목을 심은 잼 병이 나란히 놓여 있었다. 케이트는 프랜시스의 청바지가 골반에 헐렁하게 걸쳐져 있는 것을 보았다. 어깨도 예전보다 작아 보였고 셔츠 앞에는 빵 부스러기가 묻어 있었다. 그녀는 아주 가끔 왜 그가 아일랜드로 돌아가지 않았는지, 왜 한 번도 가족을 데리고 가지 않았는지, 어떻게 평생을 여기서 살 수 있었는지 궁금했다. 예전에는 너무 어린 나이에 부모를 떠나온 그가 애처로웠지만, 지금은 그 덕에 주위를 맴돌며 이래라저래라 하는 사람 없이 얼마나 많은 자유를 누렸을지 알 것 같았다.

"반대하실 수 있어요, 아빠. 하지만 어차피 일어날 일이에요. 전 피터를 사랑해요. 저희 삶의 일부가 될 수 있을지는 아빠의 선택에 달려 있어요. 피터는 철공 일을 계속할 수도 있고 로스쿨에 갈 수도 있고 다른 일을 할 수도 있어요. 본인은 경찰이 되고 싶어 하지만 사실 저는 피터가 도랑을 파게 되더라도 상관없어요."

프랜시스가 한숨을 쉬었다. 그리고 냉장고에서 제빙 틀을 꺼내 와 얼음 조각을 하나씩 꺼내 잼 병에 넣었다. 그는 얼음을 다 넣고도 한동안 창문만 바라보았다.

"피터가 수업을 들을 수 있도록 합격자 명단에 넣어주라고 했어. 부모는 문제가 있지만 그 녀석은 착하고 훌륭한 학생이라고, 나는 전혀 상관없다고 했어."

케이트가 너무 빨리 일어서는 바람에 의자가 뒤로 넘어가 바닥에 쿵 하고 쓰러졌다.

"그날 밤 일어난 일과 관련해서 그 애가 잘못한 건 하나도 없다고 했어. 학교생활을 비롯해 모든 일을 잘해냈다고도 했어. 엄마가 수술실에 있을 때 네가 했던 얘기 말이야, 육상선수로 활동했고 장학금을 받았다는 것도 그쪽에서 이미 다 알고 있어."

"그럼 피터를 용서한 거예요? 원망스럽지 않아요?" 그녀는 열 살 때처럼 그를 꽉 끌어안고 싶었다. "제가 원망스럽지 않아요?"

프랜시스가 돌아섰다. "피터를 원망한 적 없어. 그 애는 겨우 열네 살이었어. 내가 왜 그 애를 원망하겠니? 그리고 도대체 왜 내가 너를 원망한다고 생각하는 거야? 너는 진짜 문제를 이해하지 못하고 있어. 털끝만치도 이해 못 해."

하지만 케이트가 보기에 진짜 이해하지 못하는 사람은 프랜시스였다. 이제 모든 게 괜찮아질 것이다. 두 가족 모두 힘든 시간을 겪었지만 지금부터 그들의 인생은 얼마든지 즐겁게 흘러갈 수 있다. 케이트는 추수감사절이나 크리스마스 같은 명절 때마다 제퍼슨가에 와서 언니들과 소파에 앉거나 커피를 만들어주거나 나무 밑에서 선물을 꺼내 이름을 부르는 피터의 모습을 떠올렸다. 조지와 로잘린이 함께해도 좋을 것이다. 아무리 끔찍한 일도 행복한 결말로 마무리할 수 있다. 그들의 불운한 이야기는 오랫동안 기억에 남겠지만 비극적 결말이나 목숨을 잃는 사람은 없을 것이다.

"나는 아직 그 여자가 걱정돼." 프랜시스가 말했다. "네 엄마도 마찬가지야. 지금은 혼자 살고 있어서 근황을 들을 수 없거든."

"피터네 엄마 말씀하시는 거예요? 피터는 이제 엄마를 만나지 않아요. 엄마에 대해 말하지도 않고요. 더는 중요하지 않은 사람이에요."

"중요하지 않다고? 케이트, 아가. 그 여자는 피터를 낳아준 사람이야. 항상 중요할 수밖에 없어."

그 순간 지난 핼러윈에 던킨도너츠 화장실로 들어오던 앤의 모습이 떠올랐고, 케이트는 그 기억을 애써 외면했다. 그녀의 얼굴은 창백하고 수척했으며 눈빛은 거칠었다. 케이트는 그 이후에도 그녀를 여러 번 목격했다. 앤은 시동을 끈 차 안에서 피스타치오 껍질이 가득 찬 컵을 들고 앉아 있었다. 케이트는 후드를 뒤집어쓰고 그 옆을 지나 피터의 집을 그대로 지나쳤다. 그리고 두 블록 떨어진 태국 음식점에서 피터에게 전화를 걸어 그리로 나오라고 부탁했다. 어느 날에는 어깨가 축 늘어진 커다란 코트를 입고 피터가 달리기 좋아하는 리버사이드 공원의 나무 옆에 서 있었다. 얼마 지나지 않아 피터가 약속 장소에 도착했다. 땀에 젖은 그의 피부에 차가운 공기가 닿아서 살짝 김이 났다. "괜찮아?" 그가 물었다.

"괜찮아." 케이트가 어깨 너머를 흘깃 돌아보며 말했다. 케이트는 그의 팔을 잡아끌고 강가로 나가서 뉴저지 전역을 밝히고 있는 크리스마스 조명의 아련한 불빛을 구경했다. 그녀를 해치려다 그녀의 아빠에게 중상을 입힌 여자가 바로 저기에 있었다. 그 일로 어릴 적 아빠는 사라지고 웬 낯선 남자가 나타나는 바람에 그녀는 종종 그를 알아보기 위해 몸부림쳐야 했다. 기다리고 또 기다렸지만 예전의 아빠는 영영 돌아오지 않았다. 이게 다 앤 스탠호프 때문이었다. 케이트는 그 여자가 두려워야 했다. 그런데 그래야 한다는 걸 알면서도 왠지 두렵지 않았다. 적어도 아빠가 말했던 방식으로는 아니었다.

그리고 최근에 앤은 피터가 자주 들르는 케이트의 아파트 근처를 찾아왔다. 그녀는 헝가리 베이커리 앞 벤치에 앉아 행인들을 노려보았다. 그러다 케이트가 반대편 모퉁이에서 꺾어 들어오자 뭔가를 감지한 듯 그쪽을 올려다보았다. 케이트는 그 길로 돌아서서 도망치다 문득 결심했다. 아니, 나는 도망치지 않을 거야. 그러자 분노 비슷한 뭔가가 목구멍으로 솟구쳐 올라왔다. 케이트는 신호등이 바뀌기도 전에 그들 사이에 놓인 4차선 도로를—두 개는 북행, 두 개는 남행이었다—건너기 시작했다. 그녀는 두 팔을 들어 보이며 차량들을 멈춰 세웠다. 모세가 자신을 향해 달려드는 파도를 멈춰 세울 때의 기분이 꼭 그랬을 것 같았다.

앤이 벤치에서 일어나자 살짝 겁이 났지만 이를 악물고 계속 앞으로 나아갔다. 그날 밤 프랜시스가 그들의 현관으로 성큼성큼 걸어가면서 그랬던 것처럼 그녀는 자신이 더 커 보이도록 온몸을 쫙 펼쳤다. 햇빛이 매섭게 차가웠고 얼어붙은 배수로에 담배꽁초와 사탕 봉지, 펜이 갇혀 있었다.

"원하는 게 뭐예요?" 케이트는 앤에게 가까이 다가가 물었다. 몇 걸음이면 지하철 입구였다. 급하면 언제든 저 아래로 내려갔다가 먼 시내 어딘가로 나가 아무 일도 없었다는 듯 태연하게 굴 수 있었다. 곧장 택시를 잡아타고 집으로 돌아가 일주일 동안 그 모퉁이를 피해 다닐 수도 있었다.

"피터랑 얘기하고 싶어." 앤이 말했다. "네가 도와줬으면 좋겠는데."

"저요? 저보고 도와달라고요?" 케이트는 웃었지만 웃음이 엉긴 채로 나와서 숨이 막혔다. "참 뻔뻔하시네요, 아세요?" 케이트가 앤에게 한 발 더 다가갔다.

"피터한테서 떨어져요." 케이트가 낮은 목소리로 으르렁대듯 말했다. "나한테서도 떨어져요. 피터는 당신을 만나고 싶어 하지 않아요."

앤이 숨을 들이마시며 무슨 말을 하려고 했지만 케이트는 이미 그 자리를 떠나 신호등을 무시한 채 다시 길을 건너고 있었다.

재
회

Ask Again, _____Yes

15

이웃에 살던 킬코인 씨가 열두 살이었던 앤에게 했던 짓은 그녀가 열여섯 살이 되어 영국을 떠날 때까지 계속되었다. 그는 리본 한 움큼이나 수선이 필요한 드레스를 보여주며 어린 딸들을 도와줄 수 있는지 물었다. 그러면서 머리를 묶고 땋는 일에 영 소질이 없다고 말했다. 킬코인 부인이 위장병으로 사망한 1964년, 앤의 어머니는 크리스마스를 3일 앞두고 옷과 신발도 벗지 않은 채 킬리니 해변의 거친 바다로 뛰어들었다. 그녀는 벽난로 선반에 자개 브로치와 상당량의 노트를 남겼다. 처음 집에 찾아왔던 날, 킬코인 씨는 킬코인 사유지라고 새겨진 돌을 지나자마자 말했다. "잠깐 기다려봐, 앤." 그는 그녀의 어깨와 엉덩이를 움켜잡고 세게 끌어당겼다. 앤이 그를 안지 않았고 그가 떨고 있었다는 점을 제외하면 포옹과 약간 비슷했다. 그는 그녀를 점점 더 세게 끌어안았고 떨림은 더 폭력적으로 변했다. 그의 옷 안에서 무슨 일이 벌어지고 있었다.

"애들이 기다릴 거예요." 겨우 그에게서 풀려난 앤이 말했다. 아찔하고 현기증이 났다. 무슨 일이 일어난 거지? 아무것도 아닐 거야. 그녀는 당황하여 쐐기풀 덤불을 성큼성큼 걸어갔다. 정강이가 화끈거렸다.

그녀는 영국으로 건너가 브리짓이라는 친구를 사귀었고 얼마 후 킬코인 씨에 대해 이야기하면서 그 일이 어떻게 시작되었고 옷을 입은 채 끌어안던 것이 어떻게 건초 창고로 따라오라는 요구로 심화되었는지 설명했다.

"그런데 거길 왜 따라간 거야? 그러면 안 되는지 몰랐어?" 브리짓이 물었다. "우리 동네에도 그 아저씨처럼 집에서 가게를 하는 남자가 있었는데, 나는 항상 엄마가 기다리고 있다고, 조금 있으면 찾으러 올 거라고 핑계를 댔어. 그리고 도망쳤지." 그들은 런던 외곽에 있는 학교 운동장의 낮은 돌담에 앉아 있었다. 둘 다 아일랜드 출신으로 신문광고를 통해 만난 같은 고향 친구들과 함께 살면서 병원에서 보조 일을 했다.

내가 왜 따라갔을까? 앤은 궁금했다. 그것은 좋은 질문이었지만 40년 넘게 대답하지 못한 질문이기도 했다. 한번은 자기보다 한 살 어리지만 더 성숙해 보이고 남자친구도 있는 여동생을 대신 보내려고 했다. 킬코인 씨가 평소처럼 문 앞에 찾아왔지만 그녀는 곧장 카디건을 입는 대신 몸이 좋지 않다고 말했다. "버나데트가 갈 수 있어요." 그녀가 말했다. 아버지는 라디오를 끄고 뻣뻣한 이마를 문질렀고, 손톱을 깎던 버나데트는 깜짝 놀라 그녀를 올려다보았다. 학교에서 했던 팬터마임처럼 아주 잠시 모든 것이 정지했다. 앤은 버나데트나 킬코인 씨가 어떤 반응을 보이기 전에 얼른 덧붙였다. "하지만 애들은 제가 익숙할 거예요." 그녀가 말했다. 집으로 돌아가면 아버지는 늘 킬코인 씨의 딸들에 대해 물어봤다. 그 일이 시작되었을 무렵 두 아이는 아직 기저귀를 차고 있었다. 버나데트는 차를 만들고 구석에 앉아 발을 구르며 시간이 지나가기만을 기다렸다. 킬코인 씨가 아침 일찍 송아지를 받아 차가워진 손을 옷 안에 처음 집어넣은 날, 그녀는 그간의 일을 가족에게 털어놓으려고 했다. 하지만 아버지는 차를 마시며 라디오를 듣다가 파이프를 챙겨서 밖으로 나가버렸다. 그녀는 작은 마당을 지나 외양간 옆길로 나가는 아버지를 바라보면서 사실대로 말해봤자 엄마의 죽음처럼 논의되지 않은 채 그들 사이를 떠다닐 뿐 아무것도 바뀌지 않을 거라고 생각했다. 버나데트는 아랫길을 지나가는 학교 친구를 만나러 뛰쳐나갔다.

앤은 브리짓에게 말하고 나서 곧바로 후회했다. 그렇게 그 일을 영국으로 가져가는 바람에 영국 생활도 망쳐버렸다. 2년 후 그녀는 미국으로 떠나면서 더 똑똑해져야겠다고 생각했다. 아일랜드와 관련된 것은 아무것도 가져가지 않았다. 그녀는 새 블라우스를 사고 재키 케네디처럼 머리를 자르고 뉴욕에서 수련을 받으면서 아일랜드는 생각조차 하지 않았다.

그녀는 좋은 병원과 그보다 덜 좋은 병원에서 수년간 의사들을 독대하면서 한두 가지 교훈을 얻었다. 그중 하나가 인생은 시작이 가장 중요하고, 그런 의미에서 삶은 가장 무거운 것이라는 사실이었다. 그녀를 병원에 가둔 사건은 훨씬 더 최근에 일어났는데 의사들은 왜 자꾸 그 일에 대해 물어볼까? 아일랜드를 등지고 미국으로 떠나왔지만 어디를 가든 그 일은 그림자처럼 그녀를 쫓아다녔다. 수년째 대화를 나누지 못한 아들을 보기 위해 뉴욕주 고속도로를 따라 남쪽으로 몇 시간씩 달려가는 몸이나 1967년 세인트 딤프나의 우거진 풀밭을 헤치던 몸이나 같은 몸이었다. 사내아이를 둘씩이나 밀어낸 몸도, 킬코인 씨의 숨결이 귓가에 와 닿으면 판자처럼 뻣뻣해지던 몸도 다 같은 몸이었다.

알았든 몰랐든 시작은 피터에게도 중요했다. 그 모든 세월은 길럼 집 주위를 조심스럽게 서성이며 그에게, 그의 몸 어딘가에 각인되었다.

몇 달 동안 앤은 피터를 보기 위해 네 시간 거리를 세 차례나 운전해서 남부로 내려갔고 한 번에 여섯 시간에서 여덟 시간, 길면 열두 시간까지 머물렀다. 그녀는 라디오를 틀어놓고 그가 나타나기를 기다리면서 유명 인사의 인터뷰나 칠면조를 소금물에 절이는 방법이나 차가 침수되었을 때 빠져나오는 방법을 들었다. 날씨가 유독 좋은 날에는 팰리세이즈 협곡 전망대에 차를 세우고 벤치에 앉아 드넓은 허드슨강을 바라보았다. 머릿속이 피터에 대한 생각으로 가득 찰 때면 엔진에서 김을 살짝 빼듯 주제를 바꾸어 오래전 강가에 있었을 황야를 상상해보았다. 헨리 허드슨이 항로를 개척하면서 얼마나 두려웠을지, 얼마나 설렜을지, 그리고 결과적으로 얼마나 좌절했을지 상상했다. 4백 년이 가늠하기 힘들 만큼 긴 시간처럼 느껴지기도 했고 아무것도 아닌 것처럼 느껴지기도 했다. 한때 대학에서 근무했던 요양시설 환자가 3백만 년 전에 살았던 인류의 공통 조상인 루시에 대해 말해준 적이 있었다. 루시에 비하면 헨리 허드슨은 바로 어제 강 하류를 탐험한 것이나 마찬가지였다. 헨리 허드슨이 최초로 강 상류를 항해했을 때와 비교하면 앤은 바로 1초 전까지 피터와 한집에서 살았던 것이나 마찬가지였다. 그보다도 더 짧았다.

건강하고 행복한 모습을 확인했으니 이제 내버려두자고 다짐하고 몇 달 동안 발길을 끊기도 했다. 하지만 그가 어디에 있는지 아는 것만으로 만족해야 한다며 아무리 마음을 다잡아도 몇 달만 지나면 수년간 길럼에서 느꼈던 목적 없는 조바심이 또다시 끓어올랐다. 케이트 글리슨은 여느 아이들처럼 교외에 사는 평범한 여자애였을 뿐이다. 그 애가 유독 예뻤던가? 아니다. 그 애가 유독 똑똑했던가? 앤은 동의할 수 없었다. 도대체 뭐가 좋았을까? 이런 질문에 너무 깊이 몰두하다 보면 내면의 기어가 빠르게 돌아가기 시작했다. 피터는 더 좋은 대학에 갈 수 있었고 의사나 상원의원이 될 수도 있었다. 그러다 아일랜드에서의 삶을 돌아보면 엄청난 괴리감이 느껴졌다. 여기까지 와서 키운 아이가 누가 아일랜드 사람 아니랄까봐 경찰이 되어서 어떤 나이든 여자와 사랑에 빠진다면 그게 다 무슨 소용인가? 그녀는 이런 생각에 사로잡혀 잠도 자지 못하고 천장만 쳐다보았다.

예전에는 피터가 케이트를 만나는 것이 싫으면 집에 붙잡아둘 수라도 있었다. 그리고 지금 눈앞에 늘 두 사람 사이에 끼어 있던 케이트가 팔짱을 끼고 서 있었다.

앤은 숨을 들이쉬고 내쉬면서 그 정보가 뇌 안으로 들어가게 내버려두었다. 케이트에게는 피터가 보지 못하는 꼬인 부분이 있었다. 그날 아침 앤은 렉싱턴의 헝가리안 베이커리 앞에서 가면이 벗겨진 듯 붉으락푸르락한 케이트의 얼굴을 보면서 생각했다. 그래, 바로 이거야. 이게 네 진짜 모습이지. 하지만 그것은 태초부터 이어져 온 남녀 간의 이야기였다. 그들은 아주 늦게까지 서로를 명확히 보지 못했다. 케이트가 자신을 향해 성큼성큼 걸어와 얼굴을 똑바로 쳐다보면서 떨어지라고 말했을 때는 뭔가 존경할 만하다는 생각까지 들었다. 앤은 그날 똑똑히 보았다. 케이트는 그 무엇보다 피터를 사랑했다. 그리고 맹렬했다. 어쩌면 생각했던 것보다 더 믿을 만한 사람인지 모른다.

용기를 내어 피터에게 다가가거나 연락하지 않고 스토커처럼 지켜보기만 하면 어쩌자는 건가? 그녀는 그것이 중요한 질문이라는 것을 알고 있었고 올리버 박사에게 물어볼 필요도 없었다. 이상한건 케이트가 거의 매번 자신을 찾아낸다는 점이었다. 마치 자신이밖에 있다는 걸 아는 듯 문을 나서자마자 주위를 두리번거렸다. 원래 그렇게 쫓기는 듯한 표정으로 사는 걸 수도 있지만 왠지 자신의존재를 아는 것만 같았다.

피터와 케이트는 알파벳 시티에 있는 한 아파트의 우중충한 1층집으로 이사했다. 앤은 몇 달 동안 그들의 행방을 알지 못하다가 사립탐정을 통해 주소를 알아냈다. 어느 날 오후 앤은 두 사람이 집에없는 사이에 방범창 안을 들여다보았다. 싱크대 안에는 접시 몇 개가 들어 있었고 문 옆에 있는 쓰레기통에는 빈 병이 가득했으며 조리대 위에는 시리얼 상자 두 개가 놓여 있었다.

앤은 2001년 9월 11일까지 몇 주 동안 피터를 찾아가지 않았다. 뉴스를 보니 자가용이나 대중교통으로는 그의 집 근처에 접근할 수 없는 상황이었다. 그래서 당장 차를 몰고 내려가는 대신 어렵게 구입한 텔레비전을 보면서 혼란을 수습하려고 애쓰는 경찰들의 모습 속에서 그의 얼굴을 찾아보았다. 그는 죽지 않았다. 그랬다면 분명히알 수 있었을 것이다. 그녀는 목소리만이라도 듣고 싶은 마음에 틈만 나면 페리가에 있는 공중전화에 가서 선불카드를 넣고 전화를 했

지만 신호음만 울릴 뿐이었다. 그러다 9월 13일, 마침내 그가 전화를
받았다.

"피터?" 앤이 말했다.

"네?" 피터는 잠시 멈칫했다가 피곤한 목소리로 다시 물었다. 그
리고 한참을 기다렸다. 그녀는 그쪽에 가지 말라고, 위험한 일은 다
른 사람들에게 맡기라고 말하고 싶었다. 잔해가 무너져 내리고 온갖
물건들이 엄청난 높이에서 쏟아져 내리고 있다는 이야기를 들었기
때문이다.

앤은 수화기 너머로 피터의 숨소리만 듣고 있다가 전화를 끊어버
렸다.

두 사람이 동거를 한 지 1년쯤 지났을 때 앤은 그들의 집 앞에서
드라이클리닝을 맡겼던 세탁물을 어깨에 걸치고 모퉁이를 돌아오
는 케이트를 보았다. 그녀는 아는 사이인 것 같은 어떤 여자와 마주
쳤고 그녀에게 손을 보여주었다. 조금 전까지만 해도 심각한 표정이
더니 어느새 밝은 얼굴로 고개를 끄덕이며 상대의 말에 수긍했다.
세탁물 봉투가 더러운 바닥에 쓸렸다. 그녀는 코트 깃 너머로 미소
를 지으며 집 앞에 서서 열쇠를 꺼냈다. 곧이어 피터가 달려오더니
그녀의 뒤로 조심스럽게 다가가 허리를 와락 붙잡았다. 앤의 심장이
꽉 조여들었다.

앤은 두 사람이 결혼했다는 것을 알아차렸다. 그녀는 그토록 알고
싶었던 소식을 캐내려는 듯 피터의 왼손을 뚫어지게 쳐다보았다. 케
이트네 가족도 참석했을까? 조지도? 성대한 파티를 열었을까? 이른
아침 피터는 혼자 밖으로 나왔다. 며칠 동안 일을 나가지 않았는지

턱수염이 빽빽이 자라 있었다. 예전에 브라이언도 그랬었다. 앤은 피터를 따라 공원으로 갔다. 그는 턱걸이를 몇 번 하더니 이내 그만두고 차가운 바닥에 앉았다가 대자로 드러누웠다. 몇 년 전 핼러윈 날 밤에 처음 본 후로 살집이 조금 붙은 것 같았다. 그는 실눈으로 하늘을 쳐다보다 눈을 감고 하얀 입김을 훅 내뱉었다. 잠시 후 그는 달리기 시작했고 오랫동안 돌아오지 않았다.

케이트는 근무 시간이 불규칙했다. 무슨 일을 하는지 모르지만 퀸스로 통근하다 지금은 지하철을 타고 26번가로 갔다. 피터도 주 단위로 근무 시간이 바뀌었기 때문에 가끔 퇴근길에 출근하는 케이트와 마주치면 건물 출입문 앞에 서서 포옹을 하고 잠시 알 수 없는 대화를 나눴다.

그들은 2004년에 다른 곳으로 이사를 갔다. 앤은 건물 밖을 바쁘게 돌아다니며 뭔가를 상의하는 그들의 모습에서 뭔가 심상치 않은 기류를 감지했다. 그러고 나서 몇 번을 더 찾아갔지만 그들은 보이지 않았다. 마침내 용기를 내어 창문 안을 들여다보았다가 셔츠를 벗은 채 프라이팬에다 뭔가를 요리하고 있던 뚱뚱한 중년 남자와 눈이 마주치는 바람에 황급히 뒷걸음질 쳐야 했다.

남자가 창문으로 다가와 외쳤다. "뭐 좋은 거라도 보셨나?"

앤은 그 자리에 멈춰 섰다. "여기 다른 사람이 살지 않았어요?"

그가 웃었다. "아마 그랬겠죠. 하지만 지금은 내가 살아요." 그리고 그녀를 아래위로 훑어보았다. "들어올래요?"

앤은 서둘러 그 자리를 떠났다.

몇 년 전에 고용했던 사립탐정이 일을 그만두는 바람에 앤은 다른 사람을 찾아야 했다. 새로 고용한 사립탐정은 플로랄 파크의 어느 집 주소와 진저브레드 하우스처럼 생긴 아담한 튜더 주택이 찍힌 사진을 전해주었다. 그들이 결혼한 사실도 확인해주었다. 선수금을 10퍼센트만 내고 급하게 산 것 같았다.

"동네는 어때요? 이웃은요?" 평생 우중충한 아파트에서 살 거라고 생각하지는 않았지만, 쉽게 받아들이기 힘든 변화였다.

사립탐정이 어깨를 으쓱했다. "뭘 알고 싶은 겁니까?"

"모르겠어요." 앤이 말했다.

수개월 동안 그들에게서 떨어져 있었던 그녀는 지도를 유심히 살펴보며 플로랄 파크로 가는 길을 기억해두었다. 2005년이 밝았다. 그녀는 피터가 길럼 집이 아닌 다른 곳에 있는 모습을 그려보려고 했지만 번번이 실패했다. 마침내 그녀는 세 시간을 운전해서 시내로 내려간 뒤 다리를 건너 롱아일랜드로 갔다. 그녀는 표지판을 읽다가 문득 결혼 전에 브라이언과 두 번째인가 세 번째 데이트를 하면서 롱아일랜드의 어느 해변에 갔던 일을 떠올렸다. 까맣게 잊고 있었던 일이었다. 모래사장에 앉아 있던 브라이언이 뉴욕에서는 항상 누군가가 뒤에 남아 보초를 서야 한다며 짐을 지키고 있을 테니 가서 수영을 하라고 말했다.

작지만 단란해 보이는 집이었다. 처마와 덤불은 눈으로 덮여 있었고 집 안에서는 따뜻한 노란색 불빛이 새어 나왔다. 진입로는 울퉁불퉁하고 갈라져 있었다. 그녀는 아들이 아침에 문밖을 나서면서 마주할 모든 것들을 둘러보았다. 앤은 시동을 끄고 낡은 자전거와 같은 피터의 흔적을 찾아보았다. 오래 지나지 않아 커튼이 걷힌 1층 창문 너머로 케이트가 지나갔다. 실내등이 마치 무대를 비추듯 그녀를 선명하게 비췄다. 깨끗이 빨아서 갠 옷가지를 들고 있는 것 같았다. 그녀가 또 한 번 창문을 지나갈 때 앤은 깨달았다. 케이트가 품에 꼭 끌어안고 있는 것은 세탁물 더미가 아니라 아기였다.

가만히 생각해보니 저 아이는 피터의 아이이기도 했다.

앤은 차에서 내려 캄캄한 어둠 속에 섰다. 저기에 케이트 글리슨과 무(無)에서 만들어져 갓 태어난 어린 손주가 있었다. 앤은 피터가 아기였을 때 얼마나 빨리 변했는지를 떠올렸다. 한동안은 움직이지도 못하더니 어느 날 갑자기 스스로 일어섰다. 어느 날부터는 걷기 시작했고 어느 날부터는 사는 데 필요한 모든 단어를 구사하기 시작했다.

차량이 지나갈 때마다 앤은 전조등 불빛을 피해 몸을 숙이면서 피터가 지금 집에 돌아오면 그에게 다가가겠다고 다짐했다. 이제 그건 더욱 중요해졌다. 그녀는 몇 년 만에 처음으로 아버지를 떠올렸다. 피터가 태어나기 전에 세상을 떠났지만 앤과 그녀의 부모님을 비롯하여 태초까지 이어지는 선조들이 존재하지 않았다면 미합중국의 롱아일랜드라는 곳에 살고 있는 저 작은 아이도 존재하지 않았을 것이다. 그녀는 아버지가 오물이 묻은 장화를 신고 마당에 침을 뱉던 모습을 떠올렸다. 그가 앉아 있던 식탁 주위로 비처럼 쏟아지던 담뱃가루를 재빨리 쓸어내지 않았다면 바닥이 얼마나 지저분했을지도 생각했다. 또 그녀가 목요일에 계획을 알리고 토요일 아침 영국으로 떠났을 때 아버지와 버나데트가 얼마나 외로웠을지 생각했다.

그리고 그녀는 엄마가 그 작은 몸 안에 얼마나 많은 자기를 품고 있었을지 생각했다. 갑자기 걱정이 밀려오며 한기가 느껴졌다.

하지만 피터의 차는 보이지 않았고 집 밖으로 나오는 사람도 없었다. 그리고 마침내 하늘에 여명의 빛줄기가 수놓이기 시작했다.

앤은 아기의 존재를 알고 난 뒤 플로랄 파크를 떠나면서 곧 돌아오리라 다짐했다. 더 이상 올리버 박사를 만날 필요도 없었다. 그 근처에 일자리를 구하면 케이트가 장을 보러 갈 때 잠깐 들러서 한 시간 정도 아이를 봐줄 수 있었다. 짐이 워낙 적어서 마음만 먹으면 한 시간 안에 다 쌀 수 있었다. 하지만 주차장에 차를 세워놓고 집으로 들어가 침대 끄트머리에 앉자마자 케이트가 손주를 절대 맡기지 않을 거라는 생각이 들었다. 잠시 완벽한 정적이 흘렀다. 그렇더라도 앤은 그녀를 탓할 수 없었다. 한 시간 전까지만 해도 그녀는 집에 잠깐 들러 짐만 싸서 다시 그곳으로 가려고 했지만 아이 때문에 그러기가 어려워졌다는 것을 문득 깨달았다. 세월이 흐르고 있는 걸 알면서도 완벽한 순간에 그의 인생으로 돌아가 그들이 떠나온 곳에서 다시 시작하려고만 했었다. 그사이 피터는 케이트 글리슨과 결혼했을 뿐 아니라 아이도 있었다. 생각보다 많은 시간이 흘렀다는 뜻이었다. 계산해보니 피터가 벌써 스물여덟 살이었다. 이후에 아이들이 더 태어날 수도 있었다. 고통스러웠던 시간이 앞으로는 더 견디기 힘들어질 것 같았다.

그녀는 몇 달에 한 번씩 플로랄 파크에 갔지만 피터는 딱 한 번 보았다. 봤다고 하기에는 너무 짧았다. 차고 문이 열리더니 그가 쓰레기통을 끌고 진입로를 따라 길가로 내려갔다. 그는 피곤하고 걱정스러운 표정으로 지붕을 쳐다보다가 눈을 비볐다. 그리고 주머니에 손을 찔러 넣어 열쇠 꾸러미를 꺼내더니 미끄러지듯 차에 올라타서는 차고 문을 활짝 열어둔 채로 어디론가 사라져버렸다. 다 큰 남자의 몸 안에 그녀의 아이가 있었다. 핸들을 너무 세게 움켜쥐었다 놓았더니 손가락이 아팠다.

그때 말고는 케이트만 잠깐씩 보였다. 갈색 곱슬머리가 제법 길게 자란 남자아이가 그녀의 품에서 꿈틀거렸다. 그 아이가 걸음마를 떼기 시작한 무렵 케이트는 또 다른 아기를 품에 안고 서둘러 차로 걸어갔다. 진입로에 차량 두 대가 서 있을 때도 불 켜진 방 안을 돌아다니며 뭐라고 말하는 케이트만 잠깐씩 보일 뿐 피터는 보이지 않았다. "저 애들이 내 손주들이야." 앤은 몇 번이고 반복해서 큰 소리로 말했다. 그녀는 슬펐지만 다소 안도하며 떠나고는 했다. 하필 경찰이 되어 케이트 글리슨과—첫째 아이가 태어난 뒤로 조금 불안해 보였다—함께 산다는 것이 마음에 들지 않았지만 직업도 있고 파트너도 있으니 잘 지낼 거라고 생각했다.

조지는 두 번 보았는데 너무 달라져서 두 번째에야 누군지 알아보았다. 예전보다 키가 커 보였고 나이에 비해 어려 보였다. 불가능한 일이지 않은가? 그가 앞길을 따라 내려오는 모습을 보니 꽤 여러 번 와본 것 같았다.

앤은 생각이 너무 많아져서 자신과 거리를 두기 위해 사라토가에서 할 수 있는 일을 찾아보았다. 매주 푸드 뱅크에서 자원봉사를 하고 휴가를 떠난 사람들을 대신해 개들을 산책시켰다. 도서관에서 아이들에게 책을 읽어주기도 했는데, 애정에 너무 굶주려서인지 아이들은 이야기를 듣기보다 자신과 반려동물과 형제와 할아버지에 대해 이야기하는 것을 더 좋아했다. 손주들의 생일은 몰라도 나이는 꼭 기억해두었다. 몇 달에 한 번씩 볼 때마다 아이들은 완전히 달라져 있었다. 너무 피곤해서 집으로 돌아오지 못할 때는 제리코 턴파이크에서 하루를 묵었다. 어느 아침 그녀는 피터의 집에 가다가 맞은편에서 피터의 차가 달려오는 것을 언뜻 보았다. 그의 두 눈에 태양이 담겨 있었다.

아이들은 누구를 닮았을까? 피터는 절대 아니었다. 케이트도 아니었다. 손자는 벌써 여덟 살은 되어 보였고 손녀는 여섯 살 정도 되어 보였다. 봄이 오자 아이들은 겹겹이 입고 있던 재킷과 상의를 벗어 관목과 계단 위에 던져버렸다. 그리고 따뜻한 몇 달 동안 옆 뜰에 스프링클러를 틀어놓고 눈에 익은 몇몇 아이들과 수영복을 입고 놀았다. 외할머니와 외할아버지는 만났을까? 그녀는 궁금했다. 당연히 만났을 것이다. 아이들은 레나 글리슨을 뭐라고 부를까? 그녀는 피터와 케이트가 자신에 대해 말해줬을지 궁금했다. 끔찍했던 그날 밤에 대해 얘기해줬을 수도 있다. 아니면 손쉽게 친할머니는 죽었다고 말했을 수도 있었다. 길가에 차를 세우고 시동을 끌 때마다 그녀는 저 위로 걸어가 초인종을 누른 뒤 모든 일에 대해 사과하고 세월이 많이 흘렀으니 이제 다시 서로를 알아가자고 말하고 싶었다. 그녀는 최선의 방법을 고민했고 자신과 논쟁을 벌인 끝에 다음에 하기로 결정했다. 이 과정은 몇 번이고 반복되었다. 다음에 하자.

2016년 6월 말, 플로랄 파크로 가는 내내 뇌우의 냄새가 앤을 쫓아왔다. 그녀는 평소처럼 두 사람의 집을 지나쳐 근처에 차를 세우고 기울어진 백미러를 통해 이웃의 축 늘어진 나뭇가지에 가려 거의 보이지 않는 그 집 현관을 지켜보았다. 해가 저물고 있었다. 그녀는 차를 세우면서 재빨리 계산부터 했다. 피터는 서른아홉 살이었고 케이트는 몇 주 후에 서른아홉 살이 될 것이다. 앤은 라디오를 작게 틀고 샌드위치 포장을 벗기며 해가 완전히 질 때까지 그들의 집을 지켜보았다. 날이 완전히 어두워지면 다리도 펴고 그들에게 더 가까이 가볼 겸 차에서 내려 가벼운 여름 스웨터 후드를 뒤집어쓰고 짧은 산책을 했다. 그녀는 그들의 자동차와 화단과 데크 난간에 널어놓은 비치타월을 바라보았다. 피터가 저 안에 있을 것만 같았다. 그와 케이트의 차가 진입로에 차례로 세워져 있었다. 그때 큰길에서 불빛이 다가왔고 앤은 고개를 푹 숙인 채 돌아서서 빠른 속도로 걷기 시작했다. 그 차가 피터의 집 앞에서 속도를 줄이는 동안 앤은 충분히 먼 거리에 쭈그리고 앉아 운동화 끈을 묶는 척했다. 누군가가 피터를 데려다주러 온 것일 수도 있다고 생각했지만 어깨 너머에는 피터가 아닌 어딘가 익숙한 남자가 서 있었다. 그녀는 몇 초 후에야 그를 알아보았다.

"프랜시스 글리슨." 그녀가 매미와 자동으로 솟아올라 윙윙거리며 돌기 시작하는 스프링클러를 향해 속삭였다. 그리고 프랜시스가 보행로를 무시한 채 잔디밭을 가로지르는 모습을 지켜보았다. 자신이 다치게 한 얼굴을 자세히 보려고 했지만 불빛이 너무 약해서 보이지 않았다. 그가 현관문을 세 번 두드리더니 세게 밀어젖혔다. 무슨 일이 일어나고 있는 것이 틀림없었다.

그녀는 다시 차로 돌아가 백미러로 보는 대신 운전대를 등지고 완전히 돌아앉았다. 그리고 프랜시스나 피터나 케이트가 다시 나오기를 기다리며 누구에게 무슨 일이 일어났는지 확인하기 위해 그 집을 지켜보았다. 프랜시스는 그날 밤에도 그런 표정을 짓고 있었다. 앤은 아이들만은 무사하기를 기도했다.

한참을 기다리고 또 기다렸지만 그들은 현관문을 굳게 닫은 채 어떤 힌트도 주지 않았다. 그러고 보니 프랜시스가 이제 운전할 수 있는 모양이었다. 자세도 좋았고 한쪽 팔을 흔들며 걷는 모습이 어딘가 조금 어색했지만 일부러 찾지 않는 이상 알아차리기 힘든 정도였다. 언젠가 그가 자신을 안고 앞마당을 가로질러 2층 침실까지 데려다주었던 일이 생각났다. 어떻게 그는 그녀를 내려놓지 않고 문을 열 수 있었을까?

온 동네가 한밤중과 같은 정적에 잠겨 있었다. 깜빡 잠들었던 그녀는 차 지붕을 연달아 두 번 날카롭게 두드리는 소리에 깨어났다.

눈을 떠보니 프랜시스의 차가 보이지 않았다. 환기를 위해 내려놓은 운전석 창문 쪽으로 고개를 살짝 돌려보니 거기에 케이트 글리슨의 얼굴이 있었다. 무더운 밤이었다.

"맙소사." 앤이 가슴에 손을 얹으며 말했다.

"놀라게 하려던 건 아니었어요." 케이트가 말했다.

앤은 그녀가 자신이 집 앞에 있다는 걸 정말 매번 아는 건지 궁금했다.

"얘기 좀 하시죠." 케이트가 말했다.

16

케이트는 그녀를 용서했다는 뜻이 아니라고 되뇌었다. 과거가 중요하지 않다는 것이 아니었다. 뭐든 도움이 될 만한 일을 해보려는 것뿐이었다.

그녀는 피터에 대해, 브라이언과 앤을 비롯한 그의 모든 혈육에 대해, 그리고 아일랜드에 대해 알고 싶었다. 그렇게 해서 자신이 상대하고 있는 것이 무엇인지 확실히 파악하고 싶었다. 조지에게 도움을 청할 수도 있었지만 뭔가를 물어보려고만 하면 갑자기 화장실이나 냉장고, 자동차로 가버렸다. 하지만 피터에게는 먼저 다가가 그의 얘기를 들으려고 애썼다. 그는 피터와 안락의자에 나란히 앉아 뭔가를 논의했다. 고기를 굽는 피터에게 쭈뼛쭈뼛 다가가기도 했다. 그리고 케이트가 질문을 마치기도 전에 서둘러 대답했다. "일에 관한 얘기야." 날씨나 담보대출, 남자로서의 삶에 대한 얘기였다고 답하기도 했다. 하지만 그는 피터가 부엌을 돌아다니며 술과 음식을 내놓는 것을 지켜보면서 얼굴을 찡그렸다. 조지가 들를 때면 피터는 갈증이 쉽게 해소되지 않는 듯 무알콜 맥주를 연달아 마셨다.

"진짜 술을 마시지 그러니." 지난여름에 조지가 말했다. 그들은 테라스에 있었고 아이들은 반딧불이를 잡으러 돌아다녔다.

"아니요, 이것도 괜찮아요." 피터가 말했다.

"그렇지만 우리가 오기 전에 이미 마신 거 아니었어? 우리가 가고 나면 또 마실 거잖아?"

"조지." 로잘린이 말했다.

"브라이언이 그랬거든."

피터와 조지가 한참 동안 서로를 빤히 쳐다보자 케이트는 불편한 마음에 시선을 돌렸다.

언제부터였을까? 그녀는 과학자였기 때문에 제대로 된 정보만 있었다면 상황이 잘못된 방향으로 흐르는 것을 막을 수 있는 결정적 순간을 찾아내서 문제를 해결했을 수도 있다. 동거를 시작한 뒤로 그들은 항상 술 한두 잔을 마시며 하루를 마무리했다. 그는 야간 순찰을 하고 나면 아침에 귀가해서 한숨 자고 점심을 먹은 뒤 술을 한 잔 마시면서 케이트가 퇴근하기를 기다렸다. 주머니 사정이 어려워 맨해튼 술집에서 한두 잔 이상은 마시기 어려웠기 때문에 대부분 집에서 마셨다. 주간 순찰을 하고 나면 둘이 함께 저녁을 만들면서 와인을 한 잔 마시고 식사를 하면서 또 한 잔 마셨다. 나이가 들면서 바디와 농도, 타닌에 대해 알게 되었고 입맛도 조금 더 까다로워졌다. 피터는 테킬라와 진을 접했다. 대학 시절에는 싸구려 술을 마시며 웃고 즐기기도 했었다. 하지만 20대 후반이 되면서 월요일이나 화요일 저녁에 식사를 하며 레드와인을 한 잔 곁들이는 것이 뭔가 세련되게 느껴졌고, 케이트는 식사 때마다 다이어트 콜라를 마시던 엄마를 종종 떠올렸다.

케이트는 철저한 연구를 통해 복잡하고 방어적인 결론을 도출해 냈다. 그녀는 학부 때 유기화학 수업을 들은 뒤부터 세상은 어떤 물질을 휘젓고 잘게 부숴서 다른 물질로 변화시키는 영구기관이라고 생각했다. 한 번은 가슴이 부풀어 브래지어 밖으로 삐져나온 것을 보고 재빨리 날짜를 계산해서 임신 가능성을 확인했고, 실험실에서 가장 좋아하는 부서진 플라스틱 의자에 앉아 팔을 소독하고 치아로 압박대를 고정한 뒤 시료 안의 화학종을 확인하는 정성시험을 진행했다. 결과는 hCG 양성으로 임신 7주였다. 그녀는 뒷정리를 깔끔히 끝내고 말아 올렸던 소매를 내린 뒤 벼락 맞은 기분으로 그날 일을 마무리했다.

그녀는 주로 보이지 않는 세계의 윤곽을 찾아서 다른 사람들이 볼 수 있도록 지도로 만드는 일을 했다. 즉 머리카락, 섬유, 체액, 지문, 발사 잔여물, 연소촉진제, 문서, 흙, 금속, 중합체, 유리 등을 가지고 법의학 분석을 했다. 일이 잘 풀리는 날에는 후드 끈에 감춰져 있던 비밀을 찾아내거나 머리카락 한 가닥에 담긴 수수께끼를 풀었다. 그러면서 왜 이 문제는 풀지 못했을까?

프랭키가 태어나면서 피터가 퇴근 후 귀가해 술을 찾는 속도가 빨라지고 술에 대한 갈망도 커졌지만, 케이트는 늘 육아와 모유 수유와 밤잠을 걱정하는 자신과 달리 오랜 일상을 유지할 수 있는 남편을 질투하는 것뿐이라고 생각했다. 남자가 긴 하루를 마치고 술 한 잔하는 것은 잘못된 일이 아니었다. 그녀의 아버지는 늘 저녁 뉴스를 보면서 위스키 두 잔을 마셨고, TV 가이드에 찍힌 동그란 술잔

자국을 보면 그가 무사히 귀가했다는 생각이 들어 마음이 편안해
졌다.

그렇다면 정확히 언제부터 술병이 부엌 조리대에 부딪치는 소리
와 유리잔을 내려놓는 소리에 짜증이 나기 시작한 걸까? 혼자 차를
몰고 출근할 때나 가족이 깨기 전에 샤워할 때 가만히 생각해보면
아주 가끔 한잔하는 걸 가지고 화를 내는 것은 온당하지 않은 것 같
았다. 피터는 그녀보다 30킬로그램은 더 나갔고 훨씬 더 많은 일을
처리했다. 그는 늘 저녁을 먹은 뒤에 뒷정리를 하고 아이들 목욕을
도와주고 책을 읽어주었다. 아이들이 한밤중에 깨서 울면 열심히 달
래주었다. 그는 케이트의 엉덩이를 토닥이며 더 자라고 말한 뒤 프
랭키를 안고 흔들거나 우유병을 주거나 나지막이 노래를 흥얼거렸
다. 2년 후 몰리에게도 똑같이 해주었다. 두 아이 모두 케이트가 안
아줄 때까지 울음을 그치지 않았던 것은 그의 잘못이 아니었다.

몰리가 한 살쯤 되었을 때 평소와 달리 한밤중에 일어나 운 적이
있었다. 너무 지쳐 있었던 케이트가 아이를 안아달라고 부탁하려고
피터에게 굴러갔지만 아무도 없었다. 모유를 먹여보려고 했지만 몰
리가 성난 작은 주먹으로 가슴을 밀어내며 거부하는 바람에 어쩔
수 없이 우유병을 데우기 위해 아래층으로 내려갔다. 마지막 계단
까지 내려갔을 때 그녀는 거실 깔개 위에서 뭔가 까만 것을 보았고,
불을 켜자마자 너무 놀라 숨도 제대로 쉬지 못했다. 와인병이 쓰러
져 크림색 카펫이 짙은 핏빛으로 물들어 있었다. "피터." 그녀가 쿡
쿡 찌르며 그를 깨웠다. 그날을 돌이켜보면 그는 집에 돌아와서 보
드카 음료를 두 잔 마시고 저녁을 먹으면서 와인 한 병을 나눠 마시
고—케이트는 한 잔만 마셨다—저녁 식사 후에 맥주 몇 병을 더 마

시고 저기 있는 와인까지 마셨다. 엄청나게 많은 양은 아니었지만 전부 합쳐보니 많았다. 화요일 밤치고는 많은 편이었고, 전날에도 그만큼 마셨고 다음 날에도 그만큼 마실 거라고 생각하면 꽤 많은 양이었다. 다른 사람들은 집에서 술을 얼마나 마실까? 그녀는 문득 궁금했다.

중요한 것은 밖에서 친구들을 만날 때는 그렇게 많이 마시지 않는다는 것이었다. 다른 사람들과 비슷한 속도로 조금만 마셨다. 그녀가 집까지 운전해서 오기를 바란다고 미리 말해두면 아주 멀쩡히 귀가했다. 그런데 유독 집에서만 술을 내려놓지 못했다. 그러다가도 다음 날이면 어김없이 일어나 출근을 했다. 그는 늘 정확한 시간과 장소에 나타났다. 참을성 있게 아이들을 대했고 그들의 끝없는 이야기에 귀 기울였으며 우스꽝스러운 표정으로 잘게 으깬 음식을 입에 넣어주었다. 문제가 있는 사람이라면 가끔 병가를 냈을 것이다. 문제가 있는 사람이라면 거의 매일 한 시간씩 아이들과 로데오 놀이를 할 수 없었을 것이다. 그날 밤 그녀는 와인을 최대한 많이 빨아들일 수 있게 키친타월 뭉치를 카펫에 꾹꾹 누르면서 최근에 실시한 부검을 떠올렸다. 피어 57 근처에서 한 남자가 사망한 채 발견되었는데, 외상의 흔적이 없어 사인이 불분명했다. 친구들의 증언에 따르면 약물 중독자는 아니었다. 전문가 흉내를 내며 수제 맥주를 많이 마시기는 했지만 와인이나 독주는 마시지 않았다. 병리학자는 부검보고서에서 지방간으로 인한 쓸개즙정체와 급성 간문맥 섬유화를 언급했다.

"알코올중독이네요." 케이트가 서류를 읽다가 고개를 들어 말했다. "하지만 가족과 친구들은 맥주만 마셨다고 했잖아요. 몰래 마셨올까요?"

"꼭 그렇지는 않아요." 병리학자가 호기심 어린 표정으로 케이트를 쳐다보며 말했다. "전 애인 말로는 하루에 맥주를 여덟 병에서 열 병 정도 마셨다더군요. 매일이요."

"하지만 맥주잖아요."

"맥주도 알코올이에요, 케이트."

"네, 알아요. 저는 그저……." 그녀는 혼란스러웠지만 그 이유를 정확히 알 수 없었다.

몰리가 안달을 내며 목청껏 울어대고 피터는 소파에 누워 코를 골고 텔레비전 소리까지 요란하게 울리는 가운데, 그녀는 카펫 얼룩을 문질러 닦으며 자신이 문제를 제대로 보지 못하는 게 아닌지 생각했다.

이튿날 아침, 그녀는 아침을 먹으면서 어디서부터 시작해야 할지 고민했다. 일단 조리대 앞에서 커피가 끓기를 기다리는 그에게 숙취가 있는지 가볍게 물었다. 그리고 어젯밤 아래층에 내려왔다가 카펫 얼룩을 발견하고 순간적으로 피인 줄 알았다고 말했다.

"숙취?" 그가 팔짱을 끼며 되물었다. 화가 난 것 같았다.

"꽤 많이 마셨잖아."

그가 다시 어리둥절한 표정을 지었다. 그녀는 속으로 그가 정말 평소만큼 마셨기 때문에 이런 대화가 뜬금없이 느껴질 수 있겠다고 생각했다. 변한 건 그녀였다. 그 변화는 카펫을 문지르는 동안 일어났고, 뭔가 끔찍한 일이 일어난 것처럼 심장이 뛰었다. 주변부를 맴돌던 희미한 뭔가가 그제야 시야에 들어온 것 같았다.

"얼룩은 빠졌어?" 그가 물었다. "내가 나중에 식초로 닦을게." 그가 알고 있었던 일종의 실용적인 정보였다. 레드와인은 따뜻한 물과 식초, 소량의 주방 비누를 이용해 닦는다.

"식초로 닦기에는 너무 늦었을지도 몰라." 케이트가 말했다. "그런데 피터⋯⋯."

그가 무슨 말을 하려는 건지 안다는 듯 그녀를 쳐다보았다.

"당신, 요즘 좀 과한 것 같아. 두 번째 와인을 굳이 따야 했어? 오늘 아침에는 애들을 베이비시터에게 일찍 데려다줘야 해. 나는 8시까지 연구실에 있을 거야."

"그래서 일어났잖아. 약속한 대로 내가 데려다줄 거야." 그가 커다란 몸으로 그녀의 주위를 돌아다니며 좋아하는 머그잔과 커피포트를 집어 들었다. 그의 말은 사실이었고, 그녀는 걱정할 필요가 없다는 것을 알고 있었다. 그는 아이들을 정확한 시간과 장소에 데려다줄 것이다.

그 후로 케이트는 피터를 더 유심히 지켜보았고 그는 더 조심스럽게 행동했다. 그녀가 깨어 있을 때는 자제하다가 그녀가 잠자리에 들면 더 많이 마셨다. 케이트는 그가 하루에 얼마나 마시는지 매번 확인했다. 한 번도 들여다보지 않던 재활용 쓰레기통을 들여다보기 시작했고, 목요일 아침마다 술병이 수북이 쌓여 있는 것을 발견했다.

어느 날 그는 차고에 있다가 케이트가 차에서 내려 쓰레기통을 확인하는 모습을 직접 목격하기도 했다.

그녀가 진입로 끝에서 쓰레기통을 가리키며 그에게 외쳤다. "이건 너무 심해, 피터. 당신도 알잖아."

삶에는 2 더하기 2는 4처럼 간단히 계산할 수 있는 것들이 있다. 하지만 세월이 흐르고 아이들이 자라 학교에 들어가면서 계산할 수 없는 것이 조금씩 늘어났다. 피터는 야간 순찰이 없을 때면 늘 케이트의 곁에서 잠들었다. 그들은 여전히 일요일에는 스테이크, 금요일에는 피자를 먹었고 집 주변 산책로를 걸으며 비슷한 일상을 반복했다. 하지만 최근 그녀는 기쁨이 넘쳐흐르던 가슴 속 깊은 곳에 뭔가가 결핍되어 있음을 느꼈고, 그건 아마도 행복인 것 같았다. 결혼할 때 서로에게 했던 말도 여전히 유효했다. 적어도 그녀에게는 그랬다. 일을 마치면 그가 있는 집으로 돌아가 그날 하루에 대해 얘기하고 같이 밥을 먹고 잠자리에 들고 싶었다. 주말이면 영화를 보거나 긴 산책을 하거나 저녁을 먹으러 나가거나 친구들을 만나고 싶었다. 무엇이든 서로에게 말할 수 있기를 바랐다. 그리고 그들은 여전히 그렇게 하고 있었다. 이 모든 것들을 하면서 생계를 유지하고 두려움 없이 매일 아침 출근했다가 매일 밤 귀가할 수 있다면 그것이 곧 인생이었다. 케이트가 볼 때는 아주 멋진 인생이었다. 무엇이 더 필요하겠는가? 그녀는 이런 소소한 것들만으로 충분하다는 사실을 늘 기억한다면 괜찮을 거라고 믿었다. 수년 전 화요일 아침에 두 사람은 시청 계단을 오르며 약속했다. 단순하고 솔직하게 살기로, 늘 서로에게 친절하기로, 파트너가 되기로.

하지만 단순한 연산을 멈춘 뒤로 케이트는 붙잡아둘 수 없는 안개처럼 너무나 추상적인 이 문제를 해결하기 위해 끊임없이 머리를 짜내야 했다.

올바른 해법을 찾기가 이렇게 어려운 문제를 연구실에서 만났다면 그냥 모든 데이터를 동료에게 넘겨주고 의견을 물어봤을 것이다.

하지만 피터의 문제에 대해 다른 사람들의 의견을 물으려면 피터나 부부 사이의 일에 대해 말해야 했다. 아빠는 물론이고 언니들이나 엄마에게도 말할 수 없었다. 그녀가 피터에 대해 조금이라도 부정적인 뉘앙스를 풍기면 아빠는 예전에 쓰던 방이 그대로 있으니 언제든 집으로 돌아오라고 했다. 아이들은 내털리와 사라가 쓰던 방에 재우면 되었다.

"행복하니?" 몇 달 전에 케이트가 아이들을 데리고 길럼 집에 갔을 때 엄마가 물었다. 피터는 웬만하면 길럼에 가지 않으려 했고, 그 날 아침에도 집 근처에서 해야 할 일이 있다며 핑계를 댔다. 그는 길럼이나 파란색에서 베이지색으로 바뀐 예전 집이 신경 쓰이지 않는다고 우겼다. 그의 아버지가 직접 만든 시멘트 계단이 판석으로 교체된 것도 신경 쓰지 않는다고 했다. 케이트는 그의 말에 일리가 있다고 믿었다. 집이 너무 달라져서 애착을 느끼기 어려웠기 때문이다. 게다가 너무 오래전에 살았던 집이었다. 그래도 그가 알았든 몰랐든 길럼에 갈 때마다 그곳은 그에게서 뭔가를 끄집어냈다. 동네 사람들도 그를 알아보았다. 그들은 길거리에서 그를 멈춰 세우고 반갑게 인사를 하며 어떻게 지냈는지 묻고 훌륭한 아이가 이렇게 자라 가정을 이루고 행복하게 사는 모습을 보니 너무 좋다고 말했다. 케이트는 그런 일을 겪고도 고향에서 이렇게 환영받을 수 있어서 정말 감사하다고 생각했다. 역시 고향은 고향이었다. 하지만 피터는 애써 고개를 끄덕이고 미소를 지으며 인사를 받고 있었다. 예전에 한번 피터가 사람들이 부모님에 대해 묻지 않고 말을 빙빙 돌리는 탓에 너무 지친다고 말했다. 케이트는 당신이 그들과 같은 부류로 취급된다고 느낄까봐 사람들이 배려하는 거라고 말했다.

은퇴한 몇몇 경찰들은 피터가 경찰이라는 것을 알고 있었고, 경감으로 진급했다는 소식을 듣자마자 프랜시스 글리슨을 본받아 다행이라고 말했다. 케이트는 그냥 기뻐서 하는 말이지 어떤 의도가 있는 것은 아니라고 강조했다. "나도 알아." 피터는 늘 이렇게 답하며 태연한 척했지만 한참 동안 누가 무슨 말을 해도 집중하지 못했다. 그와 프랜시스는 한 방에 있는 경우가 많았다. 그들은 말없이 앉아 있거나 시장이나 축구 또는 복합소재 데크에 그만한 돈을 들일 가치가 있는지에 대해 대화를 나눴다. 진짜 나무를 사용하는 것이 뭐가 문제란 말인가?

길럼에 가면 피터는 되도록 집 밖에 나가지 않으려고 했다. 한번은 레나가 저녁 식사 준비에 필요한 재료 하나를 깜빡했으니 푸드킹에 가서 사다 달라고 부탁했다. 케이트와 언니들은 재료를 썰고 휘젓고 양념을 바르느라 바빴다. 그는 창백해진 얼굴로 꼼짝도 하지 않았다. "제가 갈게요." 케이트가 조리대에서 열쇠를 집어 들고 그의 볼에 입을 맞췄다. 길럼을 다녀오고 나면 그는 며칠 동안 말을 하지 않았다. 결국 그녀는 혼자 길럼에 가기 시작했다. 명절에도 플로랄파크나 언니 집에 모였다.

"너희 아빠와 내가 보기에 요즘 너는 그다지 행복하지 않은 것 같아." 레나가 케이트에게 말했다.

"아니요, 행복해요." 케이트가 딱 잘라 말했다.

피터가 처음으로 토요일 대낮부터 술에 취해 귀가했을 때 그녀는 걱정스러웠지만 너무 놀라 그만 웃고 말았다. 그때 그렇게 웃어넘겼던 것이 계속 마음에 걸렸다. 몰리가 네 살, 프랭키가 여섯 살이던 무렵이었다. 피터가 크리스마스 조명 때문에 뭐가 필요하다며 철물점에 가더니 네 시간 만에야 웃는 얼굴로 돌아와서 거기서 누구를 만났다며 재잘거렸다. 그는 그녀의 허리를 붙잡고 얼굴을 목에 바짝 갖다 댔다.

"취했어?" 그녀가 불쑥 말했다. 뭐가 문제겠는가? 그는 크리스마스를 며칠 앞두고 우연히 누군가를 만났다. 그나마 밖에 나가서 사람들을 만났다는 것이 조금 더 건강하게 느껴졌다. 한밤중의 어두운 집보다는 나았다.

몇 주 동안은 잠잠하다가 그런 일이 빈번해지기 시작했고, 그녀는 그가 볼일을 보고 돌아올 때면 일단 현관에 세워두고 상태를 확인하거나 아이들 곁에서 이상한 행동을 하지 않는지 지켜보았다. 한번은 언니들이 온다는 소식에 오후 5시밖에 안 됐는데 그를 침실로 올려보내놓고 어떻게 설명해야 할지 몰라 아프다고 둘러대기도 했다. 언젠가 그는 경찰이 음주 운전자를 찾을 때 얼마나 난폭한지가 아니라 얼마나 조심스러운지를 통해 판단한다고 말했다. 두 손으로 운전대를 꼭 쥐고 제한속도를 준수하다가 순간적인 실수로 중앙선을 침범한다는 것이었다. 그녀는 그가 저녁 식사를 준비하면서 조심스럽고 신중하게 접시를 꺼낸다든지, 하루가 어땠는지 물어볼 때도 한마디 한마디 가지런히 늘어놓으며 올바른 입 모양을 만들려고 애쓰던 모습을 떠올렸다.

그러던 어느 목요일 피터가 열 시간이 지나도록 돌아오지 않았고, 케이트는 초과 근무를 하느라 전화하는 걸 깜빡 잊은 거라고 생각했다. 야간 근무를 할 때면 보통 아침에 들어와 뒤늦은 저녁을 먹었기 때문에 그녀는 아이들에게 아침을 먹이고 냉장고에 있던 포크찹을 미리 꺼내놓았다. 그런데 그날은 피터가 아침까지도 들어오지 않아 먼저 출근해야 했다. 어느새 그 일은 까맣게 잊어버리고 늦은 오후가 되어 집으로 돌아와 보니 완전히 녹은 포크찹이 조리대 위에 그대로 놓여 있었다. 우려스러운 상황이었다. 그는 꼬박 하루 만에 집으로 돌아왔다. 셔츠는 밖으로 삐져나와 있었고 얼굴은 전날보다 초췌하고 나이 들어 보였다. 분명 무슨 일이 벌어지고 있었다.

"케이트." 그가 휘청거리며 집 안으로 들어와 말했다. 그리고 머리카락을 움켜쥐었다가 그녀를 향해 두 손을 뻗었다.

"무슨 일이야?" 그녀가 말했다. "빨리 말해."

그날 밤 프랜시스가 느닷없이 찾아왔다. 케이트는 남편이 아직 퇴근하지 않은 척을 하며 아이들과 2인용 안락의자에 앉아 프랭키가 학교에서 가져온 동물 백과사전을 보고 있었다. 심장이 격렬하게 뛰고 손바닥이 축축해지고 숨이 가빴지만 아이들이 알아챌까봐 경쾌한 목소리를 유지했다. 그녀는 고개를 들어 현관 유리창에 비치는 아빠의 구부정한 실루엣을 보았다. 그녀가 한숨 비슷한 소리를 내자 두 아이가 궁금한 듯 엄마를 쳐다보았다. 프랜시스가 현관문을 열었을 때 케이트는 온몸을 쥐어짜며 울음을 참아야 했다. 참견하기 좋아하는 어느 노인네가 옛 동료에게 전화해서 뭔가를 알려준 걸까? 아니면 매주 전화로 보고했는지도 모른다. 이 어둠 속에서 차를 몰고 롱아일랜드까지 가겠다고 했다면 집에서 나오기 전에 엄마와 다퉜을 것이다. 프랜시스는 집 안으로 들어와 차분히 주변을 둘러보았고, 케이트는 아주 잠깐 다른 이유로 왔을 가능성에 대해 생각했다.

"갑자기 웬일이세요." 그녀가 침착하게 말하려고 무진장 애썼다. 아빠가 대신 문제를 해결해줄 수는 없을 테지만, 그가 한쪽 무릎을 꿇고 아이들을 향해 두 팔을 벌리자 온몸에 흐르던 피가 안도감으로 들썩거리는 것 같았다.

"할아버지!" 프랭키와 몰리가 소리 지르며 그에게 달려갔다.

잠시 후 그녀는 아이들이 잠든 것을 확인하고 아빠에게 차를 가져다주었지만 그는 자리에 앉지 않았다.

"저희가 알아서 해결할 거예요." 그녀가 여느 평범한 저녁처럼 차를 홀짝이며 말했다.

"피터는 어디 있니?"

"뭐 하러 여기까지 오셨어요. 피터는 피곤해서 좀 쉬고 있어요. 맞아요, 근무 중에 총을 쐈대요. 그것 때문에 많이 힘들어하지만 다친 사람은 없대요."

"신의 은총이거나 운이 좋았던 거겠지."

케이트도 암묵적으로 동의했다. 그녀는 저녁 시간 내내 그가 누구를 다치게 했거나 그보다 더 심한 일이 벌어졌을 경우를 상상했다.

"피터에게 무슨 일이 있니, 케이트?"

"아무 일도 없어요." 그녀가 테이블에 떨어진 부스러기를 손바닥 위에 분주히 쓸어냈다. "왜 그렇게 야단이신지 이해가 안 돼요."

프랜시스는 괴로워 보였다. "사람을 죽였으면 어쩔 뻔했어? 도대체 뭘 하고 있었던 거야? 누굴 때리기라도 했으면 내일 아침 모든 신문의 1면이 피터의 이름으로 도배되었을 거야, 알아? 사람들은 시청에서 시위를 하면서 그를 몰아세우겠지. 물론 그들이 옳아. 절대적으로 옳지."

"알아요, 아빠. 하지만 안 그랬잖아요." 케이트가 떨리는 것을 들킬까봐 두 손을 엉덩이 밑에 깔고 앉았다.

"피터는 어디 있니? 얘기를 좀 해야겠다." 2층 침실은 아이들에게 굿나잇 키스를 하러 올라갔을 때 이미 확인했다. 그는 작은 소파를 들여놓은 거실 쪽방을 확인한 뒤에 차고로 가서 문을 열고 불을 켰다. 주변을 훑어보던 그의 시선이 지하실 문 앞에 멈췄다.

"그냥 내버려두세요." 케이트가 말했다. 프랜시스는 어설프게 막아서는 그녀를 밀치고 난간에 기대어 길고 어두운 계단을 내려갔다.

"피터." 프랜시스가 그에게 다가가 말했다. 공기에서 퀴퀴한 냄새가 났고 TV는 1년 내내 1986년 월드 시리즈를 방영할 것 같은 채널에 맞춰져 있었다. 언젠가 피터는 케이트에게 그 대회를 보면서 뭐든 가능하다는 것을 배웠다고 말했다. 그는 마시던 술병을 소파와 의자 사이에 쑤셔 넣고 입을 벌린 채 자고 있었다.

프랜시스가 주변을 훑어보았다. "얼마나 이러고 있었던 거니?"

케이트는 대답하지 않았다.

"바비 길마틴네 아들이 동료들과 돌아가며 근무를 대신 서줬다고 하더구나."

피터가 몸을 뒤척이더니 다시 코를 골았다.

"그런 거 아니에요. 상황을 악화시키지 마세요."

"정말이야, 케이트." 프랜시스가 성한 눈으로 그녀를 응시했다. "내 말 믿어라."

나이 든 경찰들은 예전의 전화교환수 같았다. 모든 것을 알고 있었고 모든 것을 논의했으며 프랜시스 글리슨처럼 수십 년 전에 배지를 반납했더라도 늘 경찰이라는 생각으로 살았다. 그녀는 아빠와 그들 모두에게 분노를 느꼈지만, 분노하는 시간이 길어질수록 수치심도 오래 머문다는 것을 알고 있었다.

"근무 중에 술을 마신 적은 없어요." 케이트가 말했다. "그건 사고였어요. 다른 경찰들처럼 총을 꺼내다가 발을 헛디뎌 넘어진 것 같대요."

프랜시스는 의안을 가리고 있는 덮개를 손바닥으로 눌렀다. "어제 순찰을 나갈 때는 어때 보였니?"

하마터면 피곤해 보였다고 대답할 뻔했다. 어제는 오후 순찰을 나가는 날이었다. 그녀는 그 주 내내 오후만 되면 그가 결근하기를 기대했다. 하지만 그는 늘 그랬듯 막판에 샤워를 하러 들어갔다. 곧이어 면도를 하고 드라이클리닝 봉투에서 깨끗한 셔츠를 꺼내 입고 블랙커피를 휴대용 머그잔에 가득 채워 밖으로 나갔다. 꼭 가야겠느냐고 물었더니 짜증을 내며 그녀를 스치듯 지나 계급에 따라 지급받은 날렵한 검은색 익스플로러로 갔다. 그는 정말 괜찮아 보였다. 하지만 김 서린 욕실에 들어간 그녀는 수색견처럼 코를 쳐들고 진 냄새를 맡았다.

"피터는 괜찮아요." 케이트가 말했다.

"피터." 프랜시스가 날카롭게 말했다. 그는 몸을 숙여 피터의 어깨를 꽉 움켜쥐고 세게 흔들었다. 그는 피터가 제 아버지처럼 오만이라는 죄를 짓고 있다고 생각했다. 어머니보다는 아버지 쪽에 가까웠다. 적어도 앤에게는 정신질환이라는 문제가 있었다. 하지만 이것은 남들과 다르게 나는 괜찮을 거라고 믿는 자아가 저지르는 죄였다.

"내가 보증을 섰어." 프랜시스가 그를 내려다보며 말했다. "믿을 만한 사람이라고 했지."

"그건 사실이에요."

"보이는 게 다가 아니야. 난 알아."

바로 그때 전화기가 울렸고, 케이트는 전화를 받기 위해 지하실 계단을 두 개씩 올라가 그에게서 벗어났다. 레나였다. 그녀는 그날 밤에만 프랜시스를 붙잡아두라고 부탁했다. "시력 때문에 그래." 그녀가 말했다. "맞은편 헤드라이트 때문에 빛 번짐이 심해서 집까지 오기 힘들 거야. 본인 입으로 말했어. 그렇게 무모한 짓을 하다니 믿을 수 없구나."

케이트는 전화를 끊고 그녀를 따라 계단을 올라온 아빠를 보았다. 그는 차를 몰고 달까지도 갈 수 있을 것처럼 보였다.

"엄마한테 무슨 일인지 말 안 하고 오셨나 봐요."

"그래." 프랜시스가 말했다. "그건 네가 결정할 일이야. 난 그냥 이 빌어먹을 인간들 때문에 너무 화가 나서 온 것뿐이야."

"누구요?"

"피터랑 그 사람들 전부 다."

"전부 누구요? 경찰들이요? 아니면 피터네 가족? 그 사람들한테서 태어난 게 피터 잘못은 아니잖아요. 그 주제로 다시 돌아가려는 거예요? 애초에 떠난 적이 없었는지도 모르겠네요."

프랜시스가 그대로 멈춰 서서 그녀를 향해 돌아섰다. "너 그거 아니, 케이트? 네가 늘 어떤 식인지 아느냐고?"

그는 열쇠를 움켜쥐고 지하실 문을 마지막으로 흘깃 쳐다본 뒤에 언제든 아이들을 데리고 길럼에 오라고 말했다. 그들이 원한다면 그날 밤에 함께 갈 수도 있었다. 그는 바닥을 내려다보더니 다시 한번 손바닥으로 의안을 눌렀다. 지금 당장 아이들을 데리고 아빠와 함께 문밖으로 나가서 아이들에게 안전벨트를 채우고 길럼 집으로 달려간 뒤에 아이들을 침대에 재우고—시트는 항상 깨끗하고 쾌적했고 집은 항상 따뜻하게 열려 있었다—아침에 일어나 레나가 해주는 오트밀을 먹으면 정말 편안할 것 같았다. 레나는 찬물이 담긴 그릇을 앞에 놓고 감자껍질을 벗기면서 아이들에게 도움을 요청하고 손가락 관절을 칼날 어디에 갖다 대야 하는지 보여줄 것이다. 그러는 동안 프랜시스는 큰 소리로 신문을 읽을 것이다. 엉망인 현실을 그 자리에 그대로 남겨둔 채 아이들의 손을 잡고 모든 것이 시작된 곳으로 돌아가 다 잊고 살 수도 있었다. 프랜시스는 아이들을 사랑했다. 케이트의 배가 불러와 티셔츠가 늘어나기 시작한 순간부터 그의 맹목적인 사랑이 시작되었다. 하지만 그는 피터를 아이들 아빠로 인정하지 않고 케이트가 혼자 낳은 것처럼 굴었다. 이따금 레나가 프랭키를 보면서 피터의 어릴 때 모습을 닮았다고 하면 프랜시스는 도무지 이해할 수 없다는 듯 아이를 찬찬히 뜯어보았다.

그녀가 집에 있어달라고 부탁하면 그는 기꺼이 그렇게 해줄 것이다. 곧장 소파에 자리를 잡고 그날 밤, 아니 그 주 내내 머물 것이다. 담요를 갖다달라고 부탁하거나 샤워를 하겠다고 하지도 않을 것이다. 그만 돌아가도 괜찮다고 할 때까지 그녀가 필요로 하는 바로 그곳에 머물 것이다. 그가 거기에 있을 거라는 상상만 해도 마음이 편안해지고 구원의 밧줄이 내려온 것 같고 지금 서 있는 그 방이 더욱 견고하게 지어진 것처럼 느껴졌다. 그녀는 거기에 있어주기를 바라는 간절한 마음을 들킬까봐 살짝 돌아앉아야 했다.

"넌 너무 지쳤어." 그가 말했다.

"아니, 그렇지 않아요."

"피터는 내일 노조 대변인을 만날 거야, 확실해."

"오늘 만났어요."

"내가 여기 있어줄까?" 그가 물었다.

누가 코 뒤를 바늘로 콕콕 찌르는 것 같았다.

"아니요." 그녀가 말했다. "저희는 괜찮아요."

"네가 원한다면 피터가 깰 때까지 있으마."

"아니요. 엄마한테 돌아가세요." 그녀는 조심히 가라고 말하고 집에 무사히 도착하면 전화벨만 한 번 울려달라고 부탁했다.

하지만 그는 꼼짝하지 않았다. "케이트." 그가 말했다.

"가세요." 그녀가 말했다. "제발요. 내일 전화드릴게요."

그녀는 차 문이 닫히고 엔진 소리가 희미해질 들릴 때까지 미동도 하지 않았다.

프랜시스가 떠나자 케이트는 문단속을 하고 불을 끈 뒤에 생각 없이 바깥을 흘깃 내다보았다. 그때 늘 같은 위치에 서 있는 작은 검은색 세단을 발견했다. 그 주변에 있는 인도와 도로 위로 해리슨 부부의 느릅나무 가지가 축축 늘어져 있었다. 그 차를 발견한 지는 꽤 오래되었는데, 하고많은 날 중에 하필 그날 밤 거기에 있는 것이 뭔가 미심쩍었다. 그녀는 한동안 소설에 나오는 스파이처럼 어두운 집 안에서 블라인드 틈 사이로 그 차를 응시했다. 서 있는 것이 피곤해지자 의자를 가져와 앉았다.

그날 밤은 평소처럼 행동할 수 없었다. 모든 게 괜찮은 것처럼 계단을 올라가 세수를 하고 이를 닦고 아침에는 더 나아질 거라고 자신에게 말할 수 없었다. 피터가 그 상황을 여러 번 설명해줬지만 뭔가 중요한 것이 빠져 있었다. 그들은 특정 집단을 몇 달간 지켜봤다. 그리고 습격에 필요한 모든 것이 준비되자 실행에 옮겼다. 체계적으로 계획된 작전이었다. 적합한 사람들이 적합한 자리에 있을 수 있도록 순찰 일정도 조정했다. 그들은 방 안을 제압하고 용의자들을 체포하는 중이었다. 극적인 상황이 이미 끝난 상태였는데, 피터가 갑자기 총을 쐈다.

"무슨 말을 더 하라는 거야?" 케이트가 그 일을 처음부터 끝까지 다시 한번 말해달라고 요청하자 피터가 말했다. "아무도 다치지 않았어."

지휘관이 현장에서 문제가 없다고 결론을 내렸지만, 얼마 지나지 않아 피터는 제한 업무에 배치되었다. 무슨 일이 있었던 것이다. 케이트는 웬만한 경찰보다 잘 알았다. 그의 안전을 걱정한 거라면 왜 단순 업무가 아닌 제한 업무로 배치했을까? 몇 시간 후 그녀는 그가 아닌 그의 주변 사람들의 안전을 걱정해서 내린 조치일 수 있겠다는 생각을 했다. 예상치 못한 총격 후 몇 시간 동안 그가 무슨 짓을 한 걸까?

"한 번만 더 물어볼게." 그녀가 차분히 말한 뒤 마음의 준비를 단단히 하고 물었다. "당신 취했었어?"

"아니야." 그가 넌더리를 내며 방어적으로 말했다. 그리고 지하실로 내려가버렸다.

그녀는 그를 떠날 수도 있다고 생각했다. 문제를 함께 해결할 수 없다면 혼자 해결하면 된다. 아이들의 짐을 챙겨 떠나면 된다. 아니면 그에게 여행 가방을 주면서 짐을 챙겨 나가라고 하는 게 더 나을 수도 있다. 그녀는 괜찮은 직업을 가지고 있었고, 아이들은 학교에 다녔다. 도움이 필요할 때 도와줄 가족도 있었다.

케이트는 창밖에 있는 앤 스탠호프의 차를 계속 노려보았다. 피터에 따르면 내사과에서 현장에 있던 사람들을 인터뷰했고, 모두가 그와 똑같은 진술을 했다. 방 안이 혼란스러운 상황에서 그가 바닥에 있는 뭔가에 걸려 넘어졌다는 것이었다. 그는 뉴욕메디컬센터에 가서 노조 대변인을 만났지만 총기 오발 사고에 따른 관례적 절차였을 뿐이었다고 말했다. 케이트는 알고 있었다. 병원에서 피터의 귀를 검사하고 정신적 외상을 입었는지도 확인했을 것이다. 거기서 일어난 어떤 일이―그가 한 말이나 행동이―그를 힘들게 하는 것 같았다.

오랫동안 기다려온 일이 벌어진 것 같은 느낌이었다. 그녀는 창밖에 있는 검은색 세단을 내다보며 어둠 너머에서 앤 스탠호프도 자신을 마주 보고 있을 거라고 확신했다.

케이트는 앤이 수년간 자신들을 쫓아다니면서 지켜보고 있다는 사실을 누구에게도 말하지 않았다. 말하고 싶은 유혹을 느낀 적도 없었다. 언젠가 레나는 어딘가에 있을 앤을 생각하면 무섭지 않은지 물어봤다. 그녀의 가족은 여전히 앤을 금방이라도 폭력을 휘두를 수 있는 사람, 죽기 직전까지 가방에 손을 넣어 총을 꺼낼 수 있는 사람으로 생각하고 있었다. 케이트는 앤이 더 이상 두렵지 않았다. 적어도 그런 식으로는 아니었다. 가끔 화가 나기도 했지만 대개는 뭔가에 대해 사과를 해야 할 것 같고, 자신도 뭔가를 잘못한 것 같아 불안했다. 정확히 설명하기 힘든 비논리적인 사고였다. 그녀는 잘못한 것이 없었다. 피터를 사랑했고, 그래서 그와 결혼했을 뿐이다. 피터와 결혼하고 얼마 지나지 않아 조지가 앤이 아이를 잃은 적이 있다고 말해주었다. 그녀는 다 자란 아이를 사산했다. 케이트는 다른 아기들이 울음을 터뜨리는 소리가 복도를 통해 들려오는 동안 그 방에 흘렀을 섬뜩한 침묵을 상상했다.

조지는 피터도 알고 있다고 했다. 하지만 그에게 그런 얘기를 듣지는 못했다.

몰리가 막 걸음마를 뗀 어느 날, 케이트는 그 차가 서 있는 것을 보고 아이들을 집 앞에 내보내 놀게 했다. 아이들만 밖에서 노는 것은 처음이었다. 그녀는 차고에서 몰리가 도로로 뛰어들지 않는지 지켜보았다. 어쨌든 손주들이니 보게 해주자는 생각이었다. 그것이 잔인한 행동이었는지, 친절한 행동이었지는 판단하기 어려웠다.

그녀는 자신이 뭘 하고 있는지 알아차리기도 전에 집 밖으로 나와 앞길을 빠르게 걸었다. 목구멍에서 심장이 쿵쾅거렸다. 피터가 지금 힘겹게 싸우고 있는 것은 앤의 잘못 때문이다. 그러니 당사자에게 알려줘야겠다고 생각했다. 일부라도 책임지게 하자. 자신이 한 행동의 결과가 아직도 영향을 미치고 있다는 걸 알려주자. 그에게 가장 큰 상처를 준 사람이 고요한 차 안에 앉아 아무런 관여도 하지 않고 지켜만 보는 걸 왜 허용해야 하는가? 운전석으로 돌아가 보니 앤이 몸을 비튼 채로 잠들어 있었다. 차 안은 땅콩껍질, 주유소 영수증, 빈 커피잔으로 어질러져 있었다.

케이트는 앤을 깨우기 위해 차 지붕을 두 번 두드리고 그녀가 거부하기 전에 보조석으로 걸어가 문을 열었다. 그리고 앤이 지켜보는 앞에서 보조석에 있던 것들을 모조리 바닥으로 쓸어버렸다. 밤은 무더웠고 차 안에서 오래된 바나나 껍질 냄새가 났다.

"당신 아들 말이에요." 케이트가 말했다. 그녀는 수다를 떨거나 근황을 애기하려고 거기에 간 게 아니었다. 그녀는 이웃들의 캄캄한 창문을 쳐다보면서 혼잣말을 하는 척했다. 막상 그 여자 옆에 바짝 붙어 앉으니 머릿속이 새하얘졌다. 그녀의 인생은 이제 앤과 아무런 관련이 없었다. 하지만 앤이 해결의 실마리를 던져줄지도 몰랐다.

"무슨 일이 있었니?"

"직장에서 힘든 일이 좀 있었어요."

앤은 다음 말을 기다렸다.

"총기 오발 사고가 있었어요. 다친 사람은 없지만 그래도."

앤이 운전대의 10시와 2시 방향에 손을 얹었다. "경찰처럼 애기하는구나. 너 경찰이니?"

케이트가 사이드미러를 응시했다. "아니요."

케이트는 앤의 시선을 느낄 수 있었다.

"제 생각에는……."

"응?"

"충격이 꽤 심한 것 같아요. 오늘 일 때문에 그런가봐요."

평범한 사람이었다면 무슨 말인지 알아들었겠지만, 앤의 표정을 슬쩍 보니 더 자세히 설명해야 할 것 같았다. 부모님과 자매, 친구들에게도 못 했던 말을 이 낯선 여자에게 해야 했다.

하지만 일단 그의 근황부터 전했다. "피터는 아주 잘 지냈어요. 경감이 됐고 아이도 둘이나 있고요."

"알아."

"피터는 아주 좋은 아빠예요. 아이들한테 정말 잘해줘요. 아이들도 아빠를 무척 좋아하고요. 정말 놀라운 일이죠." 그 앞에 '누굴 보며 자랐는지를 고려하면'이라고 덧붙이고 싶었지만 당사자가 옆에 있어서 그러지는 못했다.

케이트는 뜨거운 손으로 이마를 짚었다. "미치겠네." 그녀가 중얼거렸다.

"또 무슨 일이 있었니?"

"술을 많이 마셔요."

"아니야. 피터가 브라이언을 닮긴 했지만 그 부분은 나를 더 많이 닮았어. 걔는 술을 마시지 않아."

케이트는 그 나이 든 여자를 쓱 훑어보다 사뭇 진지한 모습에 단전에서부터 웃음이 솟구치는 것을 느꼈다. 그래서 웃음이 나오는 대로 그냥 두었더니 나중에는 머리를 무릎 사이에 처박고 흐느끼기까지 했다. 앤은 태풍 속을 운전하는 사람처럼 손가락 관절이 하얘지도록 운전대를 꽉 잡았다. 케이트는 신경 쓰지 않았다. 아까 운전석 옆으로 왔을 때 하고 싶은 말은 뭐든지 다 하기로 결심했다.

"정말 어떻게 해야 할지 모르겠어요." 누구에게도 소리 내어 하지 못했던 말이었다. 아빠에게도, 피터에게도, 그녀 자신에게조차.

앤이 운전대에서 손을 떼고 뒤로 기대어 앉았다.

"피터는 지금 어디 있니?"

"집 안에요. 자고 있어요."

몇 분 동안 침묵이 흐른 후에 앤이 물었다. "애들 이름은 뭐니?"

"프랭키예요. 프랜시스에서 따온 거예요." 케이트가 말했다. "그리고 몰리요."

"몇 살이니?"

"프랭키는 열 살이고 몰리는 여덟 살이에요."

"몰리는 메리의 애칭이니?"

"아니요. 그냥 몰리예요."

"성인(聖人) 중에 몰리라는 이름이 있었나?"

케이트가 그녀를 쳐다보았다.

"아무것도 아냐." 앤이 말했다. "아이에게 그런 이름을 지어줄 수 있다는 생각을 못 했을 뿐이야. 너희 어머니는 신경 쓰지 않으시던? 몰리라는 성인이 없다는 걸?"

레나도 그 이름을 좋아하지 않았지만 케이트는 앤에게 그런 것까지 알려주고 싶지 않았다.

"싫다는 건 아니야. 몰리라는 이름 말이야."

케이트는 그 이름을 좋아하든 말든 상관없다는 듯 알 수 없는 소리를 냈다. 더 이상 거기에 있고 싶지 않았다. 문을 박차고 나가버리고 싶었다. 하지만 그러고 나면? 피터는 열다섯 살 이후로 엄마를 보지 못했지만 케이트는 믿어야 했다. 어릴 때 모습을 안다는 것은 그에게 뭐가 가장 중요한지를 안다는 뜻이었다. 케이트는 이 세상 어느 누구보다 피터를 잘 알았지만, 그를 가장 먼저 안 사람은 따로 있었다.

앤이 무릎 위에 있는 뭔가를 만지작거렸다. CD가 들어 있는 낡은 책자였다.

"피터를 어떻게 도울 수 있을지 모르겠다." 앤이 말했다. "하지만 정말 돕고 싶어. 그 애랑 얘기를 해보고 싶구나."

케이트가 어떤 노래를 떠올리며 손가락으로 차 문을 두드렸다. 그해 여름 라디오에서 수시로 흘러나오던 팝송이었다. 내가 뭘 상상한 걸까? 이 차로 당당히 걸어와서 앤에게 마법의 주문 같은 걸 전해 듣고 다시 각자의 길을 갈 수 있을 거라고 생각한 걸까?

그녀는 지하실에 쓰러져 있는 피터가 최근에 우려스러운 것들을 얘기하려 할 때마다 얼마나 진저리를 쳤는지 떠올렸다.

"좋아요." 잠시 후 케이트가 말했다. "점심 드시러 오세요. 하지만 피터에게 미리 알려주고 익숙해지게 하려면 시간이 필요해요. 안 그래도 직장에서 있었던 일로 씨름 중이라 지금 당장은 감당이 안 될 거예요. 이번 사건이 마무리될 때까지는 안 돼요. 소화를 못 할 거예요."

"언제?"

"2주 뒤 토요일 어때요? 며칠이더라?" 케이트가 속으로 계산했다. "7월 16일이요." 그녀가 숨을 내쉬었다.

"혹시…… 내가 여기 오는 거 얘기한 적 있니?"

"아니요."

"그게 궁금했어."

"그랬으면 너무 혼란스러워했을 거예요."

앤은 아들의 아내이자 손주들의 엄마인 그녀를 바라보며 수년 전 렉싱턴에 있는 베이커리 앞에서 마주치고 난 뒤와 비슷한 생각을 했다. "피터는 당신을 보고 싶어 하지 않아요." 그날 케이트는 이렇게 말했다. 케이트는 그를 사랑했고, 대부분의 사람이 그러하듯 자기가 하는 말이 사실이라고 생각했다.

"약속 시간은 1시로 할게요." 케이트가 차 문을 열며 말했다. 그리고 딱 한 번만이라고 되뇌었다. 부모님과 언니들에게 말할 필요는 없다. 그들과는 상관없는 일이다. 오직 피터를 위한 일이다. 그들은 너무 과도하게 해석할 것이고, 절대 이해하지 못할 것이다. 어디선가 불꽃을 터뜨리는 소리가 들렸다. 독립기념일을 앞두고 연습을 하는 모양이었다. 후텁지근한 밤인데도 몸이 떨렸다. 2주 후면 앤 스탠호프가 그녀의 집에서 샌드위치를 먹을 것이다. 선뜻 이해가 되지 않았다. 게다가 차 안에서 단둘이 있었던 몇 분 동안 그녀가 낯설 게 느껴지지 않았다. 그녀의 옆모습, 턱 아래로 이어지는 기다란 목. 그녀는 엄마 뱃속에 있을 때부터 앤이라는 이름을 들어왔다. 오랜만에 만난 친척처럼 운전대를 꽉 움켜쥐는 모습마저 익숙했다. 그러다 정신이 번쩍 들었다. 그녀는 원래 그런 사람이었다.

17

의료위원회에서 9월에 청문회를 열기로 했다. 그사이에 피터는 주 2회씩 정신과 의사를 만나라는 지시를 받았다.

"두 번씩이나?" 케이트가 그 소식을 전해 듣고 말했다. "맙소사."

매주 한 번씩 가야 한다고 말해놓고 몰래 두 번 갈 수도 있었다. 하지만 그는 거짓말을 하고 싶지 않았다.

그는 2주씩 차례로 병가와 휴가를 내고 쉬었다가 복직하자마자 타 관할구의 내근직으로 전출되었다. 청문회를 불과 몇 주 앞둔 시점이었다.

"하지만 나는 이해가 안 돼." 케이트가 계속 말했다. "청문회는 뭐 하러 해? 쟁점이 뭔데? 작전 지휘관이 현장에서 다 확인했고 아무도 다치지 않았잖아."

그는 그녀의 표정에서 밤낮으로 상황을 이해해보려는 노력을 읽을 수 있었다. 혼란스러워하는 것이 당연했다. 피터가 병원에 있었던 몇 시간 동안 상황이 바뀌었다는 것을 그녀는 모르고 있었다. 그

가 술 냄새를 풍기며 센트럴에 나타났을 때 이미 낡은 징계 서류가
든 서류철을 가지고 있었다. 치안감은 법률구조협회 변호사로부터
정식 항의를 받고 이튿날 피터를 불렀다. 그는 점심을 먹으러 올드
타운에 갔다가 우연히 친구를 만나서 딱 한 번 마신 거라고 해명했
다. 그러자 치안감은 절대 다시는 그런 일이 없어야 한다면서 예전
에 한 번 술 냄새를 맡고 착각인 줄 알았는데, 앞으로는 믿지 못하겠
다고 말했다. 그는 이의를 제기할 수도 있었지만 순순히 징계 서류
를 받아들고 삭감된 휴가도 포기하고 그 일에 대해 함구했다. 사실
그는 지나가던 길에 평소 좋아하는 올드타운에 있는 바에 잠시 들렀
다. 하지만 두 잔 정도는 90킬로그램이나 나가는 남자에게 아무것도
아니었다. 진저에일을 마시는 것이나 다름없었다.

　면담을 마치고 나오면서 피터는 문득 동료들이 자신을 좋아하
는지 궁금해졌다. 승진을 했고 존경도 받았지만 동료들이 과연 나
를 좋아할까? 그는 교과서적인 사람으로 유명했다. 파티에 가서도
돌아다니기만 할 뿐 사람들과 어울리지 않았다. 동료들도 아마 그
런 부분에 대해 얘기했을 것이다. 그는 쉬는 날 아무에게도 연락하
지 않았고 동료들을 바비큐 파티에 초대하지 않았으며 야구 시합을
준비하는 것도 돕지 않았다. 가끔 회의실 앞에 서서 서류를 정리하
며 모두가 자리에 앉기 전에 조금 더 대화를 이어갈 수 있도록 내버
려두었다. 그것은 더치 킬스에서 했던 훈련 전 스트레칭을 떠올리
게 했다. 그때나 지금이나 그들의 목소리는 모래톱을 지나가는 강물
처럼 위아래로 출렁이며 그의 곁을 흘러갔다. 바르가스 경관이 피셔
경관의 안방에 새 화장실을 설치하는 것을 도와줬다는 얘기를 들었
을 때 피터는 다른 사람을 자신의 가장 내밀한 공간으로 그렇게 쉽

게 들여보낸다는 사실에 충격을 받았다. 일부 동료들은 매년 같이 휴가를 내고 조지호나 뉴저지의 롱비치아일랜드에서 주말을 보냈다. 아이들도 서로 알고 지냈고 아내들은 평소에도 자주 통화를 했다. 피터는 모두가 지나치게 가깝다고 생각했다. 그는 일과 집밖에 몰랐다. 동료들을 잘 챙긴다는 점에서 보면 그도 좋은 경찰이었지만, 다른 경찰도 다 그랬다. 외부인이 없는 폐쇄된 공간에서 동료들은 자신에 대해 뭐라고 말할까? 예전에는 전혀 궁금하지 않았던 것이 이제 와서 궁금해졌다.

브라이언은 어떤 이유에서인지 사람들이 아일랜드식 억양을 좋아해서 프랜시스 글리슨에게 질려 하지 않는다며 그와 자신의 진짜 차이점은 그것뿐이라고 말하고는 했다. 그 후 프랜시스가 재활병원에 들어가고 교통정리를 할 때도 그는 사람들이 프랜시스 글리슨만 좋아한다고 투덜댔다. 그리고 왜 자신은 사랑해주지 않느냐는 듯 두 손을 들어 보였다.

피터는 케이트에게 모든 경찰이 무기를 발사하고 나면 병원에 가서 검사를 받는다고 말했다. 하지만 간호사가 고막 상태를 확인하려고 귀 안에 기구를 넣고 들여다보는 동안 가만히 있는 게 너무 힘들었다는 말은 하지 않았다. 온몸이 덜덜 떨렸다. 자기 총이 발사되었는데도 어떻게 된 건지 모른다는 것은 말이 안 됐다. 간호사가 나가자 그는 베니라는 노조 대변인에게 의사가 오기 전에 1번가에 있는 주류 판매점에 가서 50밀리리터짜리 술을 몇 병 사다 달라고 부탁했다. 둘 다 몇 시간은 병원에서 있어야 한다는 것을 알고 있었다. 그는 마음을 진정시켜야 했다.

베니가 계속 거부하자—사실 농담이라고 생각했다—피터는 그에게 성큼성큼 다가가 손가락 끝으로 가슴을 세게 밀었다. 피터는 환자복에 검은색 양말을 신고 있었지만 190센티미터가 넘는 거구였고, 베니는 마른 데다 180센티미터가 조금 안 되는 말라깽이었다. 그때 의사가 들어와 그 상황을 목격하고는 설명을 들어볼 가치도 없다는 듯 정색하자 피터는 자신의 몸이 기어를 변속하는 엔진처럼 웅웅거리는 것을 느꼈다. 그는 책상에 있던 컴퓨터 키보드를 집어 들어 원반처럼 날려버렸다. 눈이 너무 건조해서 깜빡일 때마다 타들어가는 것 같았다.

의사는 들어오자마자 다시 복도로 재빨리 뒷걸음질 쳤다. 곧이어 관계자 여섯 명이 병실에 들이닥쳤다. 그 상황에서도 베니는 그에게 아무 말도 하지 말라고 몇 번이고 당부했다.

"좋아요, 음, 스탠호프 경관님." 의사가 차트를 재차 확인하며 말했다. "이 지역을 위해 일하시는 감사한 분을 묶어놓고 싶지는 않습니다. 오늘 많이 힘들었다는 거 압니다." 덩치 큰 젊은 남자가 병실 뒤에서 수갑을 들고 있는 것이 보였다.

그 즉시 그는 찬물 한 바가지를 뒤집어쓴 것처럼 차분해졌다. 다른 의사가 심리 상담을 하러 들어오자 모두 병실을 나갔다. 시간이 길어지자 베니가 자신을 불쌍히 여겨 작은 술을 몇 병만 가져다주기를 바라는 마음이 조금씩 꿈틀거렸다.

그는 한동안 차고에 틀어박혀 뭔가를 어설프게 만지작거렸다. 집에서 지내야 한다면 뭐든 유용한 일을 해보자고 결심했다. 의자 같은 것들을 만들면서 지내다 보면 자신이 왜 그런 식으로 행동했는지, 왜 스스로 멈출 수 없었는지를 이해할 수 있을 것 같았다. 하지만 그것도 얼마 안 가서 그만두었다. 그는 차를 몰고 주류 판매점에 다녀온 뒤 곧장 지하실로 내려가 TV를 틀었다. 그가 어디에 가든 케이트의 시선이 따라다녔다.

이 문제는 케이트가 그것에 대해 말을 꺼내기 훨씬 전부터 시작되었고, 그래서 더 미안하기도 했다. 그녀가 경찰관의 딸로서 빠른 상황 판단력과 뛰어난 관찰력 같은 것들에 자부심을 느낀다는 것을 알고 있었기 때문이다. 그녀는 술을 많이 마시지 않았지만 술 취한 사람들에게 익숙했다. 피터가 알기로 프랜시스 글리슨은 매일 밤 위스키를 세 잔 이상 마셨다. 그녀도 와인 한 잔은 좋아했지만 두 잔이면 바로 잠들었다. 게다가 그녀는 출산한 뒤로 아이들이 아주 곯아떨어지지 않는 한―그런 일은 한 번도 없었다―푹 잠들지 못했다. "물!" 아이들은 엄마가 항상 복도에 대기하고 있다고 믿는 것처럼 불을 끈 지 한참이 지났는데도 계속해서 뭔가를 요구했다. "불! 담요! 책!" 모든 요구는 엄마를 방 안으로 불러들여 10분만 더 얘기하려는 의도에서 비롯된 것이었다.

그 모든 일이 일어나기 전이었던 어느 밤, 아마도 1년 전이었을 것이다. 저녁 식사를 마치자마자 그녀가 TV를 보라며 아이들을 거실로 보내더니 지하실로 향하는 그를 멈춰 세우고는 저 밑에 혼자 숨어서 술을 마시는 게 싫다고 말했다. 그러기 직전에 아주 잠깐 그녀가 키스를 하려고 아이들을 거실로 보낸 거라는 생각에 놀란 가슴이 기쁨으로 펄떡펄떡 뛰었었다. 최근 그녀는 잠결에 손을 뻗어 그를 꽉 붙잡고는 했다. 그리고 매일 아침 욕실 벽에 기대어 양치질하는 모습을 지켜보았다. 그녀의 시선을 느낄 때면 어깨가 절로 펴졌다. 하루 종일 자신과 단둘이 보낼 시간을 기다렸을지도 모른다고 생각하니 아찔하면서 살아 있음이 느껴졌다. 놀이방 입구에 아기용 안전 문이 있던 시절, 한번은 그녀가 닦고 있던 접시를 내려놓고 거품투 성이인 개숫물에서 그의 손을 꺼내어 자신의 엉덩이에 가져갔다. 그 가 블라우스 위로 살짝 드러난 쇄골을 손가락으로 스윽 더듬자 닭살 이 돋았다. "따라와." 그녀는 웃음기 없이 진지하고 다급한 표정으로 말했다. 그들은 접시를 그대로 쌓아둔 채 지하실로 내려가 문을 닫 았다. 그가 그녀의 비명을 듣고 멈추자 그녀는 평소와 다른 목소리 로 계속하라고 재촉했다. 나중에 부엌으로 돌아가보니 아이들은 여 전히 TV에 빠져 무아지경이었다. 그녀는 셔츠를 들어 올리고 등을 보여주며 ─ 조금 전과 다르게 ─ 나무 계단에 쓸린 부위가 까지지 않 았는지 물었다.

그녀의 의도가 이해되자 다른 이유로 아이들을 내보냈다고 착각 한 자신이 바보처럼 느껴졌다. "케이트, 제발. 내려가서 조용히 TV 만 볼게." 그의 말은 어느 정도 사실이었다. 그들은 거의 하루 종 일 TV 시청을 제한했고 거실에서는 늘 어린이 프로그램만 틀었다. CNN이나 ESPN을 틀었다가는 아이들이 칭얼거리다 격분하여 바 닥에 드러누웠기 때문에 금세 포기하고 채널을 돌릴 수밖에 없었다.

"그게 문제야." 그녀는 늘 말했다. "당신은 애들 아빠잖아. 내가 우 리 아빠한테 채널을 바꿔달라고 말하는 걸 꿈이나 꿨겠어?"

하지만 지하로 내려가면 그만인데 굳이 뭐 하러 그러겠는가? 거 기에는 자기에게 올라타는 사람도 없고, 바로 옆에 있는 쿠션에서 뛰는 사람도 없고, 그가 거기 앉아 있는지 감시하는 사람도 없고, 머 리를 쑥 내밀고 약속한 대로 가스 영수증을 제출했는지 물어보는 사 람도 없었다. 가끔 진입로에 차를 세우고 시동을 끄면 꼼짝없이 포위된 것 같은 느낌을 받았다. 가끔 현관문을 열기도 전에 아이들이 싸우는 소리가 들리면 그 자리에 가만히 서서 듣기만 했다. 생울타리도 다듬어야 했고, 프랭키에게 안경을 맞춰줘야 하는지도 알아봐야 했다. 그것도 보험이 되던가? 신용카드 명세서에는 알아볼 수 없는 내역이 가득했고, 잔디밭은 잡초로 뒤덮여 있었다. 세금도 갈수록 불어났다. 그녀가 자신을 따라다니며 지붕 물받이를 살펴보라고 재촉하다가 그냥 사람을 부르자고 할 때는 비난받는 느낌이었다.

"당신은 괜찮아? 인생이 이게 다라는 게?" 수년 전에 그가 물었다. 그녀는 몰리를 안고 앞뒤로 흔들면서 달래고 있었다. "뭐?" 그녀가 몰리가 악을 쓰며 울어대는 속에서 소리쳤다. "뭐라고?" 그는 그 말을 다시 할 만큼 어리석지 않았다. 몇 년 동안 베이비시터가 약속을 취소할 때마다 그녀는 하루 종일 연구실에서 몰리를 가슴에 매달고 일했다.

하지만 이번에는 좀 달랐다. 마치 제3자가 말하는 듯 냉담했다. 그녀는 그날 아침부터 어떤 말을 할지 연습했다. "술 마시고 싶은 거면 식탁에서 마시는 게 어때? 나랑 마시면 안 돼? 와인 한잔 가져올게. 왜 자꾸 혼자 있으려고 해? 지하실에서 밤도 새잖아. 도대체 왜 그래?"

어떤 질문에도 대답할 수 없었다. 사실 그도 자기가 왜 그러는지 알 수 없었다. 하지만 그녀는 그런 대답을 받아들이지 않을 게 분명했다. 그가 나서지 않으면 그녀는 논리로 무장한 채 계속 밀어붙이기만 할 것이다. 그는 저녁 내내 그녀의 마음속에 뭔가가 있다는 것을 알고 있었다. 계속 이런 식으로 가다가는 집을 나가고 싶어질 것이다. 그녀는 그의 화난 모습을 보면서 끝장을 보겠다고 결심했다.

그 역시 그녀가 어떤 식으로 생각할지 알고 있었다. 일단 시작한 일은 끝장을 보는 사람이었다.

"지난달에 가져왔던 와인 상자 두 개는 어디 있어? 보너스 달이었잖아. 난 아직 열어보지도 못했어."

"알면서 왜 물어보는 거야?"

"2주 동안 와인 두 상자를 마셨다고 직접 말해줬으면 좋겠어. 큰 소리로 말하는 걸 듣고 싶어." 그리고 덧붙였다. "더 마신 게 있으면 그것도 같이."

"지랄하지 마, 케이트." 그가 말했다. 뺨이라도 맞은 것처럼 그녀의 얼굴에 핏기가 가셨다. 그녀는 의자에 주저앉아 당황한 표정으로 벽을 쳐다보았다. 거실에서 〈닌자 거북이〉가 방영되는 소리가 들렸다. 그는 그녀에게 단 한 번도 그런 식으로 말한 적이 없었다. 그 말을 뱉자마자 후회가 밀려왔다. 평생을 사랑한 여자이자 아내인 케이트에게 그런 식으로 말한 건 처음이었다.

그는 다투고 나면 늘 같은 생각을 했다. 그는 열네 살 이후부터 자신을 책임져왔다. 혼자 힘으로 학교와 경찰학교에 들어갔고 고속 승진을 했다. 잘못을 하거나 서류를 늦게 제출한 적도 없었고 급여도 꽤 많이 받았다. 그리고 틈만 나면 추가 근무를 했다. 그녀가 추가 근무를 한 적이 있던가? 그가 기억하기로는 없었다. 그녀는 아이들 때문이라고 주장했다. 그녀는 한동안 집에서 아이들을 키웠고 시합이나 생일파티, 소아과에 데리고 다니면서 석사학위를 취득하기 위해 대학원 수업을 들었다. 그 덕에 연봉이 2퍼센트 인상되었지만 그 돈은 수업을 들을 때 보육 비용으로 이미 다 써버렸다.

그는 욕설에 대해 사과했다. 그 자리에서 바로 사과했고 그 후에도 몇 시간 동안 1백 번은 더 사과했다. 그렇게 사과를 했는데도 그녀가 누그러지지 않자 그는 아무 잘못도 없는 자신에게 소리를 지른 것은 부당하다고 말했다.

"소리를 질렀다고?" 그녀가 마침내 그를 돌아보며 말했다. "소리 지른 사람이 누군데? 나는 걱정스러운 부분에 대해 얘기하고 싶었을 뿐이야." 그녀가 한숨을 쉬었다. 두 사람은 며칠만 기다리면 지나갈 거라는 것을 알고 있었다. 하지만 대화 없이 그렇게 오래 지낼 수는 없었다. "게다가." 그녀가 말했다. "당신도 알잖아, 당신이 화를 낼 때는 스스로 잘못했다는 걸 알 때뿐이라는 걸."

그녀는 맑은 눈으로 차분하게 그를 바라보았다. "나도 싸우는 거 싫어. 하지만 이건 말해야 하니까 들어줬으면 좋겠어, 피터. 더 이상 이렇게는 못 살아."

"그래서 뭐?"

"그러니까 애들이랑 나, 우리에게도 선택권이 있다고."

"그게 무슨 뜻이야?"

하지만 케이트는 차마 말을 잇지 못했고 그도 다시 묻지 않았다. 그런데 갑자기 처음 보는 문이 홱 하고 열리더니 그녀가 아이들의 손을 잡고 그 문을 향해 걸어가는 모습이 보였다.

가끔 그는 아파트와 지금 집에서 보냈던 신혼 시절을 애써 떠올렸다. 그때를 생각하면 너무 달콤해서 현실이 아닌 것 같았다. 말다툼을 했던가? 분명히 그랬겠지만 기억나지 않았다. 프랭키가 태어나기 전에 한번은 담보대출상환금이 부족해서 걱정하다가 거대한 동전 저금통을 뜯었다. 동전이 너무 무거워서 배낭 세 개에 나눠 담은 뒤에 그중 두 개는 피터가, 한 개는 케이트가 짊어지고 은행에 가서 분류기에 조금씩 쏟아 부었다. 총 8백57달러였고, 은행직원이 20달 러짜리로 바꿔주는데 마치 백만장자가 된 것 같았다.

그들은 커플이 할 수 있는 모든 것을 해봤다. 지역 술집에서 열린 퀴즈 대회에 참여하고 영화도 보러 가고 토요일 아침에는 배낭에 샌 드위치를 싸서 하이킹을 갔다. 가끔 그들은 종이비행기 데이트를 회 상했다. 그날 밤 자정에 만나 손을 잡고 길거리를 달리다 이웃의 버 려진 그네 세트에서 단둘이 보낸 30분. 얼마 후에 벌어진 일은 별개 로 취급했다. 세월이 흐르면서 두 사건은 피터의 기억 속에서 점점 더 멀어졌다. 그 모든 일이 정말 하룻밤 사이에 일어났던 걸까? 아주 길었던 그날 밤에? 케이트는 어른이 되어 레스토랑에서 외식하기, 차에서 식료품을 꺼내어 집에서 함께 열어보기 등 당시에 가지고 있 었던 환상에 대해 종종 이야기했다. 케이트는 피터가 옷 입는 모습 을 보면서 열넷, 열다섯, 열여섯 살 무렵 친구들이 대저택과 동화 같 은 결혼식을 꿈꿀 때 자신은 바로 이런 걸 원했다고 말했다. 그녀는 피터를 다시 만나서 그의 맨 등을 보는 것이 일상이 되고, 그가 어제 입었던 옷이 함께 쓰는 의자의 팔걸이에 던져져 있고, 한 지붕 아래 에서 아이들이 잠들어 있고, 그의 체형과 체온을 바로 옆에서 익숙 하게 느끼고, 그들의 물건과 삶이 도저히 떼어낼 수 없을 만큼 완벽 히 어우러지기를 원했다.

그는 그녀가 무슨 말을 하는지 정확히 이해했지만, 두 사람이 함 께한 역사를 끊임없이 되새기고 그 무게를 매 순간 끌고 다니기에는 너무 힘들었다. 그들은 결국 승리했고 함께 있었다. 그런데 왜 자꾸 그런 생각을 반복해야 할까? 마치 하강작용과 상승작용처럼 케이트는 결혼을 뭔가에 대한 결론으로 여겼고, 그는 시작으로 여겼다. 그들은 서로 다른 책을 읽고 있었다.

"저것 봐." 그가 그녀의 생각을 방해하기 위해 고리버들 바구니에 잔뜩 쌓여 있는 빨래 더미를 향해 손짓하며 말했다. "당신 꿈이 다 이루어졌네."

결혼이 뭔가에 대한 결론이라면 그 후의 일상에는 어떤 의미가 있는 걸까?

토요일 아침 5시가 되기 몇 분 전에 피터는 크로스컨트리 대회에서 달리는 꿈을 꾸다 깨어났다. 케이트가 당신 어머니와 대화를 나눴다고 털어놓은 지 불과 열두 시간 후였다.

"엄마라고 했어?" 전날 오후 피터가 다시 한번 어눌하게 물었다. 폭풍이 오고 있었다. 여름 하늘은 여전히 파랬지만 본능적으로 느껴졌다. 아니나 다를까 번개가 한 차례 하늘을 갈랐고 아이들이 비명을 지르며 집 안으로 들어왔고, 케이트는 얘기를 마저 하기 위해 그들을 곧장 2층으로 올려보냈다. 그가 기대했던 얘기는 아니었다. 피터는 잔뜩 긴장한 그녀를 보며 최악의 상황에 대비했다. 그녀는 의자를 끌어당겨 앉더니 그와 무릎을 맞대고 마주 보며 손을 잡았다. 그는 그녀가 떠난다고 말할 줄 알았다. 티셔츠 안으로 식은땀이 나고 가벼운 메스꺼움이 온몸으로 퍼졌다. 하지만 주먹이 목으로 날아올 줄 알고 준비했다가 갑자기 신장을 얻어맞은 격이었다. 그는 케이트에게 자세한 설명을 들으면서 평정심을 유지하려고 애썼다. 엄마가 사립탐정을 고용해서 주소를 알아냈고 2주 전에 찾아왔다. 총기사고가 일어나고 그가 지하실에 쓰러져 있던 그날 밤.

"젠장." 그녀의 말을 이해한 피터가 잡고 있었던 손을 놓으며 말했다. 그가 일어나자 그녀도 따라 일어났다. "당신 뭐야? 도대체 무슨 짓을 한 거야?"

"아무 짓도 안 했어!" 케이트가 말했다. "어머니가 찾아온 거야! 당신 상태가 그래서 들어오시라고 하지는 못하고 다음에 다시 오시라고 했어."

피터가 부엌에서 나가 뒷문을 밀어 재치고 쏟아지는 비를 맞으며 마당을 가로질렀고, 케이트도 그의 뒤를 쫓았다.

그는 그녀를 떼어낼 수 없다는 것을 깨닫고 그 자리에 멈춘 뒤 돌아섰다. "우리는 지금 내 엄마에 대해 말하고 있는 거야." 피터가 확실히 하려는 듯 그녀의 눈을 바라보았다. "앤 스탠호프 말이야."

지난 몇 주 동안 일어났던 일들을 고려해볼 때 타이밍이 묘하다는 것은 케이트도 인정했다.

"묘한 정도가 아니지." 피터가 말했다.

"그래." 케이트도 동의했다. 하지만 그녀는 그가 제한 업무로 옮기기 전에, 심지어 앤이 나타나기 전부터 자신이 아이들을 몸 안에 품었던 것처럼 앤도 피터를 몸 안에 품었을 거라는 사실을 점점 더 자주 생각하게 되었다. 오랫동안 케이트는 앤을 아빠를 총으로 쏜 사람으로만 여겼다. 그녀가 피터의 엄마이기도 하다는 사실은 잊고 있었다. 이름만 엄마인 게 아니라 적어도 초반에는 실제로 엄마 역할을 했을 것이다. 그녀도 케이트처럼 피터에게 밥을 떠먹이고 그를 달래주고 씻겨주었을 것이다. 그것만으로도 어느 정도 자격이 있는 것 아닐까? 케이트는 비에 젖은 머리카락을 넘기며 피터에게 물었다. 그리고 아이를 갖기 전에는 생각하지 못했던 부분이라고 말했다. 앤이 피터와 헤어져 각자의 길을 가기 전까지 얼마나 많은 노력을 기울였을까?

"어쩌면 당신 삶에 엄마가 없기 때문에 당신이……."

"내가 뭐?"

"일단 들어가는 게 어때? 몸을 좀 말리고 얘기하자."

"아니. 그냥 얘기해. 내가 어떻다는 건데?"

"나도 모르겠어. 그냥 내가 끔찍한 실수를 저질러서 다시는 프랭키를 볼 수 없다면 어떨지 상상해봤어. 아이에게 뭐가 더 나을까?"

"만남을 거부한 건 내가 아니라 엄마였어."

"이제 다른 선택을 하시려는 것 같아."

"그래서 엄마에게 내 삶을 열어주라고? 나도 이제 조금 있으면 마흔이야. 마지막으로 본 게 23년 전이라고, 23년. 그 오랜 세월 동안 엄마는 나나 우리한테 철저히 무관심했어."

"그건……." 케이트가 생각을 정리하지 못한 채 집을 돌아보았다.

"왜? 더 할 말 있어?"

"아니."

"당신 아버지는 어쩌고?" 피터가 물었다.

"아빠에게 한 짓을 용서하겠다는 게 아니야." 케이트가 말했다. "내가 프랭키와 몰리의 엄마인 것처럼 그분이 당신 어머니라는 사실을 그 일과 별개로 받아들이려는 거야. 한 시간 정도 있다 가실 거야. 난 그분이 당신을 사랑한다고 확신해, 피터. 어머니를 만나는 게 당신에게도 도움이 될 거야."

그는 그녀의 말을 경청했다. 그녀가 하고 싶었던 말을 끝내자 그는 마당을 한 번 더 가로질렀다. 그리고 수십 년 만에 처음으로 그는 그녀보다 먼저 잠자리에 들었다.

갑자기 꿈에서 깨어나 방향감각을 완전히 잃어버린 듯한 느낌을 받을 때가 있다. 그러면 아주 찰나의 순간이지만 옆에 누워 있는 사람이 케이트인 걸 알면서도 너무 낯설게 느껴지고, 그녀의 모든 것이—옆모습과 베개 위에 흩어져 있는 머리카락이—이질적으로 보였다. 그뿐만 아니라 어떤 사람이 다른 가정에서 깨어났는데 그가 겉보기와 다른 사람이라는 걸 아무도 믿어주지 않는 영화처럼 당연한 익숙함에 겁이 났다.

"자?" 그가 속삭였다. 대답이 없었지만 그녀가 정말 잠들었는지 확신할 수 없었다. 그는 그녀를 가만히 바라보면서—정말 잠들었다는 것을 알 수 있었다—사랑이라는 걸 잡을 수 없는 파도에 씻기는 기분을 느꼈다. 얼마나 절박했으면 엄마를 집에 들이려고 했을까? 그는 그녀가 엄마를 멀리 보내버리고 다시는 언급하지 않기를 간절히 바랐다.

"케이트?" 그가 말했다. "있잖아, 케이트?"

"응?" 케이트가 눈을 감은 채로 속삭였다.

"내가 전신주에 올라갔던 날 기억나?"

케이트는 대답이 없었다. 기억을 더듬어보고 있는지, 아니면 다시 잠든 것 같았다.

"반바지를 입고 있었으니까 분명 여름이었을 거야. 아홉 살인가 열 살쯤이었어."

"기억 안 나는데." 케이트가 말했다. 수년 동안 피터가 알 수 없는 기억을 떠올릴 때마다 케이트는 항상 네가 잘못 기억하는 것이다,

자기는 거기에 없었다, 다른 사람과 착각한 것이라고 대답했다. 피터가 너는 이런저런 옷을 입고 있었고, 네 원반이 어디에 있었고, 내 위자보드가 어디에 있었다, 이런 식으로 과거의 그 장소까지 안내해줘야만 했다. 기억이 수없이 물들고 다듬어지고 씻겨 그 방에 있었던 사람도, 전신주 아래 잔디밭에 서 있던 사람도 거의 알아볼 수 없을 지경이 되었다는 사실을 두 사람 모두 알고 있었다.

돌아오는 길에 작은 종이 울린 것을 제외하면 케이트의 마음은 서서히 고요해졌다. 그녀는 집 앞 길가에 앉아서 배수구로 나뭇가지를 떨어뜨리고 있었다. 잠시 후 몇몇 아이들이 몰려왔고 그중 한 아이가 전신주에 올라가보자고 제안했다.

"아, 기억나는 것 같아." 그녀가 그제야 말했다.

"붙잡을 만한 게 없을 텐데." 그때 케이트가 이렇게 말했었다.

"난 할 수 있어." 그는 이렇게 말했었다.

자신보다는 케이트가 했을 법한 행동이었기 때문에 피터는 그 순간 그녀와 더 비슷해지고 싶어서 그랬던 건 아닌지 생각해보았다. 그는 전신주를 향해 도움닫기를 한 뒤 최대한 높이 뛰어올랐다. 그러고 나서 거기에 잠시 매달려 있다가 두 팔로 전신주를 꽉 껴안고 무릎을 끌어올린 뒤에 다시 허벅지를 꽉 조이고 몸을 위로 밀어 올리며 자벌레처럼 꿈틀거리기 시작했다. 피터는 그녀가 가장 먼저 자신의 이름을 연호했다고 말했다. "피터! 피터!" 아이들은 전신주를 오르는 내내 그를 응원했다.

3분의 2 정도 올라갔을 때 그는 멈추었다. 팔이 너무 아파서 떨어질까봐 무서웠다. 케이트였다면 장애물 때문에 안전한 곳으로 퇴각해야겠다며 이런저런 핑계를 댔겠지만 피터는 무서워서 더는 못 올라가겠다고 말했고, 누구도 그걸 가지고 놀리지 않았다. 꼭대기에 연결된 검은색 전선이 약 1미터 앞에 있었다.

그는 힘을 빼고 전신주를 미끄러져 내려오다 갑자기 멈추고는 울음을 터뜨렸다. 온몸이 떨렸다. "도와줘!" 그는 숨 가쁜 울음을 뱉어 냈다. 그가 여자애 같은 목소리를 내자 케이트가 키득거렸다. 내털리와 사라도 있었고, 말도나도 남매도 있었다. 또 누가 있었더라? 아이들이 뭔가를 해보기도 전에 피터가 잔디밭으로 떨어졌다. "괜찮아?" 누군가가 물었지만 그는 조용히 신음하며 양 무릎을 가슴 쪽으로 끌어당겼다.

그때 앤이 밖으로 달려 나왔다.

"어디 보자." 앤이 그의 옆에 무릎을 꿇고 앉아 말했다. 피터는 엄마가 볼 수 있게끔 다리를 살짝 벌렸다. 무릎부터 사타구니까지 허벅지 안쪽의 연한 피부에 수십 개의 가시가 박혀 있었다. 케이트는 전신주를 위아래로 쓸어보고는 놀라 움찔했다. 위로 쓸어올릴 때는 부드러웠지만 아래로 쓸어내릴 때는 거칠었다.

30년이 지난 지금, 80킬로미터 떨어진 곳에 누워 있는데도 손바닥에서 전신주의 거친 촉감이 느껴졌다. 기억이 너무 강렬해서 그녀는 주먹을 꽉 쥐었다. 어린아이가 폭죽을 최대한 빨리 돌리며 어두운 밤에 그리는 원처럼 아주 잠시 허공에 매달린 그 장면이 두 사람 모두에게 스쳐 갔다. 피터의 앙상한 무릎, 햇볕에 그을린 잔디, 전신주 밑에서 입을 쩍 벌린 채 그를 바라보는 케이트와 네댓 명의 아이들. 원이 하나 더 나타났다. 5분 뒤였던가, 하루 뒤였던가? 프랜시스는 전선을 한 번만 건드렸어도 피터가 죽었을 거라고, 네가 먼저 꼭대기까지 올라갔다면 네가 죽었을 거라고 소리를 질렀다. 케이트는 그가 고함을 멈출 때까지 기다렸다가 어떻게 새들은 그렇게 위험한 곳에 앉아 있을 수 있느냐고 차분히 물었다.

"그런데 그 얘기는 갑자기 왜 하는 거야?" 케이트가 물었다.

"그 후에 어떤 일이 있었는지 내가 말했던가?"

그는 그 후에 있었던 일을 설명했다. 밖에서는 늘 엄하고 쌀쌀맞던 엄마가 집에 들어가자 깨끗한 시트를 소파에 펼치고 누우라고 말했다. 머리 밑에 베개도 받쳐주었다. 그녀는 먼저 소독용 알코올로 상처 부위를 닦아내고 핀셋으로 가시를 하나씩 뽑아내면서 전신주를 반이나 올라갔으니 힘이 정말 센 거라고 말했다. 그러면서 자기는 1초도 매달리지 못했을 거라고 했다. 가시를 전부 뽑아내는 데 거의 한 시간이 걸렸다. 그의 기억에 어떤 건 새끼손가락만큼 길었다. 그녀는 자세히 볼 수 있도록 그것을 건네주었다. 그런 후에 따뜻한 목욕물을 받고 새 비누를 꺼내주면서 감염되지 않도록 살살 씻으라고 말했다. 옷을 벗으려는데 그녀가 돌아와 버터스카치 캔디 두 개를 욕조 가장자리에 올려두고 나갔다.

"좀 덜 아프라고 그랬나봐." 그가 말했다.

케이트는 그의 이야기를 귀 기울여 들었지만 무슨 말을 하려는 건지 알 수 없었다.

"엄마가 날 사랑했다는 건 이미 알고 있었어." 그가 말했다.

18

앤 스탠호프가 그들의 집에 와서 그들의 식탁에서 밥을 먹기로 한 그날이 왔다. 두 사람은 무엇을 해야 할지, 어떻게 행동해야 할지, 무엇을 입어야 할지, 이따가 방문할 사람이 누구인지를 아이들에게 어떻게 설명해야 할지 갈피를 잡지 못했다.

"전화해서 취소해주면 안 돼?" 피터가 물었지만 전화번호가 없어 연락할 방법이 없었다.

"엄마가 오면 나는 여기 없다고 해줘." 그가 말했다.

"정말?" 케이트가 물었다. "내가 그렇게 해줬으면 좋겠어?"

그는 혼자 생각할 시간을 10분만 달라고 했다. 하지만 생각하면 할수록 더 불안해졌다.

"애들은 내보내는 게 좋겠어." 그 일이 실제로 벌어질 거라는 생각에 피터가 말했다. 케이트는 프랭키와 몰리 또래의 아이들을 키우는 친구에게 전화하려고 수화기를 들었지만, 한여름의 토요일 오후에 갑자기 아이들을 부탁할 만한 이유가 떠오르지 않아 번호를 끝까지 누르지 못했다. 몇 년 전 웨스트체스터로 이사 간 사라에게 전화를 해볼까도 생각해봤다. 기꺼이 아이들을 봐주러 오겠지만 그러려면 사라에게 이 일을 설명해야 했다. 결국 그들은 아이들을 집에 두기로 결정했다. 아침 식사 후, 케이트는 최대한 밝은 표정으로 아이들에게 신나는 소식이 있다면서 아주 먼 곳에 사시는 아빠의 엄마가 오늘 방문하실 텐데 너희들을 만나기를 고대하고 계시니까 아주 얌전하게 굴어야 한다고 말했다.

피터는 창백하게 굳어진 얼굴로 싱크대 앞에 서서 팔짱을 낀 채 고개를 끄덕였다. 억지로 즐거운 표정을 짓는 그의 모습에 케이트는 가슴이 쥐어짜듯 아파왔다.

"아빠도 엄마가 있어요? 거짓말!" 몰리가 이렇게 말하더니 좋은 일을 축하하려는 듯 두 팔로 피터를 감싸 안았다. 아이들이 부엌에서 나가자 케이트가 완충제 역할을 해줄 사람이 있으면 더 수월할 거라며 조지에게 전화하지 않겠느냐고 재차 물었다.

"엄마가 좋아하지 않을 거야." 피터가 말했다. "늘 못마땅해했거든."

"그래도 신세 진 게 있는데."

"맞아. 그래서 더 보고 싶지 않을 거야."

"그래도 당신은 삼촌이 와주길 바라는 거 알아."

그는 조지가 와주기를 바랐지만 안 그래도 긴장하고 있을 엄마를 더 놀라게 하고 싶지 않았다. 엄마의 기분을 짐작해보던 오랜 습관이 금세 돌아왔다. 케이트는 그녀가 그날 오후처럼 차분할 거라고 장담할 수는 없다고 말했다.

"그래, 당신이 전화해봐." 피터가 말했다. 총기사고가 있었던 그날 밤 이후로 조지는 피터의 휴대폰으로 열두 번 이상 전화했다. 무슨 일이 있었는지 아는 것 같았다. 같은 건물 1층에 사는 파울리노 부인에게 들었을 것이다. 그녀의 손자가 5번 관할구에서 근무했다. 피터는 당혹스러워하는 조지의 표정을 떠올려보았다. 그녀가 사실을 뒤죽박죽 혼동해서 전했을지도 모른다. 어쨌든 그는 최악의 타이밍에 그 집에 나타날 것이다.

"아니, 잠깐만." 피터가 말했다. "내가 전화할게."

피터가 불쑥 누가 점심을 먹으러 올 거라고 말하는 바람에 총기사고에 관한 얘기는 잠시 잊히는 듯했다. 하지만 곧 조지가 그 얘기를 꺼냈다. "파울리노 부인이 너랑 얘기해봤냐고 계속 물어보더라." 그가 말했다.

"무슨 일이 있었냐고요?" 피터가 재빨리 되물었다.

"하지만 넌 단순 업무가 아니라 제한 업무를 하고 있잖아? 정신과 의사가 허가해줘야 하는 거 아니야?"

소수의 사람만이 단순 업무와 제한 업무의 차이를 알고 있는데 조지도 그중 하나였다.

"네."

"무슨 일이 또 있었던 거야?"

피터는 바로 화제를 돌려 몇 시간 후에 엄마가 점심을 먹으러 올 텐데 삼촌이 와주면 정말 고마울 거라고 말했다.

"내가?" 조지는 고함을 지를 뻔했다. "그 여자랑 그 집에 같이 있으라고? 맙소사. 로잘린은 이따가 해변에 나갈 거야. 친구가 아발론에 별장을 가지고 있거든. 여자들끼리 주말을 즐기겠다나 뭐라나."

그게 무슨 상관인지 알 수는 없었지만 조지가 빠진다고 해도 이해할 수 있었다.

"그래요, 걱정하지 마세요. 상황이 어떻게 되어가는지 알려드릴게요. 언제 로잘린이랑 다 같이 한번 만나요."

"아니, 간다고." 조지가 말했다. "대답을 듣기 전에 생각할 시간을 좀 줘야지. 잠깐 혼란스러워서 그랬어. 갈게. 나 혼자 가면 돼."

"정말요?" 피터가 고개를 숙이고 두 손으로 잡은 수화기를 귀에 바짝 갖다 댔다.

"당연한 거 아니야? 마지막으로 밥을 먹었을 때 나한테 청소기를 휘둘렀잖아. 그보다 더 심하지는 않을 거야. 그나저나 애들은 이웃이나 다른 사람한테 맡겨야지."

피터가 웃음을 터뜨렸고, 케이트는 그가 고통으로 울부짖기라도 한 것처럼 부엌에서 거실을 내다보았다.

"애들도 집에 있을 거예요. 케이트랑 이미 상의했어요."

"상황이 심각해지면 여럿 실려 나가겠는데."

"삼촌." 그런데 또 웃음이 나왔다. "맙소사, 왜 웃음이 나죠?"

"네가 뭘 더 할 수 있겠니?"

"케이트한테는 그런 농담하지 마세요." 피터가 부엌을 힐끔 쳐다보았다. "아닌 척하지만 굉장히 힘들 거예요."

"걱정 마. 뭐 필요한 건 없니?"

"없어요."

"그나저나 제한 업무는 왜 하는 거냐? 나도 헷갈려서 그래."

"아." 피터가 말했다. 잠시 걷혔던 두려움이 다시 내려앉으면서 더욱 무겁게 느껴졌다. "혼동이 좀 있었나봐요. 해결하는 중이에요."

케이트가 아침 식사에 썼던 그릇을 씻어서 닦은 뒤 조리대에 내려놓았다. 그녀는 런던 브로일이 양념에 잘 재워져 있는지 확인하고 냉장고 문을 닫았다가 다시 열어서 파스타 샐러드가 밀봉되어 있는지 또 확인했다. 그렇게 열두 번은 더 확인했다. 그녀가 뭘 원하는지, 어떤 오후를 구상하고 있는지 물었지만 그는 어떻게 답해야 할지 몰라서 그냥 잠자코 있었다.

케이트는 집 주변에서 침실과 욕실로 그를 따라다녔다. 그가 샤워를 하려고 물을 틀자 욕실 안에 수증기가 가득 찼다. 그녀는 변기 뚜껑 위에 앉아 그가 말을 걸어주기를 기다렸다. 하지만 그는 아무 말 없이 몸을 씻고 말린 뒤 옷을 입었다.

"아빠가 뭐라고 할지 계속 생각하고 있었어."

"이 모든 일을 꾸민 건 당신이잖아. 당신이 허락한 거야."

"알아."

"그러면 아버님한테 말하지 마."

"언젠가 알게 될 거야."

"어떻게?"

케이트가 어깨를 으쓱했다. "어떤 일이든 다 아빠 귀에 들어가게 돼 있어."

"당신이 말할 테니까."

케이트가 한숨을 쉬었다. "마음이 두 갈래로 나뉘는 것 같아. 한편으로는 앤이 당신 어머니라는 걸 알기 때문에 기꺼이 만나고 싶어. 당신이 여기 있는 걸 보면 뭔가를 잘해줬던 게 틀림없으니까."

"그런데?"

"하지만 다른 한편으로는 우리 아빠를 죽일 뻔했던 미치광이 이

옷이라는 생각이 들어. 앤 아줌마가 아니었다면 30년은 더 일했을 거야. 바람도 피우지 않았을 거고. 엄마가 암에 걸리지 않았을지도 몰라."

피터는 뺨에 난 수염을 깎다가 면도기를 내려놓았다. "정말 그렇게 생각해? 암에 대해서도?"

"그래, 그런 것 같아. 나도 잘은 모르지만 스트레스를 받으면 암세포가 더 빠른 속도로 증식한다는 증거가 있대."

그는 면도를 이어갔다. "미안할 일이 산더미네. 그런 것까지 다 더해야 하는지는 모르겠어."

"어쨌든 그건 내 사정이고, 당신은 당신 사정이 있잖아. 당신 사연이 구구절절하다고 해서 내 걸 포기할 생각은 없어. 앤은 파괴적인 사람이야. 그런 사람과 점심을 먹기 위해 이렇게 준비를 하고 있는 거잖아."

"점심은 왜 먹자고 한 거야?"

케이트는 자리에서 일어나 김 서린 거울을 동그랗게 닦아내고 그의 얼굴 옆에 나란히 있는 자신의 얼굴을 바라보았다. 그리고 그와 눈을 마주쳤지만 아무런 대답도 하지 않았다.

아침 내내 그는 엄마가 나타나지 않거나 전화로 약속을 취소한다면 어떤 기분일지 상상해보려고 노력했다. 실망할까? 안도할까? 아니면 둘 다일까? 문제는 자신이 뭘 원하는지, 어느 쪽으로 뿌리를 내려야 할지 모른다는 것이었다.

어느 순간 그는 사람을 더 많이 초대해야겠다고 생각했다. 이웃, 아이들의 선생님, 대학 친구. 집이 손님들로 가득 차면 서로를 쳐다보거나 대화를 나누지 않아도 될 것 같았다. 하지만 다음 순간 그는 엄마를 해변으로 데려가 단둘이 모래사장에 앉아 있어야겠다고 생각했다. 그녀는 케이트와 조지 앞에서 자신을 온전히 내보이지 못할 것이다. 그는 어린 자신을 늘 기억하고 있었다. 그 아이가 일요일을 포기하고 열차시간표를 보면서 웨스트체스터까지 엄마를 만나러 갔던 이유도 알고 있었다. 사랑하는 엄마를 혼자 두고 싶지 않았기 때문이었다. 하지만 조지의 접이식 소파에서 자고, 올버니에 있는 병원 주차장을 홀로 가로지르던 피터보다 더 외롭지는 않았을 것이다. 그는 자신을 멀리 떠나보낸 엄마를 이미 오래전에 용서했다.

그날 아침 엄마에 대해 너무 많이 생각하다 보니 자연스레 아빠에 대해서도 생각하게 되었다. 프랭키가 태어났을 때 피터는 주말 내내 아이 곁에 있다가 월요일에 출근해서도 휴대폰으로 아이의 사진을 보았다. 앞으로 몇 년 동안 프랭키가 정말 많이 변할 텐데, 아들을 떠나 다시는 보지 않을 수 있을까? 그는 아빠가 자신과 엄마 그리고 과거의 삶에 대해 생각하기는 할지 궁금했다. 아무리 애써봐도 그의 얼굴이 기억나지 않았다. 오히려 자동차와 총, 열쇠고리에 매달아놨던 손톱깎이 같은 물건들은 쉽게 기억났다. 얼마 전 피터는 프랭키에게 타석에 설 때는 항상 팔뒤꿈치를 올리고 첫 번째 공은 그냥 보내라고 알려주었다. 그런 걸 어디서 배웠겠는가? 언제인지 기억나지는 않지만 아빠가 가르쳐줬을 것이다. 남부 어느 도시에 정착했을 아빠가 3월의 어느 날 진입로에 1백20센티미터 이상 쌓인 눈을 아들과 함께 치웠던 일을 문득 떠올리며 감회에 젖기는 하는지 궁금했다. 피터는 자신이 뉴욕 메츠의 홈구장인 시티 필드에 아이들을 데려갔다는 사실을 아빠가 알 수 있기를 바랐다. 자신이 내뱉은 말을 실행하는 것이 그렇게 어렵지 않다는 걸 깨닫기를 바랐다. 셰이 스타디움에 데려가주겠다고 얼마나 많이 약속했던가? 그리고 정말 어이없게도 피터는 매번 그 말을 믿었다.

케이블 박스의 디지털 시계가 정오를 가리키자마자 피터는 부엌으로 내려갔고 눈치 보거나 숨기려는 기색 없이 냉장고 위에 있는 시리얼 상자 뒤로 손을 뻗어 술병을 꺼냈다. 케이트는 그를 바짝 쫓아가다 깜짝 놀랐다. 그는 다른 찬장으로 가서 그들이 수년간 수집한 양주용 술잔을 나란히 세워놓은 꼭대기 선반에서 작은 술잔을 하나 꺼냈다. 그러다 그녀를 힐끔 돌아보더니 술잔을 하나 더 꺼냈다. 그가 각각의 술잔에 술을 따르자 케이트는 위선적인 행동인 줄 알면서도 그것을 단숨에 들이켰다.

"한 잔 더 줘." 그녀가 조리대에 술잔을 내려놓으며 말했다. "당신도 한 잔 더 해. 그리고 그걸로 끝내자."

술은 효과적이었다. 케이트는 한결 느긋해져서 더 이상 그를 따라다니거나 냉장고 문을 열고 닫지 않았다. 피터도 마음이 진정되는 것을 느꼈다. 그는 케이트가 머리를 다시 다듬기 위해 2층으로 올라가자 한 잔을 더 마셨다. 그는 누가 쳐다보는 것이 싫었다. 그래서 엄마가 오면 무슨 말을 하든 다 들어주기로 결심했다. 하지만 그때 그녀가 아이들을 너무 보고 싶어 한다던 케이트의 말이 떠올라 갑자기 당황스러워졌다. 그녀가 보고 싶은 건 그가 아니라 아이들일 수도 있다. 당연한 일이 아닌가? 프랭키와 몰리는 사랑스러운 아이들이다. 재미있고 특이하고 똑똑하다. 1시가 되자 아이들은 밖에서 동네 아이들과 술래잡기를 했다. 몰리가 아이들을 쫓아가려다 넘어지는 바람에 드레스 여기저기에 풀물이 들었다. 케이트가 몰리를 2층으로 데려가서 옷 갈아입는 것을 도와주고 얼굴을 닦아주었다. 그들이 2층에 있는 동안 차량 한 대가 집 앞에 서서히 멈춰 섰다.

"케이트?" 피터가 계단 밑에서 불렀다. "케이트? 엄마가 도착한 것 같아. 내려오고 있어?"

그는 그녀가 2층 계단 앞에 서서 듣고 있다는 것을 알고 있었다. 그를 혼자 내보낼 작정인 것 같았다. 피터는 침을 꿀꺽 삼키고 어깨를 반듯하게 폈다. 뭐가 걱정인가? 나는 모든 걸 가지고 있다. 내게는 케이트와 아이들이 있다. 엄마는 나를 해칠 수 없다.

"케이트?" 피터는 그녀를 한 번 더 불러보았다.

케이트는 2층에서 몰리를 꽉 껴안고 아이의 따뜻한 목에 얼굴을 묻었다. 그리고 창턱과 블라인드 사이로 피터가 마당을 가로지르는 모습을 지켜보았다. 그는 두 손으로 머리를 쓸어 넘기며 엄마가 차문을 열기를 기다렸다. 케이트는 어쩔 줄 모르는 그의 모습을 보면서 이런 식으로 갑작스럽게 엄마를 맞이하도록 강요한 것이 미안해졌다. 그녀는 몰리를 꽉 붙잡고 앤이 차에서 내려 그와 마주하는 것을 지켜보았다. 2주 전 한밤중에 대화를 나눴을 때만 해도 앤은 무척 노쇠하고 초췌해 보였는데 지금은 더없이 환하게 빛나는 얼굴로 피터를 비추고 있었다. 그녀는 머리카락을 자르고 막 다림질한 옷을 입은 것 같았다. 그녀가 손을 뻗어 등을 토닥여주자 그도 등을 토닥여주었다. 두 사람은 껴안지 않았다. 속상해하는 누군가를 달래주듯 서로의 등을 계속 토닥였다. 눈을 가느다랗게 뜨니 피터가 울지 않으려고 안간힘을 쓰는 것이 보였다. 그의 가슴이 들썩거렸다. 마침내 돌아선 그는 처음 보는 표정을 하고 있었다.

"여기서 뭐 하는 거예요?" 몰리가 마침내 속삭였고 케이트는 30까지 천천히 세보라고 말했다. 그러고 나서 몰리가 계단을 쿵쾅대며 내려가 처음 만나는 할머니에게 인사할 수 있도록 놓아주었다.

마치 사전에 합의라도 한 것처럼 그들은 과거에 대해 어떠한 언급도 하지 않았다. 그들은 충분히 느리게 굽이굽이 나아가기로 암묵적 합의를 했다. 먼저 두 아이가 각각 무엇을 잘하는지에 대해 이야기했다. 앤이 프랭키는 피터를 닮기도 했지만 프랜시스도 닮은 것 같다고 말했다. 케이트는 그녀의 입에서 아빠의 이름을 듣고 가슴이 철렁했다. 피터도 그걸 느꼈는지 그녀를 슬쩍 쳐다보았다. 하지만 그들은 위기를 잘 극복하고 다음 대화로 넘어갔다. 이번에는 집에서 해변까지의 거리와 최단 경로에 대해 이야기했다. 피터가 신혼 때 맨해튼에 살았다고 말하자 케이트가 앤의 시선을 피했다. 그들은 다가올 대선에 대해서도 이야기하며 1년 전만 해도 승산이 없을 것 같았는데 지금은 정말 가능성이 있어 보인다고 말했다. 부부는 앤에게 지금 삶이 무엇으로 채워져 있는지, 일상을 어떻게 지내는지에 대해 묻지 않았다. 피터는 그녀가 너무 많은 질문을 좋아하지 않는다는 것을 알고 있었다. 치즈와 크래커를 얹은 쟁반이 커피테이블 위에 놓여 있고 잔잔한 음악이 적막함을 달래주었다. 그들은 마주 앉아 충분히 대화를 나누었다. 곧이어 앤이 피터에게 직장에서 안 좋은 일을 겪고 잠시 쉬고 있다는 얘기를 들었다고 말했다.

피터가 케이트를 홱 쳐다보았다.

"네." 피터가 말했다. "해결하는 중이에요." 케이트가 보기에 그는 이미 취했을 때의 눈빛을 하고 있었다. 그녀는 시리얼 상자 뒤에 있던 술병을 떠올리며 얼마나 많은 술병이 집 안에 숨겨져 있을지 생각했다. 그가 자리에서 일어나더니 거실 밖으로 나갔다. 냉장고 문이 덜거덕거리는 걸 보니 그가 스톨리 병을 꺼내어 보드카를 따르는 것 같았다. 따뜻한 손이 닿은 곳에 성애가 녹아서 다섯 손가락의 흔적이 선명하게 남을 것이다. 두 여자가 눈을 마주쳤다. 그들이 함께 직면하기로 한 문제가 그들 사이에 웅크리고 앉아 있었다.

케이트는 앤이 얼마나 나이 들었는지를 생각했고, 자신과 피터가 그녀에게 어떻게 보일지 궁금했다. 피터는 관자놀이가 희끗희끗하고 눈가에 방사형 주름이 깊게 파였다. 케이트도 몇 년 전부터 염색을 시작했다. 매일 아침 양치질을 할 때쯤이면 가슴에 잡혀 있던 주름이 희미해지고는 했는데 이제는 점심시간까지 남아 있다. 하지만 그들이 아직 젊고 처음 겪는 변화이기 때문에 이런 것들이 눈에 띄었을 뿐이다. 앞으로도 몇 년은 젊을 것이다. 앤은 너무 말라서 긴 블라우스의 한쪽 어깨가 자꾸 미끄러져 내려갔다. 그녀의 쇄골은 몰리의 자전거 핸들처럼 보였다. 그녀는 엉덩이가 아픈지 의자를 바꿔 앉았다.

잠시 후 세 사람은 거실에서 조지의 목소리를 들었다. 케이트가 창밖을 내다보니 조지가 아이들에게 막대 아이스크림을 나눠주고 있었다. 서니사이드에서부터 아이스박스에 넣어 가지고 온 모양이었다. 이웃집 아이들은 물론 주변에 있는 아이들 모두에게 나눠줄 만큼 충분한 양이었다.

앤이 자세를 고쳐 앉더니 앙상한 무릎을 꽉 움켜잡았다.

"피터한테 조지가 온다는 얘기 들으셨어요?" 케이트가 가볍게 물었다. 하지만 그는 말할 틈이 없었을 것이다.

"앤 피츠제럴드." 조지가 집 안으로 들어와 우렁차게 말했다.

앤이 일어나서 인사했다. "반가워요, 조지." 그가 성큼성큼 다가와 끌어안자 그녀는 겁이 났는지 한 발짝 물러섰다. 그리고 덧붙였다. "브라이언이랑 똑같네요. 목소리 말이에요. 그래서 잠깐……."

"형이 생각났어요?" 조지가 말했다. "아직도 기억해요?" 그는 늘 그랬듯 케이트를 꼭 껴안고 살짝 들어 올리며 반가움을 표시했다. 이어서 피터도 끌어안았다. 불과 몇 주 전에 만난 사람 같았다. 그리고 그는 캔버스 가방 안쪽에서 꼼꼼히 포장한 과일샐러드 그릇과 퀸스에 있는 베이커리에서 고른 롤빵이 담긴 종이봉투를 꺼냈다. 그는 한 달에 한 번씩 이렇게 만나는 사이처럼 연기하려고 결심한 것 같았다. 과거의 고통은 기억에서 모두 지운 듯했다. "배고파 죽겠다."

그들은 줄을 지어 테라스로 나갔다. 케이트가 미리 의자를 닦아서 파라솔 그늘에 옮겨놓았다.

앤은 상황에 너무 압도되어서 소량의 물도 바로 삼키지 못하고 잠시 머금어야 했다. 그들이 조지를 불렀다는 사실에 너무 화가 났지만 그에게 뭔가를 당장 말해야 할 것 같아 마음이 다급해졌다. 그녀는 속으로 할 말을 연습하면서 언제 말을 꺼낼지 고민했다. 단둘이 있을 때가 가장 좋을 것 같았다. 아이들이 곧 집 안으로 들이닥칠 것이다. 케이트는 사과를 썰고 있었고, 피터는 핫도그 포장을 뜯어서 그릴 위에 나란히 올리고 있었다. 맙소사, 피터는 정말 훤칠했다. 넓은 어깨가 브라이언보다 프랜시스와 더 비슷했다. 피터에게서 프랜시스의 얼굴을 발견한 뒤에야 그의 얼굴을 떠올릴 수 있었다. 그리고 그는 술에 취해 있었다. 플라스틱 포장을 뜯으려고 나이프로 팔을 쭉 뻗는다든지, 다리를 넓게 벌리고 선다든지 하는 모습에서 알 수 있었다. 하지만 그는 그것을 능숙하게 감췄다. 눈여겨보지 않았다면 절대 몰랐을 것이다. 그는 중간중간 말을 보태며 대화에 계속 참여했다. 조지가 앤의 옆자리에 털썩 주저앉았다가 플라스틱 의자가 너무 뜨거웠는지 다시 벌떡 일어났다. 그는 비치타월을 잔디밭에 던지고 그 위에 주저앉았다.

"엉덩이가 다 타버리는 줄 알았네." 조지가 말했다. 특별히 누구를 가리켜서 한 말은 아니었다.

앤은 조지도 피터에게 일어나고 있는 일에 대해 알고 있는지 궁금했다. 하지만 잘못된 주제를 한 번만 언급해도 출발점으로 곧장 미끄러져 내려갔다. 프랜시스 글리슨의 이름을 말하지 말았어야 했다. 한 번 더 미끄러지면 케이트는 그녀의 도움이 필요 없다고 판단할 것이다. 그러면 다시 고속도로를 타고 유난히 더 휑해 보이는 작은 원룸으로 돌아가야 했다. 그날 한밤중에 케이트와 대화를 나누고 원룸으로 돌아갔을 때도 그녀에게 그곳은 집이 아니라 잠시 머무는 장소일 뿐이었다. 그녀는 안전한 주제에 머무르면서 말을 꺼내기 전에 심사숙고하려고 애를 썼지만 조급함이 점점 더 심해졌다.

"고맙다고 말하고 싶어요." 그녀가 조지를 쳐다보지 않고 말했다. 그가 셔츠를 바지 밖으로 꺼내자 배 부위로 둥그런 땀자국이 드러났다. "피터에게 해준 것들에 대해 말이에요."

피터가 고기를 굽다 돌아보았다. 케이트도 칼질을 멈추고 고개를 들었다.

"피터를 그렇게 거둬준 건 정말 대단한 일이에요. 너무 고맙게 생각하고 있어요." 앤은 목이 메는 듯 갈라진 목소리로 말했다.

그 말을 하자마자 무게감이 확 줄어들면서 어지러웠다. 치료사들은 하나같이 언젠가 적절한 시기에 그 말을 하면 다른 사람뿐 아니라 그녀 자신에게도 좋을 거라고 장담했다. 하지만 그날 오후 그가 현관문으로 걸어들어올 때까지도 그녀는 그들의 말을 믿지 않았다. 그럴 가능성은 생각조차 하지 않았다. "우리는 바로잡지 않은 것을 반복하기 마련이에요." 언젠가 아바시 박사가 말했다. 오랜 세월 그녀는 그 말을 제한적으로 해석하여 자신에게만 적용했고 최악의 실수를 반복할 가능성이 희박하기 때문에 자신은 안전하다고 믿었다. 그녀에게는 가족도, 버릴 사람도, 떠날 사람도 없었다. 하지만 그날 밤 차창에 케이트의 얼굴이 나타난 순간부터 그의 경고를 잘못 이해하고 있었던 건 아닌지 생각해보게 되었다. 아바시 박사가 말한 "우리"는―사실 그녀는 처음 그 말을 듣고 눈알을 굴렸었다―더 광범위한 단어였다. "우리"는 피터와 그의 아이들, 그리고 그녀와 보이지 않는 실로 연결되어 있는 모든 사람을 포함할 수 있었다.

조지가 완전히 허를 찔린 듯 고개를 빠르게 한 번 끄덕였다.

"제가 좋아서 한 일인데요, 뭐." 잠시 후 그는 이렇게 말하고 두툼한 손에다 헛기침을 했다.

그들은 길럼이나 케이트의 부모님 또는 브라이언이 지금 어느 골프장에 있을지에 대해 이야기하지 않았다. 대신 음식과 후텁지근한 더위 그리고 아이들이 어른들처럼 날씨를 느끼지 않는 이유에 대해 이야기했다. 조지가 앤에게 에둘러서 조심스럽게 지금 어디에 살고 있는지 물었고, 그녀가 사라토가에 산다고 대답하자 아주 오래전에 경기를 보러 몇 번 갔었다며 그곳을 좋아하는지 물었다.

"나는 몇 년간 올버니에 있는 병원에서 지냈어." 그녀는 마치 몰랐던 사실을 알려주듯 말했다. "일반 병동에 있었지." 피터는 그때 자신이 만나러 갔던 것을 그녀가 기억하는지 궁금했다.

"오늘 밤에 그 먼 길을 다시 돌아갈 거예요?" 조지가 물었다.

케이트와 피터가 몹시 당황스러워하며 시선을 교환했다. 다른 손님이었다면 바로 하룻밤 자고 가라고 했을 것이다. 하지만 앤은 아니라면서 제리코 턴파이크에 있는 모텔에 잠시 머물 거라고 말했다.

"아." 케이트가 이렇게 말하고 들고 있던 접시를 조심스럽게 내려놓았다. "잠시라면 얼마나?"

"아마 1, 2주 정도 지낼 거야."

"북부에서 직장을 다닌다고 하지 않으셨어요?" 케이트가 물었다. "아파트에서 지내신다고?"

"케이트." 피터가 말했다.

"며칠 쉬기로 했어. 아껴놓은 휴가가 좀 있었거든." 휴가를 내본 적이 없다는 사실은 말하지 않았다.

피터는 케이트가 어떤 상황이 오든 어떻게 말해야 할지 신중히 생각하고 있다는 것을 알 수 있었다. 그래서 먼저 말을 꺼냈다.

"잘됐네요. 쉬면 좋죠." 그는 케이트에게 나중에 상의하자고 신호를 보냈다.

케이트는 자기 잘못이라고 생각했다. 그녀를 여기로 불러들인 건 자신이었다. 어떻게 앤이 아들을 한 번만 만나고 제 갈 길을 갈 거라고 믿었던 걸까? 그러다 문득 앤이 테라스를 지나 물을 넣어놓은 아이스박스로 가서 피터 옆에 앉는 모습을 보았다. 그녀는 이제 아들과 그의 가족 곁에서 초조해하는 쇠약하고 구부정한 노인이었다.

"여기요." 케이트가 일어나 쿠션을 가져다주며 말했다. 그녀가 선택한 피터의 옆자리는 가장 불편한 자리였다.

"고맙구나." 케이트는 앤이 이렇게 말하고 쿠션을 등 뒤에 받치는 것을 보면서 그녀가 더 이상 그들에게 위력을 행사할 수 없다는 것을 깨달았다.

앤은 모기가 등장하고 아이들이 파자마 차림으로 달달한 민트 향을 풍기며 내려올 때까지 그 집에 머물렀다. 아이들은 테라스를 돌면서 조지, 피터, 케이트 그리고 앤을 한 명씩 순서대로 끌어안았다. "안녕히 주무세요." 그들은 이렇게 말하고 차례로 뜨거운 얼굴을 앤의 얼굴에 갖다 댔다. 몰리가 손을 내밀고 악수를 청하며 어디서 왔는지 모르지만 거기까지 즐거운 여행하시길 바란다고 말했다.

"몰리!" 피터가 꾸짖듯 말했다.

앤은 그 애가 가장 마음에 들었다.

피터는 자리에서 일어나 시트로넬라 램프에 불을 붙이면서 생각했다. 그는 엄마와의 재회가 이럴 거라고는 예상하지 못했다. 물론 그녀가 늘 지금 같을 거라고 생각하지는 않았다. 오늘을 충분히 즐기고—아직까지는 아주 좋다—그 이상은 바라지 않을 것이다. 그녀가 오늘은 관심을 보였지만 내일은 그러지 않을 수도 있다. 그는 나중에 다시 만났을 때 엄마가 실망하지 않을지 궁금했다. 그녀는 그의 침대에 누워서 그와 함께 가보고 싶은 도시를 나열하고는 했다. 샌프란시스코, 상해, 브뤼셀, 뭄바이. 하지만 피터와 앤은 한 군데도 가보지 못했다. 가장 큰 지도를 구해서 펼치고 또 펼치면 그의 삶이 시작되고 끝난 곳이 두 개의 작은 점으로 지도 위에 나란히 찍힐 것이다.

19

피터는 마지막 순간까지 베니와 함께 기다렸지만 이름이 불리고 나서는 혼자 그 방에 들어가야 했다. 베니가 해명할 부분과 간결하고 적절한 답변을 한 번 더 점검해보려고 했지만 피터는 정신이 반쯤 딴 데 팔려 있었다. 총기 오발 사고 후 12주가 지난 그날 아침, 그는 침대에 누워 있는 케이트 옆에 앉아서 당신이 말한 것처럼 나한테 문제가 있는 건지도 모르겠다며 나아지기로 마음먹었으니 조금만 더 참아달라고 말했다. 몇 주 전에 그녀는 모든 문제가 똑같아 보이지는 않지만 그렇다고 문제가 아니라는 뜻은 아니라고 했다. 그녀가 그에게 말하고 경고했던 것들이 옳을 수 있었다. 하지만 틀렸을 가능성도 완전히 배제할 수는 없었다. 앤이 집을 다녀간 뒤로 그는 일찍 잠자리에 들려고 노력했고, 최근에는 알람을 자정에 맞춰놓는 묘책을 사용하기도 했다. 알람이 울리면 마시던 술을 개수대에 쏟아버리고 곧장 2층으로 올라가야 했다. 일주일 동안은 효과적이었지만, 그 후에는 알람을 해제하기 시작하더니 결국 알람 설정 자체를 완전히 중단했다. 그 후에 독주를 끊고 맥주만 마신다는 규칙을 만들었지만 그것도 겨우 3일만 지속되었다.

사실 그 전날 밤 그는 술을 두 잔만 마시기로 다짐했었다. 하지만 두 잔이 세 잔이 되고, 세 잔은 네 잔이 되었다. 언덕을 빠른 속도로 뛰어 내려갈 때 다리가 몸보다 앞서는 것과 같았다. 그는 멈출 수 없었고 그런 자신의 모습에 놀랐다. 한 번이라도 제대로 노력했는지 확신할 수 없었다.

그녀가 베개 위에서 그를 올려다보았고, 잠깐이지만 그는 그녀가 나는 할 만큼 했고 너무 늦었다고 말할 거라고 생각했다.

하지만 그녀는 일어나 앉아 그의 어깨를 감싸주었다. 그리고 몸을 앞으로 기울여 그와 이마를 맞댔다. "하느님, 감사합니다." 그녀가 말했다. "일단 오늘을 잘 넘겨보자, 응?" 곧이어 말했다. "얘기는 나중에 하는 게 어때? 거기에 몇 시까지 가야 해?"

청문회는 9시 정각으로 예정되어 있었다. 하지만 8시 55분에 직원이 나와서 10시로 미뤄야겠다며, 화장실은 복도 아래에 있고 자판기는 로비에 있다고 말했다.

베니는 다음 단계인 연금 청문회를 언급하며 만약 은퇴를 강요한다면 장애가 인정될지 여부에 대해 이야기했다.

"그렇게 될 거라고 생각하세요?" 피터가 물었다. "모든 걸 큰 실수로 보고 정상업무로 복귀시킬 수도 있잖아요."

"네, 그럴 수도 있죠, 맞아요." 베니가 말했다. 하지만 그런 일이 일어나는 것을 직접 본 적은 없었다.

피터는 베니와 뉴욕에서 가장 불편한 벤치에 나란히 앉아 기다리면서 심리치료 중에 했던 가장 불리한 말이 뭐였는지 생각해보았다. 그들이 담당 심리학자의 기록과 그가 내린 결론을 가지고 있다는 것을 베니가 확인해주었다. 베니도 합법적인 행위가 아니라는 데 동의했지만 여기까지 와서 그것에 대해 생각하는 것은 무의미했다. 피터가 사생활에 대한 권리를 포기한 사실을 미리 알았더라면 그는 상담할 때 더 조심하라고 주의를 줬을 것이다. 피터도 상담 내용이 자신에게 불리하게 사용될 거라고는 전혀 예상하지 못했다. 그는 일어나 욕지거리를 내뱉고 심리학자의 직원이 뭐라고 했는지 기억해내려고 애썼다. 그들은 피터의 부서에 대한 종적인 데이터를 수집하고 있다고 했다. 또 그의 지휘관은 서명을 하지 않으면 연금 지급을 재고할 거라고 말했다. 첫 회기 전에는 상태가 정말 엉망이었기 때문에 서명할 서류를 읽었는지조차 기억나지 않았다. 그가 무엇을 할 수 있었겠는가? 베니는 양측의 입장을 모두 이해했다. 피터도 지휘관이기 때문에 경찰 측은 그의 밑에서 일하는 사람들을 보호해야 했다. 그런 일이 다시 일어나서 콘크리트 벽이 아니라 사람을 맞춘다면 어쩌겠는가?

"경찰이 언제 닥칠지 모를 폭풍을 감당할 수 있다고 생각해요? 당장 처리해야 할 나쁜 경찰들도 널렸어요." 베니가 말했다.

"난 나쁜 경찰이 아닙니다."

"알아요, 피터. 하지만 불안정한 경찰을 복귀시키는 위험을 감수하지는 않을 거예요."

피터가 움찔했다. "난 불안정하지 않아요. 그들도 그렇게 생각하지 않고요."

"말이 그렇다는 거죠. 임시명령 9호에 나오는 구절이에요." 베니가 다음 말을 신중히 고르는 듯했다. "파일에 징계 사항이 하나 있어요. 내 느낌에 조직 내부에서는 당신이 더럽게 똑똑하지만 뭔가를 숨기고 있다고 생각하는 것 같아요."

피터는 그날 아침 케이트에게 했던 말을 떠올리며 얼마나 그녀의 옆자리에 누워 있고 싶은지 다시 한번 생각했다.

"피터, 우리끼리 하는 말인데, 당신이 병원에서 했던 부탁에 대해 나는 입도 뻥끗 안 했지만 저쪽에서는 알고 있을 수 있어요. 너무 많은 사람이 드나들었고 간호사들 중에 적어도 한 명 이상은 들었을 거예요. 그날 술 마셨어요?"

어디서부터 설명해야 할까? 케이트는 전날 연구실에서 야근을 하고 집에 있었다. 그녀는 전공서적과 다양한 형광색으로 채워진 인덱스 카드가 쌓여 있는 식탁에 자리를 잡았다. 역설적이게도 그 순간 그는 삶이 꽤 괜찮다고 생각했다. 날씨도 완벽했다. 그는 톱밥 냄새가 나는 차고에서 라디오로 스포츠 중계를 듣다가 맥주 냉장고 뒤편에서 남은 에일 맥주를 발견했다. 그는 오후 4시에 출근했다. 엄밀히 말해 그날 술을 조금 마시기는 했지만, 피터처럼 야간 순찰을 도는 사람들의 시간 개념은 조금 다르다는 것을 베니가 알아야 했다. 피터가 집에서 경찰서로 출근하는 시간이 곧 하루의 끝이자 다음 날의 시작이었다. 그는 오후 3시쯤 집을 나섰고 9시까지 아무 일도 없었다. 그날 술을 마셨다고 인정하기에는 조금 애매한 부분이 있었다.

"아니, 그냥 대답하지 마세요."

정형외과 의사 두 명과 정신과 의사 한 명이 청문회 패널로 참석했다. 정형외과 의사들은 다리 골절과 디스크 파열로 단순 업무에 배정된 순찰 경찰관들 일로, 정신과 의사는 피터 일로 참석했다.

청문회는 가볍게 시작되었다. 정형외과 의사 한 명이 그에게 최근 기분이 어땠는지, 잘 자고 잘 먹는지 물었다. 그가 너무 짧게 대답하자 더 자세히 설명하라고 요구했다. 아직도 치료사를 만나는가? 진전이 있다고 느끼는가? 집에서 생활하는 것은 어떤가? 아이들과의 관계는? 아내는? 당신이 볼 때 아내는 어떤 식으로 일을 처리하는가? 상담 기록 어딘가에 적혀 있는 내용을 참고한 것이 분명했다. 피터는 케이트도 경찰에서 일하고 있고 범죄연구소 소장 바로 아래 서열이라는 점을 그들에게 상기시켰다. 그들은 그가 더 말하기를 기다렸다. 정신과 의사가 상담 기록을 언급했다.

"음주에 대해 말해봅시다. 제한 업무로 옮긴 뒤에 더 심해졌습니까? 병원 관계자에 따르면 그날 저녁 노조 대변인에게 술을 갖다달라고 했다면서요? 검사 중이지 않았습니까? 검사가 끝날 때까지 기다릴 수 없었나요? 한두 시간이면 끝나지 않나요?"

피터는 손을 떨지 않으려고 허벅지를 세게 눌렀다. 그리고 연습한 내용을 말했다. "그날 밤 저는 무척 감정적이었고 충격을 받았던 것 같습니다. 하지만 그 사건은 음주와 아무런 관련이 없습니다. 그래도 조직이 더 안심할 수만 있다면 추천해주시는 재활 프로그램에 기꺼이 참여하겠습니다."

"총기가 오발되었을 때 취해 있었습니까?

"아니요."

"취한 상태로 임무를 수행하는 것이 가능하다고 생각합니까?"

"아니요, 절대 아닙니다."

그들은 그의 대답을 고려하는 듯했지만 아무 말도 하지 않았다.

"부모님은 어떻습니까? 아버지도 경찰이었네요, 맞습니까? 엘리아스 박사에게 25년 동안 아버지를 보지 못했다고 하셨죠? 어머니는 형량 거래를 통해 주립정신병원에서 10년을 보냈고요?"

청문회장에 있는 모든 사람이 답을 알고 있는 질문을 받으니 짜증이 났다.

"무슨 일이 있었는지 설명해줄 수 있습니까? 당신이 열네 살 때 일어난 사건 말이에요."

그 질문이 나올 줄은 알고 있었지만 막상 질문을 받으니 어떤 식으로 답변을 해야 할지 떠오르지 않았다. 그들은 이미 자세한 내용을 전부 알고 있었다. 왜 굳이 그에게 직접 들으려는 걸까?

"24년 됐네요. 아버지를 마지막으로 본 게 24년 전입니다. 25년이 아니고요."

"그리고 어머니는 폭력 혐의로 기소됐어요, 그렇죠? 이웃을 쐈나요? 엘리아스 박사한테 어머니가 편집망상을 가지고 있었다고 말했더군요. 한때 조현병 진단도 받았지만 결국 오진으로 밝혀졌죠? 어머니의 질환과 치료에 대해 얼마나 알고 있습니까?"

"그렇습니다." 피터가 대답했다.

"뭐가 그렇다는 거죠?" 정신과의사가 물었다.

"폭력 혐의였다고요."

"지금도 연락합니까? 아직 치료를 받고 계시나요?"

"최근에 만났고, 훨씬 나아졌습니다. 그때보다 약이 훨씬 좋아져서요."

"피터." 정신과 의사가 말했다. "모든 질문에 대답하셔야 합니다. 선별하실 수 없어요."

피터는 한숨을 쉬었다. "그때 무슨 일이 있었냐면, 선생님께서 언급하신 그 사건이 정말 끔찍했던 건 맞아요. 하지만 저희 어머니는 아프셨고 가정에서 충분한 지원을 받지 못했어요. 저는 어린아이였기 때문에 아무것도 몰랐지만 아버지는 어머니에게 치료가 필요하다는 것을 알았어야 했어요. 어쨌든 저희 모두 극복했어요. 심지어 저희 장인어른도 극복했는데 그 일이 왜 이번 절차에서 언급되는 건지 모르겠네요."

"장인어른이요? 그분은 그 사건과 어떤 관련이 있습니까?"

피터는 뒤로 물러앉았다. 내가 자세히 얘기하지 않았나? 12주 동안 이야기만으로 상담시간을 채우느라 얼마나 애를 썼는데 그 부분을 한 번도 얘기하지 않았다고? 그는 그들이 이미 알고 있을 거라고 생각했다. 그는 그들이 대답을 들으려고 몸을 바짝 내밀고 귀를 쫑긋 세우는 것을 보면서 할 말을 빠르게 정리했다.

"제 아내의 아버지가 이웃에 사셨습니다. 그분이 저희 어머니가 쏜 총에 맞으셨어요." 그들은 모두 노트북 위로 몸을 숙이고 뭔가를 적었다.

그들은 자기들끼리 논의하느라 피터가 나가든 말든 신경 쓰지 않았다. 그는 곧바로 퇴장했다. 연말까지는 월급이 나올 것이다.

청문회장을 나오자마자 벤치에 앉아있는 베니가 보였다. 그리고 그 옆에 프랜시스가 앉아 있었다.

"여기서 뭐하세요?" 피터가 물었다. 프랜시스는 상황이 어떤지 확인하려고 그들의 집에 몇 차례 전화를 했었다. 케이트가 그에게 다시 연락한 건 몰랐다.

"오고 싶어서 왔어." 프랜시스가 말했다. 평소 즐겨 쓰는 빵모자가 이마를 살짝 덮고 있었다. 그는 그 건물에 들어오면서 모자를 벗지 않은 유일한 사람이었다. "어떻게 됐어?"

베니는 결과를 이미 알고 있었기 때문에 아무것도 묻지 않았다. "항소해야죠." 베니가 말했다.

피터는 그들을 지나 엘리베이터로 앞으로 갔다. 그리고 버튼을 눌렀다가 계단으로 내려갔다.

"농장(약물중독자, 노인성 질환자, 장애인, 정신질환자, 범죄자 등의 정신적, 육체적 건강을 회복할 수 있도록 돕는 돌봄 농장-옮긴이)에 갈 거라고 얘기했어요?" 베니가 계단을 향해 외쳤다. "다 얘기한 거예요?"

바깥에서 드디어 가을 냄새가 났다. 피터가 가장 좋아하는 계절이었다. 날씨가 선선해지면 늘 새 공책을 잔뜩 사거나 사과를 먹고 10킬로미터를 전력으로 달리고 싶은 생각이 간절해졌다. 숨 막힐 듯한 여름의 더위가 지나가고 매서운 겨울바람이 불어오기 전, 눈부시게 아름답고 완벽한 몇 주는 크로스킨드리를 하기에도 안성맞춤이었다.

베니는 피터를 쫓아 서둘러 주차장으로 내려갔다. 프랜시스도 조금 뒤처져 따라갔다.

"일주일 동안 잘 생각해봐요." 베니가 말했다. "항소하기 싫다고 하면 저쪽이랑 연금 청문회 일정을 잡을게요." 그가 머리를 갸웃하며 피터의 어깨에 손을 얹었다. "괜찮아요?"

"네, 그런 것 같아요. 사실은 기분이 좋아요."

"피터!" 프랜시스가 주차장 저편에서 소리쳤다. 피터는 그가 최대한 빨리 이쪽으로 오고 있다는 것을 알 수 있었다. 그는 차 범퍼에 기대어 프랜시스를 기다렸다.

베니는 장인과 사위가 단둘이 있을 수 있도록 자리를 피해주었다.

"어디로 태워다드릴까요?"

"아니, 친구가 태워줄 거야. 내가 하고 싶은 말은……."

"네?"

프랜시스가 손으로 햇볕을 가리고 피터를 찬찬히 살펴보았다.

"마음 편하게 가져, 알았지? 난 자네 편이니까."

"케이트 편이신 거죠."

"그래." 프랜시스가 말했다. "맞아. 케이트 편이지. 하지만 너희 둘이 같은 편이잖아."

"여기 왜 오셨어요?"

프랜시스가 주차장을 둘러보았다. "그냥 괜찮을 거라고 말해주고 싶었어. 자네는 젊잖아. 세상이 끝난 것 같겠지만 그렇지 않아. 나도 일찌감치 그만둬야 하는 게 어떤 건지 알아."

피터가 넥타이를 풀어 손안에 말아 쥐었다.

"저는 좋은 경찰이에요."

"알아."

"그건 사고였어요. 장인어른은 놀라실 수도 있지만 사실 꽤 자주 일어나는 일이에요. 베니가 다른 사례들에 대한 통계와 세부사항을 보여줬어요. 제가 알기로 다친 사람도 없는데 쫓겨나는 경우는 없어요."

프랜시스가 어떻게 대답할지 고민하는 듯했다.

"그게 사실일 수도 있지만 정말 그것 때문에 내보내려는 걸까? 벽에다 총을 쐈다고?"

피터는 돌아서서 열쇠를 찾기 위해 바지 주머니를 뒤적이며 운전석으로 걸어갔다.

"내가 여기에 온 다른 이유는……."

"네?" 피터가 걸음을 멈췄다.

"그래도 농장에 가야 한다고 말하고 싶었어. 저 사람들이 도와주지 않으면 내가 도와줄게. 케이트랑 둘이 감당할 수 없다면 말이야. 아니면 자네와 나, 우리 둘만 알고 있어도 돼."

"케이트한테 숨길 수는 없어요."

"그래?" 프랜시스가 느릿느릿 걸으며 어깨 너머로 물었다.

피터가 집 앞에 도착했을 때 그날 아침 출근했던 케이트의 차가 진입로에 서 있었다. 아이들은 학교에 있을 시간이었다. 집 안에 들어가 보니 그녀가 식탁에 앉아 두 손으로 머그잔을 감싸고 있었다. 그가 말없이 맞은편에 앉았다. 그녀가 그의 얼굴을 살폈다.

"12월까지는 월급이 나올 거래." 그가 말했다. "내일 차를 가지러 올 거야. 연금과 관련된 부분은 베니가 처리해줄 거고."

그녀는 천천히 숨을 내쉬었다. "그래." 그녀가 말했다. "그래도 마무리는 됐네." 그녀가 머그잔으로 인해 따뜻해진 손을 그의 손 위에 얹었다.

"내가 할 수 있는 일이 별로 없더라고. 어디서 경비 일이나 해볼까 생각도 했는데, 총을 압수당한 경찰을 고용할 경비업체는 없을 거야."

케이트는 이제 몇 가지 길이 막힐 거라는 생각까지는 하지 않은 것 같았다.

"오늘은 그런 걱정 하지 말자, 응?" 그녀가 말했다. "내일부터 하면 되잖아. 일단 뭘 좀 갖다 줄게." 그녀가 냉장고로 가서 그가 가장 좋아하는 키 라임 파이를 꺼내어 그의 앞에 가져다주었다. 그는 옆에 선 그녀의 허리를 감싸 안고 머리를 기댔다.

"병실에서 소란을 피웠어." 그가 작은 목소리로 말했다. "너무 답답하더라고. 난 그냥, 모르겠어. 사람들이 수갑을 가져왔고 방을 치운 후에 심리검사를 진행했어."

그 순간 케이트는 자물쇠가 탁하고 풀리더니 빛의 언저리가 온 밤으로 퍼져나가는 것을 느꼈다. 그제야 이해가 되었다. 그녀는 아주 오래전에 그가 잃어버렸던 배를 떠올렸다. 그때 앤이 배를 산산조각 내버리자 자기도 뭔가를 부수고 싶은 기분에 휩싸였다고 했었다.

"그걸 당신한테 채웠어? 수갑 말이야."

"아니." 피터가 이렇게 대답하고 그녀를 더 꽉 안았다.

"그래, 알았어. 그건 다행이네."

"잠깐 가 있는 것도 괜찮을 것 같아." 그의 말을 듣자마자 그녀의 몸이 바짝 긴장했다. "상황이 안정될 때까지 아주 잠시만."

"재활센터 말이지?" 그녀가 말했다. 같은 얘기를 하고 있다는 것을 확실히 해두기 위해서였다. 그리고 두 손으로 그의 머리카락을 만졌다.

"오늘 아침에 당신이 한 말이 진심이 아닌 것 같아서 너무 걱정됐어. 그래서 연구실까지 갔다가 다시 돌아온 거야."

그의 말은 진심이었을까? 그 문제에 대한 그의 생각은 시시각각 변했다. 두 사람은 그 단어를 입 밖으로 낸 적이 없었다. 알코올중독자는 비틀거리며 고함이나 지르는 사람이었다. 그가 몇 가지 규칙만 잘 지킬 수 있었어도 괜찮았을 것이다. 집 말고 파티나 레스토랑에서만 마신다든지, 토요일과 일요일에만 마신다든지, 독주 말고 맥주만 마신다든지, 조지가 중독에서 벗어나기 위해 그랬던 것처럼 메츠 경기를 볼 때만 마신다든지, 이런 식으로 제한을 뒀다면 괜찮았을 것이다. 퇴직을 했으니 그의 일상도 변할 것이다. 게다가 일부 문제는 너무 오랫동안 반복되었다. 지금 집을 팔고 새 집으로 이사를 가면, 그들을 아는 사람이 전혀 없는 다른 주로 이사를 가면, 그가 나쁜 습관을 모두 버릴 수 있을지도 모른다.

그는 문득 아이들을 떠올렸다. 그들은 머지않아 아빠의 삶이 그런 규칙에 좌우된다는 것을 눈치챌 것이다. 케이트는 부드럽지만 분명한 말투로 여기서 멈추지 못하면 당신을 떠나겠다고 말했다.

케이트가 여기저기에 전화를 했다. 그가 선뜻 가겠다고 하니 한시도 지체하고 싶지 않았다. 그가 정장을 갈아입는 동안 그녀는 필요한 정보를 알아보았다. 그들은 괜찮은 보험을 가지고 있었지만 선택특약은 가입하지 않아서 대부분의 비용을 직접 부담해야 했다. 그녀는 예금 잔고와 퇴직연금을 확인했다. 원래도 휴가를 거의 가지 않았지만 앞으로는 절대 가지 못할 것이다. 그래도 괜찮았다. 케이트는 그의 걱정을 떨쳐버리려 손목을 휙 흔들며 미소를 지었다. 혹시라도 마음을 바꿀까봐 생각할 틈을 주고 싶지 않았다. 보험회사의 고객지원 담당자가 케이트를 지정된 재활센터로 연결해주었다. 적대적이고 평가적인 태도를 예상했는데 의외로 인내심을 가지고 따뜻하게 대해주었다. 케이트는 이야기를 잘 마친 뒤에 정말 고맙다며 바로 출발할 거라고 말했다. 그녀는 말로 다 표현할 수 없는 행복감을 느꼈다. 몇 달 동안 이렇게 행복했던 적이 없었다. 이제야 드디어 상황이 나아질 조짐이 보였다. 비용은 그가 건강해진 뒤에 청구될 것이다. 그들은 함께 문제를 해결할 것이다. 늘 그래왔고 앞으로도 그럴 것이다.

"아, 스탠호프 부인, 아니요, 직접 운전해서 오실 수는 없어요. 가까운 분이 데려다줬다가 데리고 가야 해요."

"운전면허를 가지고 있어요. 음주운전이나 뭐 그런 일로 처벌받은 적도 없고요." 케이트는 그가 그 부분만큼은 늘 주의해왔다고 말할 뻔했다.

"저희 방침이 그래요. 곤란하시면 다른 날짜로 조정할까요? 지금 있는 한 자리는 곧 나갈 거라 1, 2주 안에 다른 자리가 나는지 알아봐드릴까요?"

"아니요, 갈게요." 케이트가 단호히 말했다. "갈 거예요. 문제없어요."

벌써 1시가 넘었다. 평소에는 근처에 사는 10대 소녀가 아이들을 셔틀버스에서 집까지 데려다 주었지만, 오늘처럼 일찍 퇴근하는 날에는 소녀에게 알리고 직접 데리러 갔다. 케이트는 아이들을 다시 부탁하기 위해 소녀의 집에 전화했지만 그녀의 엄마는 그사이 치과 교정의와 약속을 잡았다며 미안해했다. 그들이 예약한 재활센터는 뉴저지 중부에 있었는데 편도로 두 시간 반, 왕복으로는 다섯 시간이 걸렸다. 그녀는 몇 시간 동안 아이들을 맡아줄 사람을 알아보기 위해 여기저기에 전화를 하기 시작했다. 서류 작성도 해야 할 테니 적어도 여섯 시간은 필요했다. "일 때문에 꼼짝할 수가 없어서 그래." 케이트는 마을 건너편에 살아서 케이트와 피터의 차가 모두 진입로에 있는 것을 보지 못했을 친구들에게 이렇게 설명했다. 이웃집 현관문을 두드려봤지만 대답이 없었다. 그녀는 몰리가 다녔던 어린이집에 전화해서 시급을 넉넉히 드릴 테니 아이들을 봐줄 수 있느냐고 물어보았다. 하지만 그렇게 갑자기 와줄 수 있는 사람은 없었다. 시간은 계속 흘러갔다. 피터는 지하실 문 근처에도 가기 무서운지 2층 가족실에서 TV를 보고 있었다. 케이트는 절박한 마음에 사라에게 전화를 걸었지만 부탁하는 이유를 말하고 싶지 않았다.

"일정이 좀 꼬였어. 중요한 회의가 있어서 그러는데, 정말 미안하지만 우리 집에 와줄 수 있어?" 하지만 사라는 아무리 서둘러도 5시 반은 되어야 도착할 텐데 그러면 너무 늦을 거라고 말했다.

"피터는 괜찮아?" 사라가 물었다. "네 목소리가 좀 이상해서. 오늘 아침에 피터가 뭘 한다고 하지 않았어?"

"응, 괜찮아." 케이트가 말했다. "나중에 전화할게. 애들 봐줄 사람을 찾아야 해."

아무리 늦어도 7시까지 들어가야 했다. 안 그러면 자리를 빼앗길 수 있다.

"정 급하면 엄마 아빠한테 물어봐." 사라가 제안했다. "아, 잠깐. 엄마는 친구랑 아울렛에 갔을 거야. 보통 저녁까지 먹고 들어오더라."

그녀는 다른 사람을 찾아볼 테니 걱정하지 말라며 내가 전화한 건 잊으라고 말했다.

몇 군데 더 전화를 해봤지만 성과가 없던 차에 뒤에서 인기척이 느껴졌다.

"우리 엄마한테 전화해봐." 피터가 말했다. "엄마가 와주실 거야."

그 주에 청문회가 있다는 것을 알고 있을 테니 정말 올 수도 있었다. 피터는 며칠 전 아침에 그녀가 제리코 턴파이크를 걷다가 횡단보도 앞에서 신호등이 바뀌기를 기다리는 것을 보았고, 집에 돌아오자마자 케이트에게 뭔가 조치를 취해야 하는 게 아닌지 물었다. 그날 점심 이후로 그들은 딱 한 번 대화를 나눴다. 얼마 전에 앤이 불쑥 집에 찾아와서 어린이 퍼즐 책을 건네며 피터가 어떻게 지내는지 물었다. 케이트가 집 안으로 들어오라고 했지만 그녀는 거실까지만 들어왔다가 자리에 앉지도 않고 돌아갔다.

케이트는 앤과 아이들만 있는 상황을 그려보려고 애썼다.

"애들한테 해코지하지 않을 거라고 믿어도 될까?"

"당연히 그러지는 않을 거야." 피터가 말했다.

"당연히? 터무니없는 생각인 것처럼 말하지 마. 알다시피 우리가 그때 많은 걸 물어보지는 못했지만 어떤 약을 복용하고 있는지, 주기적으로 만나는 사람이 있는지 정도는 알아야 할 것 같아."

"그날 여기 왔을 때 괜찮아 보였어, 케이트. 부탁할 사람이 없잖아. 엄마도 바로 이런 이유 때문에 돌아온 거야. 혹시 우리가 자기를 필요로 할까봐." 그는 팔짱을 끼고 다른 방법을 생각했다. "아니면 다른 자리가 날 때까지 1, 2주 더 기다리지 뭐. 우리가 너무 서두르는 걸 수도 있어."

"아니." 케이트가 말했다. "기다리지 않을 거야." 길어도 일곱 시간이었다. 서두르면 여섯 시간 만에 돌아올 수도 있었다. 그녀는 그에게 전화기를 건넸다. "당신이 전화해. 와주신다고 하면 돈을 드리겠다고 해. 아니, 그러지 말고. 모르겠다. 당신이 판단해서 잘 얘기해. 난 올라가서 옷을 갈아입을게."

이제 막 브래지어를 벗으려는데 피터가 아래층에서 외쳤다. "10분 안에 오신대."

케이트는 앤이 도착하자마자 핵무기 암호를 전달하듯 지시사항을 얘기했다. 그녀는 어디에 왜 가는지 묻지 않았지만 이미 다 아는 눈치였다. 그녀는 그들에게 옆에서 잠시 기다려달라고 부탁하더니 아이들이 저녁으로 무엇을 먹어야 하는지, 잠옷은 어디에 있는지, 잠은 언제 자야 하는지를 적은 메모를 읽어보았다. 케이트는 이제 곧 열 살이 되는 프랭키가 뭐든 이상한 일이 생기면 나중에 다 말해줄 거라는 얘기를 어떻게 해야 할지 열심히 고민했다.

"괜찮다면 말이야." 앤이 너무 심각한 표정으로 말했기 때문에 케이트는 뭐든 위협이 될 만한 말을 꺼내면 모든 계획을 취소하겠다고 결심했다.

"네?" 케이트가 물었다.

"저녁을 먹고 애들이랑 아이스크림을 사 먹으러 가도 될까? 힐사이드 애비뉴에 카벨(소프트 아이스크림 프랜차이즈-옮긴이)이 있더라고." 앤이 인터넷에서 검색하여 프린트해 온 지도를 주머니에서 꺼냈다.

오랜만에 하는 장거리 운전이었다. 비가 올 거라고 하더니 공기가 벌써 무겁게 느껴졌다. 케이트는 아이스크림 한 통을 사서 집에 갖다주고 출발할 수도 있었다. 토핑 재료를 사다 주면 집에서 선데아이스크림을 만들어 먹을 수도 있었다. 하지만 그러려면 20분은 더 걸릴 것이다.

"그러세요." 케이트가 미처 대답하기도 전에 피터가 말했다. 그가 지갑을 꺼내자 앤은 손사래를 치며 거절했다.

"정말 괜찮겠니?" 앤이 물었다.

"네, 당신은 괜찮아?" 케이트가 재차 물었다.

"애들이 엄청 좋아할 거예요." 피터가 말했다.

그들은 학교를 땡땡이치는 아이들처럼 3시쯤 출발했다. 앤은 그들을 배웅하고 현관 계단에 앉아 40분 후에야 도착할 셔틀버스를 기다렸다. 두 사람은 동시에 케이트의 차 운전석으로 걸어갔다. 그녀는 그가 운전을 하겠다고 고집을 부리면서 재활센터의 방침이 걱정되면 도착하기 전에 자리를 바꾸자고 할 줄 알았다. 하지만 그는 말없이 보조석으로 돌아갔다. 케이트는 블록을 지나가는 내내 앤을 지켜보느라 백미러에서 눈을 떼지 못했다. 고속도로에 들어서면서 케이트가 피터에게 눈을 좀 붙이라고 했지만 그는 계속 깨어 있었다.

"멕시코로 가자." 잠시 후 그가 말했다. "해변에서 며칠을 보내면 새것처럼 좋아질 것 같아. 애들은 엄마가 잘 돌봐줄 거야."

"걱정 마." 그가 곧이어 말했다. "재미있으라고 한 얘기야."

공항 근처에서는 차가 많이 밀렸지만 그 후에는 널널했다. 그들은 맨해튼의 북쪽 끝으로 달리다 조지 워싱턴 다리를 건넜다.

"계속 이런 식이면 금방 도착하겠어." 케이트가 말했다. 둘 사이는 평온했고 케이트는 차오르는 낙관의 분위기 속에서 헤엄치고 싶었다. 그녀는 고속도로에서 남쪽으로 방향을 틀었다. 서쪽으로 구불구불 이어진 언덕은 쓰레기 매립지였는데, 목초로 뒤덮여 있어 아름다워 보였다. 고칠 수 없는 일은 아직 일어나지 않았다. 그리고 앞으로도 일어나지 않을 것이다. 그들은 함께 문제를 직면하고 그것과 싸울 것이다. 그녀의 옆에서 라디오를 만지작거리는 그는 마치 스위치가 탁 켜진 것처럼 벌써 건강해 보였다. 두 사람은 좋을 때나 나쁠 때나 함께하기로 맹세했다. 그리고 지금이 바로 그 나쁠 때이지 않은가? 그들은 잘해내고 있었다.

그녀는 서쪽에서 남쪽으로, 다시 서쪽으로 향했다. 도로가 눈앞에서는 끝없이 펼쳐지고 등 뒤에서 다시 말려 올라왔다. 지금껏 왜 못할 거라고만 생각했을까?

"거기 도착하면 어떻게 되는 거야?" 그가 수심 어린 목소리로 물었다.

"치료를 하려면 당신이 어느 기준에 해당하는지 평가하겠지. 그러고 나서 당신이 동의하면 입소하는 거야. 며칠 치료를 받으면서 일을 할 거야. 몇 주 후면 집에 돌아올 수 있어."

"그 후에는?"

"모르겠어. 하지만 이걸 기회라고 생각해봐. 다시 시작할 기회를 얻는 사람이 얼마나 되겠어? 당신은 스물두 살에 경찰이 되기로 결심했잖아. 그때 정말 모든 선택지를 고려했어? 나한테 경찰이 되기로 결심했다고 말했을 때 기억나? 그전까지는 그런 얘기를 한 번도 꺼내지 않았잖아. 제빵사도 좋고 사서도 좋아. 뭘 하든 당신은 늘 남편이고 아빠일 거야." 그녀가 말했다. "어쨌든 그게 제일 중요하니까."

"수입이 많이 줄어들 거야."

"그래, 그럴지도 몰라. 하지만 더 많이 벌든 더 적게 벌든 당신이 자신을 추스르지 못하면 아무 소용없어."

"아이들을 위해 해야겠지." 그가 말했다. "정말 사랑스러운 아이들이잖아."

"당신을 위해서야, 피터. 애들이나 나를 위해서가 아니고, 당신 자신을 위해서."

두 사람은 빽빽한 숲으로 뒤덮인 국도를 달렸다. 판자로 막아놓은 농장 판매대가 도로를 따라 일렬로 늘어서 있었다.

"정말 떠나려고 생각했었어?" 그가 어렵게 입을 열었다. "정말 그런 생각을 하는지 궁금했어. 전반적인 상황을 고려하면 조금 성급한 것 같지 않아?"

"성급하다고?" 그녀가 재차 물었다. 그리고 그 말이 160킬로미터 넘게 페달을 밟도록 만든 밝은 희망을 가리지 않게 하려고 애썼다. "그건 아주 오랫동안 지속되어온 문제였어. 당신은 내 입장이 되어보지 않았잖아. 게다가 요즘은 인생이 더 빠르게 지나가. 알고 있었어? 보통 속도로 움직이던 것들이 전부 빠르게 지나가고 있어." 엄밀히 말해서 떠난 사람은 당신이었고, 나는 늘 같은 자리에서 아이들을 지켰다는 말은 하지 않았다.

"당신도 내 입장이 되어보지 않았잖아."

"그래, 그렇지."

"그럼 됐어."

"그래."

앤은 아이들에게 색칠 놀이를 시켰지만 15분 만에 끝나버렸다. 그래서 종이비행기를 만들어주었더니 이번에는 종이가 동났다. 프랭키가 크레파스를 바닥에 떨어뜨리자 몰리가 미처 소리를 지르기도 전에 반려견이 날름 주워 먹었다. 아이들은 그 개가 먹어 치운 이상한 것들을 전부 적어보기 시작했고 앤에게 개를 키워봤느냐고 물었다. 그리고 그녀는 자신이 정확히 누구인지 다시 한번 설명해줘야 했다.

프랭키가 전자기기 같은 걸 가지고 2층으로 사라졌고, 앤은 아이를 말려야 할지 고민했다. 혹시라도 그걸로 포르노물을 본다면 겨우 몇 시간 동안 그것도 제대로 확인하지 못했느냐며 자신을 탓할 것 같았다. 몰리는 코끼리에 관한 TV 프로그램을 봤지만 그마저도 22분 만에 끝났다. 아이들 저녁밥을 데우는 것도 한참이 걸렸다. 전자레인지나 핫 플레이트가 아닌 가스레인지를 실제로 사용하는 건 몇 년 만이었다. 닭요리를 데웠지만 감자는 아직도 조금 차가웠다. 그녀가 아이들을 부엌으로 불렀고 아이들이 식탁에 막 앉으려는데 밖에서 자동차가 천천히 멈춰서는 소리가 들렸다.

"누구지?" 앤이 아이들에게 물었다. 그녀는 케이트가 적어준 주의 사항을 확인했다. "저녁 시간에 올 사람이 있었나?"

아이들이 닭고기와 우유를 한입 가득 물고서 어깨를 으쓱했다. 손님이 찾아올 거라는 얘기는 전혀 없었다. 앤이 식탁 옆에 서서 어떻게 할지 생각하고 있는데 차량이 되돌아가는 소리가 들렸다. 그녀가 잠시 안심하던 찰나에 누군가가 현관문을 두드렸다.

"안에 있니?" 누군가가 큰 소리로 말했다. 그리고 손잡이를 덜거덕거리며 안으로 들어오려고 했다. "케이트?"

아이들이 몸을 쭉 펴고 귀를 기울였다. "할아버지!" 곧이어 몰리가 이렇게 외치더니 포크를 떨어뜨리고 현관으로 달려 나갔다. 몰리가 걸쇠를 풀고 문을 열었다. 앤은 구석에 있는 식료품 저장실 옆에 서서 이 모든 상황을 듣고 있었다. 그녀는 최대한 뒤로 물러서서 숨을 쉬지 않으려고 애썼다.

"엄마는 어디 있니?" 그의 목소리가 들려왔고 아이들이 앞다투어 새 소식을 전했다. "평소처럼 버스에서 내렸는데 베이비시터 대신에 누가 있었는지 알아요? 아빠의 엄마였어요!" 이어서 할머니가 목요일인데도 TV를 보게 해줬고, 저녁을 잘 먹으면 이따가 나가서 아이스크림을 사준다고 했고, 엄마는 일 때문에 아빠를 어디에 데려다줘야 해서 아주 늦게 오실 거라고 말했다.

"누구 엄마라고?" 프랜시스가 천천히 물었고, 앤은 그가 부엌으로 다가오는 소리를 들었다.

"아빠네 엄마요." 몰리가 말했다.

"머리가 하얘요." 프랭키가 말했다. "그리고 머리가 남자애처럼 짧아요."

그는 부엌에서 앤을 발견했다. 그녀는 차가운 벽에 뺨을 대고 셋까지 센 뒤에 돌아섰다.

"안녕하세요." 그녀가 말했다.

"말도 안 돼." 그는 입을 다물지 못했다.

"오랜만이네요." 그녀가 그의 얼굴과 지팡이를 보며 말했다. "애들이 급한 일이 있다고 해서요. 마침 제가 근처에 있었거든요."

"알아요, 저도 그래서 온 겁니다." 그가 말했다. 그리고 그녀를 더 잘 보려는 듯 한 걸음 더 다가갔다. "택시를 타고 왔어요. 사라가 전화해서 케이트에게 가보라고 했거든요. 택시비 120달러에 톨게이트비랑 팁까지 줬어요." 앤은 그에게서 그런 얘기를 듣고 있으려니 기분이 정말 이상했다.

아이들이 그를 무척 좋아하는 것 같았다. 그는 다른 비밀을 더 찾아내려는 것처럼 부엌을 둘러보았다.

"잠깐만." 그가 자신을 쫓아다니고 잡아당기면서 뭔가를 계속 얘기하려는 아이들에게 말했다. "할아버지한테 딱 5분만 주렴."

그는 앤을 계속 응시했다.

"다시 연락한 지 얼마나 됐어요?" 그가 드디어 물었다. 그는 누가 숨구멍을 막아놓은 것처럼 힘겹게 숨을 쉬었다.

"얼마 안 됐어요." 그녀가 말했다.

"사라토가에 사는 줄 알았어요."

앤은 뺨이 달아오르는 것을 느꼈다. 중간거주시설에 대해 알고 있다는 얘기였다. 그는 모든 걸 알고 있었다.

"네, 맞아요."

그는 팔짱을 꼈다. "한 마리 새처럼 자유로우시군요." 그가 말했다.

그의 얼굴을 보니 그는 그런 말을 할 자격이 있다는 생각이 들었다. 피터에게 얽매인 감정을 제외하면 실제로 어느 정도는 자유로웠다.

"어떻게 지냈어요?" 그녀가 물었다. 목소리가 너무 약하고 작아서 다른 사람 같았다. 오랜 세월 침묵한 끝에 내뱉은 질문치고는 너무 시시했다. 얼굴 흉터에 은백색과 붉은색이 섞여 있어서 소 안심의 얇은 끝부분을 떠올리게 했다. 나머지 부분과 똑같이 조리하려면 두 겹으로 접어서 고정해야 한다. 왜 고치지 않았을까? 요즘은 성형수술로 놀라운 일들을 해낸다. 그녀는 몇 년 전 TV 프로그램에서 바로 코앞에서 폭죽이 터지는 사고를 당한 남자가 재건수술을 받는 것을 보았다. 그때는 프랜시스도 새 얼굴을 얻어 일상으로 돌아갔을 거라고 생각했다. 이제야 그녀는 자신이 잘못 생각했다는 것을 깨달았다. 그래도 다시 보니 예전의 모습이 아직 남아 있었다. 얼굴이 흉터로 완전히 뒤덮이지는 않았다. 앤은 그가 자신처럼 60대 중반인것에 비해 젊어 보인다고 생각했다. 그는 다른 수많은 남자처럼 살이 찌지 않고 늘씬했다. 그리고 멀쩡한 한쪽 눈으로 모든 걸 볼 수 있었다.

"하느님 맙소사." 그는 대답 대신 이렇게 말했다. "미리 귀띔이라도 좀 해주지."

"서둘러 가느라 그랬을 거예요." 앤이 작은 소리로 말했다. 그가 아이들을 봐줄 테니 그녀는 떠나야 했다. 아이들도 할아버지가 훨씬 익숙할 것이다.

"어딜 그렇게 급히 갔답니까?" 그가 물었다. "어디 가서 술이라도 끊겠대요?"

앤은 마음이 너무 불편해서 대놓고 얘기하기보다는 침묵을 지키는 편이 더 났다고 생각했다. "저는 이만 가볼게요." 그녀가 말했다. "할아버지가 오셨으니."

그는 저 조그만 여자가 오랜 분노의 대상이자 모든 문제의 근원이라는 사실을 도무지 믿을 수 없었다. 그는 앤이 바닥을 내려다보고 찬장을 둘러볼 때도 계속 주시했고, 그의 끈질긴 시선에 그녀의 뺨이 따귀를 맞은 것처럼 울긋불긋해졌다. 그녀는 무해할 뿐 아니라 위험하지도 않아 보였다. 감춰둔 무기도, 누군가를 해칠 의도도 없었다. 경찰 일을 하면서 연마한 육감이 알려주었다. 그녀는 초조한지 떨고 있었고, 손가락은 단추로 연주를 하듯 셔츠 앞에서 춤을 추었다. 그는 불현듯 그녀의 잘못이 전혀 아니라는 것을 깨달았다. 그때 브라이언은 도대체 어디에 있었지? 그리고 애초에 나는 거기에 왜 간 걸까? 그는 그 일로 20년 넘게 골머리를 썩었다. 한 가지 분명한 사실은 지금 그녀가 너무 쇠약해서 미워하는 것조차 무의미하다는 것이었다. 그는 뭔가를 말하고 싶었지만 그게 뭔지 생각해낼 수가 없었다. 그녀가 거기에 더 머문다면 생각이 날 수도 있을 것 같았다.

"그냥 계시는 게 낫겠어요." 그가 말했다. "이 집에서 애들 안 재워보셨죠? 두 사람은 있어야 해요. 게다가 지금 가시면 제가 보냈다고 애들이 오해할 거예요."

"틀림없이 이해할 거예요."

"그렇겠죠."

아이들이 책과 보드게임을 한 아름 안고 부엌으로 뛰어 들어왔다. 그리고 그의 발치에 전부 내려놓았다.

"나를 죽일 셈이냐?" 그는 앤의 존재를 까맣게 잊은 채 소리를 지르며 낄낄거리는 아이들에게 외쳤다.

그는 앤을 만나기 전에 이상한 기운을 감지했었다. 몇 주 전 케이트가 전화해서 예상치 못한 방향에서 찾아오는 도움에 대해 뭔가를 얘기했다. 그리고 최근에는 프랭키가 원격조종 비행기를 이웃집 부부의 아들과 같이 가지고 놀기 싫다고 그걸 아예 부숴버리려 했다면서 그 일로 아이의 새로운 면을 봤다고 말했다.

그리고 물었다. "부모가 아이를 가장 잘 안다고 생각하세요? 아이가 성인이 된 후에도?"

프랜시스가 말했다. "엄마는 잘 알겠지." 그는 딸들이 살면서 어떤 결정을 내릴지에 대해 절반도 예상하지 못했다. 케이트가 하고 많은 남자 중에 피터 스탠호프를 선택한 것은 평생 풀지 못한 수수께끼였다. 그 외에도 수수께끼가 많았지만 가장 이해가 안 되는 것은 그렇게 똑 부러지는 케이트가 자신의 집 안에서 벌어진 일을 직면하기보다 아예 없었던 일인 척했다는 것이었다.

"애들을 그냥 내버려둬." 그가 피터의 문제에 대해 상의하려고 하자 레나가 말했다. 그녀는 늘 피터가 원래부터 다정한 아이였다며, 그 애가 겪은 일들을 생각해보면 그렇게 평범하게 사는 것 자체가 기적이라고 말했다. 그리고 그는 케이트를 사랑했다. 레나에게는 그것이 가장 중요했다. 두 사람은 대담하게도 몰래 결혼식을 올려서 레나를 속상하게 했다. 요즘 사람들은 그렇게 일찍 결혼하지 않는다. 그들은 나중에야 길럼 집에 와서 그 소식을 전했다. 네 사람이 식탁에 마주 앉아 있었는데 피터가 극도의 긴장감에 다리를 떨다가 물잔을 엎는 바람에 프랜시스와 레나가 그들이 오기 직전까지 검토하고 있었던 청구서가 홀딱 젖어버렸다. 건장한 청년이 그렇게 긴장하는 것이 안쓰러웠는지 프랜시스가 술을 한 잔 따라주었다. 그는 그일이 자꾸 마음에 걸렸다. 어린 친구가 마시기에 너무 독할 거라고 생각했지만 피터는 그것을 레모네이드를 마시듯 한입에 털어넣었다. 그때 알았어야 했다. 그것 말고도 그런 일은 많았다. 머리로는 앤 스탠호프의 잘못이라고 생각했지만 정말 그런지는 확신할 수 없었다. 누군가가 앤이 사람 얼굴을 쏠 수 있는 사람인지 물어봤다면 그는 아니라고 했을 것이다. 그녀 자신도 아니라고 했을 것이다. 세상 사람들 모두가 아니라고 했을 것이다. 그날 케이트와 피터가 떠나고 나서 레나는 식탁에 앉은 채로 잠시 훌쩍이며 딸이 인생에서 가장 큰 걸음을 내딛는 모습을 볼 수 있는 기회를 박탈당했다고 말했다. 그리고 이튿날 시내에 나가서 브라이덜 샤워나 결혼식 때 선물하려고 했던 본차이나 세트를 사 왔다. 케이트가 선물박스를 열어보고는 피식 웃었다. 반짝이는 접시가 줄줄이 나왔다. 작은 컵과 컵 받침도 있었다.

"청소기도 없는데." 그녀가 말했다.

"그건 너희들이 살 수 있는 거잖아." 레나가 말했다.

프랜시스는 내털리와 사라가 무엇을 선물했는지 기억하지 못했다. 중요한 것은 선물―아마 리넨 제품이었을 것이다―자체가 아니라 결혼식에 초대하지 못한 이유를 이해한다며 괜찮다고 말해주고, 엄마가 누구라는 이유만으로 반대하지 않고 피터를 가족으로 받아줬다는 사실이다. 그들은 메이시스 백화점에 가서 비싼 돈을 주고 쓸데없는 것을 사 가지고 집으로 돌아온 뒤 은색과 흰색 리본으로 장식해서 케이트에게 선물했다. 동생이 사랑하는 사람이니 자신들도 사랑하겠다는 표현이었다.

그때 프랜시스는 세 딸이 자신보다 레나를 더 많이 닮았다는 것을 깨달았다.

그는 앤 스탠호프를 케이트와 피터의 부엌에서 마주쳤지만 그렇게 놀라지 않았다. 충격적이면서도 충격적이지 않았다. 그는 그녀를 완전히 잊은 적이 단 한 번도 없었다. 그녀와의 만남은 언젠가 거쳐야 할 필연적인 일처럼 느껴졌다. 상당히 피곤한 일이기도 했다.

그녀가 자신의 작품인 프랜시스를 계속 힐끔거렸다. 그는 지팡이를 집에 두고 올 걸 그랬다고 생각했다.

프랭키가 억울한 표정으로 부엌에 나타났다. "아이스크림을 안 사줬잖아요." 아랫입술이 삐쭉 튀어나왔다. 앤의 가슴이 철렁 내려앉았다. 그녀는 처음으로 한 약속을 깨고 싶지 않았다. 하지만 어떻게 해야 할지 몰랐다. 프랜시스도 같이 갈까? 그들을 모두 차에 태우고 가서 오랜 친구들처럼 아이스크림콘을 하나씩 먹을까?

"저녁을 먹으면 사주겠다고 했거든요." 앤이 설명했다. "케이트도 괜찮다고 했고요."

"프랭키." 프랜시스가 몸을 숙여 눈높이를 맞추며 말했다. "밖에 비가 많이 와서 아이스크림을 사러 가는 게 그렇게 재미있지 않을 거야. 대신 할아버지가 뭘 가져왔는지 볼래?" 그리고 주머니에 손을 넣더니 레나의 비밀창고에서 골라온 아일랜드 초코바를 두 개 꺼냈다.

프랭키는 타협하기를 주저했지만 초코바의 강력한 유혹을 이기지 못했다. "다음에는 아이스크림 꼭 사주셔야 해요." 그가 앤에게 경고하듯 말했다.

아이들이 초코바를 다 먹고 양치질을 하러 올라가자—여러 단계로 이루어진 우스꽝스러운 취침 과정 중 첫 번째 단계였다—슬쩍 도망칠 줄 알았던 그녀가 그를 바라보며 말했다.

"사람들은 보통 자신이 한 짓에 대해 어떻게 사과해요? 솔직히 잘 모르겠어서요."

당혹스러웠지만 좋은 질문이었다. 그녀가 그렇게 속마음을 얘기할 줄은 몰랐다.

"그래서 시도조차 못 했어요. 어디서부터 시작해야 할지 모르겠네요."

세월이 흐르면서 그녀의 억양은 희미해졌다. 프랜시스는 자신도 그럴 거라고 생각했다.

그는 그녀가 변명하기를 기다렸다. 브라이언이나 정신질환이나 다른 뭔가를 탓할 거라고 생각했다. 하지만 그러지 않았다. 아이들이 다시 내려왔다. 그녀는 책을 읽어주기 위해 몰리를 데리고 2층으로 올라갔다. 그는 큰 소리로 읽어주는 것을 좋아하는 프랭키를 맡았다. 그들은 물과 휴지를 가져다주고 이런저런 질문에 답해주었다. 프랭키가 상어와 범고래가 싸우면 누가 이길지에 대해 이야기하는 시간이 길어질수록 앤 스탠호프와 한 지붕 아래에 있다는 것이 더욱 비현실적으로 느껴졌다. 그는 몰래 복도로 나가서 그녀가 정말 앤 스탠호프인지 확인하고 싶었다. 그녀는 키가 크고 힘이 셌다. 또한 머리카락을 정수리에 틀어 올리고 밝은색 옷을 입었으며 생각해보면 정말 아름다웠다. 하지만 지금 저 여자는 색이 바랜 느낌이고 프랭키 옷이 맞을 정도로 작았다. 프랜시스는 먼저 아래층으로 내려와 기다렸다.

마침내 그녀가 계단을 내려오는 소리가 들렸다.

"있잖아요." 그는 그녀가 자리에 앉자마자 말했다. "나는 늘 도움이 필요한 사람들을 돕는 게 옳은 일이라고 생각했어요. 그날 밤에도 당신이나 브라이언이 다칠까봐 갔던 거예요. 하지만 그 후로 생각이 바뀌었어요. 어떤 일이든 그냥 내버려두기로 결심했죠. 그때도 일반 시민처럼 경찰을 부르고 기다렸어야 했어요. 피터는 우리 집에 머물게 하고 당신 집에서 무슨 일이 일어나든 내버려뒀어야 했어요. 당신이 브라이언을 죽이거나 브라이언이 당신을 죽이더라도 말이에요. 그런데 그렇게 해서 경찰로 복귀했다면 나는 아마 나쁜 경찰이 됐을 거예요. 사람들이 서로를 죽이게 내버려뒀겠죠."

"아니요, 그랬을 리 없어요." 그녀가 말했다.

그들은 한동안 침묵했다.

"옛날에 아일랜드에서 한 선생님이 누군가와 얘기를 한번 나눠보라고 권해주셨어요." 그녀가 말했다. "엄마가 갑자기 돌아가신 데다 저한테 문제가 좀 있었거든요."

"그래서 그렇게 했어요?"

"선생님이 한 신부님을 추천해주셨어요. 1960년대였으니까요."

"아."

"그래서 감사하지만 괜찮다고 했죠. 엄마를 성당 묘지에 모시는 걸 거부했던 사람이 바로 그 신부님이었거든요. 그런 사람한테 뭐하러 속마음을 얘기하겠어요? 성당 묘지 주변으로 담장이 있었는데 그 사람들은 엄마를 담장 밖에 묻었어요. 신성하지 않은 땅에요."

프랜시스는 고향에서 있었던 자살 사건을 떠올렸다. 그 지역을 관할했던 신부가 장례식을 허락하지 않는 바람에 그 죽음은 인정받지 못한 채 지워져야 했다. 그의 엄마는 남편을 잃은 부인에게 핫 크로스 번(십자가 무늬가 특징인 영국과 아일랜드의 전통 부활절 음식-옮긴이) 열두 개를 가져다주었다. 그는 그 남자가 어디에 묻혔는지 생각해본 적이 없었다. "미국에서 첫아이를 잃었을 때도 누군가와 얘기를 나눴어야 했지만 그러지 않았어요."

"끝맺음이 제대로 안 됐군요."

"맞아요. 그때부터가 시작이었죠."

"몇몇 사람들이 문제예요, 우리가 아니라."

"누구랑 상담은 해봤어요? 그 사건 이후에?" 앤이 프랜시스에게 물었다.

"아니요. 그런 건 생각해본 적도 없어요. 그런 의사를 찾아보는 방법도 몰랐는데요."

"피터는요?"

"피터도 마찬가질 거예요. 뭐, 경찰에서도 정신과 진료를 받게 하지만 최근에 일어난 일만 해당되니까. 어쨌든 그런 거랑은 달라요."

"이제는 그럴 수 있을 거예요. 피터가 제가 생각하는 그런 곳에 간다면 말이에요."

그들은 한참을 말없이 앉아 있었다. 빗줄기가 현관문과 창문을 세차게 두드렸다.

"사실 말이죠. 필요한 대화를 못 한다고 해서 모두가 당신처럼 그런 짓을 하지는 않아요."

그녀는 비난하는 건지, 아니면 용서하는 건지 묻듯이 그를 쳐다보았다. 어느 쪽인지 알 수 없었다.

"그날 밤 당신도 나처럼 자신이 무슨 짓을 할지 몰랐을 거예요."

용서였다. 앤은 두 손을 얼굴로 가져가더니 벽을 향해 돌아섰다. 레나였다면 곧장 그녀에게 다가가 등을 어루만져주거나 차를 한잔 타줬겠지만 프랜시스는 그러지 못했다. 하지만 그날 저녁은 그녀의 죄책감을 조금이라도 덜어준 것만으로 충분했다. 사실 그 말은 그녀를 놀라게 한 만큼이나 그를 놀라게 했다. 그는 그녀에게 혼자만의 시간을 주기 위해 자리에서 일어나 창문 옆으로 갔다.

그녀를 미워하는 것이 중요한 때도 있었지만 그런 시기는 이미 지났다. 지금은 안쓰러운 마음이 대부분이었다. 그녀는 너무 작았다. 그녀의 삶에 대해 아는 것은 없지만 살갗에서 스며 나오는 외로움이 그녀의 주변 공간을 채우는 것처럼 느껴졌다. 그리고 그는 가진 것이 많았다. 언제든 방문할 수 있는 세 딸과 손주 일곱 명 그리고 레나. 여름이 끝나갈 무렵 마당에서 넘어졌을 때 한 시간 만에 네 사람 모두 찾아와 그를 병원에 데려가야 할지 논의했다. 하지만 그녀에게는 누가 있는가?

그리고 그는 그녀의 짐을 덜어주면서 자신의 짐도 가벼워지는 것을 느꼈다. 그가 한 말은 사실이었다.

케이트는 9시가 막 지나서야 집에 도착했다. 그녀는 창문 너머로 아빠의 모습을 보고 멈칫했다. 그녀는 이 사태가 어떻게 일어났을지 금세 파악했다. 케이트의 당부에도 불구하고 사라가 아빠에게 전화했고 그는 곧장 택시를 불렀을 것이다. 아빠는 지난번에 혼자 롱아일랜드에 왔다가 엄마를 화나게 한 뒤로 다시는 엄마의 동의 없이 그러지 않겠다고 약속했다. 그래서 이번에는 약속을 지켰을 것이다. 케이트는 집에 전화해서 폭풍우가 너무 심해서 늦어질 것 같다고 말해볼까도 생각해봤다. 폭풍우가 몰아쳤던 것은 사실이었다. 하지만 그때 환한 배경과 대비되는 어두운 실루엣이 창문에 비치더니 그가 손을 동그랗게 말아 쥐고 창밖을 내다보았다.

케이트와 피터는 그곳으로 가면서 금방이라도 깨질 것 같은 희망을 수정 구슬처럼 조심스럽게 다루며 그 안의 장면들을 이해하려고 노력했다. 케이트 혼자 집으로 돌아오는 길은 희뿌연 슬픔으로 뒤덮여 있었다. 가슴이 너무 무겁게 느껴져서 차를 세우고 숨을 돌리고 싶을 때도 있었다. 와이퍼도 감당하지 못할 만큼 세찬 비가 내려서 커피를 사려고 도넛 가게 앞에 차를 세웠지만 차에서 내릴 힘조차 없었다. 피터는 검사 내내 침착함을 유지했다. 모든 질문에 솔직하게 답했고 아내가 머물 수 있게 해달라고 부탁하기도 했다. 몇 가지 답변은 그녀를 오싹하게 만들었고 상담사가 손을 꽉 잡았을 때야 비로소 자신이 떨고 있다는 것을 인식했다. 그중에 자해할 생각을 해본 적이 있느냐는 질문이 있었다. 주저한 시간이 너무 짧았기 때문에 그를 세상에서 가장 잘 아는 그녀만이 정답을 눈치챌 수 있었다. "아니요." 그들은 그의 대답을 의심하지 않았지만, 그녀는 자신의 갈비뼈 밑에서 거대하고 무시무시한 크레바스(빙하의 갈라진 틈-옮긴이)가 열리는 것을 보았다. 그들이 그의 사례를 논의하는 동안 케이트와 피터는 잠시 밖에서 대기했다. 피터는 조그만 대기실에 차분히 앉아 있었다. 그녀가 목격한 것뿐 아니라 그날 아침과 지난 12주에 대한 것까지 너무 많은 질문에 대답하느라 피곤했는지 졸려 보이기까지 했다. 잠시 후 그들이 밖으로 나와 허가의 의미로 그에게 서류를 건넸고 그는 덫에 걸린 짐승처럼 그녀를 돌아보았다. 그녀는 그의 손을 잡고 밖으로 나가고 싶은 마음을 꾹꾹 눌러야 했다. 둘이서도 해결할 수 있을 것 같았다. 그에게 듣고 싶었던 모든 진실을 자세히 들었으니 정말 그럴 수 있을 것 같았다. 이 사람들이 필요 없을 수도 있다. 휴가를 내고 둘이 함께 계획을 세운 뒤에 담보대출을 한 번 더 받아서 집에서 갇혀 지내면 모든 문제가 해결될지도 모른다.

"케이트?" 피터가 서명란에 펜을 대고 말했다. 곧이어 마리솔이라는 여자가 케이트를 밖으로 안내하더니 여기서는 그의 헛소리가 통하지 않을 거라며 그녀를 위로하려 했다.

"그런 식으로 말하지 마세요." 케이트가 말했다. "저 사람이 어떤 일을 겪었는지 모르잖아요. 당신은 짐작도 못 할 거예요." 그녀는 이 시설에 대해 충분히 알아보지 않았다. 잠깐 검색해보니 320킬로미터 이내에 남은 자리가 여기 하나뿐이었고 보험 적용도 일부 된다고 해서 곧장 달려온 것이었다. 이제 그만두고 싶었다. 피터는 평생 남한테 모진 소리 한 번 한 적이 없었다. 너그럽고 공정하며 인내심이 강한 사람이었다. 이렇게 야박한 대접을 받을 사람이 아니었다.

그러다 그날 총기 오발 사고로 동료경찰이나 무고한 구경꾼이나 어린아이가 죽었을 수도 있었다는 사실을 떠올렸다.

"자, 진정해요." 마리솔이 케이트의 팔을 어루만지며 말했다. "이번이 처음이에요? 처음이 가장 어려워요."

처음? 그러면 다들 두 번째가 있을 거라고 생각하는 건가? 실패할 거라고 생각하면서 그런 식으로 말했단 말이지? 마리솔의 얼굴을 긁어버리고 싶었다. 하지만 그녀는 그대로 돌아서서 문을 밀치고 밖으로 나갔고 비를 맞으며 차로 돌아갔다. 그리고 15분 동안 거기에 앉아 건물을 바라보며 혹시 그의 방이 어딘지 알 수 있을까 해서 어느 방에 불이 켜지는지 지켜보았다.

아이들을 겨우 재우고 난 뒤에 프랜시스와 앤은 아일랜드를 떠올리며 뉴욕에 비해 온화한 겨울과 선선한 여름, 크리스마스 다음 날인 성 스테파노 축일에 대해 이야기했다. 처음에 프랜시스는 안락의자에, 앤은 소파 끝에 뻣뻣하게 앉아 있었지만 기억을 떠올리다 보니 마음이 편안해졌다. 두 사람 모두 렌보이(크리스마스 다음 날 아일랜드식 전통 분장을 하고 춤을 추거나 노래를 부르며 집집마다 돌아다니는 아이들-옮긴이) 분장을 했었고 말을 타고 미사에 갔었다. 버터, 우유, 달걀 같은 음식 맛이 여기와 다르다는 것도 기억했다. 두 사람은 나름의 이유로 아일랜드를 그리워했다. 어쩔 수 없는 선택들로 후회가 쌓이기 전인 어린 시절에 대한 그리움일 수도 있었다. 프랜시스는 자신처럼 그녀에게도 형언할 수 없는 슬픔이 있다는 것을 알았다. 향수라기보다는 돈도 없고 아는 것도 없이 고향을 떠나와 수십 년 동안 타지에서 살아야 했던 현실에 대한 나지막한 분노에 가까웠다. 그래도 고향은 고향이지 않은가? 프랜시스가 예상했던 대로 앤은 더블린 시내가 아닌 시골 동네 출신이었다. 그들은 둘 다 셰프라는 이름의 개를 키웠고 고향에 다시 가본 적은 없었다. 케이트가 돌아왔을 때 그들은 50, 60년 전에 미국으로 건너와서 죽은 뒤 고향에 묻히기로 결정한 아일랜드 사람들에 대해 얘기하고 있었다. 프랜시스는 거의 10년 만에 팻시 삼촌을 떠올리며 그의 시신을 코네마라로 이송하는 데 얼마가 들었는지 생각했다.

"거기 묻히지는 않을 거잖아요." 앤이 물었다. "안 그래요?" 그녀는 그와 함께 앉아 있는 것이 얼마나 이상한 일인지 다시금 깨달았다. 그녀 때문에 그는 수십 년 동안 거의 묻혀서 살다시피 했다.

케이트가 너무 늦었다며 사과했다. 두 분이 정말 죽음에 대해 얘기하고 있었다고? 묻히는 것에 대해? 비가 억수로 쏟아졌고, 고속도로에서는 큰 사고가 났다. 그녀는 집으로 돌아오면서 지금 상황을 이해해보려고 애썼다. 어린 시절에 가장 두려워했던 사람이 지금 거실에 앉아 자신을 기다리고 있었다. 그리고 피터에 대한 그들의 걱정이, 그들 각자가 가장 사랑하는 사람이 둘을 한데 묶어 한 배에 태웠다. 피터가 가까운 곳에서 물에 잠기고 있는 동안 두 사람은 함께 힘껏 노를 저을 수도 있고 그냥 떠내려갈 수도 있었다.

케이트가 현관문으로 들어서자 앤이 금방이라도 뛰어나갈 것처럼 서 있었다.

"피터는 어떠니?" 그녀가 물었다. 프랜시스도 궁금한 표정으로 그녀를 올려다보았다. 그는 완전히 지쳐버린 딸의 창백한 얼굴과 멍한 눈빛을 보았다.

"그쪽에서 받아줬어요." 케이트가 말했다. "그러니 지켜봐야 할 것 같아요."

앤은 할 일을 다 했으니 이제 가야겠다고 생각했다. 그들을 여기에 두고 떠났다가 피터가 돌아오면 그때 다시 오면 된다. 그때까지 이 집은 글리슨 가족의 영역이 될 것이다. 레나는 물론 이름이 기억나지 않는 케이트의 언니들도 올 것이다. 그때 문득 아이들이 떠올랐다. 자신과 브라이언, 프랜시스 글리슨과 레나 글리슨의 전 생애를 혈연으로 물려받은 아이들이 2층에 잠들어 있었다. 앤은 병원에 입원한 첫날 불 켜진 복도 옆에서 잠드는 것이 얼마나 이상했는지를 떠올렸다. 간호사들이 수시로 드나들면서 이유 없이 시트를 끌어당기거나 아무런 설명 없이 똑같이 생긴 다른 방으로 데려갔다. 그녀는 그들이 피터에게 약을 주는지 궁금했다. 만약 그렇다면 그가 그것을 혀 밑이나 귀 안에 숨기거나 바닥에 떨어뜨려서 멀리 차버리지 않기를 바랐다. 괜찮아지는 사람들은 대개 입원하자마자 단념하고 그룹 활동에 최선을 다해 참여했다. 피터는 성실한 아이기 때문에 그런 사람 중 하나일 거라고 믿었다. 시키는 대로 하면 괜찮아질 것이다.

프랜시스가 말했다. "선택은 네가 하는 거야, 케이트. 그것만 기억해. 너와 아이들이 원하면 한동안 우리 집에서 지내면서 다 같이 해결 방법을 찾아볼 수도 있어. 절대 잊지 마. 언니들도 똑같이 얘기했어. 방은 충분하단다."

앤이 채찍질을 하듯 프랜시스를 홱 돌아보았다. 닥치라고 말하고 싶었다. 이 사람들이 마음에 안 들었던 가장 큰 이유가 다시 한번 생각났다. 그들은 무턱대고 말을 걸고 조언을 하고 다른 사람들의 삶에 끼어들었다. 그렇다면 피터에게 남은 다른 선택지는 무엇일까? 앤은 궁금했다. 나뿐인가?

그 생각이 내면의 아주 깊은 곳에서 울음을 끌어내는 바람에 마음이 약해져서 그녀는 다시 주저앉아야 했다. 피터를 떠나지 마. 그녀가 소리 없이 간절한 마음으로 케이트에게 애원했다. 피터를 떠나지 마. 그 애는 이미 너무 많이 버림받았어.

20

한 달이 지나고 달력 한 장이 넘어갔다.

그가 떠났을 때만 해도 나무는 여전히 푸르고 울창했다. 그러나 한 달 만에 단풍이 들고 잎이 떨어졌다. 아이들은 낙엽을 모아 가슴 위에 쌓고 소리를 지르며 공중에 던졌다. 공기가 차가워지더니 몰리의 코와 입술 사이가 하룻밤 사이에 두 줄로 텄다. 케이트는 2주 연속으로 토요일마다 낙엽을 시트 위로 긁어모아서 길가에 끌어다 놓았다. 프랭키가 낙엽이 쏟아지지 않도록 한쪽 귀퉁이를 붙잡아주었다. "아빠는 어디 있어요?" 그가 계속해서 물었다. 한번은 아이답지 않은 표정으로 인상을 찌푸리며 물었다. "아버지는 어디에 계시냐고요?"

어느 아침 세 식구가 집을 나서려던 참이었다. 설거짓거리는 조리대 위에 흩어져 있고 재킷과 후드 티는 전날 저녁에 벗어놓은 옷더미 안에 그대로 있었다. 그때 현관문에서 쿵 하는 소리가 들렸다. 모두가 이른 아침부터 누가 찾아왔는지 궁금해하며 문을 열었더니 현관 매트 위에 다친 새가 한쪽 날개를 파닥이며 누워 있었다. 아이들은 버스정류장에 가야 했고 케이트는 출근해야 했지만 모두 제자리에 멈춰 서서 가방을 아무렇게나 던져놓고 새를 살펴보았다. 프랭키가 새 모이통에서 씨앗 몇 개를 가져와서 부리 앞에 놓아주었다. 몰리는 안으로 들어가서 새에게 덮어줄 티슈를 가져왔다. 케이트가 아이들 몰래 처리할 방법을 생각하고 있는데—전혀 가망이 없어 보였다—새가 허둥지둥 일어나더니 눈을 깜빡거렸다. 몰리가 손가락을 뻗어 날개를 쓰다듬자 새가 폴짝폴짝 뛰더니 휙 날아올라 이웃집 잔디밭에 멋대로 자란 회양목으로 날아갔다. 아이들은 환호성을 지르고 다시 가방을 챙겼다. 세 식구는 하루 종일 그 얘기를 하고 또 했다.

케이트가 진입로를 빠져나오며 말했다. "새를 묻어주고 너희들한테는 날아갔다고 해야 하나 고민했어."

몰리가 말했다. "우리한테 거짓말을 하려고 했던 거예요?"

"아니." 케이트가 이렇게 대답하고 백미러를 보니 두 아이가 미심쩍은 표정을 짓고 있었다.

하루가 지나고 한 주가 지나고 한 달이 지나는 내내 기다렸지만 아무런 소식도 들려오지 않았다. 그녀는 아이들이 저녁으로 사과를 먹고 목욕을 건너뛰고 TV를 보아도 그냥 내버려두었다. 청바지가 아닌 운동복처럼 편한 옷을 입고 있으면 굳이 잠옷으로 갈아입으라고도 하지 않았다. 프랭키의 어린이 야구팀 경기를 보러 가서 다른 부모들과 수다를 떨다가 피터에 대한 질문을 받으면 남편이 경기를 못 본다고 너무 실망스러워했다며 다음에는 꼭 참석할 거라고 말했다. 그러고 나서 다음 경기 때는 또 다른 핑계를 댔다.

그녀는 피터가 억지로 통화하는 것처럼 느꼈다. 그는 일이 잘 풀리고 있고 기분도 좋다면서 가족이 그립고 집으로 돌아갈 날을 기다리고 있다고 말했다. 케이트는 수화기를 붙들고 비밀 메시지를 해독하려 애썼다. 그녀는 그가 지내는 방과 창문과 커튼을 머릿속에 그려보고 싶다고 말했다. 지금 그곳 사람들이 듣고 있는 걸까? 외출은 할 수 있을까? 그녀는 잔물결이 강가로 빠르게 퍼지는 것을 보기 위해 호수에 돌을 던지듯 일화를 하나씩 얘기했다.

"며칠 뒤에 또 통화하자." 그는 늘 이렇게 대화를 마무리했다. 아이들과는 통화하고 싶어 하지 않았다.

10월이 되자 지독한 눈보라가 몰려와 이틀 동안 휴교령이 내려졌다. 라디오에서는 기록적인 저온현상이라고 보도했다. 나무들이 쓰러지면서 마을 곳곳의 송전선을 망가뜨렸고, 케이트는 전기가 끊길까봐 걱정하기 시작했다. 그녀는 서둘러 아이들을 차에 태우고 발전기를 구하기 위해 철물점 세 곳을 들렀다. "실내에서 틀면 안 됩니다." 판매원이 발전기를 차 트렁크에 실어주고 실수로 가족 모두를 죽일까봐 걱정이 되는지 설명서를 건네며 주의를 주었다. "집에 발전기를 내리는 걸 도와줄 사람은 있어요?"

"아, 네." 그녀는 얼버무리며 말했다. 잠시 후 집에 도착한 그녀는 아이들을 집 안으로 들여보내고 45킬로그램짜리 쇳덩어리를 옮길 계획을 세웠다. 일단 차고에 가서 손수레를 가지고 나왔다. 그리고 한 발을 차 범퍼에 단단히 고정하고 온몸이 떨릴 때까지 발전기를 끌어당겼다. 발전기를 트렁크 가장자리까지 당겨서 잠시 받쳐놓고 남은 힘을 끌어 모았다. 이제 힘껏 들어 올려서 손수레에 내려놓기만 하면 되었다.

가끔 사라와 내털리가 찾아왔다. 그들은 케이트에게 피터에 대해 물었지만 그가 집에 없고 몇 주 더 집을 비울 거라는 식으로 가장 무난한 사실만을 이야기하고 싶어 하는 것 같으면 그 이상 밀어붙이지 않았다. 앤 스탠호프는 사라토가로 돌아갔다. 그녀는 일주일에 한 번씩 전화를 했지만 그들의 대화는 늘 간단했다. 프랜시스는 매일 저녁 7시 뉴스를 보고 나서 전화를 했고, 케이트는 세 번이나 네 번에 한 번 전화를 받았다.

그녀는 밤에 아이들을 재우고 차고에 가서 TV를 보았다. 어느 밤 그녀는 지하실로 내려가서 그가 앉아 있던 소파에 앉았다. 그리고 그가 종종 베고 자던 쿠션을 쓰다듬었다. 그녀는 모포에 얼굴을 묻고 눈물이 나기를 기다렸고, 눈물이 나지 않으면 다시 계단으로 올라갔다.

피터는 화요일에 퇴소했다. 그에 앞서 일요일에 그 소식을 알렸다. "여기까지 오게 해서 미안해." 그가 말했다.

"무슨 소리야!" 케이트가 말했다. 날짜를 계산해보니 33일이었다. 다시 만난 이후로 가장 오래 떨어져 있었다. 얼마가 청구되든 삶을 정상궤도로 돌려놓을 거라는 점을 감안하면 아주 적은 금액일 것이다.

그녀는 휴가를 냈다. 아이들도 학교에 보내지 않고 점심 도시락과 간식을 챙기게 해서 차에 태웠다.

그를 데려다줬던 그날 오후보다 차가 많이 막혔다. 아이들은 10분에 한 번씩 얼마나 더 가야 하느냐고 물었다. 케이트는 9월의 그날, 비 오는 밤에 지나쳤던 농장 가판대들이 열려 있는 것을 보고 차를 세웠다. 그가 자신을 구하기 위해 왔던 그곳을 기억할 수 있도록 마을 이름이 적혀 있고 보관하기 좋은 뭔가를 사고 싶었다. 차로 돌아온 그녀는 병뚜껑을 열고 아이들이 손가락으로 꿀을 푹 찍어 먹게 했다.

피터는 불길에 휩싸인 것 같은 단풍나무 아래 벤치에 앉아 기다리고 있었다. 발치에 선홍색 불씨가 널려 있었다. 그는 차를 보고 자리에서 일어났다가 뒷좌석에 있는 아이들을 보더니 어쩔 줄 모르며 박수를 쳤다. 기쁜 마음에 함박웃음을 지었다.

"왔어?" 그가 자신에게 달려들어 쉴 새 없이 떠드는 아이들의 정수리 너머로 말했다.

"응." 그녀는 이렇게 말하고도 그에게 선뜻 다가가지 못했다. 반가운 척이라도 하라며 자책했지만 몸이 마비된 것처럼 꿈쩍도 하지 않았다. 그녀는 아이들처럼 그를 얼싸안아야 했다. 그에게 입을 맞추고 그를 꼭 붙잡고 다 괜찮을 거라고 말해야 했다. 하지만 그녀는 냄비에 저녁거리를 준비해두고 집을 나온 이후로 줄곧 느꼈던 온기와 희망과 절박함 때문에 오히려 뒷걸음질 쳤다.

"좋아 보이네." 그녀가 말했다. "기분 괜찮아?"

"응." 그가 눈길을 돌리며 말했다.

나중에 몇 달이 지나고 나서야 그녀는 정말로 묻고 싶었던 것이 무엇이었는지 알게 되었다. "다 나은 거야?"

뭐라고 묻든 그는 그렇다고 대답했을 것이다.

그녀는 집에 돌아올 남편을 위해 집 안을 깨끗이 청소했다. 모든 것을 반짝거리게 닦아놓고 햇볕이 그를 맞이하도록 커튼을 열어두었다. 냉장고는 신선한 과일과 채소로 채워놓았다. 아이들은 카드와 거대한 현수막을 만들었다. 그렇게 며칠을 준비했는데도 그에게 다가가기조차 힘들었다. 혹시 자신이 무슨 생각을 하고 있는지 눈치챌까봐, 그도 비슷한 생각을 하고 있다는 걸 알게 될까봐 정면을 쳐다보기가 힘들었다. 그녀는 그가 집에 없을 때 결혼식 앨범을 꺼내 보았다. 리넨 술과 리본이 달린 사라와 내털리의 앨범과는 거리가 먼, 할인마트에서 산 앨범에는 출근 중이던 낯선 사람들에게 부탁해서 찍은 스냅사진 몇 장이 들어 있었다. 케이트는 라일락 한 송이를 머리에 우겨 넣은 채 허벅지를 간신히 덮는 연분홍 드레스를 입고 있었고, 피터는 큰 키에 깡마른 모습으로 어깨가 늘어진 정장을 입고 있었다. 서로를 끌어안은 표정에서 승자의 환희가 묻어났다.

그녀는 그가 지루함과 상실감을 느낄 거라고 생각했지만 그는 집에 돌아온 첫날부터 굉장히 바빠 보였다. 그는 아침마다 노트북을 들여다보고 도서관에 갔다가 다시 노트북 앞으로 돌아왔다. 그녀가 뭘 하느냐고 묻자 그는 화면에 시선을 고정한 채 대답했다. "아무것도 아니야." 베니가 연금 청문회 일정이 잡혔다고 전화했지만 그는 그다지 신경 쓰지 않는 것 같았다. 케이트는 인도를 걸으며 전화를 받는 그의 모습을 창밖으로 지켜보았다. 그는 '뉴저지'에서 마시던 허브차를 집에서도 마시기 시작했고 하루에 열 잔에서 열다섯 잔까지도 마셨다. 그녀는 집 안 여기저기서 빈 술병 대신 질척거리는 티백이 들어 있는 머그잔을 발견했다. 적어도 티백은 쓰레기통에 버리고 머그잔은 싱크대 안에 담가놓을 수 있는 거 아니냐고 불평하려다 문득 회한에 잠겼다. 그녀는 더러운 머그잔 두 개를 들고 거실 한가

운데에 서서 그가 차만 마셔준다면 평생 다시는 불평하지 않겠다고
다짐했다.

집에 돌아온 지 2주 만에 그는 교사가 되어 고등학교에서 역사를
가르치고 싶다고 말했다. 그는 뉴저지에 있을 때 그런 생각을 하고
는 이것저것 알아보기 시작했다. 석사 학위가 없어서 자격을 갖추지
못했지만 교구 학교에는 지원해볼 수 있을 것 같았다. 예전에 다녔
던 성당의 부사제가 집에서 멀지 않은 가톨릭 남자고등학교를 소개
해줘서 추수감사절이 지나고 수요일에 면접을 볼 예정이었다.

"대단하다." 케이트가 말했다. "당신 진짜 좋은가 보네. 정말 좋은
생각이야." 그녀는 기쁘고 행복했다. 그동안 그가 그렇게 바빴던 이
유를 알게 되어서 안도감도 들었다. 그러면서도 왠지 모를 소외감을
느꼈다. 그가 행복해지기 위해 반드시 필요한 변화라는 것에는 몇
번이고 동의했지만 지각변동이 일어나면서 두 사람 사이에 불필요
한 단층선이 생겨나, 그는 저쪽에 자신은 이쪽에 서 있는 것만 같았
다. 그는 수차례 통화를 하면서도 이 일에 대해 한 번도 언급하지 않
았다. 그녀는 상처받았지만 그마저도 이기적인 것 같아 그냥 털어내
려고 애썼다.

그는 이제 일찍 일어나서 아이들을 등교시키는 것을 도왔다. 그녀
는 건강하고 행복하기 위해 노력하는 그의 모습을 보면서 사랑이 샘
솟는 것을 느꼈다. 그녀는 샤워를 하고 옷을 입고 차를 몰고 진입로
를 빠져나가면서 자신을 운 좋은 사람으로 만들어주는 것들을 거듭
나열해보았다. 엄마가 가르쳐준 일종의 속임수인데, 기분이 처질 때
사용하면 효과적이었다. 그녀는 아주 오랫동안 누군가로 살다가 그
것이 더 이상 허락되지 않을 때 어떤 기분일지를 이해해보려고 노력

했다. 하지만 어느 아침, 가정적인 삶에 대한 그의 열정이 시들해진 기미가 보이면 그를 향한 연민이 송두리째 무너졌다. 그녀는 그에게 달려들어 자신과 아이들이 얼마나 훌륭한지, 그리고 그가 서 있는 바로 그 자리에 서고 싶은 사람이 전 세계에 수없이 많다는 것을 알고 있는지 묻고 싶었다.

"당신한테 그렇게 중요했어? 경찰이 되는 게?" 어느 아침 그녀가 물었다. 그렇게 말하는 순간에도 그녀는 자신이 몇 가지 중요한 세부사항을 일부러 간과하고 있다는 것을 알고 있었다. 하지만 삶은 계속되는 것 아닌가? 한 챕터가 끝나면 다음 챕터로 넘어가기 마련이다. 그렇게 낙담한다고 해서 무슨 소용이 있겠는가?

그는 괴로운 표정으로 부엌을 나갔다가 5초 만에 다시 돌아왔다. "당신은 너무 매정해, 케이트. 모두가 강하다고 말하지만 사실은 매정한 거야."

현실적이고 냉철하고 정신이 건강하기는 해도 매정하지는 않다. 직설적이거나 솔직할 수는 있어도 매정하지는 않다. 어떻게 감히 그런 말을.

그들은 이렇게 두 걸음 내디뎠다가 한 걸음 물러나면서 몇 주를 보냈다. 하지만 아주 느릴지라도 하루하루가 갈수록 더 수월해졌고, 케이트는 그와의 벽이 조금씩 허물어지는 것을 느꼈다. 그녀는 밤마다 그에게 더 가까이 다가갔다. 부엌 조리대에서 자리를 바꿀 때마다 그의 등이나 가슴에 손을 얹었다. 어느 저녁 그가 어깨를 만졌을 때는 돌아서서 그의 손을 잡고 손바닥에 입을 맞췄다.

그들은 생활비를 아끼기 위해 아이들의 방과 후 프로그램을 끊는 대신 케이트가 출근한 사이에 피터가 아이들을 데리고 도서관에 가서 레고 만들기나 음악 관련 프로그램에 참여했다. 어느 저녁, 몰리가 엄마들이 아빠랑 얘기하는 걸 좋아한다고 말했고, 피터는 장난기 가득한 표정으로 몰리의 머리 너머에 있는 케이트를 향해 활짝 웃어 보였다. 그는 거의 매일 케이트가 퇴근하기 전에 저녁을 준비해놓았다. 그는 알코올중독자 모임에 나가기 시작했고 케이트가 묻지도 않았는데 정확히 어디서 모이고 언제 시작해서 언제 끝나는지 알려주었다. 집에 돌아오면 소파에 나란히 붙어 앉아 그녀의 하루에 대해 묻고 자신의 하루에 대해 얘기했다. 그녀는 모임에서 만나는 사람들에 관해 얘기해달라고 졸랐고, 프랭키의 선생님이나 상원의원처럼 놀랄 만한 사람이 나타나면 말해주겠다는 약속을 받아냈다. 그는 웃으면서, 그랬다가는 알코올중독자 감옥에 갇힐 거라고 말했다.

드디어 어느 밤, 그가 그녀의 머리카락을 뒤로 넘기고 목과 입에 키스했다. 그는 그녀가 떨고 있다는 것을 알아차리고는 잠시 물러났다가 한참을 꼭 안아준 뒤에 모든 게 다 괜찮아질 거라며 달랬다. 케이트는 그와 밤을 보낸 뒤 아주 먼 해안에 서서 출발점의 불빛이 깜박이는 것을 바라보며 그때와 지금의 상황을 몇 번이고 비교하는 것 같은 자신을 발견했다. 그들에게 익숙했던 것이 최근에는 이해할 수 없을 것처럼 느껴지고 해석하기도 훨씬 더 어려웠다. 피터는 삶이 변하고 사람도 변하기 때문에 상황도 변하겠지만 우리가 함께 변한다면 괜찮을 거라고 말했다.

뉴저지에서 집으로 돌아온 지 6주 후, 그는 청문회에서 입었던 정장을 다시 꺼내 입고 고등학교에 면접을 보러 갔다.

케이트는 면접이 얼마나 순조로웠을지 예상할 수 있었다. 그는 다양한 관점과 복잡한 부분까지 역사에 관해 모르는 것이 없었다. 그를 선생님으로 만날 아이들은 행운이었다. 나중에 알았지만 학교 측에서도 그렇게 생각했다. 그는 한 번 더 면접을 보고 나서 일자리를 제안받았다. 수업을 계획하고 시험 일정에 맞춰 단원을 구성하는 방법을 배워야 했지만 학교에서는 출산휴가를 떠나는 교사를 대신해 크리스마스 연휴 이후부터 바로 시작해달라고 요청했다. 일단 그녀가 가르치던 미국 역사 II를 맡아서 하다가 다음 9월부터는 유럽 현대사를 가르치기로 했다. 여름에는 연수를 받을 것이다. 그가 원한다면 육상팀을 맡을 수도 있었다. 두 번째 면접을 보고 나오는데 역사 과목 주임을 맡고 있는 비슷한 또래의 로비라는 남자가 다가오더니 고등학교 육상경기에서 봤다며 같은 경기를 뛴 적도 있다고 말했다. "예선에서 몇 번 봤어요." 로비가 수줍어하며 말했다. "물론 당신을 이길 가능성은 전혀 없었죠. 타운젠드 해리스 소속이었는데, 혹시 기억하세요?"

"어쩐지 낯이 익다 했어요." 대답은 이렇게 했지만 타운젠드 해리스 선수들은 하나도 기억나지 않았다.

케이트와 피터는 매년 크리스마스에 파티를 열었다. 케이트는 부모님과 언니들에게 전화해서 올해는 술을 마시지 않을 예정이니 분위기가 너무 우울할 것 같으면 다른 곳에 가도 상관없다고 말했다. 그들의 질문에 대답할 생각은 없었지만 어차피 모두 알고 있을 테니—프랜시스가 말해줘서 다 같이 상의를 했을 것이다—미리 알려주는 게 낫겠다고 판단했다. 피터는 늘 하던 대로 다 와도 괜찮다고 큰소리쳤지만 막상 가족 모두가 찾아오니 어색해하고 불편해했다.

그들은 모두 일찍 왔다가 일찍 떠났다. 케이트가 뭐가 잘못됐느냐고 묻자 피터는 그들이 모두 알고 있을 거라고 생각하지 못했다고 말했다.

그는 어느 순간 괜찮다는 말을 멈추더니 미리 얘기해줬으면 좋았을 거라며 개인적인 일이라 당신을 통해서가 아니라 내가 직접 알리고 싶었던 것뿐이라고 말했다. 케이트는 그의 말에서, 느끼는 대로 말하라고 격려하는 치료사의 목소리가 들리는 것만 같았다.

"나는 말하지 않았어. 가족과 상의한 적도 없고. 당신이 한 달이나 집을 비웠잖아, 피터. 그들은 바보가 아니야."

앤은 33일 후, 피터가 돌아오기만을 기다렸다가 피터네 집에 들렀다. 집 안에 들어오라는 피터의 제안을 거절하며 직접 만나서 괜찮은지 확인하고 싶었을 뿐이라고 말했다. 그러면서 언제 아이들을 데리고 집에 놀러 오라고 말했다. 그녀는 수년째 거기에 살면서 한 번도 경마장에 가지 않았다. 아이들도 말이 달리는 모습을 보면 좋아할 것이다. "그거 좋겠네요." 두 사람이 동시에 대답했다. 피터가 그녀를 차까지 배웅하는 동안 케이트는 당신이 있는 사라토가는 절대로 방문하지 않을 거라고 생각했다.

피터는 새 직장에 나가기 전날 밤에 새로 산 카키색 바지를 다림질해 침실 옷장에 걸어놓고 새 신발도 한 켤레 준비했다. 그리고 알코올중독자 모임을 다녀와 곧장 지하실로 내려갔다. 케이트는 지하실 문을 지나가다 유리잔이 부딪치는 것 같은 소리를 들었다.

"피터?" 그녀가 어두운 계단을 향해 외쳤다. "거기서 뭐해?"

"아무것도 아니야." 그가 큰소리로 대답했다. "뭘 좀 찾고 있어. 금방 올라갈게."

그녀는 제자리에 가만히 서서 숨을 죽이고 귀를 기울였다. 그 역시 아무런 움직임이 없었다.

"불은 왜 꺼져 있어?" 그녀가 소리쳤다.

"몰라." 피터가 말했다. "지금 켤 거야. 됐다."

지하실에서 밝은 불빛이 넘쳐흘렀다. 그는 계단 밑에 서서 그녀를 올려다보고 있었다.

시간이 한참 지난 것처럼 느껴졌다. 그녀는 돌아서서 침실로 올라가 문을 닫고 이불 밑으로 기어 들어갔다.

이튿날 아침, 피터는 뭔가를 찾느라 미치광이처럼 집 안을 정신 없이 돌아다녔고, 커피포트가 켜지지 않은 것을 보고 욕설을 내뱉었다. 마침내 그가 차를 몰고 나간 후 케이트는 프랭키가 부르는 소리에 고개를 들었다가 웬 낯선 차가 집 앞에 서 있다가 어디론가 떠나는 것을 보았다.

"엄마 여기 있었네!" 프랭키가 케이트를 보고 말했다. "어떤 아저씨가 아빠 지갑을 주고 갔어요. 아빠가 술집에 놓고 갔대요. 지갑을 열어보고 주소를 알아냈대요."

케이트는 지갑을 받아들고 차분히 이성적으로 그의 말을 떠올려보았다. 15분 거리에서 열리는 90분짜리 모임이라고 했다.

피터는 두 시간 넘게 나가 있다가 돌아왔고 지하실로 내려가기 직전에 사람들이 가져오는 도넛과 정크푸드 때문에 살찌겠다고 말했다. "중독자들이란." 그가 말했다. "대체할 거리가 꼭 필요하다니까."

"어머." 그가 집에 돌아와서인지 케이트가 느긋하게 말했다. "그렇게 말하지 마. 그 사람들이 알코올중독자 감옥에 보낼 거야."

그녀는 지하실에서 들리던 쨍그랑 소리와 불을 켰을 때 그의 표정이 기억났다. 그녀는 어두운 계단을 내려가자마자 여름 물놀이를 갈 때 샌드위치를 담는 작은 파란색 아이스박스를 쳐다보았다. 그녀는 아이스박스를 열고 오래된 광고지 밑에서 작은 병 세 개를 찾아냈다.

그녀는 환불이라도 받을 태세로 뉴저지의 중독치료시설에 전화를 걸었다. 그들은 어떤 과학적 근거를 가지고 환자를 치료하는 걸까? 거기에 있는 의사들은 누구지? 어떤 자격을 갖추고 있는 거야? 벌써 몇 달이 지나서 질문하기에는 너무 늦은 감이 있었다. 그녀는 마리솔을 바꿔달라고 요구했다. 전부 실패의 가능성을 처음 언급한 그 여자 책임인 것 같았다. 하지만 마리솔은 동요하지 않았다. 말투를 들어보니 그날 아침에만 비슷한 전화를 30통은 받은 것 같았다. 다음은 피터의 후원자인 팀이라는 남자에게 전화했다. 빅북(알코올중독에서 회복하는 12단계를 소개한 《익명의 알코올중독자들》이라는 책의 속칭-옮긴이) 속표지에 이름과 전화번호가 적혀 있었다. 하지만 그는 전화를 받지 않았다. 그래서 그녀는 아빠에게 전화했다. 그는 전혀 놀랄 일이 아니라면서 갑자기 술을 끊으라고 하는 건 과한 요구이고 비현실적이며 불필요하다고 말했다. 게다가 피터는 위력에 굴복할 사람도 아니었다. 지금 피터가 해야 할 일은 이른 시일 내에 술을 끊고 저녁 7시와 9시 사이에 맥주만 마시는 것이었다. 맑은 술만 마신다는 것은 정말 심각한 상황이라는 것을 알려주는 첫 번째 단서였다.

조지에게 전화했지만 뭔가를 말하기도 전에 그는 전날 밤에 로잘린이 아파서 레녹스 힐 병원에 입원했다며 나중에 전화해도 되겠느냐고 물었다.

"네, 당연하죠!" 케이트가 말했다. "괜찮으신 거예요?"

"심장이……." 조지가 말했다. "나도 모르겠어. 이만 가봐야겠다."
케이트는 재빨리 전화를 끊고 나서 자신의 반응이 얼마나 서툴렀는
지 곧바로 깨달았다.

그녀는 삶의 궤도와 잿빛 겨울 하늘을 밝히는 쌍둥이 불꽃을 아주
선명하게 보았다. 마치 시작과 중간과 끝처럼 우리는 태어나서 병에
걸리고 죽는다. 그녀는 자신의 손으로 높이 들어 올렸던 삶이 곧장
달아나버리는 것을 보았다. 그녀는 그것이 어디에 내려앉기를 바랐
을까? 그녀는 중간에 있었다. 정확히 한가운데였다. 피터도 마찬가
지였다. 그 시작이 끝나버렸다는 것을 그녀는 왜 알지 못했을까?

그녀는 그가 집에 돌아올 때까지 기다릴 수 없어서 차를 몰고 나
갔다. 그녀는 그가 새 인생을 시작한 학교의 주차장에 들어가 새로
임차한 그의 해치백 옆에 섰다. 그리고 그가 밖으로 나와서 어떤 상
황인지 직접 파악하기를 기다렸다. 그녀는 아주 잠깐, 첫 출근이니
새 직장에 적응할 때까지 재촉하지 말아야 할지 고민했지만 그 정도
의 인내는 자신의 능력 밖이라고 빠르게 인정했다.

"매정한 모습을 보여달라는 거지." 그녀는 차가운 공기와 감옥처
럼 굳게 닫힌 교문을 향해 속삭였다. 그녀는 자신이 앙상하고 나이
든 사람처럼 느껴졌다.

그녀는 프랭키와 몰리를 생각했다. 조심하지 않으면 그들은 평생
자신과 피터의 고통을 안고 살아가게 될 것이다.

교문이 열리고 사람들이 쏟아져 나왔다. 그가 인파를 헤치고 그녀
에게 다가왔다.

21

피터는 그녀에게 다가가면서 서로를 찾다가 동시에 발견한 적이 얼마나 많았는지 생각해보았다. 뭔가를 말하려고 돌아봤다가 그녀도 이미 알고 있다는 걸 깨달은 적이 얼마나 많았던가? 그날 아침, 그녀는 어깨와 등이 벌겋게 달궈진 채로 샤워를 마치고 나와 다 낡은 수건으로 머리카락을 휘감았다. 가슴 사이로 물이 흘러내렸다. 그녀는 당신도 욕실을 써야 한다는 것을 잊었다며 너무 오래 걸려서 미안하다고 말했다.

그는 미지근한 물줄기를 맞으며 욕을 내뱉었다. 그리고 물이 얼음장처럼 차가워지기 전에 서둘러 비누칠을 했다.

"미안해." 그녀는 욕실에서 나오는 그에게 다시 한번 말했다. 그녀는 속옷 차림으로 침대를 정리하고 옷을 입기 전에 크림을 팔과 다리에 듬뿍 발랐다. 그는 자라는 동안 엄마가 속옷 차림으로 있는 것을 한 번도 본 적이 없었다. 하지만 그의 아이들은 익숙한 듯 아무렇지 않게 침실을 들락거리며 뭔가를 찾아달라고 하거나 도와달라고 했다.

사실 피터야말로 미안해야 했다. 그는 지휘관이었을 때와 달리 첫 출근을 앞두고 믿기 힘들 정도로 초조해했다. 10대 소년 18명이 앉아 있는 교실보다 더 다루기 힘든 상대가 있을까? 아니나 다를까 수업을 시작하자마자 18쌍의 눈꺼풀이 축 처지더니 꾸벅꾸벅 졸기 시작했다. 하지만 그는 전날 밤 지하실에서 혼자 연습한 것들을 이야기했고, 잠시 후 한 명씩 잠에서 깨더니 그의 말에 귀 기울이기 시작했다. 그는 아이들에게 역사는 암기하는 것이 아니며 책 속에 얼굴을 파묻고 공부하는 것이 아니라고 말했다. 역사는 일상이며 우리 안에 살고 있는 현재다. 그리고 그는 그것을 몸소 증명하며 연말을 보냈다.

그는 그녀의 손에 들린 자신의 지갑을 보았다. 그녀는 전날 밤 그가 모임에 간다고 하고 어디에 갔는지 이미 알고 있었다. 그녀는 그의 비밀을 다 알고 있는 사람이자 그가 거짓말을 한 사람이었다.

그녀는 말없이 지갑을 건넸다. 두꺼운 겨울 모자 아래로 창백한 얼굴이 보였다.

"미안해." 그가 말했다. "다시는 안 그럴게." 진심이었지만 자신에게조차 초라한 변명처럼 들렸다. 여기저기서 차 문 닫히는 소리가 들렸다.

그녀가 그를 빤히 쳐다보았다. 대판 싸우려고 왔으면서 어찌할 바를 몰랐다.

"어제가 처음이었어? 뉴저지에서 돌아온 후로?"

"아니."

그녀는 자신의 몸을 감싸 안고 쭈그려 앉았다.

"세 번째였어. 하지만 이번 주에만 마셨어. 몸 상태가 너무 좋아서 평범한 사람처럼 술집에 가서 두 잔 정도 마시는 건 괜찮을 거라고 생각했어. 딱 맥주 두 잔만 마셨어."

그것은 사실이었다. 그는 맥주 두 잔을 마신 뒤에 돈을 내고 바로 나왔다. 그리고 무척 뿌듯해했다. 하지만 바로 다음 날 술을 마시고 싶은 욕구가 밀려와 한동안 아무것도 하지 못하고 부엌에 가만히 서 있었다. 그것은 두피와 턱의 굴곡으로 퍼져나갔다. 목구멍이 타 들어가고 뜨끈한 열기가 가슴을 채웠다. 그래서 또 술집을 찾아가 맥주 두 잔을 마셨다. 다음 날 밤도 마찬가지였다. 하지만 셋째 날에는 집으로 돌아가는 길에 주류 판매점에 들러서 계산대 옆에 있는 작은 기내용 보드카를 몇 병 샀다. 경찰 때부터 습관적으로 현금을 클립에 끼워 가지고 다녀서 지갑을 술집에 두고 왔다는 사실을 그날 아침까지 모르고 있었다. 그는 하루 종일 왜 그랬는지 생각했다. 자신이 정말 열심히 헤엄쳐 나온 격랑으로 되돌아가는 것을 의미했기 때문에 기분이 썩 좋지 않았다. 그는 그녀를 만나기 전에 다시는 그러지 말아야겠다고 다짐했다.

"내가 그걸 어떻게 알아?" 그녀가 물었다. 빤한 답을 요구하는 게 아니었다. 그녀는 구체적인 실천 방안을 원했다. "당신은 그걸 어떻게 아냐고. 내가 왜 당신을 믿어야 해?"

그가 대답하지 못하자 그녀는 차로 돌아가 그 자리를 떠나버렸다.

그날 저녁부터 한동안 그는 자신이 중독에서 벗어났고 나아졌다는 것을 증명하기 위해 갖은 노력을 기울였다. 그는 술을 마시고 싶을 때마다 눈을 감고 작고 매끈한 기내용 술병을 들고 있는 상상을 했지만 매일 밤낮으로 그 욕구와 싸워 이겨냈다. 그녀는 그를 쳐다보지 않고 눈이 마주칠 때마다 시선을 돌린다는 것만 제외하면 평소와 똑같았다. 그녀는 아이들과 살가운 대화를 나누었고, 그에게도 하루가 어땠는지 물은 뒤 적절한 반응을 해주었다. 그가 어떤 이유에서든 지하실이나 차고로 가면 행동과 움직임 하나하나에 귀를 기울이다가 그가 돌아오면 언제 그랬냐는 듯 다시 자기 할 일을 했다. 그녀는 청소를 하고 요리를 하고 공부를 하고 다급히 열쇠를 찾으러 다녔다. 하지만 이 모든 걸 보이지 않는 유리벽 안에서 했기 때문에 그녀에게 말을 하려면 유리벽의 좁은 틈새로 말을 밀어 넣어야 했다. 며칠 동안 흔들렸던 것은 사실이다. 그날 밤 어두운 지하계단에서 들켰을 때 거짓말을 했던 것도 사실이다. 하지만 그는 아빠나 엄마와 달랐다. 그는 그 자신이었고, 예상보다 오랜 시간에 걸쳐 자기자신이 된다는 것의 의미를 찾았다. 무려 33일 이상이 걸렸다. 그녀는 그의 말을 다 듣고도 한참 동안 아무 말도 하지 않았다.

"나보고 어쩌라는 거야?" 어느 밤 그가 아이들을 따라 2층으로 올라가려는 그녀의 손목을 붙잡고 물었다. 그녀는 그렁그렁해진 눈으로 손목을 홱 잡아 뺐다.

"나도 몰라." 그녀가 말했다.

그는 가능한 한 그녀와 많은 시간을 보내기로 결심했다. 그는 그녀와 같은 시간에 침실로 올라가기 시작했다. 그녀가 공부를 하느라 밤을 샐 때는 차를 타주고 곁에서 신문을 읽거나 수업을 준비했다. 그녀가 소파에 앉아서 뭔가 재미있는 걸 찾아보려고 하면 그 옆에 나란히 앉았다. 그녀는 그를 다시 쳐다보기 시작했고 가끔은 뭘 하는지 다 안다는 듯 지긋이 쳐다보기도 했다. 그는 수업에 필요한 오래된 책들을 뒤져보기 위해 상자들을 전부 1층 부엌으로 가지고 올라왔다.

"뭘 찾는지 알려줘, 내가 도와줄게." 그녀가 말했다. 두 사람은 다리를 쩍 벌리고 바닥에 앉아 책을 하나하나 살펴보았다.

그는 그녀가 자신을 사랑하지 않는 게 아니라는 것을 알았다. 그를 너무 사랑했기 때문에 두렵고 걱정스러웠던 것이고, 그래서 자신을 지켜야 했을지도 모른다. 그는 이제 이해했으니 설명할 필요가 없다고 알려주려다가 그녀도 모를 수 있겠다고 생각했다.

한 학년이 끝나고 길고 공허한 여름이 그들 앞에 펼쳐져 있었다. 피터는 아침 수업만 선택해서 들었다. 그는 한 과목의 과정을 어떻게 짜고, 어떻게 해야 다루기 힘든 학생들을 잘 가르칠 수 있는지 최선의 방법을 배웠다. 몇 가지는 그가 젊은 경찰들에게 해주던 조언과 별반 다르지 않았다. 케이트는 논문을 마무리했고 심사를 받아 석사학위를 취득하는 일만 남아 있었다. 그는 대부분의 시간을 성당 관할구에서 보내느라 그녀가 논문에 얼마나 많은 노력을 기울였는지 보지 못했다. 그래서 그것이 그녀에게 얼마나 중요한지도 제대로 이해할 수 없었다.

9월 초의 어느 여름밤, 새 학기를 불과 3일 앞둔 두 사람의 결혼기념일이었다. 너무 어릴 때 결혼했기 때문에 그는 햇수를 잘못 세었을까봐 계산하고 또 계산했다.

그날은 토요일이었다. 피터는 크로스컨트리 훈련을 지도하고 집으로 돌아온 뒤에 케이트를 도와 점심 도시락을 싸 가지고 아이들과 함께 마을 수영장에 가서 하루를 보냈다. 그녀는 뭔가를 고민하는 듯했다. 마침내 집으로 돌아온 그들은 젖은 수건을 세탁기에 밀어 넣었고, 긴 시간 햇볕을 쬔 아이들은 TV 앞에 앉았다. 그녀가 잠시 망설이다가 베이비시터를 부르고 외식을 하러 나가는 게 어떠냐고 물었다. 결혼 15주년은 작은 일이 아니었다. 외식을 하러 나가본 지도 너무 오래되었다.

"좋을 거야, 안 그래?" 그녀가 그의 손을 잡더니 손바닥을 맞댔다.

"그래." 그가 말했다. "나도 좋아."

"감당할 수 있겠어?"

"응." 그가 말했다. "당연하지."

그녀가 예전의 케이트처럼 미소를 지었다. 그가 거절할까봐 두려웠던 것 같았다. 몇 분 뒤 그는 그녀가 옷걸이를 좌우로 밀면서 뭘 입을지 고민하는 소리를 들었다.

그는 레스토랑을 골랐다. 청문회가 열리기 전까지 어두웠던 몇 달 사이에 개업한 곳이라 둘 다 처음 알게 된 곳이었다. 해가 질 때까지 도착하지 못해서 일몰을 놓치고 말았다. 차에서 내려 걸어가는 동안 물가에서 찰싹거리는 소리가 들려왔다. 그들은 자리에 앉아 페리에 한 병을 사이에 두고 아이들과 집에 관한 대화를 나누었다. 케이트의 직위에 변화가 있을지, 피터가 일하는 학교는 어떤지에 대해서도 얘기했다. 그는 몇 달 동안 진로를 찾아 헤매던 때를 돌이켜보면서 대학을 졸업하자마자 교사를 했어야 했다며 20대 초반에 그 일을 고려하지 않은 것을 후회했다. 식사가 끝나갈 때쯤 그들은 이미 얘기했던 것들 외에 또 후회되는 일들에 대해 얘기했다. 듣고 싶었던 수업이나 가보고 싶었던 장소처럼 작고 안전한 것부터 시작했다.

"크게 후회되는 일은?" 케이트가 물었다. "사실 나도 생각해본 적은 없어. 후회해봤자 소용없잖아? 그래도 나라면 그날 밤 너와 몰래 집을 빠져나갔던 걸 후회해야겠지."

"그렇지만 후회하지 않는다는 거야?"

"그 이후에 일어난 일들은 너무 안타깝지만 그날 밤 우리가 몰래 빠져나가지 않았다면 지금처럼 함께 있지 못했을 수도 있잖아. 프랭키와 몰리도 없었겠지."

피터도 그 일에 대해 생각해보았다.

케이트가 냅킨을 집어 들어 깔끔하게 접은 후 가장자리를 반듯하게 폈다. 그리고 머리카락을 귀 뒤로 몇 차례 넘겼다.

"이것도 후회스러운 일인지는 모르겠지만 당신한테 꼭 해야 할 말이 있어." 그녀가 옆 테이블에 앉아 있는 사람들을 넘겨다보며 말했다. 피터는 괴로워하는 그녀를 보면서 내면의 무언가가 무너지는 것을 느꼈다. 그녀가 입술을 오므렸다. 목에서 정맥이 팔딱거렸다.

"뭔데?" 그가 말했다. 발밑에 있는 바닥이 최근 들어 가장 불안하게 느껴졌다.

"어머니 말이야. 그날 밤 당신을 찾아왔을 때, 그게 처음이 아니었어. 몇 년 전에도 봤었어. 결혼 전에 뉴욕에서 살 때랑 그 후에도. 그리고 이 집에서도 몇 번."

"그래서 뭐? 엄마를 돌려보냈다는 거야?"

"아니. 그런 건 아니고. 그냥 멀리서 당신을 지켜보면서 확인하고 있다는 걸 알고 있었다는 거야. 내가 알고 있다는 걸 어머니도 알고 계셨고. 하지만 우리는 서로에게 다가가지 않았어. 그날 밤이 되어서야 도움이 필요할 것 같아 내가 먼저 어머니의 차로 갔어. 당신을 나만큼 사랑하고 걱정하는 사람과 얘기를 해야만 했어. 그래서 거짓

말을 한 거야. 어머니는 문 앞으로 찾아오지 않았어."

피터는 그녀의 말을 더 잘 이해하기 위해 팔꿈치를 대고 몸을 앞으로 기댔다.

"몇 년 동안 나는 어머니가 없는 편이 더 낫다고 생각했어. 그때 당신이 어머니의 존재를 알았다면 상황이 더 쉬워졌을지도 몰라. 어머니가 당신을 잊지 않았고 당신을 신경 쓰고 있다는 걸 알았다면, 어머니가 거기 있다는 걸 15년이나 17년 전에 알았다면 그렇게까지 상실감을 느끼지는 않았을 수도 있어."

그녀가 생각했던 것만큼 새로운 소식은 아닌 모양이었다. 예전에 애써 설명한 것처럼 그는 엄마의 사랑을 한 번도 의심하지 않았다. 하지만 언젠가 프랜시스가 케이트에게 말했듯 사랑은 이야기의 일부일 뿐이다.

"당신을 보호하려면 그 일을 비밀로 해야 한다고 생각했는데 지금 생각해보면 내 생각만 했던 것 같아." 케이트는 이 모든 얘기를 어떻게 받아들이는지 확인하기 위해 그를 더 유심히 살펴보았다.

"알았어." 그가 말했다. 그 사실을 알았다면 그는 어떻게 했을까? 아마 그녀처럼 아무것도 하지 않았을 것이다. 엄마가 자신의 삶을 떠나기 훨씬 전부터 상실감을 느꼈다고 말하고 싶었지만 그러면 저녁 식사와 그날 밤을 망칠 것 같았다. 그는 프랭키와 몰리가 음악을 틀어놓고 숙제를 하면서 웃고 떠드는 모습을 생각했다. 초인종이 울리고 아이들이 현관으로 달려오고 케이트는 통화를 하고 냄비가 끓어 넘치고 모든 게 난장판이었다. 그는 그 나이 때 적막한 집에서 홀로 계단이 삐걱대는 소리를 듣던 자신의 모습을 떠올렸다.

"화난 거 아니야?" 그녀가 물었다.

"응." 그는 진심으로 한 말인지 다시 속으로 확인했다. "다시 생각해봐야겠지만 아니, 화나지 않아."

그녀의 얼굴에 안도감이 스치고 어깨의 긴장이 풀렸다.

"나도 하나 있어." 피터가 말했다. 그리고 두 사람이 결혼을 결심했던 날을 돌아보았다.

케이트가 의자에 똑바로 앉더니 다른 테이블에서 나는 소음과 대화, 나이프가 접시에 부딪히는 소리를 차단하려고 실제로 문을 닫듯이 그에게 바짝 귀를 기울였다. 그는 그녀의 머리카락이 한쪽 어깨로 흘러내린 것을 보면서 그날 저녁 그녀가 얼마나 사랑스러운지 생각했다. 얼굴을 너무 오래 봐와서 그런지 가끔 그 사실을 잊어버렸다.

그는 요즘 들어 어릴 때부터 품었던 환상 때문에 너무 얼렁뚱땅 결혼한 게 아닐까 하는 생각을 자주 했다고 말했다. 그는 반지도 준비하지 못했었다. 그녀는 왜 승낙했을까? 그는 늘 멋진 반지를 사주겠다고 장담했지만 그러지 못했다. 그녀는 여전히 블리커가에서 산 75달러짜리 실반지를 끼고 있었다. 그러니까 제대로 된 프러포즈도 하지 않은 것이다.

만약 그녀가 다른 사람과 결혼했다면 제대로 된 프러포즈와 아름다운 다이아몬드 반지를 받았을 것이다. 그는 자신이 그랬어야 했다고 생각했다.

그녀는 테이블 중앙에 놓여 있는 향초 너머에서 그의 얘기를 듣고는 고개를 젖히며 웃었다.

"그러니까 당신은 나랑 결혼했다는 사실이 아니라 프러포즈 방식을 후회하는 거구나? 오, 피터. 그것 말고도 후회해야 할 것들이 많은 것 같은데."

"그래." 그는 빈 접시를 내려다보았다. "어쩌면 그럴지도."

"나 좀 봐봐." 케이트가 그의 손을 감싸 쥐었다. "그렇게 후회되면 지금 해. 다시 물어보라고. 이번에는 제대로."

하지만 그들에게 닥칠 일들을 살짝 엿볼 수 있었다면 그녀는 정말 뭐라고 대답했을까? 그날 밤 그는 살면서 두 번째로 내면에 있는 뭔가가 불안정해지는 기분을 느꼈다.

웨이터가 다가와 접시를 가져가는데도 그녀는 시선을 돌리지 않았다.

"지금은 전보다 상황이 나아졌지. 나아지고 있는 것 같은데, 아닌가? 하지만 어려움이 더 많이 찾아올 수 있잖아. 어쩌면 이제 시작인지도 몰라. 그런 생각 해본 적 있어? 우리는 어른이 되고 파트너가 되고 부모가 되는 것에 대해 아무것도 몰랐던 거야. 정말 아무것도. 어쩌면 여전히 모를 수도 있어. 이런 걸 그때 알았더라도 당신이 승낙했을까?"

"지금은 다 알잖아. 그러니까 물어봐."

하지만 그는 적절한 말을 찾을 수 없었다.

"내가 힌트를 줄게." 그녀가 그의 손을 꽉 잡았다. 그가 고개를 들어 눈을 맞추자 그녀는 이렇게 말했다. "그때도 지금도, 내 대답은 예스야."

22

피터가 중독치료시설에서 돌아온 지 1년이 지났다. 앤이 플로랄 파크에서 뉴욕 북부로 돌아간 지도 1년째였다. 앤은 전화가 없었기 때문에 혹시 모를 상황에 대비해 요양시설의 전화번호를 남겼다. 그녀는 교대근무를 들어갈 때마다 간호사실에 가서 메시지를 확인했다. 피터는 크리스마스에 전화했다가 엄마가 그날도 일을 한다는 사실에 놀랐다. 앤은 몇 시간만 일하고 친구네 집에 가서 저녁을 먹을 거라고 말했다. 그리고 자신은 채소를 가져가기로 했고 친구 이름은 브리짓이라고 말했다.

하지만 그 후로 몇 달 동안 그녀는 그의 소식을 듣지 못했다. 아이들에게 선물을 보냈어야 했는지도 모른다. 그런데 아이들이 뭘 좋아할까? 선홍색 봉투 안에 반짝거리는 카드와 20달러를 넣어서 보냈어도 괜찮았을 것이다. 그녀는 매년 요양시설 입소자들에게 온 크리스마스 우편물을 분류할 때마다 장식품 같은 형형색색의 카드를 보면서 극심한 아픔을 느꼈었다. 그런데 그해 손주들을 만나고 몇 달

지나지 않아 초록색 봉투 하나를 받았다. 황금색 잎사귀가 새겨진 속지에 사진 한 장이 들어 있었다. 앞면에는 아이들이 있었고 뒷면에는 강아지가 있었다. 그녀는 피터의 사진을 받았어도 좋아했을 것이다. 카드는 냉장고에 붙여놓고 봉투는 열어둔 채로 1월 중순까지 조리대에 올려놓았다. 금속 재질의 속지가 한밤중에도 가로등 불빛을 받아 반짝거렸기 때문이다.

그 집에 다시 가보고 싶었지만 상황이 달라졌다. 이제는 집 앞에 몰래 차를 세워놓고 피터를 확인할 수 없다. 초대를 받지도 않았는데 무작정 현관문 앞에 갈 수도 없다. 그들도 위기를 살짝 넘겼으니 그녀가 보고 싶지 않을 수 있다. 뭘 해야 할지를 아는 것은 어려운 일이었다. 케이트가 그때 도움을 요청했지만 사실 그녀는 아무것도 하지 않았다. 어쩌면 케이트는 도움을 요청했던 것을 후회할지도 모른다.

피터가 5월에 전화해서 안부 확인차 연락했다고 말했다. 그러고는 자신이 가르치는 아이들, 그리고 프랭키와 몰리에 대해 이야기해주었다. 케이트는 아주 긴 논문을 써서 석사학위를 받았다고 했다.

"그나저나 별일 없지?" 그녀가 조심스럽게 물었다. "몸은 괜찮니?"

"네." 그가 말했다. "엄마는요?"

"응, 아주 잘 지내고 있어."

그가 전화를 끊기 전에 언제 다시 볼 수 있느냐고 물었지만 그녀는 그가 그래야 한다고 느껴서 그러는 건지, 아니면 정말 보고 싶어서 그러는 건지 알 수 없었다.

그녀는 그가 상황이 아무리 안 좋아도 절대 전화상으로 얘기하지 않는다는 것을 알고 있었다. 그 역시 똑같은 생각을 하며 전화를 끊었다.

2017년 추수감사절이 지나고 그다음 주 화요일 오전에 그녀는 아파트 창가에 서서 아이들에게 카드를 한 장씩 보내야겠다고 결심했다. 그러면 누구 이름을 먼저 쓸지 고민할 필요도 없었다. 밖에서는 공공근로자들이 크레인을 타고 가로등 꼭대기에 화환을 매달고 있었다. 그녀는 카드에 자기 집에 방문할 날짜를 고르라고 적을 생각이었다. 어떻게 하면 집이 비좁으니 호텔에서 묵어야 한다고 얘기하면서도 환영받는 느낌을 줄 수 있을까? 편지에 돈을 넣어도 안전할지 궁금해하던 차에 건물 관리인이 현관문을 두드렸고, 그녀가 문을 열자 두꺼운 노란색 봉투를 건넸다. 봉투가 너무 커서 우편함에 넣지 못한 것 같았다.

"이게 뭐예요?" 앤이 물었다.

발신인 란에는 조지아의 어느 낯선 주소가 적혀 있었고 그 위에는 '법률사무소'라고 적혀 있었다.

"뭔지 한번 열어봐요." 관리인이 말했다.

앤은 조지아에 대해 생각해보았다. 언젠가 브라이언이 조지아 해변에 있는 작은 섬을 아느냐고 물은 적이 있었다. 골든아일스라고 했던 것이 기억났다. 그는 아기가 태어나면 신혼여행 대신 그곳에 가려고 했다. 하지만 그들은 아이를 잃고 말았다.

그녀는 우편물을 조리대에 올려놓고 찻주전자 물이 끓는 동안 그것을 빤히 쳐다보았다. 이혼을 원하거나 죽었거나 둘 중 하나였다.

"좋아." 그녀는 마음의 준비를 한 후에 텅 빈 집 안을 향해 큰 소리로 말했다.

그녀는 서류를 읽은 뒤 조리대에 있던 열쇠를 가지고 차로 내려가서 서류를 보조석에 내려놓고 요양시설로 갔다. 그들은 결혼 전에 18번가와 5번가가 교차하는 모퉁이에서 만나기로 약속한 적이 있었다. 그녀가 먼저 약속 장소에 도착해서 인파가 지나가는 것을 바라보았다. 그가 어느 방향에서 올지 알 수 없었다. 그때 저 멀리서 한 사람의 형체가 인파에 묻혀 까닥거리는 것이 보였다. 사람들의 코트와 스카프가 바람에 펄럭거리고 가방이 그들을 무겁게 짓누르는 가운데 그의 독특한 움직임이 눈에 띄었다. 곧 얼굴도 알아볼 수 있었다. 그녀는 그날 저 사람은 내 사람이라고 생각했다.

그녀는 그 일을 기억하고 놀랐다. 그녀는 그를 사랑했다. 오락가락할 때도 있고 좋지 않을 때도 있었지만 사랑했던 것은 틀림없었다. 그녀는 현관문 반대편에 누군가가 있을 수 있다고 생각하며, 열쇠를 꽂을 때의 느낌을 떠올려보려고 애썼다

요양시설에 도착한 그녀는 수간호사에게 쉬는 날이지만 가족에게 급한 일이 생겨서 개인 회의실에서 전화 한 통만 하겠다며 얼마나 걸릴지 모르겠다고 말했다. 전화요금이 비싸게 나오더라도 기꺼이 지불할 생각이었다. 누군가 요금이 얼마나 나왔는지 알려주기만한다면. 집에서 서류를 읽어봤지만 그것만으로는 풀리지 않는 의문점들이 있었다. 예를 들면 그는 어떻게 죽은 걸까? 계산을 해보니 겨우 65세였다. 요양시설에 있는 90세 어머니를 정기적으로 방문하는 65세 자녀들도 있었다. 어쩌면 그것 때문에 나이에 대한 감각이 왜곡되었는지도 모른다. 그는 한 달 전에 죽었고 그녀는 아내이자 유산 상속인으로 기록되어 있었다.

그녀가 편지에 적힌 번호로 전화를 걸어서 포드 디비니 씨를 바꿔

달라고 부탁하자, 담당자가 그에게 바로 연결해주었다.

한 가지 문제는 브라이언의 유언장이 너무 간단하다는 것이었다. 디비니 씨의 말투를 보니 이것은 그가 일으킨 수많은 문제 중 하나일 뿐이었다. 브라이언은 포기 각서와 유언 보충서가 포함된 복잡한 유언장을 남겼어야 했다. 그는 한 여자와 10년을 살고도 그녀에게는 단 한 푼도 남기지 않았다.

"그렇게 매정한 사람은 아니에요." 그가 말했다. "미처 생각하지 못했을 겁니다." 그 여자는 마지막 몇 년 동안 브라이언에게 필요한 보살핌을 제공했다. 당뇨병을 앓는 그의 팔과 다리에 변색되거나 갈라지거나 상처 난 부위가 없는지 매일 확인했다. 또 그에게 특수 양말을 신겨주고 발가락 사이에 옥수수 가루를 발라주었다. 그럼에도 불구하고 2013년에 브라이언은 왼쪽 발을 절단해야 했다. 앤도 그 사실을 알았을까? 브라이언은 절단수술 후에도 설탕 같은 것들을 조심하지 않았다. 앤은 브라이언답다고 생각했다.

"그 사람을 잘 아시나봐요." 앤이 말했다. "일을 오래 봐주셨어요?"

"저는 브라이언의 변호사가 아닙니다." 디비니 씨가 말했다. "친구예요. 루이빌에 몇 번 같이 갔었어요. 경마대회 때문에요. 트레이드 윈즈라고 불리는 이곳에서 만났었죠. 여기 와본 적 있으세요?"

"아니요." 앤이 말했다.

디비니 씨가 말을 이어갔다. "브라이언을 20년 가까이 알고 지냈지만 유언장을 작성해달라고 고집을 부릴 때까지 부인과 부인의 아들에 대해 몰랐어요. 수지에 대해서는 조금 알았기 때문에 마음이 좋지 않더군요. 예상대로 그녀는 부인에 대해 전혀 모르고 있었어요."

그가 죽었을 때 다른 발도 절단해야 할 것처럼 보였다. 브라이언은 수지와 함께 살았던 집을 앤과 아들에게 반씩 남겼다. 현금과 유품은 동생인 조지 스탠호프에게 남겼다. 프랜시스 글리슨에게도 유품의 일부를 남겼다.

앤이 고개를 떨어뜨리고 두 손으로 얼굴을 감쌌다. "유산이 얼마나 있는데요? 마흔도 되기 전에 은퇴했을 텐데요."

"뭐, 다리 상태가 악화하기 전까지는 계속 일을 했으니까요. 연금도 있었고요. 재산이 제법 많았다고 볼 수 있죠. 빚도 없어요. 브라이언이 어땠는지를 생각하면 놀라운 일이죠."

"저는 어떻게 찾으셨어요?"

"브라이언이 세상을 떠나고 사회보장번호를 조회하다가 오래된 혼인증명서를 발견했어요. 부인을 찾아내는 데 3주는 족히 걸렸죠."

"수지가 안 됐어요." 그가 한숨을 쉬었다. "정말 좋은 여자거든요. 너무 충격적이에요."

"다른 수혜자들에게도 알리셨어요?" 앤이 물었다. "모두 이런 소포를 받는 건가요?"

"그래야죠. 같은 날에 안내문과 유언장 사본을 보냈어요. 아 참, 그리고 스탠호프 부인? 브라이언이 북쪽에 묻히기를 원했어요."

"북쪽 어디요?"

"위쪽이요. 모두가 있는 뉴욕 말이에요."

"모두라니요? 저도요?"

"맞아요, 부인이요. 아드님이랑 돌아가신 부모님도요. 특히 어머니에 대한 얘기를 많이 했어요." 하지만 디비니 씨는 그가 원하는 것을 다 들어줄 수는 없었다고 설명했다. 가족을 찾는 데 얼마나 걸릴지 누가 알겠는가? 그래서 그들은 관을 열어두고 가톨릭식으로 경야를 치른 뒤 시신을 화장했다.

앤은 창밖에 있는 주차장을 내다보았다. 그의 말이 하나도 이해되지 않았다. 아이스크림 트럭이 음악도 없이 7번 도로를 빠르게 지나갔다. 그의 어머니는 두 사람의 결혼과 첫째 아이의 죽음을 절대로 인정하지 않았다. 앤은 시어머니의 경야와 장례식에 참석했지만 시신 옆에 무릎을 꿇는 것은 거부했다.

"그 남자는 25년 동안 코빼기도 비치지 않았어요."

"글쎄요." 디비니 씨가 한숨을 쉬었다. "어느 시인이 말한 것처럼 모든 야만인은 고향을 사랑하기 마련이죠. 부인의 목소리에도 억양이 남아 있네요. 그렇게 느끼지 않으세요?"

"아니요. 그렇지 않아요. 수지라는 분이 유골을 가져가시면 되겠네요. 이름이 수지 맞나요?"

"아니요. 그러고 싶지 않대요. 무척 화가 나 있거든요. 그녀를 탓할 수는 없죠. 게다가 그건 브라이언이 원한 게 아니에요."

"그러면 집을 줄 테니 유골도 가져가라고 하세요. 난 상관없으니까."

디비니 씨는 한참 동안 말이 없었다. "부인과 브라이언이 힘든 상황에서 헤어졌다는 걸 알고 있습니다."

브라이언이 친구에게 몇 가지를 얘기한 모양이었다. 갑자기 전화기 불빛이 번쩍거리기 시작했다. 그녀는 그것이 무슨 의미인지 몰랐다.

"한번 생각해보세요, 스탠호프 부인. 게다가 그 집의 절반은 아드님 거잖아요."

그때 젊은 간호사가 사무실로 들어왔다. 그녀는 엄지손가락과 새끼손가락을 머리 옆으로 들어 올리며 계속 수신호를 보냈고, 앤은 디비니 씨에게 잠시 기다려달라고 말했다.

"왜 그래요?" 앤이 간호사에게 물었다.

"전화가 왔어요. 피터라고, 아드님이라고 하던데요? 이 번호로 연결해드릴까요?"

"그래요!" 앤이 말했다. "어쩌지?" 그녀는 디비니 씨가 기다리다 지쳐 마음을 바꿀까봐 몹시 초조해졌다.

젊은 간호사가 안내데스크로 돌아가서 번쩍거리는 버튼을 누르고 그녀에게 고개를 끄덕였다. 그리고 피터가 연결되었다.

길럼에서 프랜시스는 케이트에게 전화하기에 앞서 차 한 잔을 앞에 두고 서류를 일곱 번이나 읽었다. 레나는 그것을 한 번에 죽 읽어보더니 자신의 이름을 찾으려는 듯 수혜자 목록에서 한동안 눈을 떼지 못했다. 하지만 자신의 이름을 찾지 못하자 산책을 나가겠다고 말했다. 그는 조리대 옆에 서서 케이트의 신호음을 들으며 스테인리스강으로 된 전자레인지 문에 비친 자신의 모습을 흘깃 보았다. 오랜 시간 거친 물살을 떠다닌 나무 조각 같은 초췌한 사람이 있었다. 머리카락은 곧게 뻗쳐 있었고 눈에는 안대를 쓰고 있었다. 마지막 의안은 그전에 썼던 의안보다 더 빨리 망가졌다. 3년쯤 전에 홍채에 미세하고 어두운 돌기가 생겼고, 하루에 천 번씩 눈을 깜빡이다 보니 눈꺼풀에 물집이 잡혔다. 그는 새 의안을 주문하지 않았다. 새 의안을 맞출 때마다 세월의 흔적을 확인할 수 있었다. 마지막 의안을 한 뒤로 그의 얼굴은 또 많이 늙어 있었다.

"아빠일 줄 알았어요." 케이트가 전화를 받자마자 말했다. "믿어지세요? 저희는 아침 내내 정신없이 서두르느라 우편물을 뜯어보지 못할 뻔했어요. 아빠한테는 도대체 뭘 남긴 거예요?" 케이트는 알고 싶어 했다. 그녀는 마치 전화벨 소리를 듣고 마당에서 뛰어 들어온 것처럼 숨을 가쁘게 몰아쉬었다.

"나도 몰라. 며칠 뒤에 올 거야. 별도로 발송한다고 안내장에 적혀 있어."

"뭐일 것 같아요?"

프랜시스는 뭐가 오든 갖지 않겠다고 결심했다. 조금이라도 가치가 있다면 피터에게 주고 그렇지 않으면 내다 버릴 생각이었다.

"피터는 어떠니?"

"잘 지내요." 그녀가 목소리를 낮추며 말했다. "괜찮아 보여요. 좀 놀란 것 같아요. 다시 만날 거라는 기대는 없었지만 이렇게 돌아가실 줄 몰랐으니까요."

프랜시스가 아주 멀리서 아버지가 돌아가셨다는 얘기를 전해 들었을 때도 정확히 그런 기분이었다.

그는 브라이언이 뭘 남겼든 갖고 싶지 않지만 평소보다 더 자주 시계를 힐끔거리며 우편배달원을 기다렸다. 수요일과 목요일이 지나갔다. 금요일에 소포가 하나 도착했지만 레나가 주문한 비타민이었다.

마침내, 토요일에 조지아에서 작은 마분지 봉투가 도착했다. 프랜시스는 커다란 상자가 올 거라고 예상했었다. 봉투라면 수표나 증서일 가능성이 높았다. 아니면 프랜시스가 찾을 수 있는 어떤 장소의 사물함 열쇠일 수도 있었다. 그는 자기 아들이 뉴욕경찰국 경감이었다는 사실도 몰랐을 것이다.

그러다 문득 생각했다. 오, 맙소사, 편지면 어떡하지?

레나가 집에 없었기 때문에 프랜시스는 케이트에게 전화했다.

"왔어요? 뭐예요?"

"오긴 했는데 엄마가 집에 없어."

"그러면 지금 열어보세요. 제가 듣고 있을게요. 아니면 저희가 그리로 갈 테니 같이 열어봐요. 아, 잠깐만 기다려보세요." 수화기 너머로 피터의 나지막한 목소리가 들렸다. 그다음은 케이트의 목소리가 희미하게 들렸다. 수화기를 손으로 막고 있는 것 같았다.

"아빠? 한 시간만 기다릴 수 있어요? 저희가 갈게요. 그사이에 엄마가 오시면 요리는 걱정하지 말라고 하세요. 애들은 피자 같은 거 사주면 되니까."

프랜시스는 집으로 들어오는 피터를 보자마자 그가 썩 내켜 하지 않는다는 것을 알아차렸다. 그는 1년 전에 비해 젊고 건강해 보였다. 하지만 그날은 결혼 소식을 전하러 왔을 때와 똑같은 표정을 하고 있었다. 두 눈에는 거칠고 변덕스러운 두려움이 어려 있었다.

"도대체 뭘까?" 프랜시스가 봉투를 들고 묻자 피터는 알고 싶지 않다는 듯 몸을 살짝 움츠렸다. 브라이언이 당뇨를 앓기 전에 구입한 것으로 보이는 조지아 집과 주식 그리고 소소한 생명보험의 가치에 대해서는 케이트가 이미 알려주었다. 하지만 피터는 자신에게 남긴 유언이 없어서 실망한 것 같았다. 사과 같은 건 기대하지 않았지만 이상적이지 않은 상황에서도 피터가 잘 살아줬다는 것 정도는 인정할 줄 알았던 모양이었다. 하지만 그런 걸 어떻게 알았겠느냐고 케이트가 큰 소리로 물었다. 그는 성인이 된 피터에 대해 아무것도 몰랐다. 케이트는 브라이언이 자신을 돌봐주던 동거녀에게 아무것도 남기지 않은 데다 결혼을 해서 아들이 있다는 사실도 알리지 않았다고 말했다.

프랜시스는 넌더리를 냈다. 늘 이런 식이다. 사람은 변하지 않는다.

케이트는 말을 이어갔다. "그래서 피터와 어머니가 그분에게 유산의 3분의 1을 나눠주기로 결정했어요."

그는 놀랐을 뿐 아니라 충격을 받았다. 그는 자신이 충격을 받을 수 있다는 것을 처음 알았다. "아주 품위 있는 결정이네." 그가 말했다. 자신이 그들의 입장이었다면 그렇게 할 수 있을지 궁금했다.

"됐어!" 레나가 쿠키를 담은 접시를 식탁에 내려놓으며 말했다. "더 이상 시간 끌지 말자고."

모두 식탁 쪽으로 바짝 모여들었다. 프랜시스가 봉투 윗부분을 뜯어서 연 뒤에 식탁에 톡톡 두드리자 내용물이 스르륵 미끄러져 나왔다. 사진 세 장과 천사장 성 미카엘의 기도 카드였다. 네 사람 모두 그것을 가만히 쳐다보며 무슨 의미인지 이해해보려고 노력했다. 첫 번째 사진에는 목이 길고 가는 금발 미녀가 있었다. 다음 사진에는 햇볕에 그을린 청년 두 명이 낡은 셰이 스타디움의 옥외 관람석에 앉아 있었다. 그리고 세 번째 사진에는 유치원생 정도로 보이는 피터가 있었다. 전부 누렇게 바라고 얼룩져 있었다.

"당신한테 온 거 확실해?" 레나가 긴 침묵을 깨고 물었다. "변호사가 확인한 거야?"

"그런데 사진이 다 왜 이래요?" 케이트가 피터의 사진을 집어 들고 물었다. "물에 젖어서 망가진 건가?"

"땀자국이야." 프랜시스가 말했다. "전에 본 적이 있어." 문득 그날이 떠올랐다. 그때의 열기. 브롱크스가 불타던 냄새. 하루 종일 날카롭게 울리던 경보음. 가끔 정신없었던 몇 년을 돌아보면 왜 그렇게 열심이었는지 궁금해졌다. 그는 용의자를 쫓아 골목과 어두운 로비를 달리고 계단을 올랐다. 왜 다른 사람들처럼 시늉만 하지 않았을까? 왜 도중에 포기하고 그냥 용의자가 도망쳤다고 말하지 않았을까? 모두가 그의 말을 믿었을 것이다. 세월이 한참 흐른 뒤에 자신이 겪었던 상황들을 돌아보니 살아 있는 것 자체가 다행이라는 생각이 들었다.

그는 앤의 사진을 집어 들고 피터를 돌아보았다. "브라이언이 1973년 7월에 이 사진을 보여줬어. 순찰을 도는 중이었지. 모자 안감에 넣어 가지고 다녔어." 그는 기도 카드와 형제의 사진에 손을 갖다 댔다. "이것도."

"이 사진은 나중에 추가했을 거야." 그가 피터의 사진을 집어 들며 말했다. 프랜시스는 그때의 피터를 떠올렸다. 늘 뒷마당에 있는 바위에 앉아서 혼잣말을 하며 군인 피규어를 가지고 전쟁놀이를 하던 이상한 아이였다. 하지만 브라이언은 아들을 사랑했고, 그 애의 사진을 모자 안감에 넣어 가지고 다니며 순찰차가 한가롭게 멈춰 있거나 힘든 하루를 보냈거나 두려울 때마다 꺼내 보았다.

"왜 이 사진들을 제가 아닌 장인어른께 보냈을까요?" 피터가 물었다. 그리고 자신의 사진을 뚫어져라 쳐다보았다.

"나도 모르겠네." 프랜시스가 말했다.

어쩌면 그는 프랜시스만이 사진의 의미를 이해하고 피터에게 전해줄 거라고 믿었는지도 모른다. 요즘 젊은 경찰들은 그런 사진을 모자 안감이 아닌 휴대폰에 보관할 것이다.

어쩌면 브라이언은 프랜시스에게 자신이 어떤 역할을 했든 미안하다고 말하는 건지도 모른다. 1973년 무더웠던 여름에 6주 동안 파트너로 지냈던 시간을 돌아보며 자신이 뭔가를 더 해야 했다고 말하는 건지도 모른다.

아니면 오랜 세월 그렇게 멀리 떨어져 있었어도 한때 자신이 살았던 삶을 잊지 않고 기억하고 있었다고 말하는 건지도 모른다.

아니면 그저 순찰 내내 자신을 지켜주었던 사진들을 버리고 싶지 않아서 화내지 않을 누군가에게 보낸 건지도 모른다. 그는 목이 가느다란 사진 속 여자와 결혼했고, 그녀와 사진 속에 있는 소년을 낳았다. 어쩌면 그는 수지가 들어와 발가락 사이에 옥수수 가루를 문지를 경우를 대비해서 그들의 사진을 집 밖으로 내보내야 했는지도 모른다.

편지는 없었고 사진 뒤에 적혀 있던 글자도 오래전에 번져서 알아볼 수 없었다.

"유골은 어떻게 했대?" 레나가 물었다.

"그쪽에서 엄마한테 보낼 거예요." 피터가 말했다. "엄마가 유골을 가지고 오면 할머니 옆에 묻어주려고요. 조지가 그러자고 했어요."

"간단하더라고요." 케이트가 덧붙였다. "할머니 묏자리에 작은 공간을 열어준대요."

프랜시스는 누군가의 선반 위에 놓이는 것보다 낫다고 생각했다.

모두가 하나둘 자리를 뜨기 시작했다. 레나가 가장 먼저 일어나 냉장고에서 포크찹을 꺼냈다. 그리고 높은 찬장에서 빵가루를 꺼내고 달걀도 가져왔다. 케이트가 세 장의 사진을 계속해서 돌려보는 동안 피터는 일어나서 레나를 도왔다. 그는 시키지도 않았는데 그릇에서 사과 몇 개를 꺼내더니 얇게 썰어서 프라이팬에 넣고 버터와 함께 볶아 간단한 소스를 만들었다. 그리고 창문을 향해 고개를 숙여 바위에서 놀고 있는 아이들을 내다보았다.

"케이트." 그가 고개를 돌려 그녀를 부르더니 밖에서 무슨 일이 일어나고 있는지 보라는 듯 턱을 까딱 들어 올렸다. 그들은 빠르게 눈빛을 주고받고는 키드득거렸다. 프랜시스는 두 사람이 아이들을 보며 뿌듯해한다는 것을 알았다.

그러고 나서 그는, 전에 한 번도 본 적 없는 광경을 보았다. 웬일로 피터가 괜찮아 보였다. 케이트와 레나도 괜찮아 보였다. 그리고 프랜시스 글리슨, 그 자신도 괜찮았다. 가끔 흔들릴 때도 있지만 삶에서 일어난 일들이 그들을 본질적으로 해치지 않았다는 것을 그는 알고 있었다. 그는 아무것도 잃지 않았다. 오히려 더 많은 것을 얻었다. 피터도 그럴까? 케이트도? 둘 다 마찬가지일 것이다. 그런 일들이 없었다면 그들은 지금보다 훨씬 더 멋진 곳에 있었을까? 더 충만하고 행복한 삶을 살았을까? 지금의 두 사람을 보면 그건 불가능한 일이었다. 처음으로 피터가 혈육처럼 느껴졌다.

"여보." 레나가 등 뒤로 다가와 두 손을 그의 어깨에 얹으며 말했다. 그는 그녀의 시선을 따라 사진들을 바라보았다.

"내가 지금 무슨 생각을 하는지 알아?" 그녀가 물었다.

"무슨 생각을 하는데?" 프랜시스가 물었다.

레나가 어깨를 더 세게 잡고 몸을 숙였다. 뒷덜미에 그녀의 따뜻한 얼굴이 느껴졌다.

"우리는 다른 사람들보다 운이 좋았던 것 같아."

그는 그 따뜻함이 파도처럼 자신을 덮치도록 내버려두었다. 어두컴컴한 물속에서 일어나보니 가슴은 충만했고 몸은 피곤했고 하늘은 물속에서 봤을 때보다 더 파랬다.

"당신은 어떻게 생각해?" 그녀가 사뭇 부드러운 목소리로 물었다.

"맞아." 그가 말했다. "운이 좋았어."

바쁜 시간을 내어 아직 다듬어지지 않은 소설의 앞부분을 읽어준 믿음직한 독자들과 친구들에게 깊은 감사를 전한다. 그들의 질문이 등장인물들을 더 명확하게 보는 데 도움을 주었다. 지닌 커민스, 메리 고든, 켈시 스미스, 캘리 라이트를 비롯하여, 몇 가지 초안을 읽어보고 계속 앞으로 나갈 수 있도록 채찍질해준 엘레너 핸더슨과 브렌던 매튜스에게 감사하다.

나를 선택해준 존 시몬 구겐하임 재단에도 감사드린다. 지원금 덕에 소설을 쓸 수 있는 시간을 더 벌었을 뿐 아니라 너무나 절실했던 자신감을 얻을 수 있었다.

급한 일정에도 조용한 작업 공간을 두 번이나 제공해준 레슬리 윌리엄슨과 살튼스톨 재단에도 감사드린다. 살튼스톨에서 일주일 동안 세 달 치 이상의 작업을 해낼 수 있었다. 이 책의 마지막 두 장은 아래층 스튜디오에서 썼다.

나와 마주 앉아 멍청한 질문에도 주춤하거나 눈알을 굴리지 않고 성실히 답해준 뉴욕경찰국의 전, 현직 경찰관들에게도 깊은 감사를 전한다. 아티 마리니, 오스틴 '티미' 멀둔, 특히 매트 도나거에게 특별한 감사 인사를 전한다. 정신건강 문제와 관련된 뉴욕경찰국의 징계 절차를 이해하도록 도와준 셰일라 브로스나한 박사에게 감사드린다. 이 책을 처음 구상할 때 아무것도 모르는 나와 법정신의학에 관해 수다를 떨어준 하워드 포먼 박사에게도 감사 인사를 전한다. 이 책에 잘못된 부분이 있다면 그것은 오로지 내 책임이다.

　이 소설을 선택해준 낸 그레이엄과 세심하게 편집해준 카라 왓슨에게도 감사하다. 스크라이브너와 다시 한번 작업할 수 있어서 너무 감사하고 뿌듯하다.

　너는 아직 한계점에 도달하지 않았다고 우겨준 내 에이전트이자 친구인 크리스 칼훈에게도 감사하다.

　그리고 무엇보다, 아주 오래전에 사랑의 유일한 비밀이 친절이라는 것을 내게 가르쳐준 마티에게 감사의 인사를 전한다.

다시
물어도, *Ask Again, ———Yes*
예스

지은이 메리 베스 킨
옮긴이 조은아
펴낸이 정규도
펴낸곳 황금시간

초판 1쇄 발행 2021년 9월 15일

편집총괄 권명희
편집 조창원
디자인 ALL designgroup

황금시간
Golden Time

주소 경기도 파주시 문발로 211
전화 (02)736-2031(내선 360)
팩스 (02)738-1713
인스타그램 @goldentimebook

출판등록 제406-2007-00002호
공급처 (주)다락원
구입 문의 전화 (02)736-2031(내선 250~252)
          팩스 (02)732-2037

한국 내 Copyright ⓒ 2021, 황금시간

값 14,800원
ISBN 979-11-91602-12-8 03840